D1047478

COLLECTION FOLIO

Vassili Axionov

Une saga moscovite

II

III. PRISON ET PAIX

Traduit du russe
par Lily Denis

Traduit avec le concours
du Centre national du livre

Gallimard

Titre original:

MOSKOVSKAÏA SAGA
III. Tiourma i mir

Vassili Axionov est l'un des romanciers russes contemporains les plus traduits en France, aux États-Unis, et dans de nombreux autres pays. Dès 1960, il faisait une entrée fracassante dans les lettres soviétiques, pour en être banni vingt ans plus tard. Enfant chéri de sa génération, puis à la fois œcuméniste et révolté, finalement chassé de son pays, il est un dissident insolite et fascinant.

Vassili Axionov est né à Kazan en 1932. Férus d'idéal communiste, ses parents n'échappèrent pas aux purges de 1937. Ils furent arrêtés et déportés en Sibérie. De cette tragique expérience sa mère, Evguénia Guinzbourg, devait tirer deux livres admirables : *Le vertige* et *Le ciel de la Kolyma*. Après la mort de Staline (1953), ils furent libérés.

Pendant ce temps, Vassili Axionov avait atteint l'âge d'homme, fait ses études de médecine à Léningrad, mais surtout conquis la gloire immédiate en littérature avec un roman, *Confrères* (1960), qui lui valut les foudres de Khrouchtchev, mais une renommée telle qu'il demeura longtemps intouchable, et cela d'autant plus qu'un deuxième roman, *Billet pour les étoiles* (1961), confirma l'adulation des lecteurs, surtout des plus jeunes qui, lassés du catéchisme politique, entendaient enfin parler de sexe, de rock, de belles filles et de jeans, toute une fronde impertinente, traitée dans un style inventif totalement dégagé de tout conformisme.

On retrouvera cette liberté superbe dans une vingtaine de romans et de nouvelles dont les principaux sont : *Les oranges du Maroc* (1963), *L'oiseau d'acier* (vers 1965), que certains rapprochent, quant à la force et la portée de la métaphore, de *La métamorphose* de Kafka, *Surplus en stock-futaille* (1968), *Notre ferraille en or* (1972), et surtout *Une brûlure* (1980) *et L'île de Crimée* (1981) qui, à travers le rire et l'hyperbole, sans avoir l'air d'y toucher, introduisent une pensée grave, mûre, une interrogation sur l'être. Enfin, couronnement de son œuvre (en attendant la suite), il faut citer *Une saga moscovite* (1994) qui connaît actuellement, en France comme en Russie, le plus grand des succès.

En outre, Vassili Axionov a écrit plusieurs pièces qui relèvent du théâtre de l'absurde, plus une, *Le héron*, dénonciatrice farfelue et touchante des fables sociales et du trompe-l'œil où les Soviétiques étaient contraints de vivre, montée par Antoine Vitez au théâtre de Chaillot en 1984.

En 1979, il avait conçu et mis en œuvre avec un groupe de vingt-deux compagnons d'idées un almanach clandestin, *MétrÔpole*, véritable manifeste contre toutes les censures : esthétique, religieuse, surréaliste, recherche formelle, etc. Sauf une : pas une ligne de politique. Pas une ligne de théorie non plus, rien que des textes de littérature « différente ». Un recueil né de beaucoup de talent et d'encore plus de courage.

Vassili Axionov en a payé le prix : en 1981, il a été contraint à l'exil et bientôt déchu de sa nationalité. Il s'est installé à Washington, où, très vite devenu professeur d'université, il enseigne la littérature moderne russe. Sensible à l'attirance qu'exercent les États-Unis sur les hommes de Russie, il s'est fort bien adapté, mais non intégré : en dépit d'une vie très active et d'une créativité féconde, il vit douloureusement sa qualité d'exilé.

III

PRISON ET PAIX

Nous étions tous entre les mains d'un dieu
Nous étions tous à la portée d'un dieu
Je faisais sur l'Arbat ma course citadine
Et le dieu défilait dans ses cinq limousines...

Tranchant par le talent parmi les poètes de l'époque soviétique à son apogée, l'auteur des vers que nous citons en épigraphe n'a tout de même pas atteint à la clarté de Khlebnikov, c'est pourquoi, tout comme l'auteur de l'épigraphe précédent, il nécessite quelques explications.

En qualifiant Staline de dieu, naturellement, Boris Sloutski[1], élevé dans l'idéal du collectivisme, du matérialisme, de l'internationalisme et autres communeries, n'emploie ce mot que dans un sens rigoureusement négatif. Bien sûr que ce n'est pas à Dieu, Créateur Omniprésent qu'il pense, mais à une plus-qu'idole, l'usurpateur des lumineuses idées de la révolution, le plus-que-tyran qui bafoua les étudiants de l'IFLI[2], qui imposa son culte à une démocratie populaire profanée. C'est pourquoi il pourvoit son dieu d'une représentation paradoxale du point de vue du matérialisme : il le fait défiler simultanément dans cinq limousines ! Le tableau qui se dresse devant nous est à vous donner la chair de poule :

1. Boris Sloutski (1919-1986) dénonça ouvertement dans ses vers les tares du régime. Ne fut pas publié, mais circula sous le manteau.
2. Institut d'élite de Lettres et de Philosophie.

la nuit, l'Arbat, multipliée en cinq voitures, l'idole roule vers cinq destinations inconnues. On ne saurait dire qu'elle file. Je crois qu'elle n'aime pas voyager vite. Comme elle n'est pas russe, on ne lui en demande pas tant[1].

Dans les années soixante, au garage de Mosfilm, l'on pouvait voir l'une des cinq voitures, la principale peut-être, celle où se déplaçait sa partie essentielle, son corps. C'était une Buick blindée aux vitres très épaisses, construite sur commande. Même dotée d'un moteur surpuissant, on aurait eu peine à imaginer une masse pareille en train de « filer ». Une allure régulière, sans hâte, qui provoquait une terreur insensée. Par-devant et par-derrière, roulaient quatre autres monstres noirs. Ensemble, ils constituaient un tout, le dieu des communistes.

L'écrivain pourrait être tenté de juxtaposer deux sentiments contraires, la peur et le courage, et de dire que ce sont deux phénomènes du même ordre. Cependant, on comprend mieux la peur, elle est plus complexe. C'est tout au moins ce qu'il nous en semble au moment où s'ouvre notre troisième livre, à la fin des années quarante où le pays qui avait fait des miracles de courage se trouvait prisonnier de la stupéfiante terreur de la pentaphore stalinienne.

1. Allusion à un mot de Gogol devenu proverbial : « Et quel Russe n'aime pas voyager vite ? » et au fait que Staline était géorgien et non pas russe.

CHAPITRE PREMIER

Douceurs moscovites

Le *Félix-Dzerjinski* entrait dans la baie de Nagaïevo, fier oiseau des mers, véritable « Annonciateur de la tempête révolutionnaire », on peut bien le dire. Un tel profil, ma foi, la mer d'Okhotsk n'en avait aucun souvenir, avec ses bateaux négriers, rafiots au nez camus, dans le genre de cette *Djourma* si délabrée.

Le *Félix* avait fait son apparition sous ces latitudes après la guerre, pour prendre la tête de la flottille du Dalstroï[1]. Des bruits divers circulaient au sujet de ce géant étranger parmi les travailleurs affranchis. On avançait même que le navire avait appartenu à Hitler en personne et qu'en 1939 le désastreux Führer l'avait offert à notre Maître à nous pour renforcer les liens socialistes. Pour ce qui est de l'offrir il l'avait offert, mais après, ce grippe-sou l'avait repris et même failli, dans sa lancée, nous chouraver Moscou. Naturellement, l'histoire l'avait puni d'une telle perfidie et le joli bateau nous était revenu, raffermi du fier nom du Chevalier de la Révolution. À en croire ce bobard, c'est quasiment à cause de ce mouille-cul que la Grande Guerre

1. Chantiers d'Extrême-Orient.

Patriotique avait éclaté, seulement, ce que peuvent raconter d'anciens ZEK bourrés de *tchifir*[1], dans leur baraque par une nuit de tempête... Et naturellement, à toutes les histoires de ce genre, ils ne manquaient jamais d'associer leur héros favori, Ivan Et Demi, de son surnom.

Ivan Et Demi était un ZEK pareil à une bête, puissant et beau comme une statue, jeune et pourtant très mûr. Il avait écopé au total de quatre cent quatre-vingt-cinq ans, plus quatre condamnations à mort rapportées à la dernière minute par Staline en personne. C'est justement lui, et pas un amiral quelconque, que le Maître avait chargé de conduire le *Félix* à la Kolyma avec son chargement vivant. Comment ça ? Il a confié à un ZEK le commandement d'un convoi ? Ben justement, à un ZEK, mais pas à un empoté comme toi ou moi, à Ivan Et Demi lui-même ! Le fin mot de la chose, c'est qu'à l'époque, dans les cales du *Félix*, il y avait mille cent quinze ex-Héros de l'Union Soviétique, du monde pas de tout repos. Si tu m'amènes ces salauds jusqu'à la Kolyma, lui avait dit Staline, tu deviendras un héros à ton tour, tu inscriras ton nom dans les annales en lettres d'or... Où ? Les annales, espèce de cul, les annales ! Sinon, je te descends moi-même ou j'en charge Lavrenti Béria. Camarade Staline, votre mission sera remplie, a dit Ivan Et Demi et il est parti pour l'Extrême-Orient dans un avion piloté par Pokrychkine en personne. Et alors ? À la place de Nagaïevo, le *Félix* a accosté dans un port américain, Santé-Francisco. Là, ils ont été accueillis par le président Harry Truman. Tous les héros, on leur a rendu leur titre et donné un million chacun. Ils ont la belle vie,

1. Drogue obtenue par la concentration de l'extrait de thé.

là-bas, en Amérique : bien nourris, chaussés, habillés. Et Ivan Et Demi, Harry Truman lui a fourgué dix millions pour avoir trahi l'URSS, plus une datcha en Argentine. Alors là, non, a dit Ivan Et Demi, je n'ai pas trahi la Patrie, j'ai sauvé mes frères d'armes, je ne veux pas de votre argent, citoyen Truman. Et il a ramené le *Félix* vers ses côtes natales. Pendant qu'il naviguait, on a tout rapporté à Staline qui en a été inconditionnellement enchanté : voilà de quels hommes nous avons besoin, et pas de pourris comme vous, Viatcheslav Molotov !

Puis on a envoyé en Extrême-Orient un régiment du MGB chargé de fusiller le héros de notre roman. Un opérateur a tourné sur sa mort un film qui a été projeté à tout le Bureau Politique en bloc et individuellement. Mais bien sûr, en réalité, c'est un sosie qui avait été exécuté, tandis qu'Ivan Et Demi et Staline se retrouvaient pour manger à eux deux un mouton à la broche et vider un samovar entier de vodka, après quoi, en uniforme de colonel du MGB, Ivan Et Demi est parti pour le Dalstroï et a disparu un temps dans un camp des extrêmes confins.

Ces bobards parvenaient quelquefois jusqu'aux oreilles du capitaine du *Félix*, lequel ne s'intéressait nullement au folklore. D'une manière générale, on ne savait pas trop ce qui l'intéressait. Campé sur la passerelle de son navire — un ancien poseur de câbles atlantique récupéré par les nazis sur une compagnie hollandaise, puis apparu en URSS à titre de prise de guerre — le capitaine scrutait sans intérêt, mais attentivement, les rochers abrupts de la Kolyma qui descendaient à pic au fond de la baie, laquelle dansait sous un vent de noroît de toutes ses vaguelettes à la fois, comme une foule de ZEK cherchant à se réchauffer. Le mariage de couleurs violentes, profondes, le pourpre de certaines pentes, les reflets de plomb des nuages qui passaient, par exemple, avec la transparence des effrayants lointains, n'intéressaient pas le capitaine, mais la météo, cela va de soi, il y était attentif. Nous sommes arrivés à temps, se disait-il, il serait bon de repartir de même. Il est déjà arrivé que cette baie soit prise en glace en une seule nuit.

Tout en envoyant à mi-voix ses ordres aux machines et en mettant son colossal bâtiment à quai au « pays des chacals », comme il appelait toujours la Kolyma dans son for intérieur, le capitaine s'efforçait de ne pas penser à son chargement, ou, ainsi que ce chargement s'appelait dans les innombrables connaissements qui l'accompagnaient : au « contingent ». Pendant toute la guerre, il avait fait traverser le Pacifique à des cargos jusqu'à Seattle où il embarquait les marchandises du prêt-bail, très heureux de son sort, ne redoutant pas les sous-marins nippons. Notre capitaine, pas vieux du tout, était à l'époque un tout autre homme. À l'époque, justement, tout l'intéressait dans le pays allié d'outre-Atlantique. Il parvenait sans peine à s'entendre avec les Yankees parce qu'il connaissait pas mal leur langue, entendez qu'il speakait couramment l'anglais. À l'époque, la vie en mer, si on la prenait avec intelligence, était absolument exquise. Ah, si j'avais su..., se disait-il souvent, à présent dans la solitude de sa cabine, mais aussitôt après ce « si j'avais su... » il trébuchait contre le caillou du conditionnel et ne poursuivait pas le cours de ses pensées. Au bout du compte, ce dont je m'occupais, je m'en occupe toujours : de navigation. Ce qu'on charge dans mes cales à Vanino, des bulldozers ou des forces vives, ce n'est pas mon affaire. Il y a d'autres gens dans les obligations desquels il entre de s'en occuper, de cette force vive. Qu'on les appelle des « porte-ZEK » si l'on veut, mais pas moi, capitaine de cette unité qui déplace vingt-trois mille tonneaux. Je ne suis pas obligé du tout d'approfondir l'autre sens, non navigationnel, de ces traversées, et puis ce sens, je m'en tamponne.

La seule chose qui intéressait pour de bon le capitaine était la Studebaker de tourisme qui le suivait toujours dans un compartiment spécialement aménagé de la cale. Il l'avait achetée pour pas cher à Seattle, la dernière année de la guerre et, pour l'heure, à chaque escale, à Vanino comme à Nagaïevo, une grue la descendait sur le quai et le capitaine se mettait au volant. Ni dans l'un ni dans l'autre port le capitaine n'avait où aller, mais il roulait quand même, comme pour affirmer son image de navigateur international et non de méprisable « porte-ZEK ». Il aimait sa Stud plus que sa propre femme, laquelle, apparemment, avait perdu jusqu'à son souvenir et vivait à Vladivostok parmi une grande quantité de marins. Cela dit, une fameuse saloperie semblait aussi se profiler du côté de la voiture : plus d'une fois, déjà, au Parti, on avait soulevé la question comme quoi le capitaine abusait de son poste, se faisait remarquer, s'entichait de produits étrangers. On était en 1949, et un machin comme une bagnole américaine utilisée à titre privé risquait de vous attirer bien des ennuis. Bref, le capitaine du « porte-ZEK » *Félix-Dzerjinski* souffrait de dépression chronique, ce que son entourage commençait à prendre pour un trait de caractère. Ce qui ne l'empêchait pas, d'ailleurs, de faire preuve de qualités professionnelles exceptionnelles et, en l'occurrence, ne l'empêcha pas d'accoster à la muraille de Nagaïevo sans la moindre anicroche.

On envoya les amarres, on descendit les passerelles, l'une du pont supérieur pour l'équipage, l'autre des cales, à peine au-dessus de la ligne de flottaison, pour le « contingent ». Autour de ce dernier se tenaient déjà des officiers de la Sécurité militaire et un cordon de convoyeurs, flingues et chiens à l'appui, derrière lequel piétinaient l'équipe des travailleurs libres des Services de l'Hygiène, dont le magasinier Kirill Gradov, année de naissance 1903, qui avait purgé sa peine du premier jour au dernier, plus six mois « dans l'attente des ordres ultérieurs », et venait de se fixer à Magadan, affecté de cinq ans de privation de droits civiques. Son petit boulot aux magasins de l'Hygiène lui avait été procuré par un de ses « potes » du kolkhoze d'élevage. Après ses aventures de la Kolyma, ce petit boulot lui était apparu comme une sinécure. La paie suffisait amplement à ses dépenses en nourriture et en tabac. Il avait même réussi à mettre de côté de quoi s'acheter un pardessus noir retaillé dans une capote de marine de seconde main, mais ce qui comptait le plus, c'est que le magasinier avait droit, dans l'une des baraques, à une chose à quoi Kirill ne rêvait même plus et qu'il nommait à chaque fois avec un souffle de bonheur « une chambre particulière ».

Il venait d'avoir quarante-six ans. Ses yeux n'avaient pas terni, mais avaient légèrement changé de couleur dans le sens du bleu glacial de la Kolyma. Ses sourcils, curieusement épaissis, présentaient des fils d'aluminium. Des rides verticales lui coupaient les joues et allongeaient son visage. Avec ses vêtements étriqués et ses bottes de feutre agrémentées de caoutchoucs, il avait la dégaine d'un quelconque « vieux con de la Kolyma » et ne s'étonnait plus depuis longtemps si, dans la rue, quelqu'un le hélait d'un : « Eh, pépère ! »

En théorie, il pouvait à tout moment acheter un billet et partir pour le Continent. Certes, en sa qualité de « défaitiste », on ne l'aurait autorisé à résidence ni à Moscou ni dans les environs, mais, toujours en théorie, il aurait pu s'installer au-delà du kilomètre 101[1]. Pourtant, dans la pratique, il en était incapable, non seulement parce que le prix du billet lui semblait astronomique (son père et sa sœur lui en auraient aussitôt envoyé le montant, trois mille cinq cents roubles), bien sûr, mais parce que le retour au passé lui apparaissait comme une chose totalement contre nature, comme si on lui avait demandé de s'introduire dans la pastorale d'une tapisserie des Gobelins.

Il avait écrit à Nina et à ses parents que oui, bien sûr, il reviendrait, mais pas tout de suite, car ce n'était pas encore le moment. Il n'avait pas fixé de date, et à Moscou, cela avait jeté l'alarme : il n'allait tout de même pas attendre la fin de ses cinq ans de privation de droits ? Cependant, Magadan vivait ce que l'on appelait sa « deuxième vague ». On arrêtait les récents « libérés » — si l'on peut dire — et Kirill attendait patiemment son tour. Désormais ancré dans le christianisme, il trouvait plus naturelle la souffrance générale que les joies de quelques « vernis ». Avec sa chambre particulière, il se considérait d'ailleurs lui-même comme un verni. Il jouissait de chaque instant de ce qui s'appelait sa « liberté » qu'il ne considérait

1. Distance limite en deçà de laquelle les interdits de séjour n'ont pas le droit de se rapprocher de la capitale.

pas *in petto* comme une liberté, mais comme une simple suppression d'escorte, et il était aux anges dès qu'il entrait dans un magasin ou chez le coiffeur; cependant, dix-huit mois s'étaient écoulés depuis qu'il était «libre» et il continuait presque inconsciemment à se reprocher d'avoir si insolemment réussi à «tirer au cul», «dégoter la fine planque», car au fond du cœur et surtout dans ses rêves, il considérait que la vraie place de l'homme souffrant n'était pas devant les friandises de la liberté, mais dans les convois qui cheminent vers la mort lente. Il savait que le riche entre difficilement au Royaume des Cieux, or, il se tenait pour riche.

Il n'y avait, dans toute la Kolyma, dans ce pays de millions de bagnards, certainement pas un seul exemplaire de la Bible. Un tel objet de sédition aurait inévitablement valu à un travailleur «libre» d'être chassé du Dalstroï ou même mis sous les verrous, et pour ce qui est d'un ZEK, on l'aurait aussitôt expédié dans les mines de la Première Direction, celles d'uranium.

Malgré cela, ici et là dans les baraques, parmi les amis de Kirill, circulaient, fruits de l'art pénitentiaire, des volumes minuscules, grands comme la moitié de la main, brochés à l'aide d'un fil et d'une aiguille, couverts de toile de sac ou d'un bout de couverture, dans lesquels des chrétiens de fraîche date inscrivaient au crayon tout ce qu'ils avaient pu se rappeler des Saintes Écritures, des fragments de prières, ou leur propre version des actes de Jésus, tout ce que leur mémoire avait pu sauver de leur enfance d'avant le bolchevisme ou de la littérature, tout ce qui avait pu cahin-caha traverser trente années de vie sans Dieu et de ce qu'ils considéraient aujourd'hui comme un délire athée.

Un jour, dans une rue de Magadan, sur le trottoir de bois grinçant, quelqu'un avait interpellé Kirill. Il en avait eu un étourdissement: la voix arrivait à tire-d'aile de la «tapisserie», c'est-à-dire d'un pays irréel, du Bois d'Argent. Deux épaisses silhouettes d'anciens ZEK en pantalon matelassé s'étaient croisées en courant, s'étaient arrêtées net, puis, stupéfaites, s'étaient lentement retournées l'une vers l'autre. Celui qui regardait Kirill au milieu de ses mèches et de sa barbe grisonnante, des plis tannés de son visage, était Stépane Kalistratov, l'imaginiste, le mari infortuné de sa sœur Nina.

— Stépane, mon vieux, tu n'es pas mort?

Eh bien, non seulement le bohème d'autrefois avait survécu, mais il s'était adapté. Il était sorti du camp bien avant Kirill, vu qu'il s'y était trouvé avant lui. Il était portier à l'usine d'entretien automobile, c'est-à-dire qu'il ne foutait rien, comme de tout temps, rien d'autre que d'écrire des vers. Alors, même au camp, tu en as écrit? Stépane s'assombrit. Pas une ligne. Imagine ça, pas une ligne en dix ans. Mais ici, c'est un véritable «été de Boldino[1]». Tu ne crains pas qu'ils te recoffrent? Non, je n'ai plus peur de rien, l'essentiel est passé, j'ai vécu ma vie.

Stépane introduisit Kirill auprès de ses amis. Une fois par semaine, l'on se réunissait chez deux femmes de lettres pétersbourgeoises, actuellement nurses dans un établissement d'enfants. Assis jambes croisées sur des tabourets boiteux, on se serait cru dans un salon de la Maison des Écrivains. On parlait des premiers symbo-

1. Par référence à Pouchkine, dont l'été d'exil à Boldino fut très fécond.

listes, de Vladimir Soloviov[1], du culte de sainte Sophie[2].

... Mais ce n'est point Isis à la triple couronne
Qui nous apporte le salut,
C'est celle qui sur nous, éternelle, rayonne,
La Vierge des splendeurs...

récitait quelqu'un, un ex-collaborateur de l'Institut de Littérature mondiale à la mémoire phénoménale, aujourd'hui garçon de bains aux bains municipaux.

Que faut-il de plus à un homme qui a abandonné sa foi marxiste telle une mue de serpent dans les terriers du bagne de la Kolyma ? pourrait-on se demander. Plus d'escorte, le pain quotidien assuré, les joies et les timidités d'une foi nouvelle, des vers mystiques au sein d'une intelligentsia raffinée, mais c'était la renaissance du *Siècle d'argent* camouflé en Dalstroï ! Pourtant, Kirill continuait à ne pas se sentir à sa place au paradis de Magadan, presque comme un voleur, comme s'il — pour employer l'argot des camps — « s'était dégoté une planque au riffle des OS ». Accueillant les convois qui affluaient sans discontinuer et les remettant en route après la douche et ce qui s'ensuit, vers le nord, vers la mine, il se voyait dans leurs rangs. Lui, Kirill Gradov, il était né pour cela et pour rien d'autre. Partir avec ceux qui souffraient et disparaître avec eux.

En ce moment encore, devant la fournée qui sortait des entrailles du *Félix*, il éprouvait une

1. Soloviov (1853-1900), poète et philosophe religieux dont l'influence, notamment sur les symbolistes, fut considérable.
2. Qui fut pour ces poètes l'incarnation de l'éternel féminin qui guide le monde.

violente envie de franchir le cordon armé et de se confondre avec cette foule nauséabonde, épuisée par la puanteur des cales. Il n'avait pas pu s'habituer à considérer ces « déchargements » comme un travail ordinaire, banal. Chaque fois qu'il voyait cette masse humaine sortir de son emballage d'acier et s'acheminer vers les vastes étendues du bagne, il croyait entendre une sorte de symphonie avec orgue, la voix tragique d'un temple inconnu.

Les voilà qui sortent et qui happent avidement la généreuse atmosphère du bon Dieu et aperçoivent le ciel clair et leur nouvelle terre sombre, la prison dans laquelle les deux tiers pour ne pas dire les trois quarts sont destinés à disparaître à tout jamais. Tout de même, les jours de semi-asphyxie, de tangage, de nausée, sont révolus. Le temps qu'on les forme en colonne, ils peuvent jouir de doses d'oxygène non rationné. Ils remuent, chancellent, se soutiennent mutuellement et inspectent les nouveaux rivages. Peut-être que pour les soldats et pour la galonnaille de la Sécurité, ces instants ne sont rien d'autre que pure routine, pour les ZEK, pour chaque homme de ce nouveau contingent, chaque fraction de seconde est riche de signification. N'est-ce pas pour cela que Kirill croit entendre sa musique tragique et pourtant porteuse de réconfort ? Moi aussi, il y a onze ans, je me suis ainsi extrait des cales du *Volotchaïevsk*, assommé d'air pur et d'espace, et j'ai ressenti cette inspiration inconnue et terrible. J'ai refusé de penser alors que je commençais à me rapprocher de Dieu.

Le convoi et ses besaces, ballots, valises serrées par des cordes, s'attroupait sur le quai au pied des ponts roulants. Ici et là, l'on apercevait les vestiges d'uniformes étrangers, une capote de coupe différente, une coiffe où se reconnaissait le fond carré des bonnets polonais, les pattes d'oreilles de l'armée finlandaise. Et au milieu des fringues civiles, soudain passaient des oripeaux venus tout droit d'une boutique à la mode d'Europe: galurin de feutre fin, écharpe d'alpaga écossaise, bottines incongrues dans cette boue glacée... À travers le murmure égal de la foule, perçait parfois un mot non russe ou une exclamation danubienne... Un étrange transport illuminait alors ces visages indécents de fatigue, pas nécessairement étrangers, d'ailleurs, les yeux russes n'avaient peut-être pas tous perdu la faculté de s'éclairer.

Les soldats repoussèrent le convoi des hommes au-delà des rails, au bout du *Félix*. Ce fut au tour du chargement féminin de se déverser. Aussitôt, la gamme des sons changea. C'étaient, cette fois, les paysannes galiciennes qui dominaient nettement. Le fait d'être ensemble rendait leurs voix plus hardies, elles s'égosillaient comme à la foire. Elles aussi, on les repoussa au-delà des rails, tout droit au pied d'une butte moussue et dentue où commença le tri.

Kirill et les autres auxiliaires de l'Hygiène attendaient les ordres. Le type de désinfection des vêtements était déterminé par le degré d'infestation par les poux et la quantité de maladies contagieuses. Comme les vêtements de travail étaient constamment déficitaires, il fallait décider du principe selon lequel on distribuerait cabans, pantalons, *tchouni*[1] et aussi quel serait le degré de vétusté des vêtements distribués: la plupart de ces cabans, pantalons et *tchouni* cent fois rapiécés n'étaient plus que haillons, ils repas-

1. Chaussons d'écorce grossière particuliers à la Sibérie.

saient aux nouveaux venus de ceux qui ne réclameraient plus jamais leurs cabans, pantalons et *tchouni*. On décidait s'il fallait donner des vêtements à l'un, si ceux de l'autre tiendraient encore jusqu'au camp et à la mine. Bien qu'il lui fût interdit de parler avec les prisonniers, Kirill expliquait à nombre d'entre eux qu'on risquait, au camp, de leur donner quelque chose de plus solide. Mais si tu as touché tes fringues à l'Hygiène, n'espère plus avoir de change. Il disait aussi souvent aux nouveaux qu'hier encore, il était comme eux, et puis voilà, il avait accompli ses dix ans et il avait survécu, il s'en était sorti. Alors, les nouveaux le considéraient avec une curiosité extrême. Nombreux étaient ceux à qui cela rendait l'espoir : quand même, petit bonhomme n'est pas mort, il s'en est tiré, alors, nous aussi, nous avons notre chance, alors, ce trou n'est pas aussi fatal que ça, *la Kolyma, la Kolyma, merveilleuse planète*... Mais d'autres, pourtant, le considéraient avec horreur : dix ans de bout en bout, comme ce pépère ! Est-il possible que nos dix, quinze, vingt ans passent ainsi sans que survienne aucun miracle, sans que notre geôle soit détruite ?

Ce n'étaient pas les soucis qui manquaient. La Sécurité cavalait, des papiers à la main, appelait des noms, des matricules, des articles du Code. Du gros du convoi, il fallait isoler les « résidents spéciaux » et parmi eux le « contingent spécial » au sein duquel il fallait reconnaître les SN (socialement nuisibles) et les SD (socialement dangereux). Les auxiliaires libres s'excitaient autour de la Sécurité, captaient les ordres au vol. Et Kirill de même, avec son bloc-notes et son trousseau de clés dont l'une, soit dit en passant, était celle des chaînes de pieds des détenus les plus considérables. Somme toute, on témoignait à l'évidence du souci de préserver la vie du contingent, sinon quel sens y aurait-il eu à l'emmener aussi loin ? La rentabilité est l'un des principes majeurs de l'édification du socialisme.

Ce jour-là, le convoi offrait aux autorités un cassement de tête particulier. Il consistait pour moitié en « socialement inoffensifs », c'est-à-dire en prisonniers de droit commun. Parmi eux, à en croire la rumeur, ainsi que les rapports de divers moutons, il arrivait dans l'immense camp de la Quarantaine de Magadan une bande armée de « purs », l'une des deux fractions qui se livraient la guerre à travers tout le gigantesque système du Goulag. Il y avait longtemps, peut-être encore du temps de Lénine, le monde du crime s'était partagé en deux camps. Les « purs » étaient fidèles à la loi du milieu, refusaient de travailler, tiraient au flanc, ne finassaient pas avec les autorités, piquaient des crises, se révoltaient. Les « putes » manœuvraient, dénonçaient, transigeaient, s'abaissaient même à se livrer aux travaux en commun, bref, « putassaient ». Donc, l'hostilité avait pris naissance sur des bases idéologiques, mais par la suite, tous les codes avaient été oubliés et la raison d'être de l'hostilité ne résidait plus que dans l'hostilité elle-même. Six mois plus tôt, c'est l'un des camps du Kazakhstan qui avait été choisi pour champ de bataille. C'est là qu'au terme d'une migration intra-concentrationnaire complexe[1] avaient conflué les forces capitales des « putes » et des « purs ». Ce sont ces derniers qui, au cours d'une bataille sanglante,

1. Sorte d'État dans l'État, les droits-communs exerçaient, par voie de chantage ou de menace sur le petit personnel des camps, un véritable pouvoir. Notamment, ils se faisaient affecter et transférer où ils voulaient.

l'avaient emporté. Ce qui restait des « putes » s'était mêlé aux détenus réguliers par voie de corruption, chantage et menace, avaient migré à la Kolyma où, à ce que l'on disait, ils avaient solidement pris position, surtout dans l'immense camp de Magadan-Nagaïevo. La Direction des Camps du Nord-Est venait d'apprendre qu'en groupes disparates ou en isolés il y arrivait des « purs » animés d'un seul but, celui d'exterminer définitivement les « putes ». Il va de soi que l'affaire n'alla pas sans Ivan Et Demi, qui était naturellement pur entre les « purs » et peut-être même leur maréchal clandestin. À en croire les bruits qui couraient, il était arrivé avec un convoi de ZEK ordinaires, ou bien il était arrivé en avion — un IL-14 — sous l'apparence d'un ami personnel du général Vodopianov, ou bien il avait été amené les chaînes aux pieds, ou encore, il avait été accueilli par le général Nikichov, chef du Dalstroï en personne, et sa femme, le sous-lieutenant du MVD Gridassova, avait fait elle-même son lit dans leur hôtel particulier de l'avenue Staline. Ce qui est certain, c'est qu'Ivan Et Demi était là.

En tout état de cause, la Direction des Camps prit les chuchotements, cafardages et bavardages à ce sujet assez au sérieux, le carnage risquait de détériorer singulièrement l'équilibre de la main-d'œuvre ; c'est pourquoi la Sécurité de la Quarantaine vit, ce jour-là, s'accroître son mal de tête : outre les politiques, il fallait sérieusement trier les droits-communs.

Et tout à coup, au plus fort de ce ramdam, un petit matelot bondit par-dessus les caisses de fret et cria à Kirill qui faisait diligence de l'autre côté des barbelés :

— Eh, mon pote, tu ne connaîtrais pas un Gradov Kirill, par hasard ?

Kirill en trébucha.

— Ben, à vrai dire... c'est moi, Gradov Kirill.

— « À vrai dire... », le singea le matelot qui ajouta avec une grimace pleine d'humour : Alors, tonton, y a une passagère pour toi, va l'accueillir.

— Quelle passagère ? fit Kirill, étonné.

Le matelot avait prononcé le mot « passagère » d'un air particulièrement narquois. Cela le gênait sans doute devant lui-même de rendre service à une « passagère » inconnue, d'avoir cherché ce Gradov en qui il découvrait un sale vieux casse-couilles, un trotskiste, probable. Kirill avait saisi la nuance et éprouva une forte émotion, comme le jour, douze ans plus tôt, où l'inspection du NKVD lui avait téléphoné et demandé de venir « tailler une bavette ».

— Les passagers sont tous sur le terre-plein, dit-il bêtement avec un geste vers les barbelés derrière lesquels les ZEK étaient massés.

Le matelot éclata de rire :

— Je t'ai dit « une passagère », pépère, pas une ZEK.

Il pointa le pouce par-dessus son épaule vers la muraille de tribord rebondie du *Félix* et poursuivit son chemin.

Comprenant presque ce qui se passait et refusant d'y croire, Kirill s'en fut à pas prudents — comme si cette prudence pouvait encore changer quelque chose — vers le débarcadère. Il contournait prudemment les pieds des grues et les piles de fret quand il aperçut à dix mètres, descendant de la passerelle principale, une vieille dont la tête lui disait quelque chose.

Au premier instant, il poussa un ouf ! de soulagement : ce n'était tout de même pas ce dont il était presque certain, ce n'était rien qu'une relation de sa vie antérieure, une reléguée peut-être, tout de même pas Tsilia, ce n'était pas possible... À l'instant suivant, il réalisa que c'était pourtant elle, sa légitime épouse, Tsilia Naoumovna Rosenblum ! et pas une vieille connaissance quelconque.

Voûtée, ou bien ployant sous une invraisemblable quantité de sacs et de cabas pleins à craquer, elle descendait la passerelle en clopinant, la jupe pendante comme toujours, ses jambes maigres enfilées dans des bottines invraisemblables, sur la tête un béret de velours encore plus invraisemblable — on aurait dit un Rembrandt — d'où dégringolaient des mèches rousses semées de fils blancs, les seins pesants s'échappant d'un manteau trop étroit pour eux. On aurait dit qu'elle allait s'effondrer, là, tout de suite, sous le poids de ses sacs, de ses seins, de tout cet instant extraordinaire. De fait, dès son premier pas sur la terre de la Kolyma, elle trébucha contre un madrier, s'accrocha à un câble et s'étala à genoux dans une flaque de boue. Et l'on vit du même élan s'ébranler dans son dos un buste de Karl Marx grand comme une tête de chou dont les traits dépassaient des mailles d'un vieux filet à provisions, pareils à ceux d'un ZEK derrière ses barbelés. Bien entendu, les salauds de quart à bord du *Félix* éclatèrent de rire, tandis que, sur le quai, ceux de la Sécurité se poilaient de bon cœur. Kirill s'élança, attrapa sa femme sous le bras par-derrière, elle jeta un coup d'œil par-dessus son épaule, le reconnut aussitôt, sa bouche aux lèvres maladroitement peintes s'ouvrit toute grande sur un cri prolongé, déchirant comme un sifflet de locomotive : « Kiri-i-ill, mon chéri-i-i ! — Tsilia, ma Tsilia, voilà mon petit soleil... », marmonnait-il en embrassant ce qu'il pouvait dans la position malcommode où il était, c'est-à-dire sa jeune oreille et sa joue ravagée qui fleurait fortement les croquettes à l'oignon.

On aurait pu croire que c'était, pour la jeunesse, l'occasion de rigoler un brin, cette scène d'amour de deux épouvantails des potagers, pourtant les matelots de garde, comme l'escouade de flics, retournèrent séance tenante à leurs occupations, laissant les deux épouvantails s'enivrer seul à seul de leurs retrouvailles. Pour que cela vaille la peine de se payer la tête des gens, il faut que la cible des quolibets réagisse, qu'elle se fâche ou qu'elle meure de honte, mais la présente cible, c'est-à-dire ce couple retrouvé, était si loin de ce qui l'entourait que la plaisanterie perdait tout intérêt. Il n'est pas exclu d'ailleurs que cette pitoyable scène ait fait vibrer une corde dans le cœur de quelques jeunes représentants de la garde, leur ait vaguement rappelé l'éternel, l'indéfectible malheur de la Russie qu'était en réalité ce bagne qu'ils surveillaient. En tout cas, ils retournèrent tous à leurs occupations, tandis que deux plantons descendaient à quai, posément, sans se marrer, la principale fortune de Tsilia : deux valises en tapisserie héritées du temps de papa et une caisse contenant les classiques du marxisme.

Ils n'arrivaient pas à bouger de place. Les yeux illuminés, les mains sur les épaules de Kirill, Tsilia proférait comme à la scène :

— Kirill, mon chéri, si tu savais ce que j'ai souffert en ces douze ans ! Ne crois pas à ce qu'on a pu te raconter. Je te suis restée fidèle. J'ai repoussé tous les hommes, tous ! Et il n'en a pas manqué, Kirill, tu sais, il n'en a pas manqué !

Kirill ne parvenait pas à reprendre ses esprits.

— Qu'est-ce que tu dis, ma petite Tsilia, je ne comprends pas. Comment se fait-il que tu sois là, sur ce... *Félix-Dzerjinski* ?

Elle éclata d'un rire vainqueur. Ça n'était pas si compliqué que cela. Elle avait un ordre de mission de la Formation Politique. Je vais être affectée au personnel enseignant des cours du soir de marxisme-léninisme, voilà, mon cher ! À cœur vaillant rien d'impossible, voilà ! Elle est allée chez Nikiforov en personne, à la section du CC et, après un long entretien, il a donné le feu vert. Non, non, il ne s'est rien passé entre nous de ce que tu crois, à part, bon, quelques coups d'œil éloquents de sa part. Bon, il avait quand même compris qu'elle n'était pas de celles qu'il pensait et il avait abordé cette affaire grave en véritable communiste.

Le pire avait été ici, en Extrême-Orient. Tu sais, tout y pousse à de telles cadences, partout ce sont des chantiers nouveaux, des flots de jeunes travailleurs, les transports sont surchargés. Elle s'était démenée une semaine entière à Nakhodka, s'efforçant d'obtenir un passage sur n'importe quel bateau du Dalstroï, tout cela en vain. Puis on lui avait dit que le *Félix-Dzerjinski* appareillait de Vanino pour Magadan, et elle s'était précipitée à ce Vanino. Là, personne n'avait voulu l'entendre. Alors, je me suis carrément jetée à la tête du capitaine, sur quoi d'autre pouvais-je compter que mon charme ? Rien ! Et voilà le résultat, elle a pris place à bord du *Félix* et le capitaine, un austère gentleman des mers, l'invite à déjeuner au carré des officiers. Non, bien sûr, j'ai mis les choses au point et nos rapports n'ont pas une seule fois dépassé le permis…

Elle marmonnait toutes ces absurdités ou bien s'égosillait tour à tour sans rien voir autour d'elle, se bornait à poser un regard rayonnant sur son cher « gamin ». On aurait dit qu'elle ne remarquait même pas les changements considérables que l'aspect de son gamin avait subis. Les lecteurs des deux premiers livres de notre saga ont évidemment remarqué que Tsilia Rosenblum était du nombre relativement faible des gens qui ne voient pas les détails, car ils ne vivent que dans un monde d'idées fondamentales.

Cependant, de l'autre côté des barbelés, à deux pas, montait jusqu'à Kirill son propre nom accompagné d'exclamations vigoureuses. « Gradov, putain ! Qu'est-ce qu'il fout, cet enculé ? Où il a disparu, bordel, ce Gradov à la con ? »

Non, je ne peux plus rester parmi ces brutes et ces débiles de la Sécurité, se dit Kirill comme si son travail à l'Hygiène avait depuis longtemps dépassé ses forces. Maintenant que ma femme est ici, je ne peux plus y rester. Avec l'aide de Dieu, je vais me faire garçon de chauffe au lycée ou à la Maison de la Culture, ou à n'importe quelle autre chaufferie.

Devant lui, déambulait son équipier, Filip Boulkine, une rare crapule. Il n'avait rien à faire au port ce jour-là, mais bien entendu, il ne pouvait pas, dans l'espoir de quelque aubaine, laisser passer l'arrivée du navire et de son convoi. Kirill lui promit une bouteille d'alcool rectifié s'il le remplaçait. « Tu vois, ma femme vient d'arriver, dit-il, cela fait douze ans que nous ne nous sommes pas vus. »

— Elle est bien, ta femme, dit Boulkine avec un coup d'œil rapide à la toilette disparate de Tsilia et aussi avec une attention particulière aux bagages éparpillés autour d'elle. — Il faut croire que Filip Boulkine était du nombre des gens qui, justement, se concentrent sur les détails, sans remarquer les idées fondamentales. — Dis voir, elle n'aurait pas amené des aiguilles de phono ? — Il apprit avec étonnement que la femme de

Gradov n'amenait pas ce produit rare qui valait, à la Kolyma, un rouble pièce, un rouble pour cet objet microscopique, et il partit faire son remplacement. Naturellement, cela l'arrangeait.

Kirill alla fureter dans le bric-à-brac du port et découvrit une brouette abandonnée sur laquelle il chargea les biens de Tsilia. L'un des filets bourrés à craquer tomba dans le champ visuel de la « passagère » : elle se jeta dessus comme sur un poulet rôti et prêt à consommer. Des lambeaux de journal d'emballage s'envolèrent comme duvet de ce même poulet le jour où on l'avait plumé. « Regarde ce que je t'ai apporté, mon petit Kirill, des bonnes petites choses de Moscou ! » Lesquelles bonnes petites choses de Moscou s'étaient, au cours de ses quinze jours de voyage, sérieusement écrasées, graissées, étalées ou pétrifiées selon leur consistance. Néanmoins, elle n'arrêtait pas de déchiqueter ses petits cornets de papier, d'en détacher des bouts d'aliments qu'elle lui fourrait dans la bouche. « Te voilà des sablés, des pralines, des *oïla* soviétiques, des *feinkuchen*, du *strudel*, des *eier-kuchen*[1], si c'est bon, tout ça ! C'est que tu t'en régalais autrefois, Gradov ! »

Il la regarda avec tendresse. Par ces bouts de sucreries incroyablement délicieuses, c'est vrai, même si elles étaient un tantisoit moisies, comme par cette adresse politique de « Gradov » qui refaisait surface dans sa mémoire, sa grotesque épouse essayait probablement de lui dire que tout pouvait s'arranger dans le meilleur des mondes matérialistes.

Ils s'acheminèrent vers la grille du port. Kirill avait la bouche encombrée d'un énorme mélange

1. Pâtisseries juives.

de sucreries. « Merci, Rosenblum », meugla-t-il, et tous deux pouffèrent de rire.

Devant la sortie, ils durent ralentir. La première division du nouveau convoi passait. Les ZEK avaient sorti tous leurs trésors de leur sac et, les tenant par brassées, allaient faire rôtir leurs poux.

— Qui sont ces gens ? demanda Tsilia, stupéfaite.

Encore plus stupéfait, Kirill avala d'un seul coup sa boule de sucreries.

— Comment, qui ils sont ? Mais tu as fait la traversée avec eux !

— Allons donc, Gradov ! Allons donc, Gradov ! Comment, j'ai fait la traversée avec eux ? Je suis arrivée sur le *Félix-Dzerjinski*.

— Eux aussi, Rosenblum.

— Je n'en ai pas vu un seul.

— D'accord, mais ne savais-tu pas... ne savais-tu pas... ce que transportait le *Félix*, l'oiseau de bon augure ?

— Qu'est-ce que tu racontes, Gradov ? s'exclama-t-elle. Un bateau si beau, si propre ! J'avais une cabine minuscule, mais idéale. Les douches dans le couloir, du linge propre...

— Nous, ce bateau, nous l'appelons un porte-ZEK, dit Kirill les yeux fichés en terre, ce qui allait de soi, car ils montaient une pente et la brouette était lourde.

— Qu'est-ce que c'est que ces expressions, Gradov ? questionna-t-elle d'un ton sévère. — Puis très vite elle ajouta, lui caressant la nuque et lui pinçant la joue : — Arrête, arrête, Gradov chéri, bien-aimé, merveilleux, n'exagérons pas, ne généralisons pas...

Il marqua un temps d'arrêt et dit d'une voix ferme : — Ce bateau transporte des détenus. — Il fallait bien qu'elle sache où en étaient les choses, à la fin des fins. On ne pouvait tout de même pas vivre à Magadan et ne pas en connaître la règle.

Cette courte polémique s'évanouit sans assombrir leurs retrouvailles. Ils remontaient un chemin défoncé, à peine remblayé de gravier, y poussaient le saint-frusquin de Tsilia avec des sourires radieux, on aurait dit Hänsel et Gretel[1]. Cependant, la nuit tombait, çà et là parmi les piètres isbas, les remblais tordus et les baraques de la cité de Nagaïevo où dominait curieusement une teinte rose sale, des lumières s'allumèrent. Tsilia commença enfin à prendre conscience des réalités :

— Alors, c'est ça, Magadan ? demanda-t-elle avec une alacrité de commande. Et où est-ce qu'on va coucher ?

— J'ai une chambre particulière. — En disant cela, il ne put réprimer un mouvement de fierté.

— Dis donc ! s'écria-t-elle. Je te promets une nuit de flamme, mon cher Gradov !

— Hélas, Rosenblum, je ne saurais t'en promettre autant, dit-il en se ratatinant d'un air coupable et en songeant : Si au moins la chère petite vieille ne dégageait pas cette odeur de croquettes à l'oignon !

— Tu vas voir, tu vas voir, je réveillerai la bête qui sommeille en toi ! — Elle secoua la tête avec un sourire malicieux. Sa bouche, c'est-à-dire ses dents, étaient dans un état déplorable.

Ils grimpèrent encore un certain temps et s'arrêtèrent en haut de la butte. Ils découvrirent la ville de Magadan étalée dans une large dépression entre les collines, ses deux grandes rues qui

1. Petits héros de l'opéra enfantin du compositeur allemand Humperdinck.

se coupaient — la perspective Staline et la chaussée de la Kolyma — avec leurs rangées de maisons de pierre à quatre étages et leurs entassements de petites bâtisses.

— C'est cela, Magadan, dit Kirill.

À ce moment, les réverbères de la perspective Staline s'allumèrent. Avant de se coucher définitivement, le soleil darda entre les nuages quelques rayons sur les fenêtres des grandes maisons où demeuraient les familles de la Direction du Dalstroï et des Camps. La ville apparut alors comme une incarnation de la prospérité et du confort.

— C'est joli ! dit Tsilia non sans étonnement. — Et pour la première fois, Kirill se sentit en quelque sorte fier de sa « bourgade aux osselets », de ce caillot de honte et d'angoisse.

— Ça, c'est la ville de Magadan, l'endroit dont nous venons n'était que la cité de Nagaïevo, commenta-t-il.

Une voiture de tourisme passa, grondant à basse vitesse et brillant de tous ses phares d'outre-Atlantique. Des gants de cuir fin agrémentés de cinq trous ronds aux articulations reposaient sur le volant. Serein, austère, le nez britannique du capitaine fila devant eux.

Plus ils marchaient, plus ils s'éloignaient de l'élégante Magadan, plus les dédales de la cité criminelle terrifiaient Tsilia Rosenblum : murs de bois fléchis des baraques, étais des miradors, barbelés, fosses de détritus, cauchemardesques flots d'eaux usées, nuages de vapeur des chaufferies. Parfois, quelque chose de plus encourageant se profilait : un terrain de jeu d'enfants avec statue de guerrier soviétique, une banderole « Honte aux fauteurs de guerre ! », le portrait de Staline au-dessus des Entrepôts des matériaux de construction ; pourtant, Kirill poussait toujours sa brouette, ils abandonnaient les rares fanaux du socialisme et s'enfonçaient dans l'inextricable broussaille de la vie des ZEK affranchis. Et là, sans crier gare, instantanément, sans entrée en matière, des tourbillons de neige se déversèrent du ciel noir. « C'est toujours comme ça, expliqua Kirill. La première tempête de neige se déclenche sans avertissement. Mais nous sommes arrivés. »

On apercevait, sous la danse folle de la lanterne, un mur bas, couleur de sucre rose zébré d'une lézarde en buisson d'où dégringolaient toute sorte de saletés. Les tourbillons de neige frappaient la porte de plein fouet. Kirill l'attira non sans peine et y entra les affaires.

Le plancher du long couloir où se retrouva Tsilia semblait avoir supporté un sérieux tremblement de terre. Ici et là, les lattes formaient des bosses, ailleurs, elles s'étaient effondrées ou elles se dressaient en l'air. Ce que l'on appelait les « parties communes » se trouvait au bout du couloir qui dégageait une odeur mêlée de déjections, d'eau de Javel et de graisse de veau marin grillée. Pas moins de trente portes s'alignaient le long du mur cintré, ventru à sa façon. Le spectre des sons qui en montaient allait du pet timide à la sublime voix de la cantatrice Pantofel-Netchestka interprétant un air de *Natalka-Poltavka*[1] sur le Premier Programme de la radio d'URSS. Quelque part, avec une monotonie étrange, une voix menaçante répétait : « D'un coup de dents ! J'te la coup'rai ! » Était-ce un homme ? Une femme ? Impossible de le dire. Lugubre, sinistre, la voix abusait des premières syllabes paires, abrégeait les deux dernières, ce qui donnait quelque chose comme : « D'un cou-ou-oup d'den-en-ents, j'te la coup'rai ! »

1. Opéra ukrainien de Lyssenko (1889).

Un corps inerte contre lequel, comme de juste, Tsilia buta, gisait au milieu du couloir.

— Tu comprends bien que nous ne sommes pas à Moscou, articula Kirill, confus. — Puis il ôta le cadenas et ouvrit la porte de contre-plaqué de sa « chambre particulière ». La petite ampoule « à la Lénine » qui pendait au bout d'un long fil, d'ailleurs raccourci au moyen de quelques nœuds, éclaira un espace de cinq mètres carrés où se logeaient à grand-peine un châlit recouvert d'une couverture en patchwork, une petite étagère de livres, une petite table, deux chaises et un seau.

Eh bien, assieds-toi. Où ? Ici. Bon, voilà, je suis assise, maintenant, je me couche. Éteins. Comme ça, tout de suite, Rosenblum ? Ça fait douze ans que j'attends, Gradov. Que j'ai éloigné tous mes soupirants, et combien il y en a eu ! Mais, ma petite Tsilia, moi, je suis tout à fait... Non, non, ça n'existe pas, ça, qu'on soit tout à fait... tiens, presse-le, presse-le, et tu ne t'apercevras même pas que... voilà, voilà, ça, c'est un bon petit, ça, c'est un bon petit...

Heureusement qu'il fait noir, se disait Kirill, on ne voit pas que je copule avec une vieille pareille. Puis, dans le rai de lumière trouble qui passait par sa fenêtre minuscule, il aperçut, posé sur la table, le filet et le buste de Marx. Les traits arrondis du père du communisme scientifique étaient tournés vers le plafond de la baraque croulante. La présence du fondateur politique augmenta curieusement son ardeur. L'odeur de croquette mal digérée se volatilisa. Le spectre complet des sons s'éteignit, y compris le monotone « D'un coup de dents... ». La *Blouse bleue*, la komsomol 1930 du grand tournant, du colossal chambardement : « Électrification, Conjonction des

Forces, Entraînement[1] ! » Tsilia poussa un hurlement de triomphe. Ma pauvre petite fille, qu'es-tu devenue !

Dans le silence qui suivit cette scène pathétique, quelqu'un gloussa tout près, à croire qu'il reposait là contre :

— Dis donc, pan-pan ! le Kirill a ramené une bonne femme, dit une voix paresseuse.

— Pas possible ! Kirill Borissovitch, se dégoter une radasse ? fit, étonnée, une voix de femme.

— Comme si t'avais rien entendu, tordue ! fit le paresseux d'une voix profonde en se retournant.

Sur quoi la paroi bougea et, au pied du lit, à travers le contre-plaqué effeuillé, l'on aperçut le pied noir de l'occupant de la « chambre particulière » d'à côté.

— C'est ma femme qui arrive du Continent, Pakhomytch, dit Kirill à mi-voix. Mon épouse légitime, Tsilia Naoumovna Rosenblum.

— Mes félicitations, Borissovitch ! dit Pakhomytch qui, à présent, c'était certain, reposait le dos au mur. La bienvenue, Tsilia Rosenblumovna !

— Je te promets que nous aurons bientôt une vraie chambre particulière, murmura Tsilia à Kirill droit dans l'oreille.

Passant par le canal auditif, son murmure vint chatouiller Kirill dans le nez. Il éternua.

— Tu veux un coup de vodka ? demanda Pakhomytch.

— Demain, répondit Kirill.

— Sans faute, soupira Pakhomytch.

Kirill commenta dans la jeune oreille rosenblumienne :

1. L'un des nombreux mots d'ordre de l'époque qui répondait à ce qui s'appelait l'« algèbre de la révolution ».

— Il est justement de notre région de Tambov à nous. Un excellent bonhomme. Il a été condamné pour révolte armée...

— Qu'est-ce que c'est que ces plaisanteries idiotes, Gradov ? éluda Tsilia en bayadère lasse.

Cependant, il fallait défaire les bagages. Kirill s'employa à les déballer, tout en s'efforçant d'éviter les regards directs de la vieille qui s'agitait à son côté. Pas vieille du tout. Elle a trois ans de moins que moi, elle n'a que quarante-quatre ans. « Quarante ans, l'épanouissement — Quarante-cinq, on se requinque. » Avec un peu de veine, elle rajeunira, ma Rosenblum.

— Qu'est-ce que c'est que ça ! s'exclama soudain Tsilia. — Elle se tenait les mains aux hanches devant l'étagère en haut de laquelle trônaient un petit triptyque, des images du Sauveur, de la Vierge et de saint François, une chevrette des bois sous la main. Ces œuvres des camps de la Soussouman, c'est l'infirmier Stasis, auquel il restait encore trois ans à tirer, qui les avait offertes à Kirill.

— Ça, Tsilia, c'est ce que j'ai de plus cher au monde, dit-il doucement. Tu ne sais pas encore que, durant ma détention, je suis devenu chrétien.

Il s'attendait à un éclat, des propos enflammés, de violentes professions de foi marxiste, mais, au lieu de cela, il n'entendit qu'un caquètement étrange. Mon Dieu, Rosenblum pleurait. Elle tendait la main comme une aveugle, la lui posait sur la tête tel saint François d'Assise sur celle de son frère le loup, et murmurait : « Mon pauvre, pauvre gamin, que t'est-il arrivé... »

— Ça ne fait rien, dit-elle en s'ébrouant, cela te passera.

En quelques gestes vifs, elle déharnacha Marx

et l'installa sur l'étagère à côté des saintes images. Et maintenant, on verra bien qui l'emportera! Tous deux éclatèrent de rire, avec soulagement.

Voyons, n'était-ce pas une idylle que cela? Une bouilloire électrique modèle de Moscou est en train de bouillir. Un paquet de thé de Géorgie surchoix est ouvert. Des bouts de friandises agglutinées sont éparpillés sur la table. La première tempête de neige de l'automne 1949 siffle au-dehors. La baraque croulante tombe peu à peu dans le silence, seule monte quelque part la voix de Serguéi Léméchev: « Un trait viendra-t-il percer mon cœur[1]? », tandis qu'entraînés par l'exemple Pakhomytch et Mordekha Botchkova, sa bonne femme, se carambolent dans la pièce à côté. Tsilia sort une grande photo vieille de dix-neuf ans. La véranda du Bois d'Argent après leur repas de mariage: Bo et Mary, et Poulkovo, et Agacha, et, âgé de huit ans, leur petit loup koulak Mitia, et Nina avec Savva, et Boris IV — quatre ans, et riant plus que tous les autres, un jeune général de division, et, irrésistible dans sa robe blanche avec d'immenses fleurs sur les épaules, Véronika, ah, Véronika...

— Cette salope, siffla soudain Tsilia. Tu aurais pu être libéré et réhabilité dès 1945 comme frère du maréchal Gradov, Héros de l'URSS, mais cette salope, cette prostituée, elle s'est mise avec un Américain, un espion, elle a fichu le camp en Amérique avant même d'avoir reçu des nouvelles de son fils! Ne me dis rien, c'est une chienne et une salope.

— Non, non, ma petite Tsilia, bredouillait-il en lui caressant la tête. Nous nous aimions tous,

1. Ténor célèbre et phrase de l'opéra *Eugène Onéguine* de Tchaïkovski.

dans ce temps-là, regarde comme nous nous aimons et comme nous sommes heureux. Cet instant a existé, en voilà la preuve, il ne s'est pas envolé, il survit pour toujours parmi nous.

Quand elle se met en colère, sa figure, son nez et ses lèvres s'allongent, on dirait une ratonne du plus haut comique. Mais voilà que ses traits se détendent, à croire qu'elle n'en veut plus à Véronika.

— Tu dis que nous nous aimions tous, et moi, je ne les voyais tout simplement pas, je ne voyais que toi…

CHAPITRE DEUX

Shoot

De la misère de la Kolyma, cher lecteur qui nous suivez si fidèlement depuis quelques centaines de pages déjà, ma plume de fabrication étrangère que j'ai acquise au coin de la rue pour un dollar et sept kopek, et qui est chargée sur le côté de la mystérieuse inscription *Paper-mate Flexgrip Rollen-Micro*, vous emmènera dans une ville immense encline, au cours des siècles, à tomber d'un coup dans l'indigence la plus absolue, la plus haillonneuse, et avec une vitesse tout aussi surprenante, à étaler sa propension à la goinfrerie, la fornication et à un goût du luxe étrange, presque toujours factice, mais tout de même conséquent. Nous voilà donc dans la ville qui a donné son nom à la présente œuvre en ses trois degrés, à Moscou, c.e.h.l. — c'est-à-dire : cher et honorable lecteur.

Comme devant, dans les cuisines des appartements communautaires, les ménagères se lançaient des casseroles de soupe au chou à la tête, et les jeunes mariés dormaient sur des lits de camp sous la table, dans la même pièce que trois générations d'une famille qui leur sortait par les yeux. Comme devant, l'achat d'exécrables croquenots de marche absorbait la moitié d'une paie et la confection d'un manteau d'hiver équivalait à la construction d'un cuirassé d'escadre. Comme devant, on faisait la queue dès le matin pour prendre un bain le soir et l'installation dans un autobus rappelait un match de lutte libre. Comme devant, aux abords des gares, des mutilés de la GGP (Grande Guerre Patriotique) complètement ivres traînaient sur le trottoir, tandis que, dans les trains, aveugles et faux aveugles chantaient *J'étais éclaireur à mon bataillon*, une romance interminable et cruelle. Comme devant, le citoyen moyen frémissait la nuit à la vue des « corbeaux noirs » et comme devant, chacun se gardait d'ouvrir sa porte à des miaulements de chat, craignant de laisser entrer la bande du « Chat noir » à la tête de laquelle se trouvait, à ce que l'on disait, le puissant et mystérieux bandit Ivan Et Demi.

En fait, la famine avait pris fin. D'ailleurs, à proprement parler, à Moscou, elle n'avait jamais commencé. Tant bien que mal, l'approvisionnement de la population de la capitale sur cartes d'alimentation avait été assuré durant toute la guerre, et après la réforme monétaire et l'abrogation du système des cartes, on avait vu apparaître dans les boulangeries des baguettes, des galettes, des petits pains français (débaptisés au bout de deux ans en « citadins » pour éviter la contagion cosmopolite), des bretzels, des *saïka*, des craquelins, des brioches, des viennoiseries de toute sorte, et puis au moins une demi-douzaine de noms de pain de seigle : pain de Borodino, de Moscou, pain de son... au rayon pâtisserie, au milieu d'un généreux semis de bonbons, se dressaient de crémeux remparts renforcés d'imposantes formations de chocolat en carré ou en ovale ; quant aux magasins d'alimentation, on y trouvait non seulement des gens pressés de bouffer, mais aussi des connaisseurs, tenez, un Moscovite corpulent qui explique avec bienveillance à une voisine plus ingénue : « Ma chère, un bon fromage doit sentir la chaussette. »

La gastronomie carnée n'était pas en reste, oh ! oh ! jambons et carbonnades réjouissaient la vue, voisinaient avec des roulades fumées, des saucissons de tout calibre, jusqu'à ces tranches de pâté subtiles qui découvraient une véritable mosaïque de farce succulente. Les saucisses descendaient du carrelage des murs en guirlandes tropicales. Des harengs gras ou maigres baignaient dans des récipients divers et traçaient au-dessus des têtes des chalands des trajectoires invisibles, mais perceptibles, qui les menaient tout droit au rayon des spiritueux. Et là, ce qui s'offrait aux yeux du patriote était une véritable parade des unités de la Garde, depuis la vodka en bouteille ordinaire jusqu'aux liqueurs en flacon. Le caviar ne manquait jamais, dans ses petits plats d'émail il jetait le trouble dans l'esprit du citoyen ordinaire et réjouissait le lauréat du prix Staline. Il y avait partout du crabe en boîte et à un prix abordable, mais personne n'en voulait, malgré la réclame au néon qui grésillait dans la nuit. On pouvait en dire autant du foie de morue, ce que peuvent confirmer tous ceux dont la jeunesse s'est déroulée sous le flamboiement statique et éternel de la stabilisation stalinienne : « Le foie de morue ! C'est bon et nourrissant ! »

Les gens du peuple avaient leurs propres joies : croquettes Mikoïan à six kopek et gelée de veau partout exposée sur des plateaux à un prix quasi symbolique, c'est-à-dire rapproché au maximum du communisme.

Les célèbres brasseries moscovites survivaient encore çà et là dans leurs caves voûtées. Tiens, par exemple, tu descends dans celle d'Essénine, sous le passage de la Loubianka. Le camarade serveur pose aussitôt devant toi une assiette d'amuse-gueules obligés : biscuits salés, pois marinés, tranchette de jambon, poitrinette fumée, oh, tendres diminutifs comestibles de la Russie ! Et de la bière, la bonne bière ! À la pression, en bouteille, à votre service ! Jigouli, Ostankino, Moscovite en demi-litres, Dorée Double en flacons torsadés de verre foncé.

D'où venait-elle, cette abondance alimentaire stalinienne, aussi vite après les destructions de la guerre ? On nous expliquera par la suite qu'elle est née dans les villes grâce au pillage des campagnes, et nous opinerons, bien que nous laissant aller à supposer que cette explication ne recouvre pas le problème dans son entier.

L'ordre régnait alors, nous brailleront en réponse les anciens combattants de la Sécurité militaire. La fauche n'existait pas ! Oui, c'est la vérité ou disons, une part de la vérité. Vraiment, notre peuple avait été à ce point conditionné par la Tchéka qu'il avait même peur de faucher. Pour un petit sac de glanes, pour quelques patates à moitié pourries, on vous expédiait d'autorité piocher la merzlota pendant dix ans. Peu importait ce que vous aviez pris, un collier de saucisses ou cent mille roubles de lingots, pour la « dilapidation des biens socialistes », on était toujours condamné à des peines de bagne effrayantes, et parfois même au châtiment suprême, si quelque circonstance venait aggraver l'affaire. On envoyait aussi aux camps les empotés qui arrivaient en retard au boulot, autrement dit, se rendaient coupables d'un délit proche du sabotage de la grande reconstruction. Au total, on ne saurait le nier, l'ordre régnait.

Mais tout de même, pour expliquer complètement la grandiose stabilisation et l'extension de la puissance qui s'étaient établies à la fin des années quarante et étendues à la première moitié des années cinquante, nous allons devoir abandonner les rails standardisés de la réalité pour bondir dans les marécages de la métaphysique. Ne vous semble-t-il pas, bon sang de bonsoir ! qu'à l'époque, l'organisme du socialisme qu'à l'heure actuelle, eu égard à certains événements, nous ne pouvons pas ne pas comparer à un organisme humain ordinaire, ne serait-ce qu'en fonction de sa durée de vie, qu'à l'époque, l'organisme socialiste avait atteint son apogée, cela ne nous semble-t-il pas ? Nous voulons dire en ce sens que… oui, précisément en ce sens que le socialisme, si on le considère comme un corps biologique, et pourquoi ne le considérerions-nous pas comme un corps biologique, a atteint les sommets de son développement, et c'est bien pour cela qu'il a pu fonctionner un certain temps sans à-coups.

Effectivement, il avait à l'époque à peine dépassé la trentaine, âge de l'épanouissement de tout corps singulier. Oui, summum du développement de tout corps quel qu'il soit et de celui-ci, celui du socialisme, en particulier. On atteignit ainsi la perfection équilibrée d'une société : vingt-cinq millions d'hommes dans les camps, dix millions aux armées, autant au KGB et à la Sécurité. Le reste de la population laborieuse s'adonnait avec abnégation à ses tâches diverses, son état d'esprit et son système réflexe étaient parfaits. On assista à un élargissement géopolitique maximal, ainsi qu'on le découvrit plus tard. Le camp socialiste dont les éléments avaient surgi tout près comme un feston de ballonnets gonflables s'alignait diligemment sur la métropole, faisait le ménage dans ses cellules. Au moment où débute notre troisième livre, à l'automne 1949, les grandes purges avaient déjà eu lieu dans les démocraties populaires : en Tchécoslovaquie, le procès de la « bande de Slanski », en Hongrie celui de la « bande de Laszlo Rajk », en Bulgarie celui de la « bande de Trajco Kostov »... Une seule bande des ex-amis avait réussi à échapper aux embrassades staliniennes, la « bande de Josep Broz Tito et de ses odieux satrapes, une bande d'espions américains, d'assassins et de traîtres de la cause communiste », la haine manifestée contre la Yougoslavie était si vive qu'elle témoignait incontestablement non seulement de l'état de la vésicule biliaire du caïd vieillissant, mais aussi de l'efficacité, entendez : de la perfection, des procès socialistes. La presse, la radio, les déclarations officielles démasquaient sans relâche les traîtres. Les Koukrynix[1] et autres Boris Efimov faisaient assaut des caricatures les plus obscènes. Tantôt ils représentaient le rétif maréchal sous les traits d'une blondasse au gros cul tenue par un oncle Sam dégingandé — des griffes duquel s'égoutte évidemment le sang des patriotes —, tantôt sous l'apparence d'un pouf épanoui de volupté et d'obséquiosité sur lequel le même oncle Sam étale ses fesses pointues. Les allusions aux grosses cuisses du chef des communistes yougoslaves et au caractère vaguement féminin de sa sale gueule étaient monnaie courante. Quels que soient les crimes et les desseins malfaisants dont on l'accusait, il en était un, le plus abominable peut-être, que l'on n'évoquait jamais.

1. Groupe de trois caricaturistes : Kouprianov, Krylov et Nicolaïev.

Ce qu'il y a, c'est que le chef des Slaves du Sud n'avait pas seulement tendance à se disjoindre du camp de la paix et du socialisme, mais aussi à fusionner avec celui-ci. Dès 1946, la « clique de Tito » avait proposé à Staline l'entrée totale de la Yougoslavie dans l'URSS avec le statut de république fédérée, et puis, cela allait de soi, l'entrée de toute la « clique » au Kremlin avec le statut de membre du Bureau Politique. Et Staline s'était dégonflé pire qu'en 1941. Que le « fidèle ami de l'URSS » se présente au Kremlin avec ses haïdouks, et la nuit même, il étranglera tous ses occupants dans leur chambre ou leur bureau. La voilà la raison de son obstination : cette fripouille veut devenir le chef de tous les Slaves, pas seulement ceux du Sud. Chose étrange, ce complot contre le progrès, le plus terrible de tous, en somme, n'a jamais été évoqué dans la presse soviétique. L'idée même de porter atteinte à la personne de l'auguste Père des peuples et à son œuvre la plus importante, l'Union Soviétique, était trop sacrilège.

En général, bien des crimes n'étaient jamais formulés concrètement, surtout s'il s'agissait de propos calomnieux à l'encontre de l'URSS. Tenez, par exemple, Iouri Joukov, l'un des meilleurs combattants de la plume, peut-on dire — Iouri Joukov parle depuis Paris d'un débordement de calomnies de la presse impérialiste, mais en quoi ces calomnies consistent il ne le dit pas, ce sont simplement « d'odieuses calomnies pleines de haine viscérale contre le rempart de la paix et du progrès ». Cette discrétion, cette réserve mettent en lumière aussi le summum du socialisme, son plein épanouissement : le nouvel homme soviétique n'a pas besoin de détails pour s'emplir d'une noble colère.

Les principaux écrivains soviétiques eux aussi, surtout ceux qui luttaient pour la paix, visaient les aires internationales, du genre de Fadéiev, Polévoï, Simonov, Tikhonov, Toursoun-Zadé, Gribatchov, Sofronov, Ehrenbourg, Sourkov, savaient parfaitement qu'il ne faut pas mettre de points sur les « i » lorsqu'il s'agit de « calomnies haineuses ». En fait, à l'époque, le Parti avait atteint le summum de la compréhension mutuelle avec les écrivains. La communauté littéraire avait aussi bien renié la décadence cosmopolite que cette invention montée de toutes pièces, un prétendu conflit intérieur à la société soviétique. Quelque temps plus tard, des esprits déraisonnables ont rejeté la « non-conflictualité » en tant que représentation dénaturée, or, ce qui s'y exprimait était pourtant la jeune maturité, la pleine apothéose de l'organisme soviétique.

Tout organisme parvenu à maturité doit être parfait au-dedans, mais au-dehors, il faut absolument qu'il ait un vigoureux ennemi. Cet ennemi, nous aussi, nous l'avions, et pas une quelconque Yougoslavie, mais le plus odieux, le plus perfide et, bien entendu, le plus irrémédiablement condamné : l'Amérique ! Tous nos autres ennemis, même l'Angleterre, étaient moins odieux, moins perfides et même moins irrémédiablement perdus, parce qu'ils étaient plus faibles que l'Amérique. C'est dans cette opposition avec l'Amérique que notre organisme a atteint ses succès les plus significatifs. *Primo*, il a détruit son monopole atomique, *secundo*, il a dressé un indestructible écran en Allemagne sous la forme d'une République des ouvriers et paysans, *tertio*, il a déclenché une puissante attaque contre les satrapes américains de Corée,

Mais en ces temps accélérés
Et par la terre labourée
Les vaillants chars de Nord-Corée
Portent partout la liberté[1]

quarto, par son vaste mouvement pour la paix, il a mis le holà aux prétentions de la réaction en Europe occidentale, *quinto*, chez lui, il en a définitivement et irrévocablement fini avec la délétère influence atlantique.

Et voilà que devant nous, étalée en travers de ces fières années, gît l'immense ville glorifiée par des chorals sataniques et pourtant, à l'étonnement général, toujours vivante, qui bouge et crache, galope, défile, titube comme un ivrogne, et nous la regardons avec les yeux d'un petit gars de seize ans qui arrive boulevard de la Stretenka de son patelin tatar et avec ceux d'un homme de vingt-trois ans qui revient rue Gorki de la taïga polonaise.

Où sont passés les invalides de la Grande Guerre Patriotique ? Un beau jour, ils ont tous disparu, ceux qu'on plaisantait si gentiment dans le peuple ! « Ni bras ni fesse, saute ta gonzesse ! » L'administration s'en était préoccupée : la population tronquée n'avait rien à faire dans les belles rues de la capitale et les salles de marbre du métro. Voilà comme s'appliquaient, ces années-là, les décisions de l'administration — instantanément, à cent stupéfiants pour cent ! Les invalides de la GGP peuvent parfaitement finir de couler leurs jours dans des lieux dont la valeur symbolique n'est pas aussi haute pour le

1. S. Smirnov.

peuple soviétique et toute l'humanité progressiste. Cela concernait particulièrement ceux qui étaient abrégés de moitié et se déplaçaient sur de petites plates-formes ficelées à leur corps déjambé, montées sur roulement à billes. Ces camarades abrégés avaient tendance à s'enivrer à mort, à gueuler des paroles outrancières, à traîner sur le flanc, leurs roulettes de biais, et ne contribuaient nullement à répandre l'optimisme.

Dans l'ensemble, on ne blâmait pas trop l'ivrognerie quand ses adeptes étaient des hommes sains, réfléchis, qui s'y livraient à leurs heures de loisir ou de congé. Les alcools étaient de bonne qualité et se trouvaient partout, y compris dans les modestes cantines. Même au cœur de la nuit, au *Gastronome* de garde, travée des Chasseurs, l'on pouvait se procurer de la vodka, du vin, des amuse-gueules. Au début des années soixante, les immenses restaurants de Moscou étaient ressuscités et étaient tous ouverts jusqu'à quatre heures du matin. Nombre d'entre eux possédaient de merveilleux orchestres. Après minuit, la lutte contre la musique occidentale faiblissait et les émouvantes cascades de *Gulf Stream* et de *Caravan* résonnaient sous leurs luxueux lustres d'avant la révolution. Les effets lumineux avaient la grande vogue : on éteignait toutes les lampes du plafond et seuls quelques projecteurs multicolores envoyaient leurs rayons vers le haut où tournait une grosse boule de verre à facettes. La jeunesse rescapée du front et la génération montante dansaient sous les reflets qui en pleuvaient. À ces moments-là, tous les danseurs croyaient que le charme de la vie ne ferait que croître et ne dégénérerait jamais en un ignoble et impécunieux mal aux cheveux.

Le corps des portiers moscovites faisait florès :

le torse avantageux, le ventre proéminent, la barbe en éventail, une bande au pantalon et des galons partout. Ils n'étaient pas tous des rapaces et des salauds, loin de là, certains portaient fièrement leur tradition et notaient avec satisfaction le tournant esthétique qui se dessinait vers les valeurs impériales. La réintroduction de l'uniforme dans diverses couches de la population leur faisait particulièrement plaisir : tunique noire du personnel des mines et des cheminots, vestes grises à appliques de velours des juristes de catégories diverses... À mesure que l'industrie légère progressera, tout le pays portera l'uniforme, et alors, on évaluera mieux le client.

En attendant, règne évidemment une anarchie partielle. Par exemple, les jeunes de Moscou aiment à porter le col relevé, des casquettes de tweed à huit pans. La prédilection des élégants va aux longs cirés en provenance d'Allemagne au titre des réparations de guerre. Très prisés aussi, les blousons tchécoslovaques en velours côtelé avec fermeture éclair et empiècement, et de même les mallettes de fabrication nationale à angles arrondis. Voici le portrait du jeune Moscovite de 1948-49 : casquette de tweed, blouson à fermeture éclair, ciré, mallette à la main. Ajoutez à votre gré quelques pièces détachées telles que le nez, les yeux et le menton.

L'idéal de la jeunesse d'alors était le Sportif. Le terme « gymnaste » employé avant guerre ne l'était plus que par ironie, pour désigner l'amateurisme. L'être de classe supérieure affecté du nom de Sportif était un professionnel ou un semi-professionnel, bien que, contrairement à l'Occident pourri, le sport professionnel n'existât pas au pays des Soviets. Le Sportif recevait de l'État une bourse dont personne ne connaissait le montant, vu qu'elle portait le cachet « ultra-secret ». À la rigueur, s'il n'avait pas encore atteint le niveau de la bourse, il avait droit à des tickets de suralimentation. Le Sportif était lent et peu disert, au milieu des gens, il filtrait ses paroles, se déplaçait avec une certaine indolence qui dissimulait sa force colossale toujours prête à éclater. Il va de soi que les cirés au titre des réparations, ça n'était plus sa pointure. Il offrait à la société les flots argentés de la gabardine ou le riche cuir des blousons d'aviateur. Seule la casquette de tweed se maintenait sur son crâne, parfois la visière coupée, par allusion à son adolescence de voyou.

Les plus grands héros du sport étaient les footballeurs de première division, particulièrement ceux de l'équipe de l'Armée Rouge et du club frais émoulu des Forces Aériennes, dont, à ce que l'on disait, le parrain était le général d'aviation Vassili Iossifovitch Staline. On avait aussi vu naître un nouveau sport qui s'était d'abord appelé « hockey canadien », puis avait été rebaptisé « hockey au palet », dont les joueurs jouissaient d'une grande popularité. C'étaient d'ailleurs souvent les footballeurs ci-dessus. En hiver, quand les terrains étaient pris par les glaces, les seigneurs du ballon rond chaussaient des patins, arboraient des casques cyclistes à boudins gonflés le long du crâne, voire des casques de tankistes, et vogue la galère ! Le palet siffle, les patins crissent, les corps robustes des officiers s'entrechoquent, projetant au passage quelques mots un peu forts.

Le plus grand favori des foules était le lieutenant Siova Bobrov qui, au football, pouvait, sur une pirouette, marquer un but à vingt mètres, et au hockey, opérant un inimitable virage derrière les buts, expédier le palet sous le cul du gardien.

Et aussi, l'aspect du jeune homme prédisposait en sa faveur : nuque rasée, toupet sur le front, bobine carrée bien de chez nous, sourire à la fois timide et effronté, Siova était comme ça.

Bataille rangée de hockey au stade Dynamo par vingt-cinq en dessous de zéro. Volutes de buée au-dessus de la foule toute en muscles, que votre centrale électrique à la tourbe, c'est rien en comparaison. Des supporters expérimentés en touloupe par-dessus leur manteau, tout un stock de quarts et de demi-vodkas dans les poches. Quel Russe n'est pas amateur de jeux sur glace ?

La population de Moscou avait un incroyable engouement pour les patins. Rien de pareil à Kazan, par exemple, ou à Varsovie. Le soir, des foules de jeunes gens allaient du métro Parc Gorki par-dessus le pont de Crimée, à ce même Parc, le plus submergé de glace, portant leurs Lame, Norvégienne ou Snégourotchka. Là, dans les allées verglacées, sous les arcs électriques, l'on se donnait rendez-vous, l'on se faisait un doigt de cour à la glisse, et parfois, le « raisin » coulait. « J'te doublerai, j'te doublerai, tu ne m'échapperas plus » — c'était la voix de fillette d'une chanteuse à la mode qui se déversait des haut-parleurs.

Le basket était également populaire, mais dans des milieux moins étendus. C'étaient les élèves de terminale et les étudiants qui se passionnaient le plus pour ce jeu américain que l'on n'avait pas réussi à rebaptiser du nom patriotique de « balle au panier ». Notre provincial de Kazan, qui s'était récemment mis à ce jeu et savait déjà se déplacer la balle à la main et la « parachuter », était complètement médusé par l'ampleur de la vie basket-ballienne de la capitale. Rien que ceux des pays baltes, quelle classe ! L'équipe d'Estonie, de vrais athlètes européens, se présentait sur le terrain en genouillères de cuir, cheveux soigneusement gominés partagés par une raie, tout souriants, saluant les juges, sans gros mots, sans se racler la gorge, sans cracher, et ils gagnaient, comme le disait si bien le journal, « avec élégance et légèreté ». Ou les géants de Lituanie défilant des « huit » devant les joueurs de Kirghizie stupéfaits. Score : 115 à 15 en faveur des grands hommes du petit pays.

Pour autant, l'image idéale qu'il se faisait de la Moscovite était très éloignée des champs clos du sport. Cet idéal associait les traits de la chanteuse Klavdia Chouljenko et de l'actrice de cinéma Valentina Sérova. L'idéal déambulait dans Moscou en cothurnes lacés à la cheville et en trois-quarts de feutre blanc. Le regard de cet idéal promettait aux hommes rescapés et à la génération montante de surprenantes incarnations de tous les rêves romantiques que l'on voudra. Notre Polonais, si réservé tant qu'avait duré sa complexe mission à l'étranger, fut pris de vertige. Un jour, à la Srétenka, il était en train d'acheter ses Ducat (dix cigarettes dans un petit paquet orange), quand il vit tous les bonshommes attroupés autour du kiosque à tabac tourner la tête dans la même direction. Parmi les « M » pataudes et les grenouilles BMW-prise de guerre, glissaient une immense Lincoln verte décapotable et, sur son siège arrière, une rêveuse tête blonde. « Sérova qu'on emmène baiser au Kremlin », commenta l'un des fumeurs d'une profonde voix d'après-boire. Était-ce Sérova, l'emmenait-on au Kremlin, était-ce vraiment en vue d'une mission patriotique, cela, personne ne le savait, mais notre Polonais chercha encore longtemps la Lincoln verte dans les guimbardes de transport moscovites, sérieusement disposé, la prochaine fois, à bondir sur son marchepied et à arracher à la créature de rêve son numéro de téléphone. Mais il ne la revit plus jamais et finit par s'interroger sur la réalité de cet instant, à la Srétenka, près du kiosque à tabac : n'était-ce pas un songe aberrant qui s'était transporté là ?

Cette petite scène offrait encore un trait curieux : l'évocation désinvolte, sans manières, du Kremlin au sein de la putasserie moscovite. Le mec entre deux vins du kiosque ne représentait pas, cela va de soi, la majorité de la population, mais seulement ce que l'on appelait le « club des hommes », dépareillé, lamentable, pourtant pas encore hors de combat, où l'on jouait au billard, aux courses, où l'on sifflait force vodka et force bière accompagnées de cervelas et de choucroute, ou au contraire, sur les nappes amidonnées du *National* où l'on consommait du cognac de marque avec du saumon fumé, après quoi on allait se livrer à des parties de pince-cul dans des piaules diverses.

Pour ce qui est du Kremlin, on avait peine à imaginer qu'une si légère et gentille beauté se fût dirigée vers cette sombre citadelle. À la rigueur, sous le couvert de la nuit, dans un « corbeau noir », un bâillon sur la bouche, on l'avait traînée vers la profanation... Car, à ce qu'on dit, c'est la nuit qu'il réfléchit aux destinées du monde et du progrès...

Une fois, à minuit, passant quai Sainte-Sophie, notre Varsovien demeura le regard rivé sur la butte du Kremlin. Les étoiles de rubis brillaient clairement et semblaient tourner au sombre vent d'automne ; tout ce qui était en dessous des toits des tours était invisible et effrayant. Soudain, un feu parut, glissa. C'était probablement le phare d'une moto de patrouille, mais cependant, notre Varsovien frémit : il ne pouvait pas s'empêcher de penser que c'était l'œil d'un dragon qui perçait les ténèbres.

Personne, apparemment, n'avait vu frémir cet homme chevronné qui en avait pourtant vu de toutes les couleurs. Le quai était désert, pas une âme, excepté un jeunot qui s'appuyait contre une voûte à une dizaine de pas, mais lui non plus n'avait pas eu l'air de s'en apercevoir, parce qu'il avait, lui aussi, frémi en voyant l'œil lumineux passer sur la butte.

Qu'est-ce que c'est que ce drôle de jeunot, que fait-il ici tout seul, pourquoi ne quitte-t-il pas des yeux la résidence du chef du gouvernement ? En Pologne, il l'aurait mis face au mur et fouillé...

— Tu as du feu ? demanda le Varsovien.

— Je ne fume pas, répondit celui de Kazan.

Il est marrant, ricana le premier, comme si je lui demandais s'il fume ou non ! Mais il ne me demande pas si je fume, il me demande du feu, se dit le second en rougissant. Quelle honte, je rougis devant ce type ! Pourquoi est-ce qu'il rougit, ce petit gars ?

Tu n'as pas froid ? Le type faisait allusion aux piètres vêtements du petit gars. Le vent se coulait sous sa chemise de satin. Il est vrai qu'il portait quelque chose d'autre en dessous, mais quoi que ce soit, ce n'était pas assez pour une nuit d'octobre. Le type ne savait évidemment pas que ce « quelque chose d'autre » était le tourment secret du petit gars. Pour des raisons inconnues, il estimait que sa chemise était juste ce qu'il fallait à un jeune homme des années quarante pour sa promenade, mais que ce « quelque chose d'autre » n'était pas du tout du même tabac : le tricot de corps de sa grand-mère. Cette protection contre le froid avachie, douteuse de forme et de couleur, il la portait sous sa chemise et la rentrait bien droit sous son pantalon afin de ne pas déformer sa silhouette vue par-derrière. Mais lorsqu'il marchait, le tricot se mettait en boule sur ses fesses et ses hanches, privant la population de la capitale de la possibilité d'admirer ses formes juvéniles, impeccables. Bien sûr, il possédait en plus un gilet de laine, une veste molletonnée seyante fort apte à résoudre le problème, mais à la différence de Kazan, cette pièce d'habillement n'avait nettement pas cours parmi la jeunesse de la fin des années quarante et se rapportait davantage à la gent des concierges. Voilà pourquoi le petit gars descendait en dessous de zéro dans sa chemise adéquate sous laquelle se dissimulait l'inadéquat, le honteux tricot. Non, merci, je n'ai pas froid, répondit-il à l'inconnu.

Ils allaient se séparer lorsque, une fraction de seconde, ils s'immobilisèrent, comme pour mieux se souvenir l'un de l'autre. Le type en manteau noir au col relevé, cheveux roux foncé, yeux gris clair et durs, fit l'admiration du petit gars de province. La voilà, l'incarnation du jeune Moscovite d'aujourd'hui, quelle assurance! Sûrement un maître ès sports, se dit-il. Si j'offrais mon chandail à ce petit romantique morveux? songea le type non sans ironie. Il avait ramené une demi-douzaine de gros chandails de Pologne. Tout de même, ce serait bizarre de faire cadeau d'un chandail à un minet inconnu.

Ils se quittèrent. Le petit gars gagna le coin de la rue d'une démarche nonchalante, évitant de se hâter de crainte que l'autre se retourne et pense qu'il avait froid. Arrivé à l'angle, c'est lui qui se retourna: le type s'installait sur une moto. Ses cheveux flottaient au vent. Il les contint sous un bonnet de ski sorti de son porte-bagages. Si j'avais un frère aîné comme ça ! se dit le petit gars, sur quoi il contourna le coin de la rue et partit comme un dératé, oubliant ses semelles douteuses que pourtant, avouons-le, il n'oubliait jamais, il fila pour échapper au vent, mais, parfois confondu avec lui, s'éleva dans un élan d'enthousiasme jusqu'à la station Novokouznetskaïa et les chaudes entrailles du métro.

Son frère aîné était mort lors du blocus de Léningrad. Son père avait tiré ses quinze ans au camp de la Vorkouta. Sa mère venait d'être libérée de la Kolyma et s'était fixée à Magadan, c'est-à-dire là où nous avons commencé le troisième livre de la saga gradovienne. Mais se considérant comme un représentant de la jeunesse des années quarante, notre petit gars ne pensait pas aux millions de ses égaux en âge qui figuraient sur les listes des « enfants d'ennemis du peuple », non : à ceux qui jouaient au basket, au foot et au hockey, qui filochaient sur des motos récupérées sur l'ennemi ou fabriquées au pays, dansaient la rumba et le fox, faisant pirouetter d'une main sûre et adroite leurs partenaires, de bouleversantes fillettes de Moscou.

À vrai dire, Moscou était pour ce petit gars une simple étape sur la route de Magadan. Avant cela, jamais il n'avait quitté Kazan où sa jeune âme s'envolait sur les ailes d'un romantisme urbaniste. Aveugle à une indigence partout visible, il ne contemplait que les silhouettes crépusculaires des tours et des toits, les fontaines à sec et les fenêtres gauchies de la Belle Époque. Et soudain, il se trouvait dans le vaste monde, le tourbillon de la vie de la capitale, la voilà, la Ville ! Qui donc parle de Kazan dont le chantre de la Ville, Vladimir Maïakovski, n'a rien trouvé de mieux à dire que :

Vieille, penchant,
voici Kazan...

Il devait prendre l'avion de Moscou à Magadan avec la protectrice de sa mère, une citoyenne libre de la Kolyma qui revenait de vacances. La protectrice retardait son départ pour des raisons de famille et en attendant, il errait dans les rues de Moscou, la cohue de ses travaux, le désert de ses nuits, dix fois par jour il s'amourachait des frimousses qui passaient, rimaillait sur des bouts du *Sport Soviétique* :

Les profondes ténèbres des nuits sans trembler
Ont frappé en silence à la porte des peuples
Alors, passé la barricade des immeubles
Le dernier communard de l'aurore est tombé...

et en général, il se conduisait comme s'il avait oublié pour de bon qui il était, comme si personne ne pouvait lui voler sa jeunesse, comme s'il ne lui était jamais venu à l'esprit — bon, peut-être à l'exception du moment où l'œil du dragon avait glissé sur le Kremlin plongé dans la nuit — que cette ville était, jusqu'à la dernière brique, pétrie de cruauté et de mensonge.

Et cependant Moscou...

CHAPITRE TROIS

Un héros solitaire

«*Pourquoi, comme ivre de l'été, de l'été des bonnes femmes...*» chantait un barde moscovite des années soixante. L'été des bonnes femmes de 1949, au début d'octobre, la même humeur s'était emparée de ce motard de vingt-trois ans qui ne connaissait pas la chanson, mais semblait la pressentir. Il tournait à l'heure de pointe du soir par les rues encombrées des boulevards circulaires sur sa moto allemande Zuntag et le ciel du couchant qui commençait à prendre des nuances de cuivre patiné que l'on découvrait, disons, en descendant la Srétenka, lui procurait une émotion intense, comme s'il lui eût promis au prochain tournant une rencontre magique, comme s'il ne se fût pas découvert devant un commando éprouvé des forêts polonaises, mais rien que devant un naïf mouflet de province. Tout ça, c'est question de nénettes, se disait Boris IV Gradov. À vrai dire, cela faisait une année entière qu'il était foncièrement amoureux de toutes les nénettes de Moscou.

Au même instant, sur les boulevards circulaires, rasant les trottoirs, une limousine noire aux vitres blindées roulait lentement. Deux hommes étaient installés sur le siège arrière. L'un d'eux, le général Nougzar Lamadzé, avait un peu dépassé la quarantaine, l'autre, le maréchal Lavrenti Béria, Vice-Président du Conseil des ministres responsable de l'énergie atomique et membre du Bureau Politique responsable des Affaires étrangères et de la Sécurité, avait un peu dépassé la cinquantaine. De ce dernier aussi, on peut dire qu'il était amoureux de toutes les nénettes de Moscou, mais pas exactement comme le motard. Le maréchal avait légèrement écarté les stores de couleur crème de sa limousine, laissait filtrer par la fente son regard perçant et vitré et suivait des yeux les travailleuses de la ville, pour la plupart fort soucieuses. Pour ce faire, son corps alourdi se tire-bouchonnait d'une façon bizarre et sa nuque nue faisait penser à une cuisse de centaure. Sa main gauche pianotait dans la poche de son pantalon.

Un vrai porc, il ne se gêne plus du tout pour moi, se disait pendant ce temps Nougzar. Ce qu'il a fait de moi, le sale chacal ! Quelle honte ! Le deuxième personnage d'une grande puissance, et à quoi il s'occupe !

Il faisait semblant de se désintéresser de son chef, tenait un dossier sur ses genoux et triait les urgences et ce qui pouvait attendre. Là, la main du maréchal sortait de son pantalon dont il extrayait un mouchoir à carreaux par endroits fortement croûteux, essuyait son crâne chauve et son échine où perlait la sueur.

— Aïe, aïe, aïe, marmonnait le chef, regarde, Nougzar, ce que nous offre la nouvelle génération. Ô fillettes de Moscou ! Où encore trouverais-tu de telles cerisettes, de telles pommelettes, de telles melonnettes... On peut être fier d'une telle jeunesse, qu'en dis-tu? Regarde celle-là, comme elle saute les flaques, hein? On peut se figurer comment elle sauterait si... heu... Mais regarde, Nougzar! Arrête de faire semblant, à la fin des fins!

Le général mit son dossier de côté, soupira d'un faux air de reproche et regarda le maréchal comme si c'était un gamin espiègle, il savait que ce dernier aimait qu'il le regarde ainsi.

— Qu'est-ce qui t'épate comme ça, Lavrenti?

À ces moments-là, il était exclu d'appeler le tout-puissant satrape par son patronyme et d'autant plus de lui donner son titre: un simple, un amical «Lavrenti» rappelait le bon vieux temps, la ville sur la Koura, les bienheureuses bacchanales.

— La voilà qui s'arrête! s'écria Béria. Qui consulte sa montre! Ha, ha, ha, sûrement qu'elle attend un mec. Arrête Chevtchouk! cria-t-il à son chauffeur, commandant de la Sécurité.

La lourde Packard blindée qui faisait la terreur de tous les factionnaires de Moscou s'arrêta non loin du métro Parc Gorki.

La ZIS d'escorte vint se ranger derrière elle contre le bord du trottoir. Béria sortit la jumelle Zeiss qu'il conservait spécialement dans la Packard aux fins d'observation des meilleures représentantes des masses du lieu.

— Allons, Nougzar! Apprécie-moi ça de l'œil du connaisseur!

Le général passa sur le strapontin et jeta un coup d'œil par la fente du store, d'abord sans l'aide de la jumelle: une mince jeune fille portant une veste assez élégante, les épaules matelassées se tenait à une quarantaine de mètres, près d'un kiosque à journaux. Elle en lisait un en dégustant une glace, autrement dit, comme tout Soviétique moderne, elle cherchait à se procurer au moins deux plaisirs à la fois. Dans la nuit tombante, elle semblait avoir vingt ans, mais l'on était un peu dérouté par le carton à musique dont elle battait son genou d'un mouvement assez infantile.

— Pourquoi mettent-ils si longtemps à allumer les réverbères ? demanda Béria, furieux. C'est scandaleux ! Les gens piétinent dans le noir !

Le métro se trouvait à dix mètres derrière l'épaule droite de la jeune fille. Des flots de voyageurs tourbillonnaient à l'entrée et à la sortie. Il ne lui faudra pas plus de deux secondes pour disparaître, se dit Nougzar. Qu'elle fasse demi-tour et disparaisse, et ce porc n'aura plus qu'à se branler, ce qui, bien sûr, ne lui suffira pas, il s'en cherchera une autre et il la trouvera, c'est sûr, mais au moins, ce ne sera pas cette beauté. Hélas, elle reste là plantée comme une idiote avec sa glace comme si elle attendait qu'il lui envoie Chevtchouk ou... ou... même moi, le général de brigade Lamadzé... Le plus probable, c'est que ce sera moi, « fais-moi donc l'amitié de... » Pourquoi donc personne ne me demande-t-il de le tuer ?

Au cours de cette dernière année, la haine de Nougzar pour son chef avait atteint l'extrême limite. Il se rendait compte que le temps passait et que Béria ne lui permettrait jamais de gravir un échelon de plus et d'aller occuper un poste plus indépendant dans le système. L'étoile de général que lui avait inopinément offerte Staline lors d'une difficile année de guerre avait continué à briller toute seule. Mais était-ce une question d'avancement ? Il est, dans le système, des généraux de brigade qui commandent des Directions entières, travaillent sur une grande échelle, en conçoivent un plaisir d'artiste, s'y forgent une grande autorité. Mais Béria lui a barré toutes les voies de la promotion. Il a dû le décider dès 1942, après le mémorable dîner chez Staline. Avec son flair de rat, il sent le danger. Arrêtons le jeune Lamadzé ! Certes, il aurait pu tout simplement le faire disparaître, comme des dizaines d'autres de son entourage. Si quelqu'un le savait, c'était bien Nougzar, que Lavrenti affectionnait de liquider lui-même les arrivistes trop dangereux, dans son cabinet, d'une balle dans la tempe, au cours d'une conversation amicale. À l'époque, pourtant, il n'avait pas osé recourir à sa méthode favorite pour se débarrasser du poulain de Staline lui-même, et à présent, il croyait que ça n'était plus indispensable du tout. Il avait neutralisé Lamadzé en le rapprochant au maximum de sa personne. Qu'est-ce que c'était que cette fonction d'« adjoint au vice-président du Conseil » ? Peut-être celle d'un homme d'une influence inouïe, peut-être celle d'un simple aide de camp, d'un laquais que l'on envoie chercher des filles ?

Cette crapule n'oublie jamais les taches de ses états de services. Mine de rien, il évoque ses « relations trotskistes », et qu'il a protégé des « organes » cette trotskiste, sa chère Nina Gradova, camouflé son dossier de placard en placard. Les rapports sexuels avec une ennemie du Parti entraînent bien souvent des rapports idéologiques, cher Lamadzé. Mais voyons, je plaisante, rigole-t-il. Tu n'as donc aucun sens de l'humour ?

Plus cette histoire avec la maréchale Gradova — encore cette famille, une vraie fatalité ! — une histoire dont les organes ne sont vraiment pas sortis vainqueurs. En tout cas, c'est l'avis de ce fumier. Mais, voyons, Lavrenti Pavlovitch, voici sa signature en bas de son document, elle est entre nos mains, nous pouvons agir à tout moment.

Nougzar, mon vieux, laisse ce ton officiel! Raconte plutôt à ton vieux copain comment tu l'as baisée, comment avec ta queue, tu es peut-on dire entré dans la famille du Renseignement américain. Pouah! tu me donnes des sueurs froides avec tes plaisanteries, Lavrenti. Pouah! on ne peut plus plaisanter, Nougzar? Depuis quelque temps, côté humour, tu as comme un défaut.

Nougzar s'avouait quelquefois à lui-même que les choses n'étaient pas claires, côté Véronika et Tagliafero en 1945. Le profil psychologique de l'opération avait été impeccable, il n'y manquait qu'une chose: la crise de nerfs des bonnes femmes russes. Deux ou trois jours après qu'il le lui eut proposé, Véronika avait signé sa promesse de collaborer avec les Services, sans la moindre jérémiade et même avec dédain. La belle ne se serait-elle pas confessée à son fiancé? Ne mène rait-elle pas un double jeu? s'était-il demandé, sans toutefois faire part de ses doutes à son supérieur. Premièrement, il ne voulait pas embrouiller, dévaluer une affaire aussi brillante que l'introduction d'un agent à soi dans le lit d'un important expert militaire américain. Deuxièmement, il avait quelque part pitié de Véronika qui, sur le plan humain, enfin, en gros, lui plaisait. Elle, elle n'aurait certainement pas supporté une deuxième arrestation. Et si l'on s'était contenté de « fermer la frontière », cela aurait été encore pire: la belle de Moscou aurait sombré dans l'alcool.

Tout s'était déroulé avec une facilité inattendue. Premièrement, Lavrenti, qui au début avait personnellement supervisé l'opération, s'en était subitement désintéressé. Deuxièmement, tout semblait dire que les plus hautes autorités s'en étaient mêlées et même qu'Eisenhower en personne, depuis l'Allemagne, par le biais de la commission de contrôle ou directement par Joukov, avait demandé à Staline de ne pas s'opposer au mariage du colonel Tagliafero et de la veuve d'un Deux fois Héros de l'Union Soviétique. Quoi qu'il en soit, Béria ne l'avait plus jamais interrogé sur cette affaire et, s'il lui demandait des instructions, il se dérobait : fais ce que tu voudras, ça n'a pas grande importance. Et ce n'est qu'après que les tourtereaux se sont envolés outre-Atlantique — aux dernières nouvelles, ils coulent des jours heureux à New Haven et n'ont rien à branler des secrets d'État — ce n'est qu'après cela que le maréchal s'était livré à des plaisanteries tordues sur ses rapports sexuels avec le Renseignement américain. Une fois de plus, ce salaud le prenait en fourchette : d'un côté, faisait-il entendre, cette affaire ne vaut pas un pet de lapin, de l'autre, faisait-il entendre, ça sent légèrement ce qu'il y a de pire, de sorte que, faisait-il entendre, si tu ne te sers pas de ta tête, cette odeur, on pourrait la raviver.

Question d'odeur, on ne parle pas de corde dans la maison d'un pendu. Ces dernières années, il arrivait souvent au grand dirigeant de puer. Sa femme, qui en avait marre de ses innombrables accouplements extraconjugaux, ne surveillait pas ses caleçons. Livré à lui-même, il ne brillait pas par la propreté, il ne se débarbouillait à fond qu'avant les réunions du Bureau Politique... En général, le monstre commençait à présenter quelques bizarreries. Tout d'un coup il s'était découvert une violente passion pour le sport, pour son très cher Dynamo. Dès la guerre, il avait expédié dans les camps les quatre frères Starostine, des footballeurs du Spartak, afin qu'ils ne contrecarrent pas les succès de l'équipe des organes, et à présent, il déraillait complètement : il fait la chasse aux sportifs, les débauche des clubs de l'Armée, et parfois même les fait enlever. Ce qui l'embête le plus, c'est la nouvelle association de l'Armée de l'Air placée sous l'égide de Vassili, du général Staline. Il pique sans raison des colères subites. Vous croyez que c'est le Renseignement qui est tombé sur un bec, ou que ça ne va pas en Iran ou à Berlin, ou qu'il y a eu maldonne dans le développement de l'« affaire de Léningrad », mais pas du tout : tout le malheur, c'est que Vasska[1] lui a encore fauché on ne sait quels hockeyeurs.

Ou alors, il se produit quelque chose de pas tout à fait rationnel, pour ne pas dire d'irrationnel. Il n'y a pas si longtemps, entrant dans son cabinet, Nougzar a trouvé Lavrenti Pavlovitch occupé à lire *Le Sport Soviétique*. Il a tout de suite compris que cette feuille de chou avait mécontenté le grand homme, l'avait agacé. Il y a quelque chose qui cloche, camarade maréchal ?

Qui cloche, tu peux le dire. Admire ce qu'ils ont écrit, les salauds ! Un doigt qui ressemble à une bite en miniature dans sa capote ratatinée se plante sur un poème — *Sur la place Rouge*. Nougzar ânonne :

Le maréchal salue la parade
Le flot des colonnes sur la place
Et au son d'une marche martiale
La rouge aurore des étendards
Le grondement métallique des armes
La sonore battue des chevaux

1. Diminutif péjoratif de Vassili.

Et dans la pourpre soie du soleil
Les bouillonnantes
rafales
d'Octobre
Puis, suivant les corps des fantassins
Défilent les corps des travailleurs
Passent les usines comme des régiments
Et les chansons
montent
dans les rangs

— Lis tout haut! gueula soudain Béria. — Nougzar sursauta: un coup de gueule pareil vous truciderait pire qu'un coup de pistolet. Cependant, rassemblant tout son courage, il se permit un geste d'étonnement: un tchékiste doit savoir parfois tenir bon. — Je ne comprends pas ce que ça a de particulier, Lavrenti Pavlovitch. — Béria lui arracha le journal des mains avec un rire nerveux. — Tu ne comprends pas? Alors, je vais te le lire moi-même, avec du sentiment. — Et il se mit à lire avec de nombreux arrêts, pointant le doigt sur un vers, levant les yeux sur Nougzar, puis poursuivant, s'emballant avec une fureur étrange, accentuant les mots en pur géorgien:

Aujourd'hui sous les murs du Kremlin
Je reconnais
les sportifs
Hardiesse
jeunesse
adresse
Défilent
en rangs serrés.
Au-dessus de la place
le soleil flamboie
Inondant

Ses dalles d'or,
Les Moscovites saluent
Ses enfants chéris
ses célébrités
Et marchent les colonnes,
Et la place s'éclaire,
Notre grand chef séculaire
Se tient debout
sur le mausolée
de marbre.
Impuissante colère
outre-Atlantique
Les churchills
se tordent
de rage
Mais lui
occupé
à édifier le monde,
Ce qu'il trace,
c'est l'avenir.
Dans notre immense Patrie
Le cap fixé
sur
le Kremlin
Le communisme s'édifie
selon les plans staliniens.
Des zones forestières
se dressent dans la taïga,
Assiégée de potagers
la toundra
Docile
recule
vers le pôle.
Des villes s'élèvent,
les sables fleurissent,
De clairs horizons
s'ouvrent tout grand

Aussi chers
que celui de Patrie
Deux noms résonnent :
Lénine et Staline !

— Voilà ! — Il avait achevé sa lecture dans une sorte d'épuisement. — Qu'as-tu à dire, à présent ?

— Je ne comprends rien, Lavrenti Pavlovitch, répondit son adjoint sans la moindre chaleur. — Il ne comprenait vraiment pas au nom de quoi l'autre se livrait à cette pantalonnade à propos de ces vers, alors qu'ils étaient en tête à tête.

— Ah, tu ne comprends pas, Nougzar ? C'est triste. Si même toi tu ne comprends pas, sur qui puis-je compter ? Sur quoi ? Rien que sur mon flair ?

— Je vous demande pardon, Lavrenti Pavlovitch, qu'y a-t-il là-dedans ? Tout y est comme il se doit...

— Ah, Nougzar, Nougzar, tu ne te conduis pas en ami... Combien de fois t'ai-je demandé de ne pas m'appeler par mon patronyme quand nous sommes seuls, Nougzar-*batono*. Je n'ai que dix ans de plus que toi, nous avons travaillé toute notre vie ensemble... — Il envoya promener *Le Sport Soviétique* et se mit à arpenter la pièce, et d'un tel pas qu'on se serait attendu à le voir incontinent sortir son pistolet. — Personne ne me comprend dans ce putain de bureau, excepté Maximilianitch ! — Il s'agissait de Malenkov. — Tu ne sais donc pas lire entre les lignes ? Tu ne vois pas qu'il se moque du monde ? De nous, de nous tous, le salaud ! Comment s'appelle-t-il déjà ? Regarde, vois comment il signe, Eug. Evtouchenko[1]. Qu'est-ce que c'est que

1. Né en 1933, il allait devenir un véritable tribun de la poésie, tour à tour enfant chéri du pouvoir, puis en disgrâce. Il est traduit dans le monde entier.

ce nom-là, Eug. Evtouchenko ? On n'a pas le droit de figurer dans la presse soviétique avec un nom pareil.

— Mon cher Lavrenti, qu'est-ce que tu lui trouves, à ce nom ? rétorqua Nougzar dans le même style, ce qu'apparemment on attendait de lui. Un banal nom d'Ukraine. Quant à « Eug. » c'est probablement une abréviation d'Eugène.

— Et cet Eugène, je ne lui fais pas confiance ! piaula Béria. Mon flair ne m'a jamais trompé. J'ai confiance en Sourkov, en Maxime Tank, même en Simonov, même en Antanas Venclova, mais celui-là, non ! D'où il sort, cet Eug. ?

Soudain, il mit *Le Sport Soviétique* en boule, lui envoya un coup de pied digne d'un goal interceptant un but.

— Vérifiez-moi ça et faites-moi rapport, camarade Lamadzé.

Il retendit son veston et, la mine sombre, alla lire les comptes rendus d'interrogatoires aux procès de Léningrad.

Nougzar se dit qu'il jouait au chat et à la souris avec lui-même, le sinistre bandit. Il essaie de se distraire de ses interminables assassinats. Certes, il n'est pas facile d'oublier que dans ce même cabinet de la Loubianka, Nicolaï Voznessenski, hier encore membre du Bureau Politique, hurlait comme un pourceau qu'on égorge sous les coups de l'interrogatoire. Et combien en a-t-il sur la conscience, de ces pourceaux ! Et nous tous avec lui ! Nous sommes tous des esprits du diable, des démons, il n'y a pas d'autre nom. Mais celui-ci, il cherche à se distraire : les fillettes, le sport... Le voilà qui lit cette feuille de chou comme un supporter ordinaire et tout à coup, les ténèbres le reprennent, il reveut du sang, celui d'un certain Eug. Evtouchenko, à présent.

Or, l'infortuné ne soupçonne même pas de qui il a suscité l'intérêt. Il s'applique à tirer à la ligne pour gagner son pain, à se la faire à la Maïakovski. Ça doit être un ancien du LEF, un vieux raté moisi.

Nougzar enfila un mackintosh civil, un chapeau mou, et partit pour *Le Sport Soviétique* où le rédacteur en chef pissa aussitôt dans son froc de terreur. Il bondit sur ses jambes, chancela, partit en courant et cria dans le couloir : « Tarassov chez le patron ! » Un chef de rubrique se pointa. Les camarades des organes s'intéressent à votre auteur. Du calme, du calme, camarade rédacteur en chef, pourquoi ce pluriel ? Ce ne sont pas « les » camarades qui s'intéressent, mais moi personnellement qui voudrais savoir pourquoi vous publiez cet Eug. Evtouchenko. Vous dites que ses vers sonnent clair ? Qu'ils sont jeunes ? Curieux, curieux. Vous dites qu'il est ici ? Où ça ? Sur le palier, camarade général, en train de fumer. Faut-il l'appeler ? Inutile. Montrez-le-moi, c'est tout. Le rédacteur en chef ouvrit en personne la porte de l'escalier. Un jeune échalas en blouson de velours et casquette de tweed se tenait là, le nez bleu de fumée, exhibant fièrement des souliers à triple semelle. « C'est ça, Eug. Evtouchenko ? — Oui, camarade. — Quel âge a-t-il donc, votre Eug. Evtouchenko ? » Le rédacteur en chef fit mine de se relever de son siège, puis, stoppé net par un geste du redoutable visiteur, s'y rabattit aussitôt. Il n'était pas facile de recevoir un tel hôte en directeur assis à son bureau, on avait envie de rectifier la position comme un étudiant. « Tarassov, quel âge a-t-il, votre auteur ? » Le visage de Tarassov était impénétrable et même méprisant : la peur, sans doute, qui chassait tout air de servilité. « Seize, bredouilla-t-il, ou dix-huit... En tout cas, pas plus de vingt. — Encore écolier, sans doute ? — Je crois, nasilla Tarassov avec quelque chose qui était même de la hauteur. Je crois qu'il est en septième[1]. »

Par le couloir, ils virent quelqu'un descendre d'une autre revue, de *Novy Mir* apparemment[2], passer devant Eug. Evtouchenko qui tendit son long cou, tandis que sa prunelle claire pétillait d'une sorte de malice contenue. L'autre émit un petit rire et dit quelque chose d'encourageant, après quoi Eug. Evtouchenko se mit à danser un petit trépak-claquettes : les affaires marchent, la boutique tourne.

— Qu'est-ce que vous avez trouvé à ces vers ? demanda Nougzar à Tarassov. — Il ne tenait plus aucun compte du rédacteur, quant à Tarassov, il semblait détaché de toute contingence autant qu'un bouddha. Cependant, il desserra les lèvres : « Une telle sonorité... puis une telle jeunesse... »

À ce moment, Eug. Evtouchenko écrabouilla sa cigarette du talon de sa triple semelle et remarqua que la porte du rédacteur était ouverte. Aussitôt, il enfila le couloir pour aller aux toilettes, lançant au passage un coup d'œil d'intense, d'infini intérêt au saint des saints. Drôle de gars, se dit Nougzar tout à coup frappé par une idée insolite : non, un gars comme celui-ci n'a assurément rien à faire en prison.

À ce moment, Tarassov sortit un feuillet de sa poche.

— Tenez, il nous a apporté un autre poème.

1. Équivalent de notre troisième.

2. *Le Monde nouveau*, la revue littéraire la plus cotée, découvreuse de nombreux et authentiques talents, et ayant protégé autant que faire se pouvait les œuvres les plus libérales. Le même immeuble abritait plusieurs périodiques.

Des rimes inattendues... une idéologie irréprochable...

Le dernier poème d'Eug. Evtouchenko s'appelait *Le Sort d'un boxeur* et racontait le dur destin d'un athlète américain dénommé Gene.

... Il s'est rappelé la guerre
le soldat de Russie
Enfant de la lointaine Sibérie
Qui à Gene, son ami
d'un esprit martial
de sympathie en gage
A offert de Staline
l'effigie,
noble image
Gene n'a plus aujourd'hui
Que
ce
précieux portrait !
Jadis dix fois champion
aujourd'hui oublié
Il erre seul
dans les squares muets
Cependant
qu'à Moscou
le carillon résonne
Là-bas la liberté
est comme l'air qu'on respire
Sous le clair étendard
des pensées de Staline,
Là-bas le sport
est le bienfait de tous
et élève les hommes
au digne nom d'homme.

— Où sont les rimes inattendues là-dedans ? demanda Nougzar. — Soudain, la situation lui sembla extraordinairement comique. Un étrange désengagement lui apparut dans ce semis de paroles engagées. Se pouvait-il que Béria s'en fût avisé ? « Sibérie-ami, gage-image..., des rimes simples, marmonna Tarassov. — Comment ? — Square-étendard, une rime interne. — Ah, oui. » Cette génération-ci n'a nettement pas envie de prendre le chemin des camps. Sur quoi compte-t-elle ? Sur les rimes internes ?

— Abstenez-vous de publier ça pour l'instant, conseilla-t-il d'un ton affable. D'accord ?

— Comme vous l'entendrez.

— Attendez simplement mon coup de fil, mais rien pour l'instant. Ces vers ne s'abîmeront pas en deux, trois semaines. Vous savez ce que dit le poète : « Tel un vin précieux, mes vers auront leur heure. »

Tarassov avala sa salive et détourna les yeux : il ne fallait pas avoir l'air de reconnaître Tsvétaïeva[1] l'interdite. Il doit se dire : comment ils sont, les nouveaux tchékistes, de tels vers aux lèvres ! Ce Tarassov-là ignore que j'ai grandi parmi les poètes. Et parmi ces poètes, je suis devenu un assassin. Une version de noble crapule.

En quinze jours, Béria avait complètement oublié l'auteur de *Sur la place Rouge*, c'était tout vu. Le principal événement de 1949, les essais des « installations » de Sémipalatinsk[2], approchait. On avait réuni à plusieurs reprises les savants assermentés, on leur avait secoué les tripes et les boyaux. On avait effectué la tournée des bases. On avait vérifié le schéma de l'agence d'in-

1. Marina Tsvétaïeva (1892-1941), un très grand nom de la poésie russe. Totalement indépendante, sans concessions ni dans la vie courante ni dans l'écriture, elle avait, à l'époque, émigré en France.
2. Polygone d'essais et expérimentations nucléaires.

fluence sur les médias occidentaux. Si l'expérience était un succès, il fallait d'un côté que personne ne le sache, de l'autre que tout le monde le sache. Le Maître du Kremlin avait plus d'une fois donné à entendre que de ces essais dépendait un nouvel équilibre des forces de l'arène mondiale. Ce serait peut-être l'occasion d'une attaque généralisée.

Le Sport Soviétique figurait au courrier du matin de Béria. Il lui arrivait de l'extraire de la pile des journaux, de jeter un rapide coup d'œil aux résultats des championnats de foot, de voir comment son cher Dynamo s'en sortait, d'envoyer une grande claque sur le bord de son bureau, tantôt de contrariété, tantôt de satisfaction, sur quoi il repoussait l'organe du Comité d'État à la Culture Physique. Un jour, histoire de ménager ses arrières, Nougzar parla de sa visite à la rédaction — il avait choisi un moment où son chef était moins que jamais disposé à parler d'autre chose que des « installations » — mais Lavrenti Pavlovitch lui coupa aussi sec la parole : « De quoi parles-tu, général ? Eh, qu'il aille se faire voir, ce *gamokhléboulo* de Chevkounenko ! » D'où l'on pouvait déduire que son inexplicable accès de colère contre le poète relevait plutôt des caprices de l'âge mûr, qu'il fallait oublier tout cela, de même que les autres escapades du satrape, et qu'en tout cas, le jeune Eug. Evtouchenko pouvait pour l'instant mener à bien ses « rimes internes » pour la plus grande gloire des conquêtes de la révolution.

Il faut bien l'avouer, il a fait de moi son larbin, songeait Nougzar en surveillant par la fente du store la frêle silhouette aux épaules matelassées, le soutien de ses ignobles lubies, même si chaque fois il me demande mon assistance « d'homme à homme ». À ce moment, les réverbères s'allumèrent. « Tiens ! dit Béria. Mais quelle beauté ! J'en suis amoureux pour de bon ! »

— Tiens quoi ? demanda Nougzar. — Le chef lui tendait sa jumelle de chasseur. Il était amoureux, voyez-vous ça ! Ce sagouin était amoureux. Il ferait bon lui expédier un pruneau dans la cafetière, que ses lorgnons volent en éclats. Nougzar tourna la molette. Il n'y a pas à dire, une bonne optique, la Zeiss. Un ravissant minois se détachait parmi la foule : yeux clairs d'enfant gâtée, front droit qui plaidait en faveur d'une lignée sans mélange, petit nez fin et un peu, si peu, trop long, lèvres bien rouges entre lesquelles va et vient, telle une petite flamme, la ravageuse des crèmes glacées. Tout cela couronné, sous le vent grandissant, par l'onde frémissante de ses cheveux châtains.

— Jolie fille ! articula le général Lamadzé.

— Qu'est-ce que j'avais dit ! s'exclama le maréchal Béria. — Une odeur des tréfonds monta de sa bouche. Il ne se brosse pas les dents, le martyr de l'idée !

— Ce sera une jolie fille ! fit Lamadzé, parachevant sa pensée.

— Qu'est-ce que ça veut dire « ce sera » ? clama Béria sur le mode aigu, comme un sale gamin à qui l'on veut enlever son os. Il y a quelque chose qui ne va pas, là. Salaud ! Connard !

— D'ici deux ou trois ans, ce sera une belle fille, fit Nougzar avec un sourire doucereux. — Il ne parvenait pas à imaginer qu'il irait trouver cette mignonne, puis qu'il la traînerait dans la limousine. Qui l'on voudra, mais pas celle-ci ! Qu'il me crève les yeux, s'il veut, je n'irai pas !

— Tu ne parles pas comme un Caucasien, continuait à maugréer Béria, hautain, en avançant le menton. Tu oublies à quel âge on met les fillettes dans son lit, en Azerbaïdjan.

En Azerbaïdjan peut-être, songeait Lamadzé, dans les pays chrétiens civilisés, jamais ! À ce propos, sa propre fille, Ophélie, approchait déjà de l'« âge », il me semble qu'elle est formée, elle a beau se cramponner aux jupes de sa maman, et si... dans une courte année, elle allait attirer l'attention d'un, passez-moi l'expression, maréchal putride ? À cette pensée, il eut un éblouissement. Ma droite ne manque pas de punch, un coup de cette jumelle à toute volée dans la mâchoire et je lui brise la base du crâne.

— Je vous amène la petite, camarade maréchal ? s'informa allégrement le fidèle Chevtchouk, depuis le siège avant.

— Pourquoi toi ? Pourquoi pas Nougzar aller ? couina Béria d'une voix aiguë. — Lorsqu'il se mettait en colère, il faisait des fautes de russe.

Nougzar rit gaiement. Je me disais seulement, Lavrenti, que selon la loi de la République Fédérative de Russie... ha, ha, ha !... car nous sommes sur son territoire, nous... ha, ha, ha ! pourrions être inculpés de détournement de mineure.

L'idée d'être inculpé en vertu des lois de la République de Russie parut si amusante à Béria qu'il en oublia un moment la fillette. Ha, ha, ha ! Nougzar, ce que tu peux me faire rire... tout de même, tu ne prends pas trop au sérieux... Tu as entendu, Chevtchouk ? Selon les lois de la République Fédérative de Russie !

À ce moment, devant le métro Parc Gorki, le dispositif changea du tout au tout. La fillette fut rejointe par un jeune costaud en court blouson de drap de coupe étrangère. Protecteur et sûr de lui, il lui dépêcha une tape sur les fesses. La fillette se retourna et se jeta à son cou d'un élan joyeux, toutefois sans lâcher sa glace inachevée. Fâché, le costaud en chassa les gouttes sucrées. Il attrapa la fillette par le bras et la traîna sans plus de cérémonie à travers la foule jusqu'à une puissante moto arrimée à un réverbère. Quelques secondes plus tard, la moto déhalait et faisait demi-tour en direction du boulevard circulaire. La petite était sur le tan-sad et tenait le gaillard par la taille selon toutes les règles du romantisme moscovite d'après-guerre.

— On les suit, camarade maréchal ? s'écria Chevtchouk. — Par cette exclamation, il ne faisait preuve, c'est certain, que d'un dévouement à cent pour cent et d'un zèle à deux cents pour cent. Mais pouvait-on imaginer spectacle plus incongru que la Packard blindée du deuxième personnage de l'État poursuivant un frivole petit couple sur sa moto ? Repasser les ordres à la voiture d'escorte était tout aussi absurde : cela prendrait quelques secondes durant lesquelles la moto filerait bien loin, tu peux toujours la chercher dans la Moscou immense. Et puis en général, le style des chasses lubriques de Béria ne prévoyait pas l'agitation, la hâte, la poursuite. Au contraire, tout devait se dérouler sur un rythme lent, fascinant, inéluctable, comme le pouvoir actuel. En un mot comme en mille, l'antilope avait pris la fuite.

— Tout ça, c'est de ta faute, Nougzar, articula Lavrenti Pavlovitch avec dépit, mais heureusement, sans rage particulière. Une mineure... Il a voulu l'épargner... et là-dessus, son caramboleur est arrivé ! — Il éclata de rire. — Une histoire de fous : il me brandit la menace du détournement de mineure, et là-dessus qui se pointe ? le gars qui se la tape !

Réalisant que le danger avait fui au gré des capricieux méandres d'une psychologie tyrannique, Nougzar rit, lui aussi de bon cœur, et hocha sa tête aux tempes noblement argentées.

— Je me suis planté, je me suis planté, Lavrenti. Je ne suis plus dans le coup, je vieillis, il faut croire.

— Alors, pour la peine, occupe-toi de me trouver un nouveau gibier, riota joyeusement Béria. Je te donne cinq minutes. Il faut encore que nous passions chez le Maître vers le soir. — Il appuya sur un bouton. Un plateau chargé de cognac, d'eau minérale, de deux verres et d'un citron sortit d'un petit bahut fixé au dossier du siège avant. Il fallait bien vite noyer l'échec et mâcher du citron par-dessus.

Le gibier ne se fit pas attendre. Des entrailles du métro surgit comme sur commande une aphrodite moscovite à la bonne margoulette plébéienne, parfait modèle de l'hétaïre. Béria hocha la tête, sans un mot, Nougzar sortit de la voiture et se dirigea droit sur la fille.

Selon le protocole établi, il devait être extrêmement poli, ce qui ne lui était pas difficile, compte tenu de l'éducation, bonne en somme, qu'il avait reçue à Tiflis. Il lui convenait de porter les doigts à la visière — et s'il était en civil au bord de son chapeau mou — puis de sortir, hélas, cher lecteur, pas ce que vous pensez, mais cette carte du KGB qui répandait sur tous la terreur, et de ne proférer qu'ensuite, d'une douce voix de baryton : « Excusez-moi de vous déranger, mais une haute personnalité gouvernementale désire vous parler. » Ce protocole, Nougzar s'y conformait avec la plus extrême rigueur, à l'exception de la phrase sacramentelle qu'il servait à sa façon : « Excusez-moi de vous déranger, mais l'un des hauts personnages du gouvernement de l'Union Soviétique désire vous parler. » Quelle différence ? direz-vous. Lui, il lui semblait qu'il conférait à la chose une ironie cinglante. Par ce « haut personnage du gouvernement de l'Union Soviétique », il trucidait pour ainsi dire la crapule et se sauvait lui-même de la plus basse des humiliations. Nul ne sait comment le chef aurait réagi s'il avait appris la « version Nougzar » de l'invite : il n'y a pas si longtemps, il attendait de lui, son écuyer fidèle, et peut-être lui particulièrement, quelque mauvais coup. Maintenant, je crois qu'il n'attend plus rien d'autre de moi que la servilité la plus ignoble ; quant à ses victimes, elles n'ont pas la tête aux jeux du vocabulaire, elles sont mortes de terreur.

La petite plébéienne qui, tout à l'heure, propulsait fièrement ses formes divines sous le regard des hommes, voyant le beau général quitter la limousine et se diriger droit sur elle, se recroquevilla. Le moment le plus dramatique de sa courte existence approchait. « Je m'en souviens, j'étais encore jeunette... », chantera-t-elle plus tard, aux approches de la vieillesse. Il salua et sortit de sa poche intérieure — non, non cher lecteur... — la carte au sigle funeste MGB, GBM, Gérontocrates Baiseurs de Moscou, ou quelque chose d'approchant.

Un semis de taches de rousseur surgit sur le visage de la petite, et quelques marques de variole. Qu'importe, ça ira pour aujourd'hui.

— Excusez-moi de vous déranger, mais l'un des hauts personnages du gouvernement de l'Union Soviétique désire vous parler.

Elle fut prise d'une telle frayeur qu'elle ne put ni articuler un mot ni bouger une jambe. Nougzar la prit gentiment sous le bras. Il imaginait au même moment son chef en train de mettre le contact dans la poche de son pantalon.

— Vous n'avez pas à vous inquiéter. Comment vous appelez-vous ?

— L-l-liouda, bredouilla la victime d'une voix à peine audible.

Nougzar s'aperçut que le milicien en faction et la marchande de journaux observaient attentivement la scène.

— Ne vous inquiétez pas, camarade Liouda, croyez-moi, vous n'avez aucune raison de vous inquiéter. C'est simplement qu'un très haut... personnage (il avait failli dire « criminel »)... d'État veut faire votre connaissance... (il mit l'accent sur ce mot lourd de sens, afin que cette gourdasse comprenne qu'on ne voulait que la baiser et non la fusiller... tu as compris ?... bon voyons, tu n'es pas pucelle, tout de même... mais non, elle ne comprend rien, elle a le trac, l'idiote...).

Il la conduisit avec précaution, comme une malade, non pas vers la voiture principale, mais vers celle d'escorte dont la portière s'ouvrit. Chevtchouk avait trouvé le moyen de bondir et de donner aux gorilles l'ordre d'accompagner la personne à tel numéro de la rue Katchalov. Il faut croire que le salaud avait décidé d'aller d'abord faire son rapport au Maître, et ensuite seulement, de se rendre au royaume d'harmonie, comme il disait.

Arrivée tout contre la voiture, Liouda se rebiffa soudain, se tendit comme une corde et résista de telle sorte que Nougzar sentit, lui aussi, frémir la virilité en son âme assoupie, mais là, le commandant Galoubik bondit et, d'un petit coup habile à l'arrière-train, aida la demoiselle à monter en voiture. La portière claqua. Le rôle de Nougzar dans l'opération s'achevait sur un succès.

Pendant ce temps, le motard et sa passagère filaient. Moscou, si laide du point de vue d'un Parisien, leur paraissait, à lui à vingt-trois ans, à elle à seize ans, plus belle et plus mystérieuse que tous vos Paris de cinéma. Ah, si à la place de Iolka, j'avais à l'arrière une fille adulte ! songeait Boris IV. Si c'était, supposons, Véra Gorda qui me serrait les abdominaux ! Et si, au lieu de notre Babotchka, celui qui m'emporte ainsi était un sportif célèbre, un champion de saut en hauteur, par exemple, le marin Iliassov, songeait Eléna Kitaïgorodskaïa, la fille de la poétesse Nina Gradova, c'est-à-dire la cousine germaine de notre motard. Serrer d'aussi près le dos d'un sportif, est-ce possible ? Quand nous encerclons de nos bras superbes le ventre musclé d'un étranger à notre famille, sommes-nous encore susceptibles de pensée ?

Ils avaient ce jour-là promis tous deux à grand-père et grand-mère de venir dîner au Bois d'Argent. Iolka avait une leçon de piano chez un professeur particulier, à la station Métrostroïevskaïa ; après la leçon, Boris devait, ainsi qu'ils en étaient convenus, la rejoindre devant le métro Parc Gorki. Ni l'un ni l'autre ne soupçonnait qu'il avait été pris dans le collimateur de la bande des Belzébuth de l'auto blindée.

Ils passèrent devant le premier gratte-ciel de Moscou, l'hôtel *Pékin*, haut de seize étages. Il était encore sous les échafaudages mais déjà un immense portrait de Staline occultait les fenêtres de sa partie supérieure, sa tour. Dans le fond, ce même personnage était présent à tous les horizons de la ville où que vous braquiez les yeux. Ici, c'était, au-dessus des toits, son profil en tubes de néon, là son pendant — héros portant l'uniforme du grade suprême enfin conquis, celui de généralissime — promène un regard paternel sur les peuples qui jubilent sous ses auspices: « Staline, porte-étendard de la paix dans le monde ! » Une quinzaine de jours plus tard, pour le trente-deuxième anniversaire de la révolution d'Octobre, sa place apparaîtrait au zénith du firmament, parmi les fontaines d'un feu d'artifice de fête.

L'an dernier, lorsque Boris Gradov était revenu de Pologne, le pouls de Moscou battait justement en épanchements lumineux. Le guide des peuples voguait au-dessus de la place du Manège, accroché par-delà les nuages à d'invisibles dirigeables. D'innombrables pétards s'allumaient et explosaient autour de lui, pas tellement joyeux, en ces solennités grandioses, on leur avait ôté jusqu'à leur nom. Celui de « feu d'artifice » ne s'appliquait plus au spectacle. On n'employait que le terme imposant d'« illuminations » associées à leurs « salves » puissantes.

Après quatre ans passés dans les bois ou à la lisière de villes en partie incendiées, le lieutenant Gradov avait un peu perdu la tête devant la splendide capitale. Des milliers de visages renversés contemplaient avec des sourires figés la face de César étalée dans le ciel. César, c'est le moins qu'on puisse dire, songea Boris qui était, à ce moment, sérieusement ivre. Les taches multicolores qui couraient sur son front et ses joues, les nuées roses et bleues qui voguaient là-devant en flots légers, évoquaient sans conteste la nature céleste de cette face.

— Ah ! Comme nous avons su rendre nos fêtes pittoresques ! soupira une dame imposante à côté de lui. — Une moustache noire de bonne mesure, comme postiche, ombrait sa lèvre supérieure. Boris sirotait son schnaps à une flasque d'officier gainée de drap. — Il nous regarde tel Zeus, de là-haut, pas vrai ? dit-il à la dame. — Que dites-vous, jeune homme, chuchota celle-ci épouvantée, indignée, en s'éloignant dare-dare au sein de la foule.

— Et alors, qu'est-ce que j'ai dit ? fit Boris en haussant les épaules. Je l'ai seulement comparé à Zeus, le père de tous les dieux de l'Olympe, cela ne vous suffit pas ?

Sans cesser de téter sa flasque, il passa de la place du Manège à la rue Gorki, droit vers sa maison où l'attendait à toute heure du jour et de la nuit l'appartement immense et vide du maréchal. Du maréchal ! Le maréchal n'y avait même pas passé une semaine au total. Il avait abrité des grades subalternes. Un jour, revenant de l'entraînement plus tôt que de coutume, Boris était passé dans la bibliothèque (c'est ainsi que l'on continuait à appeler le bureau de son père) quand des gémissements l'avaient cloué sur place. Sa mère gisait sur un divan, les membres épars, le nez dans un coussin, ses cheveux d'or en désordre. Agenouillé derrière elle, la tunique déboutonnée, Chevtchouk s'activait. Un sourire canaille avait figé ses traits. En apercevant Boris, il simula une horreur sacrée, puis le chassa du geste : fous le camp, n'empêche pas ta mère de jouir.

À présent, ou plutôt alors, en mai 1948, le lieutenant ivre qui rentrait à peine de la République Populaire de Pologne où il avait contribué à édifier le socialisme fraternel par le fer et par le feu, assis dans le noir sur ce même divan, sirotait son schnaps et pleurait.

Il n'y a personne. Personne ne m'attendait. Elle est partie en emmenant Véroulia, ma petite sœur. À présent, elle vit dans le camp des fauteurs de guerre. Je ne sais si l'on peut l'accuser d'avoir trahi la Patrie, mais moi, oui, elle m'a trahi.

Les reflets des « illuminations » qui s'étaient prolongées jusqu'à minuit erraient toujours sur les murs et le plafond. Les pétards éteints retombaient sur les corniches. Un lance-fusées de l'artillerie pyrotechnique tirait tout près, apparemment du Conseil des ministres. Le niveau de la gnôle baissait, celui de l'apitoiement sur soi-même montait.

Au cours de sa dernière année de Pologne, Boris ne s'était plus battu. Excepté deux ou trois alertes de nuit où toute l'école des abords de Poznan où ils étaient casernés avait connu un « aux armes ! » suivi sans explication d'un « fin d'alerte ! », les détachements de l'AK, ceux qu'au cours des séances d'instruction politique on appelait les « forces de la réaction », soit étaient déjà anéantis, soit avaient réussi à franchir la frontière, soit s'étaient fondus dans la masse de la population pacifiée où c'étaient les organes locaux qui leur donnaient la chasse. Boris et quelques autres guerriers des bois du MGB et du GROU[1] avaient été affectés comme instructeurs dans cette école de Poznan où, une année durant, il avait transmis sa très appréciable expérience meurtrière à ses élèves des Services polonais auxquels il avait quelquefois fallu non seulement montrer telle ou telle prise de close-combat, mais l'appliquer jusqu'au bout.

En un an, il avait envoyé pas moins d'une douzaine de demandes de mise en disponibilité en vue de poursuivre ses études. Chaque fois, la réponse avait été exhaustive et péremptoire : « La

1. Direction générale du Renseignement.

question de votre mise en disponibilité est résolue par la négative.» Il se demandait déjà s'il n'allait pas accepter d'entrer, comme on l'y conviait, à l'École secrète des cadres supérieurs, afin de déménager à Moscou, fût-ce à ce prix, plus près de son grand-père et de ses relations, quand il avait été appelé auprès de la Direction conjointe polono-soviétique où on lui avait déclaré que son ordre de mise en disponibilité était arrivé.

Il devait découvrir par la suite que son grand-père, Boris III, était effectivement et directement mêlé à cette affaire. Ayant appris par des voies inconnues sous les ordres de quelle instance était immédiatement placé son mystérieux petit-fils, Boris Nikitovitch s'était livré à un siège organisé, s'efforçant de faire comprendre aux camarades que chaque chose en son temps, que le gamin, poussé par des sentiments romantiques et patriotiques, ou plutôt le contraire: patriotiques et romantiques, oui, c'est cela, dans cet ordre précis, avait consacré à la Patrie et aux forces armées quatre importantes années de sa vie, or, qu'il était indispensable qu'il poursuive ses études afin de prendre la relève des médecins russes, les Gradov. À la fin, il avait paru difficile de le lui refuser, général émérite des Services de Santé, professeur et membre actif de l'Académie de Médecine, père du légendaire maréchal Gradov qu'il était. L'instance invisible avait fait machine arrière et, avec des grincements de dents, rendu à son grand-père le petit-fils officier des groupes francs si précieux à la cause de la paix dans le monde.

Et survient le jour béni. Boris va fourrer son uniforme et ses galons au fond de son sac. Il va au marché à la brocante de Poznan et s'achète un tas de frusques civiles polonaises. Il offre à boire au directeur de l'Intendance, lui graisse la patte et se voit attribuer pour son usage personnel une énorme Horch de SS décapotable. Il a une masse d'argent, des roubles et des zloty : le Parti uni des travailleurs polonais remercie généreusement l'aide à l'édification des fondements de l'État prolétarien. Après Poznan, à Varsovie, à Minsk et à Moscou, des camarades idoines lui accordent des entretiens à vous glacer les os. Tu es du GROU, Gradov, et tu as beau nous quitter, tu ne cesseras jamais d'en être. Nous pouvons à tout moment avoir besoin de toi et alors, il faudra bien que tu rappliques, sinon tu es foutu. Si jamais tu nous trahis, où que tu sois, en n'importe quel point de la terre, ça sera la fin des couilles. Tu saisis ? Tant mieux. Si tu nous restes fidèle, alors, à toi le feu vert.

On lui fit des allusions assez transparentes au fait qu'en aucune circonstance il ne devait accepter les propositions de la Tchéka. Ils ont leur bande, nous la nôtre. S'ils cherchent à te coincer, file chez nous.

Officiellement, on lui déclara qu'il continuait à figurer aux effectifs ultra-secrets en disponibilité du GROU. Bien entendu on lui fit signer pas moins d'une douzaine d'« instructions de non-divulgation » de ce qu'il savait, de ce à quoi il avait participé lors des opérations spéciales en territoire provisoirement occupé de l'Union Soviétique et de son État limitrophe, la république-sœur de Pologne. Au cas où il y contreviendrait, on lui appliquerait les sanctions les plus sévères conformes au règlement intérieur, c'est-à-dire, cette fois aussi, la fin des couilles.

Quoi qu'il en soit, il était arrivé sur sa lourde

Horch (principalement chargée de pièces détachées) dans ses pénates natales du Bois d'Argent (nous laissons à ceux qui ont lu nos deux premiers livres le soin d'imaginer ce que fut l'émotion des habitants du nid gradovien) où on lui avait remis les clés de l'appartement désert de la rue Gorki. Il savait déjà, par de vagues allusions contenues dans les lettres de sa grand-mère, que sa mère était partie pour une destination pas très lointaine, il supposait que c'était quelque part en Extrême-Orient, en compagnie de quelque nouveau général ou de quelque ingénieur haut placé, ou encore, sait-on jamais ? avec le même démon mesquin de ses nuits juvéniles, Chevtchouk, l'homme de la Sécurité, mais une telle distance, la distance américaine, il ne l'aurait même pas imaginée en plein délire. À l'époque, c'est-à-dire au printemps 1948, la nouvelle amusette de l'humanité, c'est-à-dire la guerre froide, se développait à plein tube. Les copains d'hier, les Yankees, étaient devenus les spectres pleins de rage d'un monde différent. Le chef des Britanniques, avec sa propension aux métaphores, avait formulé en orfèvre le nouvel état d'isolement des Soviets : « le rideau de fer ». Une relation postale avec l'Amérique ? Le Soviétique moyen avait peur rien que d'y penser, et pour ce qui est d'un combattant des Services Spéciaux tel que Babotchka Gradov, tenter le moins du monde de correspondre avec sa mère eût été trahir sa décoration secrète du GROU dont le nom évoquait un roucoulement de colombe : grou-grou-grou et en même temps, groum ! celui d'un coup de dents dans une fesse charnue.

Au début, ses intentions avaient été on ne peut plus sérieuses. Passer toutes affaires cessantes et dans les délais les plus brefs son « certificat de maturité[1] ». Tous ses condisciples en étaient à leur quatrième année d'études supérieures, il fallait les rattraper, rattraper, rattraper. Après ? Expédier en trois ans un prestigieux institut, disons, voyons : les Langues orientales, ou l'Acier et les Alliages, ou les Affaires étrangères, ou l'Aviation, voyons... Voyons, alors là, absolument pas quelque archaïque Pédago ou Médico. Les arguments de son grand-père n'avaient été bons qu'à le libérer de l'armée et non à servir ses grandes ambitions. Sans aller chercher plus loin, Boris voulait s'intégrer au meilleur milieu de la jeunesse de la capitale et non à ces péquenots de Pédago ou de Médico tellement banals qu'on ne les désignait que par un numéro : N° 1, N° 2, N° 3... Médecine ? Disséquer des macchabées dans un amphi ? Alors là, non pardon, grand-père, des macchabées, j'en ai assez vu comme ça. Boris III levait les bras au ciel : cet argument-là, c'est vrai, impossible de le repousser.

Cependant, dans la pratique, les bonnes intentions de Babotchka dérapèrent. Il s'était inscrit à un cours du soir pour préparer son certificat de maturité : il s'y sentit un peu comme Gulliver au pays de Lilliput. Et de fait, une lueur lilliputienne voilait le regard des autres élèves lorsqu'il pénétrait dans la classe. Personne ne savait qui il était, mais tous sentaient qu'ils ne tenaient pas le choc. Jusqu'aux professeurs qui se ratatinaient légèrement en sa présence, les femmes surtout : roux foncé, parfaitement bien élevé, fait comme un dieu, avec son pull à motifs d'élans, il faisait, dans cette miteuse école de jeunesse ouvrière, figure d'étranger. « Vous avez un drôle d'accent, Gradov. Vous ne viendriez pas de l'Ouest ? »

1. Équivalent du baccalauréat.

avait demandé la jolie prof de géo. Babotchka avait éclaté de rire : des chocottes idéales plein la bouche.

— Je suis du Bois d'Argent, Ludmilla Ilyinitchna.

La prof de géo en avait frémi, rougi. Non mais, vraiment, était-elle de taille à enseigner la géographie à un homme pareil ? Et depuis, chaque fois qu'elle le croisait, elle baissait les yeux et s'empourprait, convaincue que, s'il ne voulait pas d'elle, c'est qu'il était rassasié d'autres femmes autrement mieux qu'elle, des actrices, des demi-mondaines.

Et pourtant, hélas, il était un peu trop tôt pour parler de satiété. Le héros de la guerre secrète, se retrouvant à vingt-deux ans à Moscou, ressentait une étrange timidité, comme s'il n'était pas revenu dans sa ville natale, mais dans une ville étrangère. Sa virilité avait fléchi, il avait senti resurgir en lui l'adolescent de l'Action Immédiate, comme si ce n'était pas à lui qu'étaient arrivées toutes ces histoires en Pologne, comme si le gaillard armé de sa mitraillette et de son poignard n'avait aucun rapport avec lui, comme s'il venait seulement de retrouver son moi véritable, un moi peut-être guère plus riche que celui du gamin qu'il avait rencontré une nuit quai Sainte-Sophie.

Il ne serait pas exagéré de dire que le mystérieux beau gosse Gradov tressaillait, lui aussi, lorsqu'il croisait la prof de géo. D'une part, il avait très envie de lui proposer un rendez-vous, de l'autre, il était prisonnier d'un trac proprement enfantin — d'où lui venait-il, mon Dieu ? — et si elle allait lui poser des colles sur les ressources minières de la planète ?

Parmi tant de visages féminins, l'un se dessina

plus nettement à la lueur rose d'un lampadaire de restaurant, celui de Véra Gorda, chanteuse de variétés. Un soir, il était seul au *Moskva* fumant de grosses Troïka à bout doré, buvant de la vodka Spéciale, autrement dit à cinquante-six degrés, pas cul sec, mais à la polonaise, à petites gorgées. Là, on avait annoncé Gorda, et dans un frou-frou de robe de scène, élevant pour saluer ses longs bras nus, il avait vu paraître une beauté blonde, autre chose que ta Rita Hayworth des films américains de Poznan usés jusqu'à la corde. Toute la salle chaloupe à son rythme tour à tour défaillant et rejaillissant sous les taches étincelantes, multicolores de la boule et Boris, qui n'avait pourtant pas de cavalière, se leva et chaloupa tout seul : inoubliable instant de jeunesse.

D'une liasse de vieilles lettres,
J'en ai pris une au hasard,
À son encre violette
Sont revenus mes souvenirs épars.

Toute seule, au milieu de vingt mecs aux plastrons amidonnés, devant un micro, ses doux yeux mi-clos, remuant à peine ses douces lèvres, inondant l'immense salle à colonnes de sa douce voix... quel bonheur... l'inaccessible..

Pourquoi l'inaccessible, se demandait-il le lendemain matin. Ce n'est jamais qu'une goualeuse de restaurant, et toi un agent de Renseignement en disponibilité, tout de même. Envoie-lui des fleurs, propose-lui une promenade en Horch, tout est si simple. Tout est diantrement simple. Il n'y a pas si longtemps, tu croyais que les situations compliquées ça n'existait pas. Si deux balles t'ont troué la peau, si par deux fois une lame l'a percée, si tu ne crains pas la mort, quelles situations compliquées saurait-il y avoir ? En plus, je crois qu'elle m'a remarqué, qu'elle m'a vu me lever, qu'elle regardait de mon côté…

Il retourna au *Moskva* et il revit Véra Gorda, les bras tendus vers lui, aussi inaccessible qu'un mythe cinématographique.

— Il me semble que Babotchka souffre du traumatisme de l'ancien combattant, dit un jour Boris Nikitovitch.

— Je crois que tu as raison, fit Mary Vakhtangovna en écho. Tu sais, il n'a pas téléphoné à un seul de ses anciens amis, pas revu un seul de ses camarades de classe.

Sa grand-mère avait presque raison, c'est-à-dire, pas tout à fait raison. Effectivement, rentré à Moscou, Boris n'avait pas exprimé le moindre désir de revoir ses condisciples ; les « enfants de quelqu'un » de l'École n° 175, mais il avait tenté de recueillir ne serait-ce qu'un détail sur le sort de son idole, l'ancien champion de Moscou, Alexandre Chérémétiev.

La dernière fois qu'il l'avait vu, c'était en août 1944, sur un brancard. On le fourrait dans un Douglas archiplein, non loin de Varsovie. Il était encore en vie, délirait sous l'effet des antalgiques, marmonnait des propos sans suite. Puis, après une nouvelle demande d'information, il avait reçu l'ordre de ne plus s'enquérir de lui. Le sort de Chérémétiev était devenu un supersecret d'État parce que, il faut croire, il avait été blessé lors d'une opération supersecrète suscitée par le général communiste de Varsovie en flammes.

En 1948, tous ses papiers en main, c'est-à-dire partiellement libéré du grou-grou-grou, Boris s'était enhardi jusqu'à demander aux impénétrables camarades qui le raccompagnaient : « Et si vous me disiez quand même, camarades, si Sacha Chérémétiev est en vie, sinon où il est enterré. — En vie, avaient répondu les impénétrables camarades, en ajoutant : C'est tout ce que nous pouvons vous dire, camarade lieutenant de la Garde en disponibilité. »

Qu'est-ce que cela signifie ? se disait Boris. Il est vivant et toujours clandestin ? C'est donc qu'il est toujours sous les armes ? Qu'il a gardé bras et jambes ? Mais c'est impossible, sa jambe droite a été écrabouillée sous mes yeux par une poutre d'acier.

Réduit à ces informations, Boris IV était demeuré seul, ce n'était ni par dédain ni par suite du « traumatisme d'ancien combattant », comme le supposaient son grand-père et sa grand-mère, mais parce qu'il avait perdu l'habitude de s'imposer — ou ne l'avait jamais eue. Il se surprenait parfois à espérer comme un gamin qu'un heureux hasard le mettrait en rapport avec des gars au poil ou de jolies filles.

Pour ce qui est des premiers, l'occasion ne se fit pas attendre trop longtemps, tout se passa très naturellement dans la sphère des moto-bagnoles. Un jour, deux gus en blouson de cuir, Ioura Korol et Micha Tchérémiskine, vinrent le trouver. Juste à ce moment, Boris avait relevé le capot, mis à l'air les tripes de sa Horch subitement tombée en rideau, et trifouillait dans son moteur aussi vaste qu'une usine métallurgique. Les deux gars étaient restés plantés quelques minutes derrière son dos, puis l'un d'eux avait proposé d'examiner le vibreur : à son avis, c'était un faux contact. Et c'était bien ça. Lorsque le moteur s'était remis en route, les deux gars avaient considéré, longuement et avec beaucoup d'amour, l'équipement de huit cylindres qui tournait harmonieusement.

— Formidable, ce moulin ! dirent-ils à Boris.

— D'après le numéro, c'est votre propriété personnelle ?

C'est ainsi qu'ils avaient lié connaissance. Les deux gars étaient maîtres ès sports en moto-cross. Leurs motos étaient à côté, bon, évidemment des Harley-Davidson. Pour le moment, on court avec, expliquèrent-ils, mais à partir de la prochaine saison, il faudra enfourcher du plus moche. Le Comité des Sports a décrété que seules les marques nationales seraient admises dans les compétitions.

Là-dessus, deux autres jeunes gens vinrent se joindre à eux : Vitia Kornéiev, champion national absolu de moto-cross, et Natacha Ozolina, maître ès sports ; ils s'associèrent aussitôt à la conversation. C'était, dans ces milieux, un sujet brûlant. Dans le fond, inclinaient les sportifs, il y a dans cette décision une vérité évidente. Nous n'importerons sans doute pas de motos d'Amérique dans le proche avenir, il faut donc encourager notre propre industrie. Des machines comme la L-300, la IJ, la TIZ, la Comète, une fois bien mises au point, peuvent parfaitement concurrencer celles d'Europe.

Boris était enchanté de ses nouveaux amis : et voilà ! j'ai eu la chance de tomber sur des gars normaux. Alors, les « gars normaux » l'avaient admis en toute cordialité dans leur bande, d'autant plus lorsqu'ils avaient appris qu'il était le fils du maréchal Gradov et lui-même possesseur d'un passé militaire brumeux, de plus, il avait un appartement inoccupé rue Gorki, toujours à la disposition de tous, bon, et puis quand ils avaient découvert qu'il ne s'y entendait pas si mal en marques de motos allemandes, il avait définitivement acquis leur estime.

Naturellement, notre jeune homme se précipita séance tenante dans le monde de la moto. La Horch fut mise de côté pour de rares sorties nocturnes. Boris IV abandonna complètement l'École de la jeunesse ouvrière et passa toutes ses journées au garage de l'Armée Rouge ou du Dynamo, ainsi que dans une allée du Parc Pétrovski où, tous les dimanches, la jeunesse motorisée se rassemblait afin d'échanger des pièces détachées et de tailler une bonne bavette. Il n'avait pas encore réussi à se procurer une Harley, cette marque du supermotard, mais il avait trouvé d'occasion une puissante Zuntag de la Wehrmacht qui avait été, au temps ordinaire de la Seconde Guerre mondiale, équipée d'un side-car et d'une mitrailleuse et pouvait parfaitement transporter trois Fritz assez viandeux. Entre-temps on lui avait, au club, attribué un engin de course soviétique, une DKV surcompressée de 125 centimètres cubes. Bien entendu, sous la subtile direction de Ioura Korol et Micha Tchérémiskine, il l'avait « poussée ». Bientôt, il avait exposé des résultats convenables : en vitesse de pointe — 125,45 kilomètres à l'heure ; au départ arrêté — 89,27. Nous te le garantissons, dans un an, tu seras maître ès sports, lui promettaient ses « parrains ». Avant ça, songeait Boris avec un rire intérieur.

Au printemps 1949, toute la bande partit à la course annuelle du circuit de Pirita-Kose, à Tallinn. Ils suivirent le chemin de leur choix, par les forêts de Pskov et de Tchoukhonie, bien qu'on les ait mis en garde contre les « frères des bois [1] ».

Babotchka fut emballé par le circuit. Il n'y a pas à chiquer, il faut que je gagne ce manège un jour ou l'autre. Pour l'instant, il figurait comme

1. Résistants baltes antisoviétiques.

remplaçant dans l'équipe de l'Armée Rouge, il ne participait pas aux courses, mais aux essais, il se montrait très convenable. Le public sportif l'avait manifestement distingué, en particulier une certaine Irje Oun, une équipière du Kaléva, une fille de vingt ans aux yeux bleus, de pure race baltique. Ce qui fait que je me sens beaucoup mieux, beaucoup plus naturel, avec les femmes de l'Europe asservie, lui dit Boris par une nuit de lune, après qu'ils eurent fortement fait connaissance entre les murs de la forteresse gothique de Toompea. Par bonheur, elle n'avait rien compris et s'était contentée de rire. Il y a des gars pas mal, parmi ces maudits occupants, avait-elle songé dans sa langue, en riant, et en plus, ils nous amènent ce vin joyeux, l'*akhaméni*.

Quant aux « frères des bois », l'œil expérimenté de l'agent des Services en décelait pas moins de cinquante pour cent parmi le public du circuit et alors là, pas moins de quatre-vingts pour cent en ville. Une fois, au petit jour, au restaurant *Pirita* construit dans le style de la « bourgeoisie indépendante », le frère de la copine de Boris, Rein Oun, un petit rapide, arrière de basket parfaitement regroupé, l'avait emmené à l'écart et lui avait montré la doublure de son blazer où, à la hauteur du cœur, était cousu un bout de tissu tricolore, blanc-bleu-noir, les couleurs de l'Estonie libre.

— Vu ? avait-il demandé d'un ton menaçant.

— Vu ! s'était écrié Boris. — Tout était tellement formidable : un roman-moto, le point-du-jour, l'antisoviétisme. Dommage seulement qu'il ne soit pas estonien, il se serait cousu un bout de chiffon tout pareil. Qu'est-ce que je pourrais me coudre sous le bras, moi, connard de Russe ? Un aigle à deux têtes ?

— Vu, Rein, dit-il au frère. Je suis avec vous.

— Pauvre type! dit le basketteur. — Il avait très envie de se bagarrer avec le Russe, de lui casser la gueule au nom de l'Estonie et de sa sœur. Le pays était malheureux, sa sœur rigolait, il avait très envie de casser la gueule à ce gars au poil, ce motard de Moscou.

Le lieutenant de la Garde en disponibilité coulait ainsi ses jours, quand Ludmilla Ilyinitchna, un beau jour, lui téléphona (d'où tenait-elle son numéro?) et lui dit en butant sur les mots: «Vous avez peut-être oublié, Gradov, que les examens débutent dans huit jours.»

Le premier soin de Boris fut, c'est évident, de courir s'acheter du café, puis de filer chez un médecin de ses amis et de lui demander une ordonnance pour de la codéine. Selon un bobard qui courait parmi les étudiants, il suffisait de se gaver de codéine pour ingurgiter en une seule nuit un manuel d'économie politique ou tout autre amphigouri au choix. Il planchera ainsi toute la semaine, engloutissant café sur café à en devenir bleu, puis au matin, passant à la codéine, à ne plus y voir clair. Alors, ou je me ferai coller, ou ce sera la médaille d'or. Résultat: ni l'un ni l'autre. Au nom de la statistique, on ne collait jamais personne à l'École de la jeunesse ouvrière, on compensait les insuffisances en attribuant automatiquement la moyenne aux candidats. Les révélations de la codéine n'y suscitaient guère l'admiration non plus. L'élégant et mystérieux élève Boris Gradov se retrouva avec un certificat parfaitement valable, mais, hélas, très médiocre: rien que des trois et des quatre sur cinq.

Bon, eh bien, ces jeux d'enfant, je m'en tape! Je retourne chez mes «gars normaux», aux motos! Tout l'été se passa en cross: Saratov,

Kazan, Sverdlovsk, Ijevsk. À l'automne, il avait suffisamment accumulé de points pour être nommé maître ès sports d'URSS. Les papiers signés par l'entraîneur partirent au Comité.

Parallèlement, il découvrit qu'il était catastrophiquement en retard pour les examens d'admission de l'enseignement supérieur. Bah, cela n'a rien de terrible. J'ai attendu quatre ans, j'attendrai un an de plus. J'emploierai cette année à devenir champion et l'on m'admettra d'enthousiasme dans tous les instituts que l'on voudra, et sans examen. Et puis avec mon nom, fils du maréchal Gradov, Deux fois Héros de l'Union Soviétique que glorifie une assez jolie rue du quartier de Pestchany ! À tout hasard, Boris fit le tour des commissions d'admission des plus prestigieux établissements de l'Université de Moscou, des Langues orientales, des Affaires étrangères, de l'Acier et des Alliages, de l'Aviation... et là, il fit une découverte totalement inattendue : c'est qu'il n'avait pas à compter sur le feu vert dans ces instituts-là. Qu'il n'était pas du nombre de ceux à qui « toutes les voies sont ouvertes ». Dans toutes les commissions, il y avait des personnages particuliers qui, après enquête, lui donnaient à entendre qu'ils ne lui conseillaient pas de déposer son dossier.

Vous perdriez inutilement votre temps, camarade Gradov. Nous sélectionnons des impétrants à la réputation sans tache. À vrai dire la vôtre, personnellement, est impeccable, qui dirait mieux vraiment, comme on nous l'a dit... hi, hi... enfin... où vous savez... cependant, votre pedigree présente des bavures. Vos caractéristiques sont étranges, atypiques, camarade Gradov. D'une part, votre grand-père est une lumière de la médecine, la fierté de notre science, feu votre père fut un héros, un chef militaire brillant, mais d'autre part, votre oncle Kirill Borissovitch figure sur la liste des ennemis du peuple, et chose principale, votre mère Véronika Evguénievna Tagliafero réside en Amérique en qualité d'épouse d'un professeur d'école militaire des États-Unis, et c'est cela, évidemment, le facteur décisif... Qu'est-ce qui m'arrive ? se demandait parfois Boris IV aux heures de vague à l'âme en déambulant à travers les pièces de son vaste appartement où dans presque tous les coins l'on découvrait ici un bocal plein de mégots, là une batterie de bouteilles vides, restes du dernier rassemblement de motards, là encore une paire de roues avec ou sans crampons à glace, des caisses de pièces détachées pleines de graisse, des tas de vêtements, des piles de livres. Je n'arrive pas à saisir le lien qu'il y a entre celui que je suis aujourd'hui et celui que j'étais avant-hier et que maman, lorsqu'elle était d'un bon tour, appelait « son austère jeune homme ». Où est passé mon patriotisme, par exemple ? Je repense de plus en plus souvent à mon cousin adoptif Mitia Sapounov qui parlait des « monstres communistes ». Je suis de leur nombre, aujourd'hui, je suis entré au Parti dans les forêts de Pologne, ordre avait été donné de nous y inscrire d'office. Non, ce n'est pas cela que je veux dire. Le patriotisme, ce n'est pas le Parti, même pas le communisme, c'est simplement le sentiment de la russité, la perception d'une tradition, le « gradovisme »... C'est un peu cela qui s'était élevé dans mon cœur quand je me suis sauvé de chez moi, que j'ai eu peur de manquer la guerre, petit nigaud. Tout cela s'est dispersé dans l'abomination de la répression, oui, précisément, de la répression, qu'avons-nous fait d'autre en Pologne, sinon nous livrer à une répression féroce ? Oui, toute la conception de patrie s'est dispersée, il n'en est resté qu'une sorte de ricanement intérieur. Jamais aucun des gars ne ricanait au mot de « Patrie », ils gardaient un silence plein de gravité, mais sur tous les visages, il l'avait remarqué, passait comme un reflet de ce ricanement, comme si le diable lui-même leur eût ricané en pleine face, à ce mot de « Patrie ».

Et maintenant, j'ai tout simplement perdu contact avec moi-même, ou plus exactement avec l'« austère jeune homme », j'ai comme un vibreur en panne et je ne parviens pas à me retrouver, à supposer que l'« austère jeune homme » eût été moi-même et pas un autre, entendez : si ce que je représente aujourd'hui, un être sans contact, au vibreur brisé, n'est pas ma véritable nature.

Je ne peux pas vivre ici sans ma mère, se dit-il un beau jour, lors d'une heure de vide. Là-bas, dans les bois, je n'avais pas besoin d'elle, mais ici, à Moscou, je ne peux pas vivre sans elle. Ma vitesse dévorante, c'est peut-être un élan insensé vers ma mère. Mais elle est inaccessible, elle est en Amérique, elle m'a trahi. Toute l'Amérique est un pays de traîtres, de gens qui ont abandonné leur patrie. Elle aussi, elle y a fichu le camp avec cette grande perche de Yankee que je déteste encore plus que je ne détestais Chevtchouk. Si on s'était trouvés face à face sur le champ de bataille, je l'aurais démoli. Elle a trahi ma Patrie au cul lourd, elle a trahi mon père, elle m'a trahi, moi. Et elle a emmené Véroulia. Je n'ai plus de sœur, je n'en aurai plus jamais.

Il me reste quand même ma cousine Iolka, se disait-il en fonçant sur sa Zuntag de la Wehrmacht le long de la perspective de Léningrad. Quelle minette ! Elle cramponne mon bide d'acier des doigts les plus doux. Nom de nom, dans l'ancien temps, on se mariait entre cousins ! Dans l'ancien temps, je l'aurais épousée. À présent, c'est défendu. À présent, j'ai besoin d'une sœur plutôt que d'une épouse, peut-être. Iolka va tomber entre les bras d'un con. Je doute que ce soit entre ceux d'un garçon regroupé, maître ès sports catégorie moto. Ça sera plutôt un tordu de littéraire dont elle aura fait connaissance aux concerts d'abonnés du Conservatoire.

Lorsqu'ils parvinrent à la datcha, il faisait complètement nuit. Le portail était ouvert, les parents les attendaient. Boris pénétra dans la cour et s'arrêta en face de la grande fenêtre de la salle à manger derrière laquelle on apercevait ce qui restait du clan des Gradov : le patriarche chenu et triste, grand-mère Mary toujours droite et fière, toujours belle, et incroyablement chic avec son éternelle cigarette, Nina la poétesse, et puis Agacha qui n'avait pour ainsi dire plus d'âge, mais continuait à trotter autour de la table d'un mouvement uniforme en prodiguant le répertoire inchangé dont nous avons régalé les lecteurs de nos deux premiers livres : *pirojki*, chou à la provençale, escalopes campagnardes... Quelque chose de nouveau cependant était apparu dans sa ronde. Par moments, elle se figeait, un plat entre les mains et sur le visage une expression philosophique que venait effacer sa rayonnante bonté de toujours. Elle semblait poser une question muette : le sens de la vie humaine ne réside-t-il que dans l'amour ?

Nous n'avons pas lieu non plus de dissimuler au lecteur qu'après tant de pertes dans le clan des Gradov, il y avait aussi eu des apports, un certain élargissement en somme, si toutefois ce substantif défini peut s'appliquer au peintre Sandro Pevsner avec sa calvitie, ses épaules étroites, sa moustache duveteuse à la Pirosmanichvili que, dans ses conversations téléphoniques avec son vieil ami, le camarade Slabopétoukhovski, directeur adjoint des studios Gorki au titre de l'intendance, Agacha ne nommait pas autrement que notre-ou-mari-ou-je-ne-sais-qui.

Iolka quitta la moto d'un bond. Boris, en bon cousin bourru, lui envoya une tape dans le dos.

— Vous vous serrez trop tendrement contre les gens, mademoiselle, où avez-vous appris ça?

— Idiot! fit-elle en brandissant son carton à musique. — Et il fut saisi de quelque chose qui n'avait rien à voir avec la moto. — Ah! Si je pouvais retenir ou tout au moins revivre cet instant!

Une fillette toute mince, son élan léger, impétueux, son visage si heureux, si pur. Il la considéra comme s'il n'était plus lui-même un jeune homme, comme s'il savait que cela signifiait qu'il n'éprouverait plus jamais cela, comme Iolka là, en ce moment même, cet émerveillement, cette attente de la vie.

Elle avait seize ans, elle entrait en neuvième[1]. L'éducation puritaine de l'école et la tartuferie générale de la société, ainsi qu'un certain manque d'attention de sa brillante maman et un certain excès d'attention de sa majestueuse mémé avaient fait que Iolka venait à peine de comprendre ce que signifiaient les étranges regards des hommes dans le métro et dans la rue. Au début, elle avait cru qu'il manquait peut-être un bouton à son manteau ou que son bas avait tourné, elle avait rougi, consulté les surfaces réfléchissantes de la

1. Notre première.

voie publique : Qu'est-ce qui se passait, pourquoi ces regards fixes, et qui plus est, souvent associés à des sourires en biais ? Un jour, elle était dans le métro avec sa maman, la poétesse Nina Gradova. Tout d'un coup, un type se mit à la dévisager. Un bonhomme mafflu en grand manteau de cuir à col de fourrure et bottes de feutre blanc bordé de peau. Maman était, comme toujours, plongée dans un bouquin, le journal d'Adèle Omar-Grey[1], peut-être, n'empêche qu'elle remarqua le mafflu, repoussa ses cheveux d'un geste brusque et le regarda bien en face, comme elle savait le faire : avec défi. Ce qui suivit fut, pour la mère comme pour la fille, à vous couper le souffle, inoubliable. En un éclair, la mère comprit que ce n'était pas sur elle que l'homme dirigeait ses regards concupiscents, mais sur sa fille. Cramoisie, elle se tourna vers Iolka et soudain tout le sens de cet éclair apparut à la petite fille de la veille. Ce fut la révélation d'une chose jusque-là inconnue, une sensation de dégoût, mais aussi une joie musicale, enivrante. Quant à sa maman qui, l'ayant attrapée par le bras, l'entraînait vers la porte, ça tombait bien, elles arrivaient à leur station, Bibliothèque Lénine, elle avait éprouvé une tristesse subite, poignante, à supposer que la brusque morsure d'un aiguillon pût s'appeler « tristesse ». Forcément, elles ne s'étaient pas dit un mot de la chose et n'évoquèrent jamais par la suite le tourbillon de sentiments où elles avaient été précipitées par la faute de la grosse binette du métro entre Travée des Chasseurs et Bibliothèque Lénine, mais parmi tant d'instants vécus en vain, celui-ci s'accusa intensément, elles ne l'oublièrent jamais.

1. Mystification littéraire de la première moitié du XIXe siècle.

En un mot, Iolka était devenue adulte et désormais, entre l'école et ses leçons de musique, elle ne laissait jamais échapper l'occasion de filer chez elle, grand-rue Gnezdikovski, afin de troquer son odieux uniforme d'écolière — robe marron, tablier noir — contre la veste aux épaules matelassées de maman, tout comme elle n'oubliait pas de se farder un peu le tour des yeux afin de mettre en valeur leur exceptionnel rayonnement gradovo-kitaïgorodskien.

Déjà la moitié de sa vie — huit ans — s'était écoulée sans son père. Elle s'en souvenait comme d'un géant-ami avec lequel elle passait son temps à chahuter, se bousculer, rire. De vives images de sa petite enfance surgissaient, puis s'effaçaient : papa-skieur, papa-nageur, papa-chameau, ça, c'est quand on allait sur ses épaules depuis le lac jusqu'à la gare, papa-sage lisant et expliquant *Don Quichotte*, papa-goinfre liquidant une poêlée entière de pâtes au fromage, papa-éternel-chevalier-servant-de-maman tendant à la poétesse Gradova son manteau de chinchilla, en l'espèce, un banal manteau de gros drap, retendant son frac, en l'espèce un veston de gros drap : ils vont au bal du Nouvel An de la Maison des Écrivains.

— Comme Lui, comme Lui ! criait papa. — Elle s'en souvenait bien. — Alors, vous ne voyez pas que je suis en frac comme Lui ?

Maman et Eléna à sa suite mouraient de rire. Eléna n'apprit que plus tard que ce « Lui » désignait Staline. C'est pour cela que maman mourait de rire, qu'il était irrésistible d'imaginer Staline en frac. Bien sûr, il eût été encore plus drôle que papa dise simplement : « Aujourd'hui, je suis comme Staline : en frac », mais il s'en gardait bien et c'était fort sage, car il était à craindre que le lendemain, au jardin d'enfants, sa fille se mette à montrer à ses petits camarades « Staline en frac ». Et il ne se trompait pas, Iolka se souvenait effectivement d'avoir crié comme une sourde à la maternelle : « Lui en frac ! Lui en frac ! »

Les mots « Tombé pour la Patrie » qu'elle calligraphiait en face du mot « Père » dans les questionnaires scolaires ne l'avaient jamais atteinte dans leur sens réel, autrement dit, elle n'avait jamais conçu que le corps de son père avait été déchiqueté par des balles et avait pourri dans la terre humide. « Tombé pour la Patrie » avait d'abord voulu dire qu'il avait simplement disparu, qu'il était quelque part, bien sûr, mais qu'il n'arrivait pas à venir la rejoindre, elle, sa fille unique. Elle voyait maman pleurer dans son oreiller en secret et, suivant son exemple, pleurait elle aussi dans son oreiller, tout en étant absolument persuadée que ces larmes finiraient par aider papa à trouver le chemin du retour. En grandissant, elle avait compris qu'il n'y parviendrait pas, qu'il n'était plus, mais jamais l'idée que sa chair avait été détruite ne lui était venue à l'esprit.

Et voilà qu'il lui arrivait un frère aîné. Pas tout à fait un frère aîné, un cousin, mais pour la peine, tellement formidable : Boris IV ! Ils étaient tout de suite devenus amis, allaient même très souvent ensemble au cinéma et à la patinoire. Il l'emmenait parfois à des courses et alors, elle remarquait qu'il était ostensiblement fier de la montrer aux copains : voyez la jolie petite sœur que j'ai ! Il y avait dans leurs relations quelque chose d'un humour amoureux, quelque chose qui avait un rapport indirect avec leurs lointaines espiègleries enfantines, quelque chose de ce « règne du père » à moitié oublié. Dommage que ce soit mon cousin, se disait-elle parfois, je l'aurais épousé.

Puis ils entrèrent ensemble à l'intérieur pour la joie pleine et entière de la famille qui les attendait. Dans le temps, il y avait aussi notre cher Pythagore, le chien, s'avisèrent-ils en même temps. Pour Boris, c'était chose facile : il était enfant alors que le berger allemand était dans la force de l'âge. Il avait toujours affirmé, et presque sérieusement, que Pythagore avait joué un rôle important dans son éducation. Et Iolka croyait aussi se souvenir parfaitement de s'être traînée sur le tapis tandis que le vieux et noble Pythagore tournait autour et posait de temps à autre sa patte sur elle.

Donc, ils entrèrent, et tous les visages s'éclairèrent. Même la nerveuse Nina rayonna un instant, avant de se replonger dans sa revue ; et Sandro aussi de rayonner.

Ce dernier avait réussi, à son retour de la guerre, à se faire domicilier à Moscou[1] chez son unique parente, une tante très âgée. Son bonheur était sans bornes. Il n'aurait pu imaginer de vivre loin de Nina. Au début, tout alla bien. Sa première exposition officielle fut un succès. Un article encourageant de *Culture et Vie* informait, entre autres, que « les meilleures traditions picturales des *Valets de carreau*, Sandro Pevsner leur infuse un profond contenu patriotique et les fortes impressions de son récent passé de combattant ». On ne peut se figurer aujourd'hui qu'on ait pu écrire de telles choses en 1945 : les tradi-

1. Nul n'avait le droit de résider à Moscou s'il n'y avait été préalablement domicilié ou s'il n'y était appelé pour un emploi.

tions des *Valets de carreau* et le patriotisme ! À l'époque, cependant, sa renommée avait fait un bond, l'Union des Peintres de Moscou lui avait même affecté un atelier dans un grenier abandonné, rue Krivo-Arbatskaïa. Sandro s'était armé d'outils de charpentier et de décorateur et avait transformé ce trou infect en un nid avenant de peintre bohème et en plein essor : énorme bow-window sur les toits de Moscou, escalier en colimaçon vers la loggia, cheminée, rayonnages pleins de livres, albums, vieux fers à vapeur, mortiers en bronze, théières, samovars ; sur le plancher poli par ses soins, il avait jeté deux vieux tapis de Tiflis, s'était procuré on ne sait où « cette chose de bois à l'harmonieuse voix[1] », c'est-à-dire un vieux petit piano dont l'harmonie, pour l'instant, n'était qu'imagination pure, car il y manquait les deux tiers des cordes et ses touches se coinçaient, mais plus tard, quand on le restaurerait, il résonnerait pour de bon, c'est sûr, créerait cette atmosphère particulière des soirées artistiques moscovites-parisiennes dont le principal et constant ornement serait indubitablement la poétesse Gradova.

— Eh bien, hardi guerrier et patriote nanti des fortes impressions de ton récent passé militaire, dit celle-ci quand elle eut visité la « pevsnéière » parachevée, considère cela comme ta plus récente victoire : je ne partirai plus d'ici.

C'est ainsi que Nina élut deux domiciles : grand-rue Gnezdikovski et rue Krivo-Arbatskaïa, une bonne chose que la distance entre les deux fût courte, Iolka, devenue une grande personne, s'habitua très vite à la situation et n'éleva pas d'objections. Le peintre lui plaisait, elle l'appelait

1. Trétiakov.

simplement Sandro, sans le mesquin « tonton » coutumier des enfants russes. D'ailleurs sa maman aussi, elle l'appelait souvent Nina, comme une copine.

Sandro suppliait sa chérie de régulariser leurs rapports, mais chaque fois, elle faisait la sotte, lui demandait ce qu'il entendait par là, ne s'employait-elle pas de son mieux à les régulariser, leurs rapports, lorsqu'ils se mettaient au lit ?

Bref, tout alla à merveille dans la vie du « peintre du bon Dieu », comme Nina l'appelait parfois, jusqu'au moment où commença le tour de vis des années quarante. Après l'arrestation des membres du Comité antifasciste juif, des instructions antijuives descendirent de haut lieu dans les organisations artistiques et littéraires. En janvier 1949, le Parti produisit une directive sur « Le répertoire des théâtres et les mesures à adopter pour l'améliorer ». On révéla l'existence d'un groupe antipatriotique de critiques de théâtre composé en particulier de certains Iouzovski, Gourévitch, Varchavski, Ioutkévitch, Altman qui avaient tenté de discréditer les aspects positifs du théâtre soviétique, attaqué à partir de convictions esthétisantes, non marxistes, *cosmopolites*, de brillants auteurs dramatiques du monde actuel, en particulier Sourkov, Sofronov, Romachev, Kornéitchouk[1], avaient glissé dans le répertoire les petites pièces étrangères à l'idéologie de Galitch[2] (Guinzbourg) et autres auteurs à parenthèses, lèche-bottes de l'Occident bourgeois. Ce

1. Écrivains de circonstance, thuriféraires de Staline. Sourkov, président de l'Union des Écrivains, exerça un rôle fatal sur leur sort.

2. Galitch (1919-1977), dramaturge, mais surtout « barde » (poète à la guitare) satirique extrêmement talentueux et caustique.

fut la naissance d'une puissante campagne anticosmopolite populaire : les journaux virent affluer les lettres indignées de vachères, métallos, pêcheurs à la ligne, qui exigeaient que l'on démasquât les cosmopolites *jusqu'au bout*. Il y eut, dans les organisations artistiques et littéraires, d'interminables réunions plénières et assemblées générales où des orateurs frénétiques requirent avec des accents forcenés que l'on « découvrît les parenthèses » des cosmopolites qui se dissimulaient sous des pseudonymes russes. Les plus zélés, cela se comprend, étaient les écrivains, mais les peintres n'étaient pas en reste.

Le tour de Sandro Pevsner ne survint pas tout de suite. Les argousins achoppaient probablement contre son prénom géorgien qui vous obligeait à encaisser son nom de famille juif. Il fallait coûte que coûte protéger l'amitié entre les peuples d'URSS, c'est sans doute grâce à ce postulat que Sandro put, un certain temps, « jouer au con de métèque », comme Nina plaisantait avec rage.

Puis un beau jour, le secrétaire de l'Union des Peintres de Moscou, parcourant du haut de la tribune la salle archicomble qui suait de terreur, un critique vermiforme du nom de Kémianov, le découvrit et déclara que le moment était venu de s'interroger sur les épigones des groupes décadents tels que le *Valet de carreau* et la *Queue d'Âne*, et en particulier sur Alexandre Solomonovitch Pevsner. Qu'apporte-t-il à l'homme soviétique, par ses toiles ? Des redites d'une poétique agonisante, bâtarde, cosmopolite, de Chagall, Exter, Lissistski, Nathan, Altman. L'homme soviétique, le peuple russe avec ses très hautes traditions réalistes, n'a rien à faire de tels maîtres.

Sandro fut prié de proclamer sa position. Il

monta à la tribune, pâle, bégayant, mais peu à peu, il retrouva ses forces et proclama si bien sa position qu'on n'aurait pu imaginer pire. En premier lieu, il ne voyait pas en quoi l'esthétique du *Valet de carreau* contredisait les sentiments patriotiques. En deuxième lieu, il ne fallait pas confondre le *Valet* et la *Queue d'Âne*, ils s'étaient toujours livré une guerre farouche. En troisième lieu, les deux groupes étaient composés de personnalités fortes, et il eût été bon de parler de chacun en particulier. En quatrième lieu, le camarade Kémianov avait choisi, pour mieux inspirer la terreur, rien que des noms juifs... — là, au comble de la rage, Kémianov assena un coup de poing sur la table du præsidium et incendia l'orateur d'un regard qui n'était plus vermiforme mais ophidien... — mais pourquoi, poursuivit Sandro, n'a-t-il pas cité un seul nom purement russe, tel que ceux de Natalia Gontcharova, Mikhaïl Larionov, Vassili Kandinski[1] ?

Là, le représentant du CC, le camarade Guilyitchev, front de roc abrupt, ventouses humides des lèvres et des narines, se tourna d'un air d'interrogation morose, d'un air d'indignation morose vers Kémianov qui lui murmura aussitôt quelque chose sur les noms cités. Alors, Guilyitchev coupa la parole à Pevsner qui tentait de troubler l'assistance avec son verbiage sur une prétendue refonte des traditions révolutionnaires avec l'avant-garde et lui demanda comment il se faisait qu'un peintre soviétique, membre d'une Union d'artistes, fût si bien informé des œuvres — si l'on peut dire — de la lie de l'émigration, de

1. Trois peintres émigrés qui se rendirent célèbres dans le monde entier. Vassili Kandinski (1866-1944) est l'un des initiateurs de l'art abstrait.

ces Gardes Blancs de l'art ? N'y avait-il pas un piège dans toutes ces vaticinations sur la refonte artistique ? Ne cherchait-on pas à mêler des scories bourgeoises à notre acier ?

Sandro quitta la tribune où aussitôt les accusateurs se succédèrent. D'anciens compagnons s'empressèrent de se désolidariser. Quelqu'un proposa de dénoncer le mythe du talent de Sandro Pevsner. Un sculpteur mal dégrossi et toujours entre deux vins gueula même qu'il fallait « découvrir les parenthèses » de Pevsner, après quoi celui-ci hurla, oubliant les circonlocutions d'usage :

— Quelles parenthèses, triple imbécile ! Ôte-toi plutôt les tiennes de ta cervelle de crétin !

L'ivrogne éclata de rire, singeant l'accent géorgien du peintre, cependant, personne ne s'associa : ils savaient tous qu'Un Autre, non loin de là, parlait aussi avec l'accent géorgien. Un silence tomba, et c'est dans ce silence compissé par la peur que Sandro quitta fièrement les lieux. C'est ainsi, du moins, qu'il le relata à Nina, avec un brusque mouvement de la main en haut et de côté : « Et j'ai quitté les lieux ! » En réalité, il avait gagné la sortie avec peine, puis galopé dans le couloir en pleine panique, vite, vite, vivement le grand air ! L'ami cognac le sauva jusqu'au matin de l'attente : on allait l'arrêter. Mais non, cela ne se fit pas. Presque personne des principaux « cosmopolites » ne fut arrêté, à l'époque : ou bien le Parti n'en voulait pas encore à leurs couilles, ou bien il les mettait en conserve pour des événements plus sérieux. Mais la peur les tourmentait tous, une peur *animale* à tous les sens du terme : *primo* inhumaine, *secundo* instinctive, pour leur vie et non pour quelque disgrâce, *tertio* génératrice d'un humiliant péristaltisme intestinal où au sein de votre moi souterrain, au moment le plus dramatique, les gaz se mettent à fluctuer, engendrant une menace sourde, mais évidente, comme dans un dernier effort de résistance. Cela n'a rien de surprenant : derrière chaque ligne de critique du Parti, il y avait un tchékiste, un tortionnaire, un bourreau, un garde-chiourme de l'éternelle glaciation des camps.

La peur muselait toutes les voix libérales de Moscou. L'entourage de Nina n'échangeait même plus de plaisanteries où l'on aurait pu, quand ce serait furtivement, déceler quelque sarcasme idéologique. Essaie donc de ricaner au discours d'un verrat URSSien comme Anatoli Sofronov. Aussitôt un rapport idoine volera vers qui de droit. Il ne restait que les coups d'œil que l'on échangeait parfois d'une face totalement figée. À ces coups d'œil auxquels on ne pouvait tout de même pas trouver à redire, les libéraux avaient appris à reconnaître ceux qui résistaient encore, c'est-à-dire qui étaient encore des leurs. Des yeux fichés en terre disaient dès l'abord : ne comptez plus sur moi, bientôt vous verrez paraître sous ma signature un article abject, une dénonciation infâme ou un roman « patriotique » abominable. Sandro était en plein ostracisme : plus question d'expositions ou d'admission officielle de ses tableaux. Trop content s'il lui tombait une frime quelconque : la maquette du journal mural d'un sovkhoze de banlieue, ou, en deuxième ou troisième main, celle d'un timbre-poste à la gloire de l'héroïque artillerie soviétique. L'essentiel des revenus de la famille était apporté par Nina, dont le filon consistait à traduire, d'après un mot-à-mot, des kilomètres de poèmes de radieux *akyn*[1] d'Asie centrale, ces monstrueux produits

1. Bardes et diseurs traditionnels des steppes.

du socialisme qui engendraient une nouvelle culture « nationale par la forme, socialiste par le fond ». Les Républiques payaient à la poétesse Gradova des droits assez généreux, et l'une d'elles, plutôt momoche, il est vrai, lui avait même confié le titre de représentante culturelle émérite.

Ces prétendues traductions d'une langue dont ils ne connaissaient pas un traître mot étaient la principale source de revenus des poètes. Même Akhmatova, traquée dès le temps de Jdanov, et Pasternak, complètement muet et réfugié dans les buissons de Péredelkino, s'étaient adonnés à cette occupation. Tout oublier, se disait parfois Nina, vivre comme Pasternak. Ça n'a pas l'air de l'accabler. Il écrit « pour son tiroir » ce à quoi il tient, gagne gentiment sa vie avec ses traductions, on dit même qu'à soixante ans il vient de tomber amoureux et qu'il vit sans trop remarquer ce qui se passe autour de lui : « Quel joli millénaire fait-il au-dehors ? » Pourquoi ne puis-je m'arracher à ces articles immondes qui « découvrent les parenthèses », pourquoi aller à ces réunions cauchemardesques, pourquoi me graver dans la mémoire ce que tel ou tel a dit, comme si l'on pouvait un jour demander des comptes à leurs sales gueules ?

Ils étaient à table quand elle abattit une main rageuse sur la *Pravda*, écrasa sa cigarette, éclata de rire.

— Dites donc, il y a de quoi lire là-dedans aujourd'hui, *señores y señoritas* !

Ils la regardèrent avec étonnement.

— Arrête ! lui dit doucement Sandro : il n'avait pas envie qu'elle se mette à psalmodier la langue de bois de la *Pravda* comme cela lui arrivait souvent quand elle était seule à seul avec lui. Il n'était pas du tout nécessaire de troubler ainsi le paisible dîner familial et, en outre, de contaminer la jeunesse qui y assistait par la voie de dangereux sarcasmes.

— Qu'est-ce que tu y as déniché, la tantine ? demanda Boris IV d'un air supérieur. — Lui, ce journal, il n'en parcourait que la dernière colonne où paraissait parfois une information sportive.

— Le texte de ce jour mérite toute votre attention, continuait à goguenarder Nina. Écoutez un peu ces fleurs de style qui poussent même de nos jours !

L'article s'intitulait « Un livre pervers ». L'auteur, le camarade V. Pankov, racontait, avec une colère contenue et une moquerie légère, qu'un certain G. Iaffé, auteur de Vologda, avait pris la plume pour écrire un ouvrage, *La Kolkhozienne de Chléiboukhta,* dans la collection des « Novateurs de notre temps ». Il avait choisi pour héroïne la porchère Alexandra Evgrafovna Lousskova, prix Staline.

« Décrivant cette fameuse kolkhozienne, G. Iaffé dit qu'elle “parle au nom de la nature”, qu'elle connaît jusqu'à la dernière toutes les propriétés des porcelets, des poules, des coquelets, qu'elle analyse tous les grognements et piaillements grâce auxquels elle peut même prédire le temps qu'il fera. C'est cette profonde connaissance de la nature qui permet à Lousskova de modifier des êtres vivants. De sorte que, selon Iaffé, la croyance en les prévisions de Coco-le-Coq entraîne de sérieuses déductions pratiques et scientifiques... L'auteur qualifie la novatrice — et son intention maligne est évidente — de “fermière", de "tutrice", de "curatrice zélée". Qu'est-ce que c'est que ces expressions ? Où les prend-il ? Il rend vulgaire le langage populaire, il emploie de prétendus dictons tels que : "Ne marchons pas à reculons."

«(...) Iaffé déforme grossièrement l'activité du député en disant que Lousskova lutte nuit et jour contre l'injustice. Il donne de la vie des campagnes soviétiques et des réalisations de leurs novateurs une image faussée (...) Il y en a, écrit-il, qui sont arrivés à des résultats absolument fantastiques (?). Par chance, ces réalisations s'expriment par le biais de gorets vivants et tatoués. Sinon, la relation aurait indubitablement (?) ressemblé à la fameuse histoire du baron de Münchhausen...

«(...) Et que direz-vous, cher lecteur, de perles telles que : "Les truies mettent fréquemment bas des êtres qui, à peine ont-ils aperçu le vaste monde, semblent conclure : Ah ! cela ne vaut pas la peine de vivre !" Voilà à quelles absurdités aboutissent ces écrivailleurs !

«N'est-il pas visible, le sourire insultant qui accompagne des phrases telles que : "Il faut mitchouriser[1] notre horticulture jusqu'à la racine" (...) On se demande pourquoi le rédacteur en chef de Vologda a lâché avec tant d'insouciance de tels brocards sur la généralisation d'une expérience due à des hommes à l'avant-garde du pays (...) Les livres qui parlent de l'avant-garde des quinquennats staliniens se doivent de chanter la tâche inspirée des édificateurs du communisme.»

1. Jeu de mots intraduisible entre «Mitchourine», l'agronome dont les méthodes furent si néfastes à l'agriculture soviétique, et «mitchouritsa» — faire la grimace.

Arrivée au terme de sa lecture, Nina suffoquait de rire.

— Alors, comment trouvez-vous ça ? demanda-t-elle à l'assistance. Comment trouvez-vous ce Iaffé ? N'est-ce pas un nouveau Gogol ? Comment trouvez-vous Pankine ? N'est-ce pas un second Biélinski ? Mais, camarades, ce n'est rien d'autre que la lettre de Biélinski à Gogol ! Je ne crois pas me tromper : nous avons sous les yeux l'un des textes les plus importants de la culture russe !

Elle se gargarisait de sa trouvaille, la « nouvelle lettre de Biélinski à Gogol[1] », quêtait et requêtait les regards, cherchant à voir si l'on avait compris le sens de sa plaisanterie. Maman souriait avec réserve, beaucoup de réserve. Papa avait le sourire plus vif, mais branlait légèrement du chef comme de dire : « Le pire ennemi de l'homme, c'est sa langue. » Iolka pouffa : ils faisaient justement la *Lettre de B. à G.* en classe, et il n'est pas exclu qu'elle lui rappelait quelque chose qui n'avait rien à voir avec les sorties maternelles. Boris IV mâchait sa part de *koulibiak*[2] en souriant : agent secret, il avait appris à ne pas plaisanter le gouvernement, et le journal, qu'on le veuille ou non, était « l'arme la plus acérée du Parti ». La nounou hochait la tête avec un accablement inadéquat. Sandro, qui s'était d'abord illuminé en entendant la trouvaille, observait un silence prudent. Bref, « le bon peuple tenait sa langue ». Eh bien demain, je referai le même numéro à la Section des traducteurs, se dit Nina, sachant d'ailleurs qu'elle s'en garderait bien : elle n'était pas folle, quand même ! Ce fut Agacha qui rompit le silence :

1. Voir note 1, p. 319 du tome I.
2. Pâté de poisson.

— Pourquoi tu fumes tout le temps comme une cheminée ? lui demanda-t-elle d'un ton sévère en tendant la main vers sa cigarette. — Interrompant son geste, elle se tourna vers Iolka. — Et toi, qu'est-ce qui te prend d'avaler sans mâcher comme une mouette ? Regarde plutôt Babotchka comme il mâche bien, on dirait un tigre.

Alors là, tout le monde partit d'un bon rire et l'atmosphère se détendit.

— Et moi, j'ai une surprise pour vous, Vos Majestés, fit Boris à ses grand-père et grand-mère. J'espère que vous, Boris III, très auguste souverain, vous ne tomberez pas du haut de votre chaise en apprenant que votre tête légère de rejeton a fini par se résoudre à entrer à l'Institut de Médecine.

La plaisanterie de la chaise n'était pas fortuite. Cela faisait longtemps que, parvenu à l'âge de soixante-quatorze ans, le chirurgien n'avait éprouvé d'émotion aussi forte que ce bonheur. Mes oreilles ne me trahissent-elles pas ? Boris Nikitovitch tournait autour de son petit-fils, l'empoignait par ses robustes épaules, scrutait son regard d'acier. Se peut-il que celui que j'ai en face de moi soit le continuateur de la dynastie des médecins russes nommés Gradov ? Babotchka, mon petit, je suis sûr que tu seras un très bon médecin. Après tout ce que tu as traversé, tu seras un praticien et clinicien superbe. La soirée s'acheva comme dans le bon vieux temps par du Chopin. Mary Vakhtangovna improvisa sur le deuxième concerto en fa mineur, et cela tourna au fa majeur. Son fidèle chevalier qui ne l'avait jamais trompée avec aucune femme (contrairement à elle-même, la coupable, qui l'avait fait une fois durant sa brève Renaissance géorgienne) se tenait comme jadis appuyé au piano et hochait la tête avec une compréhension profonde. Il savait qu'elle ne jouait pas seulement en l'honneur de Babotchka, mais aussi en son honneur à lui, en signe de reconnaissance pour le courage dont il avait fait preuve. Car, ce matin même, il avait décliné l'offre du Bureau Politique de l'Académie d'avancer sa candidature au poste de vice-président. Il est vrai qu'il avait invoqué son âge et sa mauvaise santé, mais tout le monde avait parfaitement compris que c'était sa conscience de médecin russe qui lui interdisait de prendre la place de Lourié, l'académicien «cosmopolite et bâtard», qu'on venait de chasser.

Après le concert, Boris, qui avait décidé de passer la nuit chez ses vieux, alla accompagner jusqu'au tramway sa tante, sa cousine et «notre-ou-mari-ou-je-ne-sais-qui», Sandro Pevsner. Chemin faisant dans l'allée sombre, tous quatre n'arrêtèrent pas de fumer. Ce n'est pas un lapsus de l'auteur, cher lecteur familier des mœurs puritaines de la fin des années quarante et cinquante appliquées aux jeunes écolières: on permettait parfois à Iolka, hors la présence de grand-père, et grand-mère, cela va de soi, de tirer quelques bouffées, ce qui ne manquait pas de l'amener à un état d'exaltation douce.

— Qu'est-ce donc qui t'a fait engager dans la noble carrière? demanda Nina.

Son neveu haussa les épaules.

— Et que faire? Bien sûr que j'ai pensé à l'Institut des Affaires étrangères ou à celui de l'Aviation, mais les représentants du... enfin, vous me comprenez... m'ont clairement donné à entendre que je n'avais aucune chance. Que je le raconte à qui l'on voudra, personne ne me croira. Le fils d'un maréchal Deux fois Héros de l'URSS, quasi-héros lui-même... Tu sais, j'ai été proposé pour cette distinction, mais elle a été changée en ordre du Drapeau Rouge... Et les grandes écoles me sont interdites. Les faux derches ! Mon oncle fut un ennemi du peuple, voyez-vous, et le principal, c'est que ma maternelle est aux USA, épouse d'un Yankee impérialiste. C'est ça qui compte. Tiens-toi tranquille, ne fais pas de vagues. Alors, qu'est-ce que je pouvais faire ? Je voulais faire des études ? La seule solution était de me réfugier sous l'aile de grand-père. Au fait, il m'a dit qu'en qualité d'ancien combattant, on me permettrait peut-être de passer l'examen d'entrée en session spéciale. Finalement, pourquoi ne pas faire médecine ? Tout de même, c'est vrai : une dynastie, la tradition. Je participerai aux courses de moto sous les couleurs de l'Association sportive du Médecin.

Il était encore en train de parler, de hausser les épaules, de ricaner, de jeter sa cigarette, d'en allumer une autre, quand Nina lui prit fermement le bras et le regarda au fond des yeux.

— Dis-moi, Boris... elle te manque... Tu voudrais la revoir ?

Pourquoi est-ce que je fais ça ? se demanda-t-elle. La curiosité de l'écrivain à la limite de la cruauté ? Ah ! là, là !...

Boris fit quelques pas bras dessus, bras dessous avec sa tante, mais elle sentit qu'il se pétrifiait, devenait hostile. Il se dégagea, partit un peu en avant, puis se retourna, le visage en feu, jeune, beau.

— Vous... vous... — Tel un homme qui se noie, il cherchait à s'accrocher à n'importe quoi. Il sembla enfin le trouver et dit avec un sourire dédaigneux : — J'espère que vous comprenez, les enfants, que si j'avais voulu la revoir, je l'aurais fait comme ça ! — Et il claqua des doigts au-dessus de son oreille droite. Drôle de geste ! songea Nina. Ah oui, la Pologne !

— Qu'est-ce que tu veux dire, Boris ? dit Iolka, horrifiée. Tu aurais passé la frontière ?

Il haussa les épaules.

— Pourquoi pas ?

La fillette éleva ses menottes blanches vers le ciel noir.

— Mais c'est impossible, Boris ! La frontière soviétique ? Qu'est-ce que tu dis ?

Tout content de voir que son éclat et son bref accès de désespoir infantile étaient comme passés inaperçus, Boris IV s'esclaffa :

— Ça n'a rien d'extraordinaire. En principe il n'y a rien de plus facile... Je vous demande pardon, Nina, Iolka, Sandro, mais on dirait que vous ne comprenez pas tout à fait qui je suis et ce que j'ai dû faire pendant la guerre, et trois ans de suite après.

Ils s'étaient arrêtés sous un réverbère et formaient un petit cercle. Boris considérait Nina avec un sourire énigmatique.

Ce cousin que j'ai ! se dit Iolka avec admiration.

Je crois que je sais ce qu'il a fait pendant la guerre et trois ans de suite après, pensait Sandro. Ces tueurs... il biffa résolument ce mot terrible pour le remplacer par celui de « massacreurs », comme s'il était moins terrible... Bref, il en avait vu de ces gars-là : ils revenaient parfois des lignes ennemies pour prendre de nouvelles instructions à l'état-major.

Et soudain, Nina comprit : mais ce n'était qu'un enfant qui avait perdu sa maman depuis longtemps, depuis une nuit de 1937 après laquelle elle ne lui était jamais revenue ; ce n'était qu'un orphelin, le Babotchka de sa grand-mère. Elle se jeta à son cou, s'y accrocha, lui murmura à l'oreille :

— Je t'en supplie, Boris, mon chéri, ne parle plus jamais de cela à personne, même pas à nous ! Tu ne comprends donc pas avec quoi tu plaisantes ? Au nom de tout ce que tu as de sacré, de tout ce qui est à nous, les Gradov, n'y pense même pas, à passer la frontière.

Il était stupéfait. Pourquoi cette ardeur, ces prières ? Alors, elle avait tout pris au sérieux, alors, sa tantine ne comprenait toujours pas les plaisanteries des hommes comme moi ?

— Du calme, du calme, ma petite tante, ma petite Nina... Qu'on se rassure, le petit a dit ça pour rire. — Il lui passa la main dans le dos et ressentit soudain quelque chose qui n'était certes pas de mise entre un neveu et une tante de quarante-deux ans. Il s'éloigna d'elle d'un coup. Maudit freudisme, pensa-t-il. Une maudite cochonnerie de saloperie de freuderie. Il alluma une cigarette salvatrice. — Je me dois d'ajouter, mes chers camarades, que je n'éprouve pas la moindre envie de revoir Madame ma Mère. Elle est bien où elle est...

Le tramway, le 18, arriva. Deux grandes boîtes de lumière électrique. Deux voyous en casquette à visière coupée en sortirent, un type de personnage fixé dès la fin des années trente sous le nom de « Capitaine Kostia ». « La-conductrice-Varia-au-petit-bonnet-bleu » tira sur sa ficelle, le timbre cliqueta. Les boîtes de lumière s'enfoncèrent dans l'obscurité, trois chères têtes dans la seconde. Paisible train-train du rond-point des tramways du Bois d'Argent.

Boris éteignit sa cigarette et en alluma aussitôt une autre. Les voyous se tenaient près du kiosque, qui était fermé, et regardaient de son côté. Ces gamins veulent peut-être me dire deux mots? J'aimerais bien leur causer, moi aussi, à ces deux-là. Le premier, un crochet du gauche au foie, l'autre, du droit dans la mâchoire. Il irait faire un vol plané dans la barrière, là-bas. La merde, ça ne se ramasse pas! C'était le moment ou jamais de s'expliquer avec ces «Kostia». Il s'approcha tout contre et les dévisagea attentivement. Tous deux détournèrent craintivement les yeux. L'un renâcla.

L'apprentie coiffeuse Liouda Sorokina ne passa pas moins de trois heures à attendre — mais quoi? — dans l'hôtel particulier de la rue Katchalov. Qu'est-ce qu'une jeune fille avait à craindre, aurait-on cru, dans une ambiance si confortable, si luxueuse, aurait-on pu croire? Un immense tapis de laine très doux recouvrait le sol du salon, oui, précisément du salon, ça ne s'appelle pas autrement, avec ses sources de lumière douce, discrète, et de plus tamisée par d'élégants abat-jour. Dans trois uniflores de cristal, il y a trois roses sublimes: rouge, rose, crème. Deux magnifiques tapisseries, pas neuves, il est vrai, qui ont nettement servi, l'une avec des Maures dans un fort, l'autre avec des monstres marins, sont accrochées au mur. À un troisième mur, c'est un rayonnage de livres reliés. Le quatrième est drapé d'un tissu de qualité supérieure, en soie avec pompons, derrière le drapé, une très haute fenêtre; entre deux pans de soie, on aperçoit un militaire qui va et vient sous la fenêtre. Qu'est-ce que Liouda a encore remarqué, au cours de ces trois heures? Dans un coin, une jeune fille en marbre, nue, un peu comme Liouda elle-même telle qu'on la voit dans la glace des bains Danilov quand elle passe dans la salle de rinçage. Liouda y est justement allée hier avec sa mère et une voisine et s'est livrée à une toilette intime en règle. La jeune fille de marbre recouvre son principal endroit à l'aide de ce qui lui reste de vêtements, mais le sourire qui erre sur ses lèvres est libertin. Les lèvres de Liouda, elles, tremblent : elle ignore ce qui l'attend dans ce salon, de quoi on va l'accuser. Encore une constatation bizarre. Des glaces aussi jolies qu'aux baies Danilov, c'est-à-dire dans des cadres sculptés, il y en a pas moins de trois. À gauche du divan, à droite du divan et, ça c'est assez curieux, en biais, juste au-dessus du divan. Et puis alors le divan qui ressemble à ce que le maître artisan Isaac Israïlovitch aurait appelé une œuvre d'art. D'ailleurs, on ne peut même pas appeler ça un divan, parce que sa superficie ne le cède en rien à la totalité de la pièce des Sorokine dans leur lointaine Outre-Moskova, soit neuf mètres carrés. Il possède un dosseret sculpté où, maman ! s'entrelacent deux cygnes, mais il n'y a rien au pied. Il est très bas, cinquante centimètres, impossible de se cacher dessous. En somme, bien sûr que ce n'est pas un divan, mais, comme il est dit dans *La Reine Margot* d'Alexandre Dumas : une couche. Donc, cette couche est à son tour recouverte d'un tapis avec guirlande de fleurs sur lequel, en plus, sont jetés des coussins de velours. On dirait qu'il... Liouda jette un coup d'œil derrière elle, puis le tâte : il est élastique et ferme. Qu'est-ce qu'on va me faire ? Se peut-il, comme on le dit à l'école, qu'on m'accouple avec un organe mâle ? Mais ce général qui m'a abordée, il est si beau, l'air si sérieux ! Oh ! là ! là ! Pourvu qu'on ne me fusille pas !

Il est venu une bonne femme en tablier et coiffe de dentelle. Elle m'a apporté un plateau, maman ! avec des fruits ravissants et trois coupes de chocolats, chacune avec sa pince en argent. « Chère petite dame, où est-ce que je suis ? » La bonne femme a souri, tout à fait sans cordialité. « Vous êtes l'invitée du gouvernement, jeune fille. Man gez de ces bonnes choses. »

Liouda en a mangé une bouchée. Oh, ce qu'elle est bonne ! Celle que je préfère, dont je n'ai mangé qu'une dans toute ma vie, une noix au chocolat ! Voyons, le gouvernement ne fusille pas, il ne fusille pas lui-même. Voyons, ils ne vont pas m'accoupler non plus, sûrement pas, ça ne ferait pas sérieux. Puis une musique monta et, au son de cette symphonie, Liouda frémit de la tête aux pieds et comprit qu'elle ne sortirait pas d'ici sans dommage. Enfin, au bout de trois heures, elle vit entrer un vieux en robe de chambre de théâtre à pompons, comme le rideau. Sur la tête une calotte en tapisserie, sur son nez charnu des lunettes sans monture, je crois que ça s'appelle un « pénis-nez ». Liouda se dressa tout à fait comme la jeune fille de marbre, même si elle avait tous ses vêtements.

— Bonsoir, dit poliment le vieux, un étranger, on dirait. Comment vous appelez-vous ?

— Liouda, bafouilla la jeune étudiante ès arts capillaires. Liouda Sorokina.

— Enchanté, camarade Liouda. — Il lui tendit la main. Il avait l'air de n'avoir entendu que Liouda ; Sorokina, il n'en avait rien à faire. — Moi, c'est Lavrenti Pavlovitch.

Liouda, plus morte que vive, crut entendre dans ce nom assez harmonieux un affreux Vavéri Salovitch.

— Ne craignez rien, camarade Liouda, dit Vavéri Salovitch, nous allons dîner.

Il s'assit dans un fauteuil de cuir à côté d'elle et appuya sur un bouton fixé à un guéridon qui était un chef-d'œuvre de l'art. Presque aussitôt, la femme de tout à l'heure, accompagnée d'un militaire, arriva en poussant une table roulante. Liouda ne savait même pas que ça existait. Tous les plats étaient protégés par des couvercles en argent, à l'exception d'un vase de cristal rempli de caviar en dôme. Cette denrée, Liouda la connaissait depuis une sortie scolaire au Théâtre de la Jeunesse, on leur en avait offert des tartines à l'entracte. Ce qu'elle ne connaissait pas du tout, c'était le petit seau d'où dépassait le col d'une bouteille. Deux autres bouteilles arrivèrent indépendamment, autrement dit, sans seau. Tout cela fut disposé sur le chef-d'œuvre de l'art devant Liouda et Vavéri Salovitch. Après ça, le personnel emmena son moyen de transport. Vavéri Salovitch sourit comme un bon grand-père et montra à Liouda comment il convenait de déplier sa serviette.

— Aimez-vous Beethoven ? demanda-t-il.

— Ah ! soupira-t-elle.

— Commençons par le caviar, conseilla-t-il en ajoutant d'une voix sévère : il faut en manger trois cuillerées à soupe à la fois. C'est très sain. — C'est peut-être le médecin du gouvernement, se dit Liouda. Ce serait une visite médicale ? — Comme vous mangez merveilleusement ce caviar argenté, camarade Liouda, sourit Vavéri Salovitch. Vos lèvres sont comme des cerises. Et aussi sucrées, je parie, hein ? — Il éclata d'un rire sonore qui recouvrit la musique. Non, les médecins ne rient pas comme ça. — À présent, il faut boire de ce vin de collection. — Il remplit de ses propres mains un verre de cristal de la boisson rouge foncé et transparente.

— Mais c'est que je ne bois pas, bafouilla-t-elle.

Il irradiait de bonté.

— Ça ne fait rien, ça ne fait rien, il est temps de nous mettre au bon vin. Quel âge avez-vous ? Dix-huit ans ? Ah ! Encore ces lois de la République de Russie ! Allons, cul sec ! cul sec !

Liouda avala une gorgée, puis une autre, encore une autre, impossible de s'arracher à ce vin. Elle éclata de rire — un trille de rossignol. « Vous êtes sûrement médecin, Vavéri Salovitch ? » Il m'a semblé que je me balançais sur des vagues. Toute la table se balance sur de douces vagues. D'aimables vagues balancent toute la pièce, Vavéri Salovitch a trouvé le mot juste : notre boudoir... « Notre boudoir vous plaît-il, ma petite Liouda ? » Nous nous balançons tous ensemble, et les meubles et le boudoir avec nous, c'est pour ça que les assiettes ne tombent pas. Pourquoi est-ce qu'il me serre de si près ? Si je dois passer la visite, d'accord, mais pourquoi il me tire comme ça ? On m'arrache au boudoir, on me tire je ne sais où. À l'aide, Vavéri Salovitch ! Voyons, je suis l'invitée du gouvernement ! Ne me tirez pas comme ça, Vavéri Salovitch, aidez-moi plutôt à me débarrasser de ce Vavéri Salovitch. Ouïe, c'est rigolo ! Mais arrêtez à la fin, ça fait pas sérieux, Isaac Israïlovitch !

Béria entraîna la fille amollie sur le divan et entreprit de la dévêtir. Elle balbutiait comme un bébé de ses lèvres-cerises et couinait parfois comme un porcelet. Quel linge affreux elles portent dans cette ville. Un linge pareil vous coupe toute envie de baiser, vous comprenez. Une petite combine à pois cousue à la maison, des petites culottes de finette rose, un cauchemar... Encore heureux que ces fillettes les raccourcissent, en coupent les jambes au-dessus du caoutchouc qui leur enlaidit si honteusement les cuisses. C'est scandaleux, nous ne prenons aucun soin de notre jeunesse. Il va falloir organiser de toute urgence sa fourniture en lingerie féminine. Il déploya la petite culotte, y pressa le nez. Cela sentait assez bon, une fraîcheur un peu acide, avec un léger relent de caca le long de la couture, mais dans des dessous pareils, c'est bien naturel. Une violente vague de désir monta en lui. Il fallait la déshabiller entièrement et oublier les problèmes sociaux. N'ai-je pas droit à un peu de plaisir, à la fin des fins ? Quand on pense au faix que je traîne !

Il la déshabilla entièrement, là, tout était de première qualité, il joua avec ses seins, en saisit le bout avec la bouche, lui fit lever les jambes, commença à la pénétrer, elle allait sûrement se mettre à crier, non, elle ne savait que sourire béatement en murmurant un nom juif — ils sont toujours là, ceux-là ! — non, c'est à croire qu'il n'y a pas une seule pucelle à Moscou par les temps qui courent.

Là, Béria réalisa qu'il atteignait sa meilleure forme, une bienheureuse et effrénée libido. Je vais la baiser une demi-heure de suite sans interruption. Dommage qu'elle soit quasi inconsciente, elle aurait mieux apprécié. Cette poudre de la pharmacie réservée est quand même un peu trop forte. Il quitta sa robe de chambre et aperçut dans la glace une scène merveilleusement révoltante : un dégueulasse vieillard au bide pendant et poilu y niquait une jeune bergère. Dans la glace du haut, la scène était encore plus captivante : un crâne couleur de café, les plis du cou, un dos charnu le long duquel, de la taille aux omoplates, bien mieux que par vos cyprès, rampe un atavisme velu, on voit aussi le rôti de porc rose et spongieux d'une paire de fesses qui se trémoussent en mesure. Et sous tous ces articles de ménage, s'étalent, épars, des bras et jambes juvéniles, s'aperçoivent au-delà de ses épaules des mirettes voilées et une bouche gémissante. Dommage seulement que l'on ne puisse en même temps éclairer et observer le principal secteur des opérations. Nous n'avons pas encore mis cette technique au point.

Béria traîna Liouda Sorokina en long et en large de l'immense divan. Parfois, pour changer, il la retournait sur le ventre, lui glissait un coussin sous le pubis, lui pliait les jambes dans la posture voulue : une partenaire idéale, une poupée ardente !

Un peu de sang lui suintait du sexe. Il n'était pas assez rodé. Cet Isaac Israïlovitch n'avait pas suffisamment rodé la jeune personne. Aucune importance, dans un très proche avenir, nous disposerons d'un sexe idéal. Histoire de mettre plus de cœur à l'ouvrage, Béria se mit à pincer le ventre de Liouda, il voulait lui faire mal, la voir pleurer. Cela ne se fit pas attendre, elle éclata en sanglots nonobstant la pharmacologie du KGB. Si ce n'est pas superbe, *chéni dédé tovtkhan*[1], un salopard de Caucasien, tu te rends compte, baise une enfant de Russie en larmes !

Et enfin arriva ce dont Béria, Lavrenti Pavlovitch, que quatre ans plus tard, au plénum du CC de juillet, N.S. Khrouchtchev nommerait « un ennemi impudent, éhonté, de l'URSS », avait toujours rêvé au fond des recoins et des casemates de son âme opaque. Tous les à-côtés périssables de son insatiable concupiscence. Oubliant sa cri-

1. Géorgien : sale con merdeux.

minelle toute-puissance et la mythologie qui l'excitait toujours de si méchante façon — moi, le Mingrélien, je peux baiser toutes les femelles russes qu'il me plaira, je peux faire de chacune d'elles une pute, une esclave, une dépouille, la faire fusiller, la gracier, la torturer, lui donner un bel appartement, du linge de France, sortir les siens de sous les verrous ou au contraire, les enfoncer dans la glaciation éternelle — oubliant tout cela, donc, il se sentit soudain tout simplement un homme ardent et passionné, amoureux de la Création qui s'ouvrait à lui de tout son entrejambe, entendez de la Femme, camarades, avec un F majuscule.

Si quelqu'un comprend parfaitement cela, c'est Piotr Charïa, se disait Béria, tout en reprenant ses esprits et en essuyant son membre encore chaud avec la chemisette à pois de la fillette inconsciente qui marmonnait des propos sans suite. Une bonne chose que je l'aie tiré des griffes de ces moujik bolchevik. Un beau chef de trahison qu'ils avaient trouvé là : des vers pessimistes à la mémoire de son fils mort de tuberculose. Au fond de la maison, il lui sembla entendre glapir son épouse légitime. Elle s'offrait une crise de nerfs. Elle exigeait qu'on la laissât entrer au boudoir. Mais si je dis qu'on la laisse passer, elle prendra peur et ira se terrer au premier étage. Elle finira bien par y arriver : un jour, je l'attacherai à un bouleau du jardin et je la fouetterai. La fière princesse Ghighetchkori, *tchoukhtchiani tchatlakhi*[1]. Qui vous a dit que la femme du deuxième personnage de l'État, une garce frigide, devait porter la culotte ?

Charïa le comprend. Avec lui, je peux être

1. Géorgien : saleté de merde.

franc. C'est un poète, un pessimiste, une putain comme moi, il ne me craint pas. Tandis que Zourab n'est pas un ami : lui, il me craint. Il n'y a plus trace de vie en lui, seulement la peur de Béria, rien d'autre. Avec lui, je ne peux pas être franc, tandis que Charïa, je peux tout lui raconter de mes parties de jambes en l'air, de ma femme, oublier la politique. Si je les invitais tous les deux, là, en pleine nuit, à venir vider un verre et se farcir cette colombe, Zourab ne voudrait pas. Bien sûr, *khlê*[1], il se pointera, mais uniquement poussé par la peur. Tandis que Charïa, s'il vient, c'est qu'il en a envie. S'il n'en a pas envie, il ne viendra pas. C'est un poète, un aventurier politique, il ne me craint pas du tout.

Je suis entouré de merde. Et toute cette merde, le moment venu, je la nettoierai. Le moment venu, il faudra m'entourer de vrais camarades. Des hommes, des poètes, pas des bolchevik, mais des aventuriers politiques. Les moujik, je les chasserai du Bureau Politique. Ils se sont assez moqués du peuple, ça suffit comme ça. Ce con de Molotov, ce crétin de Vorochilov, ce canasson de Kaganovitch, ce cochon de Nikita Khrouchtchev, tous au dépotoir, il est temps ! Le Jora Malenkov, le Jora Malenkov... le Jora, je le nettoierai aussi ; il ne ferait pas le poids dans la nouvelle société, la société à la Béria. Le moment venu, nous opérerons la *perestroïka* de toute la société. Le communisme attendra. Nous dissoudrons les kolkhozes. Nous réduirons les camps par les voies radicales. Il ne peut pas y avoir une telle proportion d'ennemis du peuple, cela risquerait de retentir de façon fâcheuse sur l'avenir. L'essentiel à faire ? Transposer le pouvoir de

1. Géorgien : mon zob.

la moujikerie bolchevik à des tchékistes durs comme l'acier, des gars à moi. Nous extirperons peu à peu tous les espions du CC de l'appareil, ce seront les frères Koboulov qui s'en occuperont. D'un coup, ce n'est pas possible, on hurlerait à la déchéance bourgeoise. D'abord, nous renverrons le Parti à son potager, qu'il s'occupe de ses troupes et de la propagande et ne vienne plus fourrer le nez dans les affaires de l'État. S'ils regimbent, nous organiserons un procès des salauds à leur tête, nous les accuserons... eh bien, d'espionnage en faveur de la Couronne anglaise. Ils avoueront, n'en doutez pas. Avec Abakoumov, même un âne avouerait qu'il est une vache. Je les imagine, les aveux de Nikita ! Ça sera un spectacle curieux, un plaisir dont je ne me priverais pour rien au monde. Ces cons-là ne valent pas tripette, nous en ferons de la poussière des camps.

Réfléchissons. Béria couvrit de sa robe de chambre la jeune fille qui ronflait au sein d'un profond oubli, roula jusqu'au bord du divan, se dressa sur ses jambes fluettes. Il faut que je maigrisse, réfléchissons à ce que c'est que le communisme. Un jour où on vidait un pot chez Mikoïan (cet Arménien-là, on ne le débarrassera pas, il est capable, dépravé, il y a longtemps qu'il a compris), ce jour-là, j'ai demandé au Nikita : Comment vois-tu le communisme, Nikita Serguéiévitch ? Que peut répondre un moujik de Koursk ? Il y aura beaucoup de lard, de viande. Or, en URSS, a-t-il dit, de nombreuses branches de l'agriculture sont à l'abandon. Qui parlerait de communisme quand il n'y a ni galettes ni beurre ? Et ce serait ça, l'avenir d'un grand pays ? L'URSS doit être riche, luxueuse, et si ce n'est pas ça, le communisme, qu'il aille se faire bouffer par les chiens.

Les trois lampes du boudoir répandaient toujours leur lueur crème sur les tapis. La demoiselle violée frissonnait sous la robe de chambre. Une masse de cheveux couleur de paille. Béria se versa un verre de vin d'une *autre* bouteille. Quand il l'eut vidé, il alluma un gros havane. C'est ça, le kief, la satisfaction de besoins érotiques et esthétiques, le déroulement de conceptions secrètes et chères. On ne pourra pas se passer de l'Occident, c'est certain. Il faudra lui montrer sans coup férir que nous sommes des interlocuteurs valables. Nous lui ferons des concessions décisives. On leur abandonnera cette RDA de merde, fallait-il être cons pour créer ce monstre ! Ulbricht et toute sa clique à la Kolyma ! L'Allemagne unie devra être un pays pacifique et neutre. Objectif suivant : opposer l'Europe à l'Amérique. Rien que pour le bon équilibre. L'Amérique ? Commercer, commercer, commercer avec elle ! Nous ouvrirons nos portes aux grandes marques. Et voilà pour votre guerre froide, monsieur Winston Churchill ! Qu'est-ce que c'est que cette idiotie, *batono* ? Si guerre il y a, elle doit être aussi chaude que la baise. La guerre froide, c'est de la masturbation.

Naturellement, je ferai ma paix avec Tito, j'irai le voir à Brionie, voir comment il est installé. Les chefs méditerranéens se doivent une estime mutuelle.

Le moment venu, il faudra aussi s'y retrouver dans la politique des nationalités. La moujikerie y a cassé pas mal de bois. La charpente dynamique de nombre d'elles a été éliminée : en Ukraine occidentale, en Lituanie, dans ma chère Mingrélie... C'est parmi ces gens, ceux qui ont réchappé, qu'il faudra attentivement sélectionner ceux qui pourront nous assister dans notre *perestroïka* grandiose. Il faut que les gens me comprennent à demi-mot, mieux encore : sur un simple coup d'œil. Le moment venu, nous aurons souvent lieu de dire une chose et d'en faire une autre.

Alors, dans un coin du boudoir, le timbre sourd du téléphone principal du pays sonna deux fois, comme pour avertir le maréchal de rengainer ses chimères, que le moment n'était pas encore venu. Cette double sourde sonnerie réveillait Béria même du sommeil le plus profond. Le Maître ! Cette habitude qu'il avait prise de passer les nuits à son bureau... Assurément son hibou qui recommençait à lui donner la chasse à travers le Kremlin. Oui, le moment n'était pas encore venu. « À vos ordres, camarade Staline. »

Tel un poisson blanc, Liouda Sorokina carpillonna sur le divan et bredouilla : « Isaac Israïlovitch, Vavéri Salovitch... » Béria bondit et bâillonna ses lèvres-cerises de la main.

— Tu as quelqu'un, Lavrenti ? demanda Staline.

— Le personnel, camarade Staline, proféra l'autre.

Staline toussota :

— Si tu ne dors pas, arrive. J'ai eu des idées.

Premier entracte

LES JOURNAUX

Zeri i Populit. *Enver Hodja :*

... Tito n'est que le perroquet déplumé de l'impérialisme américain.

La Pravda. *Ilya Ehrenbourg :*

... Une étudiante de Penza se penche sur un petit volume. Ses nobles paroles lui font battre le cœur. Que lui importe la Standard Oil, que lui importent les discours de Foster Dulles et de Churchill ? (...) Voilà que les profiteurs de guerre américains veulent piétiner les jardins de Normandie (...) Ils ont peur des Russes parce que les Russes veulent la paix.

Le Time *:*

... Anna-Luisa Strong au sujet des kolkhoziens soviétiques : Cent millions de paysans les plus arriérés du monde sont passés quasiment en une heure à une agriculture ultra-moderne (...) L'augmentation de leurs revenus s'est traduite en robes de soie, parfums, instruments de musique.

Le Kremlin au sujet d'Anna-Luisa Strong : Cette fameuse journaliste à scandale a été arrêtée par les organes de la Sécurité le 14 février 1949. Elle est accusée d'espionnage et d'activités subversives à l'encontre de l'URSS.

Cette semaine, Moscou a expulsé A.-L. Strong de Russie. L'apôtre Strong a perdu le dieu communiste qu'elle a si bien servi.

La Pravda. *Nicolaï Gribatchov :*

Ils mentent de nouveau
au Congrès, au Sénat,
Dans leurs livres, journaux
leur radio-charabia.
Mais le temps court toujours,
progresse sans retour
Notre siècle a changé
notre monde a changé,
Nous découvrons leur jeu...

Aimé Césaire, poète. Île de la Martinique :

... Au nom de Staline, les travailleurs du monde entier gagneront le combat de la paix.

J. Staline :

... L'émulation est la méthode communiste d'édification du socialisme.

La Pravda*:*

... La bride haute aux fauteurs de guerre! Au-dessus de la place de Varsovie a retenti sans fin un: «Staline! Staline! Staline!»

Le Time*:*

... Le plus tragique visiteur de New York, la semaine dernière, a été le célèbre compositeur russe Dimitri Chostakovitch. Il est venu participer au Congrès mondial des personnalités culturelles et scientifiques pour la paix. Symbole de la cruauté d'un État policier, il a parlé en politicien communiste et agi comme sous l'impulsion d'un mécanisme d'horlogerie et non de cette conscience qui a donné naissance à sa si étonnante musique.

Le Time*:*

... Parmi les sponsors du Congrès de la Paix à New York, on trouve les noms d'hommes de gauche célèbres tels que l'auteur dramatique Arthur Miller, le romancier Norman Mailer, le compositeur Aaron Copland.

Le boss et directeur de la délégation russe est Alexandre Fadéiev[1]*, avec ses joues vermeilles et ses petits yeux, chef politique des écrivains soviétiques, et fonctionnaire du MVD.*

1. Alexandre Fadéiev (1901-1956), romancier, membre du Comité Central et président de l'Union des Écrivains.

Le Chicago Tribune*:*

... Deux aviateurs soviétiques, le blond Anatoli Barsov, âgé de vingt-neuf ans, et le brun Piotr Pirogov, âgé de trente-deux ans, ont détourné leur appareil sur Linz (Autriche) et demandé l'asile politique aux autorités américaines.

Culture et Vie*:*

... À propos d'un théâtre de province:

Nos théâtres se doivent d'implanter partout des pièces à la pointe du progrès... Pourtant, l'un des plus anciens, le Volkov de Iaroslavl, ne respecte pas toujours les directives du CC du PC (b) «Du répertoire des théâtres et des mesures à prendre pour son amélioration» (...) On y monte des pièces tarées, sans contenu idéologique, et parmi elles, même Le Portefeuille de toile forte *de Zochtchenko. Une pièce comme* On vous appelle de Taïmir *de Galitch (Guinzbourg) n'a pas du tout sa place sur la scène du Volkov.*

Le directeur artistique, Stépanov-Kolossov, et le directeur administratif, Toptyguine, sont tombés sous l'influence des sous-fifres du cosmopolitisme bourgeois démasqués par la directive du CC «Du groupe antipatriotique des critiques de théâtre».

La Gazette littéraire*:*

... Les travailleurs d'Union Soviétique exigent la mise à l'index définitive des critiques cosmopolites Iouzovski, Gourévitch, Altman, Varchavski Kholodov, Boïadjïev et consorts...

Le Time*:*

... Le colonel V. Kotko dénonce dans Moscou-Soir *la conception non marxiste du pourboire. Vous êtes chez le coiffeur, écrit-il, et un homme armé d'une petite brosse vient chasser de votre nuque des cheveux inexistants, puis vous adresse un regard quémandeur. Vous êtes au théâtre, on vous offre des jumelles et quand vous demandez le prix, on vous répond: «ce que vous voudrez» (...) Les nouveaux rapports sociaux rendent odieuses ces habitudes désuètes et humiliantes.*

Le New York Times*:*

... Le tribunal de Varsovie a condamné à mort un ferrailleur accusé d'avoir volé du fil de cuivre.

Le Time*:*

... Les Services de Reconnaissance des USA nous informent que le cardinal Mindzenti, primat de Hongrie, après son arrestation et l'enquête qui a suivi, est tombé dans le délire et se trouve sous la surveillance des psychiatres de la prison.

Le Time*:*

... Les journaux soviétiques accusent les autorités yougoslaves de cruauté et, en particulier, en rendent personnellement responsable le ministre de l'Intérieur Alexandre Rancovic, qui, en 1946, a passé un long moment en stage à Moscou, chez

le boss de la police secrète soviétique, Lavrenti Béria.

La Pravda. *Boris Polévoï*[1] *:*

Les Yankees à Rome :

... On voit dans la rue de gras butors d'outre-Atlantique chaussés d'énormes godillots. Ils mâchent du chewing-gum et traînent par le bras des demoiselles du cru (...) Le léonin plan Marshall offre aux Italiens l'obsédante publicité de marques américaines (...) Ici et là, on aperçoit l'image d'une fille nue tenant du Coca-Cola. Et cela, au pays des orangeades fraîches et des citrons pressés !

La Gazette littéraire. *I. Anissimov*[2] *:*

Pour le deux centième anniversaire de la naissance de Goethe.

... La pensée bourgeoise s'est révélée incapable de comprendre une chose aussi complexe, diverse, contradictoire que la vie et l'œuvre de Goethe. Seule la pensée communiste a pu l'exposer dans toute son étendue.

La Pravda*:*

Pour une revue de philosophie de combat :

Dans un article intitulé : « Le cosmopolitisme, idéologie de la bourgeoisie impérialiste », on

1. Boris Polévoï (1908-1981), romancier, auteur de carnets de voyage. Tout à fait officiel.
2. I. Anissimov (1899- ?), historien de la littérature étrangère.

accorde une place excessive à toutes sortes de saletés telles que les écrits mort-nés des professeurs réactionnaires bourgeois Milioukov, Iachtchenko, Herschensohn, des écrits qui puent le cadavre à une lieue.

La Pravda. *V. Ozerov*[1] *:*

Relever le niveau idéologique et artistique de la revue Zvezda *:*

... Le roman de Iouri Herman, Un colonel des Services de Santé, *est foncièrement désastreux. Des hommes soviétiques de progrès y sont représentés comme des pleurnichards sans volonté plongés dans un assommant auto-farfouillage psychologique. Le personnage central, le docteur Lévine, est un vieillard stupide et chicanier que l'auteur fait mensongèrement passer pour un expérimentateur hardi.*

La Gazette littéraire *:*

... Le journal Le Monde *publie l'article d'un certain André Pierre qui soutient que les œuvres de Pouchkine s'appauvrissent lorsqu'on les traduit dans la langue fruste des Bouriates, des Komi, des Yakoutes et des Tchouvaches. Un groupe d'écrivains yakoutes dénonce ce folliculaire fasciste et ses patrons. Cet obscurantiste esthétisant n'a sans doute jamais entendu parler du dictionnaire yakoute en treize volumes de l'académicien Pékarsko, célèbre dans le monde entier. Nous*

1. V. Ozerov (1917-?), critique et directeur de revues, notamment de *La Gazette littéraire*.

répondons par un profond mépris à la sortie d'André Pierre et saluons chaleureusement le peuple travailleur de France.

Le Time*:*

... Six mois ont passé depuis que Viatcheslav Molotov a été démis du poste de ministre des Affaires étrangères et, bien qu'il porte toujours le titre de vice-Premier ministre, son crâne en ogive ne s'est pas montré une seule fois sur les photos officielles.

Le Washington Post*:*

Au procès d'un traître hongrois (de la salle du tribunal):

... Le deuxième personnage de la hiérarchie du Parti Communiste hongrois, Lazlo Rajk, a avoué devant le tribunal populaire de Budapest qu'il avait été durant dix-huit ans l'espion, successivement du dictateur Horty, de la Gestapo et des Services américains.

La Pravda. *Boris Polévoï:*

... Messieurs les plumitifs de Belgrade s'échinent en vain: les leviers secrets du complot étaient entre les mains d'Allan Dulles et d'Alexandre Rancovic (...) Radio-Belgrade continue à corner ses propos confus sur les machinations du Kominform. L'homme qui se tient devant le tribunal débite d'une voix monocorde, indifférente, l'histoire des meurtres monstrueux qui furent perpétrés et dissimulés.

La Pravda.

... Le peuple moldave au grand guide et maître Joseph Vissarionovitch Staline: Père bien-aimé, maître et guide!

L'Humanité. *Maurice Thorez:*

... Par leur campagne de calomnie de l'Union Soviétique, les réactionnaires ont cherché à faire oublier aux peuples ce simple fait que le socialisme, c'est la paix, et le capitalisme, la guerre.

Népszabadsag. UPI:

... L'avocat du général György Palfi a déclaré lors du procès de Budapest: «Mon devoir est de défendre cet homme bien qu'il ne m'inspire que du dégoût.»

Le Time*:*

... C'est à une jolie Noire, Mrs. Thelma Dyel, ménagère et épouse d'un musicien, qu'est échue la tâche de prononcer le verdict des douze jurés (quatre hommes et huit femmes) à l'encontre des chefs du Parti Communiste américain mis en accusation: tous ont été reconnus coupables de complot visant à l'incitation au renversement du gouvernement des États-Unis par la force.

Ainsi s'est achevé le plus long procès de l'histoire du pays, conduit par le juge Harold Medina, un homme massif à la moustache élégante et aux gros sourcils mélancoliques. Le procès aura duré neuf mois. La dépense a interrogé trente-cinq témoins, le gouvernement quinze témoins. Les dépositions totalisent cinq millions de mots. Le procès a coûté deux cent cinquante mille dollars à la défense et un million de dollars au gouvernement. Il a été établi que les prévenus entendaient, au moment opportun et par voie de grèves et de sabotage, paralyser notre économie, renverser le gouvernement par la force et instaurer la dictature du prolétariat. Les ordres de mise en œuvre leur parvenaient directement de Moscou

La Pravda*:*

... Le simulacre de procès a duré neuf mois. Les jurés ont été soigneusement passés au crible par le FBI. Dans la liste des témoins figurent treize espions, provocateurs, renégats, vendus, tous des hommes. Le juge Medina est devenu le symbole de la traque sauvage des communistes et de toutes les forces progressistes d'Amérique.

La Pravda. *Les Koukrynix:*

Le juge Medina
Trique des USA.

La Pravda*:*

... Les méthodes d'agriculture capitalistes conduisent inévitablement à l'appauvrissement du sol. Des millions d'hectares ont été menés à un épuisement extrême.

Mettant en application les plans staliniens, les paysans kolkhoziens ont complètement maîtrisé les forces de la nature dans l'intérêt de pourvoir à l'abondance des biens d'alimentation, dans l'intérêt de l'édification du communisme.

La Pravda*:*

... *Les impressions d'un marin soviétique, Zadorojny, électromécanicien, sur la ville de New York (...) pas d'acheteurs dans les magasins (...) des gens bien habillés vous demandent un cent pour manger (...) Trois solides gaillards en train de battre un nègre (...) Notre bateau a été partout accueilli aux cris de « Vive Staline ! »*

La Gazette littéraire. *Valentin Kataïev*[1] *:*

... Soleil des steppes, *le roman de Pavlenko, est le récit ardent, impétueux, optimiste, des grands exploits de simples hommes soviétiques.*

Le Time*:*

... *Les écrans de Moscou présentent cinq films dits « étrangers » sans indication de provenance, parmi lesquels* Le Dernier Round *et* L'École de la haine, *sur la rébellion irlandaise contre l'Angleterre. Ces films sont en réalité des produits des services de propagande de Goebbels destinés à soulever des sentiments antibritanniques et antiaméricains.*

1. Valentin Kataïev (1897-1986), romancier et dramaturge célèbre (*La Quadrature du cercle*).

Life*:*

... De nombreux bruits courent à Moscou sur le compte du général Vassili Staline, fils du dictateur soviétique. Selon l'un d'eux, V. Staline aurait piloté un avion à bord duquel ne se seraient trouvés qu'une femme et son enfant. Arrivé au-dessus des champs de Biélorussie, V. Staline aurait sauté en parachute...

Le New York Times*:*

... Trois cent soixante-douze réfugiés d'URSS ont atteint la Suède à bord d'un bateau dont la charge maximale est de cinquante passagers. Parmi eux, des Polonais, des Estoniens, des Biélorusses et des Lettons

Le New York Times*:*

... Onze chefs du Parti Communiste américain reconnus coupables se sont présentés devant le tribunal afin de se voir signifier leur condamnation. Dix d'entre eux ont été condamnés à cinq ans de prison et dix mille dollars d'amende pour complot visant à l'incitation au renversement du gouvernement des USA par la force. Le onzième, chevalier de la Distinguished Service Cross, a été condamné à trois ans.

Le Time*:*

... La réunion du Kominform a établi que le chef de la Yougoslavie, le maréchal Tito, était titiste.

Life*:*

... Les Moscovites ont levé vers le ciel des regards admiratifs lorsqu'un énorme bombardier quadrimoteur accompagné de chasseurs a survolé la place Rouge. Le lendemain, apprenant par la radio et les journaux qu'il était piloté par le commandant de la parade aérienne, Vassili Iossifovitch Staline, ils sont restés bouche bée. La majorité des citoyens ignorait que le Père des peuples avait un fils.

... Vassili, à son tour, a deux enfants de sa seconde femme, fille du maréchal Timochenko (...) Il se fait remarquer par son caractère emporté, son ivrognerie, et sa propension à régler les discussions à coups de poing.

La Pravda. *Ekatérina Chévéliova:*

La fille de la Patrie:
... Je suis femme soviétique
C'est là ma fierté sans réplique.

La Pravda. *Iouri Joukov (de Paris):*

Les marchands de poison:
... Le gouvernement Truman veut implanter les mœurs américaines dans toute l'Europe marshallisée. Paris est inondé de superproductions américaines (...) Courant le gros cachet en dollars, Marlène Dietrich a tourné une déblatération antisoviétique, Le Rideau de fer, *qui a connu un échec retentissant dans les salles parisiennes (...)*

La Scandaleuse de Berlin *offre une satire bien fondée des mœurs américaines, mais en même temps, ce film constitue une calomnie éhontée, cynique, de l'armée soviétique.*

Rude Pravo. *Jan Drda :*

... J'aime l'Union Soviétique ! J'ai vu de mes yeux Pablo Neruda, Amy Siao, de nombreuses jeunes femmes embrasser sa terre. Nous vivons à l'époque du cam. Staline.

La Pravda *:*

... La canaille se dérobe. Le procès de Trajco Kostov s'est ouvert à Sofia.

La Pravda. *Alexéi Sourkov :*

Staline a porté dans notre maison
Un rêve aussi frais qu'une jeune chanson.

La Pravda. *Léonid Léonov :*

Depuis que Staline est avec nous, on voit se réaliser tous les désirs secrets du peuple soviétique.

La Pravda. *Djamboul :*

... Si Staline est avec nous, la vérité l'est aussi.

La Pravda*:*

Cholokhov: «Le Père des travailleurs du monde»
F. Gladkov: «L'inspirateur de l'édification»
A. Perventsev: «Notre Staline»
M. Issakovski: «L'espoir, la lumière et la conscience de toute la terre».

Deuxième entracte

EN AVANT, NULLEFROUSSE !

Le chat du professeur Gordiner aimait à se tenir sur une seule patte. En fait, ce n'est pas qu'il s'y tenait simplement comme ça en oubliant ses trois autres membres, ou disons qu'il pirouettait sur celui-ci comme Lépéchinska, la ballerine, mais il aimait à poser ses deux pattes de devant sur le rebord de la fenêtre et à contempler ce qui se passait à l'autre bout de la rue, au coin de la ruelle, sur les toits des maisons basses et les corniches des maisons hautes, et alors, il se serrait contre le ventre tantôt la patte gauche, tantôt la patte droite, égalant ainsi les rares humains qui éprouvent parfois le désir de se tenir sur une seule jambe.

Ce n'est tout de même pas pour rien que je l'ai appelé Vélimir[1], se disait le professeur Gordiner. Installé, en attendant qu'on vienne l'arrêter, dans un fauteuil profond près du calorifère, emmitouflé dans un gros plaid en poil de chameau, il contemplait son chat qui contemplait le monde objectif. Il pensait à celui en l'honneur de qui il avait, il y a sept ans, baptisé le gros et intré-

1. Prénom du poète Khlebnikov, souvent évoqué dans cet ouvrage.

pide chaton dont lui avait fait cadeau Oxana, sa maîtresse. C'est drôle, mais il avait cru entendre dans les miaulements de la petite bête quelque chose du joyeux transmental de Khlebnikov. C'est là qu'était né le nom du chaton. Le vrai Vélimir ne s'en serait pas formalisé bien sûr, au contraire, il eût été flatté, d'autant plus qu'avec l'âge, le chat avait contracté l'habitude khlebnikovienne de se tenir sur une jambe. Pardon, je veux dire sur une patte.

Bronislav Gordiner avait autrefois appartenu au groupe futuriste de la *Centrifugeuse*[1] et, sur ce terrain, il avait plus d'une fois rencontré Khlebnikov. Celui-ci était de quelques années son aîné; personnalité mythique du poète vagabond, créateur de mots, calculateur de l'histoire. Le jeune critique Bronislav était tout vénération, encore que son appartenance au groupe exigeât non qu'il vénérât, mais qu'il cherchât noise au fondateur du groupe «Hylée[2]», l'un des principaux cubo-futuristes qui s'était effrontément arrogé les droits de tout le mouvement.

Il faut dire que Khlebnikov s'occupait peu de politique de groupe, aussi peu que des jeunes critiques qui le vénéraient. Au plus fort d'une discussion orageuse, au sein de n'importe où, à une soirée des sœurs Siniakov ou dans la foule près de la tour Soukharevskaïa, il pouvait se figer, enrouler sa jambe disponible autour de l'autre, la fonctionnelle, marmonner on ne sait quoi avec une expression absolument idiote sur ses lèvres dodues dominées par un nez toujours en mouvement. À ces moments-là, l'atmosphère autour de

1. Apparu en 1913, très actif jusqu'en 1922, ce groupe a réuni de nombreux poètes, dont Pasternak et Asséiev sont les plus célèbres
2. Groupe qui fut à l'origine du futurisme.

lui ne manquait pas de se raréfier : il crée, ne le troublez pas !

Ah, que la vie, alors, était belle ! Que de vernissages demi-faméliques ! Le sentiment vertigineux d'appartenir à un siècle nouveau, de compter parmi les créateurs d'une nouvelle culture ! Ce n'était plus qu'un lointain passé. D'abord, on avait cessé de rire, puis de sourire, puis de se réunir, on s'était retiré des groupes, ou plutôt, on les avait réduits à zéro par voie d'abandon général, après, ah ! après, des temps étaient survenus où l'on s'était efforcé de les oublier et où l'on n'avait plus guère affiché les amitiés des coupables jours d'autrefois, et s'il arrivait qu'en quelque lieu pas très adéquat surgisse un nom jadis glorieux, l'ancien « groupé » se contentait de marmonner : « Ah, oui, celui-là... » et de changer d'aiguillage en direction de la voie principale. Épuisé par le typhus récurrent, la sous-alimentation, et principalement par l'*anacha* de Perse[1], Khlebnikov était mort dès 1922. *La Centrifugeuse* de la poésie à laquelle, selon les intentions de ses théoriciens, Serguéi Bobrov et Ivan Axionov, il appartenait de faire émerger la crème de l'art verbal, était allée cul par-dessus tête, avait chaviré au fond d'une lie affreuse. Les plus heureux étaient ceux qui étaient partis à temps comme Ivan : qu'aurait-il fait, aujourd'hui, avec ses *Élisabéthains*, avec son *Picasso* ? Pauvres de nous qui sommes restés : Serguéi, Nicolaï, moi, et même Boris... Passer ainsi décennie après décennie en proie à des sueurs froides à attendre d'être arrêté, ne plus montrer le nez, Vélimir, se tasser en petites pelotes, que tes souris, à côté, ce n'est rien, bâcler des critiques bien propres, bien

1. Haschisch.

intentionnées, rimer des kilomètres de traductions... Nous sommes déplorables, Vélimir. Je sais ce que tu vas dire...

— Temps-souris, gris-souris ! Dieufeu, Dieufeu ! répondit le chat.

— C'est ça, c'est ça, c'est ça, dit Gordiner. Non, ce n'est pas pour rien que je t'ai nommé Vélimir.

Le chat bondit à bas de la fenêtre, il sembla même à Gordiner qu'avant de lui sauter sur les genoux il effectua une pirouette monopatte. Le chat tourna en rond, cherchant sa place sur les genoux de son cher Bronislav, pétrit son plaid et son pantalon de velours de ses griffes acérées, lui envoya dans le bas-ventre des coups de sa tête ronde en ronronnant: «Ping, ping, ping, vacarme le zanziver. Ô cygnevigne ! Éclaire-moi ! »

On dit que les chats s'attachent non aux gens, mais aux lieux, songeait le critique cosmopolite récemment démasqué. Il se peut, il se peut, mais moi, Vélimir m'aime plus que notre chambre, cela saute aux yeux. Je veux dire que dans cette chambre c'est moi qu'il aime le plus. Il me préfère même au divan. Il me suit sans fin, me lèche les pieds quand je m'accouple avec Oxana. Il est tout à fait possible qu'il voie en moi non un homme, mais une place, une place ambulante... Sa place préférée qui couine, bredouille des jurons, fumaille, pétouille, pissotte dans un petit seau quand elle a la flemme d'aller jusqu'aux vécés communautaires, grinçouille de la plume, trifouille dans les livres. Mon seul rival, celui qui fait obstacle à sa fidélité, est l'attrait qu'exerce sur lui l'espace d'outre-fenêtre, la cosmique poésie des chats...

— Alors? Quelle auguste vision fut la tienne

aujourd'hui dans ton espace d'outre-fenêtre, Vélimir ?

Le chat le regarda de bas en haut en bon conspirateur, puis, convaincu qu'il n'y avait pas de traquenard à redouter, chanta sur le mode inspiré : « Brillante lilerté des cils désirés et tendre quanquité des dextres caressées. Prunelles azurées, sfilosofies fantasques. Ô fichtre ! Ma souveraine au bord du lac azuré ton fouverain. En avant, Nullefrousse ! Ou pleure ton zouverain... »

— Ben, dis donc ! grommela Gordiner. Nous ne faisons que nous tromper nous-mêmes, ami Vélimir. La beauté n'existe pas dans le monde objectif, il n'y a que le rythme. Notre monde, notre triste complot culturel...

Il se rappela ce qu'ils s'étaient dit, Ivan Axionov et lui, dans cette même pièce, sur ces mêmes sujets en 1934, sauf que, naturellement, celui-ci n'était pas assis sur ses genoux, mais sur la peau d'ours, là-bas, qui n'était pas encore usée jusqu'au cuir. Il faudrait quand même changer les papiers peints pour la première fois depuis lors, chasser au moins un jour l'odeur de misanthropique célibat de la pièce.

L'attente coutumière de l'arrestation, morne, ancrée depuis des années en tout Soviétique, venait, pour le professeur Gordiner, de faire place à une autre attente, plus nette, atteignant à certains spasmes intestinaux. Après que son patronyme eut été rappelé à plusieurs reprises sur des listes de personnes au nom peu mélodieux pour une oreille russe, tous ses articles en revue avaient été sucrés et lui-même mis au rancart du corps enseignant du GITIS[1] où il faisait un cours sur Shakespeare. Bien qu'aucun de ces misé-

1. Très célèbre institution parallèle au Conservatoire.

rables invétérés de cosmopolites n'ait encore été mis à l'ombre, la presse faisait de plus en plus souvent place aux exigences des travailleurs qui voulaient qu'ils fussent mis à l'index *jusqu'au bout*, ce qui signifiait que le commun dénominateur se rapprochait.

Tout cela se teintait d'une prodigieuse ironie. Dans le contexte des incessantes revendications de la «découverte des parenthèses», s'incarnait un paradoxal caprice de la littérature et du sort. Car, ce qu'il y a, c'est que sa parenthèse à lui, Gordiner, abritait justement une mélodie onomastique tout ce qu'il y a de magnifiquement non juive, biélorussienne, à savoir: Poupko[1]. Aux temps lointains du futurisme, le jeune critique Bronislav Poupko avait décidé qu'avec un nom pareil il ne se pousserait jamais à l'avant-garde, alors il s'était choisi un pseudonyme dans lequel il lui semblait que vibrait une flèche slave franchissant la citadelle allemande. On s'était rapidement habitué à ce nom, dans les milieux littéraires, et lui-même s'y était habitué à tel point qu'il avait même oublié son Poupko originel et obtenu, dans les années trente, un passeport au nom de Gordiner. Qui aurait cru, alors, qu'il aurait à payer sa légèreté, qu'une judéité tellement indélébile se collerait à ses favoris blancs et à sa moustache poivre et sel en même temps que ce pseudonyme? Que faire à présent? Tout de même pas grimper à la tribune, battre sa coulpe et clamer: «Je suis Poupko, je suis Poupko!» Non, il ne tomberait pas aussi bas! Répudier Gordiner serait répudier toute sa vie, biffer sa place dans la littérature, cracher sur l'œuvre qu'il laisse! Alors non, qu'ils viennent

1. Étymologiquement: Dunombril.

arrêter Gordiner, Poupko ne prendra pas la fuite, il serait ignominieux de retourner au Komsomol !

— Toi, va-t'en, disait-il à Vélimir. Quand ils viendront, j'ouvrirai le vasistas : saute et file par les toits. Tu sais où demeure Oxana, file aussitôt chez elle, seul ou avec ta fouveraine. Ne te laisse pas prendre !

— Rooum, raoum, reoum, mraou, mreou, mroou, répondait le chat.

Oxana arriva vers le soir et, dès le seuil de la porte, laissa glisser sa jupe. Leur liaison durait depuis des années et, comme ils se disaient l'un à l'autre et en eux-mêmes, elle comblait leurs « couloirs du romanesque ». Naturellement, Oxana était une ancienne étudiante de Gordiner en shakespearologie, ils avaient découvert que, tous deux, ils ne pouvaient parler sans émotion des « bulles de la terre ». Avec les années, la fillette au nez en trompette était devenue une imposante dame entre les lèvres toujours aussi merveilleuses de laquelle brillait un bridge en métal-porcelaine. Son visage reflétait parfois quelque chose de sombre et de majestueux et, lors de leurs rendez-vous, Gordiner déployait tous ses efforts pour que revienne au jour la jouvencelle admirative des conférences shakespeariennes. Hélas ! leurs rendez-vous devenaient de plus en plus pratiques, calculés à la minute près. Oxana était chargée de famille : un mari employé au ministère de l'Industrie lourde, et trois enfants dont la moyenne, sa fille Tamara, avait été, à l'en croire, conçue dans cette même pièce, sur ce même divan de cuir râpé.

Assez souvent, à l'issue de l'entrevue, Gordiner évoquait l'égofuturiste Igor Sévérianine et se mettait à chigner :

Tu ne veux plus de moi, même pour Tamara
Pour notre enfant chérie à un lapin pareille
Tu manges du homard, tu loues une datcha
Et tu vis protégée par la noire corneille[1].

Oxana riait, rassemblait ses dessous, consultait sa montre en catimini et rétorquait :

— Il est joli, le homard ! Sachez que nous nous nourrissons uniquement de croquettes Mikoïan.

Cette fois encore, à peine entrée, débarrassée de ses bottillons pleins de boue, sa jupe dégrafée, Oxana loucha déjà sur sa montre. La solitude est le lot du critique cosmopolite, se dit Gordiner avec un sourire de biais en se tirant de son fauteuil pour l'accueillir. Cependant le chat, après quelques évolutions mondaines autour de la dame qui se dépouillait lestement, se dirigea résolument du côté de la fenêtre. Depuis quelque temps, il avait brusquement réduit sa participation au « peuplement des couloirs du romanesque », c'est-à-dire au léchage des pieds de son papa. Les visites d'Oxana, de cette femme qui refusait de venir vivre avec eux pour de bon, commençaient à l'agacer.

— Galagala guéguégué ! Grakakata grororo ! réclama-t-il.

Gordiner ouvrit le vasistas. « Reviens avant la nuit », intima-t-il. Vélimir bondit sur la corniche, descendit sur l'auvent en contrebas et se dirigea vers la cheminée, tenant à la perpendiculaire sa queue qui allait et venait comme un plumet d'officier de la Garde. Outre le reste, il était amiral de la flotte du coin. Les rayons du couchant filtraient à travers ses poils épais et mettaient en évidence son puissant ressort cardinal.

1. Allusion aux « corbeaux noirs » (voitures de police).

... Après avoir peuplé les couloirs du romanesque, Oxana et Bronislav demeurèrent encore quelque temps enlacés. Pour réprimer l'agitation secrète de sa bien-aimée, le professeur lui pressait les omoplates. « Arrête de regarder ta montre. » Elle lui caressa les cheveux, pinça tendrement son vieil organe qui venait de fonctionner : « Oui, oui, Bronia, à quoi bon observer cet étrange mécanisme ? » Elle soupira. « Hier, *il* cherchait ses cigarettes, *il* a fouillé dans mon sac et trouvé la clé de ton appartement. Naturellement, *il* m'a fait une scène. Une de plus ! Ah, c'est presque insupportable ! »

Gordiner se taisait. D'ordinaire, après ce genre d'information, il exigeait avec flamme qu'elle quitte immédiatement son raseur de l'Industrie lourde, afin qu'ils entreprennent une vie romantique nouvelle, sans mensonge, sans tergiversations. Aujourd'hui, il se taisait. « Pourquoi ne dis-tu rien ? » lui demanda-t-elle. Elle avait envie de l'entendre pleurnicher, pourtant, elle savait que jamais elle ne ferait sa vie avec lui.

— Je ne dis rien parce que je n'ai rien à t'offrir. Ils vont bientôt venir me chercher. Hier, à la réunion publique de la Section de la critique, ils ont encore exigé ma mise à l'index complète. Occupe-toi du chat, Oxana, ne le laisse pas crever.

Le chat, pendant ce temps-là, courait les faîtages. Rentrons en vitesse avec la bonne nouvelle ! Les derniers rayons du couchant frappaient les vasistas, vous enivraient, vous aveuglaient comme autrefois, lors d'une vie antérieure, dans les marécages de l'estuaire de la Volga, les lueurs du couchant l'avaient aveuglé et enivré, mouflet qui trottait derrière un papa ornithologue en traînant un petit bateau kalmouk et sa couvée d'oiseaux bagués. Quel bonheur c'était alors, et quel bonheur maintenant! En avant, en avant sur ses jeunes ou, après tout, pas si vieux muscles, le terrible radio-schème en béton armé de sa dernière nuit léthargique à Santalovo est encore devant lui, ou si ça se trouve derrière, ou totalement absent bien que présent, le principal, ce sont ces lueurs, cet essor plein d'amour, le principal, c'est d'apprendre le plus vite possible à sa chère place ambulante, à papa Bronislav Grigoriévitch Gordiner, ex-Poupko, qu'il ne sera pas arrêté.

Où le chat Vélimir a-t-il été pêcher ça? À quelle boussole? A-t-il intercepté une émission à haute fréquence? Y a-t-il eu sur les ondes une mutation que seuls saisissent les chats et qui échappe aux hommes? En tous les cas, cela avait été une révélation subite, il avait compris que toutes leurs terreurs étaient du passé, que papa s'en sortirait. Maintenant, le principal était de savoir comment il transmettrait la nouvelle à Gordiner. Celui-ci saisirait-il le langage universel hérité des profondeurs de l'ontologie?

Oxana sanglotait. Elle n'avait compris qu'aujourd'hui que Gordiner était condamné. Elle ne sanglotait pas seulement de chagrin, mais aussi de honte, car elle savait que, même aujourd'hui, elle ne resterait pas avec lui, que cela faisait longtemps que sa compagnie lui pesait, *un peu*, et aussi que malgré de nobles élans de compassion et même de modestes efforts d'abnégation, dans ses déloyales pensées, elle voyait surgir un jeune collègue de la bibliothèque de la Maison de l'Acteur, très jeune, de quinze ans son cadet, qui lui donnait depuis longtemps à entendre qu'il était prêt à meubler ses «couloirs du romanesque». Gordiner ne chercha pas à la consoler.

Tout d'un coup, derrière la fenêtre, la silhouette du chat se dressa de toute sa taille, le poil hérissé, les yeux dardant des flammes. Il tambourina des pattes contre la vitre, exigeant qu'on le laissât entrer. Celui-là, il ne me trahira jamais, songea Gordiner en s'élançant vers la fenêtre.

Le chat réintégra la pièce d'un bond, la queue en trompette, et se mit à faire des huit entre les jambes de papa et de sa maîtresse. À miaulements aigus et solennels, il s'efforça de porter sa nouvelle jusqu'à eux :

Lili, égui, liap, liap beum.
Libibi niraro
Sinoano tsitsirits.
Kiyou, kir zen, tchentch
Jouru kaké sin sonéga.
Kakotari ess essé
Iountchi, enntchi, ouk!
Iountchi enntchi, pipoka,
Kliam! Kliam! Eps!

— Qu'est-ce qui lui prend ? fit Oxana, effrayée. Aurait-il lapé de la valériane ou goûté à de l'arsenic ?

Mais le professeur s'avisa soudain :

— Comment ne comprends-tu pas ? Vélimir a appris quelque part qu'on ne m'arrêterait pas ! C'est ça, Vélimir ?

Le chat, aux anges, exécuta une pirouette sur une seule patte.

Vourne retourne
Fin troubadourne
Cocheri nuagi
Douleri nuiteri
Fineri nuagi, soiri voiri.

Rosairi fineri
Brûli aurori
Iverni enverni
Fin troubadourne!

Oxana, à la torture, n'y comprenait rien. Son vieil amant qui l'intimidait si peu en raison de son âge, même si elle n'avait pas remarqué, ces temps derniers, que les gens ne voyaient plus aucune discordance lors de leurs rares promenades ensemble, se tenait au milieu de la pièce, en équilibre, les bras étendus, et mâchonnait: «Bien qu'il n'y ait là aucune beauté objective, il y a un rythme et ce n'est pas si peu. Eh quoi, eh quoi, qu'il se prolonge donc, ce complot culturel, que se déroule tout ce jeu...»

CHAPITRE QUATRE

Les bourrasques de 1951

L'hiver du début des années cinquante fut exceptionnellement froid, ce qui devait permettre aux staliniens mortifiés de grommeler par la suite : « Dans ce temps-là, tout était robuste, inébranlable, l'ordre régnait partout et l'hiver lui-même se distinguait par sa vigueur, un véritable hiver russe, autre chose que la gadoue de nos jours. »

Et c'est pourtant vrai que le climat s'était singulièrement crotté après Staline. En 1956, par exemple, à Pétersbourg, autrement dit, à l'époque, la ville de Lénine, l'hiver avait été très long à venir, comme si, en même temps que l'escadre britannique conduite par le porte-avions *Triumph*, ancêtre de la démocratie atlantique, le tiède courant du Gulf Stream avait pénétré dans la Néva. Il y avait même eu une petite inondation qui avait apporté une teinte romantique à une nuit de notre jeunesse. Tout naturellement vient à l'esprit la supposition bien superficielle que nos vagues de libéralisme dépendent des éruptions ou des taches solaires, que d'infimes modifications des courants énergétiques influent sur l'état des esprits, et par conséquent sur la situation politique. Je renvoie ceux qui désirent développer cette idée au début du deuxième livre de notre trilogie, et plus précisément au passage concernant la conception historique de Léon Tolstoï et ses « millions d'arbitraires ». D'autre part, si l'on se bloquait sur l'hypothèse des « arbitraires de masse » assez résolument, on pourrait même surmonter la force d'attraction de l'histoire, s'élever encore plus haut et supposer qu'un tournant pris par des millions d'esprits est capable de chasser d'autres ténèbres astrales, ce qui, à son tour, exercerait son influence sur le climat.

En tout état de cause, par la nuit de janvier dont il va être question, personne, à Moscou, n'aurait songé à la libéralisation du climat et à l'adoucissement de la politique courante, tandis que le méchant blizzard, qui partant du Kremlin soufflait par les topographies circulaires, semblait éternel. Tout naturellement, Boris IV Gradov, lui non plus, ne s'adonnait ni à la philosophie ni à l'historiosophie. Après avoir, par un bon sommeil, réparé ses fatigues de l'amphithéâtre d'anatomie, s'être tant bien que mal tiré d'un partiel d'ostéologie et avoir chassé la répugnante perspective d'un partiel d'arthrologie, il avait décidé d'envoyer promener tout rabâchage et de consacrer la nuit, et peut-être le lendemain, à sa véritable nature, celle de la jeunesse des moteurs et de l'alcool.

Tandis qu'il descendait en ascenseur de son quatrième étage, il se demandait s'il parviendrait à mettre sa Horch en route. Le thermomètre marquait – 29 degrés centigrades, les bourrasques glaciales le faisaient probablement descendre à – 40. Il n'avait pas de garage, la Horch couchait dehors, en face des portes de derrière des *Vins de Russie*. La voilà, transformée en gigantesque sépulcre du IIIe Reich. Eh quoi, nous verrons bien qui l'emportera. Dans les milieux de l'auto-moto, le chic suprême consistait à ne pas tenir compte du temps qu'il faisait : on mettait le moteur en route coûte que coûte. Pour cela, on le gonflait par tous les moyens, disons par des adjuvants en provenance des aérodromes polaires ; les plus prisés étaient ceux du prêt-bail qui restaient après la guerre ou ceux que l'on sortait, à coups de grand et secret piston, du garage des Missions spéciales. Certains motards particulièrement éminents, des fanas, des hommes de l'art, préféraient préparer leur mélange eux-mêmes et, bien sûr, en gardaient jalousement le secret.

Hélas ! Boris IV n'était pas de leur nombre. L'Institut, l'Association Sportive, les restaurants et les « chaumières » comme l'on nommait alors les soirées avec spiritueux et jeunes personnes, lui prenaient trop de temps. Fanatiques et « maîtres », surtout un apôtre âgé des moteurs à combustion interne surnommé Pistonovitch, lui en faisaient souvent reproche : « Tu es remarquablement doué pour la mécanique, Boris. Pourquoi fais-tu médecine, pourquoi perds-tu ton temps ? » Parfois, après une bonne cuite, Boris se rendait chez Pistonovitch, y passait la journée entière, tel un pécheur faisant pénitence. C'est drôle, mais ces hommes de la moto tiennent quelque part de la sainteté, en tout cas, du renoncement à notre « vacherie-de-monde-tel-qu'il-est ».

Cette « vacherie-de-monde-tel-qu'il-est » apparaissait parfois aux vingt-quatre ans du jeune Gradov comme une féerie enchanteresse, pour retomber ensuite, transgressant même les bornes de la « vacherie », dans un véritable sédiment de merde. Si ça se trouve, ce n'était pas la soûlographie qui était en cause, c'était la gueule de bois de l'après-guerre qui lui laissait le sentiment d'être inutile, mal reconnu, profondément, irrémédiablement mortifié, pressé comme un citron. Si vous ne trouvez rien de plus nouveau, appelez-moi « le citron pressé », disait-il parfois à une partenaire de « danse lente » comme on appelait à présent le tango en manière de lutte contre les influences étrangères. La fillette lui coulait un regard admiratif et entrouvrait sa bouche mignonne. Boris Gradov avait, dans les milieux *in* de la capitale, la réputation d'un garçon mystérieux, romantique et désenchanté, un Pétchorine[1] moderne.

Son syndrome « vin triste » tenait pour beaucoup à l'amphithéâtre de dissection du Premier Institut de Médecine. Jamais, lui qui avait enterré tant de camarades déchiquetés par des balles et des éclats d'obus et criblé lui-même à coups de baïonnette pas mal de chair humaine, jamais il ne se serait figuré que les restes formolés sur lesquels il devait apprendre l'anatomie lui causeraient une si sale angoisse. « Je suis la proie d'un monstrueux paradoxe, se plaignait-il à son grand-père. La guerre, avec ses morts incalculables, m'apparaît comme une apothéose de la vie. La dissection, les bains de formol, la préparation des sujets, c'est plus accablant que la mort, c'est l'impasse définitive de l'homme... Tu n'as jamais senti ça, grand-père ? — Non, jamais, répondait carrément le vieil homme. Je me souviens parfaitement à quel point ma première année m'avait emballé. Mes premiers pas dans le cosmos de l'organisme humain, l'idée de me mettre plus tard au service des hommes... » Il posait sur l'épaule de son petit fils sa main tave-

1. Personnage du *Héros de notre temps* de Lermontov, un des grands types du héros romantique.

lée de taches de son, mais encore tout à fait chirurgicale, et plongeait les yeux au fond des yeux un peu vides, un peu effrayants du commando en disponibilité. « Nous nous sommes peut-être tous les deux trompés, Babotchka ? Tu devrais peut-être renoncer ? — Non, je tiendrai encore », répondait le petit-fils en éludant la suite de la conversation, saisi d'une gêne épouvantable. Grand-père pense sans doute qu'avec un tel dégoût de la dissection, je ne ferai jamais un bon médecin, et moi, en disant « je tiendrai encore », je me conduis comme le roi des cons, comme un morveux qui, depuis l'âge de quinze ans, n'a qu'un seul postulat dans le crâne : « Je suis un homme de décision, il n'est pas dans mes habitudes de reculer devant les difficultés. » Comme tout cela était loin... son entraînement avec Alexandre Chérémétiev... maman qui se fâchait, nous soupçonnait de comploter quelque chose... maman... où est-elle... elle est devenue une sorte d'esprit malin... tout ce qui reste d'elle dans cette maison... c'est un sentiment d'offense et d'oubli... « Alors, *Herr* Horch, on démarre ? » demanda-t-il au gros tas de neige, quasiment un roc. À ce moment, Rousslanka, le chauffeur du magasin, bondit dehors et courut à sa fourgonnette. Apercevant Boris, il changea instantanément de cap et, enfonçant dans l'épaisse couche de neige accumulée sous le porche, vint le rejoindre. « Salut, Grad ! Tu veux la dégager ? » Boris était une célébrité parmi les chauffeurs de la rue Gorki et aussi parmi les miliciens. D'ordinaire, en apercevant la Horch lancée à toute vitesse, les agents de la circulation saluaient et certains, aux feux rouges, venaient serrer la main du conducteur : « J'ai fait toute la guerre sous les ordres de ton père au Front de Réserve, je l'ai vu personnellement trois fois, c'était un aigle, notre meilleur chef militaire ! »

Avec l'aide de Rousslanka, armés tous deux des pelles à neige du concierge, ils libérèrent la limousine de sa gangue. Au cours de la dernière semaine, la voiture s'était pétrifiée au point d'atteindre la consistance d'un mammouth pris par les glaces éternelles. « Foutons-lui un peu de feu sous le cul », proposa Rousslanka. Après, on fera tourner le moulin sur l'alimentation de ma fourgonnette. L'incroyablement démerde chauffeur des *Vins de Russie* amena, aussitôt dit, aussitôt fait, un bout de tôle, ils y allumèrent un feu de chiffons trempés dans du mazout et le poussèrent sous le carter. Un autre chiffon identique dégela la serrure, puis, d'un coup brusque, ils attirèrent la portière bloquée par la glace. Boris s'introduisit à l'intérieur tel un scaphandrier dans un sous-marin envoyé par le fond. Le siège de cuir lui brûla la peau à travers la culotte de SS qu'il avait dégotée après un combat dans la banlieue de Breslau. Il était idiot d'essayer de mettre en route au démarreur, les accus — même si c'étaient des accus de char — étaient morts, l'huile ne monterait plus — même sous un feu d'enfer. Mais du moment qu'on avait commencé, il n'était plus question de reculer : un moteur, ça part toujours. Pendant ce temps, manœuvrant entre les congères, Rousslanka s'efforçait de rapprocher la fourgonnette afin de tendre des fils de son pôle plus à l'autre pôle plus, de son pôle moins à l'autre pôle moins, c'est-à-dire de « donner du feu » à la Horch. Boris actionna l'accélérateur, braqua le volant à droite, à gauche, et enfin, tourna la clé de contact. Si curieux que cela paraisse, le bruit qui suivit ne lui parut pas sans espoir. L'étincelle s'était produite, le moteur avait parlé. Il envoya la manivelle à Rousslanka et le pria de mettre en route. Dix minutes de suite, à eux deux, ils tentèrent d'engrener le mouvement, mais sans succès. Craignant de vider complètement les accus, Boris était sur le point d'abandonner et de s'en remettre uniquement aux fils de la fourgonnette, quand la Horch hurla aussi fort que toute l'armée de Guderian se ruant dans une brèche, puis se mit, aussitôt les gaz expulsés, à tourner régulièrement, sans à-coups, à basse vitesse. Un miracle ! Qu'est-ce donc qui avait fait la décision ? La technique allemande, le mélange d'alcool de Pistonovitch, ou l'ardeur des deux jeunes Moscovites ? « Nous sommes des cracks, Rousslanka ! dit Boris, employant un vocabulaire estudiantin récemment acquis. Je te dois un demi-litre ! — Je te prends au mot ! répondit l'autre gaiement. Je viendrai te rendre visite ! » Tous les gars du bloc d'immeubles rêvaient de faire un tour au mystérieux appartement du maréchal en l'honneur duquel on avait déjà fixé une plaque sur la façade, avec effigie gravée du héros. La Horch se réchauffait, les glaçons glissaient du pare-brise, les garnitures de cuir se dégelaient, la radio jouait un condensé de l'opéra *Le Zaporogue du Danube*[1]. Boris remonta chez lui, décrassa ses mains pleines de mazout, endossa un costume bleu marine aux larges épaules tombantes, traça une raie dans ses cheveux roux foncé qu'il brillantina un tantinet, revêtit un manteau noir léger serré à la taille, une écharpe tricolore — *Liberté, Égalité, Fraternité**. Foin de couvre-chef : un dandy moscovite ne craint pas le froid.

Il tourna une heure entière par les boulevards

1. Opéra ukrainien de Goulak-Artémievski, créé en 1863.

circulaires à travers la neige qui tombait en large rideau ou tourbillonnait au sein des tornades, avec pour seul but de réchauffer, de redonner vie à son luxueux objet de prédilection, puis de revenir rue Gorki et de s'arrêter devant une lourde porte au-dessus de laquelle se trouvait cette chose rare qu'était une enseigne lumineuse : un verre conique contenant des couches de liquides multicolores, autour duquel s'enroulait, tel le serpent du caducée, l'inscription *Cocktail-Hall*. En outre, un bâtonnet lumineux qui sortait dudit verre signifiait que ces boissons rayées, on ne les descendait pas par-dessus bord et cul sec, mais qu'on les sirotait avec élégance à travers une paille. L'endroit le plus insolite de tous les lieux de plaisir des années cinquante. Son existence sous cette enseigne était en soi une énigme, en pleine lutte où l'on était contre toute référence étrangère, surtout anglo-américaine. Alors que des mots tels que *fox-trot*, c'est-à-dire « trot de renard », étaient supprimés, voilà qu'en plein centre de la capitale socialiste, à l'oblique du Télégraphe central, brillait avec une modeste effronterie l'enseigne d'un *Cocktail-Hall* qui ne le cédait en rien aux mots éliminés de « jazz » et « music-hall » et les supplantait même, peut-être, question de décomposition bourgeoise. Certains beaux esprits émettaient la supposition que, même si l'on ne fermait pas l'établissement avec perte et fracas, on ne manquerait pas de le débaptiser en « Kvass-Isba » où l'on ne se préoccuperait plus trop des niveaux de couleur et des pailles. Pourtant, le temps passait et le *Cocktail-Hall* de la rue Gorki poursuivait sa paisible existence, intriguant au plus haut point le Moscovite moyen et l'hôte de passage. On disait même que parfois, au milieu de la nuit, revenant du Télégraphe central, c'est-à-dire après avoir expédié des textes calomnieux à l'encontre de l'Union Soviétique, F. Koraguessen Strawberry, correspondant du quotidien américain *United Dispatch*, venait y faire un tour.

De chez Boris à cet établissement, il y avait cinquante secondes de marche en ligne droite, il va de soi qu'il n'avait pas manqué de devenir un habitué. Chaque fois, la mine sévère, légèrement renfrognée, il doublait la file d'attente et frappait un coup sec à la porte de chêne, on aurait dit la porte d'un procureur. Aussitôt, au judas, se montraient l'œil en fente et le large mufle du portier, les traits hostiles et impénétrables d'une tête bien soviétique. Mais dès qu'elle apercevait le client, la tête secouait son impénétrabilité. « Bienvenue à Boris Nikitovitch ! » La queue laissait faire : du moment qu'on le laisse entrer, c'est que ce camarade y a droit. En fait, c'est ainsi que la clientèle se partageait entre ceux qui faisaient la queue, gens de hasard et parfois, parmi eux, un étudiant résolu à dépenser en une nuit toute sa bourse, et habitués que l'on connaissait de vue et parfois par leur nom, principalement, bien sûr, des hommes de lettres et des artistes, des sportifs célèbres et des fistons de hauts fonctionnaires, jeunesse américanisée qui appelait la rue Gorki « Broadway » ou, pis encore, « Pechkov Street » ; certes, ceux-là ne faisaient pas la queue.

À l'entrée, pareil à un autel à plusieurs niveaux, brillait de tous ses feux un bar bordé d'un comptoir en demi-cercle, derrière lequel officiaient la barwoman-chef Valencia Maximovna et ses deux jeunes acolytes Goga et Sérioga dont on disait, naturellement, qu'ils étaient capitaines du KGB. Leur rôle était de verser et de secouer les cocktails dans les shakers. Valencia Maximovna qui, dans son auréole de cheveux oxygénés, ressemblait à la tsarine Élisabeth, fille de Pierre le Grand, se bornait à prendre les commandes. Elle ne daignait présenter le produit de sa dextre impériale qu'à d'extraordinairement rares élus.

— Qu'est-ce que je vous offre aujourd'hui, mon petit Boris ? demanda-t-elle, grave et bienveillante, au jeune homme.

— Un Bélier, dit celui-ci en s'asseyant sur un haut tabouret. Hochant à peine-à peine la tête avec reproche, Valencia Maximovna se détourna vers la multicolore pyramide de ses réserves. Autour des guéridons, dans la salle et dans les niches tendues de velours, il y avait beaucoup de monde, mais pas foule, quelques sièges étaient même vacants. Pour l'essentiel, c'étaient tous des habitués, un rassemblement plaisant, joyeux ; on avait peine à imaginer que derrière la porte, sous la bourrasque, une queue de « grand public » s'étirait. Un petit orchestre jouait en haut d'une loggia. Inutile de dire que son répertoire relevait d'un strict contrôle idéologique, mais les musiciens se débrouillaient pour interpréter même *Un érable poussait à l'orée du bois* de telle sorte que cela prenait des allures de jazz.

Valencia Maximovna posa devant Boris un grand verre de liquide pétillant et chatoyant.

— On ne commence pas par un Bélier, mon petit Boris, prenez ce champagne-cocktail, dit-elle d'un ton sans réplique.

— Hum, fit Boris en haussant les épaules. On dirait qu'il y a des gens ici qui me prennent encore pour un gamin. Mais dans le fond, vous devez avoir raison, Valencia Maximovna.

Une explosion de rires, partie d'une des niches de velours, parvint jusqu'au bar. Quelqu'un fit signe à Boris : « Amenez-vous, *sir !* » C'étaient des écrivains et des artistes, une constellation de lauréats de prix d'État. Le terrain était dominé... (telle était la nouvelle expression devenue commune grâce au commentateur radio de football Vadim Siniavski : « dominer le terrain »), donc, celui qui dominait le terrain était Nikita Bogoslovski, l'auteur de *Nuit noire,* une chanson dont la célébrité n'était comparable qu'à celle des *Nuages* de Gradova, tante Nina.

— Il n'y a pas longtemps, chers camarades, une surprenante découverte a eu lieu ici, à Moscou... — « Chers camarades » prenait entre ses lèvres qui remuaient au-dessus de son nœud-pap à pois le sens de « *ladies and gentlemen* ». — Vous voyez cette photo banale... — À ces mots il sortit de sa poche la photo d'un couple qui forniquait dans une pose plutôt cochonne. — Un produit tout à fait banal... qui d'entre nous ne connaît ce genre d'artisanat... bref, de la porno de trois kopek tout ce qu'il y a de primaire. — Le geste aussi désinvolte que la parole, Bogoslovski lança la photo au milieu de la table. Cette désinvolture, tout le monde autour de la table en fut cisaillé, une bande image porno, voyez-vous cela, et dans un pays ultra-puritain, de mœurs prolétariennes les plus austères. Ils rigolaient tous, mais Boris remarqua non sans surprise que certains, et plus particulièrement Valentin Kataïev et Constantin Simonov[1], échangeaient des clins d'œil aussi brefs que lourds de sens. — À présent, prenez un journal, n'importe lequel, poursuivit Bogoslovski. N'importe lequel, le premier quotidien venu. — Il sortit de sa serviette et déplia la *Pravda.* Elle

1. Constantin Simonov (1915-1979), romancier très célèbre (*Les Vivants et les Morts*), très fécond, engagé dans l'action sociale.

est bien bonne, celle-là ! « Le premier quotidien venu », l'organe de lutte du PC (b) que l'on dépose chaque matin sur le bureau pas du premier venu, non, mais du Maître lui-même ! Là, les rires s'estompèrent et l'attention de la compagnie se détourna vers les boissons, ce que voyant, Bogoslovski plissa avec humour sa petite gueule surprenante de fraîcheur et de rondeur.
— Non, non, camarades, foin de contre-révolution, une étonnante dérivation de la logique humaine. Ce qu'il y a, c'est que cette photo peut servir d'illustration à n'importe quel titre de n'importe quel journal. Vous pariez ? À votre aise ! Tiens, Sacha, lis les titres et moi, j'exposerai l'image. — Il poussa le journal vers Alexandre Galitch, l'auteur récemment voué aux gémonies d'une comédie : *Taïmyr au bout du fil*, un jeune homme au front haut et à la petite moustache dont la coupe parfaite et l'élégance rivalisaient avec celle de Constantin Simonov, six fois prix Staline.

— *Pardon, pardon**. — Galitch recula devant le journal. — Lis toi-même.

— Non, ce n'est pas drôle. — Bogoslovski parcourut l'assistance du regard. — Il faut que ce soit un autre qui lise. Voyons, Ruben Nicolaïevitch, peut-être vous, en lecteur chevronné ? Toi Micha ? Tiens, Sérioja Mikhalkov[1] vient d'arriver, qu'il lise !

— Ça sera sans m-m-moi, dit tonton Stiopa[2] aux allures de pivert, en filant directement aux toilettes.

— Bon, je vais lire ! dit Boris IV Gradov.

1. Serguéi Mikhalkov (1913-?), auteur de livres pour enfants et de nombreux articles critiques.
2. Personnage d'un poème de Mikhalkov, type du milicien qui « cogne » (dénonce) comme le pivert.

— Ha, ha! s'écria Bogoslovski, l'étudiant va nous lire ça de sa bouche d'enfant.

Kataïev, à côté duquel Boris se trouvait, grogna doucement: «Vous avez bien besoin de ça.» Mais la «bouche d'enfant» avait suscité la satisfaction générale.

— «Nouvelle crise de folie dans le camp des fauteurs de guerre», lut Boris.

— Voyez! s'exclama Bogoslovski en produisant son couple qui forniquait avec des mines de bourriques.

— «Les liens entre la science et la pratique se renforcent», lut Boris.

— On ne trouverait pas mieux, s'exclama Bogoslovski.

De fait, la photo illustrait à la perfection les liens indissolubles de la science et de la pratique.

— «Légendes du peuple letton».

— Voici leur image!

— «Exposition d'élevage régionale».

— Camarades, camarades!

— «Préparation des cadres nationaux».

— Génial, non?

— «La Moldavie répond à l'appel...»

Là, Simonov interrompit Boris qui s'en donnait à cœur joie.

— Ça suffit, les gars! On finirait par crever de rire.

— Qui a découvert ça, je voudrais bien le savoir? demanda Kataïev en s'essuyant le front avec un mouchoir de soie.

— Aucune idée. — Très content, Bogoslovski ramassa sa photo, son journal, et s'en fut.

Et puis, on se mit à parler de la guerre. Dans ce temps-là, les gens savaient blaguer, ils débitaient des astuces en veux-tu, en voilà. C'est paradoxal, n'est-ce pas? L'humour régnait dans les tranchées bien plus qu'aujourd'hui, en temps de paix.

Avouons-le, Boris était extrêmement flatté d'avoir ses entrées dans le milieu d'hommes qui étaient ses aînés et tellement célèbres, alors que lui, il ne les intéressait que parce qu'il était le fils du maréchal Gradov. Nombre d'entre eux, Simonov en particulier, avaient connu son père au front. « Votre père était un type merveilleux et un grand soldat », avait dit en grasseyant le Six fois lauréat, le jour où, fortement imbibé, Droujnikov, le comédien, avait présenté le jeune Gradov à la société du *Cocktail-Hall.* Ce jour-là, ils étaient tous descendus de leur tabouret, s'étaient extraits de leur siège de velours, avaient entouré Boris. Le fils du maréchal Gradov ? Pas possible ! Permettez-moi de vous serrer la main, mon vieux ! Votre père était un type formidable et un grand soldat. Quoi ? Constantin l'a déjà dit ? Non, c'est moi. Dans le style de Hemingway. Oui, Nikita et moi... J'ai écrit une étude sur lui dans *Zvezda*, vous ne vous en souvenez donc pas ? *Le Havresac du maréchal Gradov* ? Il serait certainement ministre de la Défense, aujourd'hui... Je me souviens que je me suis rendu dans son avion personnel dans le secteur de Kœnigsberg. Il avait des gars au poil dans son état-major, un nommé Constantin Cherchavy, l'adjoint à l'intendance, le commandant Slabopétoukhovski... on y a tapé le carton, et puis... Ah, Nikita, Nikita... Il a manqué la victoire d'une semaine... Un homme, un vrai... une bravoure irréprochable... un philosophe et un praticien de la guerre... Une grosse patte avait entouré les épaules de Boris, une bouche humide s'était appliquée tout contre son oreille et avait chuchoté : « J'ai connu ta maman, mon petit Boris...

Ah, qu'elle était... » Le « petit Boris » frémit, envoya promener la grosse patte et se retint à grand-peine d'expédier une torgnole dans la gueule moite. Quelqu'un repoussa l'amateur de révélations intimes. Tu n'es pas fou, espèce de con ! Poivrot !

Tu as trouvé à qui confier des souvenirs pareils ! La bande ne tarda pas à comprendre que l'on pouvait parler de tout ce que l'on voulait avec le fils du maréchal, sauf de sa mère.

En parlant de la guerre, l'on découvrit que Boris l'avait faite, lui aussi.

— Ils vous ont pris au berceau, mon vieux ! s'exclama Kataïev. N'auriez-vous pas été un « fils du régiment » ?

Ils avaient éclaté de rire. Le respectable maître de l'*École du midi* avait reçu son prix Staline pour un roman du même nom cinq ans plus tôt.

Boris ricana. Il avait compris qu'ils ne faisaient pas allusion à son âge, mais qu'ils étaient sûrs qu'un fils de maréchal n'avait pas passé son temps à nourrir les poux au fond des tranchées.

— Je n'ai jamais appartenu à un régiment, dit-il. Notre détachement ne dépassait pas l'effectif d'une compagnie franche de gars triés sur le volet.

— Mais quand même, votre compagnie était rattachée à un régiment, n'est-ce pas, mon vieux ? demanda un type qui venait de les rejoindre et ne semblait en rien habilité à rallier une bande de la sorte, et plus encore, à utiliser le terme ultra-sélect de « mon vieux ».

Boris le dévisagea et ne lui trouva rien de particulier, sinon ses yeux, petits et jaunes.

— Mais non, mon vieux, notre compagnie n'était rattachée à rien du tout, dit-il.

Les lauréats, appréciant le sarcasme, sourirent. Boris poursuivit dans le même esprit, bien que comprenant qu'il exagérait un peu :

— Excusez-moi, je ne peux rien vous dire de plus, mon vieux.

Simonov répartissait une troisième bouteille de cognac. Et qui donc commanderait un alcool dénommé *Ararat*, sinon le Six fois lauréat ?

— Dites donc, les vieux, notre établissement reçoit des visiteurs de marque, articula-t-il. Ne vous retournez pas tout de suite, mais ce sont trois Américains qui viennent de prendre place sous la loggia.

— C-c-comment ça, t-t-trois Américains ? s'étonna Mikhalkov en fixant aussitôt dans la bonne direction ses deux yeux pareils à des objectifs de caméra. D'où sortent-ils ? Ils sont descendus en parachute ?

— J'en connais deux personnellement, dit Simonov. Celui qui a mon âge est F. Koraguessen Strawberry, correspondant de l'*United Dispatch* à Moscou. Il parle bien le russe, c'est un gars qui en a, il a navigué avec les convois de Mourmansk, s'est rendu en avion à Léningrad pendant le blocus. Le deuxième, mes vieux, c'est ni plus ni moins qu'un grand homme, oui, oui, ce vieux, mes vieux, est un grand salaud antisoviétique, le célèbre Townsend Reston. Ouvrez n'importe quel journal — là, tout le mode rigola en songeant à l'invention de Nicolaï Bogoslovski — et vous verrez qu'on lui casse tout ce qu'on peut comme sucre sur le dos, le parasite, pour propos calomnieux et désinformation. Le troisième est probablement à l'ambassade, celui-là, je ne le connais pas.

Apercevoir, lors de l'hiver 1951, trois Américains aux joues roses frais éclos de la bourrasque moscovite équivalait à apercevoir des Martiens.

Mikhaïl Svétlov, qui s'assoupissait dans son fau teuil, en sursauta.

« Ce ne sont peut-être pas des Américains, mais des Martiens ? » Boris Gradov se dirigea vers le bar et demanda à Valencia Maximovna un cigare à dix roubles. Il l'alluma et regagna sa place en s'entourant de quelque chose qui était un rideau de fumée. Excellente idée que d'observer l'ennemi à travers les volutes d'un cigare ! Ils ne me voient pas, à la place de ma figure, il y a un nuage effrangé, mais eux, je les vois parfaitement avec leurs crânes dégarnis, lunettes, bagues, alliances, gros stylos qui dépassent des poches de leurs grosses vestes à chevrons — pourquoi est-ce qu'il n'en dépasse pas aussi des brosses à dents ? —, leurs montres en or et leurs porte-cigarettes en cuir... Et je me demande bien, nom de Dieu, pourquoi ils me regardent, si, au lieu d'une figure, je présente le nuage effrangé d'un rideau de fumée ? Les voilà, leurs sourires faux, le voilà, le « visage de l'ennemi » comme l'a écrit l'ami Constantin dans un reportage sur le Canada... « La Russie, Staline, Stalingrad, aux trois premiers rangs, en silence... »

Il revint à sa table et s'adressa ainsi à l'auteur de ces vers sur la bataille pour la paix qui lui revenaient en mémoire :

— Dites donc, vieux, puisque vous connaissez personnellement deux des trois gus, là-bas, pourquoi ne les saluez-vous pas ?

— Tiens, vous ne le comprenez pas ? — Simonov leva les sourcils. — Eux, ils le comprennent, pourquoi je ne les salue pas, et ils ne me saluent pas non plus, ils démontrent leur parfait doigté politique.

— Eh bien moi, je vais y aller, les saluer, dit Boris à sa propre surprise. — Il irait ainsi, un barreau de chaise entre les dents, droit à travers la salle, faire la connaissance des trois fauteurs de guerre.

— Vous ne le ferez pas, s'emporta Kataïev d'une étrange voix de fausset. En ma qualité d'aîné de cette tablée, je ne vous le conseille pas, mon vieux !

— Excusez-moi, mais je ne peux plus y renoncer. — Boris se leva. — En ma qualité d'homme de décision, je ne peux plus y renoncer.

L'orchestre entama *La Rose rouge, la rose rouge que je te donne*. Derrière la balustrade de la loggia, on apercevait le bassiste dont les doigts véloces couraient sur les cordes comme de petites saucisses, un grand garçon, très jeune, mais déjà à moitié chauve, et de plus, solidement barricadé derrière ses lunettes, un mystérieux sourire errant sur ses grosses lèvres ; Kataïev avait dit de lui que c'était un écrivain de talent, Iouri... Iouri[1]... enfin, peu importe... Boris se dirigea vers les Américains, mais là, deux jolies minettes s'envolèrent des toilettes et, passant à tire-d'aile devant lui, laissèrent tomber : « Ah, serait-ce le maître ès sports Boris Gradov en personne ? » Il va de soi que les Américains et la situation internationale chaque jour plus complexe tombèrent dans les oubliettes.

Par la suite, beaucoup d'autres problèmes fondamentaux du milieu du XXe siècle y tombèrent aussi. Boris IV se retrouva en compagnie de gens de sa génération, c'est-à-dire d'une potée panachée de « Physiques », « Linguistes », « Étrangers » et « Aéros » (les vacances d'hiver venaient de commencer, les étudiants s'en donnaient à cœur

1. Il s'agit de Iouri Kazakov (1927-1982), célèbre auteur de nouvelles (*La Petite Gare*), qui était effectivement musicien.

joie) et devint aussitôt l'un des deux acteurs principaux d'un défi palpitant : qui se retrouverait plus soûl, celui qui descendrait d'un coup une bouteille de Spéciale de Moscou ou celui qui en consommerait autant à petites doses en l'espace d'une demi-heure. En homme de décision, Boris opta pour la première variante : il était plus facile de descendre une bouteille de vodka au goulot qu'en deux verres de deux cent cinquante grammes. Son adversaire était un petit gros trapu, champion de lutte gréco-romaine de l'Université de Moscou. On l'appelait le Pope, d'où l'on peut déduire que son nom était Popov. Une ravissante minette vêtue d'un pull orné de deux rennes polaires était posée sur l'accoudoir de son fauteuil. C'est à elle justement, Natacha, que l'on allait prouver sur l'heure la suprématie de l'esprit de décision sur le chipotage, de la moto sur le combinat des graisses. Vous allez voir comment ils tiennent le coup, les commandos du Renseignement, armés en outre de la science médicale de pointe, connaisseurs de l'anatomie humaine. Qu'ils le regardent bien, ces chicards, ces fils à papa qui vont à Riga se faire faire des chaussures à triple boucle, la crème de notre jeunesse aux impeccables *curriculum vitae*... Du calme, se dit-il presque à voix haute, surtout ne te monte pas. Ces gars sont au poil, c'est avec moi que Natacha s'en ira, le Pope-lutteur, un gars au poil, va rouler sous la table.

Il remplit son verre à ras bord, l'avala d'un trait, ne sentit même pas le goût de la vodka. Pendant ce temps, le Pope, un petit futé, s'en envoya juste un dé à coudre et attrapa une tranche de saumon fumé de la taille d'un billet de cent roubles. Au fait, on n'avait pas parlé d'amuse-gueule, mais bah ! qu'il aille au diable ! Tandis qu'il se versait son second verre de deux cent cinquante grammes conformément à l'ordonnance du docteur, il fut saisi d'une épaisse onde d'ivresse. Il se concentra en un clin d'œil et n'en renversa pas une goutte. L'onde reflua. La vodka passa. Il retourna la bouteille et la pressa comme cela se faisait dans les commandos : les quatorze dernières gouttes tombèrent. Tonnerre d'applaudissements. La plèbe de Moscou aime les jeux du cirque. Néanmoins, merci à toi, mon bon peuple. « Mangez un peu, Grad, s'écria Natacha, sinon vous ne serez plus bon à rien ! — Ne t'en fais pas, Natacha, répondit-il avec l'éblouissant sourire du héros de *Waterloo Bridge*[1]. Ne t'inquiète pas pour moi, pense plutôt à toi. » Et d'un pas d'officier de la Garde martelé comme à la parade, prêt à aller tout droit au Mausolée jeter au pied du généralissime Staline l'étendard de la division Tête-de-Mort, il se dirigea vers le bar en quête d'un nouveau cigare et, chemin faisant, reçut de la *señora* Valencia, servi dans un verre de cristal taillé, un Phare, chartreuse couleur d'émeraude agrémentée d'un jaune d'œuf que l'on avale d'un coup. « Tu vois, le Pope, je te rends des points ! » Je crois que tout l'établissement me regarde, voit comme je suis beau à ce comptoir, mon cigare à la main, avalant mon Phare. Ou au contraire, personne ne me regarde, tellement je suis une merde de rien du tout. Quel couillon j'ai été de relever ce défi imbécile ! Je n'ai tout de même pas dix-huit ans, je ne suis tout de même pas un fiston-à-sa-maman. Je suis peut-être le petit-fils-à-sa-grand-mère, le neveu-à-sa-tantine, mais jamais, jamais, ma parole, je

1. Film américain de Melvin Le Roy, connu en France sous le titre de *La Valse dans l'ombre*.

vous le jure par la République populaire de Pologne, le fiston-à-sa-maman !

Les écrivains s'en allaient. Déjà un notable avait enfilé sa pelisse à col de zibeline et coiffé sa haute chapka. Un autre, célèbre ou en passe de le devenir, aujourd'hui on ne s'y retrouve plus, serra en passant l'épaule d'acier de Boris. « Nous allons au *Romen*[1], vous venez avec nous ? Il y a banquet, ils vont chanter jusqu'au matin. Ah ! quel plaisir de sentir dans la bourrasque la tristesse suivre la spirale d'une chanson tsigane ! »

J'aurais dû y aller avec eux, se disait Boris en tournant son verre vide entre ses doigts. Ah ! chanter dans la tourmente ! Dommage que je ne sois pas un Tsigane ! Bah ! N-n-non, des clous, nous suivrons une autre voie. Qui a dit ça ? À qui ? Gogol à Biélinski ou le contraire ? Mais non, c'est Lénine, Vladimir Ilyitch, il l'a dit au tsar. Les doigts dans les entournures de son gilet, un petit sourire... N-n-non, mon petit père, nous suivrons une autre voie. Nous savons où nous irons, et à qui nous allons montrer aujourd'hui même que nous ne sommes pas un fiston-à-sa-maman, nous ne sommes pas des fistons-à-leur-maman, des fi' de pute, peut-être, mais je vous le jure, pas de fistons-à-leur-maman.

Soudain, les bruits de l'établissement se condensèrent en un autre cristal, cette fois derrière son oreille gauche : heurts de chaises, rires d'ivrognes, boum-boum-boum de la contrebasse, c'est l'espoir de la prose russe qui cachetonne, la voix de Valencia Maximovna : « Gavrilitch, fermez la porte, nous allons prendre froid ! », quelqu'un rit tout près avec un accent étranger, bing !

1. Théâtre fondé en 1931 qui serait le seul théâtre à répertoire tsigane et troupe tsigane permanente au monde.

quelqu'un vient de péter un verre, il est temps de mettre les voiles, sinon je vais m'étaler sur ce doux parquet.

Il revint à la table où avait commencé l'expérience. Le lutteur s'y enfilait ses dés à coudre tout en rotant doucettement. Sa bouteille n'était qu'à moitié vide. « J'ai perdu », dit Boris en abandonnant le montant du pari sur la table, trois billets de cent à l'image du Kremlin, de la Moskova et d'un petit bateau voguant sur l'eau. « Mais où allez-vous, Grad ? » s'écria Natacha avec quelque chose comme du désespoir. Il faut croire que c'était Boris Gradov qui incarnait ses rêves de prince charmant, et pas du tout le Pope champion de gréco-romaine.

— Je suis soûl comme une vache et ma maman m'attend chez moi.

Il s'achemina vers la sortie, franchissant le parquet selon une diagonale parfaite, sans un seul faux pas. Derrière lui, le Pope glissait à bas de son fauteuil en marmonnant comme un insensé : « Ah ! ah ! J'ai battu Gradov, ah ! ah ! » L'entraînement du champion « laissait beaucoup à désirer », comme l'on disait alors.

La Horch était là, fidèle au poste. Tout était normal. Visibilité zéro. Les précipitations ne se faisaient pas sous forme de neige, mais de mèches et de queues de sorcière. Si ça, c'est le temps de paix, alors, pourquoi déblatérer contre la guerre ? Nous démarrons au quart de tour. Le cœur blindé de la Russie dans les entrailles de fer de l'Allemagne ! Nous n'allons pas balayer la neige, mais en laisser un mètre sur notre toit. Salut aux travailleurs de la circulation ! Le fils du maréchal Gradov file faire sa déclaration à une poufiasse chantante.

Ce n'était pas loin ; deux pâtés de maisons en descendant la rue Gorki, puis on tourne à gauche dans la travée des Chasseurs, droit vers le perron de l'hôtel *Moskva* dans l'immense restaurant duquel, au troisième étage, la dame de ses rêves, Véra Gorda, chante chaque nuit.

Bien des fois, Boris s'était dit : laisse tomber cette grognasse, tu parles d'un rêve, c'est tout bidon et simili, sans compter qu'elle ne doit plus être très jeune, vue à la lumière du jour, elle, le rêve de tes nuits d'ivresse, l'oiseau de nuit Lullaby, incarnation de la putasserie et de la tendresse. Il avait souvent vu, à la fin du programme, une dangereuse discussion prendre naissance parmi les soiffards : qui emmènerait Gorda ? Parfois, elle décampait en douce ou filait sous la protection de l'orchestre, parfois, provocante, elle attendait la fin de la discussion, puis se tirait, accompagnée de cavaliers fréquemment géorgiens. À des instants pareils, Boris se consumait de la plus ardente jalousie : comment ces boucs osent-ils toucher à cette créature que le sort lui-même m'a destinée ? Que dis-je, toucher ? Je suis sûr qu'ils l'enfilent, ils la soûlent à mort et ils la tringlent ! La prochaine fois, je ne laisserai personne l'emmener, j'enverrai dinguer cette meute de chiens, et je l'emmènerai dans ma Horch. Et elle aussi, elle trouvera plus d'intérêt à un gars comme moi qu'à ce ramassis de magouilleurs... Mais la prochaine fois arrivait de nouveau, comme un gamin, il regardait la grande femme moulée dans sa robe noire, à peine-à peine penchée sur son micro dans un geste d'intimité, sa longue jambe gainée de soie qui se montrait à peine-à peine à travers la longue fente de sa jupe, à peine-à peine dégagée sur le côté.

Une voix grave qui remuait quelque chose de très lointain, presque oublié, enfantin, au plus profond du commando en disponibilité.

Sous ce ciel étranger
Comme un hôte importun
J'entends les cigognes
Qui partent en pays lointain...

Chaque fois qu'il la voyait et l'entendait, il se soûlait à mort et chaque fois, au bord du désespoir, il se sentait absurdement incapable d'aborder cette personne selon toute apparence éminemment adorable.

Je devrais envoyer tout ça au diable, se disait-il, et il envoyait assez efficacement toutes ces choses angoissantes, vicieuses, épuisantes au diable, il les oubliait d'autant mieux que sa vie devenait de plus en plus remplie : l'Institut, le sport, les bagnoles, les minettes para-sportives, les soûlographies entre hommes... Il délaissait durant des mois le *Moskva* tout proche (trente secondes de marche à pied en ligne droite), mais ensuite, telle une vague marine crêtée de blanc jaillie des ténèbres, quelque chose le précipitait tout droit au pied de la scène où, dans le pinceau d'un projecteur, se tenait Véra Gorda, où elle élevait ses bras nus vers sa tête couronnée d'or, où sa voix semblait étayer le rythme de tout le big band.

... Les chameaux muets
Accroupis dans le sable
Et dans le silence du désert
La lente nuit interminable.

Tout son répertoire consistait en chansons plus ou moins sous le boisseau qu'en aucun cas l'on n'aurait entendues à la radio ou en récital, des rythmes de blues et de tango fortement teintés de romantisme russo-tsigane, bref, de la pure musique de restaurant et à l'époque, ceux-ci, même s'ils existaient, étaient considérés par tout le pays comme les temples du vice, une survivance du capitalisme.

Dans les cercles des habitués, c'est-à-dire des gens pas très recommandables et dont la génération montante n'avait pas lieu de suivre l'exemple, l'on disait de Véra Gorda : « Vous l'avez entendue chanter *La Caravane* d'Aïvazian[1] ? C'est quelque chose ! »

... La Horch roulait vers son but, la vitre baissée. Boris, qui ne s'en apercevait pas, était couvert de neige et de givre. Des vers de Blok lui revenaient même à la mémoire

Tournoie la neige
galope le siècle
je rêve d'une douce berge...

Bien que n'ayant que ses machines en tête, il ne dédaignait pas, parfois, dans le bric-à-brac de son appartement, de prendre sur un rayon un petit volume de vers de la collection de maman. Elle a sûrement oublié la poésie russe, *là-bas*, qu'a-t-elle à faire de la poésie russe ? Il ne s'était pas aperçu qu'il avait retrouvé toute sa lucidité d'un coup. Il ne faut pas que j'y aille. Pourquoi me rendre ridicule ? Comment irais-je la trouver ? Qu'est-ce que je lui dirais ? Excusez-moi, Véra, mais je vous désire ? Mais c'est tout à fait

1. Un arrangement à la russe de celle de Duke Ellington.

impossible, de moi à elle. Le premier margoulin venu peut le lui dire, ce serait normal. Moi, ce serait absolument anormal. Monstrueux. Impossible. Avec les minettes, tout ça se fait naturellement, comme en passant, mais cette putain-là, elle est inaccessible, protégée par je ne sais quelle barrière...

Il était près d'une heure du matin. Il fallait se tirer chez soi, hurler un bon coup dans sa solitude, et se déconnecter. Il fit deux fois le tour du quartier : le gigantesque hôtel, le plus central de Moscou, le cinéma *Stéréokino* avec son unique et éternel film *La Voiture 22-12*, puis le *Grand Hôtel*, puis de nouveau le *Moskva*... Son ivresse était complètement dissipée, il ne lui restait plus que la honte de l'avoir tellement ramenée, au *Cocktail-Hall* : ils finiront par me prendre pour un frimeur à la manque, bon Dieu, je me suis piégé moi-même, cette nuit, c'est la neige qui m'a bouché la cervelle. Je n'arrive pas à déhotter, je ne peux pas graviter indéfiniment ici non plus : je me ferais traîner au KGB à la fin des fins. Il faut en finir une fois pour toutes, à la fin des fins !

Il n'y avait devant l'entrée que deux Pobéda, deux taxis, qui laissaient tourner le moteur. La queue habituelle faisait défaut. Le portier sommeillait derrière ses vitres à moitié engivrées. Un ivrogne faisait du raffut dans l'entrée. Deux serveurs, un bouledogue et un ouistiti, lui fouillaient les poches : chercheur d'or de Sibérie, il avait dû faire une fameuse razzia au bar et oublier de payer. D'ordinaire, on entendait d'ici le bruit de l'orchestre, aujourd'hui, c'était le silence. Boris abandonna son pardessus au portier qui, bien sûr, le connaissait. Lui aussi, il avait servi au Front de Réserve sous les drapeaux de son légendaire paternel. Boris monta quatre à quatre jusqu'à la salle. Cela devait être l'entracte, la scène était déserte, seuls y demeuraient quelques instruments : un piano ouvert, un tas de percussions, les points d'interrogation si expressifs des saxos. Du scoubidoubidou bourgeois, il n'y a pas à dire. Il n'y a pas si longtemps, *Culture et Vie* avait déclaré que le saxophone était un instrument de malfaisants voyous.

Boris passa entre les tables à la recherche d'une petite place avec vue sur la scène. À cette heure-ci, tous les consommateurs étaient plus ou moins mûrs. Les salades dressées avaient été démolies, étalées. Des mégots pointaient d'endroits imprévus, des oranges, par exemple. Beaucoup de bouches métallisées se découvraient, c'était l'or pur qui prévalait. Ici, il y avait trop de vin, là, pas assez. On sortait celui-ci par le bras. Cet autre se hâtait de son mieux, d'une démarche incertaine, la main à la bouche, s'efforçant d'emporter jusqu'aux toilettes la divulgation de son festin. Mais, pour l'essentiel, il régnait un certain effet vitreux sans doute provoqué par les trente minutes d'absence de l'orchestre. À une heure du matin, c'est sûr, tout le monde avait envie de remuer, de se serrer corps à corps, d'osciller « en état de choc », comme l'écrivaient à l'époque les romanciers en parlant de l'étranger. Soudain, quelqu'un le héla. Derrière une colonne, Siova Zémlianikine, un coureur de l'Armée Rouge, lui faisait signe. « Salut, Bob, amène-toi ! Y a mon copain de classe, un pilote d'essai, qui fait la foire. Il ramène d'Extrême-Orient un plein wagon plus un chariot de fric ! »

S'assurant qu'il verrait la scène sans obstacle, Boris se dirigea vers cette colonne, et là, il aperçut Véra Gorda. Elle était assise au bout d'une longue table à côté d'un capitaine d'aviation. Il lui murmurait quelque chose à l'oreille, elle souriait. Dans leur coin sombre sur fond de rideau cramoisi, derrière un tas de bouteilles vides ou pleines, à trois pas de lui comme si elle venait de descendre de l'écran, puis s'était matérialisée, elle était assise, son coude nu posé sur la table, l'autre main tenant, un peu à l'écart, une cigarette près de son oreille gauche, les yeux mi-clos avec dédain, sa bouche rouge entrouverte, à croire qu'elle était déjà au pieu avec ce salaud de pilote d'essai dont la main, glissée sous la nappe, voyageait sans doute depuis un bon moment entre ses genoux.

Autour de la table, il y avait encore une bonne dizaine de personnes, mais Boris ne leur prêta aucune attention et n'entendit même pas les paroles qu'elles lui adressaient. Il serra les mains, mais sans quitter Gorda des yeux, dévorant chaque détail : la bretelle dangereusement décousue de sa robe de scène, les grosses boucles de ses cheveux, ses pendants d'oreilles, ses bracelets, un petit grain de beauté sur sa tempe.

Soudain, elle s'écarta de l'aviateur, sourit en plein au nouveau venu, l'inonda du bleu chaleureux de ses yeux, oui, c'est bien ça :

Au-bleu-de-tes-yeux-je-veux-clamer-mes-vœux.

Une sensation de déjà-vu le transperça et disparut instantanément.

— Pardon, j'ai mal entendu votre nom, dit-elle.

— Boris Gradov, émit-il comme si elle pouvait, sur-le-champ, le démentir.

— Boris Gradov, c'est joli, dit-elle comme à un petit garçon. Moi, c'est Véra, si vous l'avez mal entendu.

— Je l'ai bien entendu.

— Buvons! s'écria l'aviateur en flanquant dans son verre, de deux bouteilles à la fois, de la vodka et du champagne, c'est-à-dire composant une Aurore boréale, boisson fort en vogue à l'époque.

— Edka en pince salement pour Gorda, dit Siova Zémlianikine à Boris Gradov. Dès qu'il a entendu *Entre de vieilles lettres pleines de poussière,* il a amorcé une descente en piqué, il est prêt à lui donner tous ses picaillons pour une seule nuit.

— Il peut être prêt à donner tout ce qu'il veut, dit Boris — et aussitôt il se lança dans une dangereuse approche du pilote d'essai : — Et qu'est-ce que vous essayez, si ce n'est pas un secret d'État, des grands avions ou des petits? — Avec un sourire d'ivrogne, le pilote le menaça du doigt, encore que sa mise au point ne dût pas, à cet instant, être très nette.

— Mais si, jeune homme, c'est justement un grand secret. Un petit avion objet d'un grand secret. — La tête sur le côté, il luttait contre sa surcharge d'alcool, puis ayant apparemment remporté la victoire, il rayonna et déballa ce qu'il peut y avoir de plus ahurissant. — Ce petit avion, mes amis, ma petite Véra, je l'essaie sur le tas. Vous voulez savoir où? Tout à fait entre nous, en Corée. Nous y avons un dur labeur, ma petite Véra et vous autres. D'une main, on presse la détente, de l'autre on tire sur ses paupières pour avoir l'air coréen. Et voilà le travail!

C'est ainsi que se confirmèrent de la façon la plus inattendue les immondes calomnies de la presse impérialiste selon lesquelles des aviateurs soviétiques participaient aux combats livrés par la République Populaire Démocratique de Corée.

Aucun des présents, bien qu'éméchés, ne s'étendit sur le sujet, simplement Gorda mit en riant sa petite main sur la bouche de l'aviateur qui la ramenait un peu trop. Quant à Boris Gradov, il fut pris d'une sympathie subite pour cet imbécile rond comme un cent de grives : un collègue, tout de même, un gars des missions spéciales, il se bagarre contre les Américains, alors voilà, ses nerfs ne tiennent pas.

Là, les sons du piano retentirent sur l'estrade. Véra se souleva et jeta un coup d'œil de l'autre côté de la colonne. « Il est temps que j'aille travailler. » Les musiciens n'avaient pas encore regagné leur place, seul le pianiste esquissait le *Saint Louis Blues*, lentement. L'aviateur voulut se lever pour accompagner son invitée, mais sa main dérapa de la table à laquelle il s'appuyait et il faillit tomber. À ce moment, Boris Gradov se faufila entre les chaises, prit la chanteuse par le coude et la conduisit jusqu'à l'estrade. « Du boulot de professionnel, Bob », fit Siova Zémlianikine dans son dos en riant.

— Si on dansait ? proposa Boris.

— Pourquoi pas ? — Elle lui posa la main sur l'épaule.

Ils se mirent à danser au son du piano. Elle fredonna quelque chose en anglais, puis demanda :

— Qui êtes-vous ? Cela fait longtemps que je vous ai remarqué.

Tout en la guidant, il effleurait ses seins et ses hanches. Sur ses talons hauts, elle était presque aussi grande que lui. Elle avait le dos moite, la sueur ajoutait à son parfum une note absolument terrible. « Je... je..., bafouilla-t-il, je suis officier du Renseignement en disponibilité, maître ès sports de motocyclette, de plus... de plus, vous savez, je suis le fils du maréchal Gradov... j'ai un appartement de cinq pièces absolument vide rue Gorki... et puis... et puis... une Horch, et tout ça... »

Elle se serra contre lui un instant. « Pourquoi tremblez-vous, mon petit ? Ne vous inquiétez pas, j'irai avec vous. » Déjà les musicos revenaient, s'asseyaient. Le pianiste avait envoyé une œillade à Gorda et continuait à jouer. Boris ne pouvait plus sortir un mot. Enfin, le chef d'orchestre, un vieux babouin au plastron empesé, raide comme du carton, annonça : « Chers camarades, l'orchestre de variété du *Moskva* entame la dernière partie de son programme. »

— Attendez-moi dans le vestibule, après la fin, murmura-t-elle.

De nouveau, la lumière s'éteignit, la boule de verre accrochée au plafond tournoya et les taches de lumière multicolores coururent sur la cohue vite rassemblée des danseurs. Boris ne rejoignit pas la table de l'aviateur, il se laissa tomber dans le premier fauteuil venu, au plus près de l'estrade. Gorda se tenait au fond et bavardait gaiement avec le pianiste, de lui peut-être, peut-être de ce petit fou avec lequel elle avait dansé le *Saint Louis Blues*.

Puis le rayon du projecteur la ramena sur le devant de la scène et, appuyant presque les lèvres contre le micro, elle se mit à chanter, en soutenant le rythme souple et lent des genoux et des épaules :

Un jour, tu verras, l'orage passera
Nous saurons retrouver le bonheur d'autrefois
Alors, nous referons notre chemin de joie
Un jour tu verras,
Un jour, tu verras !

Ah oui, à présent elle chantait pour lui, pour lui seul, pas du tout pour son capitaine fricard qui a tant de peine à presser la détente et à se brider en même temps les yeux à la coréenne, pas du tout ses éternels encore plus fricards admirateurs géorgiens qui l'applaudissent si chaleureusement en ce moment même en faisant tinter leurs bagues, pour personne de cette foule pleine de bouffe, mais seulement pour Boris Gradov à qui elle a promis d'aller avec lui en l'appelant justement comme il en avait si terriblement envie : « Mon petit. »

Un serveur se présenta. Boris commanda une bouteille de *gourdjouani* et une assiette de fromages. Il regarda autour de lui et constata qu'il était assis au milieu de jeunes gars dont aucun ne leur prêtait attention, à lui ou à la femme de ses rêves. Bien entendu, ils parlaient d'une partie de grimpette. L'un d'eux, un gros garçon d'une trentaine d'années très sûr de lui, racontait qu'il avait tourné en rond avec une grelouse sans arriver à dénicher une crèche où il tirerait son coup. Les autres l'écoutaient avec un maximum de gravité. « Tu comprends, comme par un fait exprès, Pétka n'est pas chez lui, chez Gatchik on joue aux cartes, et Semitchiastny reçoit sa tante et sa fille. On traîne toute la soirée, on se serre l'un contre l'autre, il gèle, putain, j'en ai les couilles qui craquent. Je ne vais quand même pas me la faire debout contre une palissade ! Enfin, elle me dit : prenez une tire, Nicolaï, et allons chez moi. » Il faut croire que la bande connaissait la grelouse. L'un d'eux, la bouche pleine de dents aurifiées, dit : « Elle habite aux Sokolniki. » Un autre, binoclard, confirma : « Oui, oui, aux Sokolniki. » Un troisième, une espèce de barbu, se borna à rire. Le narrateur confirma : « Exact, aux Sokolniki, dans une baraque pourrie. Tu ouvres la porte et aussitôt derrière, tu tombes sur une mare d'eau. Une grelouse superchouette, et elle habite dans des conditions pareilles ! Une piaule minuscule, juste la place d'un lit d'un mètre où sa grand-mère grelotte sous une couverture en chiffons. J'ai appris par la suite que, cette nuit-là, le gel avait fait péter leur chauffage. "Allons, crie-t-elle à sa grand-mère, fiche le camp !" Elle flanque la mémé par terre et me ramène sur elle. Alors là, camarades, j'ai oublié toutes les normes de la littérature mondiale. J'ai tiré sa culotte, j'ai mis ma bielle en place et vas-y que je tourne à plein régime ! De quoi rire et de quoi pleurer, je vous jure. Le lit est trop court, j'ai les pieds qui buttent au bout, ça ne fait que majorer mon coefficient de force utile, la grelouse braille, fait des bulles, la mémé pleure dans son coin en répépillant "Mon Dieu quel cauchemar !"... »

« Pourquoi racontez-vous tout ça ? » demanda subitement Boris à sa propre surprise, d'une voix de stentor. Ils se tournèrent vers lui d'un bloc, comme s'ils venaient seulement de s'apercevoir de sa présence. Le barbu souffla un « ah ! » et se figea, un sourire aux lèvres au milieu de sa végétation.

— Ça vous regarde ? — C'était le narrateur, Nicolaï, un beau costaud, qui s'adressait ainsi à Boris.

— C'est seulement que ça me dégoûte, répondit celui-ci encore plus fort et même avec un certain degré de sonorité. — Une sensation de forte accélération naquit. — Voilà une jeune fille qui, à bout d'espoir, vous amène dans son taudis, humilie pour vous sa grand-mère, si ça se trouve le seul être qu'elle aime au monde, et vous la traitez de « grelouse », vous dites qu'elle braille, qu'elle fait des bulles !

Là, ils furent plusieurs à se mettre à gueuler : « Quel culot, espèce de casse-couilles ! Chicard merdeux... ! On vous a demandé de nous écouter ?... Tu es là avec ton fromage et ton *gourdjouani*, bon, restes-y, mais tiens ta gueule, jeune homme... ! » Ils étaient tous furax, seul le barbu rigolait avec une expression curieusement familière, d'une voix de basse sonore, artificielle, et articulait : « Il a quelque chose, les gars, parole, il a quelque chose, il nous a servi tout ça... on dirait du Dostoïevski. »

Soutenu par ce chœur, Boris vida paisiblement sa coupe de vin, dégusta son fromage.

— Excusez-moi d'avoir surpris votre entretien, gentlemen, mais je persiste et signe, et si j'avais connu la jeune fille dont vous avez si mal parlé, la conversation aurait tourné tout autrement.

Ce culot aggravé leur coupa le souffle. Le héros des Sokolniki abattit sur la table sa pogne large comme une pelle.

— Vous ne voyez donc pas, les gars ? Ce camarade en veut. Il va, il vient, il cherche des aventures pour ses propres fesses, il en veut.

— S'il en veut, il en aura, dit l'aurifié. On t'attendra à la sortie, dit-il à Boris.

Il ne manquait plus que ça, se dit Boris, au lieu de mon rendez-vous avec Gorda, je me fourre dans une bagarre de cabaret. Il s'empara de sa bouteille inachevée et revint vers Siova Zémlianikine.

— Où est Véra ? brailla l'aviateur en l'apercevant. Où as-tu emmené mon amour, salaud ?

— Tu ne vois donc pas où elle est ? cria à son tour Boris. Là, en scène, elle chante ! Tu ne la vois pas ? Tu ne l'entends pas ? Tu es devenu aveugle et sourd, à ta guerre de Corée ?

— Mais qu'est-ce qui se passe, toute notre soirée est râpée ! s'exclama Siova Zémlianikine, fort contrarié. Les forces armées ne savent plus tenir le litre.

Lorsque le programme, après quelques demandes personnelles « pour nos hôtes de l'Ouzbekistan ensoleillé, de la Moldavie ensoleillée, du Pétaouchnok ensoleillé », s'acheva enfin et que la lumière, sur scène, s'éteignit, Boris s'empressa de quitter la salle et dévala l'escalier jusqu'au vestibule où, installés dans des fauteuils, les gens à qui l'on avait promis des chambres pour le lendemain dormaient. Chaque fois que quelqu'un ouvrait la porte, de cruelles buées de froid soufflaient de la rue. Des voix avinées remplissaient le vaste hall : les gens s'expliquaient ; comme de juste, il y en avait un qui criait que personne ne l'aimait.

Ils attendaient Boris. Ils étaient cinq ou six autour du héros de Sokolniki, lequel mesurait bien deux mètres. Tout était foutu une fois de plus, un autre emmènerait Véra. Peut-être ce mec de deux mètres avec sa « bielle » après m'avoir broyé la gorge avec son quarante-cinq fillette. Peut-être que cette fois-ci, on ne tape pas le carton chez Gatchik. Battons en retraite ! Filons comme si on ne les voyait pas. L'orchestre sort par la porte sous l'escalier, c'est là que Véra va se montrer dans une dizaine de minutes. Alors, il faudra filer avec elle en quatrième vitesse jusqu'à la fidèle Horch ! « Écoutez, les mecs, je ne vous conseille pas de chercher Boris, les exhortait le barbu. Ce gars maîtrise parfaitement les prises de close-combat ! — Du vent, Sania, lui disait le costaud Nicolaï. Gare-toi si tu veux. Tout le monde sait que tu as une bonne raison, et même deux. »

— Eh, jeune homme ! cria-t-il au « chercheur

d'aventures» qui passait devant lui avec une tranquillité feinte. Eh, Boris! C'est à vous que je m'adresse!

— D'où savez-vous mon nom? Allez vous faire foutre.

— La terre est pleine de rumeurs, ricana Nicolaï. Approche!

Il approcha d'un pas. Et juste à ce moment-là, Véra Gorda s'envola de l'entrée des artistes, une petite pelisse directement posée sur sa robe de concert.

— Je suis là, Boris!

Gradov s'élança, la prit par le bras, l'emmena comme une flèche à travers l'immense vestibule jusqu'à la fidèle Horch qui, selon certaines informations, avait jadis transporté cette fausse couche de Dierlewanger. En raison de sa disposition stratégique, il n'aurait rien coûté à la bande à Nicolaï des Sokolniki d'intercepter les amoureux, elle l'aurait fait sans aucun doute s'il n'y avait eu un traître dans ses rangs. Le mec barbu, le Sania, se porta en avant en boitant très bas et accueillit ses «amis» de deux coups puissants: un crochet du droit à la mâchoire de l'aurifié, un uppercut du gauche au plexus de Nicolaï. Tous deux plièrent bagage quelques instants dans les positions adéquates, ce qui permit à Boris de franchir l'obstacle. Stupéfait, il se tourna vers le barbu, mais sans ralentir l'allure. Véra fonçait aussi, riant et retenant de la main ses cheveux qui volaient au vent. Elle croyait naturellement, comme cela était déjà souvent arrivé, que c'était en son honneur que se jouait la bataille. D'ailleurs, elle n'était pas loin de la vérité: d'un autre coin du hall, Édouard, l'«aigle de Staline», arrivait en piqué. Par un réflexe acquis lors de ses vols en avion à réaction au-dessus de la presqu'île de

Corée, il pressait d'une main une détente imaginaire, et de l'autre tirait sur ses paupières, ce qui lui donnait effectivement le type asiatique. Là, ce fut Boris lui-même qui dut lui appliquer une prise parfaitement mise au point lorsqu'il s'était battu pour l'édification du socialisme dans la république-sœur de Pologne, et, pour plus de précision, balancer le capitaine par-dessus sa hanche, ce qui fit de lui, durant une fraction de seconde, le complice involontaire de l'impérialisme américain. Après quoi, il vida les lieux avec sa chanteuse, comme s'il bondissait d'un Douglas dans la tempête gémissante.

Démarre, saloperie SS ! La charrette qui avait abrité bien de noires affaires ne le trahit pas dans celle-ci, pas très claire non plus : elle hurla comme toute une colonne de tanks forçant le passage de Dunkerque. Les mains des gaillards ulcérés s'accrochaient aux portières, les gueules des mecs entre deux vins se collaient aux vitres, et soudain, ce fut l'une d'elles, tellement chère, reconnue dans un éblouissement malgré sa barbe : son frère d'armes, Alexandre Chérémétiev ! Non, mais quelle nuit ! « Sacha, je n'ai pas changé d'adresse ! » gueula Boris entre deux plaques de neige collée à sa vitre. Le barbu hocha la tête. Puis les essuie-glaces balayèrent le pare-brise pour découvrir Nicolaï des Sokolniki planté devant la voiture dans une pose à la Maïakovski : « Je chante ma patrie, ma république ! »

— Voulez-vous que je l'écrase ? demanda Boris en découvrant les dents.

— En aucun cas ! Machine arrière, commandant ! riait Gorda.

— Merci de me laisser le choix, rugit le commando en disponibilité.

Il fit demi-tour au milieu de la travée des

Chasseurs transformée par le blizzard en champ russe à la Pougatchov, la Horch remonta la rue Gorki et disparut un instant plus tard de la vue du ramassis anarchiste. Nicolaï le Grand avait réchappé, mais il reparaîtra encore dans ce roman.

Tout ce qui suivit, mouvements du corps et mouvements de l'âme — et ces derniers étaient très présents, même si certains critiques prétendent qu'il n'y avait là rien qui vînt de l'âme, rien que du sexe bestial et nu ; ils étaient présents, messieurs, même si leur pelote était incroyablement mêlée, échappant à toute tentative de démêlage — tout cela, Boris devait s'en souvenir comme d'un prolongement de la bourrasque, mais cette fois dans sa version brûlante.

Il était encore dans l'ascenseur qu'il avait perdu la faculté de répondre aux questions de Véra Gorda. Aussitôt dans l'appartement, il lui happa le bras et l'entraîna sans dire un mot à travers l'entrée, la salle à manger et le bureau droit dans la chambre de ses parents. « Mon Dieu, quel appartement, bredouillait-elle, quel appartement impossible ! » Il n'alluma même pas la veilleuse — les réverbères de la grande rue, sous leur couche de neige, projetaient à l'intérieur les ombres fuyantes de la tempête —, il la déposa telle qu'elle était, en pelisse, sur le vaste lit Paul Ier que maman avait acquis avec tant d'amour chez un antiquaire, se mit à tirer de sous sa longue jupe le linge de soie, s'emmêla, s'agrippa, le sortit en guirlande, en lambeaux, après quoi, tout ce dont il avait eu si désespérément soif s'ouvrit devant lui comme une fleur magique qui ne demandait qu'une chose : qu'on lui pénétrât plus profondément le cœur. Elle gémissait, lui caressait la tête et murmurait : « Mon petit Boris, mon petit Boris, mon petit ! » Ces mots lui tournèrent complètement la cervelle et il eut toutes les peines du monde à ne pas laisser échapper le mot sacré. Puis elle cessa de l'appeler de quelque nom que ce fût, pour ne faire que crier avec une sauvagerie accrue à chaque fois, jusqu'au moment où elle articula à travers le tremblement, d'une méprisante voix de somnambule : « Tu m'as baisée jusqu'au trognon, mais tu ne m'as pas embrassée une seule fois, sale tringleur ! Alors pour toi, rien n'existe à part le cul ? » Il comprit qu'à ce moment-là elle avait besoin de dire quelque chose de sale, qu'ils approchaient tous deux de l'orgasme et il écrasa des lèvres sa bouche brûlante. Les lèvres, oui, bien sûr, ses lèvres à elle qui chuchotaient des paroles si triviales, si enivrantes. De longs ongles se plantèrent dans sa nuque, Véra Gorda se débattit comme pour lui échapper, s'enfuir, il se fondit dans son spasme, comme s'il la suppliait à chaque nouvelle fois de rester avec lui, son « petit », son « petit Boris ». Et voilà qu'avec des cris de victoire, comme si c'était la jonction des Alliés sur l'Elbe, arriva le triomphe, non pas petit sautillement de moineau, mais longs coups d'aile, longs appels, comme d'un aigle en plein essor, qui peu à peu se nuancèrent en la plus heureuse, la plus tendre, la plus innocente des basses prairies.

Lorsque cela, à son tour, fut passé, il éprouva un fugitif accès de honte : « En quoi suis-je mieux que ce Nicolaï ? », mais aussitôt, il le chassa : pouvait-on comparer *cela* avec l'*autre* cochonnerie ? À présent, ils gisaient côte à côte sans se toucher. Tous deux avaient gardé manteau et souliers.

— Quelle âge avez-vous, Boris ? demanda-t-elle.

— Vingt-quatre ans, répondit-il.

— Mon Dieu ! soupira-t-elle.

— Et vous, Véra ?

— Trente-cinq. — Elle rit. — Ça vous fait peur ?

— Je ne veux pas que vous ayez moins, marmonna-t-il.

— Vraiment ? C'est curieux. — Elle entreprit de se lever, s'assit au bord du lit, se mit debout. — Ah ! Vous m'avez tout déchiré, toute ma lingerie de luxe...

Il sortit de sa poche un paquet de cigarettes brisées, rechercha le bout le plus long, gratta une allumette.

— Il reste encore beaucoup de joli linge dans l'armoire, dit-il, et à mon avis, c'est votre taille.

Là, il eut peur d'en avoir trop dit, peur qu'elle lui demande qui l'avait laissé, et quoi et qu'est-ce... Pourtant, elle ne dit rien, alluma la lampe de chevet, ouvrit l'armoire, accrocha du doigt une pièce de linge de maman, siffla : « C'est pas mal », le regarda gaiement, avec humour. Il eut un rire joyeux : ah, comme les choses allaient être faciles avec elle, parions-le !

Elle se regarda dans la glace, toujours en pelisse et robe de scène à l'ourlet froissé et retroussé. « Eh bien, fit-elle avec un nouveau sifflement, une chanteuse de trente-cinq ans qui vient d'être violée... » Puis elle alla au téléphone, composa un numéro, proféra : « Je ne serai pas là aujourd'hui » et raccrocha aussitôt.

— À qui téléphoniez-vous ? demanda Boris, sur-le-champ honteux de sa question : elle, elle ne m'a encore rien demandé et moi, je me mêle déjà de sa vie privée.

— Quelle importance ? dit-elle d'un petit air triste. Bon : mon mari.

Après ce « Bon : mon mari », il eut envie de la réentraîner tout de suite au lit. Il la regardait, plein d'admiration, se mouvoir dans la pièce, ôter sa pelisse, s'extraire en serpentant de sa robe noir et argent. « Je pense que vous avez même une salle de bains en état de marche ? » demanda-t-elle avec une inflexion étrange mi-provocante, mi-humiliée.

— Pourquoi pas ? Oui, bien sûr, fit-il non sans étonnement. Au bout du couloir à droite. Excusez le bordel, Véra, mais j'habite seul et mes copains motards débarquent tout le temps ici.

— Ça n'est pas grave, cria-t-elle d'un ton allègre en tambourinant des talons droit dans la salle de bains, tout en retenant son porte-jarretelles qui avait craqué.

Tandis qu'elle barbotait, il refit le lit (par bonheur, il avait trouvé un drap propre), se déshabilla, se coula sous la couverture en attendant, et s'endormit sans s'en rendre compte. Il fut réveillé par des sensations supérieurement voluptueuses. Assise à ses pieds, toute nue, Gorda léchait son membre, le prenait tout entier dans sa bouche, le suçait, puis le reléchait, tout en le dévisageant de ses grands yeux innocents. Puis elle se rapprocha, et avec une extraordinaire dextérité, absorba ce membre en son sein, enfourcha Boris comme une dame de la haute société habituée à chevaucher des pur-sang. Elle se pencha et offrit à son « petit garçon Boris » ses seins aux bouts pointus. « Petit Boris » en suça un tout en pressant tendrement l'autre, puis revenant à des principes de justice, suça le second organe pair d'abord mal partagé, tout en flattant et pinçotant le premier, afin qu'il n'y eût pas de jaloux.

— À présent, on dort, petit garçon Boris, dit

Gorda après que le galop continu, terminé par un démentiel steeple-chase, eut été couronné.

Elle posa sur son épaule une tête confiante, l'enlaça du bras droit et de la jambe droite, s'endormit aussitôt en sifflotant du nez. Tout en s'étirant comme un bienheureux dans cette étreinte tiède et douce, il était lui aussi en train de s'endormir, ou plutôt, peut-être de se dissoudre, n'était-ce pas cela le nirvana, quand il se réveilla brusquement, et tous ses membres avec lui.

— Ça y est, ça te reprend, bredouilla-t-elle dans son sommeil. Ça suffit, calme-toi, Boris... Allons, allons... bon, d'accord, tu fais ce que tu veux, mais laisse-moi dormir, je suis fatiguée... comment, tu le veux encore ?... les fesses en l'air... bon, comme tu voudras... Allons, Boris, il y a une fin à tout, calme-toi, gardes-en un peu pour demain matin... — Il s'endormait et se réveillait pour entendre une exhortation : « Calme-toi, Boris ! » Comment faisait-elle pour trouver précisément les mots qu'il mourait d'envie d'entendre ?

Il finit par se déconnecter, mais uniquement pour, une demi-heure plus tard, bondir hors du lit, se jeter inconsciemment vers sa commode, sortir d'entre le linge son joujou de commando, son arme personnelle, un parabellum. La sonnette de l'entrée tintait éperdument. Sa montre marquait cinq heures moins dix. Véra n'avait pas bougé, elle sifflotait toujours comme une bienheureuse, marmonnait des propos sans suite. La première chose qui vint à l'esprit de Boris fut : Sacha Chérémétiev n'a tout de même pas amené ce ramassis de voyous ici ! Je vais leur envoyer un coup de pétard, je n'ai pas l'intention de prendre des gants ! Il enfila une robe de chambre et courut pieds nus vers l'entrée. La sonnette s'était tue. Il regarda par le judas. Reflets incertains des dalles du palier sous le plafonnier mat. Personne. Il ouvrit la porte avec précaution, le pistolet à la main. L'escalier était désert, sonore, la tempête hurlait dans les conduits d'aération. Un grand sac en papier bourré à craquer avait été déposé contre la porte. Debout, ce sac bizarre, et non couché comme il convient à un sac ordinaire. Debout, posé sur son fond plat et dur. Un sac *pas de chez nous*. La Russie ne peut pas produire un sac pareil. La Russie, il lui faudra encore cent ans pour élaborer un sac comme ça, en double épaisseur, en gros papier kraft marron, à fond plat et cordons d'attache bleus.

Il l'emporta dans la salle à manger, le posa sur la table et dénoua les cordons. Le premier objet qu'il sortit était incroyablement chaud et doux. Deux pulls roulés ensemble, l'un grenat, l'autre marine, portant les mêmes étiquettes où ressortait le mot *cashmere*. Puis apparurent deux chemises de laine, l'une à gros carreaux verts, l'autre à carreaux marron. Deux paires de gants de cuir. Une montre à bracelet métallique. Un appareil inconnu qui fut identifié plus tard comme rasoir électrique. De grosses chaussettes de laine, une paire rouge, une bleu ciel, une jaune. Des mocassins à frange et des bottes fourrées. Un sous-vêtement combiné d'hiver. Et enfin, pressé contre le fond — on avait peine à croire à l'existence d'un tel objet — un blouson d'aviateur en mouton avec d'énormes poches partout, des petites poches partout, des fermetures éclair partout, une chaînette portemanteau et une grande étiquette en cuir où figurait une forteresse volante, et pour plus de précision, l'inscription : *Bomber-jacket, large.*

Nom de Dieu de nom de Dieu, je ne comprends rien, j'ai trop bu, j'ai trop baisé, je suis fatigué, quelle nuit, qu'est-ce que ces affaires, à qui sont-elles destinées, qu'est-ce que c'est que cette... soudain, cela prit forme dans sa conscience, nettement, terriblement : qu'est-ce que c'est que cette provocation ? Couvert de sueur, les doigts tremblants, il ouvrit les fermetures éclair les unes après les autres, fouilla les poches, ne trouva rien. Il jeta un coup d'œil au sac vide : là, il y avait quelque chose, la grande image brillante d'une tardive après-midi d'hiver en bordure d'une bourgade d'Occident aux fenêtres déjà éclairées, un coucher de soleil précoce, un étang gelé et des enfants qui y patinent, des messieurs-dames en habits du XIXe siècle parmi lesquels, cela va de soi, s'amusent quelques chiens naïfs et étourdis. Au verso, de belles lettres argentées disaient : *Merry Christmas and a Happy New Year!* et dessous, de son écriture ronde et enfantine *à elle* : « Mon petit, comme je t'aime ! »

C'est un cadeau qu'elle envoie à son petit garçon pour le Nouvel An passé, et quelqu'un s'est glissé au milieu de la nuit, en bon agent secret, pour le lui livrer. Un Américain, peut-être l'un de ceux qui étaient au *Cocktail-Hall*, ou peut-être un autre, un Américain *secret*. Elle n'est pas folle ? Pour un cadeau pareil ce petit garçon qu'elle aime tant, il pourrait se retrouver à la Kolyma. Secret, de nuit, un *jalon* posé par l'Amérique hostile, agressive, pleine d'espions : un *contact* ! Non, un truc pareil, on ne s'en sort pas avec la Kolyma, on vous exécute dans une cave. Elle, tout ce qu'elle cherche, c'est à se faire plaisir : pensez donc, elle a envoyé un cadeau de Nouvel An à son fils, et après elle le Déluge ! Elle a peut-être oublié dans sa bucolique bourgade, dans les étangs du Connecticut, où elle a tiré ses quatre ans et d'où elle a ramené son Chevtchouk ? Furieux, il balança son précieux blouson de bombardier dans un coin. Ce brusque mouvement entraîna un flux de pensées à l'opposé. Depuis quand est-ce que je me dégonfle comme ça ? Il me semble pourtant que j'ai appris à n'avoir peur de rien, en Pologne, ni d'une mitraillette, ni d'une baïonnette, et voilà qu'un cadeau de ma mère me foutrait les jetons ! De ma chère maman dont ce n'est pas, vraiment pas la faute si le monde est devenu fou, a démembré et éparpillé sa famille. Vois plutôt avec quel amour elle a rassemblé tout ça, chaque chose plus belle que l'autre, de première qualité et surtout, tout cela si chaud, comme si, dans ce sac, elle avait voulu m'envoyer sa propre chaleur, un concentré de sa chaleur. Je vais porter tout ça, et le blouson aussi, avec fierté, et si l'on m'interroge, je répondrai : c'est ma mère qui me l'a envoyé d'Amérique.

Il gagna la fenêtre, tira le store et s'aperçut que la tempête de neige avait pris fin et que cela se dégageait très vite. Dans le ciel lilas foncé, du côté du Kremlin, sorte d'allegro symphonique plein de bravoure, rapides comme des esquifs, de longs nuages blancs couraient. Soudain, le bonheur lui coupa le souffle. Il suffisait de vouloir et il s'en irait voguer avec ces nuages blancs dans le ciel lilas foncé d'après la tempête.

— Où es-tu, mon petit Boris ? — La voix de Véra Gorda, chanteuse de variétés, montait de la chambre à coucher.

CHAPITRE CINQ

Non, mais quels méandres !

Un mois et des poussières après la nuit agitée que nous venons de décrire, nous nous retrouvons dans un lieu figé dans le bleu : reflets du soleil et, dessus et dessous, ciel immobile et glacial, fond du stade Dynamo recouvert d'une épaisse couche de glace. Le froid n'en finit pas, mais il est sec, un anticyclone s'attarde sur Moscou depuis des semaines et des semaines, la neige sèche et tassée crisse sous les pas. Le froid frigorifie les microbes, l'aspirine traîne dans les pharmacies, les gens, en tous les cas, ici, à Dynamo, offrent de saines binettes russes habituées à l'hiver. Tout un chacun comprend qu'il lui est donné de vivre rien que l'instant qui passe, qu'il faudra encore attendre le dégel cinq ans et la *perestroïka* trente-cinq, et que si l'on a eu la chance de réchapper à la guerre et d'éviter la prison, on peut parfaitement survivre dans l'air sec et aseptique du stalinisme tardif, et même tirer un certain plaisir de la vie, en particulier en assistant à l'entraînement des prochaines courses de moto sur glace.

Quelques connaisseurs, fainéants invétérés, c'est sûr, retraités-maison ou des Services de Culture Physique, observaient des tribunes les motos hurlantes qui se ruaient en bas sur leurs pneus à clous tels des sangliers au printemps et négociaient leurs virages en soulevant des éventails de poudre de glace.

— Alors, pourquoi il est passé d'une Ardy à une NSU, Tchérémiskine? se demandaient les connaisseurs.

— On dit que Gringaut ne court plus sur glace.

— Comment ça, quand je l'ai vu moi-même équiper son IG-350 en pneus à clous!

— Qui c'est, celui-là, qui a l'air d'en vouloir?

— C'est un nommé Boris Gradov. Il a fait deuxième en cross, cet été, à Moscou, et maintenant, dis donc, il tâte aussi de la glace.

— Qu'est-ce qu'il donne aux essais? C'est bon?

— J'ai chronométré: 95 départ arrêté, 125,45 en pointe.

— Pas mal!

Tous les motards qui effectuaient ce jour-là leurs essais sur la glace de Dynamo le faisaient avec leur entraîneur; Boris avait aussi le sien qui chronométrait ses temps et le gratifiait de « IP », c'est-à-dire d'« indications précieuses ». L'entraîneur, extrêmement poli, voussoyait son poulain: « Non, mais quel con! Pourquoi n'avez-vous pas mis les gaz dans le virage comme je vous l'avais dit, Boris? » criait-il.

Boris, la trogne rouge, heureuse, pleine de poussière blanche, rejoignait au pas la silhouette mal ficelée dans son touloupe de marine et ses bottes de feutre enfoncées dans des caoutchoucs. « Pardon, Sacha, j'ai manqué de top, j'ai laissé passer le bon moment. On remet ça, voulez-vous? » Il se gardait bien de laisser paraître qu'il commençait à trouver un peu ridicule la gravité avec laquelle Chérémétiev prenait son nouveau travail. Pour l'instant, l'ancien boxeur ne s'y entendait en motocyclettes que comme un très modeste amateur.

Leur amitié s'était rétablie très vite après la nuit de bourrasque que nous venons de décrire. Un beau matin, Boris, qui ingurgitait en grinçant des dents un odieux manuel de biochimie, entendit sonner, alla ouvrir et aperçut devant la porte un jeune homme en caban de marin au visage pur et distingué, bien qu'un peu carré. La barbe disparue comme par enchantement. Il l'avait supprimée aussitôt après la bagarre du *Moskva*. «Après vous avoir vu, sacré bon Dieu, je me suis regardé dans la glace et j'ai compris que je m'étais salement laissé aller. Je me suis rasé la barbe, j'ai cessé de fréquenter les brasseries et désormais, je refuse même les invitations au restaurant.»

Mais tout de même, de telles retrouvailles six ans et demi après... Comment ne pas faire une entorse à son serment? Les amis étaient allés à l'*Essénine,* comme on appelait alors la cave voûtée qui se trouve sous le passage de la Loubianka. On n'aurait pas trouvé meilleur cadre pour un récit plein de tristesse. On te ressert de la bière sans rien te demander dès que l'on voit ton verre vide. Et ses forces morales défaillantes, on peut toujours les relever au moyen d'un petit verre plus corsé.

Voici, exposé de façon lapidaire, la chronique des six dernières années et demie de la vie d'Alexandre Chérémétiev. On l'avait amputé de sa jambe déchiquetée aussitôt après qu'il avait été évacué de Varsovie. Pourtant, on avait réussi à sauver le genou, donc, la jambe était encore vivante. On avait solennellement remis à l'héroïque agent secret — j'avais été proposé pour la médaille du Héros — une prothèse américaine, un truc formidable, inusable, regarde, tu peux toucher, n'aie pas peur, c'est le don de la section médicale de la société juive *B'naï Brit*. Il s'y était très vite adapté et songeait même à remonter sur le ring, il lui aurait suffi de gagner un peu de poids pour passer dans une catégorie moins mobile. Ça, tu penses, ce n'était rien, le vrai problème, c'était de ne pas sombrer dans la boisson. Alors, j'ai clopiné jusqu'à l'autorité et j'ai demandé à rester sous les drapeaux. La guerre continuait, je pouvais rendre des services, en temps de paix aussi, d'ailleurs. Vous savez, Boris, mon vieux, on peut dire ce que l'on voudra du Renseignement, mais les siens, et surtout les coupe-jarret que nous étions, vous et moi, il ne les laisse pas tomber. On m'a envoyé à l'École des interprètes militaires d'Extrême-Orient pour me familiariser avec la langue anglaise, version américaine. Naturellement, j'ai repris du poil de la bête, je me suis inventé mille histoires à dormir debout : espion international, hôtels aux Caraïbes, jeune Américain légèrement bancal, âme de la société, nageur, plongeur, en fait agent de reconnaissance soviétique, et ainsi de suite dans le même genre, permettez-moi de vous rappeler que malgré notre expérience polonaise, nous n'avions alors, l'un et l'autre, que dix-huit ans. Bref, dans cette École je me suis efforcé de surpasser tout le monde en tout, à l'exception du saut d'obstacle, évidemment. Et j'y suis arrivé, nom de Dieu ! Comme vous vous en souvenez, mon anglais était déjà fort convenable avant ça ; au bout d'un an de cette École où l'on nous interdisait absolument de parler russe, même à la *bania*, je speakais comme un Yankee et pouvais même imiter l'accent du Sud, l'accent texan, l'accent juif de Brooklyn. Quant au tir, vous vous souvenez que, même au détachement, je me défendais pas mal, ici, pour compenser mon handicap, je suis devenu un champion indiscuté et absolu. Ce qui étonnait le plus tout le monde, c'étaient mes performances de nageur. Je nageais dans la baie au milieu des blocs de glace, souvent au milieu d'un troupeau de phoques, je pouvais me coucher au fond, m'y abandonner à une sorte de parabiose qui permettait au courant de traîner mon corps mutilé, et soudain jaillir hors des profondeurs, tout droit sous la guérite du garde. Le directeur politique était, soit dit en passant, très préoccupé par mes propriétés d'homme amphibie. Il ne faut pas s'exagérer l'insouciance de l'ennemi potentiel, me disait-il souvent, en ce sens que l'objet de nos études, l'impérialisme américain qui s'était installé dans les îles du Japon, pourrait m'attirer dans ses filets.

En un mot comme en mille, au bout de deux ans d'instruction, je comptais non sans raison être soit expédié clandestinement à l'étranger, soit, à la rigueur, être affecté à l'État-Major général comme expert ultra-secret. Et tout d'un coup, tout a volé en éclats, je l'ai eu dans le cul, mon ami.

La chose a été précédée d'une histoire romantique que je vous dirai plus tard. Je ne vous la raconte pas maintenant, un point c'est marre. Je sais que vous, mon salaud, vous crevez d'envie d'entendre des histoires romantiques et de raconter en échange vos propres histoires romantiques, parce que vous êtes, pour l'heure, un bienheureux amant, l'homme qui a conquis Véra Gorda, mais c'est peut-être justement pour ça que je ne vais rien vous en raconter, de mon histoire romantique. Non, non, pas du tout pour ça. La cause en est plus sérieuse: j'ai simplement envie de rester avec vous et si je vous raconte cette histoire, romantique entre guillemets, assez terrible, il faudra aussitôt que je vous quitte. Lorsque je me remémore cette histoire romantique, je reste trois jours sans vouloir voir personne. Allons, je vois que je vous ai intrigué à bloc, couille de phoque, oui, de phoque, croyez-moi, je sais de quoi je parle, et vous ne voulez plus entendre parler de rien d'autre. Alors, si vous le voulez, commandez trois cents grammes de vodka de plus et une assiette de carbonade aux cornichons.

En un mot comme en mille, je me suis mis en travers de la route d'un salaud trois étoiles, et je l'ai payé. En un mot comme en mille, au lieu d'hôtels des Caraïbes dans le style colonial, on m'a balancé dans l'île d'Itouroup, un cul tellement profond que, quand il échoue un cheval crevé sur la plage, on prend ça pour un événement à l'échelle du Pacifique. Il y avait une station de surveillance des avions américains et je devais, à raison de douze heures par relève, assurer les écoutes radio, c'est-à-dire capter les conversations des aviateurs entre eux et avec les bases au sol. Comme vous vous en doutez, il n'était pas indispensable pour cela d'avoir potassé l'*Oxford Dictionary* et d'avoir lu Shakespeare et les Américains contemporains dans le texte. Le vocabulaire du cockpit inclut au maximum trois cents entrées, y compris tous les jurons possibles et imaginables. La contemplation des vagues qui déferlent sur l'île tourne au bout de trois mois à l'obsession et au délire. À voir vos collègues, avec leur alcool et leurs dominos, vous devenez dingue et vous vous mettez à hurler comme un loup tant on vous oblige à faire mystère de tout.

— Au fait, Sacha, le coupa à cet endroit Boris, vous comprenez certainement qu'en me racontant tout ça ici, à l'*Essénine*, vous lui contrevenez terriblement, à notre manie du mystère.

— Qu'elle aille se faire voir ! s'emballa Chérémétiev. Elle nous rend tous paranoïaques.

— Désirez-vous autre chose, jeunes gens ? demanda le gérant qui propulsait son bedon dans le coin et avait justement pour mission, en ces lieux si proches de l'état-major de la « force armée du prolétariat », de veiller à la non-divulgation des secrets d'État. « Non, mais vraiment, réfléchissez un peu, Andrianytch, lui dit Chérémétiev avec indignation, l'autre jour, on m'envoie aux fins de traduction un catalogue anglais de nos minerais naturels où la moitié du texte est caviardée. Contre qui ce mystère, je vous demande ? »

Le gérant submergea de son bedon l'extrémité de la table, l'écouta, dodelina, puis dit : « Je vais t'apporter des *tchanakhi*, mon vieux Sacha, tu as besoin de manger », et il s'éloigna.

— Je vois que vous êtes ici comme chez vous, fit Boris en riant.

— Vous savez, cette tanière me fait penser à un pub anglais quelque part du côté de Chelsea, dit Alexandre avec sérieux.

Boris rit encore plus fort.

— Alors, vous avez séjourné ailleurs qu'à Itouroup, mon vieux Sacha ? Quelque part du côté de Chelsea, oui ?

Morose, Chérémétiev pencha sa frange brune au-dessus de sa bière blonde.

— Je n'ai séjourné et ne séjournerai jamais nulle part, et Itouroup, j'ai fini par m'y suicider.

— Un catalogue de minéraux, c'est une chose, Sacha, dit Boris, et une station d'écoute radio tout autre chose. Vous devriez être plus prudent à ce sujet.

Chérémétiev déboutonna sa veste et releva son petit pull minable. Un trou bleu lui creusait la poitrine à gauche, juste sous le cœur.

Andrianytch vint poser devant eux deux poêlons de *tchanakhi*, une épaisse potée de mouton géorgienne. « Allez, allez, les gars, il faut manger, mes salauds, sans quoi vous allez vous retrouver pompette. »

Ayant avalé quelques cuillerées de liquide pimenté à vous faire prendre feu, Boris dit : « Allez, mon salaud, narrez-moi votre suicide. »

Chérémétiev poursuivit son récit :

— La base d'Itouroup, comme quatre-vingt-dix pour cent du reste, relevait du secret de Polichinelle. Croyez-vous vraiment que les Yankees qui passaient au-dessus de nous dans leurs forteresses volantes bourrées de technique ignoraient qui tâtonnait en dessous avec ses ondes ? Ils avaient sûrement tout photographié jusqu'à la dernière boîte de conserve. Nous l'avons même vu plusieurs fois de nos yeux. Tout d'un coup, un de ces gros taxis de mes deux sans feux d'identification surgit devant vous en rase-mottes, sûr qu'il vous photographie à l'infrarouge. Un événement autrement plus fort que le cheval crevé, mais il était strictement interdit d'en parler, on devait faire mine de rien. En un mot comme en mille, j'ai compris que je devais rompre avec les forces armées et avec tout mon passé, bref avec tout notre, excusez-moi, Bab (il disait bien Bab et non Bob), notre « action directe » de gamins. J'ai envoyé une demande de mise à la retraite en raison de l'aggravation de l'état de mon membre inférieur amputé à moitié, et aussi de mon désir de faire des études supérieures. La réponse est arrivée au bout d'un mois: ma demande était jugée injustifiée. Et ainsi, des mois et des mois s'écoulèrent. Vous dites que vous avez connu ça à Poznan, Boris, mais à Poznan, vous pouviez au moins aller chez les filles, tandis qu'à Itouroup, je ne pouvais trouver comme partenaire imaginaire qu'une sympathique chienne de garde. La population humanoïde de l'île était la négation même de l'érotisme. Nous n'étions bons qu'à boire. Nous avons vidé l'alcool de tous les gyroscopes, même si nos putains de chefs ne nous mesuraient pas la vodka, comme de dire: sombrez dans l'alcool, les gars, et ne pensez plus à vos études supérieures.

Le plus terrible, Boris, était le sentiment de délaissement, de complet abandon, d'inutilité. À part les réponses à mes demandes à la con, je ne recevais aucun courrier, ni de ma mère, ni de... enfin... mon histoire romantique... Par la suite, j'ai découvert que ma mère n'arrêtait pas de m'écrire, mais en vertu de notre système, ses lettres aboutissaient tout droit chez ce salaud trois étoiles auquel, après, j'ai cassé la mâchoire... Eh bien oui, je la lui ai ruinée d'un direct suivi d'un crochet... elle était faible, fragile, miteuse, elle a craqué en deux endroits, tout le commandement l'a entendu... Mais ça, c'était après, reprenons les choses dans l'ordre... Privé de lettres, Boris Nikitovitch, on peut un beau soir, oui, précisément beau, pur, vastes horizons marins, par un soir comme celui-là, il arrive que l'on sorte contre reçu son arme d'ordonnance soi-disant pour aller s'entraîner — ça, ce n'était pas interdit —, que l'on aille siffler sur la plage une boutanche d'alcool presque pur, pleurer, s'apitoyer sur soi-même, faire le con à la manière de Pétchorine ou de Childe Harold, à la manière de tous les romantiques russes des garnisons de province, puis se fourrer son flingue sous les côtes et envoyer le pruneau. En somme, par bonheur, à moins que ce soit pour faire rigoler les foules, la balle est passée en séton à cinq centimètres du cœur. Je m'acharne encore aujourd'hui à me demander si ce n'était tout de même pas du bluff, ça, sur la rive sauvage d'Itouroup, si je ne savais pas que ma blessure ne serait pas mortelle, si ce n'était pas rien d'autre, en fait, que la bravade d'un petit officier de province. Je ne possède pas la réponse.

Après l'opération et l'enquête, on m'a enfin versé dans la réserve. Mon état signalétique s'est agrémenté d'une mention superbe : « émotionnellement instable ». Chaque fois qu'on me demande des précisions, je réponds : « Eh bien, je suis susceptible. » Je suis passé à l'École sous prétexte de reprendre mes livres, mais en réalité pour jeter un coup d'œil à mon histoire romantique qui s'était si curieusement tue durant tout ce temps. Et j'ai découvert qu'elle n'existait plus, tout simplement plus, elle n'avait déménagé nulle part, elle n'existait plus. Je te demande pardon, mais ça, je ne peux pas en parler, tout ce que je peux te dire, c'est que c'est ce jour-là que j'ai cassé la mâchoire au colonel Maslioukov et que je me suis retrouvé à la prison militaire. L'instruction a duré assez longtemps, parce que les avis étaient contradictoires. Les types bien du tribunal m'imputaient ce qui était vrai : l'offense à officier supérieur lors d'une crise de jalousie, qui devait me valoir un sacré maximum en bataillon disciplinaire. Mais seulement, les salauds, dont il y avait plus qu'il n'en faut, cherchaient, avec le concours de Maslioukov, à m'épingler pour complicité d'espionnage, ce qui, comme vous vous en doutez, aurait valu au lord Byron d'Itouroup un pruneau dans la coloquinte.

OK, OK, un jour je vous raconterai ça plus en détail, pas tout de suite, je veux seulement que vous sachiez une chose : je ne me suis tiré de cette passe infernale que grâce à votre amitié. Comment ? Comme ça : le maréchal Rotmistrov est venu inspecter la Région et mon ange lui a soufflé d'aller faire un tour à la prison militaire. Qui était cet ange ? Vous posez d'étranges questions, Boris. Mon ange, c'est mon ange gardien, je ne veux rien dire d'autre. À l'administration de la prison, il s'est trouvé un gars bien pour glisser mon dossier au maréchal : voyons, un héros, il a perdu la jambe en service commandé, il est resté aux armées, bref, *L'Histoire d'un homme véritable*[1] ; ça aussi, c'étaient les manigances de mon ange. Le maréchal a voulu me voir et nous avons bavardé pendant deux heures. Il avait entendu parler de notre opération de Varsovie et connaissait personnellement Grozdiov, vous vous rappelez, le Loup Solitaire. Tout d'un coup, il me demande : et Boris Gradov, vous l'avez rencontré ? Il m'a dit que votre père et lui étaient amis intimes, qu'il avait une estime formidable pour votre grand-père, qu'il était allé plus d'une fois au Bois d'Argent. Et c'est comme ça que la machination du Maslioukov a capoté. Il n'est pas exclu que cette crapule ait eu à supporter de sérieux ennuis, mais, au fond, ces cons-là se tirent toujours d'affaire. La seule dont il ne se tirera pas, c'est celle de nos rapports : un jour, il me retombera entre les pattes. En un mot comme en mille, ils ont clos mon dossier, j'ai été rayé des cadres

1. Roman de Boris Polévoï, hymne au héros positif, qui valut à son auteur la gloire littéraire.

pour raison de santé et voilà un an que je crèche à Moscou, que je traîne ma triste existence aussi lourde qu'une péniche pleine de merde, c'est comme ça, Boris, que j'erre au gré des vents, sans compter mes kopek, c'est eux qui me comptent, les fi' de pute… ils m'ont tellement compté et tellement usé que j'en ai des trous partout… je suis aussi troué qu'un gruyère, *old fellow*… mais un gruyère qui ne suinte pas, à la face de mon ange je le déclare, mon vieux : ils peuvent toujours attendre pour me voir pleurer, je le jure par les blindés du maréchal Rotmistrov !

Boris Gradov, dieu de la moto et heureux possesseur de la plus belle maîtresse de Moscou, lui posa la main sur l'épaule :

— Sacha, nom d'un petit bonhomme ! même si notre « action directe » a foiré, nous les prendrons à revers ! Et personne ne nous en blâmera. Le maréchal Rotmistrov l'a souvent fait, et après, mon papa se jetait avec ses hordes dans la brèche. À revers, mon ami ! Comme l'a écrit Constantin Simonov :

Rien ne nous fera vider les étriers
C'était du vieux major le dicton familier

Du major, mon vieux ! C'était ça le dicton du major Kitchener, mon vieux ! Et ton Maslioukov, nous l'attraperons par les roubignoles et le pendrons à une haute branche. Te souviens-tu de cette tendre valse :

Silence et doux repos
Seul veille un louveteau
À une branche il a pendu ses roubignoles
Et tout autour sans bruit mène ses cabrioles.

C'est ainsi qu'échangeant ce genre de monologue, les deux amis quittèrent la cave d'*Essénine*, gagnèrent le monde aseptique du socialisme des grandes gelées et, marquant doucement la *Valse du loup*, s'en furent par le passage du Théâtre vers la statue du Premier Imprimeur Fiodorov afin de finir à ses pieds une petite bouteille de vodka emmenée *à tout hasard*. Ainsi se renouvela leur amitié dans leur léproserie de capitale.

Alexandre Chérémétiev avait quitté l'armée avec ce qui s'appelle des « papiers lupins[1] » et, contrairement à notre Babotchka, sans le sou. Il ne pouvait être question qu'il poursuive ses études. Sa mère n'aurait pas eu de quoi entretenir un pareil colosse. Il fallait qu'il cherche une place, plus un travail d'appoint. Ce dernier était, des deux, le plus facile à trouver : il pouvait donner des leçons d'anglais, faire des traductions techniques, mais vis-à-vis de la Milice, il lui fallait un statut officiel ; il n'allait tout de même pas jouer les invalides à l'accordéon ! « Mes frères, mes sœurs, la charité à un ancien commando ! » Ces gens-là, à l'époque, Moscou s'en débarrassait avec dédain et dégoût. Finalement, après bien des épreuves (il soupçonna même que malgré l'intervention du puissant maréchal, les Services d'Extrême-Orient le gratifiaient toujours de leur attention), il avait trouvé l'emploi officiel de ses rêves, à savoir au secteur des traductions de la Bibliothèque Nationale V.I. Lénine que, dans l'usage courant, les Moscovites appellent la

1. Dès le temps des tsars, papiers qui indiquaient que leur détenteur n'était pas fiable et lui fermaient la porte de nombreux emplois, ainsi que l'accès aux études supérieures.

« Léninka », apportant à la solennité de son nom une touche d'esprit frondeur. Là, dans les immenses salles de lecture, les couloirs, et surtout au fumoir, Chérémétiev avait lié connaissance avec des gens hors du commun, de son âge ou plus âgés, qui passaient leurs loisirs, après leur travail dans diverses « boîtes aux lettres[1] », à lire des ouvrages de philosophie. Ils discutaient beaucoup du passé, des destinées historiques de la Russie, de la nature du Russe et de l'homme en général. Ils échangeaient de vieilles éditions de Dostoïevski et de Freud. De nos jours, l'enseignement secondaire et supérieur laisse quand même beaucoup de lacunes dans l'éducation des jeunes gens. Si l'on veut devenir un être pensant, on ne peut se passer de la voie autodidacte, or, à la Léninka, quand on y travaille et qu'on sait peu à peu gagner la confiance du personnel, on peut obtenir l'accès à des ouvrages uniques et presque toujours interdits de communication. Ce groupe de lecteurs finit par former une armature intellectuelle qui prit l'habitude de se réunir pour échanger ses opinions chez les uns ou chez les autres ou, par beau temps, en banlieue, au bord de l'Istra ou de la Kliazma, à la pêche ou autour d'un feu de bois avec une bonne bouteille. Cela s'appela, certes pas ouvertement, mais comme ça, entre soi : le Cercle Dostoïevski.

Si étrange que cela paraisse, c'est justement sur des membres de ce Cercle que Boris Gradov, maître ès sports, était tombé lors de la mémorable nuit du blizzard. Il les avait pris pour de banals margoulins et pignoufs, or, ils ne s'étaient

1. De nombreux instituts, entreprises d'État, etc., placés au secret, ne communiquaient jamais leur adresse, mais seulement un numéro de boîte postale. On avait fini par les appeler des « boîtes aux lettres ».

réunis au *Moskva* que pour arroser un prix important qui venait d'être décerné à leur compagnon Nicolaï, ingénieur en ailes d'avion. Oui, à plus d'une heure du matin, ils étaient tous passablement éméchés, mais ce que Nicolaï avait raconté de son aventure des Sokolniki n'était ni vantardise ni dérision. S'il avait fait part à ses amis de sa récente expérience, c'est qu'il lui avait semblé que la situation présentait un aspect tout à fait dostoïevskien. Et voilà où s'était installée la dissonance, c'est qu'au lieu de reconnaître en Boris Gradov un homme au riche potentiel intellectuel, ils avaient cru qu'il roulait des mécaniques et qu'il les «cherchait».

Un beau jour, après avoir expliqué tout cela à son ami, Alexandre Chérémétiev lui dit qu'à son avis il pourrait parfaitement devenir membre du Cercle et même se lier d'amitié avec ce même Nicolaï qui, dès les bancs de l'école, avait dans le quartier de la place Zoubovskaïa, porté le surnom de «Mahousse».

Pourquoi pas, il est tout à fait possible que ces types soient des gars au poil. Boris Gradov était en ce moment prêt à embrasser le monde entier. Il se baladait dans son irrésistible blouson américain rue Gorki ou perspective Nevski à Léningrad où il se rendait souvent en cabine double de la Flèche Rouge avec sa belle Véra Gorda. Tout lui réussissait admirablement, il trouvait le temps de tout faire, et même ses partiels avaient perdu leur caractère menaçant. Il intensifia son entraînement sur glace en vue des compétitions de fin d'hiver; bien sûr, il se donnait surtout du mal lorsque Véra venait l'applaudir de ses moufles en fourrure. Il se cuitait beaucoup moins parce que ce qui stimulait le plus son goût de la boisson avait disparu: le désir d'intriguer, d'épater, puis de conquérir la belle chanteuse *demi-mondaine** dans le pinceau de son projecteur. Cette *femme fatale** était devenue l'être le plus tendre et le plus fidèle. Il débordait de bonheur et se demandait avec crainte s'il n'exagérait pas un peu, côté « ciel serein », si la nature n'allait pas s'insurger.

Au fait, de légers nuages tournoyaient parfois au-dessus d'eux, il y avait de petits simouns de jalousie : et si, tout comme avec moi, en marche, au vol, elle s'envoie en l'air avec quelqu'un d'autre, n'importe où, dans l'ascenseur, le train, l'escalier, qu'est-ce que ça lui coûte ? Ces tournoiements-là, elle les sentait tout de suite, alors, elle s'asseyait sur ses genoux et l'exhortait d'un murmure qui lui chatouillait tout le pavillon auriculaire. Arrête de monter sans arrêt la garde au restaurant. Tu ne vois donc pas que je suis amoureuse comme une chatte, incapable de penser à personne d'autre ? En plus, je n'ai jamais eu personne avant toi. Non, je ne te raconte pas d'histoires, c'est ce que je sens ; ce que j'ai connu d'autre, je l'ai purement et simplement rayé de ma mémoire.

Malgré cela, il allait la chercher à l'hôtel à la fin de son programme. Les habitués avaient tout de suite repéré que Gorda avait changé, qu'elle s'était dégoté un petit ami, et ne la dérangeaient plus. Restaient cependant quelques enragés de passage, travailleurs polaires, aviateurs, marins, directeurs et militants de Transcaucasie, avec lesquels il fallait quelquefois recourir au judo, même si Véra se fâchait et disait qu'elle se débarrasserait bien elle-même, et sans peine, de ces imbéciles.

Il voulait qu'elle déménageât chez lui avec armes et bagages. Mais bien que passant la plupart de son temps rue Gorki, pour les armes et bagages, elle refusait. Parfois, le plus souvent le dimanche, elle disparaissait, s'en allait en taxi, ne permettait jamais à Boris de mettre la Horch en route pour l'occasion. S'il avait bien compris, à l'ère antégradovienne, elle avait eu deux domiciles : quelque part celui d'un mari à la traîne (« Une pauvre créature, ce qu'il y a de plus pauvre créature »), ailleurs, un taudis communautaire où perchait une tante chérie, sœur aînée de sa défunte mère. Raffinée, merveilleuse, sans défense, toute sa famille avait disparu à la Kolyma. Apparemment, cette tante était le principal objet des soins de Véra.

Quelque part aussi dans les abîmes moscovites, résidait son père, mais c'était un personnage presque mythique, vieux célibataire, original, ex-futuriste, aujourd'hui shakespearologue. Le nom d'artiste de Gorda n'était pas le fruit du hasard, il provenait du vrai nom de son père : Gordiner. Ça fait juif, mais nous ne sommes pas juifs, répétait Véra avec insistance, nous sommes plutôt de la noblesse polonaise. En somme, à cause d'un vieux différend avec sa tuberculeuse petite-mère, ce père refusait presque d'admettre sa fille ; lors de ses visites — très rares, peut-être pas plus d'une fois par an — il demeurait sec, distant. Et son chat pensant, Vélimir, se montrait lui aussi extraordinairement hautain.

— Tu vois, Babotchka, toi, tu transfères sur moi ta maman Véronika, dit-elle un jour d'un ton tout à fait léger, mais moi, mon père, je n'ai personne sur qui le transférer, pour la bonne raison que je n'en ai jamais eu.

Boris en eut le souffle coupé. D'abord, d'où connaissait-elle son surnom d'enfant, amusant et vraiment un peu décourageant pour un officier du Renseignement et maître ès sports ? Ensuite, voilà que son secret le plus intime, celui qu'il ne s'avouait presque jamais à lui-même, n'était pas du tout un secret pour elle. Mais oui, il en était bien ainsi : dès le premier instant, sa ressemblance avec sa mère l'avait frappé. Peut-être qu'à présent, dans son Connecticut, sa mère s'était décidée à vieillir, c'est qu'elle avait quarante-sept ans, mais lui, il ne voyait que la jeune, l'éblouissante Véronika. C'est pourquoi il avait eu toutes les peines à se retenir, lors de sa première nuit avec Gorda, à ne pas s'écrier : « Maman, ma petite maman ! »

Il découvrit que Véra l'avait même vue, cette mère, une fois. Oui, oui, à la fin de 1945. Elle chantait déjà au *Savoy* et il y avait un banquet d'aviateurs américains, elle avait chanté en anglais des extraits de *Serenade* et de *George*. Il n'est pas exclu, non plus, qu'elle ait vu son beau-père, en tous les cas, il y avait un grand colonel plus très jeune avec lequel sa mère avait dansé sans arrêt ce soir-là, un vrai gentleman. Et Véronika... ça, c'était une femme... quelle classe... comme je rêvais alors de ressembler à cette célèbre maréchale Gradova, ah, si je pouvais épouser un Américain ! Heureusement que je ne l'ai pas fait, je ne t'aurais pas rencontré, mon fils Babotchka !

Là, elle partait d'un grand éclat de rire plein de malice afin de le provoquer à une nouvelle attaque, et il faut dire que cette provocation ne demeurait jamais sans effet.

Un jour, elle arriva toute triste et se mit à lui parler de sa mère en montrant par toute son attitude que l'heure n'était ni aux effusions intimes ni à l'érotisme.

— Il faut que tu sois prudent, Boris, dit-elle. Être constamment sur le qui-vive. On te surveille très étroitement. Tu n'es pas sans savoir, bien sûr, que presque tous mes musiciens et tout le personnel de l'hôtel sont, par convention tacite, tenus de se présenter à ces... bon... certains camarades. Alors, on leur pose des questions. Bon, en somme, tu sais comment ça se passe. Bon, moi, avec moi, tu sais, ils ont des rapports particuliers, bon, en somme, parce qu'une fois je me suis laissé prendre dans une très sale affaire, je risquais la prison, bon, ils m'en ont pour ainsi dire tirée, bon, maintenant, ils me considèrent comme des leurs, bon, seulement, Boria, ne me regarde pas comme ça. J'ai trente-cinq ans, j'ai passé toute ma vie à cachetonner dans des restaurants, tu ne t'attendais tout de même pas à avoir fourré dans ton lit une Zoïa Kosmodémianskaïa[1], n'est-ce pas? Bon, ne te détourne pas et regarde-moi. À présent, dis-moi: quel agent des Services je ferais? Je passe mon temps à noyer le poisson, je leur raconte des craques, ils ne me prennent pas très au sérieux. Mais, hier, il est arrivé trois types avec des gueules sinistres. Ils me font... monte la radio, s'il te plaît... ils me font, nous voulons vous parler de votre *nouvel* ami... Parce que qui était l'*ancien*, mes amis? Voyons, Boris, voyons, ce n'est pas possible, je t'ai dit que tu étais le seul homme de ma vie. Alors? Alors, en somme, ils me font, nous ne trouvons pas à redire à votre aventure, Boris Gradov, ils font, est le fils du maréchal deux fois Héros d'URSS, il est lui-même officier combattant des commandos, un cadre bien de chez nous...

— Je n'ai jamais été leur cadre, s'interposa

1. Héroïne, dans un groupe de partisans, de la Seconde Guerre mondiale.

immédiatement Boris. Ils ont leur bande, nous avons la nôtre !

— Je sais, je sais, mais je ne vais tout de même pas discuter de ça avec eux. Je me contente de hausser les sourcils comme une poupée idiote. Seulement, ils font, nous avons besoin d'informations supplémentaires motivées par sa situation familiale compliquée et aussi par certaines bizarreries de sa conduite. Par exemple, ils font, selon certaines sources, il aurait participé à la diffusion d'histoires drôles antisoviétiques au *Cocktail-Hall*. Êtes-vous au courant ? Il se tient en vieux copain avec des journalistes américains... des choses pareilles ne font pas honneur à un maître ès sports d'URSS. Aux dernières nouvelles, il s'est lié avec un personnage de réputation extrêmement douteuse, un certain Alexandre Chérémétiev. Vu que sa propre mère se trouve aux USA et, qui plus est, mariée au fameux Mr Tagliafero qui publie à longueur de journée des articles antisoviétiques dans la machine de propagande américaine, votre ami devrait se tenir avec plus de circonspection, plus de tenue. Là, je leur ai envoyé mes plus belles roulades : et quel patriote tu es, et comme tu aimes notre cher Joseph Staline et il y a de quoi, il nous a conduits à la victoire, et comme tu méprises l'impérialisme américain, et pendant ce temps-là, je tremblais de peur : pourvu qu'ils ne m'interrogent pas sur le cadeau que tu as reçu une nuit. Eh bien, non, tu sais, ils ne l'ont pas fait, ils ne m'ont même pas posé tant de questions, il m'a plutôt semblé qu'ils cherchaient à t'influencer par mon intermédiaire, te donner un sérieux avertissement.

— Eh bien, tu me l'as donné, dit tristement Boris. Eh bien, tu me l'as donné, répéta-t-il avec une poignante angoisse. Eh bien, tu me l'as donné, dit-il une troisième fois, pris d'une fugace nausée.

Elle se serra contre lui et lui susurra : — Si tu savais comme ils me font peur, mon chéri ! Quand je les aperçois dans la salle, je m'accroche au micro pour ne pas tomber. Mais ils font peur à tout le monde, le contraire est impossible, toi aussi, tu en aurais peur, avoue-le !

— Non, lui glissa-t-il tout droit dans l'oreille interne, c'est-à-dire dans l'ouverture bordée par les arceaux de l'oreille externe équilibrés par la tendre pendeloque du lobe, à son tour équilibrée par l'abstraction diamantée d'une boucle d'oreille.

Quel étrange organe que l'oreille humaine, se dit curieusement Boris. Mais s'il appartient à une femme, nous lui trouvons tout de même quelque beauté. Nous y accrochons des pendants. Pour la première fois, ils se pressaient l'un contre l'autre non pour s'aimer, mais pour échapper à l'écoute d'une autre oreille, une grande oreille inhumaine : « À quoi penses-tu ? demanda-t-elle. — À l'oreille humaine, répondit-il. Quelle forme étrange. Je ne comprends pas ce que je lui trouve. »

— Sais-tu que le lobe ne vieillit jamais ? demanda Véra en ôtant ses clips. Tout notre corps enlaidit, le lobe reste toujours jeune. — Il était dans sa nature d'oublier très vite les choses moches, en particulier ses contacts avec les « organes », et c'est ce qu'elle était en train de faire tandis qu'elle ôtait ses clips d'un mouvement juste et pratique tandis qu'elle tournait le dos à Boris pour qu'il la déboutonne. — Tiens, moi, je ne vais pas tarder à vieillir, à me ratatiner, et toi, tu continueras à aimer le lobe de mon oreille.

Qu'est-ce qu'ils peuvent se raconter, ces tocards-là ? se disait le sergent Paloukhariev, chargé d'écoute récemment posté dans le grenier de la maison du maréchal. Il avait les tympans qui carillonnaient, au son d'une *Mam'zelle Nitouche* à travers laquelle il n'entendait que dalle quand tout à coup, sans rime ni raison, son vieil appareil tout rouillé qui datait de la guerre lui avait transmis leur assourdissant chuchotis amoureux sur le thème de l'oreille. Non, mais ce qu'ils débitent, rugissait le sergent, comme s'ils ne pouvaient pas se contenter de se caramboler comme tout le monde !

Ils ne me font pas peur, se disait de plus en plus souvent Boris. Est-ce à moi d'en avoir peur ? Bon, à la fin des fins, admettons qu'ils m'arrêtent. Je m'évaderai vite fait, ça ne me coûtera rien. Bon, ils m'abattront en cours d'évasion ou m'exécuteront après jugement, j'ai tant de fois risqué ma vie en quatre ans de service que je ne vais tout de même pas avoir peur d'un machin aussi élémentaire qu'une balle. La torture, c'est autre chose, je ne suis pas certain de ne pas la craindre. Nous avons subi une préparation psychologique dans ce sens, mais je ne suis pas certain de ne pas la craindre. On nous a également initiés aux méthodes d'« interrogatoire actif ». Dieu merci, je n'ai jamais eu lieu d'y recourir moi-même, mais rappelle-toi : tu as vu Smougliany, Grozdiov et Zoubkov interroger le « capitaine Balenciaga », un prisonnier à qui ils voulaient faire avouer son vrai nom. Non, je ne suis pas certain d'être psychologiquement prêt à supporter la torture.

Mais qu'est-ce que cette nouvelle façon de me monter le bourrichon ? Pourquoi est-ce que je me réveille la nuit à côté de ma belle et qu'au lieu de lui faire l'amour, je ne bouge pas et je pense à *eux* ? Pourquoi ne m'étais-je jamais dit qu'elle était en relation avec *eux* ? Je vis comme s'*ils* n'existaient pas, or *ils* sont, *ils* sont partout. Ils ont même réussi à salir mon amour, alors qu'elle est totalement innocente. De quoi pourrais-tu l'accuser, toi qui es toi-même sali jusqu'au trognon, chasseur des forêts polonaises ? Ils agrafent sûrement toutes les belles filles de Moscou, à tout hasard, parce qu'une belle fille peut toujours servir d'appât. Ils ont tout bouffé autour d'eux, comme des rats.

Et voilà, me voilà rendu à de purs propos antisoviétiques, encore un moment, et je vais siffler comme mon cousin d'adoption Mitia Sapounov : « Je la hais, la crapule rouge ! » Quel paradoxe, lui qui haïssait les tchékistes et les communistes, il est mort pour la Patrie ! Les voilà, les paradoxes sommaires de notre siècle dingue. J'ai peine à croire tante Nina quand elle dit qu'elle aurait reconnu Mitia dans une colonne de traîtres qu'on emmenait dans un ravin pour les passer à la casserole, ça a dû lui sembler : ça arrive souvent, à la guerre, que l'on croie reconnaître un visage. Au bout du compte, la différence d'un homme à un autre n'est pas bien grande, ça saute aux yeux quand c'est des cadavres. Il y a des chances pour que les extraterrestres nous trouvent à tous la même figure, ni beaux ni laids. Véra Gorda ou la mère Klacha du vestiaire, ça sera tout la même chose. Pauvre Mitia, comme sa courte vie aura été terrible ! Moi, j'ai encore eu de la veine, je n'ai pas vu ce par quoi il est passé, par quoi mes parents sont passés. Grand-mère Mary et grand-père Bo ont réussi à sauvegarder la forteresse du Bois d'Argent au milieu de toute cette pétaudière. C'est le seul endroit où *ils* ne sont pas venus. Attends, attends, comment ça, ne sont pas venus ? Aurais-tu oublié cette nuit épouvantable où *ils* ont emmené ta mère et où, comme un pur crétin, tu *les* as regardés apposer les scellés ? Soit, *ils* sont peut-être venus, mais *ils* n'ont jamais pu s'y acclimater, parce qu'il y avait le Chopin de Mary, les livres de grand-père, les pâtés d'Agacha, et ça, ils ne le supportent pas, et quand ils ne peuvent pas le détruire séance tenante ou lui substituer un simulacre, ils se volatilisent.

Et c'est ça qu'il faut faire : vivre comme s'*ils* n'existaient pas, susciter un milieu où *ils* étouffent. Vivre avec appétit, avec passion, épuiser d'amour Véra Gorda, pousser sa moto à des vitesses limites, maîtriser la médecine, entretenir l'amitié de ce superman unijambiste, et, au mépris de toute précaution, danser au son du jazz et lamper de la vodka quand on est gai et non quand on a la nausée. Tout finira quand même par s'arranger en Russie, elle a quand même à sa tête ni plus ni moins que Staline, une personnalité aux paramètres exceptionnels ! Donc, *ils* ne me font pas peur !

S'étant convaincu que la vie n'était possible que comme ça, sans peur, Boris s'efforçait de l'ignorer, la peur, mais il se surprenait tout le temps à se répéter qu'il n'avait pas peur, à trop chercher à ne pas penser à *eux*, en réalité, il n'arrêtait pas d'y penser et ce n'était pas qu'il en avait peur, mais chaque fois qu'il se trouvait au sein dune compagnie un peu nombreuse, presque toujours et presque inconsciemment, il se demandait qui allait à confesse et de quoi, en l'occurrence, aurait l'air le rapport qu'il ferait sur Boris Nikitovitch Gradov.

Avec Sacha Chérémétiev et ses amis dostoïevskiens, y compris Nicolaï le Mahousse qui se révéla à l'usage comme un gars parfaitement correct, bon volleyeur, seulement un peu loufoque question de se prendre pour un irrésistible surmâle, Boris parlait volontiers du génie russe qui avait, à l'époque, été supprimé des programmes scolaires et dégagé des rayons des bibliothèques comme « écrivain imprégné de pessimisme réactionnaire et de mysticisme incompatibles avec la morale de la société soviétique ». Mais même s'il les fréquentait, s'il s'était rallié à eux, Boris s'était plus d'une fois surpris à les désapprouver de jouer à une espèce d'organisation libre penseuse. Bon, qu'ils se réunissent, comme tout le monde le fait en ce moment, autour d'un pot avec harengs et cornichons, mais pourquoi s'appeler « Cercle Dostoïevski », pourquoi donner aux *autres* l'occasion de concocter leur sale brouet ?

Et voilà, à la bonne vôtre, CQFD ! Un jour, Sacha vint lui dire qu'il était mis à la porte. Boris se tapa le poing dans la main.

— Et voilà, vous y êtes arrivé, avec votre Cercle Dostoïevski !

— Qu'est-ce que le Cercle Dostoïevski a à voir ? demanda froidement Chérémétiev.

Et Boris réalisa qu'il venait de se montrer peu à son avantage, de révéler que s'il fréquentait les réunions du Cercle, ce n'était pas sans arrière-pensées.

— Eh bien, en somme, en somme, Sacha, je me suis parfois dit que l'on courait un certain risque à s'intituler « Cercle Dostoïevski », mâchonna-t-il. Il pourrait se trouver des abrutis pour nous accuser de complot.

Chérémétiev claudiquait nerveusement à travers la pièce. Il se laissait de nouveau pousser la barbe et, avec sa végétation de quinze jours, il rappelait la célèbre photo de profil du jeune rebelle Sosso Djougachvili :

— Un risque ? reprit-il avec un petit rire. Eh quoi, bien sûr un risque ! C'est un très joli mot, d'ailleurs, le risque !

En fait, le Cercle Dostoïevski n'avait, avec son licenciement de la Bibliothèque, qu'un rapport indirect. Il s'était trouvé que, profitant de sa situation, Sacha Chérémétiev avait sorti de la réserve *Occident, Russie et monde slave* du philosophe réactionnaire Constantin Léontiev. Évidemment, ce n'était pas la première fois qu'il profitait des bonnes dispositions des fillettes de la réserve qui voyaient dans le jeune athlète boitillant un personnage byronien et se sentaient mourir lorsqu'il « baisait la main des demoiselles » à la polonaise. D'ordinaire, le livre disparaissait une semaine au cours de laquelle une dactylo de leurs amis le copiait en trois exemplaires, lesquels, ensuite, étaient remis au Cercle. Personne ne songeait à ce réactionnaire oublié de la terre entière, lorsque survint une inspection du CC ou d'un autre organisme *ad hoc*, laquelle découvrit un vide alarmant entre les dos de deux livres, contrôla le catalogue, et ce fut le début du branle-bas, on convoqua les fillettes qui cédant à la pression avouèrent que c'était Sacha Chérémétiev qui l'avait pris « pour le feuilleter avant d'aller au lit ».

— Alors, voilà, ça s'est achevé par mon bannissement, et de plus avec un tel certificat de travail qu'on ne trouverait même pas de boulot aux Enfers, et ça, comme vous le comprenez, ça présage en plus des désagréments avec le commissaire de quartier de la Milice.

— C'est moche, dit Boris en arpentant la pièce à son tour, mais selon l'autre diagonale.

À ce moment, Véra, vêtue d'une longue robe de chambre bleu vif à pompons abandonnée par Véronika, apporta une casserole pleine de saucisses fumantes. Boris coupa l'hypoténuse, rejoignit le petit côté, alla jusqu'au buffet et en sortit un carafon d'alcool.

Des clous que je vais boire avec lui, se dit Chérémétiev. Et puis, pourquoi est-ce que je lui ai raconté tout ça, ici, en plus devant cette pute d'aristocrate à pompons ?

Pour la première fois, il ressentit une sorte de jalousie sociale envers son ami de si longue date. Pourquoi est-ce que tout marche toujours si bien pour lui : un appartement où il y a de quoi s'égarer, un grand-père académicien, deux jambes intactes, une bite toujours en action, et bien en action !

— Sacha, j'ai une idée, bondit Boris. Je vais vous donner du boulot. Vous serez mon entraîneur personnel.

En un tournemain, il eut déployé devant un Chérémétiev stupéfait le plus simple et le plus génial des plans. À l'Association Sportive du Médecin, il est le seul maître ès sports, section moto. On le chouchoute comme une star. Les courses d'hiver sur glace approchent, c'est la première fois que l'Association a une chance de remporter une médaille. J'ai besoin d'un entraîneur et au Médecin, il n'y en a pas. Or, je tombe tout d'un coup sur un entraîneur moto génial qui a justement perdu la jambe dans l'affaire et acquis une expérience formidable. Un certain Alexandre Chérémétiev. Pratiquement, il est la seule chance du minable Médecin. Le conseil fou de joie signe votre contrat et vous attribue un salaire dont vous n'auriez pu que rêver dans votre « conservatoire des connaissances », mille deux cents roubles plus des tickets-repas en période de compétitions.

Ils s'entre-regardèrent une ou deux secondes, puis, sans se concerter, ils se précipitèrent sur la carafe en cristal : il fallait arroser le sous-entendu que tous deux concevaient clairement — peu importait que Sacha obtienne ou non ce poste au Médecin, ce qui importait, c'est que la proposition ait été faite, donc que leur amitié restait intacte, donc que Boris Gradov comprenait encore non seulement la laideur, mais aussi la beauté du mot « risque ».

Le Médecin engagea Chérémétiev au premier mot de recommandation de son champion et voilà comment, maintenant, en mars 1951, l'entraîneur personnel de maître Gradov chronométrait ses essais et était si bien entré dans la peau de son rôle qu'il lui donnait des conseils, pardessus le marché !

Cependant, tandis que Boris Gradov bouclait ses tours sur la piste glacée, les anciens combattants je-sais-tout-et-je-ne-fais-rien n'étaient pas les seuls à l'observer, il y avait aussi deux hommes manifestement là pour un but précis, deux colonels des forces aériennes dans leurs impossibles toques d'astrakan qui convenaient bien plus à la cavalerie cosaque qu'à l'aviation moderne. On aurait même juré que s'ils s'étaient rendus au stade, c'était pour Boris. Plantés dans la neige piétinée des deuxièmes séries, sous un immense calicot : « Toutes nos victoires sportives au grand Staline et à notre cher Parti ! », l'un d'eux examinait attentivement à la jumelle la figure de Boris, son assiette, ses gestes, sa moto, cependant que le second déclenchait son chronomètre, chiffrait les essais et prenait des notes dans un bloc.

— Alors, qu'est-ce que tu en dis? demanda l'un des colonels à l'autre quand Gradov eut terminé, remis sa moto à son entraîneur et se fut dirigé vers les vestiaires.

— Tout à fait, fut la réponse laconique.

Quinze minutes plus tard, Boris quittait les vestiaires. Par-dessus son col roulé — dans ce temps-là, on ne les appelait pas encore des « beattles », mais des « scaphandres » — il portait son blouson de bombardier américain célèbre dans tout Moscou. Deux officiers en toque de colonel fumaient dans le long et large passage situé sous les tribunes. En apercevant Boris, ils écrasèrent tous deux leur cigarette sous leur talon. Ça lui donna envie de rire : on aurait dit les gangsters du *Destin d'un soldat en Amérique*.

— Qu'est-ce qu'il y a, les gars? demanda-t-il.

— Salut, champion! dit l'un d'eux. En fait, c'est pour vous que nous sommes là.

— Je ne suis pas à vendre, gouailla Boris du tac au tac.

— Qu'est-ce que tu as dit? demanda le second colonel.

— Nous sommes du Club sportif des Forces Aériennes, dit le premier en plaquant un coup d'arrêt de la main sur la poitrine robuste et ouatinée de l'autre.

— Bienvenue, dit quand même le second.

— J'vous donne ben l'bonjour, lui répondit Boris, une formule à la mode du présentateur Tarapounki.

— Prenons le taureau par les cornes, dit le premier. Un sportif de votre classe, il est grand temps que vous passiez de votre minable Médecin à notre glorieuse Aviation.

— Allons donc, colonel, sourit Boris. Je fais mes études au Premier Institut de Médecine, ma place est donc au Médecin. En outre, j'ai donné à l'Armée quatre années de ma vie, j'ai eu mon compte, elle aussi.

— Qui ça, elle? demanda le second colonel.

— Attends, Skatchkov! — Le premier contint de nouveau le second, puis concentra toute son attention sur le motocycliste si plein de promesses. — Vous m'avez peut-être mal compris, camarade Gradov. Au jour d'aujourd'hui, un sportif ne repousse pas une telle proposition. Vous savez qui dirige notre Club?

Boris haussa les épaules:

— Qui l'ignorerait? Vassia Staline.

— Précisément, s'exclama le premier colonel dans un élan d'enthousiasme.

— Le commandant de la DCA de la Région de Moscou, le lieutenant général Vassili Iossifovitch Staline! Personne ne s'y entend en sport mieux que lui. Nous sommes déjà leaders en bien des disciplines, et dans l'avenir, nous serons les meilleurs en tout!

Là, le second colonel avança sa large poitrine.

— Pense à tout ce que nous t'apportons d'entrée de jeu, Boris. Le grade de capitaine, la solde, plus une bourse de sportif, plus des colis et des primes après chaque prestation. Confection gratuite de tes vêtements dans nos ateliers — ils te fabriqueront des fringues dernier cri. Des bons de séjour pour la Crimée et le Caucase. Gratuits, je le souligne. Ça, c'est pour tout de suite, et pour un proche avenir, un appartement individuel, je le souligne, individuel, de deux pièces avec tout le confort.

— Allons, c'est bon, dit Boris en reculant sous la pression de l'autre. Ce n'est pas sérieux, camarades officiers.

Le premier colonel lui prit quand même le bras.

— Attendez, Boris Nikitovitch. Je voudrais vous dire que les conditions matérielles, évidemment, ce n'est pas rien, mais pour un sportif, ce n'est pas l'essentiel. L'essentiel, c'est que c'est seulement chez nous que vous pourrez donner la pleine mesure de votre peu commun talent.

— Excusez-moi, je suis pressé. Téléphonez-moi au A 15-502, dit Boris pour se débarrasser d'eux. — Mais à ce moment, une houle de voix et de pas déferla dans le tunnel, au bout duquel apparut un groupe serré de gars qui avançaient sans hâte. Deux douzaines d'entre eux étaient beaucoup plus grands que les autres parce qu'ils se déplaçaient sur le béton leurs patins aux pieds, déjà pourvus de tout leur équipement de hockeyeurs et surtout de leur arme principale, leur crosse. Lorsqu'ils furent assez près, Boris reconnut la nouvelle équipe des Forces Aériennes conduite par toujours le même et légendaire Vsevolod Bobrov. Il y avait deux mois environ, l'ancienne équipe s'était ratatinée d'un coup dans un accident d'aviation près de Sverdlovsk, mais Bobrov, sur la veine duquel les propos les plus mythiques couraient dans Moscou, avait trouvé le moyen de faire la java avec une fillette et d'arriver en retard pour le vol fatal.

Parlant de fillettes, elles étaient également présentes, en quantité non moindre que les hockeyeurs. On ignore si elles étaient passées par voie de succession de l'équipe ratatinée à l'autre, ou s'il s'en était déjà collecté de nouvelles, mais en tout cas, leur allure était absolument typique : mode parasportive, œil vif, joues rouges de *matriochka*, pelisses près du corps et bottillons fourrés dits « roumains ». Ces fillettes, on disait d'ordinaire dans les équipes de pointe : « elles savent tout faire», et pour plus de précision: «faire des gaufrettes».

Il y avait aussi un tas d'autres gens dans la foule: entraîneurs, masseurs, docteurs, photographes de sport et journalistes, quelques officiers en uniforme, et en tête, un jeune homme de petite taille et large d'épaules, à la mâchoire proéminente, des poches sous les yeux, vêtu du même blouson que Boris, mais un peu moins beau, sans signes distinctifs, «play-boy» — comme on l'aurait appelé aujourd'hui — doté dans tout Moscou d'une réputation scandaleuse: Vassili Staline.

Apercevant les colonels en compagnie de Boris, il s'arrêta et s'écria en digne patron:

— Alors, Skvortsov, Skatchkov, putain de votre mère, où en êtes-vous?

Boris considéra avec curiosité le tout-puissant Vassia. Ses tempes avaient des reflets de cuivre sombre, tout comme Boris lui-même. Il est à moitié géorgien et moi un quart, songea ce dernier. Certes, comme tous les adeptes du sport de Moscou, il savait quelle incroyable activité le «prince du sang» déployait à créer ses propres écuries sous les couleurs du Club des Forces Aériennes.

Il n'y a pas si longtemps, au Télégraphe, il avait rencontré un jeune nageur dont il avait fait la connaissance un jour à Tallinn, un juif estonien du nom de Gricha Gold. Gricha se promenait dans la salle en grand uniforme de lieutenant en attendant sa communication. Comment ça se fait et d'où ça te vient? Sous réserve du plus grand secret, Gricha lui avait raconté sa curieuse histoire. L'année passée, il avait gagné les cent et deux cents mètres papillon de la Baltique. Il représentait Dynamo, c'est-à-dire le club patronné par les «organes». Et voilà que deux colonels l'abordent en pleine rue, lesquels, voyez-vous, sont arrivés par avion de Moscou spécialement pour ses beaux yeux. Ils lui chantent une douce romance sur son transfert à Moscou, au Club central des Forces Aériennes. Le robuste Gricha Gold était de formation bourgeoise, il ne pouvait imaginer déménager de sa bourgade hanséatique dans la barbare Moscou. Le lendemain, les deux colonels (peut-être ces mêmes Skvortsov et Skatchkov), plus deux sergents, avaient, en pleine rue, emballé le bien élevé Gricha dans une Pobéda et l'avaient emmené à l'aérodrome. Il était déjà dans l'avion quand on lui avait lu l'ordre du ministère de la Guerre de la République Soviétique d'Estonie, visant à sa mobilisation dans les rangs de l'Armée Rouge et de son affectation immédiate à la 6e division de DCA de Moscou. À l'arrivée dans cette ville, on l'avait conduit dans une chambre au mur de laquelle la première chose qu'il avait vue avait été un uniforme de sous-lieutenant exactement à ses mesures. On lui avait ici même remis un matelas de billets et le tableau d'entraînement de l'équipe de water-polo. Pourquoi le water-polo, si ma discipline est la natation pure ? s'était-il étonné. Il le faut, lui avait-on expliqué. Et il s'était mis au water-polo. Au début, il n'y avait pas d'entraîneur qualifié et c'étaient toujours les mêmes colonels qui envoyaient les ordres. Si, par exemple, ils perdaient la première mi-temps devant l'Avant-Garde de Kharkov, les colonels lançaient : Changement de tactique ! L'attaque passe à la défense et la défense à l'attaque ! Comment ça ? objectaient les joueurs, comme ça, il y a quelque chose qui ne va pas. Les autres hurlaient : Silence ! Obéissez aux ordres ! Si l'équipe gagnait une compétition, on lui confectionnait de toute urgence de nouveaux uniformes, on lui organisait des banquets avec minettes au restaurant ; si elle la « merdait » (apparemment, Gricha ne comprenait pas intrinsèquement, en russe, le sens de ce mot), on l'envoyait déblayer la neige sur les pistes de l'aérodrome.

Un beau jour, Gricha connut un nouvel enlèvement. Des agents de l'Intérieur aux poches lourdement chargées se présentèrent. Vous avez ordre de rejoindre sans délai votre association d'origine, Dynamo. Il est signé du ministre en personne. Avant d'avoir eu le temps de s'en remettre, Gricha s'était retrouvé aux séances d'entraînement de chez lui, seulement, dès que Vassia avait appris la chose, il avait déclenché un phénoménal branle-bas, cassé à son état-major un certain nombre de figures — oui un certain nombre de gueules — et envoyé un Dodge lesté de quelques mitrailleurs chercher Gricha. C'est ainsi que ce dernier avait rallié les cohortes d'acier de l'aviation moderne.

— À en juger par l'apparence, tu n'as pas trop l'air d'un esclave martyr, avait dit Boris.

— Pardon ?

— Je dis que tu as l'air parfaitement satisfait.

— Tu comprends, nous partons demain Sotchi pour rencontre d'entraînement, j'ai là-bas femme qui a beaucoup d'intérêt pour ce Gold. — Quand il était ému, Gricha se mélangeait dans les notions de grammaire, mais l'eau, il la fendait toujours de ses épaules musclées et obliques avec un dynamisme d'une enviable régularité.

Se rappelant cette histoire, Boris se dit : avec moi, il ne faut pas qu'ils y comptent, je ne permettrai à personne de me transporter comme un cheval de course. Le premier colonel rectifiait la position, la main à la toque. « Permettez-moi de faire rapport, camarade commandant de la DCA. Nous venons de prendre contact avec le maître ès sports motocycliste Boris Gradov et, en ce moment, nous envisageons son avenir».

Vassia se tourna vers Boris, plissa les paupières. «Ah, Gradov, je me souviens, je me souviens. J'apprécie ta façon de piloter, Boris.»

Les hockeyeurs, les fillettes, les journalistes et les officiers se rapprochèrent. Boris entendit murmurer dans la foule: «Gradov... Boris Gradov... mais oui, lui-même... Grad...» Les yeux bleus et les joues rouges ne dissimulèrent pas leur admiration: «Oh, les filles! s'il est chouette!» Le célèbre Siova Bobrov à la bouille ronde lui donna un coup de coude et lui glissa: «Vas-y, Boris, en avant toute!» Les hockeyeurs souriaient, tapotaient le sol de leurs patins et de leurs crosses. Ils avaient tous l'air de croire qu'il était déjà «des leurs». Ils étaient tous ravis à l'idée que Boris Grad, que Moscou connaissait non seulement pour ses succès sportifs, mais pour le chic particulier qu'il menait à vivre, allait rejoindre les rangs de leur jeune et persévérante bande. Et soudain, il sentit qu'il ne refuserait pas d'adhérer à cette nouvelle troupe dont l'ataman n'était rien moins que le fils du Maître. C'est peut-être justement cela qui me manquait. Même si c'est l'Armée, c'est un détachement bien particulier. *Ils* n'y ont pas leurs entrées. Staline junior attrapa Boris par la manche et émit un petit sifflement: «Eh, les enfants, vous avez vu ce blouson qu'il a? Mais c'est une véritable dépouille de pilote américain!» Boris sourit et ouvrit la fermeture éclair sur toute sa longueur:

— On fait l'échange, Vassili Iossifovitch?

Staline junior éclata d'un rire irrésistible.

— Quel gars ! D'accord, on échange !

Et tous deux en même temps s'exécutèrent.

— J'ai fait une bonne affaire, riait Vassili.

— Moi aussi, souriait Boris.

Tout le monde autour d'eux riait. Ça avait été formidable, familier, sans façon. Deux gars qui s'étaient « jetés à l'eau » comme on dit. Et l'un d'eux est ni plus ni moins que le fils du Maître, leur chef puissant, Vassia. Non, ce Boris Gradov, il fait notre affaire, ma foi, on dirait que nous avons une nouvelle recrue.

— Tu veux voir notre nouvelle équipe à l'entraînement ? demanda Vassili.

Boris consulta sa montre et s'excusa :

— Ce serait avec grand plaisir, Vassili Iossifovitch, mais je ne peux pas. Je suis pressé.

Cela aussi plut beaucoup à tout le monde et, sembla-t-il, au patron lui-même. Outre son épatante et jeune désinvolture, ce Boris Gradov fait preuve d'une belle indépendance, ne joue pas les protégés. Un autre, invité par le fils du Maître, aurait oublié tout au monde, celui-là, il s'excuse, il est pressé et on voit bien qu'il est vraiment pressé, il a peut-être rendez-vous avec une femme.

— C'est bon, on se reverra bientôt ! — Staline junior envoya une claque sur l'épaule de Boris et s'en alla vers le terrain de hockey. Tous le suivirent et, chemin faisant, tous ceux qui y parvinrent envoyèrent une claque sur l'épaule de Boris : « À bientôt ! » Deux des filles les plus délurées s'arrangèrent pour plaquer un baiser sur les joues raides de froid du motard.

Demeuré seul avec les colonels Skvortsov et Skatchkov, Boris dit :

— Alors, ma foi, je vais m'engager dans l'Aviation Soviétique, mais à la seule condition que vous preniez aussi mon entraîneur personnel, Alexandre Chérémétiev, héros de la Guerre Patriotique.

— Pas de problème! fit Skatchkov dans un joyeux envol.

Boris courut au bout du tunnel où, sur la neige ensoleillée, l'on apercevait déjà son entraîneur et sa moto. Que de méandres! dit Boris en courant vers lui, voilà maintenant que le Cercle Dostoïevski s'incorpore au Club sportif des Forces Aériennes.

CHAPITRE SIX

Le code d'Ivan Et Demi

En pénétrant dans la baraque sanitaire du camp de la Quarantaine de la « Direction des Camps de Redressement par le Travail du Nord-Est », le capitaine médecin Sterliadiev, de l'Intérieur, découvrit d'un coup une bonne trentaine de dos nus et, par conséquent, une bonne soixantaine de fesses nues. Gémissant comme d'une rage de dents, il considéra quelques instants ces téguments épouvantables : furoncles récents, furoncles au premier degré de la collection, furoncles enkystés et pétrifiés, traces de furoncles ouverts par des barbares quelque part dans les camps lointains à la lueur d'une lampe à pétrole, un coup de lame, un autre coup de lame, je trifouille là-dedans, je tamponne, toutes les variétés d'éruptions, y compris d'origine nettement syphilitique, choix digne d'un gentleman de cicatrices : coups de couteau, de baïonnette, de rasoir « de sûreté », voyez-vous ça, un certain nombre de coutures chirurgicales, pour l'essentiel consécutives à la récente guerre, il y avait même, pendant tristement à une omoplate, un transplant cutané, l'état général des peaux passait les bornes des normes médicales, mais pour la peine, question arts graphiques et littérature, elles étaient à la hauteur, une exposition de chefs-d'œuvre de taxidermie, tout ce que vous voudrez de ces classiques chat-et-souris, poignard-serpent, aigle-belle fille, bouteille-cartes, on manquait apparemment de place sur les poitrines et sur les ventres même pour ces illustrations banales, sans compter des œuvres uniques comme ce brick interscapulaire équipé de canons en forme de pénis ou les jambes écartées d'une femme avec figuration exacte de la vulve et à la place de la toison, l'inscription : « Porte du bonheur », ou ce hardi quatrain :

Dans la Crimée en fleur
le printemps et les roses
Rendent la vie légère
comme un jeu de bambin
Ici, seuls les grands froids
te baisent le prose
Tout n'est que pins, sapins,
et gueules de poulardins

la teinte des téguments est blême, jaunâtre, pourpre, cyanosée, l'état général du tissu conjonctif sous-cutané est satisfaisant — puis il passa dans ce qui lui tenait lieu de cabinet, isolé de l'abomination commune par une médiocre cloison.

Le capitaine Sterliadiev, un homme encore jeune quoique gagné par une calvitie précoce et irrégulière, se trouvait à la Kolyma depuis trois ans, trois ans au cours desquels il n'avait cessé de se reprocher d'avoir couru après la forte paie et signé avec l'Intérieur son engagement pour ces lieux sombres où, en raison de l'insolation insuffisante, on n'assimile pas les vitamines, en conséquence de quoi l'on est gagné par une calvitie précoce et irrégulière, et où l'on est à la merci d'un coup de couteau envoyé comme ça, à la bonne vôtre.

Surtout si vous êtes affecté à la Quarantaine, un énorme camp de transit situé dans la banlieue nord de Magadan, où se sont retranchés les plus terribles caïds du monde de la pègre, y compris, selon des sources absolument sûres, le plus insaisissable de tous, Ivan Et Demi. Ici, ils vous poinçonneraient pour des prunes, et je vous demande pardon, mais ils sont tout bêtement capables de perdre un capitaine médecin au jeu.

Aux réunions de service, on avertit les officiers que l'éventualité d'une colossale déflagration, d'un règlement de comptes définitif entre les « putes » et les « purs », n'est pas exclue. Les Renseignements rapportent que les deux parties concentrent leurs forces, venues de tous les bagnes de l'Union soviétique à la Quarantaine de Magadan, se pourvoient en armes, c'est-à-dire qu'ils affûtent et entreposent quelque part dans le camp tout ce qu'ils peuvent trouver comme rapières.

C'est dans ces conditions que nous devons assurer la circulation régulière de la main-d'œuvre aux mines. Vous pouvez toujours essayer, quand le premier droit-commun venu se sent ici le maître, passe prendre un arrêt de travail au Service sanitaire avec autant de naturel qu'un liberteux[1] un tube d'aspirine à la pharmacie. Et si vous lui refusez, il vous dédie un regard de loup, une vraie saloperie de la taïga à la gueule puante et sans pitié.

Le flux de main-d'œuvre est pratiquement assuré par les seuls politiques, ceux-là ne sont plus ce qu'ils étaient dans les années trente, à ce

1. Employés libres des camps.

qu'on dit. La proportion de l'intelligentsia a notablement diminué, on amène surtout des paysans de l'Ouest, des prisonniers de guerre, des partisans antisoviétiques qui guignent avec beaucoup d'intérêt et de connaissance les mitrailleuses des miradors. Non, non, il y a quelque chose qui ne va pas dans le pays, chuchotait comme en secret de lui-même le docteur Sterliadiev, quelque chose qui cloche dans le pays, les camps prennent trop d'extension, on finira par arriver à une déflagration générale dont aucune Sécurité militaire ne viendra à bout.

Fallait-il que le diable me pousse à entrer dans ce système avec mon talent de clinicien distingué, entre autres, par le professeur Vovsi en personne. Il l'a carrément dit après mon observation du malade Flégonov, année de naissance : 1888, présentant un syndrome hépato-duodénal complexe. « Jeune homme, vous avez tout ce qu'il faut pour devenir un clinicien sérieux. » Il aurait pu ne pas se laisser distancer par ses condisciples, n'a-t-il pas avancé du même pas qu'un Dod Tychler qui, dit-on, a soutenu sa thèse, tient ferme son poste de chirurgien en chef au Troisième Hôpital Gradov, vit heureux avec sa Milka Zaïtseva, sans aucun signe de calvitie précoce et irrégulière : à Moscou, on assimile encore parfaitement les vitamines.

Tout ça, c'est à cause d'elle, Evdokïa, avec sa passion irrésistible pour les buffets, vitrines, tables et fauteuils en acajou ou en bouleau de Carélie. Car c'est uniquement afin d'amasser assez d'argent pour ses interminables achats d'antiquailles qu'elle l'a poussé à s'engager au MVD et à la Kolyma. Voilà, elle achèterait tous ces bons objets, les disposerait chez elle et s'assiérait au milieu dans sa robe de velours, la bréhaigne Evdokïa Sterliadieva. Le comble du bonheur, un tableau de Koustodiev !

Voici à quelles pensées irritées s'adonnait le médecin de la baraque sanitaire, tandis que l'équipe dont il contemplait les fesses aux premières lignes de ce chapitre se lavait sous une douche brûlante : il n'appartenait pas aux ZEK d'en régler la température.

Leur toilette terminée, un sergent entra et gueula avec une fureur innée :

— En colonne par un !

Les ZEK se dépêtrèrent sans hâte et fixèrent sur le sergent un regard mauvais. Il devait les emmener le long du couloir jusqu'à la visite du capitaine Sterliadiev, puis sans leur laisser le temps de se reprendre, leur distribuer des vestes chaudes et des pantalons matelassés en vue de leur expédition en amont de la route. Au lieu de ça, le sergent, il se troubla. Un jeune moujik aux yeux clairs et sans pitié, large d'épaules, au torse et aux bras fortement musclés, au ventre sec et une belle verge de daim sombre le toisait. Le sergent allait lancer : « À droite ! En avant, marche ! », mais à peine avait-il ouvert la bouche qu'il demeura pétrifié sous le regard impérieux de ce malfrat dont le blaze était, je crois bien : Zaproudniov.

— Viens-t'en par là, Jouriev, dit doucement le ZEK au sergent en croisant les bras sur une poitrine qui, contrairement au reste de la bande de Papous, ne portait comme tatouage au-dessus du sein gauche qu'un oiselet-papillon et une tête de putinette. Eh, non ! Ce n'était pas une tête de putinette, mais un petit Lénine plein de boucles, défenseur de toute la paysannerie travailleuse. Zaproudniov s'était sans doute fait confectionner ce bébé afin d'éviter qu'on ne lui dépêche sa sentence capitale en plein cœur. Le sergent approcha, tendit l'oreille et baissa les yeux.

— Va dire au toubib qu'Ivan Et Demi interdit d'envoyer notre équipe dans le Nord, articula Zaproudniov distinctement, clairement, nettement.

Le sergent se sentit glacer : il avait tout de suite compris que c'était sérieux. Son trouillomètre se mit, séance tenante, peut-on dire, à zéro, car il savait qu'au camp on ne se servait pas du nom d'Ivan Et Demi pour des clous, et que si quelqu'un tentait de rigoler ou de monter un bateau avec ce nom, il se retrouvait aussitôt avec un beau trou dans les organes internes.

Donc glacé et le trouillomètre à zéro, le sergent déhala sur la pointe des pieds chez l'officier de santé ; les gars souriaient. Officiellement, cette équipe se nommait l'« Entretien du Territoire ». Après sa douche, agréable bien que trop chaude, au lieu d'aller rejoindre la section en partance, elle s'en fut de sa propre initiative revêtir ses vêtements ordinaires.

— Camarade capitaine, fit, en exhalant une haleine de patate incomplètement digérée, le sergent Jouriev au capitaine Sterliadiev, il y a un ZEK qui vous fait dire de la part d'Ivan Et Demi de ne pas envoyer l'Entretien du Territoire à la mine.

La panique secoua la frêle constitution de Sterliadiev. C'était la première fois qu'il recevait comme ça, en ligne directe, un ordre d'Ivan Et Demi, du Staline des camps.

— C'est bon, Jouriev, tu ne m'as rien dit, je n'ai rien entendu. Laisse-les, bafouilla-t-il en essuyant, quoi, la sueur froide, la froide sueur, qui lui perlait au front, qui ferlait au pront, son mont froite, son front moite.

Moyennant quoi, il n'y avait plus personne à laisser : ils s'étaient déjà éparpillés dans le vaste camp. Les uns à la section d'intendance, les autres à la section culturelle, les autres encore à la section administrative, puis les uns aux chaudières, les autres aux cuisines, les troisièmes aux ateliers de couture, il y avait beaucoup à faire dans le vaste territoire de la Quarantaine et partout ces gens-là chuchotaient aux uns des termes de chantage, aux autres des menaces terrifiantes : l'équipe de l'Entretien du Territoire était la charpente la plus solide des « purs » qui, s'étant mis sur le sentier de la guerre, ne recevaient plus d'ordres que du mystérieux Ivan Et Demi lui-même qu'aucun d'eux, il faut l'avouer, n'avait jamais vu en chair et en os.

Zaproudniov Foma (tel était le nom peu courant que jadis, il y avait vingt-neuf ans exactement, lui avaient donné son papa et sa maman dans le frisquet gouvernement de Nijni-Novgorod) s'était entre-temps rendu à l'« outillage » pour s'y rafraîchir le gosier après le bain. Il jouissait d'une autorité incontestée, car c'est par lui que les ordres d'Ivan Et Demi passaient à l'Entretien du Territoire. L'outillage était une grande baraque que des piles de caisses transformaient en quelque chose comme le labyrinthe crétois. Zaproudniov et trois autres caïds s'y installèrent confortablement sur de vieux sièges de voiture, leurs « sizains » leur apportèrent une respectable boutanche d'alcool rectifié, et puis mirent en route un sacré petit *tchéfir*. Un gars sûr, un « socialement dangereux », faisait le guet, ils étaient tranquilles, ils pouvaient se donner un moment de paix près d'un petit « feu de bagnards ».

Mais, ici aussi, il y avait des affaires à régler. Les affaires, les affaires, « le repos, c'est qu'une idée», se dit Foma Zaproudniov. Des gars survinrent amenant un enfoiré, un nouveau qui, malgré les avertissements, s'était livré à sa sale besogne, avait entraîné un gamin mineur, Anantsev, dans sa baraque et l'avait initié aux joies de la galipette en chocolat. Selon un autre tuyau, la pédale récalcitrante arrivait d'Ekibastouz, autrement dit, c'était probablement une des «putes» qui se rassemblaient peu à peu à Magadan pour la «lutte finale».

— C'est bon, amenez-le, ordonna Foma Zaproudniov. — Les «sizains» poussèrent derrière les caisses, à coups de genou dans le gaillard arrière, une silhouette mal ficelée dans les guenilles d'un manteau de dame, mais chaussée de bonnes bottes de fourrure. La silhouette clopinait, pliée en trois, se protégeant la tête de ses moufles de docker, élevait des sanglots, hystériques peut-être, en tous les cas poussait des cris de poule pondeuse. Elle releva la tête, aperçut la personne de Foma Zaproudniov et alors, comme on l'écrit dans les romans, laissa échapper un cri de terreur.

Les témoins de la scène affirment qu'à la vue de sa physionomie de rongeur au long nez dans laquelle les mirettes fuyaient au sol comme deux caramels léchotés, une grimace, sorte de cri muet, passa, elle aussi comme un souriceau, sur le visage morose de Foma Zaproudniov. Apparemment, les deux hommes s'étaient reconnus, mais ils n'en laissèrent rien voir, en ce sens que le sale pédé brailla des propos sans suite, tandis que Foma se levait brusquement et se détournait, les mains sur la poitrine, en prenant comme d'habitude un air rêveur.

— Alors, qu'est-ce qu'on en fait? demanda l'un des Entretien du Territoire.

— Ben, on ne va pas faire de saletés ici, dit un autre, emmenons-le au collecteur.

Tous deux levèrent les yeux sur Foma plongé dans sa rêverie. D'ordinaire, c'est dans le collecteur d'ordures que l'on retrouvait quiconque résistait à Ivan Et Demi. À ces mots, le pédé émergea: il avait compris le pourquoi du comment.

— Pitié, les gars! Je suis encore jeune! J'ai une femme, des enfants sur le Continent. De vieux parents. — Il se traînait à genoux. — J'ai fait toute la guerre, j'en ai vu, les gars! Eh, camarade! Toi, tu me connais! hurla-t-il dans le dos de Zaproudniov comme un cochon qu'on égorge.

— Toi, le morpion, tu as reçu un avertissement du patron, fit, une beigne à l'appui, l'un des Entretien du Territoire. Le patron t'avait interdit de toucher aux mouflets.

— Alors, c'est à cause du mouflet, c'est ça? Mais votre mouflet, son cul, il était rodé, je vous jure! Allons, les gars, allons, si vous voulez, tous ceux qui sont là, je leur fais un carton maison.

Ce lavement ne savait pas encore que les Entretien du Territoire ne se laisseraient guère séduire par ce genre de promesse car ils cultivaient d'excellents contacts avec le camp des femmes.

— Ça suffit, dit quelqu'un. Au collecteur!

— Pourquoi ne dis-tu rien, Foma? dit un autre à Zaproudniov.

Le mec Zaproudniov se retourna, un sourire aux lèvres:

— J'ai envie de m'amuser, les gars! dit-il avec son cher accent de Rostov. — On savait que Foma Zaproudniov avait été formé à bonne école, à Rostov-sur-Don, après le départ de l'envahisseur fasciste.

Ils en furent cisaillés. Le pédé, se sentant

condamné, releva tout grand ses deux caramels de leur orientation sexuelle.

— Qu'est-ce que tu veux dire, t'amuser ? questionna l'Entretien du Territoire.

— Une minute d'attention, citoyens ZEK, fit Foma Zaproudniov entamant un discours. Faites un effort d'imagination et dites-vous que nous ne sommes pas au magasin de la Quarantaine de la Direction générale des camps, mais dans le labyrinthe de Crète, *signori*, largement connu de tout le bassin méditerranéen... — Tous les proches compagnons de Foma le Rostovitain se demandaient quel était son secret, où ce mec-là avait fait ses études, où il avait acquis ces formules si littéraires, presque comme au théâtre. — Ce labyrinthe, nous y lâchons notre esclave-prisonnier. — Zaproudniov lui envoya un violent coup de pied. — File, putain ! Or, les mecs, quelqu'un le suit dans le labyrinthe, ni plus ni moins que le Minotaure ! — À ces mots, il sortit d'une poche intérieure un coutelas de vingt bons centimètres.

Déjà l'informe bonnet du pédé détalait entre les caisses. Il cherchait désespérément une brèche par où il s'enfuirait, se carapaterait chez ses « putes », leur monterait un opéra comme quoi il y avait eu balance, les persuaderait de l'envoyer aux travaux routiers, on se demande sur quoi il pouvait compter.

Foma s'engagea à son tour entre les caisses, le couteau en avant. Il riait : « Hé, hé ! Il paraît, citoyens, qu'un Thésée héroïque a pénétré dans notre labyrinthe. Curieux, curieux. »

Tout d'un coup il bondit à droite, à gauche, encore à droite. Le bonnet à longs poils du pédé disparut à son tour, lui aussi, il se camouflait. Les autres acteurs de la scène qui jouaient le rôle des invités du roi Minos, étalés sur leurs sièges de voiture, sirotaient leur *tchéfir* et attendaient les hurlements de l'égorgé. Personne ne se serait avisé de contrarier Foma Zaproudniov. Il veut s'amuser, ben qu'il s'amuse. Qu'on le veuille ou non, c'est le bras droit d'Ivan Et Demi, le seul de toute la bande à être personnellement en contact avec le héros de la Russie des camps.

En réalité, Foma Zaproudniov n'avait pas le cœur à s'amuser, à jouer les Minotaures. La rencontre du pédé — comment fallait-il l'appeler à présent ? — avait ébranlé tout son être désormais ancré dans la criminalité. Dans le fond, il ne savait même plus très bien ce qu'il devait faire : expédier ce fantôme du passé en recommandé à Charon (oui, le fameux nautonier — *Les Mythes de la Grèce antique* étaient son livre favori), ou l'épargner au nom... au nom d'un machin, je ne sais pas moi-même... pas au nom de l'amitié, tout de même ? Courbé en deux, le couteau pointé vers le bas, il tourna en rond entre les piles de caisses, aux aguets, l'oreille tendue vers le pas de l'autre, tourna encore jusqu'au moment où une clé universelle de 4/6 s'abattit sur sa tête. Au dernier instant, il se protégea de la main et la clé dérapa, ne fit que lui érafler la joue. Encore un instant, et il écrasait du genou la gorge de Gochka Kroutkine qui râlait, il se disposait à le liquider, déjà son bras armé du coutelas se levait, quand soudain, dans l'ancien nom de « Mitia, Mitia » quelque chose d'incroyablement lointain et bien-aimé, comme le bêlement de la chèvre Sœurette là-bas, dans son enfance à la métairie des Sapounov, le sidéra soudain.

— Mitia, Mitia, sanglotait Kroutkine, ce n'est pas possible que ce soit toi ! Je t'ai vu de mes yeux vu dégringoler dans le ravin, là-bas, à Kharitonovka. J'y étais, j'étais d'équipe d'ensevelissement, c'est nous qui avons comblé les ravins. Si c'est bien toi, Mitia, tu ne me tueras pas. Mon petit, mon chéri, Mitia, c'est bien toi ?

Cela faisait sept ans que plus personne ne l'appelait Mitia. Que de fois il avait changé de nom, de surnom, de fafs, il s'y embrouillait lui-même, mais il revenait toujours à son point de départ, à celui qu'il avait étranglé sur les conseils d'un corbeau de grand chemin, à Foma Zaproudniov, natif d'Arzamas, gouvernement de Nijni-Novgorod. Chaque fois que des inspecteurs cherchaient à lui faire avouer son vrai nom, il tenait ferme, refusait de se mettre à table jusqu'au dernier moment où, enfin, il crachait à la gueule des greffiers : « Bon, d'accord, écrivez, ordures : Zaproudniov, Foma Ilitch Zaproudniov. »

Parfois, aux rares moments où il se libérait de sa truanderie, il se disait : J'ai tout de même dû perdre un boulon, là-bas, à la Kharitonovka. Pourquoi est-ce que je considère ce têtard non comme la proie de mes pognes, mais comme un pote ?

Les potes de ses divers gangs, tenez, du premier, du *Chat Noir* de Rostov, qui connaissaient Foma sous son jour résolu et cruel, ne pouvaient évidemment pas se figurer qu'il lui arrivait, la nuit, de s'abandonner au bourdon, et même de porter sa serviette à ses yeux en évoquant des bribes d'existence humaine, des visages, du Chopin, les aboiements amicaux d'un gros chien, du pâté chaud à la *viazyga*[1] et pourtant, il se remémorait souvent tout cela, jusqu'au moment où paisiblement, gentiment, le chassait le jour le plus terrible de sa vie, celui où il avait, pour la

1. Mets très recherché. Chair prise le long de l'épine dorsale de l'esturgeon.

première fois, tué un innocent. Ses bottes barbotent dans les flaques d'avril, il sifflote allégrement *Nuages dans le bleu* de Nina Gradova, et voilà un troufion qui marche sur la terre dévastée, le théâtre aux Armées, quoi, rien de plus, la séquence suivante, celle d'un cadavre puant qui galope à sa poursuite, n'est pas dans le champ... et puis après, ils avaient fumé ensemble allongés derrière un buisson, ils avaient débarrassé les onze clopes du paquet... non, mais pourquoi je dis ça au pluriel ?... le petit Foma Zaproudniov, lui, il était là peinard et rose, comme un copain qui dort et il ne fumait pas du tout, c'est toi, pendant ce temps-là, qui prenais ton kief sur ses réserves...

— Quel Mitia, Mitia ? dit-il en secouant férocement Gochka Kroutkine, la « pute » prisonnière, l'éternel traître et ami. Rappelle-toi une fois pour toutes qu'on m'appelle Foma le Rostovitain, et dès que tu m'entendras t'appeler, accours dare-dare !

Il se détacha avec un coup de pied à la carcasse de l'autre, tremblant de bonheur (il avait compris qu'on lui faisait grâce).

— Maintenant, tu es des nôtres, une balance, compris ? — Il ricana. — Un soldat du front invisible. D'accord ?

— D'accord, d'accord, Mitia ! Oh, pardon : Foma ! — Kroutkine pantelait comme autrefois au détachement Aurore.

— Et toi, comment tu t'appelles, maintenant, malheureux pédé ? C'est quoi, ton nom ?

Avec un ondoiement de féminin pinnipède, Kroutkine refit surface et lui glissa tout à trac :

— Vova Jéliabov, de Sverdlovsk.

— Alors, Vova Jéliabov, tiens-le-toi pour dit, à présent, tu ne te contenteras pas d'enfumer le ciel du camp et de poursuivre les minets (à ce propos, la prochaine fois, je ne te raterai pas), tu suivras les ordres de l'Entretien du Territoire et... — il tira en l'air l'oreille (ou plutôt une oreille d'âne) de son vieux frère d'armes et mi-souffla, mi-lui cracha en plein dans la gueule — ... d'Ivan Et Demi.

Quelques minutes plus tard, Foma le Rostovitain ramenait à ses compagnons un peu déçus sa « balance », soumise, mais indemne.

— Un espion de plus dans le camp ennemi ne nous fera pas de mal, commenta-t-il brièvement.

Il n'y eut pas d'autre question.

Le soir tombait lorsque Zaproudniov sortit du magasin et partit à grands pas vers la chaufferie. La fine serpe de la lune au-dessus du désert onduleux promettait une jolie rentrée de capital[1]. D'après les prévisions, c'est justement à ce point du cycle de notre satellite que l'on devait braquer la caisse d'épargne de Iakoutie toute proche. La chaufferie desservait aussi bien le camp des hommes que celui des femmes, c'est pourquoi d'un côté elle faisait saillie dans la contrée des hercules et des thésées et de l'autre, au pays merveilleux des nymphes et des amazones. Cet excellent dispositif ne pouvait évidemment pas échapper à l'attention de Foma le Rostovitain et de sa bande. Un ZEK ordinaire risquait sa vie rien qu'à approcher le sinistre bloc de béton dépourvu de fenêtres, alors que l'Entretien du Territoire utilisait pour ainsi dire sans difficulté ses chauds recoins aux fins de ren-

1. Superstition courante : manipuler de l'argent sous les rayons de la nouvelle lune est présage de richesse.

contres enflammées avec les truandes de la bande homologue.

Celle qui attendait Foma Zaproudniov était sa gonzesse, comprenez par là qu'elle régnait déjà depuis près de trois semaines, Marina Schmidt, une voleuse professionnelle de Léningrad. On leur avait organisé leur premier rendez-vous à l'aveuglette, mais ils s'étaient tellement plu qu'à présent ils ne rêvaient sans cesse que de se retrouver nus sous ces tuyaux brûlants. « Nous sommes comme des petits dans la poche d'un kangourou, Marina », avait dit un jour Zaproudniov en plaisantant. Le kangourou n'avait pas tardé à faire retour à l'envoyeur : les initiés des deux camps appelèrent désormais la chaufferie « le kangourou ». « Salut, les gars, je m'en vais voir au kangourou, des fois qu'une salope (ou une tordue) m'y attendrait. »

Fait curieux, Marina était parfaitement saine, en ce sens qu'elle ne lui fila ni morpions ni même ce mythique tréponème pâle qui est la Reine des Neiges de la Kolyma. « Comment se fait-il, madame Schmidt, que vous vous livriez plutôt à l'institution qu'à la prostitution ? s'étonnait Foma. — Avant de tomber sur vous, je m'amusais plutôt avec les filles, citoyen Rostovitain, répondait-elle en riant. Vous autres, les mâles, vous êtes pleins de saleté, tandis que, dans notre île à nous, tout est palmiers et chants d'oiseaux. » Le Rostovitain, avec sa coulante trois fois guérie, éprouvait une sorte de vénération devant la tendre peau de nonne de son amie. Et cela l'agaçait. De plus, il surprenait parfois les regards amoureux qu'elle posait sur lui. Et ça, ça l'agaçait encore plus.

Ce soir-là, en pénétrant dans la chaufferie, Foma cria au chef d'équipe :

— Pétro, eh, Pétro ! T'entends ? Baisse un peu la vapeur, sinon on va se retrouver aussi rôtis que Serguéi Lazo[1], Marina et moi.

Il se dirigea tête première vers un passage secret et se retrouva bientôt dans une piaule très convenable avec lit, table de nuit, faible ampoule électrique qui pendait à un tuyau emmailloté d'amiante. Marina l'attendait sur le lit, vêtue d'une culotte et d'un soutien-gorge de dentelle. Où as-tu dégoté ce beau linge ? Où, je vous demande pardon, citoyens, peut-on se procurer un linge comme ça, si on est enfermée au pénitencier de Magadan ? Vous savez, la femme russe est un profond mystère. Sans plus perdre de temps, Zaproudniov dépouilla la truande de ses jolis dessous et se mit à la besogne. Tout en s'y livrant, il réfléchissait intensément aux problèmes financiers de la bande, aux moyens de transport qui pareraient aux hasards de la fortune, et à l'éventualité d'une décarrade en Iakoutie. Il était tellement perdu dans ses pensées que, quand Marina arriva au terminus, il lui demanda avec étonnement : « Ben, qu'est-ce qui te prend ? »

Après avoir coïté, ils se livrèrent, comme d'habitude, à quelques amusettes, chatouilles, pinçons et rires. Si nous étions des gens normaux, Marina, ma vieille, c'est-à-dire rien que de jeunes spécialistes du Grand Nord, nous aurions pu, hi, hi, hi !, ah, ah ! nous bâtir une autre vie. Ah ! mon petit Foma, j'ai tellement envie d'aller au théâtre avec toi ! La belle affaire ! si tu veux, je te ferai sortir du camp. Oh ! oui, oui, le Rostovitain ! On dit qu'ils donnent une opérette formidable à la Maison de la Culture, *Les Onze*

1. Héros de la guerre civile qui fut torturé, puis brûlé dans une locomotive par les Japonais et leurs alliés russes blancs.

Inconnus de Nikita Bogoslovski, c'est des ZEK de chez nous qui la jouent. Soudain assombrie, Marina Schmidt des Cinq-Coins (comme elle se nommait parfois) leva sur son « petit Foma » ses yeux félins, vert clair. « J'ai décidé d'avoir un enfant de toi, citoyen Zaproudniov. » À de tels coups à l'estomac, le Rostovitain répondait toujours par un hyperpuissant direct du droit. La truande vola dans le mur brûlant, hurla, se hérissa, alors là, comme une chatte de la Kolyma retournée à l'état sauvage. « Salaud ! Salaud ! »

Foma Zaproudniov, *alias* Mitia Sapounov, remis de sa surprise, tendit la main en avant pour la caresser. Marina la lui happa des mâchoires et faillit lui couper les doigts. « T'es pas louf, la gonzesse ? hurla-t-il. Tu veux leur offrir un esclave de plus ? »

— Un truand ! brailla Marina. Et tu n'as rien à voir ! Je ne t'offre pas le rôle de papa, salaud ! Je n'attends rien de toi que ta bite, pourri de pédé !

Déjà Foma-Mitia introduisait les fesses dans le passage secret, battait en retraite. Il avait envie de se boucher les oreilles avec de la cire, tel Ulysse, pour ne plus entendre gueuler sa gonzesse bien-aimée. Connasse, tordue, de qui voulait-elle un enfant ? Un assassin, une fausse couche ! Quelle idée de vouloir apporter un merveilleux garçon ou une tendre fillette dans le monde bolchevik ?

Il grelotta encore longtemps, installé dans un coin derrière le bouilleur, grillant une cibiche. Enfin, il se calma, passa à la salle de garde, endossa un complet plutôt moche, mais « civil », une pelisse par-dessus, se coiffa d'une jolie chapka à oreilles et fond de cuir. Ainsi nanti d'une allure de péquin — d'un jeune spécialiste fana du Grand Nord —, il passa peinardement le poste du camp sans avoir besoin d'enviander personne, la garde de la Quarantaine était presque entièrement de mèche, il fallait seulement faire gaffe de ne pas tomber sur un « imprudent ».

Du camp à la ville, il y avait quatre kilomètres, ça ne compte pas, ça, et en plus, un mammouth d'acier américain, un Diamond, vint ramper sur la route. Ça va tout de même un peu plus vite qu'un homme. Mitia sauta sur la plate-forme, se cramponna comme il put et cahota ainsi, le clope au bec, vingt minutes de rang, tandis que son convoi roulait vers la capitale de la Kolyma. Un vaste couchant s'étalait sur les collines, les étoiles du soir étaient vertes comme les beaux yeux de sa gonzesse, des lueurs de réverbères en chaînettes ou de petites taches de loupiotes aux maisons piquetaient la vallée qui sombrait dans la nuit. Quel dommage que je ne sois pas parti en Italie. J'aurais dû faire ça, en 1943. Au lieu de rejoindre les partisans du Dniepr, tailler la route du côté de l'Italie, *piano, piano,* mais sans démordre, allez, avec ce merdeux de Gochka, bien sûr. Gochka, bien sûr, en cours de route les Hongrois l'auraient pendu par les roustons, mais moi, je serais arrivé jusqu'en Italie et là, je serais passé du côté des Alliés. Ah, dommage qu'on ne puisse pas rejouer la partie, je n'avais aucune envie, à l'époque, de devenir la bête féroce que je suis.

En ville, sur les trottoirs de bois, défilait ce que Mitia appelait la « galonnaille dorée » avec ses bonnes femmes envisonnées. « Valentina, ma chère, ça fait longtemps que vous êtes rentrée du Continent ? — Nous avons merveilleusement passé le temps dans la ville d'eaux de Sotchi. » Au milieu de l'aristocratie, vadrouillaient aussi des gars de la confrérie, d'anciens ZEK, je veux dire, de la race des esclaves, des fumiers, des vicieux. Comme il convient à un spécialiste volontaire — et qui en rajoute —, il ne leur prêtait aucune attention. Il entra dans un magasin d'alimentation et y acheta un pain de fromage qu'il plaça dans sa mallette : on aime bien s'offrir parfois un bout de fromage, au camp. Il passa à la pharmacie et acheta une demi-douzaine de flacons de Pantocrine pour les gars de l'Entretien du Territoire. On disait parmi eux que, grâce à la Pantocrine, vous aviez la queue qui lève à y accrocher un seau après. Mitia n'avait personnellement aucun besoin de ça, un extrait de bois de renne du Nord : son levier à lui, surtout en présence de Marina Schmidt, on aurait pu y accrocher une buse en fonte. Puis, avec des airs dégagés, il rendit visite à la caisse d'épargne, retira vingt-cinq mille roubles d'un compte au nom de Chapovalov, Guéorgui Mikhaïlovitch. Sur le Continent, une somme pareille, on aurait pu ne pas la lui remettre et même appeler la Milice aux fins de vérification d'identité du déposant, mais à Magadan, avec ses doubles, triples, quadruples paies, de pareils retraits étaient chose courante. Celui-ci était, à vrai dire, le but principal de sa balade, ce soir-là : il fallait non seulement tenir en main les gâfes de la Quarantaine, mais aussi graisser la mécanique de tous les petits chefs.

Il restait encore deux heures avant le regroupement du soir, il avait le temps d'aller au cinéma et de voir la première moitié de *La Fille de mes rêves*. Cette fille, Marika Rökk, une prise de guerre, Gochka et moi, on l'avait déjà vue en Allemagne, elle sortait toute nue d'un tonneau plein d'eau, mais ici, naturellement, le tonneau, ils l'ont coupé pour pas que le Soviétique se mette à baver d'envie devant tant de vitalité. Enfin, on verrait quand même quelques paysages des Alpes germaniques. On y passerait une demi-heure, puis tout à coup, on bondirait, oh, là, là ! camarades, mes chers amis, pardon, j'attends un appel de Moscou, le ministère !

Il reste juste quinze minutes avant le début de la séance, juste le temps de passer rue des Soviets voir *leurs* fenêtres, au 14.

La rue des Soviets était déserte. Il n'avait pas beaucoup neigé, la suie urbaine avait légèrement noirci les congères le long des trottoirs de bois, lesquelles congères présentaient déjà leur laque printanière. Les modestes petits lampadaires prenaient contre le ciel extraordinaire des allures d'oranges italiennes. Une patrouille de deux troufions plus un officier passa. Ils dévisagèrent attentivement Mitia, mais sans l'interpeller. Magadan, respectable cité soviétique, porte de l'Extrême-Orient, ne prescrivait pas la vérification des papiers du premier quidam nanti d'une mallette venu. Si l'on y avait procédé, d'ailleurs, Chapovalov, Guéorgui Mikhaïlovitch n'aurait eu aucun mal à fournir les preuves de son honorabilité, d'un passeport en règle jusqu'à un revolver bulldog.

Aucune lumière ne brillait aux deux fenêtres du 14. Mitia fit le tour de ce bâtiment d'apparence tout à fait vivable, peint de la teinte favorite des Magadaniens : cuisse de nymphe émue. Ici et là, se voyaient de grands abat-jour gansés. Des filets à provisions pleins de denrées périssables pendaient aux fenêtres. À notre fenêtre à nous — à ce « nous », il sourit jaune — c'était un poulet aux cuisses d'échassier. « *J'ai acheté un poulet, un petit pain français...* » Plus d'une fois déjà, à la nuit tombante, il était venu là et, caché derrière la cabine du transformateur, il avait observé, de l'autre côté de la rue, les fenêtres de ses parents adoptifs. Tsilia Naoumovna Rosenblum et Kirill Borissovitch Gradov. Au début, il n'y avait vu qu'une ampoule toute nue, puis un grand abat-jour de soie à pompons, comme tout le monde. Parfois, leur tête se rapprochait de la vitre. Un jour, il les avait vus se crier après en agitant les bras : sûrement qu'ils discutaient comme autrefois des questions théoriques de la révolution mondiale. Un autre jour, son œil prompt avait surpris un long baiser à la suite duquel la lumière s'était instantanément éteinte. Avec un rire silencieux qui avait découvert ses dents couronnées, il avait hoché la tête : pas possible ! ils faisaient encore la chose, vieux et malades comme ils étaient ?

Cela faisait six mois que, travesti en Chapovalov, Guéorgui Mikhaïlovitch, il s'était trouvé nez à nez, au principal carrefour de Magadan, le croisement de la rue Staline et de la chaussée de la Kolyma, avec tante Tsilia. Il n'aurait probablement pas remarqué son père : des demi-ZEK comme ça, il s'en balade des milliers dans la région, mais Tsilia, impossible de ne pas la distinguer dans la foule anonyme : elle traînait, débraillée comme toujours, une boutonnière de son manteau accrochée à un bouton de son corsage, l'écharpe pendouillant dans la boue, un rouge à lèvres couleur carotte qui ne correspondait pas au dessin de la bouche, des taches de rousseur qui flamboyaient, des mèches mi-partie roux et blanc qui volaient au vent, un monologue intérieur qui atteignait assez intelligiblement le monde extérieur : « permettez, permettez... voilà mon attestation... le cubage... tenez-vous-en au cadre... la morale socialiste... » C'est ainsi que, parmi les ondoiements de la foule, se matérialisa sa « maman juive », honte et pitié de son adolescence. Il était demeuré cloué sur place. Tsilia avait glissé sur lui un regard aveugle et avait poursuivi son chemin.

Il l'avait suivie toute la soirée comme un espion. Elle s'était rendue, de toute évidence pour quelque chicane, à la Direction du Dalstroï et au Conseil municipal, puis elle avait fait la queue au lait condensé, puis elle avait piétiné devant un atelier de réparation radio, d'où son père, Kirill, était sorti bras et jambes écartés, portant une énorme radio, apparemment de fabrication privée ; son visage très vieilli brillait de contentement. Il avait l'air de bien aimer ce genre de vie : s'écarteler autour d'une énorme radio, aussi grande que la pendule du cabinet de grand-père, apercevoir sa femme qui l'attendait dehors... Alors, ils sont vivants tous les deux, réunis, il ne manque que moi, je suis le seul à être perdu corps et biens. Foma le Rostovitain, la terreur de toute la Quarantaine, avait frémi d'un bref sanglot.

On comprendra que Mitia ne pouvait savoir que son père adoptif avait été libéré de prison, de la « Maison Vasskov », huit jours plus tôt seulement. Kirill et Tsilia avaient joui six mois à peine de leur paradis, de leur pauvre baraque de banlieue, après leurs retrouvailles. On procédait en ville, posément, au réinternement méthodique des anciens politiques. Commentant la dernière arrestation, leurs amis de l'intelligentsia étaient arrivés à la conclusion que la campagne se déroulait strictement selon l'ordre alphabétique : Antonov, Averbuch, Astafiev, Bartok, Batourina, Bessénieva, Bénédiktov, Bollberg... « Ils ont emmené Evguénia Guinzbourg, hier, dit un jour Stépane Kalistratov, ce qui fait que ce sera bientôt ton tour, camarade citoyen Gradov, prépare-lui un balluchon avec l'*Abrégé d'histoire du PCUS (b),* Tsilia, avant moi, il y a encore une demi-douzaine de lettres, ce qui fait qu'on va pouvoir se payer du bon temps. »

L'imaginiste s'était, dans les camps, presque guéri de sa passion pour l'alcool, pour la peine, il avait acquis un certain penchant pour les poudres et comprimés qui favorisaient, comme il l'affirmait, l'abord exceptionnellement optimiste et humoristique de la réalité.

— Arrête de dire des bêtises, Stépane ! attaquait aussitôt Tsilia. Quelles arrestations alphabétiques ? Qu'est-ce que c'est que ces sornettes ? Faire de l'humour noir sur les lois d'un grand pays est pour le moins déplacé ! Toi, tu as la langue trop longue et tu risques de le payer, mais Kirill et moi, ça ne nous concerne pas du tout.

De fait, ils vivaient avec l'étrange sensation qu'après leurs retrouvailles tout ne pouvait que s'arranger : les conditions de logement, l'approvisionnement, le niveau intellectuel de la population, la situation internationale, et même les influences climatiques. Kirill avait réussi à se caser à la chaufferie de l'hôpital municipal et à échapper ainsi au monde du camp et aux soudards de la Sécurité. Tsilia s'était presque aussitôt intégrée au tableau de la Maison de l'Instruction politique et alimentait la population de l'analyse théorique de la décadence du système impérialiste mondial sur le fond de la lutte croissante du monde ouvrier pour la paix et le socialisme à la lumière de leur triomphe définitif aux promptes approches. La direction du MVD du Dalstroï d'URSS, très contente de la présence d'une théoricienne volontaire grâce à laquelle se remplissait si allégrement le papier millimétré de l'Instruction politique, avait promis à la camarade Rosenblum une belle chambre, 14, rue des Soviets, laquelle devait bientôt être libérée, celle qui y achevait ses jours était une citoyenne affligée d'une maladie pulmonaire inopérable.

En attendant, ils vivaient dans leur paradis. Le mur respirait à l'unisson du souffle et des autres expulsions du révolté de Tambov. Lorsque Kirill s'isolait pour marmotter devant son autel franciscain, Tsilia feuilletait bruyamment les pages de *L'Anti-Dühring* ou de *Matérialisme et Empiriocriticisme*[1], s'exclamait : « Quelle pénétration ! » ou « Écoute un peu, Kirill : "La soi-disant crise de la physique n'est que l'expression de la carence de l'idéalisme dans l'interprétation de ce nouveau stade du développement de la science." » Bien souvent, après ces séances opposites, ils s'affrontaient ouvertement et chaque fois se rejoignaient à mi-parcours, vu qu'ils ne pouvaient le faire ailleurs, ou l'un ou l'autre se brûlait le crâne à l'ampoule électrique.

— Mais on sait depuis Démocrite, depuis Épicure, que personne n'a créé la matière ! criait Tsilia. Le monde est, du début à la fin, intelligible !

Kirill amortissait de la main l'attaque furieuse, flamboyante de fureur partisane de ses mamelons-dirigeables.

— Qui le sait, ma petite Tsilia ? Comment pourrait-on le savoir ? Qu'est-ce que cela veut dire : « personne ne l'a créé » ? Dis-moi ce qu'est le commencement ? La fin ? Et si tu es incapable

1. Ouvrages fondamentaux du communisme, l'un d'Engels, l'autre de Lénine.

de répondre à ces questions, comment peux-tu affirmer que le monde est intelligible ?

Des heures entières passaient à ces duels tandis que montaient les abominables hurlements de la tempête et les glapissements du couloir, moyennant quoi, ainsi que le lecteur l'aura certainement remarqué, Tsilia s'escrimait à coups de points d'exclamation et Kirill parait à coups de points d'interrogation. « Eh, Naoumovna, Borissytch, à la soupe ! Finissez ce chambard ! » criait de l'autre côté de la cloison Mordekhaïa Botchkova, l'habituée des dispensaires antivénériens au titre des malades chroniques.

Au paradis où ils vivaient, presque tous les soirs, les bonnes femmes de la cuisine communautaire se prenaient aux cheveux, s'envoyaient des éclats de bois dans leurs frichtis réciproques, les mouflets — certains avec des fistules syphilitiques ou tuberculeuses — se ruaient du matin au soir à travers le couloir démantibulé, totalement possédés d'un seul instinct : celui de la destruction. Cependant, à l'autre bout, après les chiottes, demeurait l'ange de la contemplation, un petit vieux d'Odessa, tonton Vania Chronopoulos, à qui dix ans de détention n'avaient pas ôté l'envie d'élaborer des chefs-d'œuvre : tantôt un violon de belle apparence construit avec de vieilles caisses, tantôt un coffret à cigarettes à musique — *Valses de Vienne* ; mais il s'appliquait surtout aux phonographes, pick-up et radios. C'est à lui que Kirill avait acheté le grandiose assemblage que nous avons aperçu quelques pages plus tôt à sa sortie de l'atelier de réparations. L'atelier nous a servi à dire que, tandis que Kirill tirait son deuxième temps de prison, le KGB de Magadan avait balayé tout l'alphabet, ratiboisé la lettre

« kha [1] » qui, en raison de son éloignement, avait assez longtemps permis à tonton Vania de visser de son petit tournevis, de scier de sa petite scie, de souder de sa petite soudeuse, c'est-à-dire de jouir de son existence paradisiaque sous l'aile de Chronos.

En achetant son poste à lampes de la marque « Tonton Vania Chronopoulos », Kirill n'aurait jamais imaginé, même en rêve, que de cette caisse bricolée à la va-comme-je-te-pousse à travers un crépitement d'étincelles électriques, monterait un jour une pure prière orthodoxe. Eh oui, il existait une station nommée *La Voix de l'Amérique* émettant vers l'Union Soviétique, et, sur ces ondes impérialistes, un prédicateur de San Francisco qui disait des prières en russe.

Curieux, mais la radio ennemie qui se dissimulait dans la malheureuse caisse en bois ne suscita aucune protestation de la part de Tsilia Naoumovna. Au contraire, bien souvent, sans quitter des yeux ses sources premières, elle grommelait : « Alors, allume le poste ! », et dès qu'elle entendait l'appel publicitaire et comme laqué de : « Vous allez entendre *La Voix de l'Amérique*, écoutez la voix d'une radio libre », elle ricanait avec une ironie forcée : « libre », mais après, elle ne décollait plus son oreille subtile du bulletin d'informations.

Lorsqu'il se vit emmener directement de l'hôpital municipal à l'interrogatoire, à l'hôtel du KGB qui ressemblait au manoir de quelque hobereau, Kirill fut persuadé que la radio émergerait à coup sûr du nombre des accusations portées contre lui. Pourtant apparemment, les

1. Initiale, en russe, de Chronopoulos, lettre qui se trouve presque à la fin de l'alphabet cyrillique.

KGBistes n'avaient jamais entendu parler du puissant assemblage multilampes. D'une voix monotone et indifférente, ils répétèrent point pour point les accusations de 1937 : appartenance à l'organisation contre-révolutionnaire-trotskiste-boukharinienne de l'Institut du Mouvement ouvrier, tentative de discréditer la politique du gouvernement soviétique par voie d'infiltration d'idées néfastes dans les organes de presse, etc. « Mais j'ai déjà fait dix ans pour ça », objectait faiblement Kirill. « Ne fais pas le malin, Gradov, répondaient à cela les enquêteurs. Resigne-nous tout ça, tu connais la musique, tu sais ce qui arrivera si tu ne signes pas. » C'est sûr, ils n'avaient aucune envie de le tabasser : il faut croire que ce chauffeur tout en nerfs et en rides, mi-chauve, mi-grisonnant, et humble, n'éveillait en rien leur appétit. Il n'avait rien à opposer à leur dernier argument, il avait signé une fois de plus. Je reviens à mon essence première, s'était-il dit paisiblement, et elle ne me destine pas à me fixer dans une cambuse bien chaude avec ma femme, pas à déguster les friandises de Moscou, mais à me traîner avec les colonnes de ZEK, à faire la queue au rata, à bouffir de scorbut. Mon Dieu, donne-moi la force !

Quant à Tsilia, la seconde arrestation de son mari l'avait bouleversée au moins autant que la première. « Pour quoi ? pour quoi ? » murmurait-elle dans la nuit en pressant ses seins de désespoir. À qui est-ce que j'adresse cette question ? songeait-elle. Si c'est à *eux* (pour la première fois, elle pensait aux autorités du peuple travailleur en ces termes : *eux*), aujourd'hui, à la différence de 1937, il y a une raison si faible soit-elle : c'est devenu un religieux, il écoute les radios étrangères... Seulement, il me semble que ce n'est pas du tout eux que j'interroge, mais quelque chose de nocturne, de silencieux, d'omniscient...

Il faut démolir cette maudite radio, la flanquer aux ordures, se disait-elle tous les matins avec rage, et déjà elle levait son marteau au-dessus de l'œuvre chronopoulossienne, mais aussitôt elle serrait ce maudit machin dans ses bras et le baignait de ses larmes : c'est qu'avec lui, le soir, tandis que hurlait le vent du nord-est, avec son bien-aimé, ils avaient écouté ces étranges voix non soviétiques d'un monde irréel !

Alors, je ne la jetterai pas, alors, au contraire, je l'écouterai comme je l'écoutais avec Kirill chéri !

La revoilà devant une porte de prison, la revoilà avec des sacs et des petits paquets, la seule différence, c'est que la queue est moins longue qu'à Lefortovo et qu'on accepte les colis sans tergiverser. Revoilà des lettres, des déclarations prolixes, à cette différence qu'elles ne s'adressent plus à la Commission de contrôle du CC (ça serait gênant d'y intervenir pour un « religieux ») mais au Dalstroï, au MVD, au ministre de la Sécurité d'État, le camarade Abakoumov.

Un jour, au magasin d'alimentation principal, alors qu'elle faisait la queue au thé, elle aperçut Stépane Kalistratov qui, dans l'attente de son arrestation, s'employait à surprendre la population locale par l'élégance de sa toilette : chapeau mou, pardessus à col d'astrakan, écharpe jetée par-dessus l'épaule, canne, c'est-à-dire point pour point le harnachement sous lequel il figurait sur une photo autrefois célèbre en compagnie de Marienhof, Essénine, Cherchénévitch et Koussikov[1]. Tsilia s'était précipitée, avait tambouriné sur le dos de gros drap : « C'est toi qui as

1. Tous poètes imaginistes.

attiré le malheur, Stépane ! C'est toi qui as parlé des arrestations par ordre alphabétique ! » Il se retourna, affabilité mondaine personnifiée, humeur excellentissime — très friable combinaison de codéine et de papavérine !

— Comtesse Tsilia
Plus belle qu'un lilas.

Il s'empara de son bras et lui souffla ardemment à l'oreille : « Ils sortent ! »

— Qu'est-ce que tu dis ? Qui ? exhala-t-elle.

— Les nôtres. Par « A ». Il en est déjà sorti plusieurs, on en a vu par « B »... et aujourd'hui, c'est sensationnel, ils ont relâché Evguénia Guinzbourg... Ce qui fait que

Haut les cœurs, Tsilia
La Bastille s'ouvrira !

Chose étrange, ce mauvais sujet de poète avait, une fois de plus, eu raison. Cinq mois ne s'étaient pas écoulés que Kirill était relâché par des KGBistes à la même gueule d'ennui, le même bâillement pseudo-léonin, non sans avoir été frappé, comme tous les autres « alphabéteux », d'un exil à perpétuité dans les limites d'un rayon de sept kilomètres autour de la ville de Magadan.

Après cela, tout était très vite rentré dans l'ordre. Le couple Gradov-Rosenblum y avait même acquis un certain sentiment de stabilité. L'exil à perpétuité, c'était enfin un statut précis ! Tsilia en éprouva même un certain contentement. Ça faisait plus sérieux de dire : « Mon mari est un exilé », plutôt que « un ancien ZEK ». Tout de même, Lénine, Vladimir Ilyitch, l'avait également été au village de Chouchenskoïè, et aussi le grand Maître des peuples, Staline, Joseph Vissarionovitch, qui avait été exilé dans la région de Touroukhansk d'où, pareil au légendaire Ivan Et Demi, il avait pris audacieusement la fuite. On avait réintégré Kirill à son travail, augmenté les vacations de Tsilia. La chambre du 14, rue des Soviets n'avait pas tardé à se trouver disponible et cela avait été le commencement d'une tranche tout à fait fabuleuse, presque idyllique, de leur existence : ils avaient déménagé dans un nouvel appartement, occupé, eux mis à part, par deux familles seulement, où les murs ne laissaient presque pas filtrer les bruits modérés, comme, disons le ronflement harmonieux de la caissière de la Maison de la Culture, Xavéria Olympievna, où ils avaient même leur propre rond de gaz et où seul était limité l'accès aux tièdes parties communes.

Et c'est là qu'avait pris l'habitude de venir à la nuit la terreur du camp de la Quarantaine, Foma Zaproudniov — le Rostovitain, *alias* Dimitri Sapounov, louveteau sauvage d'une portée koulak découvert ou capturé vingt et un ans plus tôt par de jeunes militants de la collectivisation, Gradov et Rosenblum. Mais qu'est-ce que je suis pour eux ? pensait Mitia, accroupi derrière le transformateur à la façon des camps, un coude sur le genou, l'autre à la hanche, grillant dans sa manche cigarette sur cigarette, ils ne pensent même plus à moi. Un fils adoptif, c'est de la crotte, même pas de la crotte, zéro, rien que de nobles élans. Le gamin est porté disparu à la guerre, un point c'est marre, ah ! papa, papa ! ah ! maman Tsilia...

Comme toujours, il fut submergé d'une

immense vague d'attendrissement et il se dit que c'était peut-être cela la raison principale pour laquelle il se permettait ces brèves veillées derrière ce transformateur du bout du monde sous les fenêtres de ses parents adoptifs : la pitié, la faiblesse, le larmoiement, le bourdon, tout ça se mêle aux larmes, jusqu'au moment où il les recrache en vrac et se replante sur ses pattes de derrière, ce loup à forme humaine : moi.

Il quitta le transformateur et gagna le milieu de la rue comme le faisaient souvent, la nuit, les habitants de la ville, car à l'époque la circulation des voitures de tourisme était extrêmement réduite. Deux silhouettes tassées sous le poids de leurs sacs à provisions se montrèrent sous un réverbère au bout de la rue où, derrière la grille du Parc de Culture, on apercevait la statue de Lénine et son bras trop long tendu comme un sémaphore. Il comprit aussitôt que c'étaient eux, ses parents. Il bondit par-dessus le caniveau, se plaqua contre un mur en saillie. Kirill et Tsilia approchaient lentement, passaient d'une tache de lumière à l'ombre, réapparaissaient à la tache de lumière suivante. Déjà l'on entendait leurs voix. Comme d'habitude ils discutaient philosophie ; la pensée positiviste guerroyait contre l'obscurantisme. Tsilia bouillonnait :

— Écoute, Kirill, tu conçois l'Univers comme une paysanne illettrée. Comme si tu avais, en dormant, manqué le Siècle des Lumières.

Kirill montait sur ses ergots :

— Tes Lumières n'ont aucun rapport avec ce dont je te parle ! Les Lumières et la Foi relèvent de dimensions distinctes. Tu comprends, distinctes !

— Ta logique te trahit ! Tu ne vois que les impasses ! bouillonnait Tsilia.

— Ce ne sont pas de simples impasses ! C'est

l'expression de nos limites. Ne dit-on pas que l'on ne saurait étreindre l'immensité? — Kirill montait encore plus sur ses ergots.

Tsilia avait atteint un point d'ébullition chaotique :

— Oui, question étreintes, votre femme est encore à portée des vôtres, Kirill Borissovitch.

Avec ses deux cabas au bout des ailes qui semblaient là uniquement pour l'empêcher de s'envoler, Kirill, perché sur ses ergots, atteignit son point d'étreinte. Dans le fond, Mitia avait raison : ils pensaient rarement à lui, mais pas du tout parce qu'il leur était étranger. Ils étaient tellement passionnés l'un de l'autre qu'ils ne pensaient à personne.

À ce moment, obéissant à une impulsion obscure, incontrôlable, Mitia quitta son abri et demanda d'une voix rauque, déguisée :

— Eh, camarades, vous n'auriez pas du feu?

Les époux sursautèrent.

— Qu'est-ce que vous voulez? cria brutalement Tsilia, protégeant déjà Kirill de l'épaule.

— Je vous en prie, camarade, je vous en prie! — Kirill repoussa son épouse, sortit des allumettes de sa poche, en gratta une et la tendit au passant au creux de ses mains. Le vent soufflait entre ses doigts, cependant Mitia eut le temps d'allumer sa cigarette. L'allumette s'éteignit, mais il ne lâcha pas tout de suite les mains rugueuses qui la tenaient. Il prit le temps de tirer encore une bouffée afin de revoir peut-être pour la dernière fois, à sa fugace lueur rouge, les lignes de destinée de son père.

Troisième entracte

LES JOURNAUX

Le Time :

... *L'édifice de vingt-six étages en construction place de Smolensk à Moscou aurait, à Manhattan, fait figure ordinaire, mais pour l'Europe, c'est un colosse.*

... *Des stations de métro superbes ont été construites sur la ligne circulaire de Moscou.*

... *Avant les matches de football du stade Dynamo, l'on voit affluer d'étincelantes automobiles qui appartiennent principalement à l'élite communiste soviétique.*

Le Time :

... *Les diplomates de l'Ouest à Moscou sont frappés de la morose prudence et de la réserve du deuxième personnage du pays, monsieur Malenkov. Gras, les yeux comme des agates, un visage de cire, Malenkov sécrète une trouble menace. « Si je savais qu'on va me torturer, a dit récemment un ancien ambassadeur, Malenkov serait le dernier des membres du Bureau Politique que je choisirais à cet effet.»*

Le Time*:*

... La disparition de Nicolaï Voznessenski, jeune membre du Bureau Politique, a surpris tout le monde. Un ouvrage d'histoire récemment paru omet son nom dans la liste du BP du temps de guerre. On songe involontairement au «ministère de la Vérité» de George Orwell.

La Pravda*:*

... Le flot de félicitations à l'occasion du soixante-dixième anniversaire du camarade J.V. Staline se poursuit. Les travailleurs lui adressent leurs vœux cordiaux de bonne santé et de longue vie.

Les Izvestia*:*

... De petites unités de l'Armée Populaire de Corée en étroite liaison avec les troupes populaires des Volontaires Chinois ont coulé un contre-torpilleur qui tenait sous son tir les environs de Wonsan. Un grand nombre de paisibles habitants ont trouvé la mort.

Le Sport Soviétique*:*

... V. Koulakov (section de Moscou des Forces Aériennes) est arrivé premier à la course annuelle de motocyclettes de Tallinn, catégorie des 750 cc.

La Pravda*:*

... Mossadegh, chef du gouvernement iranien, appelle à la poursuite de la «guerre sainte anti-impérialiste pour le pétrole».

Iouri Joukov (de Paris):

... Lors de la fête annuelle de L'Humanité *au bois de Vincennes, des centaines de colombes se sont élevées dans le ciel. Les travailleurs scandaient: «Le fascisme ne passera pas! La paix vaincra la guerre!»*

Le Time*:*

... Le ministère nazi de la Propagande lançait en 1936 une «campagne de purification de la langue», c'est-à-dire de germanisation de nombreux mots et expressions. «Radio» devenait Rundfunk, *téléphone* Fernsprächer, *automobile* Kraftwagen. *La théorie de la relativité d'Albert Einstein, célèbre émigré de l'Allemagne nazie, prenait le nom de* Bezüglichkeitsanschauunggesätz. *La semaine dernière, la Sainte Mère Russie communiste a emprunté la voie frayée par Goebbels. L'Académie des Sciences a adopté la résolution de russifier méticuleusement la langue russe.*

La Partisan Review*:*

... Des contradictions avaient surgi autour du système philologique fondé par feu Nicolas Marr,

qui prôna une langue universelle unique, pas nécessairement russe, la langue du communisme mondial. Il ne restait qu'à attendre de voir sur qui s'abattrait la hache. Bientôt, une bombe parut dans la Pravda, *un article de huit mille mots de Staline lui-même, jetant bas la théorie de Marr et remettant les choses en place.*

La Pravda*:*

… Le huitième volume des œuvres de V.I. Lénine en langue ouzbek vient de paraître.

La Pravda*:*

… Rehaussons le niveau de l'art cinématographique soviétique. Tous les cinéastes ont présentes à l'esprit les paroles du cam. Staline: «Le cinéma, qui possède d'exceptionnels moyens d'influence spirituelle sur les masses, aide la classe ouvrière et son Parti à former les travailleurs dans l'esprit du socialisme, à organiser les masses en vue de la lutte pour le socialisme, à élever sa culture et sa combativité politique.»

Culture et Vie*:*

… Les studios de Bulgarie viennent d'achever le tournage d'un nouveau film: Gloire à Staline! *Il montre l'amour infini du peuple bulgare pour le porte-drapeau de la paix dans le monde, le cam. Staline.*

I. Bolchakov, ministre de la Cinématographie d'URSS :

... Les échecs et les insuccès de certains cinéastes proviennent avant toute chose du fait qu'ils oublient les directives du Parti sur l'art et la littérature. Cela s'est particulièrement manifesté dans des films aussi médiocres que le pseudo-scientifique Un homme sur une trace.

La National and English Review. *Townsend Reston :*

... Les Soviétiques pourraient peut-être entreprendre une guerre éclair à la manière allemande, mais ils ne seraient absolument pas en état, sans le prêt-bail, de soutenir une offensive prolongée.

... Les conditions dans lesquelles vivent la majorité des Russes sont pires que tout ce que j'ai vu dans les quartiers les plus misérables de Naples ou de Dublin.

... Que pouvons-nous opposer, à l'heure actuelle, à l'incroyable tension qui règne en Europe ? À coup sûr, le réarmement, mais en outre, le renforcement du rideau de fer.

... L'activité créatrice de la Russie qui stagnait complètement depuis les années vingt, ne va pas tarder à atteindre le point mort. Tout ce qui s'y était fait de nouveau, y compris la bombe atomique et les chasseurs MIG, est d'origine occidentale. Sous l'influence du bolchevisme, l'énergie créatrice de ce grand peuple ne cesse de tendre vers zéro.

... Coupée de l'Ouest, l'URSS prendra peu à peu un tel retard qu'elle ne pourra plus entreprendre une guerre.

... Une politique de fermeté ne risque pas de rendre les Russes plus critiques à notre égard, rien ne peut les rendre plus hostiles envers nous qu'ils ne le sont à l'heure actuelle. Par la suite, leur opinion s'améliorera peut-être.

Stimtá sí technica*:*

... Le cam. Gheorghiu-Dej appelle à démasquer définitivement la bande de Foris-Patroseanu, agents de reconnaissance de l'Amérique et de Belgrade.

La Pravda*:*

... Formons nos responsables dans un esprit d'intransigeance absolue.

La Pravda*:*

La parole en chansons. Le peuple soviétique est habitué à l'idée que « la chanson nous aide à vivre et à construire». On a vu, ces temps derniers, naître des chansons pures et ferventes. Ainsi :

— Sur des paroles de M. Issakovski : Ô brouillards, mes brouillards, Katioucha *(...)*

— A. Sourkov a démontré son grand talent de parolier : Sur la route guerrière, De noirs nuages s'amoncellent...

— *Les chansons de Lébédev-Koumatch sont présentes à toutes les mémoires:* Chansons de la Patrie.

— *Citons encore* Par les monts et par les plaines *de S. Alymov, La* Kakhovka *de M. Svetlov...*

... Cependant, on voit aussi bien des faiseurs s'immiscer dans ce domaine (...) On a parfois envie de demander à certains compositeurs s'ils ont réfléchi à la camelote verbale qu'il leur arrive de mettre en musique (...) L'on ne peut s'empêcher d'évoquer ici les textes creux et futiles de I. Ziskind, Mass et Tchervinski Dykhovitchny et Slobodski (...) S. Vogelson, outrage la tradition du vers nékrassovien.

Le Time. *Général Wonderberg:*

... Notre suprématie aérienne en Corée du Nord, si elle n'est pas encore perdue, se trouve cependant mise en cause... En manœuvrabilité à une altitude de 25 000 pieds, le MIG-15 devance notre G-86.

Le Time*:*

... Une photo inhabituelle de Staline est parvenue à l'Ouest. D'ordinaire, ses portraits officiels sont soigneusement retouchés. Mais sur celle-ci, prise au Théâtre Bolchoï, le dictateur vieillissant paraît chenu et fatigué. À ses côtés, le visage impassible, on peut voir deux bureaucrates du Bureau Politique, Lavrenti Béria (cinquante-deux ans) et Guéorgui Malenkov (quarante-neuf ans) tous deux héritiers présomptifs du trône.

Le Time*:*

... Ivan Bounine, poète, romancier et aristocrate, est l'un des derniers représentants de l'ancienne Russie. Il a quatre-vingts ans, il est presque cloué au lit par l'asthme et demeure à moitié oublié dans son appartement parisien, bien qu'il ait reçu le prix Nobel en 1933.

... Assistant il n'y a pas longtemps chez les Bounine à une modeste soirée littéraire, le prince Oldenbourg a soupiré: « Quel dommage que Kolia n'ait jamais assisté à de telles soirées... » Kolia a été fusillé dans une cave avec sa famille. Il est plus connu sous le nom de: tsar Nicolas II.

Léonid Léonov:

... Les peuples défendent la grande cause de la paix. (...) J.V. Staline leur enseigne: « La vaste campagne pour la sauvegarde de la paix comme moyen de dénoncer les machinations criminelles des fauteurs de guerre présente aujourd'hui une signification mondiale. »

... « On n'attend pas la paix, on la conquiert! », cette locution devenue proverbiale a trouvé son écho dans des millions de cœurs.

La Pravda*:*

... Le Festival du film soviétique en Iran s'est déroulé devant des salles combles. Il a bien montré le rôle du cam. J.V. Staline dans tous les

domaines de la vie soviétique (...). Cependant, le Festival de la production cinématographique américaine empoisonnée se déroulait devant des salles vides.

TASS:

... Le nouveau bateau-omnibus Joseph-Staline *a été mis en circulation sur le Dniepr.*

... Le camarade Jacques Duclos appelle, dans son rapport, au rétablissement de l'indépendance et de la souveraineté de la France.

... Accroissons infatigablement le niveau idéologique de l'éducation du Parti!

Le Time*:*

«... La délégation soviétique voudrait-elle examiner la carte de l'URSS?» «Avec joie», a répondu Gromyko. Tout en déroulant la carte, O.K. Armstrong, représentant du Missouri au Congrès, s'est empressé d'expliquer: «Elle montre l'emplacement exact de tous les camps d'esclavage d'Union Soviétique.» Gromyko a battu des paupières, puis marmonné: «Je voudrais bien savoir quel esclave du capitalisme a établi cette carte.»
«... La population des camps de travail forcé de Russie soviétique dépasse quatorze millions, dont un million six cent mille mourront probablement cette année même.»

Le Figaro*:*

« ... *La nuit dernière, je n'ai pas pu trouver le sommeil, a déclaré Vychinski de la tribune du Palais de Chaillot. Je riais. Même en ce moment, à cette tribune, je ne peux pas m'empêcher de rire !* »

C'était la réponse de la Russie aux offres de désarmement de l'Occident.

Newsweek*:*

... *Durant leur promenade bien surveillée dans Moscou, l'ambassadeur George Kennan et son invité personnel, le journaliste Townsend Reston, sont tombés sur des affiches de la Fête des Forces Aériennes. Elles représentaient des chasseurs soviétiques abattant des avions américains. Rentré chez lui Kennan a envoyé aux Affaires étrangères soviétiques une lettre furibonde. En réponse, le lendemain, il a reçu une invitation à la parade. Kennan a décliné. Par solidarité, les ambassadeurs de France et de Grande-Bretagne ont également boycotté la parade ; néanmoins, en esprits pratiques qu'ils sont, ils se sont tous trois fait représenter par leur attaché militaire. Reston a également assisté à la revue.*

L'Humanité*:*

... *Les spectateurs ont organisé une manifestation pour protester contre la projection de ce film antisoviétique concocté par les Américains sur un scénario du réactionnaire notoire qu'est Jean-Paul Sartre (...) Les films français doivent appeler à la paix !*

La Pravda*:*

... Les peuples d'Union Soviétique et l'humanité progressiste célèbrent le cinquantenaire du journal stalinien Brdzola (La Lutte) *(...) Jamais les vers jadis publiés dans ses pages ne s'effaceront de notre mémoire :*

Brdzola sois notre clairon
Dissipe la nuit noire
Fais dresser les esclaves
Du fond de l'humiliation.

La Pravda*:*

... Se trouvant en Angleterre, cinq grands solistes des ballets de Belgrade et de Zagreb ont refusé de rentrer en Yougoslavie. Ils ont déclaré qu'ils ne pouvaient pas y exercer librement leur activité artistique.

La Pravda*:*

... Des unités de l'Armée de Libération Chinoise sont entrées dans Lhassa, capitale du Tibet, avec le soutien et l'aide entière de la population locale. Les Tibétains ont accueilli les troupes avec une satisfaction et une joie sincères. Pour la première fois de son histoire, le peuple tibétain voit une armée qui apporte aux travailleurs la liberté véritable.

Quatrième entracte

MÉDITATION D'HANNIBAL

Présentant au lecteur de notre saga non seulement des personnalités humaines, mais aussi des représentants de la faune moscovite, nous voici parvenus jusqu'à l'éléphant. Jugez-en plutôt: au sein de la capitale de notre pays, dans un box parfaitement confortable, même par les temps qui courent, demeurait Hannibal, éléphant d'Afrique (*Loxodonta africana*). Notre lecteur, désormais habitué aux incarnations astrales, serait en droit de supposer qu'armé de ce nom insigne de l'histoire de Russie et de racine africaine[1], l'auteur nourrit l'intention d'aller jusqu'à chercher Alexandre Serguéiévitch Pouchkine, le « soleil de notre poésie » ; mais non, afin d'éviter le moindre malentendu, l'auteur se doit de déclarer incontinent qu'il s'agit ici de la « lune de notre prose », en ce sens que celui dont l'essence astrale s'était logée dans ce corps de cinq tonnes aux longues défenses et aux oreilles-wigwam était, cette fois, Alexandre Nicolaïevitch Radichtchev[2], descen-

1. Piotr Hannibal, prince d'Abyssinie, le « Maure de Pierre le Grand », favori de ce monarque, fut l'arrière-grand-père de Pouchkine.
2. Radichtchev (1749-1802), auteur du célèbre *Voyage de Pétersbourg à Moscou*, à la louange de la philosophie des Lumières, qui lui valut la Sibérie.

dant de *murza*[1] tatares et gentleman des plus éclairés de son temps, c'est-à-dire de celui de Catherine II[2].

L'éléphant avait cent deux ans dont quinze — exception faite de deux années en évacuation à Kouïbychev — passés à Moscou. Le généralissime J.V. Staline l'aimait beaucoup. Dès les années trente, soit à une époque où le guide des travailleurs ne rêvait même pas de ce titre, il n'y avait pas à chiquer, il fallait qu'il fît le détour comme par hasard devant l'enclos d'Hannibal, s'assît sur son pliant et contemplât longuement la trompe qui se balançait en cadence, du plus grand animal des parties émergées de la planète Terre. Certains me comparent à un éléphant dans un magasin de porcelaine, se disait le Maître. Non, cette comparaison est déplacée.

Au début des années cinquante, le Maître était entièrement passé à un mode de vie nocturne et pourtant, si bizarre que cela paraisse, ses visites à Hannibal s'étaient rapprochées. Tout d'un coup, en pleine nuit, il s'extrayait de sous sa lampe et faisait venir sa suite de six voitures. La suite savait déjà que c'était pour Hannibal.

Cela faisait quinze ans que l'éléphant, dans son sommeil, rêvait de mâcher les cannes à sucre des bords d'une plantation au Kenya, bloum-bloum, ses molaires allaient et venaient, bloum-bloum, des gouttes de salive d'un demi-litre tombaient de sous sa trompe. Devant la silhouette pensive du généralissime, les cannes à sucre s'estompaient et cédaient la place à la pensée tyrannicide de Radichtchev.

Lourde est mon âme, songeait-il dans la nuit,

1. Princes.
2. Qui fit brûler ce livre.

je souffre et me languis. À la lueur des chandelles, il voyait passer les traits de ses compagnons de la loge *Urania* et les hexamètres de Klopstock coulaient lentement.

L'éléphant se tournait, montrait l'oreille gauche, louchait. Tu es peut-être des nôtres ? Lève-toi, tyran, adresse-nous le signe de reconnaissance maçonnique et alors, bien des choses te seront pardonnées. Peut-être tes desseins sont-ils élevés, même si ton pouvoir est infâme.

Staline ne répondait pas aux signaux, ne manifestait en rien l'existence de biens immatériels. Et là, voilà, elle... telle une bienheureuse drogue défilent dans son esprit les longues vagues d'un grand lac aux eaux basses, le soleil levant, le pain de sucre d'une montagne, un petit qui vous envoie des coups de sa tête dure sous le ventre, le ciel rose de sa compagne qui barrit à l'aurore... et de nouveau émerge du néant une créature hautaine et poudrée qui, voyez-vous, encense les voltaires étrangers dans des lettres flatteuses alors qu'elle est prête à livrer ses propres voltaires au knout... Elle envoie sa poudre parfumée aux yeux de l'Europe, emploie personnellement monsieur Diderot comme bibliothécaire de la Cour, mais hors la Cour, elle brise la presse d'imprimerie d'un modeste fonctionnaire des douanes[1]... C'est donc que nous autres, russo-tatar, nous n'avons pas le droit d'être plus intelligents que les diderots, *gnädige Frau*[2] ? Lentement, comme une musique ancienne, alternaient dans l'éléphantin cerveau des idées de compassion et de châtiment en tant que manifestations de la nature humaine. Ô toi qui tremblas devant les francs-maçons, tes

1. Ce qu'était Radichtchev.
2. Allemand : chère madame.

ordres ne furent rien de plus que le bâton du major Bochum qui chagrina ta cosmiquement lointaine enfance.

Staline observait attentivement les lentes émotions de l'éléphant qui se propageaient sur l'étendue de sa peau. Le plus grand mammifère terrestre, se disait-il. Le plus grand et non féroce. Il se levait et consultait l'écriteau qui indiquait le nombre de seaux de pommes de terre que l'éléphant était censé pouvoir consommer. « Qu'on augmente sa ration ! » ordonnait-il d'une voix brève, après quoi il regagnait sa citadelle de tous les peuples.

Une fois, à la fin du printemps 1952, à trois heures trente du matin, Hannibal quitta son box, traversa son enclos sans peine — Dieu merci en quinze ans, moins deux d'évacuation, il avait eu le temps de se repérer —, ouvrit le portail de sa trompe, sortit, et entama son « voyage de la Presnia au Kremlin » qui dura une heure juste. Plus il approchait, plus il se rendait compte qu'il se rendait au bon endroit : c'est là, justement, derrière le mur crénelé, que devait être affalée la lourde masse du « monstre immense, impertinent, aux cent gueules et cent abois[1] ».

Le général Vlassik, très contrarié, dut interrompre son dîner de saumon-caviar qui se muait au fil des heures en petit déjeuner. Sous son abat-jour vert, Staline releva la tête. Qu'il est agréable de travailler quand deux cent cinquante millions d'hommes roupillent ! Et voilà qu'on te dérange ! Qu'il est agréable de flageller du fouet léninien l'académicien Marr lequel a, dans ses ratiocinations pseudo-révolutionnaires, franchi tout ce qui était permis ! Et voilà qu'on vient vous infor-

1. C'est en ces termes que Radichtchev dépeint la Russie.

mer de l'arrivée du plus grand des mammifères terrestres !

— Où est-il, cet éléphant ? demanda-t-il.

Hannibal attendait Staline sur la place du Kremlin. Le matin nous accueille de sa fraîcheur, dit Staline, le fleuve nous accueille de vent fureteur. Dans le ciel d'avant l'aube, les étendards sanglants claquaient, ondoyaient.

— Alors, que désirez-vous ? demanda sèchement le généralissime à tête de savant et tenue de simple soldat.

L'éléphant Hannibal s'adressa à sa vieille connaissance de toute la partie antérieure de son corps, à vrai dire pas seulement de sa partie la plus expressive en forme de doigt recourbé au bout de sa trompe, mais aussi des strates à peine frémissantes de ses oreilles et même des piétinantes colonnes de ses pattes, et même des petites lampes d'Ilyitch profondément enfouies au fond de ses orbites. Certain élément de la partie postérieure, nous voulons dire la queue, participa également à l'adresse, mais les colonnes arrière demeurèrent fermes et immobiles comme pour faire foin de tout doute, le doute que l'adresse ne serait point entendue.

— Repens-toi, ma vieille connaissance, tant qu'il n'est pas trop tard, disait de tout son corps l'éléphant à Staline. Regarde-moi : voici soixante-dix ans que je me repens d'avoir écrasé un petit chacal du postérieur gauche. Or, toi, mon vieux, comme je m'en suis rendu compte, tu ne te repens de rien. Fais-le tant qu'il n'est pas trop tard, sinon tu crèveras sans contrition.

— Je ne vous comprends pas, rétorqua sèchement Staline. — L'aurore avait tout à fait cessé de lui plaire. L'éléphant avait suivi son petit bonhomme de chemin jusqu'au Kremlin, alors ? Le hibou, cette salope, n'a plus peur du tout de l'astre du jour, il vient planer au-dessus de mon épaule, alors ? C'est que même le professeur Gradov, comme médecin, c'est de la merde ? Pendant ce temps, la Garde, désireuse de se racheter, s'était formée en cercle autour d'Hannibal. En première ligne, elle avait avancé des canons antichars de 75.

Il ne me comprend pas, se dit Hannibal avec une angoisse aussi longue et traînante que l'angoisse de sa forêt entière lorsque s'y profile un tigre. Il leva sa trompe et barrit une souffrance vaguement radichtchévienne, à lui seul, lointaine. Eh bien, à présent, tu as compris ?

— Emmenez-le, grimaça Staline, mais personne n'osa approcher. Débarrassez-le, se reprit le Maître avec dégoût, et alors, le canon tonna.

C'est ainsi que périt le plus grand mammifère terrestre, tandis que ses pensées, qui aussitôt après la décharge s'étaient enroulées en pelote, se dévidaient et s'échappaient en vrille de la vieille forteresse vers les libres espaces.

CHAPITRE SEPT

Archi-Medicus

Au printemps 1952, poussés sur le fumier de l'an dernier, des champignons-mouchards refirent leur apparition autour de la maison des Gradov, au Bois d'Argent. La gueule huileuse de l'un d'eux se pointait toutes les cinq minutes à travers les fentes de la haie vétuste. Deux autres, leur petit chapeau rond enfoncé sur leurs gueules d'amanites, se baladaient dans l'allée sans se cacher. Assez souvent aussi, une Pobéda bleu marine s'arrêtait au coin, près de la cabine téléphonique, et l'on y apercevait trois trognes de tue-mouches de plus.

D'où vient cette espèce d'hommes-champignons ? se demandait Boris Nikitovitch. Ils sortent de terre sans aucun droit à l'existence. Naître au monde du bon Dieu pour devenir un mouchard du KGB ! Dans le fond, ces gens-là, eux aussi, il leur arrive de tomber malades et alors, ils rejoignent l'honorable tribu des patients. Quand ils tombent malades, même ces imbécillités de champignons vénéneux deviennent des hommes. Des hommes qui souffrent. Des hommes justiciables d'un traitement. Si cela se trouve, c'est là seulement qu'ils justifient leur existence, en participant à ce fait suprêmement humanitaire : maladie-soins.

À vrai dire, les organes *ad hoc* n'avaient jamais ménagé leur attention au nid des Gradov. Le téléphone était sur écoute à coup sûr et en permanence, les îlotiers, à commencer jadis par le sous-officier Slabopétoukhovski, recevaient certainement des consignes de surveillance particulière. Il se présentait de temps à autre de curieux, voire même d'inhabituels, voire même d'étranges contrôleurs d'électricité et de protection contre l'incendie. Mais un siège aussi serré, la maison n'en était investie que pour la troisième fois ; il en avait été ainsi en 1925, aussitôt après l'opération du Commissaire du peuple Frounzé, en 1937, après l'arrestation des fils de la maison, et puis à présent. Les deux premières fois, je n'avais eu peur de rien, se rappela le vieux chirurgien. En 1925, je ne m'en serais peut-être même pas aperçu si Mary ne m'en avait parlé. Non mais vraiment, de quoi aurais-je pu avoir peur, de quelle torture, alors que le plus terrible se passait au-dedans de moi, pour ne pas dire *dans mon âme* ? J'étais à mes propres yeux un traître, j'avais souillé toute ma lignée, tout le corps médical de Russie. Après, en 1937, je n'ai eu peur de rien parce que j'étais prêt à supporter le châtiment de 1925. Ou bien j'ai cherché à me convaincre que je n'avais peur de rien. En somme, j'étais prêt. En vérité, ils n'ont rien pu inventer de pire que d'emmener une innocente à ma place. Sans doute inconsciemment, par la seule force de leur nature diabolique, ils ont toujours su m'infliger la pire, la plus irréparable des humiliations. Le plus ahurissant, c'est qu'à chaque fois, au lieu de m'arrêter et de me liquider, ils ont déversé sur moi la série complète de leurs bienfaits, honneurs, titres, augmentation de traitement. Apparemment, ici encore, nous assistons aux effets d'une logique subconsciente. Apparemment, ils avaient flairé en moi un vice caché, disons le défaut de panache. Eh quoi, ils étaient peut-être dans le vrai. J'ai probablement toujours eu peur d'eux, sinon je ne me serais pas laissé aller à la panique le jour où, place Rouge, j'ai si honteusement pris la fuite devant cet étranger. Et cette purge des intestins staliniens ! Quel sens ignoble, merdique, ont eu ces soins ultra-secrets, alors que je ne faisais qu'accomplir mon devoir de médecin ! Et qu'est-ce qui me guette aujourd'hui où se produisent, parmi le personnel médical du Kremlin, des événements inexplicables et qui ne présagent rien de bon ? Le professeur Goettinger a été arrêté, le professeur Truvsi a disparu, c'est sans doute qu'il a également été arrêté, le professeur Scheideman a été chassé de sa chaire et attend qu'on vienne l'arrêter... Qu'est-ce que cela signifie et pourquoi toutes les victimes sont-elles juives ? Si cela se rapporte à l'extermination du comité antifasciste juif, à la disparition de dizaines, sinon de centaines de juifs de l'intelligentsia, n'est-ce pas dire que l'on cherche à impliquer aussi la médecine dans la campagne « anticosmopolite » antisémite ?

Mais moi, qu'ai-je à voir là-dedans ? Je ne suis pas juif, se disait-il, et aussitôt il frémissait de honte. Dommage que je ne sois pas juif, se disait-il. J'aurais voulu être juif afin de lever toute équivoque. Aux yeux de ces êtres démoniaques, tous les intellectuels de Russie sont « juifs » parce qu'ils leur sont étrangers.

Je ne peux pas finir ma vie à purger leurs sales boyaux de cannibales, songeait le malheureux Boris Nikitovitch Gradov, professeur, académicien, chevalier de nombreux ordres soviétiques.

Je vous en conjure, canailles, emmenez-moi et fusillez-moi. Mes petits-enfants sont à présent des hommes, ils se débrouilleront pour faire leur chemin, pour se tirer d'affaire ; moi, je ne veux plus vivre à côté de vous !

Ces pensées lui venaient parfois lors de ses nuits d'insomnie. Une fois, il frappa à la porte d'Agacha sous laquelle passait un étroit rai de lumière. « N'aie pas peur, Agacha, c'est moi, Bo ! » Derrière la porte, ce furent le branle-bas, un frou-frou quasi panique, des petits pas, des allées et venues précipitées. La porte s'ouvrit enfin et la petite vieille aux couettes pareilles à des queues de souris, en longue chemise de nuit de finette, des lunettes sur le nez, brandilla dans l'embrasure. « Que t'arrive-t-il, mon petit Boris ? » Il lui caressa la tête. « Laisse-moi entrer, ma bonne Agacha. »

Depuis quarante-cinq ans qu'Agafia Ermolaïevna demeurait dans la famille, c'était la première fois que cela se produisait, que son petit Boris, lui qu'elle avait aimé toute sa vie, venait frapper à sa porte. Ah, le poids de nos péchés ! Comme elle avait rêvé de cela en ses jeunes années, ses années de pleine sève ! Un léger grincement dans la nuit, et Boris-chéri entre, et la caresse, et la dorlote, et la tourmente, et nous nous aimons encore un peu plus tous les trois, Boris-chéri, Mary-chérie et Agacha-chérie… Elle a péché une infinité de fois ainsi, dans ses rêves.

Il entra et s'assit sur une chaise de style, mais bancale. Elle se posa toute pantelante sur le coin de son lit.

— Chère Agacha, articula-t-il, toi qui lis la Bible, où est-il question de la bête de l'Apocalypse ?

Aussitôt calmée, elle hocha gravement la tête.

— Dans l'Apocalypse de saint Jean.

Il toussota.

— Tu ne me la prêterais pas, que j'y jette un œil ? J'en ai besoin... euh... pour mon travail, tu sais, ce que j'écris en ce moment, c'est presque de la littérature...

Elle se sentait gênée de le voir ainsi troublé. Elle plongea sous son oreiller et en sortit l'objet désiré. C'est donc qu'elle le lisait justement au moment où il avait frappé. C'est donc qu'elle le lit la nuit pour ne pas perturber le positiviste professeur.

Le positivisme, il n'y a rien de plus primaire, se disait Boris Nikitovitch en arpentant lentement, la Bible sous le bras, le parquet grinçant (il est temps de refaire ce parquet, il est temps, en plus, de remettre la palissade à neuf pour empêcher les gueules de champignons de nous surveiller à travers les fentes). Comme la pensée positiviste comprend peu l'homme, ou plutôt cherche peu à le comprendre ! Quel étrange modèle du monde nous propose le matérialisme dialectique ! Ce n'est rien d'autre que le spectre du primitivisme, sinon d'une mystification diabolique qui ricane en secret. C'est comme si l'on représentait Archi-Med que voilà par une forme de carton creux et si l'on disait que c'est cela Archi-Med.

Il y avait un an, pour son soixante-dixième anniversaire, sa petite-fille Iolka lui avait offert un chiot berger allemand tout pataud.

— C'est pour toi en souvenir de Pythagore, grand-père, daigne l'accepter, avait-elle commenté en riant de plaisir. Seulement cet Archi-Med-là s'écrit avec un trait d'union, car il n'est pas moins qu'un Archi-Medicus comme toi, grand-père chéri.

Naturellement, tout le monde tomba amoureux fou du successeur de Pythagore, « à moins que ce soit notre petit Pytha qui est revenu parmi nous », ajouta Mary, tandis qu'Agacha s'empressait de transformer le fier nom du chiot en « Archi-Petiot ». À peine avait-il commencé à grandir qu'Archi-Med avait reconnu en Boris Nikitovitch son papa principal et s'était mis à le suivre partout. Il ne s'arrêtait que lorsque le vieux professeur s'asseyait, se couchait ou sortait. En ce moment même, devenu une énorme beauté de douze mois, Archi-Med, dormant à moitié, accompagna quand même le vieil homme sans sommeil sur le parquet grinçant et s'assit contre son fauteuil, exactement comme Pythagore le faisait autrefois. On dirait vraiment qu'il s'est réincarné, dommage seulement que je ne sois plus un professeur dans la fleur de l'âge, cinquante ans, que l'opération du Commissaire du peuple Frounzé n'a pas encore coincé. Il ouvrit l'Apocalypse et tomba pile sur le passage de la Bête :

(...) et l'on se prosterna devant la Bête en disant : « Qui égale la Bête et qui peut lutter contre elle ? »

On lui donna de proférer des paroles d'orgueil et de blasphème et on lui donna pouvoir (...)

(...) on lui donna pouvoir sur toute race, peuple, langue ou nation.

Et ils l'adorèrent, tous les habitants de la terre[1]...

Boris Nikitovitch lisait et relisait le treizième chapitre et se demandait quel mystère celui-ci

1. Ici et *infra,* traduction nouvelle de l'école Biblique de Jérusalem, 1981.

recelait et si tous ces mystères et prophéties pouvaient s'appliquer à ce qui se passait au XXe siècle, car après la première Bête, il en vient une seconde, son héritière directe : « *(...) elle fourvoie les habitants de la Terre, leur disant de dresser une image en l'honneur de cette Bête...* » Lorsqu'il était jeune, puis dans son plein épanouissement, puis parvenu à l'âge mûr, même s'il avait évoqué ces mystères, c'était avec le sourire, un petit sourire sans méchanceté, reconnaissons-le, mais indulgent, naturel, comme on en a devant une licence poétique. Et voilà que, subitement, s'ouvrait un univers insondable, dans toute l'horreur de ses mystères inexplorés... « *C'est ici qu'il faut de la finesse. Que l'homme doué d'esprit calcule le chiffre de la Bête, c'est un chiffre d'homme : son chiffre, c'est 666.* »

Comment concevoir cela avec ma cervelle darwinienne et matérialiste ? se demandait Gradov. Qu'est-ce que ces signes effrayants et ces préfigurations ? La seule chose claire, c'est que nous sommes aujourd'hui livrés au pouvoir de la Bête et des faux prophètes. La substitution des « valeurs nouvelles » à celles du christianisme n'est que fausses prophéties et diabolique ironie. Car même la croix, symbole de la foi chrétienne, a été remplacée par ses caricatures tordues, gauchies, faussées : la svastika nazie et notre scarabée — la faucille et le marteau. La substitution touche tout : l'État, la politique, l'économie, l'art, la science, et même la plus humaine d'entre elles s'en va devant-derrière, et le sens de cette substitution n'est que dans la substitution elle-même, dans le sourire ironique que tourne vers nous un univers sans vie.

Par un matin brumeux que perçaient des rayons printaniers, les gueules de champignons des mouchards disparurent. À peine Nikita Borissovitch l'avait-il remarqué que le téléphone sonna. À l'appareil de la Quatrième Direction du ministère de la Santé, un puissant personnage, disons : Tsarengoï Vardissanovitch.

— Une voiture viendra vous prendre ce soir à dix-huit heures. Vous aurez à remplir une mission de la plus haute importance.

— Puis-je vous demander des précisions, Tsarengoï Vardissanovitch ? J'ai besoin de me préparer.

— Non, aucune précision. Les précisions viendront à mesure. Je peux seulement vous dire que la mission est de la plus haute importance gouvernementale. Tâchez de vous reposer et d'être en forme pour dix-huit heures.

Se peut-il que ce soit encore pour lui, pour l'incarnation de la Bête ? Gradov n'avait pas revu Staline une seule fois après 1937, mais il lui revenait parfois que le Maître n'oubliait pas son sauveur-purgeur. Bien plus : le nom de Gradov était devenu pour lui comme un talisman, une dernière instance de la médecine, comme de dire : tous ces Trouvsi-Vovsi, Goettinger-Etinger peuvent toujours aller à la côte, Gradov restera, celui-là ne me décevra jamais.

Il ne s'était pas trompé : la voiture, une ZIS nouveau modèle aux pneus à bandes blanches éblouissantes, l'emmena chez Staline, mais pas là où il avait déjà servi sa messe au-dessus du corps inestimable, pas à sa proche datcha de Matvéievskaïa, mais tout droit au Kremlin.

Cette fois, loin de gémir dans un demi-coma,

le Maître ouvrit lui-même sa porte de chêne et pénétra sur ses propres jambes dans le salon où, parmi les tapis précieux et les meubles de cuir, l'attendait le professeur Gradov. Ils se serrèrent la main et s'assirent dans des fauteuils en vis-à-vis. Il a sérieusement vieilli, observa Gradov en voyant les cheveux grisonnants et le visage tout en poches et affaissements. Les photos ne reflètent pas la réalité. « Nous ne rajeunissons pas », fit Staline avec un petit rire, répondant directement à ses pensées. « Je suis beaucoup plus âgé que vous, camarade Staline », dit Gradov. « De quatre ans seulement, camarade Gradov », rit de nouveau Staline, la bonhomie en personne. Les doigts de sa main valide tremblaient : il avait le trac.

— En quoi puis-je vous être utile, camarade Staline ?

Celui-ci toussa dans son mouchoir. Bronchite chronique de fumeur invétéré.

— Je voudrais que vous me fassiez un examen complet, professeur Gradov.

— Je ne suis pas généraliste, camarade Staline.

Si l'un quelconque des millions d'êtres que gouvernait cet homme l'avait vu à ce moment, il ne lui aurait pas trouvé une bribe de sa force terrible, fascinante. Staline n'aimait pas (lisez : craignait) les médecins. Il lui avait toujours semblé que commencer à avoir affaire à eux, c'était rouler tout droit vers sa fin ; et la conception de sa fin ne parvenait tout uniment pas à se loger dans sa cervelle. Qu'est-ce que c'était que cette sottise, « vers la fin » ? la fin de toute l'entreprise ? la fin du communisme ? Malgré sa violente aversion pour le corps médical, toujours, dès les années trente, il avait conservé à l'esprit un ultime barrage, une ultime réserve, le professeur Gradov, un nom qui incarnait à ses yeux quelque chose de plus substantiel que « la médecine soviétique de pointe ». Et voilà que, pour certaines raisons, il était contraint de faire appel à cette ultime réserve et par conséquent de ne compter que sur elle seule à l'exclusion de toute autre solution de secours. Pour la première fois depuis de nombreuses années, Staline ressentait un étrange état de dépendance vis-à-vis d'un autre homme et cela le mettait hors de lui. Et pourtant, nous autres, révolutionnaires de métier — comme l'avait si bien défini Svétlana dans un questionnaire : « Père — révolutionnaire de métier » —, nous autres, révolutionnaires de métier, nous n'avons pas droit aux ordinaires faiblesses humaines. De son temps encore, Trotski avait fort bien dit : « Le révolutionnaire est le porte-voix des siècles », ou alors, ce n'est pas lui, non, il y a quelque chose qui ne va pas. Trotski n'était pas capable de dire quoi que ce soit de bien, c'était l'acolyte de Hitler et de Churchill... non... qui j'ai devant moi ?... oui, le docteur Gradov, le professeur Gradov, médecin par la grâce de Dieu... non, ce n'est pas une façon de parler, à...

Il n'échappa pas à Gradov que Staline était resté dans un état de confusion étrange, pourtant, après cela, il dit du ton pesant qui lui était propre :

— Pour moi, professeur Gradov, vous êtes avant tout un médecin... heu... de vocation... vous êtes un brillant connaisseur de l'homme, ce que confirme votre dernier livre : *De la douleur et de l'insensibilisation*.

Boris Nikitovitch en fut renversé.

— Comment ! Vous connaissez ce livre, camarade Staline ?

— Oui, je l'ai lu, proféra Staline avec une modestie feinte et non sans plaisir. — Étonner son interlocuteur par une compétence inattendue est toujours chose plaisante.

Là, le professeur Gradov s'anima.

— Mais c'est essentiellement un ouvrage de spécialiste, essentiellement médical, biologique, en de nombreux points biochimique. Je doute que le grand public...

Ce n'est pas ça qu'il faut dire, songea Gradov en s'excitant encore plus. Staline sourit, tendit la main, effleura le genou du professeur.

— Bien entendu, je ne suis pas entré dans toutes les finesses de la médecine, cependant son orientation humanitaire générale m'est accessible, même à moi, grand public. L'homme et la douleur, c'est peut-être le problème le plus fondamental de toute civilisation. Je ne serais pas étonné que l'on vous décerne pour cet ouvrage le prix Staline de première classe. À vrai dire, je dois admettre que j'ai cru y entendre quelques petites notes pessimistes, mais nous ne les aborderons pas.

Quel type ! C'est précisément ainsi, de « type », que Gradov qualifia son interlocuteur. Il découvre des petites notes pessimistes jusque dans les traités de médecine. Notre entretien s'engage de façon bizarre. Je pensais effectivement que je pourrais soit recevoir ce prix, soit y laisser la tête. Sur cette idée, il se tranquillisa et même se dérida.

— Bien, Joseph Vissarionovitch, vous voulez que j'émette un avis sur votre état général ? Permettez-moi d'abord de vous demander comment vous vous sentez.

Quel type ! se dit Staline, il ne m'a même pas remercié de mon appréciation sur son livre. Comme s'il ne comprenait pas que ses tonalités pessimistes pourraient entrer dans notre ligne de mire. Mais c'est quand même le professeur Gradov, pas un quelconque Etinger ou Vovsi, ça, c'est un médecin... un médecin de vocation... Avec lui, il convient de mettre de côté les incidences politiques de mon état de santé.

— Dans l'ensemble, je me sens tout à fait... — commença-t-il sombrement. Que dire: «tout à fait normal»? Alors, pourquoi l'a-t-il fait venir? — ... en état de travailler, poursuivit-il. Mais j'arrive à un âge où les camarades du Bureau Politique...

— Excusez-moi, Joseph Vissarionovitch, dit doucement Gradov, profitant de l'interruption, mais en ma qualité de médecin, pour l'instant je m'intéresse non à l'avis des membres du Bureau Politique, mais à vos sensations à vous, mon patient du jour. De quoi vous plaignez-vous?

Il lui sembla à ce moment que Staline regardait avec irritation les panneaux de chêne qui lambrissaient le salon. Se peut-il que ce Gradov ait remarqué que je crains les écoutes? se dit Staline.

— Quel est votre patronyme? demanda-t-il, et il en fut le premier surpris.

Gradov sursauta: il a lu *De la douleur et de l'insensibilisation*, mais mon patronyme, il l'a oublié!

— Boris Nikitovitch.

— Bien. — Staline hocha la tête. — C'est plus simple, Boris...

— Nikitovitch, lui resouffla Gradov.

— Il y a des choses qui ne vont pas, bien sûr, Boris Nikitovitch. Une fatigabilité plus grande. Une grande irritabilité. La toux. Des douleurs de poitrine, des bras et des jambes. Parfois, des étourdissements. Un intestin qui ne fonctionne pas très bien. Des urines qui laissent à désirer...

Voilà où nous en sommes : tantôt ceci, tantôt cela... Boris Nikitovitch... Bon, vous le savez, dans mon pays, les gens vivent centenaires... — à ce moment, il sembla à Gradov qu'il élevait la voix — ..., le plus tranquillement du monde centenaires. Ils se plaignent, mais ils vivent. — Il sourit, évoquant sans doute quelqu'un de « son pays », sur le plateau de Sakartvelo[1].

— Eh bien, au travail, Joseph Vissarionovitch ! dit Gradov. Je vais commencer par le questionnaire médical, l'anamnèse comme nous disons, puis l'examen clinique, après quoi, vous le comprenez, il nous faudra recourir au matériel médical et à une équipe.

— Du matériel... une équipe..., maugréa Staline qui s'était imaginé autrement son entrevue avec le professeur Gradov.

— Cela va de soi, Joseph Vissarionovitch, sinon comment ? Sans radio, sans électrocardiogramme, sans examens de laboratoire, je ne pourrai pas tirer de conclusions. En vertu de quoi, je vous suggérerais que nous nous déplacions ensemble rue Granovski.

— Pas de rue Granovski qui tienne, le coupa Staline. Tout ça se fera au Kremlin. — Il pivota dans son fauteuil, appuya sur un bouton fixé à un bureau tout proche. Deux hommes en blouse blanche entrèrent presque aussitôt. Toute une équipe de la Quatrième Direction attendait les ordres dans la pièce voisine.

— Eh bien, c'est parfait, c'est encore plus commode, articula Gradov.

Il serra la main des nouveaux arrivants et leur demanda en premier lieu de lui apporter l'histoire... — il avait failli dire « l'histoire de la mala-

1. Nom géorgien de ce pays. Il signifie le « Pays du soleil ».

die », mais il se reprit à temps — ... l'observation du camarade Staline. Les spécialistes hésitèrent, levèrent un œil craintif sur leur monstrueux patient.

— Apportez-la, grogna-t-il. — Il s'assombrissait de minute en minute.

Alors, le professeur Gradov, lui non plus, ne pouvait pas se passer de tout ce formalisme médical !

L'observation médicale du camarade Staline tenait dans un mince dossier fermé par des cordons. Boris Nikitovitch l'ouvrit par la fin et aperçut aussitôt la conclusion commune des professeurs Goettinger et Trouvsi, c'est-à-dire des deux lumières de la médecine clinique qui venaient de disparaître. « Hypertonie, artériosclérose, insuffisance coronarienne, emphysème pulmonaire, bronchite profonde, signes d'insuffisance pulmonaire, on soupçonne une insuffisance sclérotique liée à une pyélonéphrite chronique... » Joli bouquet ! « Le diagnostic devra être précisé après une série d'analyses cliniques », lut Boris Nikitovitch d'une écriture qu'il connaissait bien, celle de Trouvsi. C'est peut-être pour ça qu'on les a coffrés ? Pour ce diagnostic ? Peut-être que moi aussi, une mystérieuse disparition me guette ?

Il pria Staline d'ôter sa tunique. Sa tunique historique, sa chère et confortable tunique, celle dans laquelle, peut-être, était né le premier quinquennat, une tunique aux parements élimés. Tout, ici, appartenait à l'histoire : la tunique, le linge de finette, la culotte de cheval à bretelles, sans compter les bottes de chevreau. Ce qui, vraisemblablement, n'entrera pas dans l'histoire, c'est la forte odeur de sueur sénile : accaparé par les affaires de l'État, le Maître oublie sans doute de prendre son bain. Aurait-il la phobie des baignoires, croit-il voir une Charlotte Corday bondissant sur lui au plus fort de ses ablutions ? De telles plaisanteries lors d'un examen médical sont déplacées, professeur Gradov, même si elles ne font que passer comme de brèves hirondelles parmi vos considérations aussi sombres que les noires nuées de Russie. Celui que vous avez devant vous est, avant tout, un patient. Il palpa le corps flaccide du Maître...

— Vous ne faites pas de culture physique, camarade Staline ?

— Ah ! ah ! Vous me prenez pour Vorochilov ?

... il palpa les ganglions, y compris ceux de l'aine, ce pour quoi il pria le Secrétaire général de baisser culotte. Il découvrit une longue et molle tubulure ; on disait que tous les dirigeants de la première génération avaient la même, aussi longue. Boris Nikitovitch tenait beaucoup à voir les vaisseaux des jambes du Maître. Ses suppositions se confirmèrent. Le bas des jambes et les mollets étaient déformés par des gonflements bleus, des hématomes tuméfiés. Dilatation variqueuse des veines, endoartérite oblitérante.

— Avez-vous des fourmis dans les jambes, Joseph Vissarionovitch ?

— Parfois. Et vous, ça ne vous arrive jamais, professeur Gradov ?

A-t-il de nouveau oublié mon patronyme, ou est-ce de l'agacement ? Quand ils vieillissent, les bolchevik s'énervent beaucoup après leurs médecins. Staline souffre de iatrophobie invétérée, il déteste les médecins parce qu'ils sapent le mythe de la grandeur.

Il frappa assez fort son patient dans la région des reins. La méthode de son grand-père, un coup du tranchant de la main, sur un rein puis sur l'autre. Les reins étaient malades, le gauche plus que le droit. Couchez-vous sur le dos, à présent, Joseph Vissarionovitch. Nous pétrissons de tous nos doigts sensibles, même s'ils ont soixante-seize ans — chacun totalise cinquante-cinq ans de pratique médicale, donc, faites le compte, à eux tous, ils totalisent cinq cent cinquante ans de pratique médicale — de ces doigts nous pétrissons le ventre flaccide, nous sentons parfaitement, et même à travers la couche de graisse que le Maître s'est faite au cours des ans de notre gloire, ses organes internes — quel que soit le mépris que vous inspire l'homme, en tant que patient il éveille en vous une cordiale sympathie : voici le duodénum, le pancréas, réaction douloureuse immédiate, le foie est, naturellement, augmenté de volume, dur, granuleux, n'excluant pas un pronostic très sombre, mais à cet âge, cela évolue à bas bruit, lentement ; ces organes-là n'y sont vraiment pour rien, ils sont pareils à ceux de l'humanité entière, voyons vraiment, ni la collectivisation ni les purges de 1937 ne sauraient se palper dans ce flasque bedon ; c'est le destin triste et banal de tous les hommes : des gaz, le péristaltisme, des brûlures d'estomac, un goût de plomb dans la bouche... non, non, pas celui qu'on vous tire dans la bouche, celui de vos reins qui ne s'acquittent plus de leur fonction épuratrice.

À présent, abordons la percussion et l'auscultation. Ce même malheureux Trouvsi (un jour, nous avons fait, après avoir dîné à la Maison de la Science, une superbe partie d'échecs) m'a affirmé plus d'une fois qu'en moi, le chirurgien n'avait pas tué le clinicien. Mon Dieu, ce que nous pouvons entendre et percuter dans la cage thoracique du Père des peuples ! Des râles secs ou gras, des exsudats à la base de la plèvre, la matité au sommet, un cœur hypertrophié, de l'arythmie, des bruits... Comment tient-il encore debout avec tous ces miaulements ? Et en plus du reste, une hypertension en plateau dont la faible amplitude constitue une menace...

Le professeur Gradov arrangeait de moins en moins Staline, tu comprends, il avait encore oublié son patronyme. Il pose des questions déplacées. Des questions comme ça, on n'a pas le droit de les poser à l'homme le plus important de la soi-disant humanité, même s'il est votre patient-claquedent. Je sens à ses mains qu'il ne m'aime pas, ses mains ne frémissent pas comme celles de tous les peuples. Qu'est-ce que je lui ai fait de mal ? De son fils déporté j'ai fait un maréchal de l'Union Soviétique, est-ce mal ? À la demande de ses frères d'armes, j'ai laissé partir sa veuve, une célèbre p... pardonnez-moi mon Dieu[1] de Moscou, au royaume du capitalisme. Au nom de l'humanisme, nous avons laissé partir des femmes de première. Il m'en veut peut-être pour son cadet, le trotskiste ? Il se souvint soudain avec netteté du jour où Poskriobychev lui avait présenté la lettre par laquelle le maréchal Gradov prenait la défense de son frère et de la décision qu'il y avait formulée : « Condamnation maintenue. » Il ne pouvait pas, alors, gracier un trotskiste : politiquement parlant, cela risquait d'avoir trop de répercussions et de créer un précédent.

— Comment va votre fils Kirill ? demanda subitement Staline.

À ce moment, le professeur s'appliquait à ausculter l'aorte. Il crut un instant que c'était de ce vaisseau, de toute évidence obstrué par des

1. En russe : *prosti... gospodi*. Formule courante pour désigner les p... prostituées.

plaques de cholestérol, que lui parvenait, comme d'un torrent de la Kolyma coupé de rapides, le nom de son fils. Il s'était rappelé son nom ! Se pouvait-il qu'il se souvienne de tout avec une sclérose pareille ?

— Merci, Joseph Vissarionovitch. Il est en exil. En bonne santé. Il travaille.

— Si vous avez quelque chose à demander pour lui, dites-le, Boris Borissovitch, dit dignement Staline en se détournant vers la fenêtre derrière laquelle, parmi les rayons optimistes du printemps, au-dessus de la coupole, flottait le drapeau aux couleurs indestructibles d'un État qui portait l'espoir de tous les peuples pacifiques du monde. Il m'a dit « merci », mais cela ne signifie pas qu'il va me demander quoi que ce soit, qu'il est mon ami. Il a appris auprès de ces « cerveaux » juifs quelque chose qui ne va pas. Nous les avons sauvés des Cent Noirs et de Hitler, mais ils continuent quand même à nous considérer comme des hommes nus, comme des objets d'étude de leurs théories. Or, le révolutionnaire professionnel est un homme d'une trempe particulière, comme le disait Trotski. Non, Trotski n'a rien dit de semblable. Léon avait une bien trop haute opinion de lui-même, alors, il ne disait rien de valable. S'il avait été plus modeste, jamais un phénomène aussi scandaleux que le trotskisme n'aurait pris naissance. À présent, il est trop tard pour parler. On ne l'a pas extirpé à temps et à présent, il se répand dans mon corps tout entier, prend la forme de ces diagnostics scandaleux. Le professeur Gradov pourrait devenir l'auxiliaire involontaire du trotskisme international. Ce n'est pas cela que j'attendais de toi, *ghenatsvalé*. Plus d'une fois j'avais imaginé qu'après avoir éliminé tous ces parasites du Kremlin, arrivait le professeur Gradov, éternel sauveur, celui qui autrefois déjà avait chassé mes excès de plomb, percé la voie de la vallée de l'Alazani, c'est-à-dire pour parler en homme, m'avait permis de rechier, avait payé sa dîme à la lutte pour le bonheur universel, le voilà qui entre, le front haut, les mains chaudes. Doucement, légèrement, il m'examine, après quoi il dit : « Staline-*batono,* tu es aussi solide que toute l'URSS, ne fais pas attention à ce qu'affirment ces Trouvsi-Vovsi et Goettinger-Etinger ! » Au lieu de cela, il tâte chacune de mes veines, ausculte chacune de mes cellules comme s'il avait décidé de trouver de quoi je vais mourir. En ce sens que je crèverai sans confession. Étrange désir qui ne le cède en rien au crime d'espionnage antisoviétique. Si on le fait venir, c'est pour démentir et non pour confirmer, ne l'entend-il donc pas ? Étrange surdité, il va falloir relire plus attentivement sa *Douleur et l'insensibilisation,* je pourrais y découvrir bien des choses. Peut-être que moi, le grand Staline comme on le clame autour de moi, je suis déjà condamné et je reste désormais tout seul, comme du temps où j'étais écolier, sans assistance et sans repentir ? « Remets-moi de mes péchés, Seigneur », marmonna le malade en géorgien d'une voix à peine audible.

— Vous avez dit quelque chose, camarade Staline ? demanda Gradov.

Staline émergea de son lourd demi-sommeil et ricana :

— Non, non, c'est seulement que vous m'endormez un peu avec votre examen, professeur.

— Eh bien, il est terminé, fit celui-ci avec une alacrité toute professionnelle. Maintenant, Joseph Vissarionovitch, avec le concours du personnel présent, nous allons devoir pratiquer un électrocardiogramme, une radio de la cage thoracique, une analyse du sang et des urines. Après quoi, j'aurai besoin de deux heures pour établir le bilan.

— Alors, après l'analyse, je pourrai retourner à mes occupations ? demanda le Maître.

— Si possible, pas d'occupations aujourd'hui, Joseph Vissarionovitch. Le mieux serait que vous vous changiez les idées, que vous lisiez quelque chose de distrayant, que vous voyiez un film.

— Aujourd'hui, c'est vous qui êtes le maître au Kremlin. — Ce sombre trait d'esprit avait été prononcé d'un ton qui n'avait rien de drôle, plutôt sinistre. Sans se donner la peine de lui répondre — tu fais venir le médecin, à toi de lui obéir, quand bien même tu serais trois fois le Dragon de ce pays — Gradov ouvrit la porte de la pièce voisine et dit d'une voix forte :

— La robe de chambre du camarade Staline ! Laquelle ? Chaude, cela vaudra mieux.

Une agitation absurde s'empara du personnel.

— Imbéciles ! fit Staline avec lassitude.

Gradov haussa les épaules. Le mécontentement où ils étaient tous deux de l'incohérence du personnel avait détendu leurs relations. Puis survint l'un des miracles du Kremlin : la robe de chambre fit son apparition. Il y a cinq minutes, il n'y avait pas la moindre robe de chambre en vue, et voilà que la confusion et l'horreur venaient de donner naissance à une lourde chose en tissu-éponge, longue presque jusqu'au sol, qui n'offensait en rien la dignité du Secrétaire général, mais au contraire même, la relevait. Ces vêtements longs, ça vous relève la dignité d'un chef. Pourquoi ne pas y revenir ?

Staline, conduit par deux larbins en blanc, et

le professeur Gradov enfilèrent un couloir et gagnèrent les cabinets de soins des services médicaux. À distance respectueuse, une importante foule d'autres larbins suivait.

... Le tout prit trois bonnes heures, au bout desquelles Staline et Gradov se retrouvèrent seuls.

— Mon sentiment, Joseph Vissarionovitch, commença Gradov d'un ton aimable mais sans nulle platitude et même, ma foi, avec pas assez de platitude pour être de bon ton, est que votre santé laisse beaucoup à désirer. Outre le traitement médicamenteux dont j'ai préparé la liste, je proposerais, pour un malade tel que vous... — aux mots « malade tel que vous », Staline leva sur lui un regard de tigre à l'agonie — ... je proposerais des mesures plus importantes que la médication, à savoir un changement de vie complet. Vos deux plus grands problèmes sont une tension nerveuse colossale et la présence dans votre organisme de l'excédent d'une substance nommée cholestérol. La médecine mondiale n'est malheureusement pas à même d'effectuer à un degré convenable l'angiographie de vos vaisseaux, mais je crains qu'ils soient fortement modifiés. Il existe cependant des moyens de réduire le taux de ce maudit cholestérol qui obture les artères. En premier lieu, il faut immédiatement et irrévocablement vous arrêter de fumer. Puis changer radicalement votre régime alimentaire, c'est-à-dire supprimer toutes les graisses animales et vous concentrer surtout sur les fruits et légumes. Troisième facteur primordial : le mouvement. Sous la conduite d'un médecin spécialiste, il faut vous livrer à des exercices physiques quotidiens, d'abord légers, puis plus intenses. Quant aux surcharges nerveuses, il faut absolument les éviter, les éliminer du tout au tout de votre vie quotidienne, en d'autres termes, vous ne pouvez plus travailler comme vous le faites actuellement. En principe, vous ne pouvez plus travailler, Joseph Vissarionovitch...

— Est-ce que vous comprenez ce que vous dites, professeur Gradov ? le coupa Staline avec un tel regard qu'on aurait cru que c'était lui qui avançait au professeur un diagnostic funeste et non le contraire. Est-ce que vous comprenez ce que cela veut dire, que je m'arrête de travailler ?

Gradov soutint son regard avec une froide sérénité. Sa décision était prise. Vous ne me ferez plus peur. J'ai soixante-seize ans et je ne perdrai plus une miette de ma dignité. J'en rétablirai peut-être même quelques-unes. Quel besoin en as-tu, à soixante-seize ans ? Figurez-vous, généralissime, que j'en ai besoin.

— Que je comprenne ou non ce que cela veut dire du point de vue politique n'est, à l'heure présente, pas ce qui compte. On m'a fait venir auprès de vous en qualité de médecin et c'est en médecin, sans rien dissimuler, que je vous fais part de mes conclusions, camarade Staline.

— Curieux ! articula celui-ci en contenant à grand-peine sa colère et son chagrin : son symbole protecteur dénommé « le professeur Gradov » venait de disparaître, de se volatiliser, celui qui se tenait devant lui, froid et calme (!) était presque un ennemi. — Curieux que les conclusions d'un vieux médecin russe coïncident avec l'avis de ces Goettinger et Trouvsi.

— Les professeurs Goettinger et Trouvsi sont d'éminents spécialistes de la symptomatologie cardio-vasculaire et je regrette beaucoup de ne pouvoir tenir concile avec eux.

Gradov dévisageait attentivement Staline dont

les traits, à mesure que se déroulait cette conversation, affichèrent quelque chose de jeune, de crapuleux. Savait-il que les deux professeurs avaient disparu ? Il était difficile de lire sur ce visage autre chose qu'une puissance terrible et abjecte.

Staline se leva et gagna l'autre bout du cabinet où il s'attarda un peu, le dos à Gradov, sous le tableau de Brodski où Lénine est assis parmi des plis de housses à meubles, on dirait des caparaçons d'éléphant.

— Je n'aime pas votre façon de jouer au physionomiste, professeur Gradov, dit-il sans se retourner. Dites-moi, que pensez-vous du professeur *Vino*gradov ? — Avec une touche d'humour passagère, il accentua *Vino*, c'est-à-dire les deux syllabes qui manquaient au nom de son interlocuteur.

— Vladimir Nikititch ? — Gradov se souvint tout à fait hors de propos que le titulaire de la chaire de clinique du Premier Institut de Médecine s'était vu affubler de l'étrange surnom de Koutso. Il était bègue et les orthophonistes lui avaient prescrit, au moment des troubles, dans l'ordre de l'auto-hypnose, de prononcer le mot « koutso », ce qu'il faisait avec un plein succès à son cours, pour la plus grande joie des étudiants. — Vladimir Nikititch Vinogradov est aussi l'un des grands, des brillants cliniciens de notre temps.

— Je ne vous retiens plus, professeur Gradov, dit Staline en quittant immédiatement les lieux.

Voilà, c'est fini. Boris Nikitovitch se renversa dans son fauteuil et ferma les paupières. Reverrai-je ma maison aujourd'hui ? Rien n'est moins sûr. L'image d'Archi-Med, les yeux pleins d'un amour sans bornes, passa devant ses yeux. Sans rien lui dire directement, je lui ai montré qu'ils ne me faisaient plus peur. Je doute fort qu'ils pardonnent ce genre de manifestation. Il demeura quelques instants paupières closes. Personne ne venait le chercher. Deux hommes de service amenèrent un lourd agrégat dénommé aspirateur. Alors, il se leva et se dirigea vers la sortie. Les sentinelles des couloirs l'accompagnèrent de leur regard impassible, mais sans faire la moindre tentative pour l'arrêter ou l'accompagner.

Dans le hall du bas, l'officier de garde lui montra sans un mot une rangée de chaises située au fond, décrocha son téléphone et communiqua quelque chose à quelqu'un à mi-voix.

Gradov passa plus d'une demi-heure dans le hall désert. Selon une méthode qu'il avait personnellement mise au point, il s'efforçait de ne penser à rien et de ne pas changer de position, afin d'apaiser le tremblement et le vertige qui déferlaient en lui. Quelque chose comme la méthode de Vinogradov contre le bégaiement, mais au lieu de « koutso », il répète mentalement une suite arbitraire de sons : « bomm, momm, bromm, gromm, fromm, somm, komm, flomm... » De la sorte, on se protège contre les influences extérieures, mais en même temps, on demeure présent dans l'Univers, ne serait-ce, par exemple, qu'à titre de petit étang avec nénuphars.

Tout à coup, on l'appela : la voiture était arrivée. Qu'est-ce qui était arrivé ? Où était-ce arrivé ? Pourquoi était-ce arrivé ? Pour qui était-ce arrivé ? Et enfin : la voiture est arrivée pour m'emmener hors du Kremlin. Elle n'était occupée que par un chauffeur qui lui désigna le siège arrière. Ils sortirent par la porte Borovitskaïa et opérèrent une halte inopinée place du Manège. Deux types en complet noir s'enquillèrent de chaque côté du professeur en le comprimant fortement et l'enveloppant d'une odeur de sueur chevaline. « Ôte ton chapeau », ordonna l'un d'eux. « Pardon ? » fit le professeur, se tournant vers lui. « Ôte ton chapeau, vieux con ! » rugit le second qui, sans attendre qu'il le fasse volontairement, l'arracha de sa tête et le flanqua sur le siège avant. Après cela, on lui serra un bandeau hermétique sur les yeux. La voiture repartit, roula un certain temps ; l'étang aux nénuphars oscillait, tandis que planaient au-dessus de lui, en crabe, des phrases échangées par les deux types : « Alors, lui ? — Lui, rien. — Alors, elle ? — Elle, elle en a rien à foutre. » Outre l'arrestation du professeur Gradov, ils avaient leurs propres soucis.

La voiture s'arrêta et on lui ôta le bandeau. Ils étaient dans la cour faiblement éclairée d'un grand immeuble anonyme. On l'introduisit dans l'entrée et lui fit prendre l'ascenseur. La porte passée, il découvrit une enfilade de pièces au mobilier tout aussi anonyme. Dans l'une d'elles, un homme de petite taille, tout en rondeurs, vint au-devant de lui. Sa tunique aux étoiles de général était un peu moins anonyme que le reste.

— Ah ! Vous m'amenez cette merde ! coqueriqua-t-il. Balancez-la-moi là. — Il désigna un divan.

Ils chopèrent le professeur par les ailerons et le « balancèrent » au sens propre sur le divan, moyennant quoi ses cheveux tout à fait blancs, mais toujours aussi drus, lui retombèrent sur les yeux en bourrasque de neige.

Le général alluma une longue cigarette, approcha et posa le pied sur le traversin du divan.

— Alors, sous-verge de la youtrerie, tu vas te mettre à table de ton plein gré ou il va falloir que je te dérouille pour savoir la vérité ?

— Je vous demande pardon, qu'est-ce que c'est que ce langage ? fit Gradov d'une voix gonflée par la colère. Savez-vous que je suis lieutenant général des Services de Santé de l'Armée Rouge, vous êtes mon subordonné, camarade général.

Le petit général rondouillard aux allures de comptable de gérance d'immeuble écouta la tirade, hocha même la tête ; après quoi il demanda :

— Dis voir, tu n'as pas envie de chier ou de pisser ? Va donc aux gogues avant qu'on se mette à causer, vieux con, sinon tu nous dégueulasserais ces lieux qui sont propres. — Il cramponna brusquement le professeur par la cravate et la chemise, l'attira, lui souffla à la face une haleine chargée de la salade-vinaigrette partiellement revomie de la veille. — Je vais te faire gueuler autre que Trouvsi ou Goettinger ! Tes décorations, on va te les carrer droit dans le cul !

Complètement hors de lui, Boris Nikitovitch attrapa le général par les nénés rembourrés de sa tunique et le secoua si violemment que, soit d'étonnement, soit de la secousse, les yeux lui jaillirent hors des orbites et que sa tête ballotta comme celle d'une poupée de son. Boris Nikitovitch envoya promener l'abominable général, puis se laissa tomber sur le divan. Comment se fait-il que je sois encore en vie ? se demanda-t-il tranquillement, comme du dehors. D'où viennent ces réserves physiques inattendues ? Outre l'adrénaline, il doit y avoir autre chose qui a, jusqu'à présent, échappé à l'étude.

Le général, visiblement ébranlé, autant au sens propre qu'au figuré, essayait d'attraper un bouton arraché par le professeur et qui était en train de rouler par terre. Il y a gros à parier que les organes de la Sécurité n'avaient pas, depuis belle lurette, subi pareil affront. Le bouton roula un moment entre les pieds du fauteuil, puis finit par se coucher, l'étoile au plafond, dans l'angle nord de la pièce. Rioumine — car c'était lui — le ramassa et le mit dans sa poche. Qu'est-ce que je vais faire de cet enfoiré de professeur ? se demanda-t-il. L'ordre de « cogner » n'avait pas été formulé, on avait uniquement exprimé le désir de voir « intimider » l'intéressé. Fallait-il prendre l'initiative ? C'est risqué quand même, dans les fonctions que j'exerce. Celles d'Abakoumov étaient encore plus élevées, regardez-moi la gamelle qu'il s'est pris.

Il tourna le dos au professeur et décrocha le téléphone, mais sans lâcher le commutateur.

— Envoyez-moi Prokhezov et Popoutkine en vitesse. J'ai quelqu'un à qui il faut apprendre à vivre.

Ça doit être ceux qui m'ont amené ici, pensa Boris Nikitovitch. Ou bien d'autres. Ce ne sont pas les Prokhezov et Popoutkine qui manquent, ici. Je crois que je n'éviterai pas de gueuler, moi aussi. Crier, hurler, gémir, pleurer, autant de réactions naturelles, inconscientes, à la douleur. Ce qu'il faut, c'est détourner sa conscience de l'attente de la douleur. Que ce soit ma dernière expérience.

La porte s'ouvrit. Celui qui pénétra dans le bureau à la place des gorilles prévus fut Béria, Lavrenti Pavlovitch lui-même, imperméable sur le dos et chapeau en tête. Il ôta sa coiffure, en secoua des gouttelettes de pluie (comment s'était-il trouvé sous la pluie, le puissant vice-président du Conseil des ministres, se pouvait-il qu'il fût venu à pied ou bien qu'il se fût attardé à rêver sous un réverbère ?), il abandonna son imperméable entre les mains de Rioumine et demanda, comme s'il n'avait pas remarqué la présence du professeur :

— Alors, qu'est-ce qui se passe ici ?

— Eh bien, Lavrenti Pavlovitch, ce... ce professeur refuse de nous parler, se plaignit Rioumine comme un gamin mortifié. Je suis votre supérieur hiérarchique, il me dit. Garde à vous !

— Ça, ça ne va pas, Boris Nikitovitch, dit Béria d'un ton affable. Le Parti nous enseigne la démocratie, les rapports de camaraderie avec nos subordonnés. En outre, ce général-ci — il pointa le pouce vers Rioumine — occupe pour l'instant le poste de vice-ministre de la Sécurité d'État.

Rioumine se figea : qu'est-ce que cela voulait dire, « pour l'instant » ? Se pourrait-il que je dégringole à la suite d'Abakoumov ? Se pourrait-il qu'on ait décidé d'enterrer la question juive ?

— Cet homme m'a injurié dans les termes les plus orduriers, proféra Boris Nikitovitch, et tous ces mots lui parurent discontinus, comme suspendus par quelque distorsion hideuse.

— Et qui m'a arraché mon bouton ? s'écria Rioumine comme un imbécile. — Sous le regard attentif de Béria, il sentit que ce cri était peut-être la plus grande erreur de sa vie.

Béria se mit à rire.

— Allons, mes amis, allez-vous chercher qui a commencé le premier ? Écoute, Mikhaïl, laisse-nous un peu. Nous avons quelques secrets à échanger, le professeur et moi.

Le menton tremblant, Rioumine ramassa un petit dossier sur son bureau et sortit. Béria le suivit des yeux — Mikhaïl a filé au buffet faire le plein de cognac — puis attira une chaise près du divan et s'assit en face de Boris Nikitovitch.

— Cela fait longtemps que vous réprouvez le

pouvoir des Soviets ? demanda-t-il sur le mode amène.

— Qu'avez-vous à faire de ces procédés, Lavrenti Pavlovitch ? répliqua Gradov avec irritation. J'ai soixante-seize ans, ma vie est à son terme, vous devriez tout de même en tenir compte !

— Pourquoi des « procédés » ? fit Béria, comme blessé dans ses meilleurs sentiments. J'ai simplement pensé qu'un homme de votre origine et de votre éducation pouvait ne pas aimer le pouvoir des Soviets. Purement en théorie, non ? Cela arrive, Boris Nikitovitch. Qu'on serve fidèlement le pouvoir des Soviets, mais qu'en réalité on le réprouve. L'homme est une créature plus complexe que certains — un coup d'œil vers la porte — le pensent. Par exemple, ce n'était pas un secret pour nous que votre fils, deux fois Héros de l'Union soviétique, n'appréciait pas le pouvoir des Soviets. Pas toujours, certes, parfois il l'appréciait. Vous savez, certains préfèrent les blondes, mais parfois ils aiment les brunes, mais quand même, ce sont les blondes qu'ils préfèrent.

Non, ce professeur n'a pas le sens de l'humour. On lui parle gentiment et lui, il ne sourit même pas. Quel abruti !

— Parlons net, Lavrenti Pavlovitch. Pour quelle raison m'a-t-on arrêté et conduit ici ?

— Ne vous l'a-t-on pas expliqué ? s'étonna Béria. C'est bizarre. On devait vous expliquer quand vous étiez encore au Kremlin que je voulais vous voir. Je vérifierai pourquoi on ne l'a pas fait. Vous comprenez, nous autres, au gouvernement, vos conclusions sur l'état de santé du camarade Staline nous préoccupent vivement. Dites-moi, vous estimez vraiment qu'il n'est plus en état d'exercer ses fonctions ou bien c'est de votre part une réaction... comment dirais-je... émotionnelle, en relation avec tout le reste, si l'on veut ?

— Pensez de moi tout ce que vous voudrez, camarade Béria, dit le professeur d'un ton sévère qui l'étonna lui-même infiniment et en s'envoyant même à sa vive surprise une claque de défi sur le genou. Je suis entre vos mains, mais je n'ai peur de rien. Et vous savez parfaitement que je suis un médecin, un médecin avant tout ! Je n'ai rien de plus sacré que ce titre !

Intéressant personnage, songea Béria. Dommage qu'il soit trop vieux. Il ne nous craint pas. Ça, c'est curieux. C'est quelque chose ! Dommage qu'il soit si vieux. Si seulement il était un tout petit peu plus jeune... Mais il n'est tout de même pas tout à fait ordinaire, et même intéressant.

— Boris Nikitovitch, mon cher, mais c'est justement au médecin que je m'adresse, enchaîna Béria d'une voix suppliante. Et comment donc ! Vous êtes un grand médecin, les services que vous avez rendus pendant la guerre sont titanesques. Et votre livre, *De la douleur et de l'insensibilisation*, chaque tchékiste devrait l'étudier : c'est que nous assumons une tâche dangereuse. Le camarade Staline a confiance en vous comme en son propre père... — là, ce fut comme si Béria se donnait un coup d'éventail noir devant le visage, il en émergea transformé : ses babines tout soie s'étaient pétrifiées, son lorgnon s'était opacifié — c'est pourquoi vos conclusions nous inquiètent tant. Prescrire au camarade Staline, à l'homme qui est véritablement le porte-étendard de la paix, d'abandonner son poste, c'est, à mon avis, se prononcer avec trop de hardiesse, trop d'insolence, professeur Gradov. Il ne s'agit pas d'un Churchill quelconque, voyons ! Nous, les chefs, nous sommes épouvantés, oui ? Alors, que dira le peuple ?

Ces lentes paroles étaient autrement plus terribles que les glapissements ignobles de Rioumine, pourtant Boris Nikitovitch, comme s'il avait accepté son sort, conservait, à son propre étonnement, un calme absolu.

— Excusez-moi, camarade Béria, mais vous ne comprenez pas tout à fait la nature des rapports du médecin à son malade. Lorsque j'examine le camarade Staline, il n'est pas plus, pour moi, que le premier Ivanov-Pétrov-Sidorov venu. Pour ce qui est de l'aspect politique de cette affaire, j'en saisis tout à fait l'importance, mais je ne peux tout de même pas pousser mon malade vers une fin précipitée.

— Il est donc... condamné ? demanda Béria d'une allure extrêmement ralentie, comme s'il prenait entre ses mains un chat qu'il ne connaissait pas.

Boris Nikitovitch eut un petit rire.

— Vous savez bien que tous les hommes sont condamnés, camarade Béria. Et contrairement à l'avis général, Staline est mortel...

Comme il parle, se disait Béria, comme il se tient ! Dommage qu'il soit trop vieux, et quand même...

— ... Son état de santé approche du point critique, poursuivit Gradov, mais cela ne signifie absolument pas qu'il va bientôt mourir. Il peut surmonter la crise en prenant des médicaments et en changeant radicalement son mode de vie. Régime alimentaire, exercice physique, suppression totale de toutes les surcharges affectives, psychologiques et intellectuelles, autrement dit, le repos pour une assez longue période, enfin, disons un an. C'est tout, c'est simple comme bonjour.

Un silence de quelques instants s'instaura. Le visage de Béria était impénétrable. Le visage de Boris Nikitovitch était pénétrable. Foin de tout masque, tout est clair, tout est dit. Et pour que les choses soient encore plus claires, affichons notre mépris. Il sourit.

— Quant au peuple, eh quoi... dans les circonstances actuelles, le peuple peut ne pas s'apercevoir des douze mois d'absence du Maître...

Très intéressant, cet homme ! faillit s'exclamer Béria. Il abandonna le professeur toujours figé sur son divan au haut dossier et se retira près de la fenêtre où il sortit son briquet et alluma voluptueusement une odorante cigarette américaine. Les ambassadeurs à l'étranger ne manquaient jamais d'approvisionner ses réserves en Chesterfield.

— Vous n'avez pas toujours été ce médecin si ferme, si inflexible, dit-il d'un air rusé depuis la fenêtre, et même en menaçant l'orgueilleux du doigt. Je viens de parcourir votre dossier et j'y ai découvert certaines choses notées par nos collègues de l'ancien temps.

Le professeur Gradov se leva d'un seul élan.

— Assis ! hurla Béria.

— Non ! cria le professeur. — Mais qu'est-ce qui m'arrive ? — Pour quelle raison devrais-je rester assis ? Présentez-moi un mandat d'arrêt, vous me donnerez des ordres après !

Par la suite, analysant une conduite qui, entre les murs de la Tchéka, était tellement invraisemblable, tendant en digne intellectuel à se dévaloriser à ses propres yeux, Gradov devait conclure qu'il avait inconsciemment senti que son attitude indépendante plaisait à Béria et que, par conséquent, son audace inopinée n'était pas de l'audace du tout, mais plutôt l'entêtement du chouchou de la classe.

Béria sourit et articula du ton le plus courtois :

— Écoute, vieux birbe à la con, si jamais quoi que ce soit transpire, pute enfoirée, si jamais tu parles à quelqu'un de notre entrevue, compris, de notre conversation, je te livre avec toutes tes tripes à Rioumine, et tu ravaleras ta fierté avec tes couilles et tes boyaux, exactement, crotte de bouc, comme l'ont fait tes petits copains juifs Goettinger et Trouvsi. Compte sur nous pour te dépiauter, vieux cul. Littéralement !

Il remit son imperméable, son chapeau et essuya son lorgnon avec son écharpe. Un sourire fort poli errait encore sur ses lèvres nanties de l'étrange propriété tour à tour de se rétrécir et de transformer ainsi sa bouche en gueule de baleine ou de s'épanouir comme une fleur charnue et vorace.

Il fait une bien étrange figure au milieu du gouvernement bolchevik, se dit Boris Nikitovitch avec un calme parfait. Il ressemble moins que tout à un bolchevik. Il a quelque chose d'italien, d'un ruffian pas de chez nous. Il n'a même pas appris à jurer en bon russe. Finalement, qu'est-ce qui constitue le plus terrible secret : la santé de Staline ou l'intérêt qu'il lui porte ?

— Savez-vous que nous sommes presque parents, Boris Nikitovitch ? fit soudain Béria avec un rire des plus aimables. Votre épouse, Mary Vakhtangovna, est ma payse, n'est-ce pas, et tous les Géorgiens sont un peu parents, les Mingréliens et les Karthliens eux-mêmes se sont mélangés entre eux. Cherchez dans nos annales *Karthlis Tskhovreba* et vous trouverez sûrement des liens de parenté entre les Béria et les Goudiachvili. Ne bondissez donc pas ! Nous sommes tous des humains, et le neveu de votre épouse, Nougzar Lamadzé, est mon adjoint le plus proche. Vous voyez, ah, ah, ah !, ah, ah, ah !, le monde est réduit, le monde est réduit.

— Oui, le monde est petit, confirma et corrigea en même temps Gradov.

Béria s'approcha et, bon enfant, le prit aux épaules :

— Venez, je vous accompagne jusqu'à la voiture. N'ayez pas peur, j'aime, tu comprends, votre fidélité au serment d'Hippocrate.

Il avait plu. L'odeur suave et forte des fleurs de tabac montait dans l'air nocturne qui baignait la maison de ses vieux jours. Les sapins, compagnons de sa vie, bruissaient régulièrement, tendrement sous la brise ininterrompue, elle, la plus jeune et la plus antique habitante de tous les espaces et recoins de la terre. Par la fenêtre éclairée, on voyait passer et repasser la silhouette de sa vieille compagne, la seule femme que j'ai aimée de toute ma vie, si l'on excepte quelques infirmières lors de mes missions, son dos n'est pas encore voûté, sa natte blanche est lourde, elle porte toujours avec la même fierté ses seins que j'ai jadis caressés avec une telle passion et dont le gauche est à présent abîmé par une intervention récente.

Goûtons à présent chaque instant de ma maison natale, les fleurs de tabac et la brise, et les traits si tendres de ma vieille compagne, mon amour : m'ont-ils rendu à la vie pour bien longtemps ? Pourquoi le chien ne sent-il pas ma présence et n'aboie-t-il pas ? Non, ce n'est pas un gardien, mes femmes l'ont trop gâté, comme l'autre, celui d'avant.

J'arrache une fleur blanche, j'y plonge mon nez depuis longtemps insensible, je gravis le perron, et chaque marche m'est un délice. Je lève la main et je frappe avec délice à ma propre porte. Archi-Med aboie. Enfin ! C'est moi, ton maître, l'archi-medicus Boris. Tu vois, ils m'ont relâché, laissé quelques jours à vivre.

CHAPITRE HUIT

Tu sais, je te connais!

— Alors, Grad? — Ça boume, Grad? — Les gars, Grad a passé ses cliniques! — Quoi? Il a rupiné? La maxi-note? Je n'y crois pas! — Allez, Grad, montre-la-nous, ta maxi-note! — Réglo, les gars, elle y est, dans son carnet. Oh, mon petit Boris, oh! oh! félicitations! Comme nous sommes contents que tu sois passé en même temps que nous et que tu aies décroché ce Très Bien. Tu es si célèbre! Si beau! Si chic! — Avec qui es-tu passé, Taréiev ou Vovsi?

Boris IV Gradov, étudiant de troisième année du Premier Institut de Médecine de Moscou, *alias* B.N. Gradov, champion d'URSS de moto-cross catégorie 350 cc, maître ès sports et membre du Club des Forces Aériennes, *alias* Boris Grad, jeune lion de Moscou, retirait avec délices de ses athlétiques épaules sa petite blouse blanche, étriquée et courtemanche. Y en a marre, les examens sont passés! Le plus sensass, c'est que c'est sans hypothèque. « Ce qui me la coupe, c'est que tu aies tout passé à la même session », lui dit en le rejoignant un étudiant surnommé « Plus », boxeur de première catégorie, l'un des rares condisciples avec lesquels Boris se tenait plus ou moins sur un pied d'égalité.

— L'homme soviétique commun déplace des montagnes, commenta Boris.

Autour de lui, les nanas couinaient et des gamins de vingt ans passaient d'une voix caverneuse à des déraillements de petits coqs. Grad considérait avec condescendance ces joies de jeunes veaux. Ils étaient vraiment verts, ça oui, des fruits verts. La jeunesse d'après-guerre est colossalement en retard. La virginité partout, le freinage du développement sexuel. Un jour où ils observaient par-dessus l'épaule les uns des autres le professeur en train de pétrir le ventre d'un malade, la petite Doudkina s'était serrée contre Boris. Cette jeune personne aux formes admirables aurait dû, depuis longtemps, se trouver à la tête de l'avant-garde moscovite. Pourtant, ce contact involontaire la laissa pantelante. Afin de l'encourager (elle était en outre responsable komsomol de la promotion) il lui mit la main aux fesses et descendit même quelque peu vers le bas. La minette se trouva mal, nom de Dieu! Il fallut lui donner des gouttes de Zélénine dans un verre à facettes. Depuis, elle détourne les yeux et si par hasard il capte son regard, il y lit sans peine aucune la lettre de Tatiana[1]. Du rire plein sa culotte, non?

Et voilà la responsable Doudkina qui, aussitôt après l'examen, se dirige vers lui. Sus au dévorateur d'oiselettes.

— Vous comptez arroser la fin de l'année universitaire avec nous, Boris?

Lui, il la serre aux épaules en copain.

— Ce serait avec plaisir, Elka, mais l'équipe file au Caucase dans deux jours.

1. Scène archi-célèbre d'*Eugène Onéguine* de Pouchkine, où la jeune héroïne avoue son amour au séducteur qui la dédaigne.

Ses lèvres — deux caramels — frémissent de façon touchante.

— Dans deux jours... nous, c'est après-demain... non, je vous demandais ça comme ça... c'est seulement qu'on se cotise.

— C'est combien par tête ? — Déjà il sort ses biftons de sa poche.

Les petits yeux d'Elka Doudkina s'illuminent de joie.

— Cinquante balles.

— Ce n'est pas trop ? demande-t-il d'un air soucieux. Les gars vont prendre une sacrée cuite. — Et il fourre un billet de cent dans la poche de la fille.

— Gardez vos leçons pour vous, jeune homme ! répond-elle superbement, mais plutôt à côté de la plaque.

C'est une citation des *Douze Chaises*. Ce bouquin quasi interdit, associé au *Veau d'Or* en édition d'avant-guerre, circulait dans la promotion, et de nombreux étudiants ne s'exprimaient que par citations de la célèbre satire d'Ilf et Pétrov, aujourd'hui presque entièrement sous le boisseau. Donc, par conséquent, même cette emmerdeuse-de-première-classe-de-Doudkina a adopté le vocabulaire d'Ellotchka l'Ogresse pour prouver au héros de ses rêves, Boris Gradov, qu'elle non plus, elle n'est pas tombée de la dernière pluie, oui, elle est la première de la classe, mais elle n'est pas une emmerdeuse et que s'il vient au pot de Sacha Schabad, il pourrait y découvrir d'agréables surprises. Facile à imaginer, ce raout de fruits verts : citations d'Ilf et Pétrov, tourne-disques avec disques d'avant-guerre, plus du « jazz à l'os », c'est-à-dire Nat King Cole et Peggy Lee copiés sur de vieux clichés de radios, c'est ça, et après, danse en lumière douce, soit jeux de mains compris.

En fait, peut-être que Sacha Chérémétiev et moi, nous aurions été des enfants tout pareils, à vingt ans, sans les groupes francs où l'on nous a appris si vite et bien fait à tuer. C'est dingue, après ça, de tout reprendre à zéro, d'aller rejoindre une bande de jeunes veaux bien sains, de potasser la substantifique moelle qui fera de vous un spécialiste guérisseur alors que l'on est depuis longtemps un spécialiste tueur. Faire palpiter des vierges du genre d'Elka Doudkina après qu'on s'est sexuellement blindé au Club des Forces Aériennes. Parler par voie de citations du *Veau d'Or*. Cotiser à des soirées à cinquante roubles.

Cette année, en abordant les cours de propédeutique de pathologie interne, Boris avait, pour la première fois, cru trouver un sens à tout ce rabâchage. Pour la première fois, il s'était trouvé non devant une abstraction, mais devant un corps souffrant qu'il fallait — et parfois que l'on pouvait — aider. Ça doit être l'appel génétique des Gradov qui s'éveille, se moqua-t-il *in petto*, qui exige que je reprenne la dynastie interrompue. Son grand-père Boris III, qui n'avait manifestement pas espéré qu'avec ses motos Babotchka irait ne serait-ce que jusqu'en deuxième année, se montrait à présent incroyablement flatté lorsqu'aux déjeuners du dimanche au Bois d'Argent il se voyait dédier par son petit-fils quelque condescendante question du sacro-saint domaine.

Néanmoins, ôter sa blouse blanche et la débarrasser dans un coin jusqu'en septembre fut une véritable volupté. Dans deux jours, en grande cohorte, les motards et le personnel de service fileraient vers Tbilissi, lieu des compétitions interrépubliques de l'année. En quelques jours de trajet, il s'aérerait la cervelle des sempiternelles beuveries de Moscou. Et puis, cette Géorgie, c'est l'antique patrie où il n'est encore jamais allé.

Quand même, il s'en était approché. L'année dernière, la réunion avait eu lieu à Sotchi. Et Sotchi, c'est presque la Géorgie. Un pays enchanteur. La mer qui étincelle. L'hôtel *Primorskaïa* sur sa falaise, dans le style des « Années Heureuses 1930 ». Le Club des Forces Aériennes y occupait tout un étage. Quelque chose de déplaisant émerge dans son esprit au mot de « Sotchi ». Qu'est-ce que cela pourrait bien être ? Ah ! oui ! Ces filles ! Ne fais donc pas semblant, « ah, oui ! » tu parles ! Mais oui, justement, ces filles et leurs copains que les supermen des Forces Aériennes avaient traités si cruellement, en francs salauds.

Ils étaient en train de dîner au restaurant quand la bande était arrivée : six moussaillons et leurs nanas qui avaient aussitôt attiré leur attention. Ce n'étaient rien moins que ces « zazous » que la société venait de découvrir. Les journaux publiaient à la pelle des chroniques à leur sujet, on voyait partout des dessins humoristiques qui représentaient le malfaisant zazou avec une longue crinière et une crête de coq au sommet du crâne, un ample veston à carreaux et des pantalons cigarette, un singe sur la cravate et des chaussures autos montées sur d'épaisses semelles en caoutchouc. Les gens avaient très vite pris l'habitude de siffler ces personnages bourgeois, pourris et américanisés, et parfois même à pourvoir à leur éducation en recourant à la force. C'est peut-être pour cela que les zazous affectionnaient de se présenter en groupe, voyons, pour que les tendances éducatives ne se manifestent pas trop souvent.

La douzaine de ceux qui étaient arrivés au *Primorskaïa* ce soir-là était de classe supérieure, c'est-à-dire qu'elle avait peu de points communs avec les spécimens des caricaturistes. Certes, tout était sur le mode idoine, mais sans outrance, et même ajusté avec goût. Les athlètes des Forces Aériennes étaient de la même tendance, de sorte qu'aucun d'entre eux ne songea à se dire : « Vise-moi ces zazous qui s'amènent ! » Mais leurs fillettes étaient extra, et ça, ils le remarquèrent. Triées sur le volet, les fillettes, fines, le cheveu court, des yeux comme des soucoupes, parfaitement maquillées.

— Cette bande est arrivée ce matin dans trois Pobéda, dit Tchoukassov, le coureur de haies.

Autrement dit, dans les Pobéda à papa, remarqua Gavrilov, entraîneur de natation, évoquant une caricature du *Crocodile* qui vouait aux gémonies les enfants frivoles de certains dignitaires et avait fait grand bruit. Il avait tapé dans le mille. Il sembla même à Boris qu'il avait rencontré deux ou trois de ces galopins, à l'*Hérisson-Isba* peut-être, où quelqu'un avait dit que les fils des lauréats d'État faisaient la bringue pendant que leurs papas écrivaient des traités de métallurgie ou des symphonies. Ils avaient ri, puis leur attention s'était détournée vers une conversation foncièrement sportive. Tout se serait passé sans histoire si le « patron » Vassili Iossifovitch n'avait fait son apparition et si l'orchestre n'avait souligné l'ambiance par le rythme endiablé d'un *Gulf Stream*.

Vasska était déjà passablement soûl et mauvais. Au Club, on savait que, lorsqu'il était dans cet état, il cherchait les aventures « où ça dérouille ». Il s'en prenait à tout et n'importe quoi et distribuait des gnons en pleine poire sans rime ni raison. C'est ainsi qu'une fois il avait décroché la timbale. Quatre officiers de l'aviation à réaction à qui il avait, en plein jour, réservé ses mauvaises manières avaient attendu le tout-puissant fiston près d'un hangar, la même nuit, l'avaient recouvert d'une touloupe et corrigé « à l'aveuglette ». Le lendemain matin, la division au grand complet s'était attendue à trouver un peloton d'exécution campé au pied de ses appareils de combat. Mais il faut dire à l'honneur de Vasska qu'il n'avait en rien laissé percer son aventure de la nuit. Il s'était contenté de geindre, de se tâter les côtes et de jurer plus que d'habitude.

À part ça, la leçon ne lui avait été d'aucun profit. Dès qu'il avait sifflé sa bouteille de cognac, il cherchait une nouvelle aventure. De même ce jour-là, au *Primorskaïa*, il s'était amené au bord de la table, y avait appuyé les deux poings en bon ataman cosaque, dévisagé tout le monde d'un regard mauvais. « Ben alors, bordel de cul, qu'est-ce que vous foutez là, espèce de connards, à brouter vos côtelettes ? » Et là-dessus, il avait commandé au garçon accouru quinze bouteilles de cognac. Les entraîneurs, comme toujours, cela leur avait déplu : d'un côté, Vassili Iossifovitch faisait boire les gars, de l'autre, il exigeait les plus hauts résultats sportifs. Mettons-nous d'accord, camarade général : ce sera l'un ou l'autre, le sport ou la poivrade. Or lui, il ne voit aucune différence, au diable vos arguties.

Peu à peu, à mesure que le niveau des quinze bouteilles baissait, l'attention des sportifs pour la salle demi-ronde derrière laquelle les cyprès se balançaient au vent et voguait la lune, éternelle inspiratrice de la jeunesse, grandit. Il y avait là un petit juif gras et roux nanti d'un puissant saxo baryton. Voilà qu'avec le percussionniste, il montait le rythme du *Gulf Stream*, au son duquel les nouveaux arrivés talonnaient, secouaient leurs fillettes, les lançaient en l'air jupe relevée, sautillaient eux-mêmes, tout cela d'un visage très sérieux, presque dramatique, comme s'ils défiaient l'ordre établi.

— Allez, les Forces Aériennes, on leur rafle leurs filles! dit brusquement Vassili Iossifovitch. Pourquoi des nanas pareilles resteraient-elles avec des gamins et non avec de vrais hommes? Il faut rétablir la justice.

Les gars s'en furent en riant inviter les fillettes à danser, et celles qui étaient déjà en piste avec leurs copains, ils leur envoyèrent une tape sur l'épaule, comme si l'on avait annoncé un changement de cavalières. Boris IV Gradov, membre héréditaire de l'intelligentsia moscovite, avait suivi le flot. Il devait se demander plus d'une fois par la suite: Qu'est-ce qui m'a pris, à l'époque, pourquoi me suis-je si facilement laissé tenter par la camelote de Vassia Staline? Peut-être pour capter cet arrière-goût d'extraterritorialité, d'appartenance aux «mousquetaires du roi», à leurs manières qui défiaient même le puissant MGB et son Dynamo? *A priori*, ce devait être un désir inconscient de ressusciter l'esprit des groupes francs, de n'obéir à personne qu'au commandement suprême. Quoi qu'il en soit, il fut deux ans durant le compagnon favori du «prince du sang» communiste. Et c'est lui, tout de cuir vêtu, qui enleva la chérie de Vassia, chérie de longue date, depuis les bancs de l'école, et aujourd'hui femme d'un auteur dramatique célèbre. C'est lui qui souffla à ceux de Dynamo un puissant discobole qu'ils venaient de ramener de Biélorussie. C'est lui qui participa à cette blague idiote d'avoir transporté en avion à réaction un pochard qui s'était endormi à minuit, à Moscou, au pied du monument à Pouchkine et de l'avoir déposé, à Kiev, au pied du monument à Bogdan Khmelnitski[1] ! S'ils avaient rigolé en le voyant se réveiller et ne rien reconnaître ! Et combien y en avait-il eu, en ces deux ans, de ces exploits de superman ivre, mauvais, injuste, impudent. Voyons, ces tendances à la saloperie, étaient-elles innées en moi ou les ai-je acquises à la guerre ? Ces questions, Boris devait se les poser bien des années plus tard mais au début de l'été 1952, il n'en faisait rien, il repoussait vaguement quelque chose de désagréable qui était lié à Sotchi.

Il apparut que trois de leurs six adversaires étaient des judokas d'assez bon niveau et même, au plus fort de la mêlée, l'un de ces trois-là utilisa une prise inconnue et envoya la semelle de son écrase-merde droit dans la mâchoire de Boris. Ça, ça ne lui était jamais arrivé, même pas en Pologne. Boris tomba légèrement dans le sirop tandis que déferlaient les ondes du *Gulf Stream*, durant une seconde, il s'efforça de repérer le buisson d'où tirait la mitrailleuse, c'est-à-dire où il devait lancer sa grenade... Cependant, l'adversaire n'eut pas le temps de tirer profit de cette éclipse. À la seconde suivante, sa propre mâchoire encaissa un coup de poing gradovien après lequel, balayant la table, renversant les bouteilles et dispersant les reliefs du repas, il alla dégringoler sur le balcon. Boris et un autre gars du Club, l'inter de foot Kravets, s'élancèrent à sa suite, mais le jeune homme ne se laissa pas tom-

1. Bogdan Khmelnitski (vers 1595-1657), libérateur de l'Ukraine du joug polonais et artisan de la réunion de son pays avec l'État de Russie.

ber aux mains de l'ennemi. Au lieu de cela, il bondit sur la balustrade, on ne sait pourquoi se dépoitrailla, poussa un hurlement tragique et sauta sur un parterre de fleurs. « Il n'y a pas de bobo ? » cria Boris d'en haut. Mais déjà, poursuivi par la Milice, le gars galopait le long de l'allée vers la mer.

La bataille fut brève. La puissante équipe de sportifs ne laissa aucune chance aux zazous et embarqua les filles dans les chambres en deux temps trois mouvements. La dernière chose dont se souvint Boris, alors qu'il extrayait de la masse des garçons surchauffés une minette aux yeux bleus, à la peau blanche et au dos un peu rond, fut le rire hystérique de Vassili Iossifovitch. « Quelle histoire ! Quelle histoire ! » jubilait l'auguste progéniture.

Dans le couloir, tout en brandissant sa cigarette dans l'intention de brûler la joue de Boris, la nénette débita les pires jurons. Elle avait, avant la bataille, trouvé le temps de se rincer confortablement la dalle. Une fois dans la chambre, elle jeta la cigarette dans le lavabo, puis se mit à rire, puis éclata en sanglots, enfin se tourna vers Boris. « Alors, salaud, tu me sautes ? — Ne fais pas l'idiote, répliqua-t-il avec une grimace. Pour qui est-ce que tu me prends ? Pour un occupant ? Fous le camp si tu n'en as pas envie. Attends seulement que les gars aient débarrassé le plancher. »

Il s'allongea sur le lit, les yeux au plafond où couraient les reflets des gyrophares de la Milice. Des braillements sauvages montaient encore du restaurant. Comme c'est toujours le cas à la fin d'un chahut d'ivrognes, plus personne ne savait qui avait commencé ni pourquoi, ils avaient eu envie de se bagarrer, c'est tout. La voix du saxophoniste roux montait.

Sous les nuées
L'ouragan a soufflé
Pour protéger
Son lilas bien-aimé
L'érable s'est dressé
Contre les tourbillons,
Contre les tourbillons.

Dès qu'il avait chanté son couplet, il se remettait à souffler dans sa saucisse coudée. Il était visiblement à son affaire. La minette s'assit doucement sur le lit et entreprit de déboutonner la chemise de Boris.

Le plus formidable, ce fut le lendemain matin. Trois des zazous vinrent trouver Boris.

— Bonjour, dirent-ils.

— Bonjour, répondit Boris, étonné et repérant déjà la chaise la mieux placée pour assurer sa défense.

— Ça a été chouette, hier, pas vrai ? demandèrent les zazous.

— Alors, vous ne nous en voulez pas ? demanda Boris.

— Non, on ne vous en veut pas. Pendant que vous sautiez nos filles, nous, on sautait les vôtres.

— Comment ça ?

Ils ne se firent pas prier pour le lui expliquer :

— Ben voilà, après que Vassia nous a faits libérer du poste, on est revenus ici, et il y avait trois de vos nageuses qui boulottaient de la crème fraîche, alors, on se les est emmenées et se les est farcies, je ne te dis que ça. Bref, ça fait des souvenirs, Boria Grad ! Pas vrai, Boria Grad !

Pour l'heure, descendant les marches de la Faculté, Boris revoyait leur figure. Trois petites gueules marquées par les gnons et la teinture d'iode, tuméfiées, tremblotantes de servilité. Où était passée leur superbe morosité à la Childe Harold de la veille? Ils vous font des avances et là-dessus, ils vous débitent leurs conneries sur vos nageuses. Pour dire qu'on est quittes. Ils devraient m'envoyer une bouteille de kéfir sur le crâne et non me raconter ces craques à la crème fraîche. Us ont peur des démêlés avec le Club de Vassia Staline, et moi, ils me font de la lèche pour pouvoir raconter des craques à l'*Hérisson-Isba* comme quoi ils ont fait la nouba avec Boris Gradov à Sotchi.

La grand-rue Pirogov était inondée de soleil et rayée par l'ombre brutale des maisons comme un croquis futuriste. Cela sentait le jeune feuillage. Comme dit Agacha: «À la Trinité, les bourgeons sont éclatés.» La nuit, les rossignols s'égosillent. Elka Doudkina leur prête une oreille rêveuse. Soudain, il se dit que cette rue des cliniques n'est rien d'autre que le plus court chemin au cimetière de Novodévitchi et que c'est là qu'a dû passer le convoi funèbre de son père. La grenade l'avait atteint de plein fouet, assurément, il n'en restait pas grand-chose. Sa mère allait devant portant le deuil avec élégance. Les alliés américains ont sûrement défilé avec nos haut gradés. «Les souliers n'étaient pas même usés qu'elle avait mis pour suivre le cercueil.» Nous sommes tous de la merde: et les zazous du *Primorskaïa*, et ceux du Club, cette bande de ramenards à nous... Pas un de ceux que je connais, et moi en tout premier lieu, ne vaut une seule des roues de ma vieille Horch, même si elle a servi aux SS.

La vieille Horch, fidèle et morne, l'attendait au coin de la rue. Boris mit ses lunettes de soleil (objet de l'envie particulière des zazous de Moscou, un truc qu'il avait extrait du sac en papier américain, la fameuse nuit) et les ôta aussitôt car il venait d'apercevoir un officier de haute taille qui se dirigeait vers lui. Il fut soudain transpercé du sentiment jusque-là inconnu d'une furieuse précipitation de la vie, un peu semblable à ce qui se passe lorsque l'on pousse à fond la poignée d'accélération de sa GK-I, que le compteur marque déjà 170 km/h, que l'on craint qu'une saleté vienne se loger dans le carburateur et que déjà l'on coupe l'allumage pour que le moteur ne chauffe pas, mais que ta moto continue à accélérer, et que tu crois un instant qu'elle n'arrêtera jamais, que plus rien ne dépend de ta volonté.

Le colonel approchait. Par habitude militaire, Boris regarda d'abord ses épaulettes, et seulement après sa figure. Insignes de l'artillerie. Tempes blanches, moustache grisonnante et soigneusement taillée. Les paupières inférieures gonflées, silhouette droite, mais déjà empâtée par l'âge, tunique de l'armée qui, hélas, ne fait que souligner la rondeur des hanches. Le colonel Vouïnovitch (mais oui, lui-même, l'amant de ma mère !) portait une grosse serviette en cuir.

— On m'a indiqué votre voiture et je vous attendais, Boris. Vous me reconnaissez ?

— Non.

— Je suis Vadim Nicolaïevitch Vouïnovitch. Vous m'avez souvent vu quand vous étiez petit. La dernière fois, c'était en 1944 chez vous, rue Gorki.

— Ah, c'est ça ? Alors, maintenant, je vous reconnais.

— Alors, bonjour.

— Alors, bonjour.

Vouïnovitch plissa les paupières d'étonnement: pourquoi cette froideur? Mais il ne reprit pas la main qu'il tendait, il la transporta sur l'épaule gainée de cuir du jeune homme.

— Écoutez, Boris, j'ai à vous parler de toute urgence et confidentiellement.

Il semblait très ému. Il tira sa serviette de cuir de sous son bras et la posa gauchement sur sa main. À présent, c'était Boris qui plissait les paupières. D'un air amusé et inamical.

— Auriez-vous l'intention de me communiquer une information secrète relative à l'artillerie?

Vouïnovitch eut un rire sec.

— Quelque chose du même genre. Mais beaucoup plus grave. Allons quelque part où il y aura moins de passants et de voitures. Aux monts Lénine, par exemple.

Dans la voiture, ils gardèrent le silence. Boris glissa un ou deux coups d'œil au colonel et intercepta un regard plein d'affection et de tristesse. Quelle bonne gueule il a, quand même, ce Vouïnovitch, se dit-il, et il en fut le premier surpris.

— Une voiture formidable, dit Vouïnovitch. J'ai vu les mêmes au front, mais rarement.

Boris hocha la tête:

— Une voiture de SS. — Et après un silence, il mentit: — Je l'ai prise en combat.

Les coupoles de la laure de Novodévitchi passèrent à leur droite. Ils traversèrent le pont et ne tardèrent pas à atteindre la terrasse suspendue au-dessus de la Moskova, en d'autres termes, au-dessus de la «capitale du bonheur» dans toute son étendue.

Boris poussa un peu plus loin et laissa sa voiture à côté d'une église abandonnée, noircie par le temps mais encore belle, qui représentait ici brillamment la première moitié du XIXe siècle. Tout comme le colonel Vouïnovitch représentait ici, en quelque sorte, le XIXe siècle du corps des officiers de Russie. Comme si c'était un vieux noceur et amateur de duels, un vieil « homme de trop[1] » — et à présent encore pas tellement utile, même en littérature — qui était arrivé ici.

Ils se dirigèrent vers la balustrade. Tout en marchant, Vouïnovitch disait :

— À vous de voir si vous me faites confiance ou non, Boris, mais vous savez peut-être que, toute la vie, j'ai été l'ami de vos parents... et vous devinez sûrement que, toute la vie, j'ai adoré votre mère.

Boris tourna la tête vers lui. L'autre poursuivit sans répondre à son regard :

— ... À l'heure actuelle, je commande une division d'artillerie stationnée à Potsdam, près de Berlin. Croyez-moi si vous voulez, mais là, j'ai pu entrer en contact avec votre mère. C'est un Américain, un vieux camarade de guerre, qui m'a organisé ça. Il était instructeur pour l'équipement américain dans notre unité. Nous nous sommes rencontrés par hasard dans une rue de Berlin, il y a quelques mois. Certes, tout ça est terriblement dangereux, mais vous le savez aussi bien que moi, au front, c'était pire. Bref... Boris... en somme... allons, que tu me croies ou non, j'ai vu ta mère, il y a tout juste une semaine...

— Non ! s'écria Boris dans un élan d'horreur, pressant sa main contre sa bouche comme s'il eût craint qu'il en jaillisse quelque révélation tout à fait déplacée, venue de l'enfance.

1. Concept très répandu dans la première moitié du XIXe siècle. Il caractérise un homme qui se sent étranger dans son propre milieu. Esprit supérieur, il ne trouve pas d'application à ses aptitudes et s'abandonne à la lassitude et au scepticisme. Il apparaît à travers toute la littérature, de Pouchkine à Tourguéniev. C'est le cousin des héros romantiques d'Occident.

— Elle est venue d'Amérique spécialement pour me voir, en fait pour te faire signe par mon intermédiaire. Nous nous sommes vus dans une obscure petite brasserie de Berlin-Ouest. Notre entretien n'a pas duré plus de vingt minutes. Tu comprends, Berlin est truffé d'espions, d'agents des Services de toutes les parties, on risque à tout moment d'avoir des ennuis.

— Donnez-moi plus de détails, demanda Boris d'une voix calme. — Mais ses mains tremblaient quand même tandis qu'il jouait avec son Ducat et allumait une cigarette.

Vouïnovitch hocha la tête.

— Mon ami, il s'appelle Bruce, presque comme toi, d'ailleurs au front, nous l'appelions Boris, a tout combiné merveilleusement et, à ce qu'il me semble, en vertu de considérations purement philanthropiques. Il m'attendait à un endroit convenu, en voiture, près de Check Point Charlie. À supposer que quelqu'un m'ait filé depuis le PC américain — c'est tout de même bizarre qu'un colonel soviétique se rende à l'Ouest sans plus d'embarras, même si je faisais mine d'être entièrement absorbé par les affaires de la Commission alliée — Bruce et moi, nous avons d'avance déjoué la filature: il m'a amené un énorme pardessus et un chapeau. Il est vrai que le pardessus découvrait des bottes soviétiques, mais il faisait nuit et puis, personne ne faisait attention à personne. Il m'a laissé dans sa *Kneipe*[1] au sol jonché de copeaux et est parti chercher Véronika. Il rayonnait, ce Bruce Lovett, il se prenait assurément pour un héros de film d'aventures. La psychologie fait parfois d'étranges détours: j'avais été tellement ému toute la jour-

1. Allemand: cabaret.

née, j'avais avalé un tas de comprimés, et tout à coup, dans cette *Kneipe*, je me retrouvais tout à fait calmé, heureux de ce vieux manteau, de cette chope de bière, des petits airs de jazz qui montaient du poste, derrière le comptoir. Je regardais avec attendrissement deux petits épagneuls jouer au milieu des copeaux. Il faut croire que j'en avais ma claque de l'armée, tu vois, et que cette illusion d'une autre vie me faisait perdre du ressort. Elle est entrée, je ne l'ai pas reconnue tout de suite. Elle portait un manteau cintré, un fichu sombre autour du visage. Il faisait très froid en ville et nos déguisements avaient l'air on ne peut plus naturels. Elle se dirigea vers moi sans hésiter et alors, seulement, ôta son fichu. Cela faisait huit ans que nous ne nous étions pas vus...

— Comment est-elle? demanda Boris. — Il s'appuyait à la balustrade au-dessus de la ville immense où s'était écoulée son orageuse jeunesse et qui en ce moment n'existait tout simplement plus à ses yeux.

— Tu sais, elle aura bientôt quarante-neuf ans, articula lentement Vouïnovitch. Elle est toujours aussi belle, mais c'est d'une autre beauté. Regarde, elle m'a donné ça pour toi. — Il déboutonna le haut de sa tunique et sortit de sa poche intérieure une photo en couleurs, pas une photo coloriée, non, une photo en couleurs prise avec une pellicule couleurs.

Tout ce qui vient de là-bas, de l'Ouest, paraît extraterrestre, et voilà que sur l'un de ces pétales extraterrestres, un papier Kodak en couleurs, il voyait les deux visages qu'il chérissait le plus au monde: Maman et Véroulia.

Un groupe de personnes au très charmant sourire se dressait sur un gazon vert cru et ras, sur fond d'une grande et antique demeure blanche: sa mère en pantalon blanc, léger, la taille toujours aussi mince, la poitrine toujours aussi haute, son mari, grand et sec, l'air chevalin, Véroulia, mignonne fillette américaine en pantalon de cow-boy, accrochée à l'épaule de son nouveau papa, et une autre personne, un vieux gentleman, la veste sur les épaules, la pipe à la main, le visage d'une ironie placide.

— Et ça, qui est-ce?

Vouïnovitch rit:

— Figure-toi que cela a été ma première question. Elle m'a expliqué que c'était un vieil ami de Tagliafero, un journaliste célèbre qui était allé à Moscou il y a un an, invité par l'ambassadeur Kennan et qu'elle lui avait confié un colis pour toi que, d'après ce qu'elle savait, tu avais bien reçu.

Une frayeur subite transperça Boris: et si c'étaient *eux* qui l'envoyaient? Si c'était un provocateur? Il leva les yeux sur le colonel et eut honte. Un provocateur n'aurait tout de même pas un visage aussi humain, aussi aimant, aussi triste. On ne revêt pas un tel masque, c'est un visage sans masque, il accomplit plutôt un rituel d'adieu.

— Elle ne pense qu'à toi, poursuivit Vouïnovitch. Elle m'a tiré tous les renseignements possibles et imaginables sur son Babotchka. Malheureusement, je ne savais pas grand-chose. J'avais entendu parler de l'Institut de Médecine, j'avais appris tes succès sportifs par les journaux. Pour elle, tout cela était nouveau. Ils sont isolés à cent pour cent. Elle n'a pas reçu une seule lettre d'URSS de tout ce temps.

— Pourtant, grand-mère lui écrit, intervint Boris.

— Alors, c'est que les lettres sont interceptées,

dit Vouïnovitch. Véronika n'écrit plus depuis longtemps : elle craint de faire tort aux siens.

Une autre pensée perfide visita l'esprit de Boris : mais elle n'a pas craint de me faire parvenir son colis par le canal de l'espionnage américain ? Comme s'il l'avait entendu, Vadim répondit :

— Elle s'est maudite de t'avoir envoyé ce colis. Mais la tentation avait été trop forte. L'épouvante l'avait réveillée chaque nuit jusqu'à ce qu'elle apprenne que tout allait bien, que c'était bien toi qui avais ramassé le paquet et que personne ne t'avait vu hormis celui qui l'avait apporté. — Il se tut, le regard perdu au-dessus des toits, puis soupira : — Et voilà notre vie. Tu sais que la plupart des femmes qui ont épousé des alliés durant la guerre se sont retrouvées dans les camps ?

— Si vous la revoyez..., dit Boris.

— C'est peu probable, mais ce n'est pas exclu, se hâta de glisser Vouïnovitch.

— Alors, si vous pouvez lui écrire, dites-lui de ne pas s'en faire pour moi. Je ne suis plus du tout le Babotchka qu'elle a connu.

Vouïnovitch lui posa sur l'épaule une main amicale :

— Je vois que tu es solide, pourtant...

— Soyez sans crainte, il n'y a pas de « pourtant », fit Boris en riant.

Je crois qu'il lui reste quand même quelque chose du Babotchka qu'elle a connu, se dit le colonel.

— Dites-moi, Vadim Nicolaïevitch, avez-vous été l'amant de maman ?

Du ton dont il posa cette question, Boris voulait montrer à Vouïnovitch qu'il ne lui prêtait aucun sens particulier, qu'il se renseignait, c'est tout. Mais il vit, et il n'en crut pas ses yeux, que le colonel se troublait et même que quelque chose comme une rougeur montait à ses joues, qu'à travers ses rides, ses poils blancs, ses verrues, passait une ombre de jeunesse.

Qu'est-ce que je dois lui dire? songeait Vadim au supplice. Je ne peux tout de même pas lui raconter que je l'ai été longtemps et en détail dans mes rêves, et à quel point notre unique rencontre intime fut affligeante.

— Non, dit-il, jamais, Boris. Je l'ai adorée toute ma vie, c'est vrai. Au sens démodé de ce mot, elle a été mon rêve. Tu sais, il n'y a pas grand-chose de vrai dans ce qui se dit dans Moscou sur son compte. En réalité, elle n'a jamais aimé qu'un seul homme: ton père.

— Comme vous étiez compliqué, Vadim, dit Boris. Nous, nous sommes beaucoup plus simples, il me semble.

Vouïnovitch était content. Il n'avait guère espéré qu'ils parleraient à cœur ouvert, et voilà que Babotchka l'appelait par son prénom, omettait le patronyme en vieux copain, comme si c'était Nikita. Et il ressemblait vraiment beaucoup à son père, au point qu'on aurait eu l'illusion de remonter le temps.

— Vivons encore une dizaine d'années et nous reparlerons ensemble des complications de la vie, fit-il en souriant.

— Où êtes-vous descendu? demanda Boris.

— Tu n'es toujours pas marié? demanda Vadim.

— Pour quoi faire?

— Mais tu as quelqu'un?

Boris éclata de rire.

— Alors, où êtes-vous descendu? Vous pouvez venir chez moi, rue Gorki.

— Merci, j'aurais été heureux de vivre sous

ton toit, mais je n'ai pas le temps. — Vouïnovitch revenait sans grand plaisir à ses propres affaires. — Mon avion est dans quatre heures.

— Pour l'Allemagne ?

— Oui, la RDA.

— Que pensez-vous..., commença Boris, mais il s'arrêta net.

— De quoi ?

— Non, fit-il en haussant les épaules. — Il voulait demander : « Y aura-t-il la guerre avec l'Amérique ? », mais il se dit qu'avec un colonel d'artillerie, et de plus cantonné en Allemagne, cela serait déplacé. Et puis, en général, la question était idiote. Qu'est-ce que cela voulait dire, « la guerre avec l'Amérique » ?

— Quand on a quelque chose à demander et qu'on ne le demande pas, on finit par s'empêtrer, dit Vouïnovitch après un silence.

Boris sourit d'un air coupable. Il sentit soudain qu'il n'avait aucune envie d'étaler sa supériorité devant Vouïnovitch, d'arborer de grands airs. C'était plutôt le contraire, il voulait lui poser des questions idiotes et guetter ses réponses. Soudain, une idée totalement incongrue lui vint à l'esprit : si après la mort de papa, maman avait épousé Vadim, nous aurions pu vivre dans la bonne entente.

— Non, Vadim, ne croyez pas. C'est simplement qu'il m'est venu une question idiote à propos de l'Amérique.

Vouïnovitch consulta sa montre et posa sur la balustrade sa serviette de cuir gonflée par un contenu qui dépassait largement sa contenance.

— La guerre avec l'Amérique, nous en reparlerons, je l'espère, à moins, Dieu nous en préserve, qu'elle n'éclate. Là, il faut que je me dépêche et... tu sais, j'ai emporté cette serviette à tout hasard, je ne savais pas si je pouvais me confier à toi... maintenant je vois que si... tu sais, je voudrais que tu gardes tout ce bazar... ce sont mes... archives les plus intimes, si je puis dire... Photos, notes, lettres, vers... des tas de machins sentimentaux... Il faut absolument que je les laisse quelque part, et je n'ai personne d'autre que toi... Bon, ça va, il va falloir que je te dise tout, je crois. Tu comprends, je suis presque sûr qu'ils vont me réembarquer, c'est une question de jours. Non, ça n'a rien à voir avec l'histoire de Berlin. Je suis convaincu qu'ils n'en savent strictement rien. C'est uniquement qu'il y a autour de moi une atmosphère d'« avant-arrestation ». Je le sens à des bouts de conversation, aux regards des agents des Services, aux questions qu'on me pose aux réunions du Parti. Le plus probable, c'est que quelqu'un de mon proche entourage leur dévoile mes humeurs, bon... et puis, mon dossier de 1937 est toujours là... et l'on s'y souvient de mon attitude lors de l'enquête... et au camp... sans ton père, ils m'y auraient exterminé... Bref, ma réhabilitation n'est pas acquise, malgré toutes mes décorations et toutes mes blessures... Eh bien, quoi? « Subis ton lot de prison et de misère », dit la sagesse de notre peuple obscur, mais je ne peux pas imaginer que ces... — il s'arrêta net, regarda Boris droit dans les yeux et acheva: — ces rats infects vont de nouveau fouiller mes papiers, ce que j'ai de plus cher. C'est pour cela que je te demande de me les prendre.

— Certainement, dit Boris.

— Tu peux les lire, examiner les photos, tout en somme, sans te gêner. Tu comprendras peut-être mieux la génération de tes parents.

— Certainement, promit Boris.

— Alors, c'est parfait, soupira le colonel. À présent, je prends le trolley là-bas, je vais dans le centre et de là à l'aérodrome.

Quelle triste vie il a eue, se dit Boris. Pas une victoire. Une rivalité constante et sans espoir avec mon père, un amour sans espoir...

— Écoutez, Vadim, pourquoi vous offrir ainsi au sacrifice? proféra-t-il. Pourquoi ne pas lutter? Voulez-vous que je parle à quelqu'un? Quelqu'un qui pourra *vraiment* vous aider?

L'alarme se refléta sur les traits de Vouïnovitch.

— En aucun cas, Boris! Personne, je t'en prie! Pas un mot de notre rencontre! Advienne que pourra, je ne veux d'aucune protection, je ne veux pas jouer. Crois-moi, je suis un honnête homme, et c'est cela, pour moi, l'essentiel. La vie passe, j'ai perdu toute ambition. Mon seul désir — allons, bon, je vais t'avouer mes désirs — est de vieillir en paix et d'apercevoir, même rarement, Véronika vieillissante. C'est en somme le désir d'un désir, et personne, jamais, ne pourra me le prendre. Allons, je m'en vais. Laisse-moi te serrer dans mes bras.

Ils se donnèrent l'accolade. Odeur de sueur et de chypre des aisselles militaires du colonel. Nom de nom! ça a tout d'un adieu à la génération des parents.

Vouïnovitch courut lourdement jusqu'au trolley. Avant de grimper sur le marchepied, il se retourna et fit un signe de main. Sa tunique se tendit sur son dos et souligna non seulement les excédents, mais aussi les lacunes de sa chair, un grand creux sous son omoplate. Nom de nom! je crois qu'il m'en a beaucoup dit. Je crois qu'il m'a dit des choses auxquelles je n'ose même pas penser.

Les adieux à la génération des parents n'étaient pas définitifs, une autre surprise attendait Boris ce même jour. Vous admettrez, lecteurs, que cela n'arrive pas seulement dans les romans. Vos jours coulent l'un après l'autre n'offrant que routine, présence (ou absence) de bon sens, que choses de la vie, compte de votre avoir, par exemple (ou de vos dettes), et voilà soudain qu'ils enclenchent l'accélérateur — Boris recourt naturellement à des comparaisons avec la moto —, que les événements s'accumulent comme s'ils avaient attendu un jour précis pour survenir tous à la fois. Les lecteurs soutiendront peut-être que la réalité et le roman ne sont pas comparables, que dans la vie, les événements surviennent spontanément, et dans le roman, selon le libre arbitre de l'auteur; c'est à la fois vrai et faux. Certes, l'auteur en invente beaucoup, cependant, une fois pris au piège, il se surprend à ne plus être qu'un chroniqueur, à constater que, dans une certaine mesure, ce n'est pas lui qui les détermine, mais les personnages. Telles sont les voies obscures du roman où chacun s'évertue à jouer son petit air de flûte. On dit que certains auteurs, pour mettre de l'ordre dans cette pétaudière, établissent un fichier de leurs personnages où leurs actes éventuels sont déterminés — et par conséquent soigneusement pesés à l'avance; quant à nous, il y a dix pages, ma foi, nous ne supposions nullement que Tassia Pyjikova reviendrait dans notre narration. Et pas seule.

Au moment où il rentrait chez lui, tenant d'une main son sac à dos bourré des manuels de médecine sur lesquels il avait planché et de l'autre les papiers de Vouïnovitch, Boris aperçut une jolie provinciale assise sur la chaise de la liftière, laquelle n'était jamais là. Que la petite dame arrivait de sa province, il le vit d'abord à l'expression craintive de son visage aux lèvres enduites d'un rouge éclatant, et ensuite seulement, à sa petite veste serrée à la taille et un peu bouffante aux épaules.

À la vue du jeune homme qui passait de la rue ensoleillée à la pénombre du vestibule, la petite dame bondit sur ses pieds comme une solliciteuse dans l'antichambre, disons, d'un ministre, lorsque cet honorable camarade quitte son cabinet. Boris la regarda avec étonnement et, en jeune homme bien élevé par sa grand-mère, inclina même la tête : bonjour, madame, puis il appuya sur le bouton de l'ascenseur. Celui-ci avait déjà eu le temps de descendre quand il entendit la voix émue de la dame :

— Ne seriez-vous pas Boris Nikitovitch Gradov, camarade ?

Il la regarda et s'aperçut qu'elle suffoquait presque d'émotion ; elle serrait les mains sur sa poitrine, ses lèvres barbouillées et mignonnes tremblaient.

— Si, fit-il avec étonnement. Mais vous-même, excusez-moi ?

— Je vous ai attendu toute la journée, bredouilla-t-elle. Le train est arrivé à six heures cinquante, alors, nous avons tout de suite filé ici, bien sûr, nous nous sommes un peu perdus, nous nous sommes trompés de tramway, mais après, ça fait que... Oh, là, là ! c'est pas ça que je devrais vous dire...

— Mais à quel sujet..., commença Boris.

Sans le laisser aller au bout de sa question, elle s'élança au fond du vestibule, derrière la cage de l'ascenseur.

— Nikita, où es-tu, Petit-Nikita, où que tu vas encore te musser, malheur de malheur !

Ses paroles se répercutèrent en écho dans la cage de l'escalier. Deux chats attentifs la considéraient de haut en bas, l'un orange, l'autre grenat, tels en tous les cas les rendait un rayon de soleil qui traversait les vitraux. Tout ça a un peu l'air d'un rêve, songea Boris. La petite dame resurgit derrière une colonne en tambourinant des talons, avec ses petits souliers apparemment faits sur commande. Assez jolie silhouette. Elle tenait par la main un gamin de six ou sept ans en chemisette à boutons, culotte courte et chaussettes à élastiques.

— Regarde, Nikita, c'est tonton Boria, dit la femme. C'est le fameux tonton Boria. Vous allez faire connaissance.

Le gamin faisait son timide, levait ses yeux gris clair de sous un petit front droit, sa brosse de cheveux cuivrés pas très bien coupés se rebellait.

Boris ne comprenait encore rien, mais pressentait quelque chose d'extraordinairement important pour lui-même et pour les siens. Il ouvrit la porte de l'ascenseur.

— Montons, dit-il.

— Nikita n'a encore jamais pris un ascenseur, dit la femme avec une fierté imprévue.

— Maman, j'veux pas, fit l'enfant d'une voix de rogomme.

— N'aie pas peur, lui sourit Boris. — Il lui tendit la main et le petit, confiant, y plaça la sienne.

Une fois dans l'ascenseur, elle porta son mouchoir à ses yeux.

— Oh, là, là, comment vous êtes, comment vous êtes, Boris Nikitovitch...

Boris ouvrit la porte, fit entrer ses visiteurs et dit:

— Dites-moi d'abord: comment dois-je vous appeler?

— On m'appelle Tassia, dit-elle. — Sa voix laissait entendre des sanglots réprimés, prêts à éclater. — Taïssia Ivanovna Pyjikova.

— Entrez par ici, je vous prie, dans la salle à manger, installez-vous, s'il vous plaît, j'ai presque deviné qui vous êtes, mais j'ai encore peine à y croire... — Il attira une chaise sur laquelle traînait une boîte de bougies d'allumage. Il pensa la placer sur la table autrefois superbe, mais depuis longtemps couverte de taches et de pâtés, et sur laquelle traînait un pantalon de cuir.

— Excusez le désordre, marmonna-t-il en se disant que tout, ici, sombrait dans le fouillis. — L'équipe nomade des coureurs et son public de la rue Gorki en abandonnent des choses, derrière eux! Mais la conséquence la plus désagréable de leurs sauteries est la découverte de pots de conserves de poisson à moitié pleins et totalement puants. Et ces mégots à la con plantés partout, tordus, dégueulasses, comme des poivrots de barrière qui schlinguent à dix pas. Là, il y en a un qui a ramené un porte-savon de la salle de bains et l'a rempli de ces saletés infectes. Véra Gorda, qui au début de leur liaison avait entrepris avec tant de zèle de nettoyer les « écuries de Boris », avait, en raison de certaines circonstances de sa vie privée de plus en plus complexe, perdu son ardeur, et puis aussi ses apparitions se faisaient de plus en plus rares. On aurait dit que l'appartement n'attendait que cela, il se transformait à toute allure en dépotoir.

— Oh, là, là! ce que vous lui ressemblez! s'exclama doucettement Taïssia Ivanovna Pyjikova. — Elle s'était un peu tranquillisée, mais serrait toujours les mains sur sa poitrine palpitante. Quant au petit, à l'évidence les lieux lui plaisaient. Son attention avait été particulièrement attirée par le cadre d'une Harley posée sur cales dans le couloir, une roue déjà fixée et des tas de pièces détachées éparpillées tout autour.

Boris ne pouvait pas détacher les yeux du gamin. Il était quasiment le portrait de son père enfant.

— Oh, là, là ! C'est-il possible ? Vous auriez entendu parler de moi ? demanda la visiteuse.

— Vous savez, Tassia, moi, je ne suis rentré de Pologne qu'en 1948, je ne savais rien, c'est grand-mère qui avait appris certaines choses par l'état-major. Si je comprends bien, vous êtes celle qui a été à ses côtés durant toute la guerre ?

Elle éclata en sanglots :

— Oui... oui... c'est moi... vous savez, comme on disait alors, sa « compagne de campagne »... c'est même un peu mortifiant... parce que nous, alors, Dieu m'est témoin, je ne mens pas... Boris Nikitovitch... nous nous aimions tellement... Je ne lui demandais rien d'autre que de m'aimer... être à ses côtés, le soigner, le tenir propre... qu'il mange chaud, à l'heure, des bons plats... un si grand chef militaire... Oh, là, là ! mon petit Boris Nikitovitch, je ne l'ai dit à personne qu'à vous... Quand ils m'ont dit au NKVD : « Va jouer de la guitare à Gradov »... est-ce que je croyais que ça tourbillonnerait comme ça... que toute ma vie avec lui, mon regretté, serait un tel tourbillon... que nous deviendrions inséparables... Je ne cherchais pas le mariage, je comprenais que j'étais une « compagne de campagne », et sa femme légitime, vous ne me croirez pas, mais je l'estimais beaucoup... seulement des fois, quand je voyais vos photos sur le bureau de Nikita Borissovitch, je versais une larme... voilà...

— Alors, ce jeune homme est mon petit frère ? demanda Boris à qui une boule montait aussi à la gorge. — Sa main se tendit vers une cigarette salvatrice.

Elle se mit à pleurer encore plus fort.

— Alors, vous le reconnaissez, mon petit Boris Nikitovitch, vous le reconnaissez ? Sûr qu'il est votre petit frère, j'étais grosse de six mois quand Nikita Borissovitch a été tué.

— Viens ici ! dit Boris à l'enfant qui passa sans se faire prier du divan sur ses genoux.

Tassia était complètement barbouillée, son rimmel maladroitement posé coula, son rouge à lèvres s'étala. Elle s'efforça d'essuyer tout ce rouge-bleu-noir avec un petit mouchoir de soie, son minois tout chamboulé émergeant entre les bords de dentelle. Encore toute jeune et mignonne, cette petite bonne femme, pensa Boris. Sept ans ont passé, elle doit avoir un peu plus de trente ans. Elle est plus jeune que Véra Gorda.

— Comment t'appelles-tu ? demanda-t-il au gamin.

— On est des Pyjikov, répondit posément celui-ci en serrant de sa petite main la puissante échine du champion d'URSS. Elle est à toi, la moto ? C'est pour jouer ?

— Il faudra qu'il porte notre nom, dit Boris. Il est le portrait craché de papa enfant. Allons, allons, assez pleuré, chère Taïssia Ivanovna. À présent, racontez-moi ce qu'il en est, avec les tenants et aboutissants, et toi, frérot — il lui envoya une tape sur les fesses — va jouer avec la moto, mais attention qu'il ne te tombe pas quelque chose sur le pied.

Taïssia Ivanovna courut à la salle de bains afin de mettre de l'ordre dans sa toilette. Boris rentra la tête dans les épaules : il y traînait un préservatif abandonné la veille. Il observa le gamin qui farfouillait autour de la moto en grommelant attentivement quelque chose sous son nez. Un sentiment inconnu et très chaleureux naquit dans son cœur : désormais, il faudrait s'occuper de ce gamin, de son frère, son petit frère, son très petit frère, son frère si petit qu'il pourrait passer pour son fils.

Taïssia Ivanovna revint. Elle semblait n'avoir rien remarqué. En tout cas, son visage était grave. Alors, qu'est-ce que je peux vous dire ? La vie ordinaire d'une femme ordinaire. Après la mort du maréchal, Tassia était partie chez sa sœur à Krasnodar, c'est là qu'elle avait accouché. Elle travaillait à la clinique de l'Institut de Médecine de là-bas, son expérience d'Extrême-Orient lui avait très vite permis de se faire qualifier. Elle avait rencontré quelqu'un de bien, Ilya Vladimirovitch Polikhvatov, généraliste et musicien. Oui, il est aussi ténor lyrique et il chante l'opéra à la Maison de la Culture du personnel médical. Homme positif et brave cœur, il ne lui a jamais fait de reproche aux tristes instants du souvenir. Je n'en ai que plus de respect pour toi, Tassia, disait-il souvent. Et il traite le petit Nikita avec une justice parfaite. Cette année, Ilya a quitté sa femme et ils se sont mariés. Naturellement, ils ont des problèmes de logement. Se faire mettre sur la liste d'attente, c'est arriver aux cheveux blancs sans résultat. Ils pourraient acheter une petite maison en banlieue, mais côté finances, ça pèche d'autant plus qu'une fois la pension de sa première femme payée, il ne reste pas tripette du traitement d'Ilya. Alors, il a eu l'idée de s'engager pour le Grand Nord, le Taïmyr où il gagnerait en trois ans la somme voulue. L'idée n'est pas mauvaise n'est-ce pas ? Mais qu'est-ce qu'elle fera du petit Nikita ? Elle ne peut quand même pas emmener un enfant en pleine croissance au pays de la merzlota et de la nuit polaire ! C'est alors qu'elle s'était rappelé la maison de la rue Gorki devant laquelle elle s'était mainte et mainte fois promenée en larmes après la fin de la guerre avec son gros ventre, et d'où elle avait vu sortir la très merveilleuse Véronika Evguénievna. Peut-être que Boris Nikitovitch, en sa qualité de champion d'URSS, pourrait trouver une bonne pension au petit, à condition, bien entendu, qu'il le reconnaisse pour son demi-frère. Elle avait vu la photo de Boris Nikitovitch dans *Le Sport Soviétique* et lui avait trouvé l'air plein de ressources, à ce jeune homme !

— Génial ! s'écria Boris à la fin de son récit. Vous ne pouviez rien trouver de mieux !

Il bondit, se mit à aller et venir dans l'appartement, à claquer les portes des placards, fila à la cuisine, revint. Avant de savoir pourquoi il courait comme ça, Tassia comprit que de sa vie d'aujourd'hui, pas bien formidable, quelque chose la renvoyait peut-être pas pour longtemps, peut-être pas comme pendant la guerre, peut-être l'espace d'un instant, mais au sommet de la vague. Dieu soit loué, se dit-elle, que j'aie vu cette photo dans *Le Sport Soviétique* ! Pendant ce temps, Boris toupillait dans l'appartement, cherchant à dénicher ne serait-ce que l'ombre d'une réserve alimentaire. Il ne trouva pratiquement rien, revint en trombe dans la salle à manger où Tassia, qui avait retrouvé ses joues roses et sa gaieté, se tenait comme une petite fille bien sage.

— On y va ! s'écria-t-il. On va s'organiser un dîner. Où sont vos affaires ? À la gare de Koursk ? Je vois le topo. Où es-tu, Petit-Nikita ?

Cela faisait longtemps qu'il n'avait pas ressenti un tel entrain. Qu'est-ce qui me prend ? se disait-il en voyant aller et venir dans la glace son reflet surexcité. Est-ce quelque chose de foncièrement tribal, gradovien, la joie de voir la famille s'agrandir ?

Nikita s'extrayait de derrière une étagère. Il portait une paire de gants de boxe au cou, et traînait l'extenseur de Boris à la main.

— Petit-Nikita, c'est comme cela qu'on appelait le père quand il était enfant, expliqua Boris à l'heureuse Taïssia.

Évidemment, on n'aurait pu imaginer meilleur cadeau pour le gamin qu'une balade dans Moscou à bord de cette immense voiture étrangère qui rugissait discrètement. Debout derrière le conducteur, il hurlait de plaisir et fourrageait sans plus de cérémonie dans les cheveux de son surpuissant fraternel. Après tout, je peux l'adopter moi-même, supputait Boris. Je crois que la loi l'autorise. Le principal, c'est que le mouflet devienne un Gradov et non je ne sais quel Polikhvatov. Ils retirèrent les bagages de la consigne, allèrent faire leurs achats au *Gastronome de Smolensk* — esturgeon étoilé, saumon fumé, caviar, jambon, filet de Saxe, coquelets, *pelméni*[1], gâteau du Jubilé, bonbons Michka, tout ce que pouvait offrir le commerce de la capitale alors florissant — et revinrent à l'appartement du maréchal. On va se régaler ! jubilait Petit-Nikita. C'est alors que tout s'en fut à toute vapeur entre les mains de Taïssia Ivanovna. Elle était nettement dans son élément. Bientôt, un plat de chou-fleur fuma à côté d'un plat identiquement fumant de *pelméni*, et tous les hors-d'œuvre se trouvèrent disposés avec élégance sur des plats d'une propreté parfaite. Après dîner, Taïssia dit non sans timidité au maître de maison :

1. Genre de raviolis.

— Mon petit Boris Nikitovitch, et si je faisais le ménage, hein ? Mais non, je ne suis pas du tout fatiguée, ça ne me serait rien qu'un formidable plaisir de faire mon ménage dans cette maison.

N'en croyant pas ses yeux, Boris vit Taïssia, revêtue d'une blouse, armée de seaux et d'un lave-pont, s'attaquer aux coins de la maison dont Véra Gorda disait d'ordinaire : « des lieux où l'honnête homme n'a jamais mis les pieds ».

Il a de la veine, ce ténor amateur de Polikhvatov, songea Boris. La cuisine, la maison, les brosses, la mousse de savon — c'est son véritable élément ! Entre-temps, Petit-Nikita l'entraînait par la main à travers les chambres et le bombardait de questions : Et ça, qu'est-ce que c'est ? Et ça, qu'est-ce que c'est ? Un globe terrestre, Nikita. Cette grande lampe, c'est un lampadaire. Ça, c'est un baromètre, ça sert à prévoir le temps. Et ça, mon cher ami, c'est ma caisse de pièces détachées. Ça, ce sont des pistons, ça des coussinets, c'est très important. Ça, mon ami, tu l'as deviné, c'est un squelette humain sur lequel ton frère aîné a appris l'anatomie des os. Ça, ça vient du monde animal, petit, une peau de tigre de l'Oussouri abattu selon certaines informations par ton père, selon d'autres par son chauffeur Vasskov. C'est une encyclopédie, Nikita, une encyclopédie, remets-la à sa place. Maintenant, regarde attentivement : c'est la photo de ton père et le mien, le maréchal d'URSS Nikita Borissovitch Gradov. Oui, il a beaucoup de décorations. Compte-les : combien y en a-t-il ? Tu ne sais compter que jusqu'à dix ? Eh bien compte combien de fois ça fait dix. C'est juste, trois fois plus trois croix étrangères, ce qui fait trente-trois décorations en tout. Ça, c'est un poste de télé.

Qu'est-ce que c'est que la télé? Ah! Tu n'as jamais vu marcher une télé!

Ce dernier objet, une gigantesque caisse nantie d'un tout petit écran et d'une grosse loupe, produisit sur l'enfant une impression foudroyante. À peine la lentille eut-elle livré passage aux ballerines du Bolchoï aux jambes un peu tassées à la manière des Japonaises et aux drôles de têtes un peu floues, qu'il s'abattit sur le tapis; il ne s'arracha à la vision magique qu'au moment où il s'endormit.

Les bruits énergiques du ménage parvinrent jusqu'à Boris, tandis qu'il téléphonait d'abord à Gringaut, puis à Karol, puis à Tchérémiskine. Avec maints détails et recourant aux expressions les plus musclées de la langue russe, les motards commentèrent l'«étape caucasienne» du lendemain. On décida de quitter la ville en isolés, le point de ralliement était fixé à Orel.

En ayant fini avec le téléphone, Boris se disposait à éteindre quand, après un coup discret à la porte, Taïssia Ivanovna entra. Pas la moindre trace de fatigue, au contraire, la petite dame rayonnait de bonheur.

— Alors là, Boris Nikitovitch, vous ne reconnaîtrez pas vos dépendances, j'ose vous l'affirmer, dit-elle d'un air triomphant.

— Mes dépendances? fit-il, légèrement surpris.

Elle rit.

— Mais oui, ce n'est pas un appartement communautaire, ici, ce ne sont pas des parties communes. Vous habitez tout seul un tel château! Je voulais dire: la salle de bains, les toilettes, la cuisine, les débarras... Allez voir, allez, allez! — De ses petits doigts, elle lui prit la main et l'entraîna doucement. — Allez voir, mon petit Boris Nikitovitch.

Et voilà que, partie de sa main, une onde de volupté le parcourut tout entier. Il ne manquait plus que ça. Il se hâta de se libérer.

— Je vous crois, je vous crois, Taïssia Ivanovna ! On voit tout de suite quelle épatante ménagère vous faites !

Elle examina les murs de la chambre.

— Bien sûr, on ne s'en sortirait pas en une seule soirée, dans un pareil palais. Si nous n'étions pas aussi pressés, je serais restée une semaine et je vous aurais astiqué tout ça. Vous avez sûrement lu *Tsushima*, oui ? Il y a un amiral qui, pour vérifier que son bateau est bien propre, sort un mouchoir blanc comme neige de sa poche-poitrine — elle mima le geste — et l'applique sur le pont. — Elle se pencha pour montrer comment l'amiral vérifiait la propreté de son navire et regarda Boris de bas en haut.

Une nouvelle ondée de chaleur le parcourut. Non mais, il ne manquait vraiment plus que ça. Non, ça n'arrivera pas, ce serait trop, même pour une brute comme moi...

— Vous devez être fatiguée, Taïssia Ivanovna. Diantrement fatiguée après une journée pareille, non ? Il y a un deuxième lit dans la chambre de Nikita, ça sera très commode...

— Pas fatiguée du tout, Boris Nikitovitch. Jamais de la vie. J'ai un tel sentiment de joie, Boris Nikitovitch, et de reconnaissance pour vous que vous ayez admis Petit-Nikita et m'ayez fait accueil à moi... — Une fois encore, les sanglots lui montèrent à la gorge et, comme pour les empêcher d'éclater, elle ôta en hâte sa blouse de travail et l'envoya à l'écart : elle resta en petite culotte et soutien-gorge. — Je ne sais vraiment pas comment vous remercier, mon petit Boris, mon petit Nikitovitch. — Elle s'assit de dos sur le lit et lui demanda : — Défaites-moi mon soutien-gorge s'il vous plaît, Boris Nikitovitch.

Il s'était écoulé pas mal de temps depuis qu'ayant épuisé toutes les poses classiques et favorites de Boris, ils s'étaient enfin détachés l'un de l'autre.

— Cette fois, je suis fatiguée, Boris Nikitovitch, murmura-t-elle. Cette fois, je n'ai plus ni bras ni jambes... Oh, là, là ! ça faisait longtemps que je ne m'étais pas fatiguée comme ça.

Me voilà à la tête d'une petite mère de plus, imbécile ! se disait Boris tout en caressant gentiment les cheveux emmêlés, châtain clair, de Taïssia Ivanovna.

— Merci, Taïssia Ivanovna, merci pour la tendresse, et à présent, allez dans la chambre de Nikita, s'il vous plaît. Voulez-vous que je vous y porte dans mes bras ?

— Je n'oserais pas en rêver.

Il la souleva et l'emporta dans l'autre chambre, l'ancienne chambre d'enfants où justement, pour l'heure, dormait un nouveau petit Gradov. La tête sur l'épaule de Boris, elle balbutiait encore des paroles de reconnaissance. Au moment où ils entraient, Nikita s'assit brusquement dans son lit, leur dédia un regard aveugle et retomba aussitôt la tête sur l'oreiller. Boris déposa Taïssia Ivanovna sur l'autre lit et tira la couverture sur elle. Elle s'endormit sur-le-champ.

Heureusement que Véra n'est pas rentrée au milieu de la nuit comme cela lui arrive souvent, elle a la clé, se dit-il en regagnant sa chambre. Ça aurait encore fait un superdrame. Je ne sais pas pourquoi elle a le droit d'être jalouse, et moi celui de la boucler, de ne pas lui poser de questions, sur son mari moins que tout autre. Son mari, à vrai dire, elle m'en a parlé d'elle-même, personne ne lui a tiré les vers du nez.

Tu sais, il est très vulnérable, c'est simplement un grand enfant, avait-elle commencé à lui dire, un jour. Ses parents sont dans les camps, plus exactement, son père est dans un camp et sa mère en exil, mais il s'est inventé un faux *curriculum* pour faire l'Institut de l'Aviation. À présent, il travaille à une « boîte aux lettres » et tremble que l'affaire ne soit découverte. En général, il a peur de tout et de moi avec. Quand nous nous sommes mariés, il est resté un mois sans partager ma couche par crainte de ne pas être à la hauteur. Il buvait, jurait, faisait du grabuge, tu n'imagines même pas comme il m'a insultée. Mais maintenant, il est beaucoup mieux, plus humain à tous égards, meilleur. Je voulais déjà le jeter aux orties, mais maintenant, je le plains : c'est quand même mon mari. Son amitié avec ton ami, tu sais, ton lord Byron, tu sais, ton exceptionnel Sacha Chérémétiev, exerce une excellente influence sur lui.

— Comment ça ? s'était exclamé Boris, ahuri.

— Mais bien sûr que c'est lui, avait fait l'étoile des restaurants, un peu confuse. Tu le connais, voyons, c'est Nicolaï Oumanski, ils l'appellent aussi Nicolaï le Mahousse.

Après cet aveu inattendu, une sorte de *no man's land* s'était établi entre Boris et Véra, où étaient entrés non seulement le Mahousse, mais aussi Sacha Chérémétiev et tous les autres membres du Cercle Dostoïevski. Il semblait à Boris que ce n'étaient pas seulement les sentiments ravivés de Véra pour son infortuné mari qui les éloignaient l'un de l'autre, mais surtout son appartenance indirecte au susnommé Cercle.

Il avait, au cours de l'année, assisté à quelques-unes de ses réunions et s'était chaque fois senti l'objet d'un antagonisme à peine voilé. Les dostoïevskiens ne le prenaient pas au sérieux, avec ses motos et son appartement de maréchal rue Gorki. Une seule fois, il leur avait proposé de se réunir chez lui (ils lisaient et commentaient *Les Possédés* qui étaient alors interdits), mais l'invitation avait été repoussée *illico* et à l'unanimité y compris par Sacha. Je ne pense pas qu'ils me prennent pour un mouchard, mais je suis un représentant de la jeunesse dorée, et il est évident qu'ils ne me font pas confiance. Eh bien, qu'ils aillent au diable! Je n'ai pas besoin d'eux pour maîtriser Dostoïevski: grand-père a ses œuvres complètes dans l'édition de l'Académie. Vous me les copierez, «ces sages et ces poètes» tout juste bons à vider une boîte de petites marènes[1] à la sauce tomate bien arrosée et à se menacer de leurs fourchettes! La seule chose qui le contrariait, c'est que Sacha et lui, ils n'allaient plus le même chemin. Avec son homérique fierté, il était exclu, bien entendu, que Sacha se maintînt longtemps à son poste d'entraîneur personnel. Il lui avait dit un jour: «Votre Club des Forces Aériennes n'est qu'une sale écurie de courtisans avec laquelle je ne veux rien avoir à faire.» Il s'était déjà trouvé une place de gardien dans un dépôt de livres. «Votre passion de la chose imprimée fera un jour votre perte, Sacha», avait dit Boris à son ami. Chérémétiev avait éclaté de rire: «Ça, fi' de pute, vous l'avez vu dans du marc de café!»

Dans sa vie bousculée, Boris n'avait à vrai dire pas le temps de se plonger dans la psychologie de cet homme qu'il avait autrefois descendu par

1. Poisson des lacs de Sibérie.

ses bouts de suspentes d'une maison en flammes en train de s'écrouler, Vieille-Place à Varsovie, et qu'il considérait depuis presque comme son frère. Les airs ténébreux de Sacha lui apparaissaient comme une façade, la variante actuelle de l'« homme de trop » en qui se combinaient le héros byronien et l'Homme du souterrain[1]. Certaines filles étaient folles de lui, perdaient le souffle, pantelaient, à peine sa silhouette claudicante, le béret noir fortement incliné sur l'oreille, paraissait-elle à l'horizon. Parfois, comme il disait, il daignait les admettre auprès de son corps, mais les passions sérieuses dans le genre de la liaison de Boris et de Véra Gorda, pas une de ses admiratrices ne pouvait y compter : il y avait quelque chose, en Chérémétiev, qui excluait les aventures sentimentales.

Un beau jour, il disparut. Il revint au bout de deux mois et convia aussitôt Boris à venir vider un litron. La première chose que celui-ci remarqua dans la turne fut un crâne posé sur une étagère parmi les livres. Habitué depuis longtemps aux matériels didactiques de ce genre, il ne s'en étonna pas. Mais ensuite, il s'avisa que Chérémétiev ne cultivait en rien les leçons d'anatomie. Qu'est-ce que c'est que cette innovation ? demanda-t-il. Ils continuaient, par inertie ou par snobisme, à se voussoyer, mais histoire de retrouver un peu de naturel, ou poussés par un snobisme encore plus grand, ils ajoutaient toujours quelques paillettes d'argot : « Qu'est-ce que c'est que cette putain d'innovation ? »

1. De Dostoïevski. Petit homme pitoyable, prisonnier de ses complexes, condamné à vivre l'absurde.

— C'est elle, fit Chérémétiev comme en passant, sur quoi, occupé à détortiller un bouchon de champagne, il se tut. — Le rosé mousseux de Tsimliana était devenu à la mode, il passait pour stimuler supérieurement la boisson de base, entendez : la vodka.

— Qu'est-ce à dire, « elle », Sacha ? demanda Boris. Arrêtez de faire le mariolle et racontez. C'est bien pour ça que vous m'avez invité, non ?

Suivit une histoire morbide narrée avec un détachement de commande. C'était le crâne du premier amour de Chérémétiev, Rita Bouré, une radio de dix-neuf ans. Ils s'étaient aimés comme Paolo et Francesca[1], sauf que c'était à un PC de reconnaissance près de la frontière de Corée. C'est elle, justement, qui avait été la pomme de discorde entre le jeune lieutenant et le colonel Maslioukov. Le vieux bouc se branlait comme un dingue, la faisait venir tous les jours et exigeait qu'elle se pose sur son zob. C'est lui, justement, qui avait expédié Chérémétiev à Itouroup et interdit à Rita de le suivre sous peine de tribunal. Il y a gros à parier qu'elle avait capitulé et que le colonel l'avait soumise aux derniers outrages de sa fantaisie et de ses caprices. Puis quelque chose s'était produit entre eux. Le type qui avait raconté tout ça — déjà ici, à Moscou — pense que Rita a cédé à un formidable élan de révolte et a voulu se débarrasser de cette ordure. Alors, Maslioukov la lui a fait à l'influence, il s'est pointé un jour à la réunion du Komsomol et a accusé la fillette d'avoir des parents à l'étranger, une branche de Gardes Blancs de sa famille, et de l'avoir passé sous silence dans son *curriculum*

1. Personnages de *La Divine Comédie* de Dante.

vitae. La suite était réglée comme du papier à musique : convocation à la section spéciale, interrogation, on n'attendait que l'aval de l'État-Major de Région pour l'arrêter. Au Service de Santé, l'on savait qu'elle était enceinte. Bref, elle a disparu de la face du monde. Version officielle : elle est partie dans la taïga et s'y est suicidée. Quelque temps plus tard, son bien-aimé Sacha qui avait été à deux doigts de jouer une version extrême-orientale de *Roméo et Juliette* — apparemment, il s'est tiré sa balle dans le cœur le jour où la fillette a disparu — a fait son incursion au PC et démontré l'extrême fragilité du maxillaire du colonel Maslioukov.

On dit que l'herbe d'oubli recouvre tout, mais ce « tout » entend certainement « tous les petits riens ». L'herbe d'oubli indifférente ne recouvre ni l'amour ni les crimes. Il n'y avait pas de jour que Sacha Chérémétiev ne repensât à Rita Bouré et au colonel Maslioukov. Comme s'il savait que l'histoire ne s'en tiendrait pas là. Et c'était vrai : trois ans plus tard, il a vu arriver un garçon avec qui il avait fait les Langues orientales et qui venait, lui aussi, de quitter l'Armée. Il lui a livré une version des faits qui circulait déjà trois ans plus tôt, mais que Chérémétiev avait ignorée parce qu'ils pétaient tous de frousse comme des abrutis. Et voilà ce qu'il en est...

— Mais encore ? demanda Boris, s'efforçant au même sang-froid que le narrateur. — Net et mat, le crâne reposait à présent sur la table entre une bouteille vide de Tsimliani et une autre presque vide de Spéciale de Moscou, le maxillaire inférieur, la mandibule, soigneusement fixé au reste par un fil de fer.

— Mais encore ? Cela vaut-il la peine ? — Chérémétiev le regarda droit dans les yeux.

— Et à qui d'autre qu'à moi le raconteriez-vous, cet « encore » ? fit Boris avec un petit rire.

— C'est bon, Boris, écoutez, mais ensuite, ne venez pas râler que j'ai troublé votre âme candide de sportif soviétique. J'ai sorti mon TT de sa planque et je me suis tiré à l'est. Après Blagovechtensk, je me suis faufilé une semaine entière à travers la forêt jusqu'en zone interdite. J'ai repéré Maslioukov un matin qu'il conduisait sa fille la plus petite à l'école. Un type posé, un père de famille exemplaire, la mâchoire rafistolée, il tire sur sa sèche, fait la morale à la petite. Au moment où il revenait de l'école, je l'ai entraîné dans les buissons. Quand il a repris ses esprits, je lui ai dit : « Vous avez compris je pense que je ne plaisante pas, alors levez-vous et montrez-moi où vous avez enterré Rita. » À vrai dire, je ne comprends pas pourquoi il s'est donné tant de mal pour m'y conduire. Il guettait peut-être le moment de décamper ou de me désarmer. Il m'a débité de longs propos patriotiques, fait appel à ma conscience de komsomol. Nous avons marché une journée presque entière, puis, comme dans un délire, j'ai découvert au milieu des fourrés un petit lac marécageux et au-dessus, un mamelon avec trois sapins et une profonde trouée en direction de l'est, du Japon. J'ai tout de suite compris que c'était là. Alors, Maslioukov m'a dit : « C'est ici qu'est Rita Bouré, l'espionne, et ici que je reviens souvent repenser à elle. »

Sa tombe, Boris, ou plutôt ce trou, avait été depuis longtemps fouillée par les bêtes sauvages, de sorte qu'il ne faut pas croire que j'ai complètement déjanté et que j'y ai cherché ma vie comme une goule. Je n'ai eu qu'à ramasser cet objet que vos chères études vous ont rendu si familier et qui nous contemple pour l'heure de ses orbites au vide sidéral. Il était presque dans le même état que maintenant, j'ai juste eu à le frotter bien comme il faut avec ma tente individuelle.

— Et Maslioukov ? demanda Boris.

— Il n'est plus, grogna Alexandre en inclinant sa chevelure au-dessus du cendrier. — Et soudain, avec un grand coup de poing sur la table : — Qu'est-ce que vous voulez ? Que je joue la scène du pardon chrétien ? Que je verse avec le meurtrier des larmes sur l'objet de notre amour commun ?

— Ne gueulez pas ! fit Boris en abattant à son tour son poing sur la table. Vous ne comprenez donc pas qu'on ne gueule pas des choses pareilles ?

Les deux chocs avaient troublé l'harmonie de la table. La bouteille foncée roula et tomba sur le tapis sans se briser. La bouteille claire roula également, mais fut rattrapée et vidée à temps dans un verre, puis abandonnée sur la couche de Chérémétiev, presque contiguë, avec son chevet à miroir orné d'une Léda décadente en chêne massif.

— Je voudrais savoir ce qu'il y a de vrai dans cette histoire, dit Boris d'un ton sévère.

— Je ne sais pas, fit Chérémétiev avec un sourire entendu. Parfois, lorsque je pose les mains sur ce crâne, il me semble que ce sont les mêmes arrondis que je sentais jadis en caressant son si beau visage... Donc, elle est toujours avec moi. Je peux au moins faire cela, dans l'impuissance et l'abandon total où je suis : unir sa dépouille à la mienne.

— Dites donc, Sacha, vous ne croyez pas que vous jouez avec le feu, hein ? — Boris se laissait gagner par l'irritation. — Vous ne croyez pas que tout ça, c'est pour en remontrer à tous les héros de Dostoïevski pris ensemble ? J'ai peur que vous couriez de gros risques à votre Cercle, les gars. Vous savez, il y a longtemps, j'ai lu dans la bibliothèque de mon grand-père que Dostoïevski avait été condamné à mort pour un cercle du même genre, et qu'on lui avait même passé le sac sur la tête, or, les temps étaient moins durs qu'aujourd'hui. Vous êtes au courant?

— Et qu'est-ce que vous croyez? questionna dédaigneusement Chérémétiev, son *memento mori* entre les mains. Croyez-vous que nous ne sommes pas au courant de la fausse exécution de l'esplanade Sémionovski? Sachez que c'est par le Cercle Pétrachevski que nous avons commencé, et tous juré sur ce sac de ne jamais flancher.

— Ah, c'est donc ça! s'exclama Boris. Je vois que votre Cercle ne se consacre pas uniquement à l'instruction en circuit fermé.

— Allez vous faire fourbir, Boris, éluda Chérémétiev. Vous concevez encore la réalité de façon scolaire. C'est pour ça que les gars se méfient. Vous êtes fait pour rouler en moto, et pas... pas pour lire Dostoïevski.

Furieux contre lui-même de cette irritation si mal venue — qu'est-ce qui l'avait provoquée? enviait-il étrangement Chérémétiev? s'en voulait-il de manquer de ces profondes chutes dans le subconscient? — Boris se leva et fit un pas vers la sortie. Puis il posa la main sur l'épaule de son ami.

— Pardonnez-moi si je ne fais pas entièrement crédit à votre récit, Sacha. Vous avez peut-être raison, je témoigne peut-être d'une légèreté de sportif assez révoltante, d'un culot qui me vient de mon appartenance au Club des Forces Aériennes. Pourtant, dites-moi si vous vous souvenez d'une seule fois où j'aurais lâché pied ou trahi?

— Non, répondit sombrement Chérémétiev.

Là-dessus, ils se quittèrent. Leur amitié semblait intacte, mais, à partir de ce moment, tous deux se surprirent à ne pas tellement chercher à se voir.

... Évoquant au soir, à la veille de son départ pour le Caucase, ces conversations récentes, Boris avait perdu toute envie de dormir. Mais alors, pas la moindre. Il allait et venait dans sa chambre, prêtait l'oreille aux ronflotements lointains de ses gentils visiteurs, quand ses yeux tombèrent, posée dans un coin, sur la grosse serviette de cuir que Vouïnovitch lui avait confiée le matin même. Il la lança sur son lit, se laissa tomber à côté, fit jouer les serrures et séance tenante, la joue posée contre elle, s'endormit.

Le jardin était dans le brouillard, mais là-haut, le soleil perçait.

J'irai dans la brume de l'aube,
La face baignée de soleil...

C'est d'un tel matin que parlait le poète. Mary Vakhtangovna taillait les buissons avec des ciseaux de jardinier, attachait les lourds rosiers à la clôture. Archi-Med, assis sur le perron, suivait parfois des yeux le vol lourd des bourdons.

Mary eut tout à coup l'impression que cela faisait plus de cinquante ans qu'elle taillait ses buissons, même cent, peut-être. « Femme taillant ses buissons et attachant ses rosiers », tel est le sujet continuel du peintre impressionniste. *Impression de vie** ou plutôt *Impression d'existence**. La sonnette de l'omnibus montait au loin à travers les nappes de brouillard mangées par le soleil et l'omniprésent vacarme des freux. Le cher Bo revenait peut-être de l'hôpital. Pardon, quel omnibus? La pression barométrique vous joue de ces tours! Et aussi votre vie passée. Non mais vraiment, en quoi les cris des collégiens qui font la course à vélo dans l'allée du Bois d'Argent diffèrent-ils de... Pardon, quels collégiens? Voilà longtemps qu'il n'y a plus de collégiens. Le brouillard va se lever et tout reprendra sa place.

Une voiture s'arrêta devant la haie avec un doux ronron. Le Commissariat du peuple envoyait-il chercher Bo? Mon Dieu, mais il n'y a plus de Commissariat du peuple, les ministères sont revenus... Le portillon s'ouvrit et un jeune homme apparut dans l'allée: Nikita II? Boris III, mais non, c'était notre incomparable Babotchka IV.

— Je t'amène une surprise, chère Mary, s'écria son petit-fils.

Archi-Med, qui ne ratait jamais l'occasion, tournait en rond, bondissait sur le bien-aimé jeune homme. Ce dernier l'attrapa au collier et le chien se figea dans une attitude bipède d'étonnement parfaitement humain.

Parallèlement, une jolie lingère franchissait le portillon, en ce sens qu'une inconnue du type de ce que l'on appelait autrefois une « lingère » venait de faire son apparition. Elle traînait par la main... oui, oui, oui, déjà elle l'avait amené à elle, elle poussait, elle avançait un petit au front buté, aux yeux gris, aux cheveux en brosse... mon petit...

— Petit-Nikita! s'exclama Mary Vakhtangovna. — Et l'enfant accourut aussitôt.

À cette vue, Archi-Med poussa un couinement aigu et même peu convenable pour un chien de garde aux oreilles pointues dont les proportions ne le cédaient en rien à celles du légendaire Indus qui défendit avec une si belle vigilance en compagnie du garde-frontière Karatsoupa les confins de l'Union Soviétique.

— Voilà la pension de Petit-Nikita, Taïssia Ivanovna ! riait Boris. Vous ne trouverez pas mieux, croyez-moi. Là-dessus, permettez-moi de vous saluer. Je n'ai pas une minute à perdre, je pars au championnat en Géorgie. J'espère que nous nous reverrons, et plus d'une fois.

— Je suis confuse, Boris Nikitovitch, fit-elle, toute rouge.

— Je comprends parfaitement mon père, dit-il en baissant à peine la voix.

— Je suis tout à fait confuse, Boris Nikitovitch, lui glissa-t-elle avec gaieté.

Sur quoi ils se séparèrent.

Il revint rue Gorki et — pressons ! pressons ! — se dépêcha de fourrer son barda dans ses sacs. Ceux-ci iraient dans son side jusqu'à Orel où on les transborderait dans le car du Club, tandis que le side et le tan-sad seraient occupés par des gars épris de vitesse. Attends un peu... mais tes copains de la fac t'attendent ce soir à leur pot. Eléonora Doudkina en bave sûrement des ronds de chapeau depuis ce matin. Allons, c'est marre, ça suffit, c'est largement assez et même un peu trop, de ces femmes et de ces filles ! Les compétitions commencent, je fais vœu de célibat !

Il passa dans sa chambre pour y prendre des maillots et des slips, et c'est là qu'il aperçut la serviette de Vouïnovitch. L'emporterait-il ? Non, il ne fallait pas : qui sait où il allait crécher, qui sait quelles têtes chercheuses iraient lui poser des questions ? Il ouvrit la serviette et en sortit, emballés dans du papier-photo noir, des clichés qu'il répandit sur sa couverture : alors, il oublia la compétition, les motos et la route, cette même route dont Alexandre Pouchkine avait autrefois soulevé la poussière, s'efforçant de rattraper l'expédition du comte Paskévitch qui s'en allait enlever les citadelles ottomanes.

Mon Dieu, Véronika, une natte épaisse tombant de la nuque sur la poitrine! Elle n'a pas plus de dix-huit ans, ses cheveux, tirés sur les tempes, frisottent tout de même, ses yeux rayonnent de joie, elle attend une vie merveilleuse. La photo semble dater d'avant sa rencontre avec le jeune commandant rouge. Très juste! il y a au dos une inscription à moitié effacée: juin 1921... Cela fait trente et un ans! Or, il lui semble qu'ils se sont rencontrés en Crimée en 1922. Je me demande comment Vadim a mis la main sur cette photo. Sûrement qu'il a dû feuilleter un album, débité quelques compliments distraits à la maîtresse de maison, puis, profitant d'un moment d'inattention, il l'a barbotée. Les traces de ce genre de larcin étaient nombreuses. Ou alors, il avait lui-même tiré le portrait de sa belle? On avait peine à imaginer, à l'époque, un commandant avec sa boîte à image. Voici une photo de Crimée: un groupe de vacanciers dans une petite baie sur une plage de galets, des corps bronzés, seule sa mère en robe blanche. Il doit y avoir du vent, elle retient sa jupe qui flotte, mais pourquoi la retenir si les autres sont nus? Cette nana! Je ne l'aurais pas lâchée si, à l'époque, j'étais né d'une autre femme. Je veux dire si, à l'époque de cette photo, j'avais été comme ce gars qui rigole, nu jusqu'à la ceinture, avec son pantalon de l'armée qui fait des poches et ses pieds déchaussés, c'est-à-dire mon père.

Tandis que celle-ci, Vadim se l'est procurée par les voies légales, car ils y sont tous les trois. Ça doit être dans la zone de manœuvres: au fond, il y a un tank de ce temps-là, une carcasse d'un moche! et une section de soldats qui défilent. Au premier plan, Véronika appuie le dos contre les épaules de deux majors, Nikita et Vadim. Ici, elle a déjà les cheveux courts et joue les stars de cinéma. Elle a toujours, pour rire et pour de bon, joué quelque peu à la star de cinéma à sa manière.

Boris reglissa les photos dans leur papier: non, s'il fallait passer tout ce machin en revue, il ne partirait pas avant trois jours. Il faut laisser tout ça ici et l'examiner attentivement à son retour, peut-être parviendra-t-il à extraire quelque chose de ces leçons d'un amour détruit. Pendant qu'il remettait le paquet en place, un gros bloc-notes tomba; une page réglée se découvrit, et il aperçut une strophe:

Oublie-la, ce n'est pas le moment,
Disait l'officier sanitaire,
L'amour est un piètre instrument
De l'équipement militaire.

On aurait dit un journal. Les vers s'y mêlaient aux notes, les dates qui passaient étaient celles de la fin de la guerre. Une lettre pliée en triangle, l'adresse tracée au crayon à encre, était fixée par un trombone à l'une des dernières pages. La page, datée d'avril 1944, disait: «... j'écris dans l'avion qui me ramène du front. Quelle amertume que cette rencontre inespérée qui aurait dû être si heureuse! Et je n'ai toujours pas déposé cette lettre. Un poids de plus sur mon cœur. Combien d'années ce signe de vie, sans doute le dernier d'un malheureux[1], erre-t-il avec moi?

1. C'est de ce mot que, du temps de Tchékhov, l'on désignait les bagnards.

Depuis Khabarovsk. Dans le fond, il vaut quand même mieux que cette lettre soit partie avec moi et n'ait pas été saisie chez N.G. Avec mon expérience, j'imagine sans peine que le pauvre type en route pour la Kolyma a lancé ce petit triangle à travers la grille de son wagon de ZEK, presque sans espoir qu'il arrive jamais. Mais en l'occurrence, ce "presque" est un facteur décisif, c'est lui qui fait ramper le ZEK par-dessus le corps de ses compagnons jusqu'à la minuscule lucarne et lancer sa missive. Que son espoir soit petit ou grand, quelle différence? L'espoir ne répond peut-être pas à des paramètres ordinaires. Une fois de plus, je ne l'ai pas remise, et demain, je l'aurai oubliée. Et nous sommes comme cela en tout: nous nous battons en braves, nous nous trouvons superbes, mais là où les balles ne sifflent pas, nous sommes de la merde de chien.»

Dans l'entrée du grand immeuble jaune, évidemment cela sentait le chat, évidemment l'ascenseur était en panne et évidemment le carrelage était en miettes. Un enfant jouait tout seul sur le palier du troisième, construisait quelque chose avec toute sorte de débris: des boîtes de berlingots, des bigoudis, les restes d'un réchaud à pétrole, des bobines. «Tu t'appelles Strépétov?» demanda Boris. «Au cinquième», répondit l'enfant avec indifférence.

«Strépétov — deux coups longs, un bref», disait un étroit ruban de papier parmi dix rubans semblables. Boris n'entrait jamais sans remords dans un appartement communautaire: n'occupait-il pas à lui seul une superficie où auraient logé, selon les règles de la capitale, quinze à vingt personnes? Après tout, se disait-il pour se tranquilliser, l'appartement est au ministère, pas à moi. Ils peuvent me mettre dehors à tout moment, s'ils le veulent, en faire un musée du maréchal ou plus probablement le repasser à un grand manitou ; alors, pourquoi ne pas en profiter, en attendant ?

La porte, maintenue par une chaînette, s'entrouvrit. Une voix de femme un peu voilée demanda dans la pénombre :

— C'est à quel sujet ?

— Bonjour, je voudrais voir les Strépétov, dit Boris.

— Mais à quel sujet ? répéta la voix. — Un visage et une cigarette se rapprochèrent de la chaînette. Des yeux d'un bleu pur, inattendu, brillèrent.

— Aucun sujet, fit Boris, haussant les épaules. Je vous apporte une lettre, c'est tout.

On l'examina attentivement, puis l'on décrocha la chaînette et la porte s'ouvrit. Un peu voûtée, « pas encore vieille », une femme lui livra passage.

— Entrez, mais Maïa n'est pas là.

— J'ignore qui est Maïa, mais j'ai une lettre pour les Strépétov. Êtes-vous une Strépétov, madame ?

— Comment avez-vous dit ? s'étonna la fumeuse.

— J'ai une lettre...

— Non, vous avez dit « madame » ?

— Oui, « madame ».

— Vous faites de l'ironie, jeune homme, et pourtant c'est une excellente façon, une façon courtoise d'appeler les gens.

— Je ne fais pas d'ironie, reprit Boris en riant. J'ai une lettre pour les Strépétov, c'est tout.

Plusieurs visages s'étaient montrés aux portes. Un adolescent contemplait bouche bée le chevalier de la moto : tout en cuir, les gants attachés ensemble et jetés sur l'épaule ; des lunettes comme des boîtes de conserve remontées en haut du crâne.

— Entrez, entrez, camarade, s'agita la « pas-encore-vieille » comme si elle cherchait à protéger Boris des regards curieux. Maïa ne va pas tarder. — Et tirant l'adolescent par la manche : — Remue-toi, Marat, montre le chemin au camarade.

Boris pénétra dans une assez grande pièce divisée par de méchantes demi-parois. Tous les éléments du mobilier, commode, grande glace, table ronde, ottomane, étagère, chaises, paravent, étaient serrés les uns contre les autres ; tout parlait d'une autre vie où, si cela se trouve, il y avait eu plus d'espace. La fenêtre de ce secteur apparemment principal de la pièce, du salon, pour ainsi dire, donnait sur une étroite ruelle et l'on ne voyait rien que le pignon de l'immeuble voisin. Deux des vrais murs et trois parois de contreplaqué étaient couverts de reproductions, principalement de marines et de paysages de la Russie moyenne. Boris remarqua surtout l'archicélèbre *Princesse Tarakanova*[1] et un agrandissement photographique d'un jeune homme avenant, soigné, vêtu d'un costume gris clair d'excellente qualité, peut-être l'auteur du malencontreux triangle.

— Asseyez-vous, je vous prie..., dit la maîtresse de maison en marquant une pause qui permettrait au visiteur de se présenter.

— Je m'appelle Boris.

La femme eut un sourire satisfait.

— Et moi, Kaléria Ivanovna Ouroussova, mère d'Alexandra Tarassovna Strépétova.

1. Tableau de Flavitski.

La table ronde couverte d'un dessus en tapisserie élimé prit, sous le coude du coureur moto, une gîte dangereuse. Marat, l'adolescent au visage oriental et à la moustache naissante, planté sur le seuil de la porte, dévorait le visiteur des yeux.

— Voulez-vous du thé ?

— Non, merci, Kaléria Ivanovna, je suis très pressé. Voyez-vous, je voulais simplement vous remettre une lettre vieille de bien des années et vous expliquer en deux mots en quelles circonstances...

Derrière la cloison, il y eut un fort grincement, puis quelque chose tomba et se brisa. Kaléria Ivanovna darda dans cette direction un regard effrayé et Marat se tendit comme un chien d'arrêt.

— Maïa sera là d'un instant à l'autre. Si vous voulez bien attendre, Boris..., articula la maîtresse de maison d'un ton faussement mondain, le regard rivé sur la paroi.

— Si j'allais voir ce qu'elle a, grand-mère ? demanda Marat d'une voix douloureuse.

— Reste à ta place ! ordonna durement celle-ci.

— Excusez-moi, je dérange peut-être. — Boris se souleva et sortit le triangle de sa poche. — Excusez-moi, je ne connais pas Maïa, je viens seulement vous remettre cette lettre.

Un autre objet chuta derrière la cloison, une main repoussa violemment le store du cagibi d'où émergea la fille de Kaléria Ivanovna dont la robe de chambre de peluche verte pendait lamentablement sur une chemise de nuit qui dépassait. Il n'y avait pas à douter de leur degré de parenté : les mêmes yeux, les mêmes traits corrigés par une différence d'âge d'une vingtaine d'années. Dans le fond...

— Quelle lettre ? questionna la nouvelle venue d'une voix terrible. — Elle tendit la main d'un jet, ses cheveux s'éparpillèrent, donnant l'impression que celle qui était entrée était une mégère, une sorcière shakespearienne.

— Attends, Alexandra ! C'est ton heure de dormir ! ordonna Kaléria Ivanovna d'un ton autoritaire, comme magnétiseur.

Déjà Marat approchait tout doucement, comme s'il voulait saisir la femme.

Elle avait tout de même eu le temps d'arracher le triangle des mains de Boris et de lire l'adresse. Elle laissa échapper un cri brutal, tout à fait dément, effarant, un cri qui réduisait tout en cendre.

Des exclamations montèrent dans le couloir : « Qu'est-ce qui se passe, ici ? C'est une honte ! Elles remettent ça avec leur maison de fous ! »

La porte du couloir s'ouvrit pour livrer passage à une fillette toute mince dans sa petite robe bleu marine, une crinière de cheveux en désordre, comme roussis de soleil, quoi que ce fût impossible ainsi, au début de l'été. Elle les rejeta derrière son dos et aboya dans le couloir :

— Arrêtez de gueuler, Alla Olegovna ! Regardez-vous plutôt dans la glace ! — Et ne se précipita qu'ensuite vers Alexandra qui criait toujours, mais *decrescendo*. — Calme-toi, petite mère ! Qu'est-il arrivé ?

En apercevant sa fille, Alexandra cessa de crier et resta seulement secouée d'un violent tremblement quasi spasmodique. Pendant ce temps, Kaléria Ivanovna, une nouvelle cigarette à la bouche, claquait des doigts pour réclamer du feu, mais personne ne lui prêtait attention. Boris fit un deuxième pas, prudent, vers la sortie.

— Il est vivant ! souffla Alexandra avec flamme. Regarde, Maïa ! Une lettre ! Papa est vivant ! Vous voyez ! Vous voyez ! Personne ne me croyait, mais il est vivant ! Marat ! — Elle se tourna vers le petit garçon. — Tu vois, ton papa est vivant !

À ces mots, quelque chose comme une grenouille bondissante passa sur le visage de l'adolescent.

— Vivant ! hurla une fois de plus Alexandra d'une voix triomphante et terrible.

Cette fois, dans le couloir, Alla Olegovna s'abstint de faire écho.

— Où est le messager ? demanda Alexandra d'un ton tout à coup charmant, animé, mondain en se tournant vers Boris. — Ah bon, je suis le messager, se dit celui-ci auquel il ne resta rien d'autre à faire qu'à s'incliner : le messager est à votre service, madame. C'est alors seulement que Maïa l'aperçut, le « messager ». Elle s'empourpra et ouvrit tout grand l'azur, souligné par sa robe bleu marine, de ses yeux strépétoviens et étonnés. Les membres féminins de la famille répandaient l'azur tandis que le petit Marat rayonnait d'agate caucasienne. Maïa tenait sa folle mère aux épaules et se tournait, joyeuse et surprise, vers le « messager ». Un tableau qui ne s'oublie pas, se dit Boris en faisant un pas de plus vers la sortie.

— Cette lettre est tombée entre mes mains par hasard. À ce que je comprends, elle date d'au moins quinze ans, proféra-t-il.

— Alors, il n'y a pas longtemps du tout que vous avez vu Andréi, jeune homme ? poursuivit Alexandra du même ton mondain. Vous êtes un sportif, n'est-ce pas ? Vous avez, je pense, beaucoup d'intérêts communs ? Si vous l'aviez vu faire sa culture physique du matin ! Ces haltères qu'il soulevait ! Moi, je ne pouvais pas en arracher une seule du sol.

Maïa déplia la lettre d'un geste sec et se

détourna en se cachant les yeux derrière le coude. Le crayon à encre qui avait miraculeusement préservé l'adresse s'était, à l'intérieur, complètement délavé.

Boris se rapprocha encore de la porte et fit un geste de regret.

— Pardon, je ne savais pas... je n'ai découvert cette lettre que ce matin dans les papiers... d'un ami de la famille... Si je comprends bien, elle a été lancée d'un wagon dès 1937... Enfin, vous savez, de ces wagons spéciaux... puis notre ami... enfin, lui aussi... enfin, alors, je me suis dit...

— Enfin, lisons-la, proféra Alexandra d'une voix sereine et solennelle. Maman, les enfants! Tout le monde à table! Vous aussi, jeune messager. Je me demande ce qu'Andréi nous écrit. Je ne refuserais pas un verre de vin.

Maïa bondit, contourna la table comme si celle-ci n'était pas ronde, mais carrée, saisit Boris par le bras et l'entraîna dans le couloir.

— Viens! Viens! Elle n'a pas besoin de savoir autre chose. Merci pour la lettre et oublie-la. Tu sais, je te connais! En t'apercevant, j'en suis restée baba! Nom d'un petit bonhomme! Le voilà enfin!

La face aussi peu attrayante qu'une bouse de vache d'Alla Olegovna se montra à la porte des cabinets. Étincelant des yeux et des dents, Maïa entraînait le motard loin de ce logement qui suait le malheur. Comme elle est mince, se dit Boris, on pourrait lui prendre la taille à deux mains.

— D'où me connais-tu? lui demanda-t-il sur l'escalier.

— Je t'ai vu au Gradov n° 1. J'y suis infirmière. À la consultation. En te voyant, j'ai poussé un «ah!» de saisissement. Le voilà enfin!

— Qu'est-ce que ça veut dire: «Le voilà enfin!»? — Boris n'en revenait pas.

— Eh bien, le mien, expliqua Maïa.

— Qu'est-ce que ça veut dire: «Eh bien, le mien»? sourit Boris.

Ils descendirent l'escalier; Maïa ne lâchait toujours pas la manche de cuir. Le propriétaire de cette manche, soit du bras qui s'y trouvait, se sentait empoigné par ses petits doigts tenaces. La puanteur communautaire se dissipait rapidement.

— Eh bien, l'homme de mes rêves! explicita Maïa avec un peu d'agacement, comme si elle le trouvait un peu bouché. Mon bonhomme, quoi!

— Ben dis donc, tu ne manques pas de top! — Boris loucha sur la fille.

— Pourquoi tourner autour du pot? fit-elle en riant. L'autre jour, au Gradov n° 1, j'ai hésité, et alors quand j'ai réalisé et que j'ai cavalé, eh bien, tu étais déjà sur ta moto, tu filais perspective Lénine, tu avais disparu. Eh bien, je me suis dit, c'est fini, je ne le retrouverai plus jamais, mon bonhomme. Et voilà qu'aujourd'hui, eh bien, nom d'un petit bonhomme, maman crie, je cours, j'accours, et je le trouve chez moi, mon bonhomme, ça alors!

— Et ta maman... ça fait longtemps qu'elle est... si bizarre? demanda-t-il avec prudence.

— Grand-mère dit que c'est depuis que papa a... eh bien, disparu... Elle a des hauts et des bas, mais ces temps-ci, c'est plutôt des bas. Les voisins exigent qu'on la mette chez les fous, mais nous ne voulons pas. Et moi, et grand-mère et Marat, eh bien, mon petit frère, nous nous occupons d'elle, eh bien...

Elle arrêta net ses explications comme pour montrer que ce n'était pas du tout de ça qu'elle avait envie de parler en ce moment.

Ils étaient déjà dans l'entrée de l'immeuble. Boris jeta un dernier coup d'œil en haut. Le visage bouleversé de Marat était penché par-dessus la rampe, pareil à une orange de bronze à la noire chevelure. Celui-là, je crois qu'il m'a reconnu d'après *Le Sport Soviétique*.

— Marat, il est ton frère adoptif ou ton demi-frère par ta mère?

— Non, mon vrai frère de père et de mère.

— Pardon, comment cela? Quel âge a-t-il?

— Treize ans et quelque, bientôt quatorze.

— Mais la lettre a quinze ans.

— Eh bien?

— Eh bien, tu es infirmière, non?

— Eh bien oui, et alors?

— Eh bien, comment peut-il être ton frère en l'absence de ton père?

— Eh bien, maman dit que c'est mon vrai frère, grand-mère aussi.

— Eh bien, je comprends.

— Eh bien, ça suffit. Où allons-nous?

À présent, ils étaient dehors. Un vent chaud et fort soufflait rue Ordynka. Maïa retenait ses cheveux d'une main, sa jupe de l'autre. Le vent avait même échevelé la mèche brillantinée de Boris.

— Je ne sais pas où tu vas, toi, mais moi, je pars immédiatement pour le Caucase.

— Oh! Je pars avec toi! Tu m'attends dix minutes?

— Ne dis pas d'idioties.

Il rejoignit sa moto. La nacelle était hermétiquement bâchée.

— Oh! C'est ta fameuse moto! s'écria-t-elle joyeusement.

Il haussa les épaules.

— Je ne vois pas ce que tu veux dire.

La situation commençait à l'agacer. C'est

exactement comme lorsqu'un petit chien mignon et malheureux s'accroche à vous. On ne va tout de même pas le chasser à coups de bâton!

Il se posa sur sa selle, ôta l'antivol, mit le contact, lança le moteur. La GK-I qu'il avait, de ses propres mains, réglée au petit poil parla avec une puissance contenue.

— Au revoir, Maïa. Je passerai te voir à mon retour.

— Non! s'exclama-t-elle avec désespoir. Je pars avec toi! Attends!

Mais déjà il avait démarré.

Dix mètres plus loin, il se retourna et vit Maïa qui courait à sa suite. Sa robe se plaquait contre son corps de gamine, ses cheveux volaient en arrière, ses petits poings allaient et venaient. Il donna instinctivement un léger coup d'accélérateur et se retourna derechef. Bien sûr, il l'avait distancée, mais elle ne ralentissait pas, au contraire, elle mettait la gomme, ses petits poings jouaient de plus en plus vite. Eh oui, elle courait à présent pieds nus, elle avait abandonné en cours de route ses sandalettes de trois kopek. Que faire? Quelle situation imbécile! La larguer? Mettre les gaz? Dans dix secondes, elle serait hors de vue. Et lui pèserait aussi lourdement sur le cœur que la lettre sur celui de Vouïnovitch. Mais enfin, qu'est-elle pour moi? Une minette de dix-sept ans comme il s'en promène des dizaines de milliers à Moscou, leur pucelage en bannière... Merci, Vadim Nicolaïevitch, tu m'as rendu un fier service! Soudain, une pensée totalement idiote se fit jour en lui: du moment qu'elle dit que je suis «son bonhomme», c'est que je le suis, c'est que je ne peux pas l'abandonner, ce serait la trahir... Il freina, regarda pardessus son épaule. Elle le rejoignit, bondit par-dessus la nacelle comme au cheval-arçons jusque sur le tan-sad et, à bout de souffle, pressa le nez et les lèvres contre son dos, encercla de ses bras sa taille sanglée dans son fameux blouson de cuir « stalinien » dont, vu le mois de juin, il avait ôté la doublure fourrée. Maintenant, dès qu'ils auraient quitté la ville, il faudrait s'arrêter, débâcher le side, lui sortir une combinaison matelassée. Sinon, au lieu d'une Maïa, j'amènerai à Orel une poulette bleue de froid et crevée.

CHAPITRE NEUF

L'antique cours des choses

Le jour même où Boris IV Gradov, une passagère inattendue sur son tan-sad, déhalait vers les contrées méridionales, une rencontre tout aussi inattendue se produisait dans la vie de sa cousine, Iolka Kitaïgorodskaïa; attribuez cela à la fantaisie du romancier ou aux temps de canicule, comme vous voudrez. Au début de l'été, les dix-huit ou presque dix-neuf ans d'une jeune fille, dirons-nous pour notre défense, propagent quelque chose qui favorise la naissance de situations inattendues dans telle ville de millions d'habitants de votre choix et même dans la capitale de l'« Entente socialiste mondiale » comme l'on commençait à dire alors. Eh quoi ! L'Entente socialiste peut se battre désespérément pour la paix dans le monde, tout particulièrement dans la presqu'île de Corée, la vie n'en suit pas moins obstinément son cours à l'antique. On a exterminé un tas de Bergelson, Markich, Fefer, Zouskin, Kvitko, qui s'étaient infiltrés au Comité juif antifasciste pour y remplir les missions à eux confiées par l'organisation sioniste du *Joint*, on a emprisonné une certaine Jemtchoujina qui se trouvait être l'épouse du Vice-Président du Conseil Molotov, bien connu des traîtresses

Nations dites Unies, avec leur système de vote pro-américain, sous le nom provocateur de « mister No », néanmoins, la vie se déroule sans trop diverger, en somme, des formes qui se sont constituées il y a quelques millénaires dans le bassin méditerranéen. Si, comme nous venons de le voir, même dans le camp de la Quarantaine de Magadan, il se trouve des individus enclins à imiter des sujets mythologiques, que dire de l'énorme masse de ceux qui ont réchappé aux convois, c'est-à-dire de la population de Moscou, grande ville située sur le plateau du paléozoïque supérieur ? Ici, la vie bat son plein et en particulier, elle va, ou plutôt elle court, son carton à musique à la main et sa raquette de tennis sous le bras, en la personne de la ci-dessus cousine du motard, étudiante à l'École Merzliakov, espoir des courts de tennis, joueuse de l'équipe de Moscou, catégorie « juniors dames », Eléna Kitaïgorodskaïa.

Ce jour-là, à une heure de l'après-midi, elle disputait un quart de finale sur les courts de l'Armée Rouge. Elle jouait sans ardeur car trop de choses la distrayaient du grand sport, en premier lieu, bien sûr, la musique. Elle en avait fini de l'Institut Merzliakov, à présent, il fallait préparer les examens d'entrée à l'Institut Gnessinykh, autrement dit, pas question de partir nulle part cet été : il faudrait rabâcher son piano, et non seulement des classiques, mais d'assommants compositeurs soviétiques. C'est bien ta faute, tu as cédé aux objurgations de grand-mère : « Croismoi, ma petite Eléna, tu as l'étoffe d'une pianiste de classe internationale » et aux flatteries de ton beau-père Sandro : « Iolka, ce n'est pas pour te flatter, mais lorsque tu joues du Mozart, mon âme prend l'essor ! » Et te voilà enchaînée dans cette galère ; tu n'auras plus la tête au tennis.

Et puis, il y a l'âge. Ce sont à tous les coups mes dernières compétitions dans la catégorie juniors, et je ne passerai sûrement jamais dans la catégorie seniors. Pourquoi n'introduit-on pas la catégorie « vieilles filles » ? Voilà ce que se disait Kitaïgorodskaïa du Spartak en se mesurant sans enthousiasme à Loukina, du Dynamo. Soit dit en passant, ses longues jambes la favorisaient : là où la trapue Loukina faisait deux pas, il ne lui en fallait qu'un. « Tu pourrais devenir une joueuse de classe internationale », lui disait Parmezanov, son entraîneur, qui, il n'y a pas longtemps, ayant avalé une lampée de cognac pour se donner courage, avait, au vestiaire, tenté de la faire passer de la catégorie juniors à la catégorie seniors. Elle avait eu toutes les peines du monde à lui échapper. Et à tort. Il n'avait rien de repoussant, ce Tolik Parmezanov, loin de là. Ils me voient tous dans la classe internationale, et moi, avec mon hymen, c'est une cloche de classe internationale que je vais rester.

Ce problème, son absence totale d'expérience amoureuse, était devenu une obsession. Dans la salle de bains, elle s'examinait attentivement et jubilait : parlez toujours, c'est la grande classe, la classe internationale ! Puis la pensée de l'homme la précipita dans l'horreur la plus complète : mais c'est impossible, voyons, tout bonnement impensable qu'un Parmezanov ou n'importe qui d'autre, même l'Apollon du Belvédère, non, c'est inimaginable que leur machin puisse entrer en moi, là !

Un jour, elle avait demandé à sa mère :

— Nina, tu avais déjà... à mon âge ?

L'autre lui avait décoché un regard plein d'humour :

— Hélas, hélas...

Cette rosse de maternelle, se dit Iolka, elle ne pourrait pas me raconter simplement comment ça s'est passé, non, elle la ramène : « Hélas, hélas... »

Nina était gênée. Iolka veut seulement que je lui dise comment ça se passe, mais je ne peux pas. Le socialisme a fait de nous des hypocrites. Non, il faut quand même que je lui raconte comme nous étions libres et bêtes, exactement à l'opposé du puritanisme actuel, et c'était quand même moche, parce que, là aussi, tout était fondé sur l'idéologie, sur d'assommantes utopies. Comme j'ai longtemps enduré les mêmes souffrances et comme la cellule a décidé de m'unir à cette branlure de Stroïlo, et comme je m'étais ensuite appliquée à en façonner le mythe du prolétaire radieux et victorieux. Il faut lui raconter tout cela, y compris les choses initiales, même l'anatomie. Pourquoi ai-je du mal à le faire ? Parce qu'en ce moment, cela ne se fait pas ? Où est-ce que son heure approche inéluctablement et qu'inéluctablement la mienne passe ? Voilà ce que se disait Nina, mais Iolka, hélas, hélas, ne pouvait pas lire dans les pensées de sa maman.

Il n'y avait pas beaucoup de spectateurs au stade de l'Armée Rouge. Et qui attirerait-on, à Moscou, à une quart de finale disputée en début d'après-midi au mois de juin ? Faisant, par de longues volées, courir la courtecuisse Loukina d'un coin du court à l'autre, Iolka jetait parfois un coup d'œil à la maigre tribune, des fois que s'y montre l'entraîneur frustré, quand soudain, à la place de Parmezanov, elle remarqua un autre type qui avait dix ans de moins que lui, soit le même âge qu'elle. Il croisait les genoux, les encerclait de ses bras et fixait sur elle un regard admiratif. Ses cheveux avaient bien quelque chose comme le pli zazou, mais par bonheur, sans brillantine. Une veste bleu marine posée sur les épaules, et les épaules relevées. Il ressemblait à Jack London jeune, sa photo du premier volume de ses œuvres complètes. À ce moment, Loukina monta au filet et rabattit sa balle d'un smash puissant droit sous le nez de Kitaïgorodskaïa. Quelques étiques applaudissements montèrent, le petit type applaudit aussi. Ah, mon salaud, alors tu « supportes » contre ta nana ? Tout en longeant le filet, Iolka lui dédia un regard mauvais. L'amour et l'admiration se reflétaient sur son visage aux joues creuses et au menton saillant. Mais voyons, il ne voit même pas le jeu, il regarde simplement bouger sa nana ; c'est pour cela qu'il a applaudi au mauvais moment.

Le match était terminé. Si moche qu'elle ait été aujourd'hui, Iolka avait gagné. En route pour la douche, elle s'arrêta près des tribunes, juste en face de son adorateur, et le regarda. Il saisit ce regard, fut pris d'une frousse intense et fit semblant d'examiner le paysage, comme ça, en général, comme si cette jeune personne toute rouge et en sueur ne présentait pas plus d'intérêt à ses yeux que les arbres, par exemple, ou la banderole : « Vive le grand Staline, le meilleur ami de la gymnastique soviétique ». Mais c'est un gamin, ce mec ! Il n'osera jamais m'aborder ou me parler.

— C'est libre, à côté de toi ? demanda-t-elle en désignant le banc parfaitement vide de part et d'autre du jeune homme.

— Quoi ? tressaillit-il. — Là-dessus, il tourna la tête à droite, à gauche, derrière lui au cas où elle se serait adressée à quelqu'un d'autre, non, il n'y avait personne. Il laissa échapper un rire bête et finit par expulser : — Il n'y a personne.

— Garde-moi la place, dit-elle en poursuivant sa route avec majesté.

Une fois sous la douche, elle se dit : Que ce soit celui-là qui me fasse passer de la catégorie juniors à la catégorie seniors. Et lui de même. Si toutefois il n'a pas détalé sans demander son reste.

Eh quoi, nous avons un physique de classe internationale, même si en fait nous ne savons pas de quoi ça a l'air, un physique de classe internationale. En tout cas, nous ne sommes pas plus mal que les filles des démocraties populaires, à en juger par les étudiantes de Pologne et de Tchécoslovaquie de notre connaissance. Nos cheveux sont mouillés, mais dans une demi-heure, ils seront secs, et alors, ils frivoleront au vent et feront tourner la tête à tous vos godelureaux de province. Elle est sûre — va savoir pourquoi — qu'il n'est pas de Moscou, même s'il se pavane en pantalon étroit.

Le petit provincial ne s'est pas tiré. Au contraire, il a bel et bien retenu sa place en y étalant sa veste. Elle longe le gradin vide et s'assoit à côté de lui. La veste, qui a l'air d'un gros phoque, s'empresse de battre en retraite de toutes ses basques.

Elle s'étonne qu'il ne lui demande pas son nom. Il répond qu'il le savait : il figure sur le programme — Eléna Kitaïgorodskaïa. À votre tour, *sir* : quand on réserve une place à une dame sur un gradin vide, on se présente. Soit : il s'appelle Vassia, Vassili en somme. Quel nom ! Pourquoi ? Eh bien, partout, c'est des Valéri, des Édouard, et voilà un Vassili de vieille Russie. Enfin, on en a un aussi, de Vassia, ici, hum, comme ça. Il faut avouer que son nom, il en a largement sa claque, tandis qu'Eléna Kitaïgorodskaïa, ça fait drôlement chouette. Chez moi, on m'appelle Iolka. Et toi, d'où es-tu ? De Kazan, répond-il. Pouh, laisse-t-elle échapper, déçue, quel trou ! Là, tu te trompes, fait-il en s'emballant, nous avons une très ancienne université, notre équipe de basket est deuxième au classement national, et notre jazz est le meilleur d'URSS, tout le monde sait ça. Votre jazz ? Le jazz de Kazan ? Laisse-moi rire ! Alors, tu sais, tu ne sais rien, et tu sais, tu ris comme si tu savais quelque chose ! Notre jazz, c'est celui de Lundstroem de Shanghaï... tu te rappelles ce film du temps de la guerre, *Sun Valley Serenade* ? Ils jouent dans ce style-là. Il nasille quelque chose et rythme quelques coups de sa sandalette pourrie. Il n'y a pas longtemps, ils jouaient à Shanghaï, au *Club des millionnaires russes*. Oh, là, là ! ce qu'ils vont chercher, les petits mecs de Kazan ! Iolka, tu me charries, mais tu ne sais pas que Lundstroem fait partie des dix premiers musiciens de jazz mondiaux entre Harry Jim et Goody Shermann ; Klen Diller l'appelle « le roi du swing des pays de l'Est » ! Oh, oh, oh ! s'il étale sa science ! Tu sais, quand ceux de Shanghaï jouent à Kazan en douce des autorités, tout le monde en devient dingue : les Moscovites, et même les gars de Prague, de Budapest, de Varsovie, ils en sont tous la gueule ouverte, ils n'ont jamais rien entendu de pareil « live » ! Elle rit encore plus et lui envoie une claque sur l'épaule, sur quoi une onde parcourt son échine tendue d'un polo de soie. En somme « Kazan est gr-r-rande, Moscou est pet-t-tite », c'est ça ? Elle s'est rappelé à propos cette réplique d'*Ivan le Terrible* qui a fait hurler de rire des millions de spectateurs de cinéma. Qu'est-ce que tu fais comme études, Vassili ? Il se ratatine : elle va être définitivement déçue. Si au moins il était à l'Institut d'Aviation ou à celui de Chimie ou à l'Université Oulianov-Lénine, dans son Kazan, mais au lieu de ça... Bon, après tout... je fais médecine. Médecine ? Ça, c'est au poil ! Tu as étudié le manuel de Gradov ? Ça sera pour l'année prochaine. Ce qu'il y a ? C'est mon grand-père. Arrête tes salades ! Vassia ! Qu'est-ce que c'est que ces façons, comme si tu n'avais pas été élevé à Kazan ? Ton grand-père, c'est Gradov en chair et en os ? En chair et en os, en chair et en os, qu'est-ce que c'est que ces expressions, « en chair et en os » ?... et à propos, ma mère, c'est Nina Gradova, la poétesse. Là, elle marque vraiment un point, le petit gars a l'air de s'intéresser à la littérature. Quelle idée de la ramener comme ça ? N'a-t-elle pas assez de ses propres mérites pour faire impression ? Après quoi, la jeune fille bien élevée, la jeune fille de bonne famille, pose au jeune inconnu une question absolument incongrue : et tes parents à toi, qui c'est ? Il se renfrogne, la regarde par en dessous, détourne les yeux. Puisqu'elle a posé cette question incongrue, il faudra qu'elle la répète : alors, qui c'est, tes parents ? Des fonctionnaires, répond-il à contrecœur en détournant la conversation sur des sujets sportifs. Tu l'as fameusement dérouillée, la Loukina, moi, je ne suis pas très doué pour le sport, sauf le saut en hauteur, l'entraîneur m'a dit : « Cultive ton naturel sauteur. » Alors, bref, cet été, je vais essayer. Non, maintenant, je pars dans le Midi, à Sotchi, toute la soce y est déjà, moi, j'ai décidé de passer quelques jours à Moscou... La « soce » pour « société », c'est la « bande », tu n'as jamais entendu ce mot-là ? Curieux.

Curieux : tous les mots que tu dis, je les connais, moi, et toi, les miens, tu ne les connais pas tous. Ça me plaît, je vois que tu n'es pas ordinaire. Et qui t'a dit que j'étais ordinaire ? Oh, mais tu n'es pas ordinaire du tout ! Tu es déjà allé à Sotchi ? De nouveau, Iolka se sent étrangement gênée de sa question pourtant innocente : je le lui demande pour me vanter d'y être déjà allée deux fois, en ce sens que tiens-toi à ta place quand même, provincial et fils de fonctionnaires, quand tu parles à une aristocrate de la famille des Gradov. Je veux dire que si tu n'as encore jamais vu la mer... Quoi ? Comment tu dis ? Il y a de quoi devenir dingue. Voyez-vous ça, il a déjà vu la mer. Alors, comme ça, à Kazan, vous avez la mer la plus grande, ou tout au moins, l'une des dix plus grandes mers du monde ? Et voilà Vassili qui lui sort des bobards à la Jack London. Il a vécu près de la mer. Deux ans au bord de la mer, mais pas la Noire, une autre. C'est intéressant, ça. Laquelle ? Celle de Magellan ou celle de Ligurie ? D'Okhotsk ! Ben, mon vieux ! Qu'est-ce que c'est que ces expressions, « ben mon vieux », Eléna Kitaïgorodskaïa ? Il a passé deux ans à Magadan, bref, c'est justement là qu'il a achevé ses études secondaires. Pourquoi « impossible » ? Le lycée valait largement tous les lycées de Moscou, avec une excellente salle de sports.

Mais comment s'est-il retrouvé là-bas, je voudrais bien le savoir. Si tu ne me racontes pas d'histoires, comment t'es-tu retrouvé à Magadan ? De nouveau, sur les traits de l'amateur de jazz perce quelque chose de farouche, se découvre une personnalité qui n'a rien à voir avec Kazan. C'est que... c'est seulement... n'est-ce pas, c'est ma maman qui y habite... je suis allé la retrouver et j'y ai fini le lycée... Dis donc, Iolka, le gros qui joue là-bas, c'est vraiment le célèbre Nicolaï Ozerov, le commentateur de la radio ? Il a beau détourner la conversation, on comprend à chaque fois que c'est quand on lui parle de ses parents qu'il la détourne. C'est donc cela : c'est un... Elle le considère à présent avec un redoublement d'intérêt : ce n'est pas seulement un petit provincial plutôt sympa, c'est aussi un... Tu sais, Vassia, on a raison de dire que le monde est petit : moi, j'ai un oncle à Magadan... Oui, oui, le frère de maman..., il... il est aussi... fonctionnaire...

À présent, le public était plus nombreux, le match principal venait de commencer — Ozerov contre Korbut. Célébrité de son temps, commentateur de radio, maître ès sports émérite et artiste, Nicolaï Nicolaïevitch Ozerov, fils d'un autre Nicolaï Nicolaïevitch Ozerov, le chanteur, était vraisemblablement le champion de tennis le plus gras du monde. Et pourtant, sillonnant le court avec une mobilité et une aisance singulières, il dominait sans trop de peine son adversaire élancé et musclé.

Vassili observait plus le public que la partie. La plupart des spectateurs semblaient être du même milieu, tennismen de la capitale, hommes et femmes bronzés en vêtements clairs et chaussures de toile. Comme on n'en verrait ni à Magadan ni à Kazan, presque des étrangers. Beaucoup s'interpellaient, riaient. Iolka aussi multipliait les signes de main. Non, mais quelle nana ! Vassili, dont l'expérience en matière de filles était presque au degré zéro, était totalement sous le charme. Vous vous rendez compte : elle l'avait abordé elle-même. Elle ne ressemble guère à nos génisses de la fac de médecine. Et qu'elle est jolie, quelle silhouette, quels yeux rieurs, moqueurs et un peu tristes, et cette crinière qu'elle rejette tout le temps en arrière! Ce geste de la main à lui seul — la crinière en arrière — est inoubliable. Même si le pire se produisait, si elle se levait et disait: «Alors, salut!», il ne l'oublierait jamais. Ce jour de ses vingt ans, bien sûr qu'il ne l'oublierait jamais.

Un beau vieux à la tête connue, quelqu'un du cinéma, probable, passa devant eux, regarda gravement Iolka, lui demanda: «Comment va ta mère?» et à son «Ça va», hocha la tête. Petite-fille d'un manuel de chirurgie, fille d'une poétesse célèbre dont même sa maman de Magadan disait: «Elle a du talent.»

Non loin d'eux, un type en survêtement aux manches roulées s'introduisit entre deux sportifs. Les cheveux longs coiffés en arrière et serrés dans un filet; le crâne lissé et les avant-bras velus comme ceux d'un babouin. Il considérait Kitaïgorodskaïa d'une mine sombre. «Alors, Parmezanov, vous ne venez même pas quand vos poulains jouent?» Non, mais quelle fille, pour narguer un homme deux fois plus vieux qu'elle!

— Je n'ai pas pu, fait le type, le Parmezanov, d'un ton tragique.

— Qu'est-ce qui se passe? Votre femme, vos enfants? continue à feindre Kitaïgorodskaïa.

— Laisse ça, dit Parmezanov d'un ton sévère en se détournant puis repivotant aussitôt du crâne.

Iolka se lève et dit d'une voix forte:

— On s'en va, Vassia. C'est tout vu. C'est Ozerov qui gagne.

Vassili s'empresse de se lever avec une joie tout à fait excessive.

Oui, elle m'a asservi. Tout bêtement réduit en esclavage. Je ne m'appartiens plus. Je ferai ce qu'elle me dira et tout autour les gens commenteront : « Regarde, Iolka Kitaïgorodskaïa a complètement asservi ce Vassia. » Quel bonheur !

Le type, le Parmezanov, les suit d'un regard mauvais tandis qu'ils se frayent la voie parmi un public intrigué.

Entre les lents canots du lac du parc, des carpes repues, qui dataient de l'âge du dinosaure, nageaient gaillardement. Des bouts de petits pains autrefois dits « français », aujourd'hui rebaptisés « citadins » demeuraient en suspension dans l'eau comme des méduses miniatures. Dans l'allée centrale s'élevait, semblable à une meule de foin toute en hauteur, la statue d'un garde-frontière dont le touloupe descendait jusqu'au piédestal. Ainsi placés sous bonne garde, dans le pavillon voisin, on servait le cognac souvent agrémenté de champagne, au bon plaisir des camarades officiers. Vassia sortit de la poche de son pantalon une solide liasse de roubles-staline

— Et si on s'offrait un cognac au champagne ?

— Bonne idée, digne de Magadan, fit Iolka ravie.

À Magadan, on boit de l'alcool à 96° — et il partit à raconter les habituels bobards de la Kolyma, comme quoi on se remplit la bouche d'alcool, on craque une allumette, et on cavale comme ça, du feu plein la bouche. Ils avaient fait les cons comme ça à leur soirée de fin d'année, ils avaient même flanqué les jetons à leur hôte d'honneur, le général Tsaregradski.

Tant qu'ils étaient restés assis, il avait craint que Iolka soit plus grande que lui, mais maintenant, à sa plus vive joie, il découvrait qu'ils étaient accordés, qu'il faisait même dans les cinq centimètres de plus. « Cul sec ? » demanda-t-elle.

« Vous êtes majeurs ? » s'avisa brusquement la buffetière, laquelle présentait tous les signes d'une quarantaine crémeuse.

Ils firent cul sec. Aussitôt, les horizons de Vassia s'élargirent. Bill rentrait du Nord-Canada.

— Ta maman est un poète de talent, dit-il à Iolka.

— D'où le sais-tu ? Elle ne publie rien d'autre que des traductions, en ce moment.

— Ma maman m'a récité des vers d'elle, elle s'en souvient depuis 1930.

— Je peux te demander quelque chose à l'oreille ? Ta maman, c'est un ennemi du peuple ?

— À toi de me tendre la tienne : mes parents sont des victimes de la répression iéjovienne et moi un paria dans cette société.

Elle se contracta de pitié.

— Ne dis pas ça, Vassia, tu n'es pas un paria. Les parents c'est une chose, et les enfants une autre.

— Mais si, c'est la même chose. Le fruit ne tombe pas...

— Bon, changeons de disque. Quels sont tes autres poètes favoris ?

— Boris Pasternak.

— Alors, là, tu m'étonnes. Aujourd'hui, tous les étudiants élisent Serguéi Smirnov, toi, c'est Boris Pasternak.

— Oh, là, là ! j'ai la tête qui tourne. Je ne bois plus.

— D'où as-tu sorti Pasternak ?

— Maman le récite par cœur, des kilomètres entiers.

Les années passant, au concert
On me jouera du Brahms
Frémissant de nostalgie

Je reverrai l'union des six cœurs
Les bains, les joyeuses sorties
Et le jardin en fleur.

— *De l'artiste, le front droit comme un rêve*
Sourire sans affront, sourire plein de verve...

reprit-elle sans coup férir.

Ils se regardaient, les premiers surpris, avec une tendresse inattendue. Leurs mains s'unirent et se lâchèrent aussitôt, comme si ces mobiles petites pelles et leurs appendices préhensiles avaient accumulé trop d'électricité.

— Tu sais, les canards n'ont pas évolué depuis le temps du dinosaure, dit-il.

— En général, je n'aime pas tellement Brahms, fit-elle en réaction à sa communication sur les canards.

— C'est qui, ton compositeur préféré ?

— Vivaldi.

— Jamais entendu parler. — Pour la première fois, Vassili avouait l'une de ses quelques lacunes.

— Veux-tu entendre une transposition de Vivaldi sur un vieux piano droit ?

— Où ça ?

Elle le regarda attentivement, comme pour l'évaluer, puis prit sa décision.

— Chez ma maman, ce soir, enfin plutôt, chez son mari, plutôt son ami, c'est un peintre, ils vivent dans un grenier, enfin, en somme, c'est moi qui vais jouer.

— Parce que tu joues aussi du piano ?

— Qu'est-ce que ça veut dire : aussi ? Je suis une future pianiste de classe internationale. Un jour, tu m'entendras. « Les années passant, tu m'entendras au concert, frémissant de nostalgie. »

Cette information-là l'assombrit. C'était trop :

le tennis, la famille, le piano ! Trop pour un paria dans cette société.

Elle dut percevoir ce changement d'humeur passager, elle rit et — ô dieux ! — elle embrassa Vassili sur la joue. Alors, tu viendras ? Et comment donc ! Bien sûr que je viendrai. Où es-tu descendu ? Nulle part. Comment ça ? J'ai dormi à la gare hier, sur un numéro de *Culture et Vie*. Tu comprends, j'avais l'intention de roupiller chez un ami, au foyer de son institut, mais il n'y était pas et la gardienne ne m'a pas laissé entrer. Elle eut une idée fulgurante : tu dormiras grand-rue Gnezdikovski. Ne t'en fais pas, j'habite seule. Comment ça, seule ? Enfin, maman vient parfois, mais en général, elle habite chez son peintre, Sandro Pevsner. Vassili, qui avait toute sa vie créché sur des lits pliants dans le voisinage le plus étroit des membres de sa famille, avait du mal à se figurer qu'une gamine de son âge vécût seule dans un appartement avec entrée privée. Une petite nuée descendit de nouveau sur sa tête : c'était peut-être une « femme libre », une tigresse d'amour ? La nuit, sur son lit pliant, Vassili se prenait parfois pour un conquérant de ces tigresses-là, hélas ! à la lumière du jour, la lance victorieuse préférait reposer dans le couloir. La nuée s'en fut. Nom de Dieu, ce qui peut vous passer par la cervelle ! Imaginer cette gamine en tigresse ! Écoute, Iolka, ils sont divorcés, tes parents ? C'est la guerre qui a fait leur divorce, dit-elle tristement. Mon père a disparu. Il a été tué ? Oui, disparu. Il était chirurgien. Et ce super-chirurgien, mon papa, ce superbel homme, comme tu aurais dit, a disparu à la guerre, enfin, il a été tué. Elle n'est pas très heureuse, cette fillette dont je suis tombé si *terriblement* amoureux, se dit Vassili, et pas si impassible, et en plus, elle ne ressemble pas du tout à mes tigresses imaginaires.

Ils convinrent qu'il irait chercher son sac à dos à la gare et que deux heures plus tard, elle viendrait le prendre au métro Maïakovski pour le conduire chez elle. Puis ils iraient ensemble à la *soirée** de la rue Krivo-Arbatskaïa. À la quoi ? lui fit répéter Vassili, peu familier des mots français. Elle rit. Ah ! c'est quelque chose comme un *plissé gaufré**, si je comprends bien, s'avisa-t-il, repensant à une enseigne que l'on voyait alors souvent à Moscou. Là, arrivés à la grille du parc de l'Armée Rouge qu'ils devaient se rappeler toute leur vie comme le lieu d'un poignant enchantement de jeunesse, ils se quittèrent.

Iolka passa sa première heure de solitude à se demander ce qu'elle allait mettre. On vivait une époque fébrile, la mode était à un tournant. Du haut padding des épaules, l'on passait de plus en plus à ce que l'on appelait une silhouette féminine. D'abord, c'est évident, il fallait mettre l'étroite jupe fendue que maman n'aimait pas ; et la jaquette qui lui plaisait tant depuis trois ans, la balancer une fois pour toutes. Ainsi, le problème du bas étant réglé, abordons le haut à présent. Les blouses volèrent du placard sur le lit tels les drapeaux du Festival des étudiants et de la jeunesse. Ce n'était pas une question de couleur, mais de ligne. Hélas ! aucune d'elles ne prêtait à notre demoiselle une silhouette suffisamment actuelle. L'une faisait trop enfant, l'autre trop sérieux. Aucune ne convenait à la jupe dont la cause était entendue : elle convenait. Soudain, notre demoiselle eut une idée brillante : avec cette jupe élégante, raffinée, je mettrai un simple chemisier d'étudiante à carreaux, c'est tout, c'est réglé, ça m'a l'air on ne peut plus génial. Et le pull jeté par-dessus l'épaule. Vassili, des filles comme ça, tu n'en as vu ni à Kazan ni à Magadan. Puis ce fut le tour de la coiffure. Fallait-il rouler ses cheveux au fer pour obtenir quelque chose dans le genre dernier cri de la « couronne de la paix » ? Tout remonter pour dégager son col de cygne ? Ou les partager sur les côtés ? Ou les serrer en arrière ? Maman s'était drôlement bien débrouillée, elle s'était fait couper à la garçonne, liquidé tous les doutes, et de plus, elle avait rajeuni de dix ans. Au problème des cheveux était directement lié celui des lèvres. Fallait-il ou non se mettre du rouge ? Les cheveux au vent et du rouge... *pardon, pardon**, il s'y ajoute la jupe fendue... pourvu que Vassia ne s'effarouche pas... d'une telle tigresse moscovite... de plus, dans ce tout, la chemise à carreaux est complètement débile. Une fois de plus, son génie naturel revient à son secours : du rouge à lèvres et les cheveux tressés en grosse natte ! Sensass ! C'est ainsi que quinze minutes avant le rendez-vous, c'est-à-dire à six heures moins le quart, une énigmatique jeune personne, étudiante ou demoiselle du *demi-monde**, fait son apparition rue Gorki : *Demi-monde, demi-monde**... ça, c'est du même répertoire que les vers préférés de Tolik Parmezanov, ceux avec lesquels il a ébloui sa jeune élève :

Je veux avec un stick de nacre
À la nuit traverser Moscou...

Que ça peut être vulgaire ! Pensons un peu moins à ces bêtises : je mets ce que je mets, le bon goût requiert un certain négligé. Puis-je noter cette maxime ? Les hommes se retournent presque tous sans exception, cela va de soi. En tout cas, entre vingt et quarante ans, sans exception aucune. Certains en demeurent estomaqués. En voilà un, pas très grand, boiteux, mais fantastiquement beau, qui demeure estomaqué, secoue la tête, joue de ses diaboliques prunelles, articule d'une voix curieusement familière : « Mes petits-pères ! Mes petites-mères ! » et reste à tribord arrière, près d'une colonne d'affichage qui annonce un spectacle de marionnettes : *Au frou-frou de tes cils*.

Près du métro, la vente des *pirojki* et des glaces allait bon train. Un grand chien pensif était allongé près des eaux gazeuses. Vassili ne surgissait toujours pas du remous chaotique de la foule. Mais au fait ! À qui appartenait-il d'attendre l'autre ? Allons, il n'est pas encore six heures. Moins cinq. Si je reste plantée là, je vais me faire draguer, c'est du tout cuit. Mettons-nous plutôt dans la queue du Bureau d'information. Voilà le cireur, l'esprit ailleurs, qui passe au cirage le pantalon blanc de son client. La marchande d'eaux gazeuses désigne au maculé la charcuterie d'en face. « Eh, le maculé, demande de l'alcool aux livreurs, en face. » Puis un bel homme de type caucasien se détache de la foule et vient aborder notre Iolka. Un beau costume en tennis gris. Il porte à une main son chapeau et, de l'autre, lui présente un livret rouge portant les trois lettres dorées MGB. « Pardon, mademoiselle, un haut personnage du gouvernement de l'Union soviétique désire faire votre connaissance. » Elle se retourne instinctivement et aperçoit deux officiers, pattes d'épaules, boutons, agrafe du stylo, brochette de décorations, insigne du Komsomol... Seule contre deux, seule contre deux...

Personne, dans le tohu-bohu de la foule des heures de pointe, ne porte d'attention particulière à l'installation d'une fillette gentiment tournée dans la limousine noire et ventrue, personne, sauf trois bonnes femmes: celle des eaux gazeuses, celle des *pirojki* et celle du Bureau d'information, permanentes Moïraï[1] de la place Maïakovski qui échangent des sourires significatifs, mais se gardent bien de se dire quoi que ce soit, évidemment.

Vassili arriva une minute plus tard avec son sac à dos. Il va passer ici plusieurs heures d'attente stérile.

Pendant ce temps, dans son atelier de la rue Krivo-Arbatskaïa, Sandro Pevsner bricolait un châssis pour sa nouvelle toile. Il y avait partout, terminés ou inachevés, des tableaux en train de sécher. Sandro grognait avec délices. Il traversait depuis quelques mois une nouvelle période qu'il appelait sa «période des serres». Les fleurs étaient devenues ses personnages principaux. Ses grandes amies, peut-on dire. Sinon les membres de sa famille. Ses enfants. Ses pétales d'amour. L'expression de Nina en sa chair la plus intime. Il peignait des fleurs. Parfois, fortement agrandies. Parfois, notablement rapetissées, comme vues par le petit bout de la lorgnette. Parfois, grandeur nature. Parfois, une petite toile de la dimension d'une carte postale. Parfois, un mètre sur un mètre. Pas plus. Pour l'instant, pas plus, hélas. Il avait en projet une toile géante avec apothéose de fleurs. Il craignait

1. Moïra: expression du Destin, équivalent abstrait des Parques.

un peu de l'entreprendre, il risquait d'être mal compris. Que tu le craignes ou non, tu t'y mettras quand même, disait Nina en riant. Ma foi, tu as raison, ma chérie. En attendant, il travaillait modestement à ses modestes serres. Parfois, songeant à Vermeer et aux autres Hollandais « mineurs », il figurait chaque nervure, chaque goutte de rosée, scarabée ou abeille au cœur de son bouquet. À d'autres fois, en larges touches, il créait des images impressionnistes. Pivoines, chrysanthèmes, roses, bien sûr, œillets, tulipes, fleurettes de toute sorte, renoncules et bleuets, pensées et phalliques, irrésistibles glaïeuls, murmure de géraniums, incarnation de lilas, les uns d'après nature, les autres, de mémoire, presque d'après la nuit et peut-être d'après les rêves.

— Ce Pevsner, disait Nina en se promenant parmi les fleurs, il fait quelque part fausse route. Il crée un monde illusoirement beau et l'oppose en toute lucidité à notre réalité. N'y aurait-il pas lieu, camarades, de prendre garde à ces exercices quasi botaniques et pseudo-innocents ?

Il rigolait : — Arrête, ma chérie. C'est sûr, c'est une bonne imitation, mais tu es à côté. « Avec ses fleurs, Pevsner souligne précisément l'harmonie de la réalité socialiste, les succès retentissants de l'horticulture soviétique, la profonde équité de notre mode de vie où l'objectif de la beauté n'appartient pas à l'esthète bourgeois repu, mais au simple travailleur. Pevsner prouve qu'il a tiré la meilleure leçon des rigoureux principes de la critique du Parti. »

Elle ôtait un lorgnon tchékhovien d'une des têtes des mannequins disposés à travers l'atelier, examinait attentivement les touches de peinture qui les décoraient, puis la personne même du statuaire à la moustache grisonnante. « Vous finirez par y arriver, Pevsner, vous finirez par y arriver, Solomonovitch ! »

Tout juste, il y était arrivé. La microscopique exposition de la Maison de la Culture du quartier des Prolétaires où il avait réussi à se livrer passage avec une demi-douzaine de toiles avait soudain attiré l'attention générale. Les gens étaient accourus pour voir ces fleurs étranges qui provoquaient une soif inexplicable et pourtant familière, une soif qui semblait remonter à la vie d'autrefois. On vit même des gens de Léningrad faire exprès le voyage. Sur les marches de la Maison de la Culture, on échangeait des avis et de vilains mots tels qu'« impressionnisme », « postimpressionnisme » et même « symbolisme ». Finalement, la *Pravda de Moscou* publia un article fulminant intitulé « Serres suspectes » où l'on disait, entre autres, que « Pevsner (l'emploi d'un nom malsonnant sans même ses initiales était considéré comme de mauvais augure) tente de donner naissance à un esthétisme en apparence désuet et inoffensif, qui en réalité sape les principes de base du réalisme socialiste. Les serres de cet artiste empestent... ».

— À peu de chose près, tes propres paroles, ma chérie, disait Sandro, hilare. — Il marquait son succès, un verre de *moukousani* rouge à la main. — Provoquer un éclat dans la capitale de l'art non conflictuel, peindre des fleurs explosives. « Qu'est-ce que tu croyais, Pevsner Solomonovitch ? Que l'on ne pourvoit pas comme il sied à notre édification, à l'Union des Écrivains ? Chacun de nous possède, à tout instant, une riposte toute prête aux décadents outrecuidants, à l'appel... heu... enfin, bref, à l'appel... somme toute à l'appel de son cœur. »

Un humour noir qui rappelait à Nina les

années trente de la grand-rue Gnezdikovski. Ces billets, à la cuisine : « S'ils viennent te chercher le premier, n'oublie pas de fermer le gaz et d'éteindre l'électricité », toutes ces simagrées qui les avaient aidés, Savva et elle, à ne pas devenir cinglés. Cette époque avait eu, d'ailleurs, un privilège paradoxal : le balai balayait sans faire de distinction, c'était quelque chose comme un cataclysme naturel. À présent, par le biais de la *Pravda de Moscou*, le critique du Parti s'adresse aux bien-aimés organes en féal sujet, les convie à porter leur attention sur ce « peintre innocent en apparence ». Et nous, nous ne faisons qu'en rire. Allons-nous indéfiniment nous complaire dans l'ironie ? N'est-il pas temps de lui dire adieu en même temps qu'à notre jeunesse ? Mais sans elle, c'est la fin, le noir, la décrépitude sans phrase.

Bon, eh bien, vivons, plaisantons, peut-être que nous nous en sortirons comme l'autre fois, malgré notre passé trotskiste assez largement connu. Il ne nous reste rien d'autre à faire qu'à peindre nos fleurs.

Que feront-ils de leur bric-à-brac en cas de perquisition, arrestation et subséquente confiscation ? Ce serait amusant de lire le descriptif tchékiste de leurs biens. Le dernier coup de cœur de Sandro, le coloriage de mannequins de vitrine, serait bien capable d'introduire l'anarchie dans les inventaires du MGB, le plus dangereux n'est pas aux murs ou le long des murs, mais dans ce méchant bureau de la loggia auquel Nina Borissovna Gradova, membre de l'Union des Écrivains, passe les heures que lui laissent ses traductions du karakalpak. Des vers et de la prose que le monde ne verra jamais. Qui est le mieux loti dans notre pays, le peintre ou l'écrivain ? Cela dépend de ce que l'on considère comme l'aboutissement de la fonction créatrice : le manuscrit ou le livre ? Le peintre voit, quoi qu'il advienne, le résultat de cette fonction : un tableau achevé. Peut-on considérer le manuscrit comme un aboutissement, le manuscrit qui ne deviendra jamais un livre ?

C'est à ces pensées pas très encourageantes que s'adonnait Nina, tout en traînant des cabas de vin et de provisions. La question : « qui est le mieux loti dans notre pays ? » se traduit de la façon la plus élémentaire en : « qui est le plus mal loti dans notre pays ? » Quel crève-cœur que d'avoir passé toute sa vie sous la houlette de ces crapules féroces ! Et pas une lueur d'espoir à l'horizon. Quand on pense ! Elle n'y a pas été une seule fois, à l'horizon ! Lorsqu'ils étaient jeunes, son père et sa mère passaient toutes leurs vacances en Europe, ils sont allés jusqu'en Égypte, ils se sont promenés au pied des Pyramides. La crapule a scellé toutes nos portes. Et pour toujours. Le seul moyen de passer la frontière, c'est de s'intégrer à leur crapuleuse lutte pour la paix, c'est-à-dire de se vendre corps et âme, comme Fadéiev, Sourkov, Polévoï, Simonov, et hélas comme Ilya... Prendre la parole en public, dénoncer furieusement Wall Street et le Pentagone, monter des bateaux aux naïfs visiteurs d'Europe et d'Amérique, et voilà, elle finirait par entrer elle-même dans une délégation de personnalités de confiance à un congrès pour la paix. Une femme jeune encore, jolie, une poétesse inspirée... assimiler tout ce pathos imbécile... un hameçon auquel elle pourrait prendre un Frédéric Joliot-Curie, par exemple... Faut-il qu'une saloperie pareille vous vienne à l'esprit ! Tout ça parce que les cabas sont lourds et qu'elle porte des talons hauts. Ce peintre « loin d'être inoffensif» m'a totalement subjuguée. Il est là, en haut de sa tour, à écouter des disques, à s'amuser avec ses jolis pinceaux et ses jolies couleurs, tandis que «la Femme», un être dont on ne prononce le nom à Tbilissi qu'avec une majuscule, mais que l'on ne fait pas toujours asseoir à table, doit traîner ces cabas, c'est tout naturel. J'imagine la tête moustachue de mon élu, le jour où je me joindrai à la lutte pour la paix et où je partirai en délégation à Valparaiso.

Depuis quelque temps, elle pensait souvent à l'Occident. Elle évoquait souvent le jour où elle s'en était rapprochée au plus près, lors de cette alerte aérienne, en 1941, dans les profondeurs du métropolitain où elle s'était trouvée dos à dos avec un journaliste américain en veston de tweed, une pipe dépassant de sa poche. Il dégageait une odeur exclusivement occidentale, une odeur qui persiste même dans les abris antiaériens, de bon tabac, de bon alcool, de bon savon, de rien que du bon. Tandis qu'il parlait, elle avait cru identifier un type de publiciste cosmopolite non sans rapport avec celui de Mandelstam :

Je bois aux asters de la guerre,
À tous les reproches que l'on m'a faits...
À la chanson des pins d'Ardèche,
Au pétrole des Champs-Élysées...
Aux rousses crinières des Anglaises,
Aux quinines des colonisés...

Il lui avait semblé qu'il lui offrait une issue, un moyen de fuite vertigineux, mais là-dessus la panique s'était emparée du métro et ils s'étaient perdus à jamais. Véronika avait eu plus de chance : elle avait mis les bouts loin de tout et de tous, des camps, des tombeaux. Elle vit dans un

État au nom enfantin de Connecticut. Dans le fond, qu'est-ce que je sais de sa vie actuelle? Peut-être qu'elle hurle de nostalgie, celle de son fils, celle de ses fabuleuses apparitions rue Gorki... Peut-être qu'elle échangerait le Connecticut entier contre ma mansarde, mon peintre et ses fleurs pas si innocentes que ça. La fuite en elle-même comporte une part de malheur, ce n'est pas pour rien que l'on dit que l'on ne s'échappe pas à soi-même.

Elle prit l'ascenseur jusqu'au sixième, gravit deux volées d'escalier de plus et ouvrit enfin la porte de la tanière de sous les toits qu'elle avait de plus en plus souvent envie de ne jamais quitter. Naturellement, on entendait le *Concerto pour deux violons* de Bach... Sandro était assis dans un coin, occupé à une nouvelle fleur, alors là échappant à toute classification. Ce coin, il y avait récemment percé une ouverture triangulaire vers le ciel et se plaisait à se tenir dans son trièdre de lumière, comme à l'abri de cette méprisable réalité des bonnes femmes traînant des sacs à provision. *Fleurs romantiques*[1] à la Goumiliov. Nina sentit monter un afflux de jalousie envers le chef-d'œuvre naissant, bouton à demi épanoui au cœur kaléidoscopique. Je vais aller à lui, l'embrasser dans le cou, laisser mes mains se couler vers le bas, et il sera de nouveau tout à moi. Il lui arrive quelque chose de curieux, à Sandro. Depuis qu'il a entrepris cette série, ou si l'on veut, cette «période», son intérêt pour son modèle — et il est évident qu'il peint tout le temps *sa fleur à elle* — s'est quelque peu flétri. Les murs flamboient d'un feu de plus en plus ardent, mais

1. Titre d'un recueil de ce poète (1886-1921), fondateur de l'école acméiste.

sa propre flamme a pâli. Soudain, une pensée la frappe : mais voyons ! Cette « période des serres » a commencé au moment précis où elle a rencontré Igor. Forcément, il ne savait rien et n'a rien su de sa liaison avec le jouvenceau, et d'où l'aurait-il appris ? il ne descend presque jamais de son grenier, aucun cancan ne peut l'atteindre, il a simplement senti sa « nouvelle période » à elle des mains, de la peau, du membre, et y a inconsciemment répondu par ses fleurs, par le souvenir du temps où elle n'avait personne d'autre que lui.

Sans broncher, même à ses propres yeux, devant sa découverte, elle déposa ses cabas dans le cagibi qui leur tenait lieu de cuisine, et cria d'un bout à l'autre de l'atelier :

— Iolka n'a pas téléphoné ?

— Pas pour l'instant, répondit-il, l'aidant à décharger ses sacs.

— Écoute, Sandro, dit-elle sans le regarder, occupée à sortir les aubergines, tu ne crois pas que tu exagères un peu... avec tes fleurs...

À présent, ils se regardaient. Il sourit, tendit vers elle son crâne chauve que, selon leur habitude, elle tapota gentiment comme celui d'un bébé.

Comme toujours, après sept heures, ils virent arriver leurs habitués. Chose curieuse, les jeunes musiciens amis de Iolka, au lieu d'être en retard, furent les premiers. Par exemple, Kalachnikova, la flûtiste, que l'on n'attendait pas tellement. Je me demande qui lui a indiqué le chemin, pensa Nina en voyant la pétulante demoiselle se promener avec désinvolture parmi les fleurs pevsnéroviennes. Ne serais-je pas dans l'erreur quant à la vie érémitique de Sandro ? La jalousie la transperça comme une brusque colique néphrétique.

— Comme on est bien chez vous, Nina Borissovna, dit la flûtiste. Je suis très reconnaissante à Iolka de m'avoir montré les toiles d'Alexandre Solomonovitch et de m'avoir invitée aujourd'hui.

Ah oui ! Elle enseigne à l'Institut Merzliakov. Vos coliques sont un peu ridicules, honorable Nina Borissovna Gradova, artiste émérite du territoire autonome des Adyghéi. Oui, pour eux, nous sommes déjà de vieilles croûtes. Igor ne compte pas, c'est un poète.

Traînant son étui à violoncelle, Slava Rostropovitch, le jeune génie dont tout Moscou disait que c'était un second, sinon un premier Pablo Casals, fit une entrée rapide. Aussitôt, il se mit à embrasser tout le monde. Il couvrit la flûtiste Kalachnikova de baisers comme une vieille connaissance alors que, de toute évidence, il la voyait pour la première fois. Il serra Sandro dans ses bras, lui embrassa les joues, la bouche, le nez, le front, trouvant le temps, entre deux baisers, de s'écrier : « Sensationnel ! », un mot qui, selon toute probabilité, s'adressait aux tableaux et non aux cibles de ses embrassements. Il fila à la cuisine et entreprit de bécoter la poétesse.

— Ma petite Nina, tu es formidable ! Une merveille faite femme ! Il faut que tu viennes me voir. Ou que je vienne te voir.

— Mais c'est chose faite, tu es chez moi, Slava ! fit Nina tout en se demandant quand ils avaient décidé de se tutoyer, si ce n'était à l'instant.

— Où est Iolka ? demanda-t-il en avançant son menton de cachalot, secouant sa houppe filasse, inspectant la cuisine comme si l'objet de ses recherches avait pu s'asseoir près de la cuisinière ou s'installer sous une chaise. — Où est-elle, où est-elle, où est-elle ? Je l'adore, c'est tout simple : je la vénère ! Tu veux que je te le dise franchement ? Quand je t'ai aperçue, je me suis dit : ça, c'est une femme, il faut qu'elle vienne me voir, il faut que je joue pour elle seule, tu vois, les yeux dans les yeux. Puis j'ai fait la connaissance de Iolotchka, et alors, tu n'imagines pas, tout a basculé : c'est elle, c'est elle, jouer avec elle, les yeux dans les yeux ! Mais où est-elle donc ?

Comme il est gentil, ce Slava, se dit Nina. Si vraiment ils jouaient ensemble, on ne pourrait pas trouver mieux.

Elle téléphona à plusieurs reprises grand-rue Gnezdikovski. Iolka n'était pas là. Après Slava, ce fut Stassik Neuhaus[1], le fils du célèbre Heinrich Neuhaus et pianiste lui-même, qui fit son apparition. Les intentions de Iolka devenaient plus claires. Le trio devrait se composer de Rostropovitch, Kalachnikova et elle-même. Le beau et chicard (mais non zazou) Stassik Neuhaus étant réservé en soliste au dessert. Et voilà, tout le monde était là, seule manquait l'instigatrice de la chose.

Stassik vint cérémonieusement baiser la main de Nina, lui demanda un petit verre de vodka afin de pouvoir reconnaître le millénaire qu'il faisait au-dehors et dit que son père viendrait peut-être, en compagnie de l'« oncle Boria », lisez : Pasternak.

Ce dernier ne tarda pas à arriver, mais seul, et s'assit aussitôt près du téléphone. Toute l'assemblée et les nouveaux arrivants (en tout pas plus de dix invités) regardèrent avec dévotion le poète classique converser avec sa bien-aimée. En gens du même milieu, ils savaient qu'il y avait dans la vie du génial poète, aujourd'hui relégué à l'arrière-cour de la littérature, une superbe source

1. Et beau-fils de Pasternak, par suite du remariage de sa mère avec ce dernier (1934).

d'inspiration pareille à l'Ararat qui, ainsi qu'on le sait, se dresse hors les frontières de l'Arménie. Pasternak, conscient de l'attention générale, se donnait quelque peu en spectacle : jouait de la main avec un peu plus d'art qu'il ne convenait, se rembrunissait un peu plus qu'il ne fallait, bourdonnait des propos indistincts d'un air un peu plus romantique que les circonstances ne l'exigeaient. Un jeune étudiant de vingt ans, présent parmi l'assistance, Igor Ostrooumov, de l'Institut de Littérature, aux débuts prometteurs, les joues roses, la tignasse en cascade légèrement graisseuse, contemplait le *maître** dans un état voisin de la stupeur : se peut-il que ce soit lui ? que je me trouve sous le même toit que lui ?

Cependant, Nina tournait non sans nervosité autour du grand homme en lui lançant des coups d'œil éloquents (« combien de fois peut-on nasiller la même chose ? ») qu'il ne captait ou ne comprenait pas ; dès qu'il s'éloigna de l'appareil, elle s'y précipita. La grand-rue Gnezdikovski demeurait résolument muette. Alors, elle composa le numéro de Parmezanov, le moniteur de tennis. « Dites donc, Tolik, vous avez sûrement vu Iolka, comment était-elle ? — En grande forme, fit-il d'un ton rogue, elle a battu Loukina. — Elle ne vous a pas dit où elle allait après ? — Pourquoi elle me dirait ce genre de choses, Nina Borissovna ? s'indigna presque Parmezanov. Elle est partie avec un petit zazou, rien de dangereux, un môme. »

Alors ? On ne fait quand même pas rechercher par la Milice une demoiselle adulte de dix-neuf ans qui s'en va avec un petit zazou au lieu de se présenter à une soirée qu'elle a elle-même organisée en son propre honneur. Allons, camarades, on passe à table ? Voyons, on n'a pas le droit de faire languir autant de monde. Mettons-nous à table, camarades, cette chipie de Iolka va arriver, et alors, nous ferons de la musique, d'accord ? Non, jouons d'abord et mettons-nous à table après, proposa Stassik.

— Très juste, s'exclama Slava. Jouons d'abord, nous dînerons après, puis quand Iolka arrivera, nous jouerons encore. Stassik, mets-toi à ce piano.

— Ah, les amis ! Que j'aime ces petits pianos de Vorontsov ! Presque autant que mon sarcophage. — Il pelotait le petit piano des quatre côtés avec un sourire lubrique, comme s'il cherchait où l'embrasser : finalement, et fort judicieusement, il le baisa sur les touches, donnant ainsi l'essor à une note grave.

— Moi, je veux bien jouer quand on voudra, dit la flûtiste Kalachnikova. Je ne bois pas.

Ils se mirent à jouer et jouèrent au moins une heure. Ce furent les *Quatre Saisons* de Vivaldi qui se déversèrent, atteignant parfois à l'inspiration céleste. Ils jouaient librement, parfois, ils se perdaient et s'arrêtaient, riaient, recommençaient. « Ce n'est pas mal, dites donc, les enfants, joliment bien troussé. Si on recommençait », marmonnait parfois Rostropovitch émergeant du *Printemps*, puis il relevait vers le plafond son visage aveuglé par la grâce, et replongeait. La musique baroque n'avait pas encore touché le grand public, mais régnait déjà dans les milieux du Conservatoire.

Iolka ne parut ni durant le concert ni même après le dîner, lorsque Stassik et Slava, faisant les imbéciles, donnèrent dans le « bastringue », autrement dit dans le jazz et les airs de danse. Nina demandait à Sandro du regard : que faire ? Et Sandro lui répondait avec les mains : faire quoi ? Rappelle-toi comme tu étais à dix-neuf ans.

Les invités se dispersèrent aux environs de minuit, seul Ostrooumov Igor, qui tournait autour de Nina, l'aidait encore à débarrasser, chantonnait avec Sandro, lequel, le verre à la main et une mélodie géorgienne aux lèvres, déambulait dans l'atelier et contemplait ses fleurs.

— Vous vous prenez pour quelqu'un de la famille ? demanda Nina au jouvenceau à mi-voix. Allez, prenez immédiatement vos cliques et vos claques et tirez-nous votre révérence !

— Alors, à demain, Nina Borissovna, oui ? fit Igor d'une voix à peine audible. À la même heure, oui ? Comme d'habitude ?

Je parie qu'il jouit d'avance de la femme de ses rêves et de cette posture qui, au début, l'a tant étonné. Vieille idiote, bafouillait-elle sous son nez. Qu'il arrive quelque chose à Iolka, et ce sera la récompense de tous tes micmacs.

Demeurés seuls, ils s'assirent à la longue table où traînaient encore des bouteilles de vin et du fromage. « J'attends encore une demi-heure, puis j'appelle la Milice », dit Nina.

— Attendons plutôt jusqu'au matin, proposa Sandro.

Là, elle éclata :

— Évidemment, toi, ma fille unique, tu t'en moques ! Tu n'es qu'un être futile et froid ! Tout ce que tu veux, c'est peindre tes fleurs, ces trous, ces trous, ces trous ! Les trous d'un paradis inexistant ! Je vais ramasser toutes mes affaires et foutre le camp rue Gnezdikovski ! Et je ne reviendrai plus jamais !

Là, il ouvrit de tels yeux et laissa paraître une horreur si comique, qu'elle faillit éclater de rire. « Ma petite Nina, ma chérie, si tu pars, je brûlerai tout ce qu'il y a ici ! J'en ferai un autodafé ! Sans toi, je n'existe pas. Tout ça, c'est pour toi, sur toi, à cause de toi! Tout passera, ma petite Nina, mais ne me quitte pas!» Ce Charlie Chaplin imbécile transforme par son aspect tous les drames en comédie.

Elle se mit à trembler. «Tu ne comprends donc pas qu'elle n'a littéralement aucune raison de ne pas téléphoner? Admettons qu'elle soit amoureuse, admettons qu'elle soit au lit avec quelqu'un, elle ne pouvait tout de même pas oublier que nous l'attendions, que c'était sa soirée à elle, en l'honneur de sa fin d'études!»

À ce moment, le téléphone sonna. Sale gamine! Nina traversa l'atelier d'un bond. Je vais l'engueuler un bon coup, puis je viderai une bouteille entière, verre sur verre, et au lit! À la place de celle de Iolka, ce fut une épaisse voix d'homme qui résonna dans l'appareil: «Excusez-moi de vous déranger si tard, Nina Borissovna...»

Une demi-heure auparavant, le général N. Lamadzé était arrivé dans son cabinet de la chancellerie de la vice-présidence du Conseil des ministres d'URSS qui occupait presque tout un étage de l'immense bâtiment de la travée des Chasseurs. C'est ce qu'il faisait d'ordinaire lorsqu'il prenait au «maréchal» (les tchékistes de son entourage appelaient ainsi d'ordinaire leur très particulier chef en petit chapeau et en lorgnon) le caprice de «prélever» une fillette dans la rue. Il était indispensable d'établir l'identité de la nouvelle élue afin d'éviter tout malentendu et circonstance imprévue. Il va de soi, question d'humanité, qu'il convenait d'avertir les parents. Bref, rien que pour ce nocturne tracas, le sale crapaud méritait un pruneau dans la gueule.

L'officier de service de nuit, le capitaine Gromovoï, l'informa de la situation: le «sujet» se trouvait actuellement là où on l'avait amené, à l'hôtel particulier de la rue Katchalov. Nougzar se demandait souvent pourquoi Lavrenti amenait presque toutes ses fillettes à son domicile privé, alors qu'il disposait d'un nombre illimité d'autres solutions. Il veut peut-être se payer une fois de plus la tête de son épouse, de l'honorable lignée des Ghighetchkori, ou bien cela entre, sans plus, dans sa conception de la « détente chez soi » ? Le capitaine Gromovoï poursuivait : on avait trouvé dans le sac à main du sujet une carte d'étudiante de l'Institut de Musique. Premières données : Kitaïgorodskaïa, Eléna Savvichna, année de naissance : 1933, classe de piano. La Loubianka est en train de contrôler ces éléments et doit incessamment nous faire porter son complément d'information. Justement, on sonne, ce doit être le planton. Le capitaine remit son étui à revolver en place et alla ouvrir.

La jeune fille qu'ils avaient suivie de la place Pouchkine à la place Maïakovski avait tout bonnement transporté le maréchal. « Elle, elle... » marmonnait-il, la jumelle vissée aux yeux. « Le voilà, mon rêve, Nougzar ! » Nougzar renâclait démonstrativement : « Moi, il me semble que ce n'est pas ton genre. » Béria riotait, gémissait. « Tu connais mes goûts mieux que moi, oui ? Tu crois que je dois me contenter d'apprenties coiffeuses, oui ? Que les aristocrates comme celle-là ne sont pas pour moi, oui ? Ah ! mon vieil ami, tu n'as décidément pas compris Lavrenti Béria ! » Ses lèvres humides remuaient, son nez luisait de façon obscène. Se moquait-il ? Parlait-il sérieusement ?

Les deux limousines s'étaient arrêtées au milieu de la place, devant la sortie du métro. « Allons, Nougzar, fais-moi donc l'amitié... Tu vois, elle fait la queue. C'est le bon moment. » Nougzar était en proie à un sentiment de malaise. La sempiternelle, vulgaire farce recommençait, comme s'ils n'étaient que deux copains, perspective Golovine, à Tiflis. « Je n'ai pas très envie, Lavrenti. » Béria se pencha sur lui et lui souffla à l'oreille : « Tu ne comprends pas que nous allons bientôt commencer une guerre mondiale et que, si ça se trouve, nous allons tous mourir ? Tu sais, mon cher, ce n'est pas le moment de faire des manières. »

Tout en se dirigeant vers le métro, Nougzar ne décolérait pas. Qu'est-ce qu'il raconte, ce sale chacal ? Qui parle de guerre mondiale si, même en Corée, nous n'arrivons pas à régler leur compte aux Américains qui, d'ailleurs, ne savent pas se battre ? Il est temps de le descendre ou... ou... de trouver le moyen de toucher Staline et de l'avertir que son plus proche compagnon d'armes se dispose à restaurer le capitalisme... Après avoir montré sa carte du KGB à la demoiselle abasourdie et prononcé la phrase sacramentelle, il avait fait demi-tour et s'était éloigné, laissant à son escorte le soin de la fourrer dans la seconde limousine.

À présent, le rapport de la Loubianka était devant lui : Eléna Savvichna Kitaïgorodskaïa, année de naissance : 1933, de nationalité russe, née à Moscou, demeurant 11, grand-rue Gnezdikovski, appartement 48, étudiante à l'Institut de Musique. Père mort à la guerre. Mère : Gradova, Nina Borissovna, année de naissance : 1907, demeurant à la même adresse, membre de l'Union des Écrivains d'URSS...

— Qu'avez-vous, camarade général ? s'écria l'officier de service. Faut-il appeler une ambulance ?

Nougzar arrachait les agrafes de sa tunique. Deux yeux injectés de sang le fixaient à travers des volutes de brume. Il fallait sécher tout ça avec un bon buvard, que ça ne s'étale pas. Qu'en aucun cas, ça ne se fonde en un tout indéchiffrable. Respirer par tous les canalicules de son corps... Ouf!!!... « Pas d'ambulance. Du cognac ! » ordonna-t-il. Le capitaine Gromovoï se précipita. Son cognac avalé, Nougzar se dit tranquillement, avec une certaine emphase même : Soit, je crois que tout touche à sa fin. La fille de Nina, de la seule femme que j'aie aimée comme un être humain, comme un jeune homme, c'est-à-dire l'enfant qui aurait pu être la mienne, je l'ai livrée au viol d'un monstre, d'un malade. Arrête ! Ne cherche pas à t'insinuer parmi le peuple des humains, salaud ! Tu es un tueur à gages, un violeur, un exécuteur des hautes œuvres, ne va pas t'évanouir pour une broutille humaine. Non, non, je ne suis tout de même pas comme ça, tout de même pas un monstre, je l'aime vraiment, j'aimais vraiment tonton Galaktion, j'aime aussi ma famille, sauvez-moi, pardonnez-moi ! Si j'ai torturé des gens, c'était pour des motifs idéologiques et non par allégeance à la bande des forts. Tout ce que l'on voudra, mais les choses touchaient à leur terme.

Imaginer la fille de Nina sous Lavrenti, non, c'était trop pour lui ! « Une voiture et un homme d'escorte à la porte 4 ! » ordonna-t-il. Il fourra dans sa poche la bouteille de *grémi* inachevée. Rangea tous les papiers de son bureau dans sa serviette. Puis il se figea face à un coin de la pièce et demeura ainsi pas moins d'une minute, attendant qu'il lui vienne une idée. Elle vint enfin : Qu'est-ce que j'ai l'intention de faire ? D'autres idées déboulèrent. Il faut voir Nina. Elle est capable de faire quelque chose de terrible, une démarche irréparable. Il faut l'en empêcher. Puis, en ordre, serré, survinrent des considérations relatives à sa propre peau. Parfois, le désespoir hausse les gens au niveau le plus élevé. L'affaire serait divulguée. Le bruit courrait que les tchékistes ont violé la fille d'une poétesse, petite-fille d'académicien, nièce d'un chef militaire de légende... *Lui*, bien sûr, personne n'osera en parler, on fera porter le chapeau à des subalternes, le bouc émissaire est tout trouvé : n'est-ce pas lui, le général Lamadzé, qui aborde les jeunes filles dans la rue... Le mieux ne serait-il pas de laisser repartir Eléna ? L'autre permettrait peut-être qu'on l'emmène.

Il composa un numéro de téléphone qu'il était seul à connaître. Béria décrocha. « Qu'est-ce qui se passe ? » Une voix on ne peut plus sinistre, on ne peut plus terrible. Nougzar en eut le souffle coupé. « Lavrenti Pavlovitch, j'estime de mon devoir de porter à votre connaissance qu'il y a une bavure. Cette jeune fille... elle est de la famille des Gradov... c'est la petite-fille de l'académicien... enfin, vous savez... — *Dzykhnéri* ! rugit le maréchal. Je te demande ce qui se passe, *gamokhléboulo*, pourquoi, *khlê*, tu me téléphones en pleine nuit ? — Vous n'avez pas d'ordres à me donner en conséquence ? Ne faut-il pas la ramener chez elle ? » Cette fois, Béria jura en russe et raccrocha brutalement. Il avait trouvé de quoi faire peur au tout-puissant satrape ! Je ne sais quels Gradov ! Qui parle de bavure, quand il s'agit d'un membre du Bureau Politique, du Vice-Président du Conseil des ministres, du chef de tous les Services de l'Intérieur ? Infaillible, intouchable, omnipotent. Jusqu'au jour où un hardi officier entrera et, dès le seuil de la porte, comme autrefois à Lado Kakhabidzé, lui logera une balle dans la tête.

Nougzar prit l'ascenseur et descendit travée des Marchands. Moscou était déserte. Seuls quelques ivrognes braillaient à la sortie d'un restaurant, de l'autre côté de la perspective aussi large que la Volga, et des taxis passaient à un train d'enfer. Heureux ivrognes, heureux chauffeurs de taxi, heureux chauffeur de ma saloperie de voiture, et même mon bandit de lieutenant d'escorte, ils sont tous heureux, ceux qui, cette nuit, ne se trouvent pas dans la peau du général Lamadzé.

Et ils se rendirent à l'Arbat, plus précisément rue Krivo-Arbatskaïa, à l'atelier de cette fausse couche de Tiflis, Sandro, qui faisait depuis longtemps l'objet d'une surveillance très attentive. Il fallait tout de même téléphoner, les avertir. C'est que les gens s'énervent lorsque des militaires en uniforme du KGB viennent les voir de nuit. Il les appela d'une cabine à cent mètres de leur maison. En homme du monde : « Excusez-moi, Nina Borissovna... Ici Nougzar Lamadzé... non, rien de grave... j'ai absolument besoin de vous voir... je serai chez vous dans cinq minutes... »

Elle était déjà sur le seuil de la porte quand il arriva à leur nom de Dieu de perchoir. Le temps n'avait pas de prise sur elle, quel était le mystère de cette femme ? « Écoute, Nina, le temps n'a pas de prise sur toi, quel est le mystère de cette femme ? »

Les yeux dilatés d'épouvante, Nina vit approcher le général et son casse-trogne. Le bandit d'honneur ne paraissait presque plus dans ce grand corps, c'était plutôt un marchand levantin. Qu'apportait-il ? Mon Dieu, abrège les instants, si ce n'est rien de terrible ! Si le marchand levantin plaisante, c'est que ce n'est rien de terrible, n'est-ce pas ?

Nougzar laissa son cassetrogne à la porte et pénétra dans l'atelier. « *Gamardjoba*[1], Nina, *gamardjoba*, Sandro-*batono* ! » Quels détours du destin, hein ? L'étoile de Tiflis, notre Demoiselle, appartient à présent à ce petit... — il avait failli dire *juif*, mais se retint à temps — ... Sandro !

Il s'assit à la table. « Quel plaisir que de se retrouver dans une maison géorgienne ! En plein centre de Moscou, une table de Kakhétie ! Ma foi, je ne refuserais pas un petit verre de vin. »

Le vin tremblait dans sa main. Nina le remarqua et son front se couvrit de sueur.

— Qu'est-ce qui se passe, Nougzar ? Iolka... vous l'avez... arrêtée ?

Il éclata d'un bon rire et vida son verre.

— Tout le contraire, tout le contraire, c'est elle qui a arrêté l'un de nous, et lequel !

Il croqua un radis, se coupa un morceau de fromage, leva derechef sur Nina un regard qui se voulait étonné.

— Ah, Nina, je te le jure par le Rioni, comme c'est bien que tu sois si mince ! Une Anglaise a dit : « On n'a pas le droit d'être trop riche, comme on n'a pas le droit d'être trop mince, ou le contraire... »

Nina abattit la main sur la table avec colère. « Cesse de faire le pitre ! Dis-moi ce qu'il y a ! — C'est bon, mes amis, parlons sérieusement. » Nougzar repoussa sa bouteille et se redressa sur sa chaise. Sa casquette à la cocarde ovale du MGB reposait sur la table comme une idole étrangère ; c'est ce que nota automatiquement Sandro. « Considérez, mes amis, que vous venez

1. Géorgien : bonjour.

de gagner le gros lot de l'Emprunt 3 %. Ce qu'il y a, c'est que Iolka a produit une impression énorme sur l'un des plus hauts personnages de l'Union soviétique, et plus précisément sur mon chef et ami personnel, un homme que je respecte de toutes les fibres de mon âme, Lavrenti Pavlovitch Béria. Croyez-moi, c'est une personnalité complexe et intéressante, d'une grande érudition, d'un goût artistique parfait, sage et généreux, bref, une personnalité exceptionnelle. J'aurais pu ne rien vous dire de toute cette affaire, personne ne m'envoie, mais j'ai jugé qu'il était de mon devoir d'ami de venir vous informer de cet événement, afin que vous n'en tiriez pas la fausse impression que c'est un événement néfaste et trivial, alors que c'est un événement profondément humaniste, encore qu'un événement d'ordre émotionnel. Ne m'interrompez pas, je vous prie ! Parlons d'abord de ce que cet événement présage à notre Iolka que je n'ai pas l'honneur de connaître, mais que j'aime comme ma fille. Le résultat de cet événement, c'est qu'elle se verra octroyer le soutien le plus puissant dont puisse rêver une jeune pianiste. Le brillant achèvement du Conservatoire, des tournées à l'étranger, la victoire aux concours, voilà quels événements la guettent après cet événement. Des tas de petites choses telles que les meilleurs ateliers de couture et magasins du Kremlin, l'aisance matérielle, un grand et superbe appartement, des bons de séjour pour les maisons de repos les plus luxueuses de la mer Noire, énumérez-moi tout ce dont on peut rêver, on lui offrira tout en témoignage de reconnaissance pour cet événement. Je sais ce que je dis, car je connais cet homme comme moi-même. Il saura prouver sa reconnaissance de cet événement si profondément émotionnel. Bien plus, vous aussi, mes amis, il pensera à vous comme à des familiers. Je sais qu'il a un faible pour la poésie et incontestablement, après l'émouvant événement de ce jour, tous tes recueils de vers, à condition, évidemment, que leur contenu ne soit pas contre le Parti et pour l'opposition comme nous en informent certains camarades de l'Union des Écrivains, ce que personnellement je n'ai jamais cru, on ne peut perpétuellement imputer aux gens leurs péchés de jeunesse, pourront voir le jour. Tes "fleurs de serre" aussi, ami Sandro, recevront le tribut qui leur est dû, toute votre fantastique maison se trouvera, après cet événement, en totale sécurité, bien que nous ayons été informés que l'on y récitait des vers suspects au son de musiques d'église. Vous serez désormais en sécurité, après ce favorable et émouvant événement au sujet duquel seules les mauvaises langues pourront dire des saletés, des bêtises, et les mauvaises langues, nous les couperons ! »

Un tic lui fendit le visage en un zigzag précis, du coin gauche du front au coin droit de la mâchoire et, enfin, il se tut. Tant qu'il avait débité tout cela, Nina était restée les doigts serrés, cramponnés sous la table, sans pouvoir détacher les yeux de cette figure criminelle, aux joues bleutées, s'étonnant d'elle-même : elle ne comprenait pas de quoi il parlait, de quel « événement ». Elle se tourna vers Sandro d'un air misérable. « De quoi parle-t-il, mon petit Sandro, tu comprends de quoi il parle ? » Sandro la saisit aux épaules, tourna un visage terrible vers le terrible général : « Il nous dit, ma chérie, que Béria a fait enlever notre Iolka. »

Là, enfin, tout s'associa dans la conscience de Nina, une phrase se détacha nettement : « après l'émouvant événement de ce jour», et elle comprit que tout était accompli sans retour, que sa fille, son unique enfant choyée dans un monde d'artistes, l'enfant de l'amour, avait été souillée et qu'en ce moment même, Béria, haut personnage de l'État d'URSS, la *possédait*. Elle poussa un cri aigu, échappa à Sandro, saisit un couteau sur la table et se précipita sur Nougzar. Stupéfait, médusé, le général vit un objet assez bien aiguisé avec lequel il venait de se couper une part de *solgouni* voler vers sa gorge. Sandro avait réussi à détourner la main de Nina au dernier instant. Entendant le vacarme, le casse-trogne accourut de l'entrée. «Halte ou je tire!» hurla-t-il, apparemment effrayé lui-même. Nougzar, tout pâle, le retint d'une main: «Du calme, Iourtchenko, rengaine ton pistolet!» et tendit l'autre vers Nina, qui, écumante de fureur, paraissait non seulement son âge, mais dix ans de plus, dévoilait son goitre, ses poches sous les yeux et les flétrissures de ses joues.

— Comment peut-on interpréter ainsi cet événement? conjurait Nougzar. Parlons un peu, mes amis, je vais tout vous expliquer.

— Où est-elle? hurla Nina d'une voix abominable.

— Tout à fait en sécurité, bafouilla Nougzar.

— Rendez-la-nous immédiatement!

— Mes amis, mes amis, pourquoi ces passions shakespeariennes? exhortait Nougzar. Vous ne comprenez tout simplement pas quelle chance vous échoit. Par les graves temps que nous vivons...

Sandro fit asseoir Nina, qui tremblait de la tête aux pieds, dans un fauteuil profond, s'approcha de Nougzar d'un pas décidé, lui tendit son idole, sa casquette à cocarde.

— Fous le camp de chez moi, ordure ! Et emmène ton crétin.

— Petits-bourgeois ! grimaça Nougzar. Écoute voir, Pevsner, toi au moins, tu devrais avoir un peu de sens pratique… — Lancée par la main du peintre, la casquette vola vers la porte. — Ça, tu le paieras ! — Et sous les bajoues du marchand levantin se fit jour le bandit de Tiflis à la longue figure d'autrefois.

Au matin, Béria savait tout de sa fortuite « invitée ». On avait même réveillé le directeur de l'Institut Merzliakov au milieu de la nuit afin de collecter les renseignements indispensables. Très bonne élève, grand talent musical, succès sportifs, mais insolente, enfant gâtée, trop sûre d'elle…

Quel diable m'a poussé à m'embarrasser de cette pucelle, songea le chef. Je n'ai plus l'âge de perdre mon temps avec des pucelles. En général, j'en ai ma claque de ces humiliations ! Elle m'a regardé en poussant des cris aigus comme si c'était un crocodile qui lui mettait la main dessus et non un homme d'âge mûr. Nous élevons mal notre jeunesse, tout le problème est là. Les belles filles grandissent sans la moindre notion d'érotisme. Toute une génération frigide. Il faudra y prêter particulièrement attention dans la société future. Même sous l'effet de son verre de *borjom particulier*, elle a cherché à défendre sa tirelire. Le grand trésor, ha ! ha ! Les fières nations elles-mêmes finissent par se rendre et par livrer leur tirelire sous la pression de forces supérieures. Malheureusement, la pression ne s'est pas produite. Cette dernière circonstance vous plonge dans l'accablement. Qu'est-ce que cela signifie ? Serais-je réduit à l'impuissance ? Pourquoi une telle tension, puis l'obstacle psychologique ? Son déplaisir à la main, il regarda Eléna qui avait fini, sous l'effet de la drogue, par sombrer dans le sommeil. La beauté nue frémissait et pleurait en rêve. Qu'elle était belle, tout de même ! Pour une Hélène comme cela, il y avait de quoi entreprendre une guerre.

Peut-être que l'avenir me blâmera pour mon manque d'égards envers les jeunes filles, mais se peut-il qu'il ne cherche pas à me comprendre ? Évidemment, il y a un don Juan en moi, mais je suis contraint de diriger un État immense, ainsi en a décidé le sort. Je ne peux pas leur faire la cour, aux jeunes filles, au milieu de ces moujik, de ces bolchevik, en faisant semblant d'être des leurs. C'est sûr, personne n'osera me dire un mot tant que cela se passera comme en ce moment, sous le sceau du secret, mais que j'essaie de rapprocher ouvertement ces demoiselles de ma personne, aussitôt l'on m'accusera de pourriture bourgeoise. Dans l'État futur, le chef du gouvernement sera constamment entouré du groupe des jeunes filles les plus brillantes du pays, dans le genre de cette Eléna.

Si je pouvais la rapprocher ouvertement de ma personne, le clan des Gradov oublierait ses crises de nerfs. Qu'est-ce que je vais en faire, de ce clan, maintenant ? Ce clan, il faut le détruire jusqu'à la racine. Confier à Lamadzé son éradication totale. Demeurée seule, Eléna ne pourra se raccrocher qu'à moi. Ce vieil imbécile de professeur — tellement courageux, tu comprends — on l'intégrera au procès des blouses blanches. La présence d'un non-juif dans la bande criminelle des juifs sera politiquement bienvenue. Sa vieille Géorgienne a nettement fait son temps, on l'aidera sans peine à déménager dans l'autre monde.

La poétesse partira pour le Taïmyr, si toutefois elle parvient à son lieu de destination. Le peintre, je crois que Nougzar tient à s'en occuper lui-même, il sait s'y prendre. L'oncle de ma beauté, il est à pied d'œuvre, nous le fourrerons dans une mine d'uranium, dans un an il n'en restera plus une miette. Reste ce gamin, le fils du maréchal, le motard. Vasska le couvre. Cependant, il pratique un sport dangereux, en général, il aime le danger, il n'aura qu'à s'en prendre à lui-même. Sa mère, espionne en Amérique, le même genre de danger pourrait la guetter, et sa fille, hélas, partager son sort. Il faut absolument vérifier toutes leurs racines géorgiennes : on peut attendre toute espèce de saleté, toute espèce de vendetta de mes compatriotes. Et quand tout sera fini, il faudra aussi dire adieu à Nougzar, car il est leur parent. Pouah ! bon sang, quelles idées vous fait venir l'insomnie !

Au matin, il se retrouva avec une sale, une moche gueule de bois, mais il ne pouvait toujours pas détacher les yeux d'Eléna endormie. Si j'avais son âge, j'en serais tombé amoureux pour la vie. Soudain, un rayon de soleil se dégagea doucement, comme un doigt caressant, de la haute cheminée de l'immeuble d'en face et vint se poser sur le visage de la jeune fille, sur sa poitrine nue au bout gonflé, saillant, sur son ventre et l'intérieur de sa hanche où quelques taches rouges s'étaient coagulées, reste de règles récentes ou de quelque dommage causé durant leur lutte stérile. Elle sourit dans son sommeil avec un geste coquet de la main, comme pour signifier : Arrête de dire des imbécillités ! Cependant, le maréchal, son déplaisir ne donnait aucun signe d'activité. Cette aube est mon crépuscule, pensa-t-il, et cela lui fut odieux. Ma garce de femme ne dort pas de la nuit, l'oreille tendue vers les bruits de mon appartement privé. Il sortit son bloc et rédigea un mot à la nymphe endormie.

Délicieuse créature,

*Notre rencontre m'a bouleversé comme l'*Apassionata *de Ludwig van Beethoven. Vous êtes mon dernier amour, l'amour d'un guerrier vieillissant. Des forces obscures règnent alentour, elles sont nombreuses, je dois lutter, or, je ne pense qu'à vous, mon amour. En attendant, reposez-vous, sentez-vous tout à fait confortable et en sécurité. Nous nous reverrons bientôt. Merci pour votre amour.*

L. Béria

Il abandonna le billet sur la table où gisaient les vêtements de la prisonnière, entreprit une dernière tentative pour améliorer son humeur, s'assit sur le lit, caressa et embrassa les merveilleux seins de Nina. Hélas, cette fois encore, le déplaisir ne témoigna pas d'une énergie suffisante, et pourtant, il eût été pas mal du tout d'étrenner bellement la journée. *Dzykhnéri* ! jura-t-il, puis il laissa la belle endormie en paix.

La journée allait être rude. Il devait présider la commission du Conseil des ministres qui avait à décider d'un transfert de main-d'œuvre dans la région de l'Extrême-Orient, au nord de l'Amour : on y installait un oléoduc et on y construisait une voie ferrée d'importance stratégique majeure. Pendant une heure ou deux, le Vice-Président du Conseil des ministres se remit en état en recourant à des traitements liquides : café ou petits verres de cognac centenaire. Il se montra enfin dans son antichambre. Parmi les autres, il aperçut Lamadzé, déjà là, sombre et bouffi. Après l'avoir salué très poliment, le maréchal lui donna l'ordre d'emmener la camarade Eléna Kitaïgorodskaïa dans l'une de ses datcha secrètes, de lui assurer un confort total, piscine, court de tennis et piano à queue compris ; le piano était particulièrement important. Ne pas la laisser téléphoner. Le secret absolu en attendant les ordres ultérieurs. Sur quoi, L.P. Béria s'en fut à son conseil.

En passant rue Gorki, il se rappela soudain que dans cette ruelle, là, derrière le Soviet municipal, demeurait depuis trois ans l'une de ses protégées, une certaine Liouda Sorokina, et même qu'elle élevait un enfant de lui, garçon ou fille, il ne se rappelait plus. À son souvenir, le déplaisir reprit puissamment courage, se désista de tous les affronts de la nuit passée, autrement dit, remporta la victoire. Il passa chez Sorokina et fourgonna une demi-heure de rang la beauté sidérée et heureuse, dans sa salle de bains, là où il l'avait trouvée. Qu'est-ce que ça signifie ? se demandait-il, tout en poursuivant sa route vers le Conseil des ministres. Non, Charles Darwin, tu n'as pas tout à fait raison. Quoi qu'il en soit, Liouda Sorokina avait beaucoup contribué ce matin-là à ce que la réunion se déroulât sous le signe de l'optimisme historique, sinon cela aurait pu mal se terminer pour certains de ses membres.

Dans l'après-midi de ce même jour, Nina et Sandro arrivèrent en taxi au pied du plus sinistre bâtiment de tout Moscou, place Dzerjinski. Le chauffeur refusa tout net de s'arrêter devant la porte principale du MGB où deux adjudants faisaient les cent pas, armés de pistolets qui bombaient encore plus leurs fortes fesses. Leurs bottes fines menaçaient de crever sous la pression de leurs jambes charnues. « Des fois qu'ils me tapent dessus... J'aime mieux vous arrêter à la Srétenka. » Cependant, Nina insista pour qu'il les arrête juste où on leur avait dit, à la porte nº 1. Pendant tout le temps où elle tenta de persuader son mari de ne pas l'attendre et de repartir immédiatement à l'atelier de la rue Krivo-Arbatskaïa, le chauffeur se montra très nerveux. Sandro refusait : il était de son devoir de rester près d'elle. Elle finit par crier presque en brandissant ses petits poings sous son nez : « Fiche le camp tout de suite ! » Son insistance n'avait pas beaucoup de sens, excepté que tout ce terrible malheur, elle voulait le prendre pour elle seule. N'en partager le prix avec personne, ce trésor d'une inconcevable indignation. Dès le matin, elle avait tiré les sonnettes des patrons des écrivains, et maintenant, elle se rappelait avec dégoût comme ils avaient changé en une fraction de seconde, les Fadéiev, Tikhonov, Sourkov, au seul nom du MGB, comme ils s'étaient, sous ses yeux, abandonnés à une terreur panique alors qu'elle rapprochait le nom de Béria de la disparition de sa fille. Le Secrétaire général de l'Union des Écrivains d'URSS dont les yeux bleus s'étaient plus d'une fois posés sur la poétesse Nina Gradova avec un intérêt ouvertement masculin, à peine eut-il compris de quoi il s'agissait, ses mains se mirent à danser sur son bureau comme une couple de bécasses que l'on vient de tirer, il cramponna les bras de son fauteuil pour maîtriser à grand-peine son agonie et proféra : « Alors là, Nina Borissovna, cela n'est pas du tout de notre compétence. »

Craignant pour ses parents, elle avait décidé

de ne rien leur dire encore, alors qu'en fait, le seul qui aurait pu être de quelque secours était peut-être son père. Elle s'était précipitée chez Boris IV, il n'était pas en ville, il venait de partir pour le Caucase. D'ailleurs, qu'y pouvait-il, l'ancien commando, le sportif ? Ses gènes géorgiens le pousseraient *illico* à saisir une arme, mais cette fois pas un couteau de table, quelque chose de plus sérieux. Ce serait notre perte à tous, Iolka la toute première. Ce soir, si rien ne se produit, il faudra aller au Bois d'Argent et mobiliser papa.

Puis le gestionnaire de l'immeuble, mort de peur, était venu lui remettre un « avis d'audience » chez le général Lamadzé, apporté par un planton du MGB. L'abominable papier portait entre parenthèses : « Pour affaire personnelle ».

Le vestibule où elle pénétra bannissait d'emblée l'idée qu'on y pût mettre le pied « pour affaire personnelle », c'est-à-dire de son propre gré. Il y régnait un style officiel pesant qui s'était établi à la fin des années quarante et confirmé lors des années cinquante, comme *ad vitam aeternam* : portières de velours, lustres massifs, garnitures de cuivre. Un grand portrait de Staline tout soutaché d'or. Au fond, sur l'escalier, un Lénine de marbre noir, sorte de « nègre d'âge vénérable ». Et elle plaisante ! se dit Nina d'elle-même en présentant d'un air sévère sa convocation et sa pièce d'identité, sa carte de l'Union des Écrivains. Dans sa guérite de verre, le factionnaire prit son téléphone d'une mine impassible, non sans lui glisser en douce un coup d'œil curieux et un peu mielleux. Il a sûrement pensé aux *Nuages dans le bleu*, se dit-elle. Un jeune officier ne tarda pas à descendre. « Le général Lamadzé vous attend, camarade Gradova. » Nougzar vint au-devant d'elle, lui effleura les coudes d'un geste amical non dénué d'une certaine allusion à leurs rapports plus qu'amicaux d'autrefois, l'installa dans un fauteuil, s'assit en face d'elle. La dernière fois qu'ils s'étaient trouvés seul à seul, c'était il y a vingt ans, alors qu'elle était enceinte de Iolka.

— Alors, tu t'es calmée ? demanda-t-il gentiment en enchaînant sur un rire bienveillant. Non, Nina, tu es quand même plus de chez nous que de chez les Russes :

Je sais me servir d'un poignard
Comme font les filles du Caucase

Tu veux du *borjom* ?

— Je ne veux rien d'autre que ma fille, dit-elle en soulignant de la voix qu'elle n'accepterait ni familiarités ni plaisanteries. J'exige que ma fille me soit rendue sur l'heure.

Il fit une légère grimace, comme d'une coutumière migraine.

— Écoute, à quoi bon faire des vagues ? Tu iras t'adresser à je ne sais quels minables ? Ils se précipiteront aussitôt chez nous, nous rapporteront tout, et en rajouteront encore pour se faire valoir. Elle n'est pas perdue, ta fille, crois-moi, il ne lui arrivera rien de mal. Elle reviendra encore plus belle qu'avant.

Nina contenait à grand-peine sa fureur. Encore un instant, et elle répéterait son geste fou de la nuit dernière. Il n'y avait pas de couteau en vue, mais elle pourrait s'emparer de ce presse-papiers en marbre et fendre en deux ce front ignoble sur lequel se rabattaient si coquettement, ramenées des tempes, des mèches argentées. Lamadzé, inquiet, suivit son regard : il le vit s'arrêter sur le presse-papiers et il frémit.

— Sommes-nous donc tous des serfs, si vous pouvez vous permettre de déflorer nos filles à votre bon plaisir ?

Peur et détresse. L'idiote. La fin. Elle court à sa propre perte. Et elle m'entraîne, elle m'entraîne...

— Alors là, savez-vous, Nina Borissovna, c'est plus grave que votre couteau de table ! C'est du terrorisme idéologique ! brailla-t-il presque, en ajoutant aussitôt : Oui, bien sûr, j'exagère, mais uniquement pour que vous mesuriez vos termes. — Encore une tentative (la dernière) pour la détourner de cette voie fatale : — Laissons là les rapports officiels. Pourquoi ne me fais-tu pas confiance ? Je ne suis pas un étranger pour vous, les Gradov.

La dernière tentative échoua. La main tendue, ces gens-là crachent dessus. Plus rien n'arrêterait cette femme déchaînée.

— Si ma fille ne m'est pas rendue dans le cours de la soirée, je... je... Arrête tes grimaces, inutile de te payer ma tête. Crapule ! Tu as toujours été une crapule, et maintenant, en plus, tu es minable, Nougzar ! Ne crois pas que ton patron peut tout. J'irai voir les amis de mon frère au ministère de la Défense. Je toucherai Molotov, c'est une relation personnelle. Vorochilov m'a remis ma décoration ! Enfin, mon père n'est pas un inconnu dans ce pays ! Nous trouverons le moyen de toucher Staline ! — Elle criait, suffoquait, offrant tour à tour l'image d'une épouvantable mégère ou d'une fillette lamentable près de vous arracher des larmes.

Il quitta son fauteuil. Dans un sombre nuage que seuls perçaient les regards bienveillants et inhumains de Lénine, Staline et Dzerjinski inventoriés avec le mobilier, il se dirigea vers la porte. L'affliction consumait tout l'oxygène de son corps naguère si vif. Tout était fini, il ne sauverait personne. Il entrouvrit la porte et commanda : « Une escorte ! »

Par le bow-window de l'atelier de la rue Krivo-Arbatskaïa, l'on découvrait à perte de vue l'immense bivouac qu'était Moscou. Le vent du soir vous donnait une impression de gravure ancienne, coloriée. Le couchant se reflétait sur les coupoles et les fenêtres des étages supérieurs. Aucune autorité ne s'imposait au regard, sinon celle de l'éphémère caprice des éléments. Plus bas, au-dessus du puits de la cour intérieure, pareille à un drapeau royal, une couverture multicolore, sortie de la lessive, flottait. Encore plus bas, à travers l'intersection des reliefs urbains, on distinguait un bout d'asphalte inondé de soleil et une colonne publicitaire contre laquelle une fillette tenant un esquimau glacé s'appuyait du dos et de la semelle gauche.

Sandro éprouvait une irrésistible envie de se mettre à une toile. Cependant, il se faisait honte : Je n'ai pas le droit, ma femme est là-bas entre leurs mains, et moi je travaillerais ? Non, je n'ai pas le droit. Il tournait en rond dans l'atelier, déplaçait ses pinceaux d'un endroit à l'autre. Je n'ai rien fait de la journée à cause de ce terrible « événement », se disait-il. Hier, je n'ai rien fait de la soirée à cause de nos aimables invités, et après, ça a été le début du terrible « événement ». Je vais certainement perdre encore quelques jours. Je dois être avec Nina, la soutenir, nous n'avons pas le choix, nous devons nous battre pour la petite, ce ne sont pas des couleurs et une toile qui nous tireront d'affaire. On admet qu'un pianiste doit exercer ses doigts tous les jours, mais personne ne dit qu'un peintre doit aussi travailler quotidiennement, sinon toutes les heures. Pourtant, si je prenais un pinceau, là, tout de suite, je me mépriserais, je me prendrais pour un égoïste sans âme. Il s'assit devant son poste, un Baltika qui chauffa très vite et lui apporta l'encouragement vert et fluctuant de l'œil magique des libres espaces. « Veille, veille, l'artiste, ne t'abandonne pas au sommeil... » Il faut parfois se tenir autrement qu'un pinceau à la main. De nombreuses émotions favorisent le travail du peintre. Radio Monte-Carlo diffusait une touchante valse : *Domino*. Il apercevait les allées vert sombre d'arbres taillés, la tache éclatante d'un domino, les airs de Somov... Comme il va loin, le signal de cette radio : du *Monde de l'Art* au réalisme socialiste. Il glissa plus loin sur l'échelle des ondes courtes et capta une autre valse, cette fois celle de Khatchatourian pour *Le Bal masqué* de Lermontov. Une soirée de valses. Lermontov, son héros favori, le poète de ses propres actes, un jeune homme qui n'avait pratiquement pas eu le temps de se mettre au travail, fortement imbibé de champagne, le champagne, ils en sifflaient même dans les détachements de partisans, sans le champagne, on n'aurait jamais conquis le Caucase, qui a mieux exprimé le Caucase que cet Écossais aux yeux d'Espagnol, nous sommes tous contemporains, Lermontov, Pevsner, Khatchatourian, Radio Monte-Carlo, les Terriens du temps où les fleurs poussaient... Il glissa un peu plus loin sur les ondes et entendit le vrombissement aigu du brouilleur et, tout près, une calme voix d'homme : « ... et après cela, je suis devenu chirurgien à l'hôpital Saint-Louis ».

Il n'eut pas besoin de se retourner, il sentit que les trois hommes venaient d'entrer dans l'atelier. Puis il se retourna et les aperçut dans leur tenue de voyous — minuscules gapettes à la visière coupée, maillots de marin dépassant sous la chemise, croquenots en accordéon — mais certainement pas des voyous. Comment étaient-ils entrés ? Il n'avait pas entendu la porte cogner ni la clé tourner dans la lourde serrure. Les trois malabars approchaient avec des sourires de biais, d'un air de vouloir lui casser la gueule.

— Qu'est-ce que vous voulez ? cria Sandro, aussi brave qu'un Lermontov. Qui êtes-vous ? Foutez le camp !

— Debout ! dit l'un des mecs sans hausser le ton, en s'approchant tout près.

— Non ! s'exclama le peintre. Du vent !

— Si tu ne te lèves pas, tu te coucheras, dit le mec, et il frappa violemment Sandro droit dans les yeux avec un objet en fer qu'il tenait à la main.

Ce coup avait suffi, en somme. Le visage ruisselant de sang, le peintre s'écroula au sol, sans forces et presque sans connaissance, pourtant, les flics déguisés lui brisèrent encore longtemps les côtes de leurs souliers ferrés et, après l'avoir dépouillé de ses vêtements, lui tabassèrent le dos avec leurs matraques en caoutchouc, les mêmes peut-être que celles avec lesquelles leurs paternels avaient achevé Meyerhold.

— Ça t'apprendra la politesse, youpin galeux !

Le tout avait duré une dizaine de minutes, et quand cela s'arrêta, ce qui parvint jusqu'à la conscience défaillante de Sandro depuis le Baltika qui marchait toujours, fut : « Ici Radio Liberté, vous venez d'entendre une interview du docteur Mechtcherski, anciennement chirurgien à Moscou, aujourd'hui médecin principal d'un célèbre hôpital parisien. »

La cellule d'isolement du MGB où l'on avait conduit Nina était éclairée par une forte ampoule fixée au haut plafond ; à la porte, un judas s'ouvrait toutes les dix minutes sur l'œil panoramique d'un surveillant. Toutes les fois, elle avait envie de lui cracher dessus, à cet œil. Toutes les dix minutes. Je ne leur céderai jamais, se répétait-elle. Ils croient avoir affaire à une faible femme, un misérable être humain, mais je ne suis plus une femme et plus un être humain du tout. Je ne leur céderai jamais, quoi qu'ils me fassent. Tout ce qui s'est accumulé en moi dès le temps où ils nous ont rossés, passage Boumajny, où ils ont abattu tonton Lado, laissé pourrir tonton Galaktion en prison, torturé mes frères en cellule et dans les mines, fusillé Mitia dans son ravin, tout ce qui s'est accumulé en moi à présent que ma fille unique aussi, ils l'ont enlevée et violée, tout cela m'aidera à ne pas me rendre, à supporter toutes les tortures et même à leur faire peur, tant ma rage est insurmontable.

La cellule n'était probablement destinée qu'à l'incarcération préalable, c'est pourquoi Nina n'avait pas été soumise aux « mesures d'hygiène », qu'on ne lui avait pas confisqué son sac à main et ses petits objets personnels, parmi lesquels il y avait un bloc-notes où, par-ci, par-là, elle traçait quelques lignes, un mot qui lui servirait pour un vers. Toujours tremblante de rage, elle en arracha les pages sans les relire, les déchira en petits carrés, les jeta à la poubelle. Je ne suis plus un poète, on ne peut pas être poète dans ce pays ! Un vers passa :

... le vent ciseleur en relève de lune...

C'était en avril, alors qu'elle attendait Igor sur le brise-lames de Gagra, au milieu de la mer. Bon sang ! Quelle honte que ce qu'elle avait fait toute sa vie : ses rimes, ses amants, *Nuages dans le bleu...* peut-on vivre ainsi dans ce camp géant, cette léproserie sans bornes où tout le monde est condamné à se trouver défiguré ? Pourquoi, après 1927, ne leur avons-nous pratiquement jamais résisté ? Il fallait fonder des sociétés secrètes, les chasser par la terreur. Mourir, c'est certain, mourir, mais tout de même, ne pas valser tandis qu'autour de vous s'abat le merlin du boucher. Il fallait comme cette jeune fille, cette unique héroïne, comme Fanny Kaplan, tirer sur les possédés.

L'horreur l'ébranla comme un violent accès de fièvre. En arriver là ! À invoquer Fanny Kaplan ! J'espère au moins que je n'ai pas crié son nom à voix haute. Elle porta instinctivement sa main à sa bouche, et là, elle réalisa qu'elle avait insupportablement envie d'aller aux toilettes et qu'encore un peu toute sa rage tournerait à une nauséabonde bouffonnerie.

Il devait y avoir une... comment ça s'appelle... tinette. Dans une cellule, il doit y avoir une tinette. Dans la pièce où elle se trouvait assise sur un lit de fer, il n'y avait pas de cuvette de cabinets, rien qu'un lavabo. Si même, s'aidant de sa chaise, elle allait poser les fesses sur le lavabo, il y avait peu de chances pour que ça donne autre chose qu'un spectacle ridicule, or Nougzar, son impétueux bandit d'honneur de jadis, un tueur, une fausse couche, est sûrement en train de l'épier par un œilleton quelconque.

La porte s'ouvrit et livra passage à une grosse

et indifférente mémère en blouson à galons de sergent. Elle posa sur la table le plateau du dîner : sandre en gelée, côtelettes garnies de sarrasin et même une bouteille de jus de cerise.

— J'ai besoin d'aller aux toilettes, s'écria Nina d'un ton plein de menace.

— Bon, allons-y, marmonna mollement la mémère, et même non sans une certaine aménité.

Un chemin de moquette verte longeait le couloir. Dans une niche, sous le portrait — toujours le même — du si gentil Lénine lisant son journal, deux officiers, assis, fumaient. Tous deux suivirent d'un regard connaisseur la personne à talons hauts que l'on gardait en préventive.

Une fois soulagée, Nina défila de nouveau devant Lénine. À la place des deux jeunes officiers, la niche était occupée par un seul, vieux, la figure flasque, affreuse. « Cette nuit, si vous voulez pisser ou faire votre grosse commission, tapez-moi dans le mur », fit la femme-sergent. Nina se surprit à penser que, maintenant qu'elle était heureusement soulagée, même le monde fermé d'une geôle tchékiste virait vers un aspect plus positif. En particulier, elle ne se ferait plus prier pour manger du sandre en gelée, des côtelettes au sarrasin, boire du jus de cerise et allumer une de ses cigarettes albanaises. Grands dieux, que nous sommes peu de chose ! Qu'est-ce que cette créature avec ses infusions et ses effusions ? se demanda-t-elle. Qu'est-ce que l'humaine créature ?

CHAPITRE DIX

L'architecte Tabouladzé

— Aïe, regarde-moi cette lune, nom d'un petit bonhomme ! s'écria Maïka Strépétova. On dirait tout à fait... tout à fait... tout à fait comme une Tatiana.

— Ce que tu peux débiter ! fit Boris en riant Quelle Tatiana ?

Leur compagnon, Otar Nicolaïevitch Tabouladzé, un architecte de Tbilissi, sourit :

— Ce n'est pas si mal, vous savez. Une lune comme une Tatiana. Celle d'*Eugène Onéguine*, vous voulez dire ?

— Peut-être, dit Maïka.

Otar Nicolaïevitch sourit derechef :

— Ce qui est important, ce n'est pas Tatiana, mais *une* Tatiana... C'est ça qui fait tout le jus. On compare tout le temps la lune à quelque chose. J'avais autrefois un ami, un poète, qui l'appelait « un panier de pourriture ». Mais pour en revenir à Pouchkine, naturellement, c'est Tatiana qu'il comparait à la lune et pas le contraire.

Ils avançaient lentement par une petite rue

pavée et bossue du vieux Tiflis. Toutes les cinq minutes, Maïka s'accrochait à l'épaule de Boris, pleurnichait qu'elle était fatiguée. En réalité, et si quelqu'un le savait, c'était bien lui, elle était capable de voler par toutes les collines comme une pouliche ailée. Otar Nicolaïevitch, robuste, élégant, « bel homme », comme on dit, se détachait un peu en avant, assumant le rôle du guide.

— Je vois que vous aimez la poésie, Otar Nicolaïevitch, lui dit Maïka non sans coquetterie.

La petite garce, pensa Boris avec tendresse. La voilà qui coquète déjà avec les hommes mûrs. Ce que signifiait ce « déjà », ils étaient seuls à le savoir.

— J'ai été poète moi-même, autrefois, dit Otar Nicolaïevitch. Autrefois, à votre âge, nous autres, poètes, nous avons tous erré par ces ruelles. J'étais de la même bande que Nina et que son premier mari.

— Le premier mari de tante Nina ? s'étonna Boris.

— Mais oui. Vous n'en avez jamais entendu parler ? Stépane Kalistratov, un imaginiste célèbre.

— Je n'en ai jamais entendu parler.

— C'est bien triste, articula Otar Nicolaïevitch de telle sorte qu'il fut impossible de comprendre à quoi cela se rapportait : à ce qu'un poète célèbre soit tombé dans l'oubli ou, plus généralement, aux années enfuies.

Il s'arrêta sous un vieux réverbère de fonte près d'une cave d'où montaient des voix avinées et un air sec et chaud.

— Au fait, Boris, moi aussi, je suis votre parent, et peut-être pas moins que tonton Lado Goudiachvili. Ma mère, Diana, était la sœur de votre grand-mère. Il se peut que vous n'ayez pas entendu parler de moi pour la même raison que de Stépane... Parler de nous, cela ne se faisait pas. Après, il a disparu *pour de bon*, moi, je n'ai été sauvé que par miracle, mais quand même, parler de moi, cela ne se faisait pas...

Ils avaient fait la connaissance du sympathique architecte deux heures plus tôt chez le célèbre peintre Lado Goudiachvili dont grand-mère Mary était une lointaine parente et une très proche amie et correspondante, ce dont elle se targuait. Les compétitions de la vallée de Colchide avaient pris fin. Boris avait confirmé son titre de champion de cross des 350 cc et remporté la troisième place au classement général. L'équipe des Forces Aériennes avait, comme de bien entendu, devancé tous les autres clubs. Son triomphe avait été renforcé par le fait qu'à la fin des épreuves Vasska avait franchi la crête du Caucase personnellement aux commandes d'un MIG à réaction, en compagnie de sa nouvelle passion, une jeune nageuse aux formes vraiment aussi lisses que celles d'un dauphin. Les offrandes royales se déversèrent sur les sportifs : on leur commanda à tous et l'on confectionna presque aussitôt des complets en « boston de choc », chacun reçut une montre en or avec bracelet en or et un épais matelas de billets. On organisa un colossal souper au restaurant du mont David où jadis festoyaient les poètes des *Cornes bleues*, ce dont aujourd'hui personne ne savait rien et ne voulait rien savoir.

Avant ce souper, Boris avait décidé de déférer à la demande de sa grand-mère et de passer chez le « petit » Lado, comme elle disait. Je peux appeler ainsi mon cousin, car j'ai quinze ans de plus que lui, même s'il est un grand peintre, le plus grand de Géorgie, voilà ce que disait Mary. Et toi, Babotchka, il faut absolument que tu fasses sa connaissance, ne serait-ce que pour constater qu'il existe au monde autre chose que tes pétaradantes, malodorantes, ah ! et si dangereuses trottinettes.

Il s'attendait à trouver dans le vieil hôtel particulier de la rue ombreuse imprégnée de l'odeur tiède des feuilles les signes du déclin, du vivotement — comment aurait pu vivre, sinon, un artiste que l'on taxait de formalisme ? — mais il se retrouva dans un monde plein de bruit. La longue table était surchargée de verdures, de fruits rouges, de fruits secs, encombrée de plats fumants, de bouteilles et de carafes de vin. Pas moins de trente commensaux, les hommes en cravate, certains en nœud papillon, les dames en robe du soir, certaines en grand décolleté, se consacraient avec énergie à l'occupation principale des Géorgiens : ils festoyaient. Prise de panique, Maïka eut un geste de recul. Qu'avait-elle à faire dans cette société avec sa petite chasuble achetée à la va-vite au marché ? Ah non, stop, petite peste ! Il l'attrapa sous le bras. Tel était le style qui s'était établi dans leurs rapports : lui en paternel sévère, elle en mouflette désobéissante. Non, elle n'irait pas, elle n'avait jamais été dans des endroits pareils. « Vas-y, Boris, je t'attendrai dans ce jardin. — Silence, sauvage ! Ce n'est pas la seule chose que tu devras faire ici pour la première fois. » Elle s'empourpra de honte bienheureuse et pénétra ainsi dans la maison, association de vives couleurs qui remplit le maître de céans peintre d'un enthousiasme encore plus grand que la visite inattendue de son « neveu ». Il apparut que près de la moitié des invités avaient connu Mary Vakhtangovna et que beaucoup étaient un peu ses parents. Beaucoup, sinon tous, connaissaient tante Nina et, assurément, chacun admirait le héros défunt, le maréchal Gradov, dont une circonstance particulière, non sans importance, avait déterminé les exploits : il était à moitié géorgien. « Géorgien par sa mère, cela veut dire tout à fait géorgien », déclara le convive principal, le classique vivant, l'écrivain populaire Constantin Gamsahourdia. « La mère est le pivot de la Géorgie. La Géorgie est une mère. » Boris s'étonna fort que personne, dans l'assistance, ne fût au courant de l'événement majeur de la saison, des récentes compétitions de moto, d'où il ressortait que personne ne savait que le jeune Gradov avait confirmé son titre de champion d'URSS de moto-cross, catégorie 350 cc.

Le maître de maison insistait pour qu'il l'appelât « tonton Lado ». Petit, les cheveux longs, foulard épanoui comme une pivoine sous le menton, véritable peintre parisien, il entraîna ses jeunes invités le long des murs pour leur montrer sa récente série nommée « La promenade de Séraphita ». Il se retournait sur Maïka toutes les deux secondes et marmonnait : « Je veux peindre cette enfant. Cette enfant est de mes couleurs. Je veux la peindre. » Il entrouvrit la porte de la pièce voisine, alluma l'électricité — on saisit en un clin d'œil quelque chose de pittoresque et de fougueux —, éteignit aussitôt et referma la porte. « Qu'est-ce que c'est ? » demanda Boris. « Rien, rien, des bricoles de jeunesse. » Et Goudiachvili décocha à « cette enfant » un curieux clin d'œil des deux yeux.

Soudain, de bruyants coups de fourchette retentirent contre un vase. Constantin Gamsahourdia se tenait au haut bout de la table dans une pose monumentale. Une pose monumentale, si toutefois l'on peut imaginer un monument tenant une corne pleine de vin dans sa main droite.

— Mes chers amis, je vais parler russe pour que tout le monde comprenne. Nous avons déjà bu au grand Staline et au gouvernement soviétique. À présent, je vous propose de boire à l'un des membres les plus éminents de ce gouvernement, notre compatriote Lavrenti Pavlovitch Béria. Je l'ai rencontré plus d'une fois et j'ai toujours trouvé en sa personne un grand patriote, un fin connaisseur de notre culture nationale et un véritable lecteur des belles-lettres. Lavrenti Pavlovitch a soutenu mon prestige sous Iéjov, ce qui m'a offert la possibilité d'écrire toute une série d'œuvres nouvelles. Il a soutenu mon roman *On a volé la lune,* lorsque les nuées d'une critique sans scrupules se sont accumulées contre lui, et il n'y a pas longtemps... — Là, il marqua un temps d'arrêt, balaya majestueusement de son bras tendu et armé de sa corne un vaste demi-cercle, dépassant même un peu du côté de l'épaule droite — ... et il n'y a pas longtemps, il a même donné *La Dextre du grand Maître* à lire à Joseph Vissarionovitch Staline, et celui-ci... — Dans le silence qui suivit, Boris remarqua que toute l'assistance était absolument pétrifiée par ce toast auquel elle ne s'attendait guère. Personne ne se regardait, personne ne détachait les yeux de l'écrivain. — ... et celui-ci a exprimé sa satisfaction. Camarades, mes amis ! L'antique histoire de notre voisine la Grèce a connu le Siècle d'or de Périclès qui encouragea les arts et les lettres. Je bois à ce que Lavrenti Pavlovitch Béria soit le Périclès de l'art géorgien et de la littérature géorgienne ! *Alaverdy* à toi !... — Il chercha des yeux Goudiachvili que son panégyrique avait surpris près du mur, devant un grand tableau qui figurait des cueilleurs de thé au plus fort de leur besogne sur quoi souffle l'esprit. Boris vit de grosses gouttes de sueur perler aux tempes du peintre. Avec un léger sourire, Gamsahourdia déplaça le regard sur l'un des invités dont le dos, trop sanglé dans sa tunique de tussor, trahissait l'agacement provoqué soit par son vêtement trop juste, soit par les paroles du classique vivant qui ne l'étaient pas assez. —... *Alaverdy* à mon ami Tchitchiko Rapava! acheva solennellement Gamsahourdia, sur quoi il renversa la tête et dégusta le fin liquide de Kakhétie.

Et tous de clamer: «À Béria! À Lavrenti Pavlovitch! À notre Périclès!» Quelqu'un passa des verres à Boris, Maïka et «tonton Lado» plantés devant leur mur.

— Je vais être complètement paf, rigola la fillette.

— Si je bois à Béria, c'est comme si je buvais à Dynamo, lui glissa Boris à l'oreille.

Elle pouffa encore plus fort. Ils vidèrent quand même leur verre. Quand Lado eut avalé le sien, il s'effleura le front de la main et murmura: «Mais qu'est-ce qu'il va chercher, qu'est-ce qu'il va chercher?»

— Qui est ce Rapava? demanda Boris. — Il voulait récolter le plus possible de souvenirs qu'il raconterait ensuite à sa grand-mère.

— Le MGB, lui dit le peintre à l'oreille. Rejoignons la table, les enfants!

Par-devant, sa tunique sous laquelle transparaissait un tricot bleu, sanglait encore plus Tchitchiko Rapava. Sa brochette de décorations obliquait au-dessus de sa poche-poitrine d'où dépassaient trois stylos. Avec sa petite moustache à la Chvernik[1], Tchitchiko Rapava illustrait très précisément le style de l'aube du socialisme, l'âge d'or des années trente.

— De toute mon âme, je m'associe au toast de notre *tamada*, je bois à l'homme qui m'a donné... — après un silence, il vociféra d'une voix terrible : — TOUT ! Qui m'a donné TOUTE ma vie ! À Lavrenti Pavlovitch Béria ! — Ayant sifflé sa corne et s'étant servi de hors-d'œuvre, sans même se rasseoir, immédiatement, mâchant encore une bouchée de *satsivi*, il remplit à nouveau sa corne et l'éleva au-dessus de sa tête. — À présent, camarades, l'heure est venue de boire à notre *tamada*, le classique vivant de la littérature géorgienne SOVIÉTIQUE (certains mots du discours de cet homme avaient la particularité de tourner au hurlement le plus fracassant), mon ami Constantin Gamsahourdia. Et si, s'appuyant sur la mythologie, il a comparé Lavrenti Pavlovitch à Périclès, lui, je le compare à Jason — oui ? — qui toute sa vie vogua à la recherche de la Toison d'OR ! *Alaverdy* à Joseph Nonechvili !

Ce fut un nouveau brouhaha. On remarqua le visage rondelet et plus mort que vif du jeune poète Nonechvili. Il portait la main à la poitrine et balbutiait d'un ton suppliant : « Pourquoi un tel honneur, camarade Rapava ? » Le maître de maison eut un geste de découragement. « Je me demande vraiment comment cela finira. »

Boris entraîna Maïka vers la sortie. « Mettons les bouts, ma petite fille. Il se prépare un scandale. » L'un des invités sortit en même temps qu'eux. « Où vous dirigez-vous, jeunes gens ? Voulez-vous que je vous fasse visiter la ville ? » C'était justement Otar Nicolaïevitch Tabouladzé, l'architecte.

1. Disciple de Lénine ayant assuré les plus hautes fonctions.

— Je voulais vous montrer cette vieille boulangerie, dit Otar Nicolaïevitch. Notre bande de poètes y a passé bien des journées. Elle n'a pas changé depuis, bien qu'elle appartienne maintenant au Alimgénmunicip.

Par des marches étroites et inégales, ils descendirent dans un monde souterrain au fond duquel un four immense dégageait sa chaleur et où une pâte de froment et maïs montait, se transformait en odorantes miches. Deux types en tablier blanc, les bras et les épaules velus et nus, sortaient le pain cuit et enfournaient de nouvelles plaques. L'un d'eux abandonna sa tâche un instant et leur envoya une galette quasi brûlante, une carafe de vin et trois timbales. Le vin était frais.

Ils s'étaient assis sur un banc qui courait le long du mur. Autour d'eux, des voix géorgiennes glougloutaient avec animation. La lueur rouge du four éclairait les mains et les visages, le reste disparaissait dans l'obscurité. « L'endroit est toujours fréquenté par des poètes, commenta Otar Nicolaïevitch. Des jeunes, des vieux... Ceux qui discutent là-bas, dans le coin, sont des garçons de talent: Artchill Salakaouri, Djansoug Tcharkvïani, les frères Tchiladzé, Tomaz et Otar, c'est la nouvelle génération. »

Soudain, quelqu'un se mit à chanter d'une voix sombre et ample, couvrant toutes les conversations. Boris, qui ne comprenait pas une parole, s'emplit cependant d'un souffle qu'il n'avait jamais connu. Il lui sembla qu'il atteignait à une limite au-delà de laquelle il comprendrait tout, infiniment. « C'est un chant ancien de l'église de Svétitskhovéli, murmura l'architecte. C'est la deuxième fois que je l'entends. » Il était, lui aussi, très ému, sa main armée d'un morceau de galette demeurait tendue en l'air comme brandie vers un autel imaginaire. Non, la Géorgie n'est pas morte, laissa-t-il filtrer.

Tout cela me concerne de la façon la plus directe, se dit Boris. Cette vie qui, à première vue, me paraît si lointaine, si exotique, touche en réalité quelque chose qui gît au plus profond de moi, quelque chose d'inconscient, comme si je n'étais pas un motard, mais un cavalier. Comme si mon cheval galopait sans voie et sans chemin, en terrain découvert, comme si un corbeau à l'œil mauvais me croassait : « Tu n'en réchapperas pas, commando des Services Spéciaux », comme si toutes mes pensées allaient bientôt se mêler au hurlement de la tempête, aux siècles passés, comme si j'allais mourir en combattant pour la Patrie, appelez-la comme vous voudrez, Géorgie ou Russie, ou même pour cette fillette qui s'accroche avec tant de confiance à mon épaule.

Il caressa tendrement la luxuriante chevelure de Maïka Strépétova. La fillette lui dédia un regard étincelant de reconnaissance. Il glissa la main le long de son dos gracile. Les petits doigts de la fillette descendirent dans l'obscurité entre ses cuisses. La passion et le désir de la — disons : malmener interminablement s'unissaient à une tendresse dont il n'avait jamais soupçonné qu'elle lui écherrait. En vérité, quelque chose de quasi paternel, comme s'il introduisait la petite dans un monde inconnu, lui faisait découvrir de nouvelles choses de ce monde : ça, c'est moi, Boris Gradov, un homme de vingt-cinq ans, ça, c'est mon membre, le membre viril de Boris Gradov, il a vingt-cinq ans aussi. Bouleversée, elle découvrit l'un et l'autre et éprouva semble-t-il, quelque difficulté à comprendre que c'étaient les parties d'un tout unique.

Et ce jour-là, elle aussi, Maïka Strépétova, femme de dix-huit ans nantie de tous ses impedimenta, elle s'introduisit dans un monde inconnu, le monde de la bouleversante tendresse. Voilà par quelle bécasse il s'était fait piéger !

Alors qu'ils s'éclipsaient de la boulangerie des poètes, ils trouvèrent la nuit bien fraîche. Par moments, le vent échevelait et argentait les marronniers. Boris posa sa veste neuve sur les épaules de Maïka. Au coin d'une maison vétuste à la terrasse tout de travers, ils découvrirent tout à coup le vaste panorama de Tbilissi avec, sur ses hautes pentes éclairées, les vestiges de la citadelle de Narikala et l'église de Métékha. Au tournant suivant, le panorama disparut et ils descendirent une étroite ruelle qui menait à une aimable placette au milieu de laquelle il y avait un platane et où se voyaient les globes lumineux d'une pharmacie : le monde clos d'une vie ancienne et paisible.

Tout en marchant, Otar Nicolaïevitch disait :

— Je vous en prie, Boris, racontez notre entrevue à Mary Vakhtangovna et dites-lui que tout a changé de la façon la plus radicale dans mon existence. Je suis à la Direction de l'architecture municipale, je suis candidat ès beaux-arts, j'ai une femme et deux enfants. — Après un silence, il ajouta : — Je voudrais que Nina le sache aussi. — Après un autre silence, à demi tourné vers Boris : — Vous n'oublierez pas, une femme et deux enfants ?

— Je tâcherai, promit Boris en se disant qu'il oublierait certainement. — Il est difficile de ne pas oublier un quelconque Otar Nicolaïevitch quand une nana comme Maïka Strépétova ne vous lâche pas d'un pouce.

— Ah ! que je suis bien avec toi ! Ah ! que c'est formidable ici ! lui soufflait-elle chaudement à l'oreille.

Derrière la vitre de la pharmacie, à la lueur d'une lampe, une femme au grand nez, la pharmacienne de garde, était assise un livre à la main. Ses épaules étaient couvertes d'un châle à grandes fleurs qui n'avait rien de pharmaceutique. Le portrait de Staline et la pendule au mur étaient les attributs de la pérennité : le temps passe, mais en même temps, oui, c'est cela, en même temps, le temps demeure.

— Autrefois, la pharmacie était tenue par un homme que j'adorais, tonton Galaktion, dit Otar Nicolaïevitch. Avez-vous entendu parler de lui ?

— Vous pensez ! sourit Boris. Si grand-mère et Bo, je veux dire grand-père, m'ont parlé de lui ! Un homme d'un tempérament volcanique, n'est-ce pas ? Il me semble parfois que je me souviens de lui.

— C'est tout à fait possible, dit Tabouladzé. Vous aviez onze ans lorsqu'il a été assassiné.

— Assassiné ! s'exclama Boris. Grand-mère m'a dit qu'il était mort en prison. Qu'il avait été victime d'une dénonciation calomnieuse du temps de Iéjov et...

Tabouladzé l'interrompit d'un geste brusque, comme s'il tranchait l'air devant son propre nez.

— Il a été assassiné ! Il ne risquait pas plus de sept ans de camp, mais il a été assassiné par un homme qui faisait du zèle et cet homme, nous, à Tbilissi, nous savons son nom.

Dieu m'est témoin que je ne veux pas le savoir, ce nom, songea Boris, sur quoi il demanda :

— Qui est-ce ?

Otar Nicolaïevitch tourna les yeux du côté de Maïka : pouvait-on parler devant elle ? Maïka se recroquevilla. Boris hocha la tête : devant elle ? tout ce que vous voudrez. Aussitôt, Maïka se détendit et une onde de reconnaissance la fit palpiter : une drôle de botanique ! si sensitive !

— Viens t'asseoir sous le platane. — Tout d'un coup, Tabouladzé le tutoyait. — Excuse-moi, je suis ému. Je ne peux pas parler de cela tranquillement, peut-être parce que la chose s'est récemment découverte. C'est une femme qui travaillait *là-bas* qui l'a raconté pour se venger. Tonton Galaktion a été assommé d'un coup de presse-papiers durant un interrogatoire. Un coup de presse-papiers en marbre en plein sur la tempe. Brandi par le bras vigoureux d'un homme jeune, tu comprends, non, ah, malédiction ! Il a été tué par mon cousin, c'est-à-dire son propre neveu, Nougzar Lamadzé. Tu en as entendu parler ?

— Oui, articula Boris. Ma mère m'a parlé de lui, une fois. C'est un haut gradé de *là-bas*, oui ?

Tabouladzé acquiesça.

— Oui, il est général, mais cela ne le sauvera pas.

Dieu m'est témoin que je n'ai pas envie de parler de ça, songea Boris. Qu'ai-je à faire de tout ça en ce moment, sous la lune, dans le vieux Tiflis, après ma victoire au championnat, Maïka dans mes bras ?

— Qu'est-ce que ça veut dire : « ça ne le sauvera pas » ? demanda-t-il. Que peut-on contre un homme d'un rang aussi élevé ?

Otar Tabouladzé laissa fuser un rire qui n'était pas du tout celui d'un candidat ès beaux-arts et honorable architecte.

— Tu comprends, Boris, les mœurs du Caucase sont encore vivantes. Lamadzé n'a pas seulement tué tonton Galaktion, il a pas mal d'autres Géorgiens sur la conscience. Il a d'ailleurs commencé sa carrière comme tueur à gages. Tout cela finit par s'accumuler. Même de nos jours, certaines familles ne pardonnent pas ces choses-là. Je ne parle pas de moi, en ce moment, tu comprends ? À part moi, d'autres hommes émergent. Tantôt l'un, tantôt l'autre, il en émerge de nouveaux. Des bruits courent, se confirment. Ce misérable ferait mieux de s'en aller de lui-même, plutôt que d'attendre.

Des tourbillons de vent traversaient le feuillage au-dessus de leur tête, agitaient la crinière de Maïka. La lune, penchée « comme une Tatiana », éclairée de sa propre lumière, voguait au-dessus du vieux Tiflis. Un taxi s'arrêta dans une ruelle en pente, on entendit le chauffeur serrer le frein à main. Un gros homme sonna à la porte de la pharmacie. La pharmacienne de garde ôta son châle à grosses fleurs et alla ouvrir. Se peut-il que ces doux petits puissent faire tant de monstruosités, se demandait la lune. J'ai beau repousser ce sujet, il me rattrape toujours, pensait Boris. Mais enfin, après tout ce par quoi tu es passé, tu devrais pouvoir une fois pour toutes comprendre où, avec qui et à quelle époque tu vis ta vie.

CHAPITRE ONZE

Bouffées d'air et de fureur

Cependant, les méandres se faisaient de plus en plus serrés sur la route de Boris IV Gradov et il n'avait plus le temps de se demander « où, quand, avec qui », il ne lui restait qu'à s'en remettre à son intuition de coureur. Dès son retour à Moscou, il se rendit au Bois d'Argent avec Maïka Strépétova. Il goûtait à l'avance le bonheur avec lequel Mary, se délectant de la présence de son nouveau Kita-Nikita, poserait les yeux sur une nouvelle Nika-Véronika. Il ne doutait pas que Maïka plairait à ses grands-parents. Hélas, une fois de plus, les joies paisibles avaient fui le nid des Gradov. Des nouvelles incroyables, toujours, « du même tonneau » attendaient le motard : Iolka avait été enlevée par les hommes de Béria, Nina était en prison, Sandro sauvagement battu souffrait d'un double décollement de la rétine et était devenu aveugle, l'atelier de la rue Krivo-Arbatskaïa avait été mis à sac, de nombreuses toiles lardées de coups de couteau.

Sous le choc, il s'était écroulé dans le fauteuil grand-paternel et s'était couvert le visage des mains. Dans le silence, seuls montèrent les sanglots de Maïka, frappée de stupeur, et les roulades des oiseaux qui se déversaient du jardin.

La première pensée qui vint à Boris fut: «Comment est-ce que mes vieux supportent tout cela?» Il ouvrit les yeux et aperçut Maïka, assise sur le tapis, le nez enfoncé entre les genoux de Mary et celle-ci, le visage de bois comme chaque fois qu'il arrivait malheur, lui caressant la tête. Au fond de la maison, il vit passer la vieille Agacha qui emmenait Petit-Nikita faire sa promenade au jardin.

Et à ce propos, dans le jardin déambulaient en pyjama rayé deux compagnons d'armes de son père — Slabopétoukhovski et Cherchavy, du Front de Réserve: invités par Agacha, autrement dit en famille, ils étaient venus prendre quelques jours de repos, respirer un peu d'air pur. Ils n'avaient pas oublié d'amener leur arme personnelle, enfin... pour pouvoir se vanter de leur passé guerrier.

Grand-père se tenait près du téléphone, vêtu de son complet officiel, ses décorations sur la poitrine, pâle, absolument droit et même un peu rajeuni, aurait-on dit. Boris entendit, comme le son étouffé d'une télévision: «L'académicien Gradov à l'appareil. Je désire être informé de l'état de santé d'Alexandre Solomonovitch Pevsner. Oui, avisez immédiatement le médecin principal. Je garde la ligne.»

Là seulement, il sentit que ses forces revenaient et avec elles, ou les devançant, qu'un flot très rapide mais uni de fureur le submergeait. Un courant froid, précipité, silencieux qui emplit tout l'espace et en chassa l'air. Bientôt, il ne resta plus rien, son corps était à la fois empli et baigné de fureur. Eh quoi, malgré son froid glacial, il n'était pas impossible d'y vivre, d'agir et même de saisir certaines choses. Cette clique s'imagine que tout lui est permis, même de violer la petite cousine de Boris Gradov? Erreur!

— À quel hôpital se trouve Sandro ? demanda-t-il posément.

— L'hôpital Helmholtz, dit Mary. Où veux-tu aller, Boris ?

— Alors, voilà, dit-il. Maïka, tu restes ici. Je vais passer rue Ordynka dire à tes parents que tu es OK. Ne vous en faites pas pour moi. Je rentrerai tard ou même très tard. Je téléphonerai de temps en temps.

Maïka acquiesça du geste à travers des larmes de joie. N'en doute pas, Boris chéri, ici, tout se passera bien, ne suis-je pas auxiliaire médicale ? C'était évident, elle était emportée presque à en perdre le souffle par l'idée qu'elle participait, qu'elle était utile, bénéfique, qu'elle était quasi définitivement indissociable de ce Boris Gradov. Malgré son visage de bois, Mary caressait avec amour la tête couleur de paille, cela se voyait, elle était enchantée du nouveau membre de sa famille dévastée. En attendant qu'on lui passe son correspondant, le grand-père fit signe à son petit-fils : « Arrive ! »

— En premier lieu, Boris, ne rentre en aucun cas rue Gorki, ce n'est pas sans danger, lui dit-il, la main sur la membrane du téléphone. En second lieu, peux-tu me dire où tu as l'intention d'aller ?

— Où je figure encore aux effectifs, répondit IV, c'est peut-être le seul endroit où l'on peut nous aider ou nous donner un conseil. En tout cas, où je peux parler sans détour.

— Excellente décision, opina III en regardant attentivement IV dans les yeux. Sois prudent, ne va pas trop loin.

Sans y prendre garde, il passa le récepteur de sa main droite dans sa main gauche et de la droite, un peu tremblante, fit sur son petit-fils le signe de la croix.

À vrai dire, ce n'est pas là où il figurait encore aux effectifs que se dirigeait Boris, pas du tout à la Direction du Renseignement. Si secret et indépendant ce service fût-il, il doutait qu'il s'y trouverait un seul homme qui oserait se dresser contre un membre du Bureau Politique et Vice-Président du Conseil. Il avait un plan d'action assez différent — petit rire entendu —, moins encombrant, c'est ça, plus élégant. D'abord, il s'enfonça, sur sa moto, au plus épais du Bois d'Argent et y retrouva une cache qu'il conservait depuis le temps de ses jeux enfantins avec Mitia Sapounov. Après son retour de Pologne, il y avait enterré un pistolet, un infaillible 9 mm Walter. L'arme était à sa place, graissée, prête pour l'emploi. Et tout comme ce machin, il se sentait lui-même graissé et prêt pour l'emploi. Il était presque sûr qu'il n'y aurait pas de raté.

Pour commencer, il fila au grand galop de sa monture à l'hôpital Helmholtz. Il roula sagement, s'arrêta à tous les feux et tourna selon les règles. À partir de la gare de Biélorussie, de nombreux miliciens reconnurent son héroïque silhouette et la saluèrent : belle victoire, Gradov ! À l'hôpital, on lui donna sa blouse blanche séance tenante, sans égard pour l'imposante file des visiteurs qui attendaient leur tour, et il monta au premier où se trouvait le service post-opératoire. On le laissa passer : le personnel devait se dire qu'un jeune homme de si belle apparence avait de bonnes raisons d'être là. Il reconnut Sandro au bout de son nez et à sa moustache. La face emmaillotée de bandes et pointée au plafond, le peintre gisait sur son lit comme une masse. Boris s'approcha à pas lents et appela doucement: «Sandro!» Le peintre répondit d'une voix tout à fait naturelle: «C'est toi, Boris?» Il s'assit au bord du lit, tâtonna du bout des pieds, découvrit des savates qui ressemblaient à des chaussons de teille du musée ethnographique et se releva: «Donne-moi le bras et allons en griller une sur le palier.»

— Je n'ai presque plus mal, dit Sandro, une fois là. Je peux tout te raconter dans l'ordre. — Et il lui raconta dans l'ordre comment ils avaient attendu Iolka et comment Nougzar Lamadzé était arrivé à sa place après minuit et leur avait rapporté l'«événement émotionnel» et ce qui s'en était suivi.

— Comme tu en parles tranquillement, Sandro, dit Boris. — Il avait depuis longtemps pris l'habitude de tutoyer comme un ami le peintre qui avait le double de son âge.

— C'est la seule arme que je possède contre eux.

Et pas si mauvaise, se dit Boris, surtout si l'on en possède une autre, d'arme.

— Hier, il est venu un type, soi-disant de la Milice, poursuivit Sandro sur le même ton paisible. Il m'a dit qu'il était chargé de l'enquête sur le sac de mon atelier. En réalité, c'était un des leurs. Quand je lui ai demandé carrément où étaient Iolka et Nina, il m'a dit que, bien que n'étant personnellement pas du tout au courant, il supposait que rien ne leur arriverait, à condition que la famille, tu connais l'expression, «ne fasse pas de vagues». En somme, en somme... — c'est là seulement que sa voix frémit — j'ai traversé toute la guerre... tous les bombardements... tout ça... et voilà que maintenant... cette balle perdue... c'est la fin de tous ceux que j'aime... la fin de mes fleurs aussi...

Un instant, Boris émergea de sa colère froide:

d'un irrésistible élan, il serra dans ses bras cet homme ridicule, charmant qui avait toute son affection.

— Viens, je vais te ramener dans ta salle, Sandro. Ne t'inquiète pas, guéris. Tu peux être tranquille, à présent je suis là.

— Que peux-tu faire, Boris ? grommela Sandro. Qui peut quoi que ce soit contre eux ?

— Moi, je peux, répondit Boris en replongeant dans son milieu arctique, froid, mordant. Trop mordant, peut-être ? Le risque est peut-être trop grand ? Peut-être qu'après cela ils nous extermineront tous ? Quelques misérables tentatives pour aspirer une bouffée d'air ambiant. Non, cela ne te suffira pas. Respire la fureur et fais ce que tu as décidé, c'est ton unique chance. Il avait lu quelque part que le seul moyen de neutraliser un cobra était de lui fourrer la tête dans un sac, il se rappelait même comme cela s'appelait dans le langage des Boers : *krangdadirkejt*.

Il acheta, au kiosque du métro Porte Rouge, quelques barres de chocolat qu'il fourra dans la poche de son blouson stalinien. S'il devait passer vingt-quatre heures sur un toit, elles ne seraient pas inutiles. Le soleil approchait du zénith. Quelque part, à un étage du haut, on entendait une leçon de piano. Il fut soudain saisi d'un sentiment d'ennui colossal, planétaire. Répétition sans fin, solfège de l'ennui. Un hôte pas très opportun, en l'occurrence. Tout envoyer au diable, rien n'avait de sens. Il repartit vers sa moto et là, il aperçut une douzaine de grosses gueules replètes postées en demi-cercle devant la sortie du métro, offertes à la contemplation des foules : les dirigeants, les patrons, et LUI à la première place parmi eux : une tronche soignée et une calvitie si convaincantes que l'on eût cru que chacun devait être chauve. La salvatrice nuée de fureur accourut derechef et sous son ombre, Boris fonça par les boulevards circulaires, à travers la Samotioka et la place Maïakovski, vers la place de l'Insurrection, tourna rue Vorovski, puis dans une cour traversière voisine de la Maison du Cinéma où, sous un orme au vaste feuillage, à côté d'une camionnette déglinguée, dans un patriarcal recoin de Moscou, il abandonna son engin et entreprit l'exécution de son pas très patriarcal projet, en ce sens qu'il était dirigé contre l'un des patriarches de la Patrie.

Il savait où se trouvait le lourd hôtel particulier de pierre grise de Béria, entouré d'une palissade de deux hauteurs d'homme. Le but était de s'en rapprocher le plus possible sans se faire remarquer et de prendre position sur un toit. Si curieux que cela paraisse, il en avait repéré un à l'avance. Une nuit de pleine lune, ils passaient en voiture avec le protecteur du Club des Forces Aériennes. Vasska était soûl, comme d'ordinaire à cette heure. Il avait ricané, avec un mouvement de menton vers l'hôtel : « C'est là que Béria se planque avec sa clique. » Il n'aimait pas Béria en qui il voyait le protecteur du Club Dynamo, rival du sien, et un intime de son père. À ce moment, Boris, qui avait aussi un coup dans l'aile, avait examiné les alentours de son œil d'éclaireur et presque aussitôt repéré un toit qui ferait un bon poste d'observation et même de tir. En théorie, bien entendu.

En pratique, il fallait d'abord suivre la paisible rue Vorovski, franchir la rue Herzen plus animée, s'enfoncer dans les cours traversières qui menaient audit toit, et qui plus est, les suivre, franchir et s'enfoncer de façon à ne pas se faire remarquer d'aucun passant, et encore moins des miliciens qui montaient la garde devant les ambassades étrangères. Faisons appel à notre expérience de Pologne. Deux joueurs de billard, des têtes connues, se dirigent vers la Maison du Cinéma. Monotone va-et-vient d'un gros sergent (qui planque sans doute chez lui des galons de commandant) devant l'ambassade du Suède. Se faufiler sans bruit, vif comme l'éclair, côté ombre. Le sergent, professionnellement entraîné à se rappeler les visages, ne peut rien voir avec son derrière. À présent, on passe devant l'arrêt du trolleybus de la rue Herzen comme un banal piéton, comme si l'on n'avait pas six barres de chocolat dans sa poche et un 9 mm Walter sous son blouson. On tourne tranquillement sous un porche et aussitôt après, on se confond avec le mur, on note toutes les saillies du mur, les barreaux des balcons (Varsovie !), l'état vétuste ou solide des tuyaux de descente, les gouttières, les branches du vieil orme auquel, à la rigueur, devenu un hybride de paresseux et de caméléon, confondu avec les rameaux et les feuilles, on peut se cramponner, les dénivellations, les pignons et les pentes des toits par lesquels, finalement, on atteindra la haute cheminée derrière laquelle, selon nos calculs, on découvrira une partie du secteur intérieur de cette saloperie de « manoir » de la rue Katchalov, ex-petite-rue Nikitskaïa.

Deux bonnes femmes passèrent devant Boris presque à le frôler, du côté de la rue Herzen, c'est-à-dire de la grand-rue Nikitskaïa. L'une d'elles disait : « Vivement qu'il parte au régiment, ce parasite... » Elles poursuivirent leur route sans le remarquer. Il ôta ses lourds godillots et les dissimula derrière un petit réservoir d'eau de pluie. Il calcula son élan et entreprit l'escalade du mur. Non, il n'avait pas perdu l'art et la manière, ses doigts et ses orteils utilisaient toutes les aspérités. Il était presque arrivé à la gouttière lorsque s'ouvrit à la hauteur de son genou une fenêtre d'où s'envola la voix sirupeuse d'un chanteur :

Dedans la ville de Gorki
Où l'aube rose resplendit
Dans un foyer de travailleurs
Habite l'élue de mon cœur.

Une mise en plis permanente se montra et déclara au feuillage d'une voix rauque : « Y a pas l'ombre d'une couille... » La fenêtre se referma. Boris opéra un rétablissement, atterrit sur le toit, se tapit contre la gouttière, palpa de la main la tôle du toit afin de déterminer si elle risquait de se creuser ou de se bomber, puis de se redresser avec un bruit superflu. Un gros chat à la robe brun foncé passa, la queue droite, les guêtres, les babines, le cou blancs, on aurait dit un général anglais. Il ne semblait pas l'avoir vu, ou alors, il témoignait d'une totale neutralité. En tout état de cause, un quart d'heure plus tard, Boris IV Nikitovitch Gradov, officier en disponibilité des commandos du Renseignement, étudiant de troisième année du Premier Institut de Médecine titulaire de l'ordre de Lénine[1], maître ès sports d'URSS, champion de moto-cross catégorie 350 cc, troisième au classement général, était allongé derrière une haute cheminée d'avant-guerre en faïence, donc excellente, et observait la cour intérieure de l'hôtel particulier du maréchal Lavrenti Pavlovitch Béria, Vice-Président du Conseil et membre du Bureau Politique du PC (b). Ce qu'il remarqua d'abord fut le nombre

1. C'est l'Institut qui est décoré, non Boris.

médiocre et l'allure nonchalante de la garde. Il faut croire qu'ils n'ont pas peur. Qu'ils ont depuis longtemps décidé que, dans cette ville, ils n'ont personne à redouter. Un tchékiste dans une guérite près du portail, un autre qui fait sa ronde autour de la maison, un troisième qui taille les buissons, on dirait un jardinier en tablier, mais il porte un pistolet dans son étui sur la fesse. Plus personne à l'extérieur. On peut pénétrer à l'intérieur par deux issues: un portillon de fer qui donne dans une ruelle, et l'entrée principale où mène une piste asphaltée en demi-lune. Il sera difficile ou presque impossible d'atteindre Béria s'il entre ou sort par le portillon. Il ne s'y montrera qu'une fraction de seconde. Cette seconde suffirait si l'on tenait déjà le portillon dans sa ligne de mire, mais alors, au cas où Béria entrerait par l'entrée principale, l'on perdrait au changement de cible quelques précieux instants. Des stores épais occultent toutes les fenêtres. Ils vivent comme des chouettes, ils ne voient jamais la lumière du jour. Ils n'ont pas peur des gens, mais de la lumière du jour, ça oui. Il n'y a pas moins de trente pièces, et dans l'une d'elles, peut-être, se trouve la prisonnière de ce salaud, sa petite cousine Iolka, la belle enfant gâtée de toute la famille, musicienne, snobinette, amie délicieuse, merveilleuse. Béria en a fait sa maîtresse. Il se tape notre petite enfant à nous, les Gradov. Il s'envoie du cognac, je suppose, question impuissance, il défonce, il défonce à son plaisir de brute, il pervertit la fillette, il défonce toute sa jeunesse, tout son être, et déverse en elle sa pourriture. Quand tu serais Staline lui-même, tu ne mérites qu'une balle en pleine poire. Ou sous le menton.

Le soleil était déjà au zénith, juste au-dessus

de la cheminée. Dans une heure, son ombre se posera sur le tireur, mais en attendant, cela rayonne insupportablement, la tôle est chauffée à blanc, à y cuire des petits pâtés, et impossible de bouger : c'est une position stratégique, il faut la tenir. Il faut entretenir son degré de fureur afin de ne pas dégouliner soi-même sur le toit brûlant. Il ne souille pas seulement Iolka, mais, à travers elle, toutes les femmes de ma vie : ma petite maman Véronika d'outre-Atlantique, et Véra Gorda, et tante Nina, et évidemment Maïka Strépétova que j'ai élue une fois pour toutes, même toutes les putes qui tournent autour du Club et toutes les étudiantes de ma promotion, et même grand-mère Mary, et même Agacha, et Taïssia Ivanovna Pyjikova, la mère de mon nouveau petit frère Petit-Nikita... J'ai pensé à tout, mais j'ai oublié ma casquette dans ma moto, je n'ai rien pour me protéger le citron ; ma bouillotte va se dessouder sur toutes les coutures et je n'aurai rien à léguer au Musée d'Anatomie. Or, l'homme se doit non seulement de consommer, mais de léguer au moins quelque chose aux générations futures. Cela a-t-il un sens ? Peut-être que oui, peut-être que non. Cela fait-il une différence ? Peut-être que oui, peut-être que non. Et te voilà dans l'impasse, mes félicitations. Sacha Chérémétiev, le Schopenhauer en herbe, dirait que tout cela ne mène nulle part, que tout existe simultanément en un nombre infini de copies, tout le passé et tout l'avenir, sans parler du présent où s'embusque interminablement, sur un toit brûlant, un crétin de vengeur complètement fondu, armé d'un pistolet qui lui brûle les doigts. Répétés à l'infini, il y a la cheminée en céramique, le soleil dans le ciel décoloré, sans le moindre nuage, et l'air de *Cœur de Poète*, l'opérette de Strelnikov : À-l'automne-j'avais-dit-à-Adèle-mon-enfant-sans-rancune-nous-nous-étions-quittés-bons-amis-mais-en-avril-elle-est-revenue-une-bouteille-de-rhum-à-la-main-et-j'ai-compris-le-sens-merveilleux-du-mot-adieu-adieu-l'alcool-au-mois-de-mai-adieu-l'amour-lorsque-survient-octobre, et une voix hystérique qui braille un impératif bien moscovite : « Va te faire branler ! »

Centimètre par centimètre, il sortit un mouchoir de la poche de son pantalon, en noua les quatre coins et s'en coiffa le crâne. Il fut un peu soulagé. À travers la substance aérienne que la chaleur rendait perceptible, il examina une fois de plus le jardin intérieur du « manoir » urbain. Il n'y avait plus personne, le jardinier au revolver sur les fesses avait, lui aussi, disparu, seuls dans un coin d'ombre, au milieu d'un parterre de fleurs, se découpaient en tache blanche pareille à une sculpture abstraite les ossements d'un grand animal : vertèbres, omoplates, côtes, citadelle du bassin, on aurait dit d'un éléphant, mais oui, voici les défenses, l'ensemble était assez joli : les restes d'un éléphant abattu par un canon antichar ; l'apothéose de la libre ode maçonnique. Au fait, il y a là-bas un être vivant qui remue, un grand crapaud se déplace à molles claques de son ventre plat sur l'humide tapis herbeux ; de ses yeux figés, il contemple avec un reproche presque intelligible les fenêtres aux rideaux tirés, comme s'il disait : pourquoi me faites-vous ça, je n'aspirais à rien d'autre, en vérité, qu'à la chasteté.

Puis la cour et le jardin s'emplirent de monde. Deux larbins en civil coururent au portail. Il en sortit quelques-uns de plus par la grande porte, les uns en uniforme, la casquette à fond bleu vif, les autres en veston à lourdes poches et gapettes plates auxquelles s'accrochaient des nez-carottes auxquels à leur tour s'accrochaient des touffes de plumes de corbeaux, autrement dit, des moustaches à la caucasienne. Le portail s'ouvrit et deux limousines noires à rideaux crème s'engagèrent sur le demi-cercle asphalté. Il en sortit encore un certain nombre de personnages *ad hoc*. Ils échangeaient des remarques, certains riaient, les poings aux hanches. Ne se moquaient-ils pas de Iolka ? Boris leva son pistolet, et alors tout élément superflu disparut de sa conscience, tout comme le soleil cessa de le brûler. Il ne resta que ces dix mètres que sa cible allait franchir entre sa demeure impénétrable et sa limousine blindée. En ces dix mètres, Boris devait l'atteindre au moins trois fois. Un coup, un autre, un troisième, et tous les maillons du maléfice se disperseraient.

Toute la meute réunie dans la cour se mit en rang, pour un peu au garde-à-vous. Béria se montra sur le perron, en costume clair et chapeau de paille. L'un des verres de son pince-nez envoya à Boris un petit rayon de bienvenue. Assez, appuie sur la détente, tireur du haut des toits ! À ce moment, la trajectoire du tir irréalisé fut coupée par une femme d'âge mûr en robe de soie à fleurs violettes et bleues absolument conforme à l'ambiance générale qui préludait à l'acte terroriste irréalisé. Le rusé Béria s'arrêta : à présent, il était protégé. La femme présentait le flanc au pistolet, mais son flanc était assez vaste pour couvrir l'autre salaud. Elle lui disait quelque chose avec de souples gestes de son bras dénudé jusqu'au coude, comme pour produire des arguments mesurés, mais irréfutables. Aux mouvements de la main correspondaient ceux d'une agréable tête au sommet de laquelle était enroulée une natte aux reflets d'or sombre. Le crâne chauve de Béria dépassait quand même un peu de ce serpent plaqué or. Foin de cérémonies, il fallait frapper ! Il y a souvent d'innocentes victimes dans ce genre de situations. Si la première balle touche la femme, la deuxième atteindra certainement son but. Tous les instants qui suivirent apparurent à Boris comme ceux d'un tir d'entraînement. Béria dit quelque chose, après quoi la femme recula la tête comme sous l'effet d'une gifle. Boris releva son arme : il ne pouvait pas tirer « à travers » cette femme. Béria fit un pas vers la limousine, alors là, il était fichu. Aussitôt la femme en fit autant en étendant les bras d'un geste suppliant. Ils franchirent encore trois mesures, celles d'un ballet, les pas dans les pas. Le lorgnon envoya au tireur des toits un rayon moqueur : Aha, tu ne peux pas, tu te dégonfles ! De chaque côté de la portière de la limousine, il y avait un larbin, l'un en uniforme, l'autre en civil. La scène se concentrait avec un maximum de densité. Béria repoussa grossièrement son épouse qu'il avait jadis extorquée par voie de chantage à la noble lignée des Ghighetchkori, et plongea dans son clair-obscur blindé. Boris aurait encore pu tirer dans la jambe qu'il ramenait, mais cela n'avait aucun sens : un salopard au pied blessé était plus dangereux qu'un salopard au pied intact. La portière claqua et la limousine s'ébranla. Presque aussitôt, la cour et le jardin se vidèrent. Le crapaud accusateur alla se cacher dans les buissons avec force « plouf ! », les os, dans leur coin, dansèrent la danse du matelot triste, puis se figèrent, la femme abattit son derrière fleuri sur le marbre du perron, le serpent plaqué or glissa de sa tête sur son épaule. « Adieu, enfant, et sans rancu-u-u-u-u... » Le disque de la voisine s'était enrayé. Le Gavrilo Princip[1] manqué commença à descendre de son toit. La paume de ses mains sentait le rôti. Il n'avait plus rien à faire ici, il y avait gros à parier que le salopard était parti pour longtemps.

Ses chaussures n'étaient plus derrière le réservoir. Une bouffée de chaleur lui monta au visage, si toutefois l'on peut dire cela d'un homme qui vient de passer deux heures sur un toit brûlant. Se pouvait-il que quelqu'un l'ait vu abandonner ici ses écrase-merde ? Et sinon, à qui, nom de Dieu !, avait-il pu venir à l'esprit d'aller voir, à ce moment précis, ce qui se passait derrière un tonneau plein d'eau de pluie croupie ? Toujours est-il que les chaussures manquaient. En tout cas, il n'allait pas les chercher, exiger du destin qu'il les lui rende ! Il fallait se tirer en vitesse.

Il ressortit rue Herzen. D'abord, pas un passant ne s'aperçut de ce que la toilette de ce jeune homme très remarquable avait d'inachevé, alors que d'ordinaire, les Moscovites évaluent au premier coup d'œil la mise de ceux qu'ils vont croiser : faut-il leur laisser la voie libre ou peut-être leur envoyer un ramponneau ? Puis une fillette admirative se mit à le détailler à seule fin de ne pas l'oublier et béa de stupéfaction à la vue de ses pieds aux chaussettes agrémentées de deux trous de bonne taille qu'il entretenait en permanence faute de couper ses ongles durs comme des griffes. Puis une autre bouche béa, puis encore, et bientôt sa route ne fut plus qu'une succession de petites grottes roses. Quant au bedonnant abruti de l'ambassade de Suède entraîné à

1. Serbe, auteur de l'attentat de Sarajevo qui déclencha la Première Guerre mondiale.

tous les imprévus, y compris aux jeunes gens qui se promènent en chaussettes, il se rua vers le téléphone de sa guérite : alerte ! envoyez un peloton de cavalerie !

Contrairement à ses chaussures, sa moto était à sa place. Sans plus réfléchir, comme si cela entrait dans un plan établi à l'avance, Boris fila chez Sacha Chérémétiev, à la Pliouchtchikha. Tandis que le vent de la course le rafraîchissait — enfin ! — il réalisa brusquement qu'il était revenu de sa très intense fureur à son milieu respiratoire ordinaire. Il faut que j'aille chez Sacha, se disait-il, je ne peux plus faire cavalier seul, il faut que je déniche Alexandre, il inventera bien quelque chose.

Par chance, Chérémétiev était chez lui. Allongé sur un divan, un mauvais livre entre les mains, comme de juste. Sa prothèse à côté de lui, telle une sentinelle. Trois rubans tue-mouches pleins d'insectes englués pendaient au lustre. La même lutte se déroulait sous un autre aspect dans la pièce voisine d'où montaient des coups de tapette.

Voyant entrer son ami et remarquant, c'est évident, ses pieds en chaussettes, Chérémétiev fit, avec un sourire ironique : « Comment dois-je l'entendre ? »

Boris s'assit à la table et tendit une main avide vers une cigarette albanaise. Les extra-fortes Diamant qui venaient de faire leur apparition sur le marché étaient aussitôt devenues la marque préférée des extra-forts jeunes gens de Moscou. Certains les appelaient des Dia-Mat, matérialisme dialectique.

— En premier lieu, Sacha, je te propose d'en

finir avec ce voussoiement ridicule, dit-il après une première, profonde bouffée.

— Qu'est-ce qui t'arrive ? demanda Chérémétiev en s'asseyant et en reposant son livre.

— Le malheur s'abat une fois de plus sur ma famille, dit Boris.

Il entreprit le récit de ce qui s'était passé tandis qu'il pilotait sa GK-I sur les pentes du Caucase. Tout en l'écoutant attentivement Chérémétiev mettait sa prothèse. Tout à coup, avant d'avoir bouclé toutes les fixations, il blêmit, se mordit les lèvres et, les yeux clos, se laissa aller contre le mur. Cela ne dura pas plus d'une demi-minute, les couleurs lui revinrent au visage. « Continue ! » Ses yeux avaient à présent une expression nouvelle, mystérieuse, intense.

— Voyons, dit-il quand Boris eut achevé, où que c'est-y qu'on en est : Sandro est aveugle, Nina en prison, Iolka on ne sait où... Pour des trucs pareils, ton cobra à quatre yeux, il faut le... — Il pointa trois fois le pouce derrière son épaule droite.

— J'ai déjà essayé, dit Boris en pensant : n'empêche, ce type et moi, nous sommes des bêtes de même race. — Il raconta à Sacha la garde qu'il avait montée sur les toits.

— Ben mon vieux Bob ! se borna à faire Chérémétiev en réponse.

Il se leva, sa prothèse grinça, tout le plancher grinça, il passa devant Boris non sans lui poser fermement la main sur l'épaule, et disparut derrière un petit rideau qui isolait un débarras. Aussitôt, des bottes de l'armée en jaillirent. « Mets ça, c'est juste ta pointure ! », puis il ressortit, un pistolet à la main.

— Tu aurais dû descendre la bonne femme qui était dans le milieu, dit-il d'un ton positif.

Enfin, c'est bon. Passons aux choses pratiques. De tout ce que tu m'as raconté, je conclus que nous devons nous entretenir au plus tôt avec le camarade Lamadzé.

Ils étaient déjà dans l'escalier quand Sacha, pris d'une excitation joyeuse, se mit à demander et redemander encore à Boris comment il avait visé, où il s'était posté, de quoi tout ça avait eu l'air.

— Sacha, pourquoi as-tu pâli comme ça, tout à l'heure ? demanda Boris.

Chérémétiev s'arrêta. Il fixait droit devant lui le mur délabré de la cage d'escalier. Quelque chose de cette pâleur, mais fugitive, comme un coup de torchon blanc, repassa sur ses traits.

— La haine, répondit-il brièvement en allant boiter plus loin.

Ils étaient déjà dehors et se dirigeaient vers la moto lorsqu'il prit Boris sous le bras, un geste absolument impropre à un byronien moderne.

— Il faut que je te l'avoue, Bob. Ces temps derniers, j'ai beaucoup pensé à Iolka. Non pas que j'en sois déjà amoureux, mais j'en étais très près. Elle incarnait d'une certaine façon mon idéal de la jeune femme, tu comprends? Bien sûr, je n'ai fait aucune ouverture et je n'en ferai peut-être jamais. Mets-toi bien ça dans la tête. OK. ? Et pas un mot à quiconque. OK. ? J'ai seulement remarqué que je me baladais trop souvent rue Gorki, dans les parages de la grand-rue Gnezdikovski et, en général, que tout le centre de Moscou m'apparaissait sous d'autres couleurs... Je ne croyais plus que cela pourrait encore m'arriver après ma leçon d'Extrême-Orient.

Le rappel de la « leçon d'Extrême-Orient », de tout le guignol que Sacha avait confessé un soir de biture, heurta Boris : pour lui, on ne pouvait associer Iolka à la « leçon d'Extrême-Orient ». Chérémétiev sembla s'apercevoir qu'il avait froissé son ami.

— En somme, je comprenais bien que je n'étais pas fait pour elle, dit-il.

— Pourquoi cela ? demanda Boris, maussade.

— Tu ne saisis pas ? fit Chérémétiev, répondant à une question par une question, et non sans rage. — Il regrettait déjà de s'être laissé aller aux confidences, mais à qui pouvait-il s'ouvrir, sinon à Boris Gradov ? — Parlons d'autre chose. Ta cousine est l'objet de mes rêves, et c'est tout.

— Une expression presque lermontovienne, sourit Boris.

Son agacement passager avait cédé. Il était heureux d'avoir Sacha à son côté : tout avait repris une physionomie presque naturelle — quoi de plus simple que deux gars armés d'un pistolet sous leur blouson ? La ville est grande, pourquoi deux vengeurs n'y déambuleraient-ils pas ?

— Tu sais bien que je crains toujours ton ironie, fi' de pute, dit Chérémétiev.

— Et moi la tienne.

Ils s'envoyèrent l'un l'autre un bon coup de coude et se mirent à parler de l'« affaire ». D'abord, il fallait découvrir le domicile du général Lamadzé, notre respectable tonton-gendarme. Boris était presque certain que c'était dans l'un des trois blocs d'immeubles neufs de la perspective Koutouzov. On disait en ville que ces massifs châteaux de douze étages aux socles de marbre étaient entièrement peuplés de membres des « organes ». À tout hasard, ils s'enquirent auprès d'un kiosque de renseignements. On leur répondit forcément qu'aucune personne de ce nom ne résidait à Moscou. Nous avons des noms très approchants, mais pas tout à fait celui que vous demandez, jeunes gens. Nous avons par exemple un Lomanadzé, Eliazar Ouchanghiévitch, ou ceci : Nougzaria, Tenghiz Timourovitch, mais votre parent, mes beaux jeunes gens, nous ne l'avons pas. Adressez-vous à la Milice. Alexandre suggéra de le demander à l'*Aragvi*, le restaurant où l'on connaissait sûrement ce célèbre compatriote. Mais il fut le premier à répudier l'idée : les chnoques de l'*Aragvi* iraient tout de suite moucharder à qui de droit que deux gars cherchaient le général. Tout d'un coup, Boris eut une illumination : il fallait demander à Gorda. Il se rappela qu'elle avait un jour parlé du général Lamadzé, dit qu'à la différence de beaucoup d'autres, il se conduisait en véritable gentleman. Elle répondit en personne au téléphone :

— Mon petit Boris, tu as complètement disparu ! — Oui, bien sûr, il se trouvait par hasard qu'elle savait où demeurait Nougzar Serguéiévitch. Une fois, ils étaient en bande, il les avait invités chez lui pour faire un peu de musique. Il s'était excusé pour le désordre, sa femme et ses enfants étaient quelque part à la campagne, mais il leur avait néanmoins offert du vin, des fruits, un peu de chocolat et un piano, un piano... — Naturellement, tu ne penses qu'à une chose, Boris, quelle sottise !

Boris lui dit qu'il rapportait un colis de Tbilissi, mais qu'il avait perdu l'adresse. Non, l'adresse, elle ne la connaissait pas, pourquoi la connaîtrait-elle, mais la maison, elle s'en souvenait, oui, oui, perspective Koutouzov, au-dessus du grand *Gastronome*. Je crois que c'est au cinquième... ou au huitième, il paraît que tu es amoureux, mon petit Boris ? D'où je le tiens ? — Elle eut un rire triste. — Il avait déjà raccroché lorsqu'il s'avisa que la construction des immeubles de la perspective Koutouzov avait été achevée après le début de leurs amours éperdues et orageuses. Petite Véra, petite Gorda...

L'immeuble du *Gastronome* possédait trois entrées. Boris entra au hasard au nº 1. Un flic à face de bouledogue, bâillant et se grattant les flancs, y suait sur les mots croisés de *Moscou-Soir*. Boris approcha sans ôter ses lunettes de moto et en martelant fortement le carrelage de ses godasses militaires.

— Le général Lamadzé est-il chez lui ?

— À quel sujet ? demanda l'autre, non sans frayeur.

— J'ai un paquet pour lui.

— D'où ?

Boris ricana :

— Vous posez beaucoup de questions, sergent.

À ce moment, l'ascenseur descendit et le général Lamadzé lui-même en sortit, vêtu d'un complet de gabardine la plus fine, avec nœud papillon bleu marine. Le sergent ouvrit la bouche, mais n'articula rien : sa langue s'était, il faut croire, collée à son palais. Il se borna à indiquer le dos du général qui franchissait l'entrée : voilà à qui votre paquet est destiné, très respectable camarade de la Secrète.

On n'aurait pas imaginé situation plus favorable. Lamadzé se tient sous un jeune tilleul, consulte sa montre, attend sa voiture, selon toute apparence. Par-derrière, sous l'omoplate, à travers deux couches de fin tissu, s'appuie un objet qu'il connaît à un point extraordinaire et dont, cependant, la nature catégorique l'étonne toujours. En même temps, un jeune homme coiffé d'un béret se dresse devant lui avec un sourire grave et compréhensif. Il entrouvre son veston et lui montre la poignée d'un autre objet catégorique qui dépasse de sa poche intérieure. Un ordre jaillit derrière son épaule, droit dans son oreille : « Avancez et tournez au coin de l'immeuble ! »

C'est donc qu'il m'a quand même trahi, se disait le général en avançant et tournant au coin de l'immeuble. En quoi lui ai-je déplu ? Lirait-il mes pensées, par hasard ? Ou bien n'a-t-il plus rien à faire d'un trop grand dévouement ? Qui m'a vendu ? Koboulov ? Méchik ? De quel Service sortent-ils, ces deux-là ? Pas du nôtre, on dirait. Du Renseignement extérieur ? Chose étrange, leur groupe passa sans se faire remarquer dans la cohue de l'heure de pointe, devant les échafaudages d'un immeuble en construction, et pénétra dans une rue latérale. Le général Lamadzé s'attendait à y trouver l'habituelle voiture noire qui l'emmènerait vers le massacre et vers la honte, autrement dit, presque tout droit à la casse, cependant, il n'en fut rien. Cela sort curieusement de l'ordinaire, s'avisa-t-il. Et si c'étaient de simples voleurs ? pensa-t-il encore avec un sentiment de bonheur. Ils vont me déshabiller, il y a mille roubles dans mon portefeuille... La belle blague ! Un général de la Sécurité d'État dévalisé par des voleurs près de sa propre maison !

Il n'avait pas encore aperçu celui qui le menaçait par-derrière et à droite et lui enfonçait sous la dernière côte la gueule de son « persuasif », mais dès qu'il fit mine de tourner la tête, celui-ci lui dit d'une voix dure : « Quand on a un pistolet dans les côtes, on se tient tranquille, tordu ! » Dehors, on découvrait l'arrière de l'hôtel *Ukraina* où l'on achevait d'installer un grand square, il y avait des bancs galbés en échine de lion et des poubelles imitant des urnes antiques. Quelques nounous y pâturaient déjà leurs bambins haut placés.

— Où m'emmenez-vous ? questionna Lamadzé avec un semblant de menace dans la voix. Qui êtes-vous ? C'est de l'argent que vous voulez ?

— Nous ne sommes pas des voleurs, Nougzar Serguéiévitch, fit la première crapule, un boiteux. Asseyez-vous sur ce banc, là. — Les battements de son cœur retentirent dans tout son corps, se répercutèrent lourdement dans ses bras, ses jambes, sa tête, tout son ventre. « Ils savent mon nom, ils agissent avec un savoir-faire dont mes fausses couches n'oseraient même pas rêver ! » Traînant sur ses jambes où battait un pouls pesant, il parvint jusqu'au banc, s'y laissa tomber, et aperçut alors son premier ravisseur, un gars en blouson de cuir et lunettes de motard remontées sur le front. Cheveux cuivrés, visage hâlé, un type presque caucasien et de grands yeux clairs, quelque chose de très familier, un peu comme...

— Je suis Boris Gradov, dit le ravisseur.

Nougzar éclata en sanglots.

— Boris, Boris, balbutiait-il à travers ses soupirs et ses larmes, puis à travers son mouchoir. Tu es fou, Boris ! Je t'en supplie, arrête ! Ne comprends-tu donc pas que, pour ça, on vous écorchera vifs au sens propre du terme ? Au sens propre, au sens propre, Boris, pour l'agression contre un général du MGB, on vous lèvera la peau au sens propre du terme ! Boris, Boris ! J'étais l'ami de ton père, j'ai accompagné ta mère lors de son départ pour l'Amérique...

— Ta gueule ! gronda Boris à mi-voix. Pas un mot de maman ! À quoi bon ces nerfs, général ? Vous ne comprenez donc pas que nous ne jouons pas ? Vous n'avez pas compris de quoi il s'agit ?

Nougzar se moucha, demeura quelques instants le visage enfoui dans son mouchoir, puis parla sur un ton tout différent, dur :

— Ce que je peux faire de mieux pour vous, jeunes gens, c'est de ne pas révéler ce qui vient de se produire à qui de droit. Et maintenant, allez vous promener et laissez-moi en paix.

Boris s'assit à côté de lui et dit à Alexandre Chérémétiev, par-dessus sa tête :

— Tu te rends compte d'un changement d'humeur ?

— Le général est déprimé, opina son ami. Mais il n'a pas encore saisi. Il va falloir lui expliquer.

Il prit Nougzar à la gorge de la main droite et lui comprima la carotide une seconde. Une seconde qui contenait une infinité de fractions de secondes, le couchant s'obscurcit, ou plutôt son reflet dans les fenêtres de l'hôtel géant, un reflet dans lequel se révéla la quintessence de l'enfance de Nougzar, l'essence très tendre du futur assassin. Tout à coup surgit, éclipsant tout, une soirée d'octobre 1925 à la datcha des Gradov, au Bois d'Argent, une lezghienne qui se déploya parmi les pins et les étoiles et emprunta une voie qu'il aurait pu suivre et n'avait pas suivie. Et donc, aussi longtemps que le sang frais cessa d'avoir accès à son cerveau, une seconde, Nougzar, tête baissée, pareil à un esquif soulevant dans la nuit des lames blanches, se plongea de plus en plus dans le sens réel des choses, jusqu'au moment où Chérémétiev desserra son étreinte, et alors le sang se précipita où il convenait, la vie et la réalité se rétablirent et, au lieu de leur sens réel, naquit une terreur persistante, absolue.

Après cela, il jura aux jeunes gens de leur dire tout ce qu'il savait et se mit aussitôt à mentir. Non, il n'était pas au courant de cette affaire, généralement parlant. Généralement parlant, il n'est pas au courant des détails du tout, des grands traits seulement, généralement parlant. Les camarades m'ont demandé de rassurer la famille, rien de plus, généralement parlant. Et à cette heure, ni généralement parlant ni en particulier, il ne sait où se trouve Eléna Kitaïgorodskaïa. Mais il pourrait essayer de se renseigner. En somme, il essayerait de savoir si elle était en ville ou à la datcha et quelles étaient ses perspectives, voyons, généralement parlant, de retrouver sa famille. Ils pourraient se revoir demain ici même. Il leur garantit la sécurité, voyons, bien entendu, généralement parlant, il leur donne sa parole d'honneur d'officier. Qu'aurait-il pu dire d'autre à ces fous, comment ne pas mentir ?

— C'est parfait, dit Boris. Demain à la même heure, huit heures moins le quart, vous viendrez ici avec ma cousine. Si vous vous présentez sans elle, Nougzar Serguéiévitch, fi' de pute, vous n'y couperez pas. Tu es découvert, espèce de brute, salaud ! Je sais que tu as tué tonton Galaktion avec un presse-papiers en marbre. Et je ne suis pas seul à le savoir, canaille, fausse couche ! Tu as défiguré et rendu aveugle Sandro, ce qui est, à soi seul, impardonnable ! Tu es caucasien, tu sais comment ces choses se traitent, en l'occurrence, nous sommes prêts à te descendre sur place. Ta seule chance de sauver ta saloperie de peau est de me ramener Iolka ici demain. Ensuite, il faudra libérer sa mère, et tu feras pour cela tout ce qui est en ton pouvoir, car ton sort est désormais tributaire du sien. Nous ne l'oublierons pas. Et puis encore ceci : ne viens pas nous brandir la menace de la torture, nous avons ce qu'il faut pour y couper. Et s'il nous arrivait malheur, il s'en trouverait deux autres pour nous remplacer... — Là, pour la seconde fois, le terrible général éclata en sanglots hystériques et se boucha les oreilles pour ne pas entendre ces cruelles paroles.

— Tu ne sais rien, Boris, gargouillait-il, rien de ce qui s'est passé en réalité...

— Si on en grillait une, camarade, chantonna alors Sacha Chérémétiev en sortant sa boîte plate décorée d'une silhouette sombre, quelque chose d'oriental, palais ou mosquée.

Un milicien, un peu intrigué, avançait à pas lents. Chacun piocha une cigarette. « Elles sont fortes », fit Nougzar Serguéiévitch en toussant juste au bon moment : le flic sourit et passa. Et il y avait de quoi : voilà un citoyen convenablement vêtu qui abuse de l'alcool avant la tombée de la nuit !

— Eh bien, comptez sur moi pour me renseigner au maximum, dit Boris, reprenant un ton poli. À présent, rentrez chez vous, Nougzar Serguéiévitch, et n'oubliez pas que les heures passent.

Durant quelques instants, ils suivirent des yeux le personnage vacillant qui s'éloignait, un Lamadzé qui semblait pour de bon tenir une fameuse cuite.

— Ce type, c'est un tas de merde, articula Chérémétiev avec quelque chose comme de la compassion. Inutile de compter sur lui.

— J'ai encore une solution, dit Boris. Tu devines sûrement laquelle.

— Bon Dieu, grommela Chérémétiev, elle est encore plus dangereuse que celle du toit. Et si on attendait demain ? Peut-être qu'il la ramènera, Iolka ? Comme il est, matériellement parlant, au plus proche de Béria, il pourrait...

— J'ai soif, dit brusquement Boris. Je crois

que mes nerfs sont en train de lâcher, moi aussi. Excuse-moi, mais je n'ai pas la force de rester là à attendre pendant qu'elles sont là-bas. Tu comprends, je suis maintenant à la tête du clan des Gradov et j'ai les tripes nouées de frousse. Mes mains ne tremblent pas encore, je peux tirer, mais à quoi ça sert ? Sacha, mon vieux Sacha, comme ils nous ont tous baisés ! Nous nous sommes trompés d'objectif, après la fin de la guerre...

Chérémétiev se leva d'un jet, fit une légère grimace en sentant sous son genou sa douleur familière et entraîna son ami par le bras.

— Viens, je connais un coin, tout près, où ils servent du cognac.

Ce soir-là, le Club des Forces Aériennes faisait une bringue à tout casser. Il avait entièrement loué la Maison de la Culture des usines « Le Caoutchouc ». Ils avaient ramené de Kazan une dizaine de jazzmen d'Oleg Lundstroem. Les plus jolies nanas de Moscou avaient rappliqué. Les tables croulaient sous le cognac et le champagne. À côté des brochettes en provenance de l'*Aragvi* trônaient en masse des boîtes de gâteaux. Faites la fête, compagnons ! Tu as envie de viande ? Mâche ! Tu as envie de dessert ? Barbote dans les crèmes ! Le commandant adjoint de la Région militaire de Moscou, le général d'aviation Vassia Staline, déployait toute son envergure.

Il avait des raisons de se réjouir. Le Club des Forces Aériennes devenait sans conteste l'unité sportive dominante du pays, damait le pion à la Maison Centrale de l'Armée Rouge et à Dynamo, sans compter les minables syndiqués du Spartak. Dans les équipes olympiques qui partiraient dans quinze jours pour Helsinki, il y avait beaucoup de membres du Club — joueurs de foot, de basket, de volley, boxeurs, lutteurs, gymnastes, athlètes légers, joueurs de water-polo, nageurs, tireurs, etc., etc., etc. Bref, on ne s'était pas donné du mal pour rien, il y avait du monde pour défendre la gloire de la Patrie.

Cet événement inouï, la première participation de l'URSS aux Jeux Olympiques de son histoire, excitait tout Moscou. Hier encore, les journaux qualifiaient les Jeux de honteuse perversion de la culture physique des masses laborieuses destinée à abrutir le prolétariat, de moyen de le détourner des soins quotidiens de la lutte des classes. En contrepoids à ces abominations, défilaient fièrement depuis les années vingt les Spartakiades, c'est-à-dire les authentiques fêtes de la culture physique et de la santé morale. On n'encourageait pas trop l'emploi du mot « sport », il était trop anglais, essentiellement « non soviétique », somme toute, ce n'est qu'après la guerre qu'il s'était implanté dans l'usage, en attendant que la retentissante nouvelle n'éclate : « l'URSS rejoignait le mouvement olympique ». Et voilà Avery Brandedge, l'habile Américain, président du Comité Olympique mondial qu'hier encore l'on n'appelait pas autrement que le « valet de Wall Street », qui arrive à Moscou et qu'on rassemble une énorme équipe de toutes les disciplines qui ira se battre dans les stades, prouver en actes et non en paroles la suprématie du sport soviétique et de notre réalité. Les journalistes occidentaux férus de propos oiseux et d'informations sensationnelles ne peuvent que s'interroger sur le sens de la mystérieuse manœuvre d'oncle Joe : suppression du rideau de fer ou répétition de la Troisième Guerre mondiale ? Les Soviétiques auraient peut-être quelque raison d'imaginer entre Staline père et Staline fils la conversation que voici : « Tu es sûr qu'on ne va pas perdre, Vassili ? » demande le père. « Je suis sûr qu'on va gagner, papa ! » s'exclame le jeune et fougueux général. « Et tu n'as pas peur de l'Amérique ? » fait le Maître avec un clin d'œil matois. « Est-ce à nous d'avoir peur, père ? » Puis commencent les célèbres allées et venues d'un bout à l'autre du cabinet. Réfléchit-il ou bien mène-t-il à bonne fin quelque affect fondamental ? Allons, qu'ils aillent jouer ! finit par conclure le vieux caïd. Pourquoi ne joueraient-ils pas un peu avec les autres, à la fin des fins ? Il est mieux que Iachka, il ne s'est pas laissé faire prisonnier. Il ressemble à la pépée que j'ai serrée de si près, une fois, dans notre planque de Sestroretsk, mais oui, à sa mère. Qu'il s'amuse un peu, ce général... Voilà quelle scène pourrait imaginer un Soviétique, et le plus drôle, c'est qu'il y a bien des chances pour que ça soit comme ça que ça se soit passé. Vasska, qui était fou de sport, avait profité de la bonne humeur de son père pour lui soutirer son accord quant aux Jeux Olympiques. Comment nous demanderiez-vous encore d'expliquer qu'une aussi incroyable décision ait été prise au plus fort de la guerre froide contre l'impérialisme américain et le révisionnisme yougoslave, alors qu'on se lançait déjà des gamelles portées au rouge dans la presqu'île de Corée.

Boris et Maïka Strépétova arrivèrent au *Caoutchouc* à dix heures passées, alors que le bal battait son plein. Les jazzmen que l'on avait fait venir de leur bled de Kazan se défonçaient à votre bon plaisir sur des rythmes interdits, en particulier, à l'arrivée de nos héros, sur *The Woodchoppers Ball* ou, comme l'annonça le « roi du swing des pays de l'Est » aux cheveux plaqués et à la petite moustache : *Le Bal des bûcherons* du compositeur progressiste Woody Hermann. Les sportifs et leurs petites amies guinchaient chacun comme il pouvait. Quelques zazous qui s'étaient enquillés jusqu'ici leur montraient comment il fallait faire sur le modèle des films américains des années trente.

Boris se regarda dans la glace, ainsi que Maïka. J'ai vraiment une sale gueule, mais toi, ma chérie, tu représentes brillamment les champs de blé de notre patrie avec leurs mauvaises herbes — bleuets et coquelicots. Quand, à la nuit tombée, tout charbonneux, les mains écorchées, il avait resurgi au Bois d'Argent pour l'emmener à ce bal mystérieux, elle avait tout juste eu le temps d'enfiler une petite robe de Tbilissi, de remonter ses gerbes de blé et de les fixer avec des épingles. L'impression générale était assez réussie : oui, justement, du blé mêlé de mauvaises herbes. Boris, avec son complet froissé et sa cravate de travers, avait l'air d'un sauvage, somme toute, lui aussi à l'unisson.

« Grad a une nouvelle nana ! » — Le bruit courut dans toute la salle. « Grad est là avec une nouvelle conquête. » Gricha Gold, joueur de water-polo, incarnation de l'élégance baltique de l'Ouest, baisa la main de Maïka, ce qui la (la main) fit sursauter comme une grenouille de laboratoire.

— Mes amis, vous a l'air sorti au moment la meule de foin. — Gold eut un sourire charmant, puis s'en fut nager dans les eaux de sa partenaire.

— On dirait Tarzan, fit Maïka, admirative. Un Tarzan en costume dernier cri.

Ils s'assirent au bas bout de l'immense table en fer à cheval et Boris se versa et avala instantanément un quart de cognac. L'ingénue Maïka ne broncha pas : elle n'avait pas la moindre idée de ce qui risquait d'arriver. Elle débordait des récents événements de sa vie : la venue du prince charmant, la fuite au Caucase, les premières découvertes de l'amour, l'entrée dans le clan des Gradov et le coup de foudre pour grand-mère Mary... Elle ne comprenait pas encore au juste quel malheur s'était abattu sur la famille, mais déjà, avant de les avoir vus, elle aimait tante Nina et tonton Sandro, et cette Iolka que l'on avait enlevée. Le principal consistait en ceci qu'elle s'était trouvée au Bois d'Argent au moment le plus propice, que ces gens avaient eu besoin d'elle, et comme nouveau membre de la famille, et comme — et ce n'était pas ce qui comptait le moins — auxiliaire médicale. Par exemple, aujourd'hui à midi, quand la si gentille Agacha s'était trouvée mal — une défaillance nerveuse — elle lui avait immédiatement fait une piqûre de monobromate de camphre.

Et à présent, elle se trouvait à ce drôle de bal où l'on joue ouvertement la *Caravane* de Duke Ellington au saxophone, un instrument bourgeois, où des filles minces-minces au visage de poupée se serrent sans se gêner contre de grands costauds, où tout le monde la guigne avec une curiosité étrange. Et ça, c'est formidable : d'être assise à côté de l'homme de sa vie et d'être le point de mire de tous les regards.

Puis Boris l'entraîna sur la piste de danse, l'enlaça, pour ne pas dire qu'il plaqua ses pognes sur son dos délié, et fendit avec détermination la foule en direction d'une table isolée dans une niche dont les occupants étaient nettement disposés non à danser, mais à parler.

— Salut, les autorités ! s'écria Boris non sans culot tout en marquant le pas à proximité, avec sa meule de paille.

— Boris, bite de phoque ! — Quelqu'un, du milieu de la table, lui fit un signe de main. — Où avais-tu disparu ? Viens t'asseoir avec nous, qu'on boive un coup !

Encore un instant, et voilà Maïka installée parmi des gens sérieux : les uns en uniforme, les autres en stricte cravate. Au centre, à côté d'une forte femme aux joues roses, un jeune homme en tunique sombre dont les traits n'ont rien de repoussant, c'est lui, justement, qui a interpellé Boris sur ce mode pas très mondain. À présent, il lui fait de l'œil en hochant la tête.

— Te voilà une nouvelle camarade, à ce que je vois ? — Il parcourt Maïka des yeux en bon maquignon. — Tout à fait sortable, cette camarade. — À présent, c'est à elle qu'il fait de l'œil.

— Comment t'appelles-tu ?

— Maïa Strépétova. Et toi ?

La tablée hurle de rire. Le jeune homme aussi.

— Appelle-moi Vassia, dit-il en lui versant du champagne.

La conversation reprit. Chose étrange, elle roulait non sur le sport, mais sur le légendaire — dans les cercles initiés — bombardier TB-7, *alias* Pe-8. Les gens qui entouraient V.J. Staline ce soir-là étaient des constructeurs d'avions et des pilotes d'essai de premier rang. L'un des constructeurs, Alexandre Mikouline, au crâne rasé, au nez proéminent et à la veste ornée de deux décorations, affirmait que le bombardier battait sur tous les points les forteresses volantes américaines, et même les super-forteresses. Son plafond est de douze mille mètres et sa vitesse est supérieure à celle des chasseurs allemands. Cela, déjà, le rend invulnérable, demandez-le à Poussep qui l'a piloté tant de fois au-dessus de l'Allemagne...

Le lieutenant-colonel Poussep opina avec un modeste sourire. « Effectivement, à cette altitude, les obus de DCA arrivent en bout de course et les appareils d'interception qui rament en dessous comme des mouches endormies s'offrent comme cibles à mon artillerie. Quant au voyage de Molotov en Angleterre, Vassili Iossifovitch vous le confirmera, nos derniers vols attestent que la DCA allemande a été incapable de nous repérer, ils ignoraient tout bêtement que nous nous baladions au-dessus de leur tête. C'est juste, Vassili Iossifovitch ? »

Staline jeune hochait la tête et levait à chaque fois son verre : buvons au modeste Poussep ! Quelqu'un interrogea Mikouline sur le cinquième moteur, le moteur « secret ». D'où connaissez-vous son existence ? Mikouline plissa les paupières au-dessus de son tarin. Tout le monde la connaît, son existence, lui répondit-on. Mais, comme qui dirait, personne ne doit connaître son existence. Et quand même, tout le monde connaît son existence... Et tout le monde de rire et de s'envoyer des coups de coude.

— Je serais curieux de savoir, intervint le champion de moto-cross d'URSS, catégorie 350 cc, je serais théoriquement curieux de savoir pourquoi, si au début de la guerre nous disposions de ce bombardier, pourquoi, nom de Dieu ! nous n'avons pas pulvérisé Berlin ? Là, les rires s'arrêtèrent net, car le champion, par naïveté, bien entendu, avait effleuré un sujet vraiment tabou, celui de l'arrêt de la production en série des TB-7 (Pe-8). Elle avait été stoppée, comme le savait chacun des présents, au niveau le plus élevé, et échappait ainsi à tout examen.

— Tu ferais mieux de laisser tomber les considérations stratégiques, Boris, dit Vassia, de cet air bon enfant qui bien souvent, comme ils le savaient tous, se muait en explosions d'incroyables grossièretés, poings furieusement brandis en l'air. — Arrête tes conneries. Tu es un grand coureur et je te rends hommage. Buvons à Boris Gradov ! Dommage qu'il n'y ait pas de moto aux Jeux Olympiques, tu serais devenu champion.

— Et du tir, il y en a ? — Le coude appuyé au bord de la table, Boris Gradov se pencha vers le « chef ». — Pourquoi ne m'y emmèneriez-vous pas comme tireur ? Vous savez bien qu'en cette discipline, je ne déshonorerais pas le Club. Vous le savez bien, n'est-il pas vrai, vous m'avez vu, il me semble, sulfater au FM, c'est vrai ? Les petits calibres aussi, je sais faire, tous les gars des commandos vous l'auraient confirmé. — Il plongea la main dans sa poche intérieure. Autour de la table, il y eut un mouvement d'inquiétude. Le champion était penché au-dessus d'une belle collection de hors-d'œuvre, sa cravate plongeait dans un verre d'eau minérale, et à travers les mèches qui lui retombaient sur le front, ses yeux — ceux des Gradov — dardaient sur le « chef » la flamme froide de l'ivresse.

— Qu'est-ce qui te prend de faire le con ? s'écria Vassia d'une voix aiguë en travers de la table. Allez, sors ce que tu as dans ta poche !

Boris sourit, sortit son pistolet, le montra à la ronde. Un 9 mm Walter, caractérisa Poussep à mi-voix.

— Pose ton flingue sur la nappe, continuait à

brailler le fils de l'URSS. — Et avec un coup de poing sur la table : — Bas les armes !

— D'accord, à condition que vous répondiez à une question : puis-je vous considérer comme un ami ?

— Bas les armes sans aucune condition, pauvre corniaud, pauvre poivrot ! — Vassili Iossifovitch se leva en envoyant promener sa chaise.

Boris Gradov en fit autant et recula même d'un pas. Il faisait trois choses à la fois : de la main gauche des gestes doux, amortisseurs, donc apaisants à l'égard de Maïka complètement ahurie ; du visage, il dardait un étrange rayonnement d'ivrogne vers le « chef » ; et enfin de la main droite armée de son pistolet qu'il balançait alternativement de droite à gauche et de gauche à droite, un geste d'avertissement à l'égard des autres : on ne bouge pas ! Ceux des danseurs qui pouvaient voir la scène étaient suffoqués, cependant, la plupart continuaient à crâner langoureusement au rythme de *Besa me mucho*.

— Je maintiens mes conditions, Vassili Iossifovitch. Puis-je vous considérer comme mon ami ? articula Boris.

Cela durait depuis quelques minutes. Déjà, derrière Boris, quelques boxeurs s'étaient détachés, ainsi qu'un décathlonien qui ressemblait au symbole de la classe ouvrière tel que le sculpta Moukhina[1]. Le fils de l'URSS était lui-même, avouons-le, bigrement ivre. Il se sentait bouillir de rage, mais pas du tout contre Gradov, au contraire, il éprouvait pour cet imbécile une sorte de sympathie béate, comme s'il était partie de

1. Véra Moukhina (1889-1953), femme sculpteur, auteur de nombreuses œuvres de « propagande monumentale », et notamment de *L'Ouvrier et la Kolkhozienne* qui illustra le pavillon de l'URSS à l'Exposition de Paris de 1937.

cette rage dirigée non contre quelqu'un ou quelque chose de précis, mais dans toutes les directions à la fois. Il avait presque sombré dans les vapes quand il s'accrocha à l'idée que tout, ici, dépendait de lui, que lui seul pouvait sauver la situation et tous ces pouilleux, toute cette aviation de merde, et tout ce sport de trois fois merde. Alors, il contint ses bouillons de rage. Il fit le tour de la table et se dirigea droit sur Boris.

— Bon, admettons, nous sommes amis, range ton artillerie, sacrée bite de phoque. Viens causer.

Le Walter disparut aussitôt du décor. Boris boutonna sa veste et repoussa ses cheveux en arrière. Très content, Vassili Iossifovitch renvoya du geste les boxeurs qui lui offraient leurs services. Mikouline, le constructeur de moteurs, y alla de sa flatterie tonitruante : « Ça, c'est une leçon de tenue ! »

Installé dans le bureau du directeur de la Maison de la Culture, Boris disait à son « ami » que sa cousine avait été enlevée par Béria. Vasska éclata de rire : « Tu n'es pas le seul dans ton cas, ma foi, pas le seul ! Dès qu'il voit une jolie fille, Lavrenti bande. » Boris rétorqua qu'il se foutait pas mal des *autres* jolies filles, et que dans l'immédiat, il s'agissait de *sa* cousine. Vassili Iossifovitch n'était pas sans savoir ce que lui, Boris, avait fait en Pologne. Si on ne lui rendait pas Iolka sur-le-champ, il était prêt à répéter certains de ces exploits. Le fils du Maître s'abandonna à un regain de gaieté. J'imagine ton entrevue avec Lavrenti ! Je ne te savais pas aussi naïf. Pourquoi fais-tu tout ce ramdam ? Ta petite cousine a perdu son pucelage, et alors ? Et si elle se trouvait bien avec notre vieux péteux à lunettes, qu'est-ce que tu en sais ? Sur ce terrain, Lavrenti bat tous les records du gouvernement ! Boris abattit le poing sur le bureau directorial dont la glace s'étoila en hérisson. Ce n'est pas ainsi qu'il s'était imaginé la conversation avec son « ami ».

— Je crains de devoir quitter les lieux. Par telle fenêtre, et telle rue désignée à l'avance, comme à l'école des commandos. Je me tire corps et biens dans la jungle des grandes villes.

En réponse, le fils du Maître abattit son propre poing sur le hérisson étoilé. Les éclats de verre volèrent en tous sens découvrant les notes plus que louches du directeur de la maison.

— Devant qui oses-tu taper du poing, putain de ta mère, Grad-la-honte ? Qui a fait de toi un champion ?

Ils se fusillaient du regard, les trois quarts de Géorgien un quart de Russien.

— Un champion ? La Patrie, le Parti, le grand Staline, tout ça en ce moment, je n'en ai rien à branler.

— Rien à branler ? Tu as envie de voir la Kolyma, putain ?

— Je ne me laisserai pas prendre vivant, Vassili-comment qu'on vous appelle... — Furieux rires d'ivrogne de part et d'autre vis-à-vis... — ce n'est pas pour rien qu'ils m'ont appris quelques bricoles, aux commandos.

Le fils du Kremlin se leva soudain, alla ouvrir les trois fenêtres du bureau.

— Allez, Boris, on se dessoûle ! Vide ton sac dans l'ordre !

Et l'air de la nuit étoilée pénétra comme un flot extraordinaire de jeunesse à l'intérieur de toute cette saloperie. Cinq minutes plus tard, le fils du Kremlin interrompait son champion :

— Je vois. Tu comprends naturellement, Boris, que je suis ta seule chance ? Donne-moi la main, enfant de putain, je promets de t'aider. Voici mes conditions : tu vas me remettre ton pétard et tu ne sortiras pas de cette pièce jusqu'à mon retour. Trois de mes gars vont rester avec toi. C'est compris ? Si tu refuses, je fais venir une patrouille et je raye pour les siècles des siècles ton nom des glorieuses cohortes du Club des Forces Aériennes. C'est clair ?

Il consentit. D'une démarche nette, sobre, disons à peine ivre, Vassili Iossifovitch Staline retraversa la salle du banquet. « Je reviens dans une heure, dit-il à sa bande. Avec Boris », ajouta-t-il en apercevant les yeux bleus pleins d'épouvante de Maïka. Sa femme, la nageuse dont la robe de soie épousait les formes delphiniennes, s'élança à sa suite. « Je vais avec toi, Vassia ! » Il voulut d'abord repousser cet élan de fidélité, mais ensuite, avec un petit rire, il prit sa digne moitié sous le bras. Deux gardes du corps de l'équipe de judo les suivaient déjà.

— Mais qui c'est, ce Vassia ? demanda Maïka en portant ses mains à ses joues.

— Le fils de Staline, répondit quelqu'un.

— Nom d'un petit bonhomme ! exhala-t-elle.

Il y avait là quelque chose de disproportionné. Le fils de Staline, c'était le peuple tout entier, un océan de têtes, mais voilà qu'il y avait une tête de plus, isolée, le fils personnel de Staline, le fruit de ses plaisirs amoureux. Se pouvait-il que Staline ait jamais fait ça ? Maïka ôta ses mains de ses joues en feu. Tout le monde la regardait, pour le moins, tous les hommes. Ils me regardent, se dit-elle, comme si j'avais un rapport direct avec chacun d'eux. Mais il y en a qui sont tout à fait vieux, qui ont au moins cinquante ans. C'est un des côtés bizarres de la vie : les vieilles de cinquante ans n'ont aucun rapport avec les garçons de mon âge, alors que les vieux de cinquante ont, avec les filles de dix-huit ans, un rapport tout à fait fondé. En tout cas, ils nous regardent comme s'ils nous invitaient à les suivre. Des vieux pareils ! En tout cas, c'est comme ça que ceux-là me regardent, comme s'ils avaient envie de s'amuser. Et même comme s'ils étaient sûrs que je n'ai rien contre.

L'un de ces vieux, un solide bonhomme aux oreilles décollées, aux lèvres lippues, au nez bourgeonnant et aux yeux minuscules, pareils à des gouttelettes d'huile de tournesol, vint s'asseoir près d'elle.

— Nous ne nous sommes pas encore présentés, ma beauté.

— Maïa, balbutia-t-elle.

— Micha, se présenta le vieux en enchaînant : Académicien. Général.

Puis il souleva le bras de la jeune fille par le poignet et par le coude, précautionneusement, eh bien, disons, comme si c'était un poisson.

— Venez danser, Maïa.

Ils dansèrent au son de la lente et suave musique de *Au frou frou de tes cils*, le spectacle de marionnettes. Lorsqu'ils pivotaient, le vieux serrait très fort contre lui la fillette qui flambait des trois couleurs du spectre. Il avait le ventre rond, mais très ferme, et une concrétion encore plus dure en dessous. D'un ton légèrement pâteux, plein de « euh... » et de « meuh... », il lui raconta quelle superbe datcha il avait à Yalta où il avait parfois envie, ma petite fille, euh, meuh, d'aller se réfugier. Maïka s'écarta du ventre en ballon de football et échappa à la main chercheuse. « Fous-moi la paix, s'écria-t-elle d'une voix tapageuse, comme Alla Olegovna dans sa cuisine. Où est Boris ? Où avez-vous chambré Boris ? »

À coups de coude et d'épaule, et parfois même de tête, la fillette traversa la foule des danseurs.

Le fils du Maître avait pris le chemin de ce que l'on appelait la « datcha de banlieue » de son père, située sur la route de Kountsevo, à Matvéievskaïa. Il conduisait lui-même sa Buick décapotable. Sa femme-dauphin se laissait amoureusement aller contre lui. Son aide de camp et les deux judokas occupaient le siège arrière. La voiture filait sur l'axiale sans tenir compte des feux rouges. Les flics de la circulation se mettaient au garde-à-vous : c'est le fils ! Dix minutes ne s'étaient pas écoulées que la Buick atteignait le portail derrière lequel une garde invisible coucha en joue toute la compagnie.

Tandis qu'il filait au sifflement de la course dans la nuit de Moscou, le fils du Kremlin avait retrouvé toute sa lucidité. Un instant, dans son ciboulot offert à tous les vents, une pensée surgit : Pourquoi est-ce que je fais ça ? Père est capable de se mettre en rage. Mais cette pensée s'envola comme elle était venue. En avant ! Il laissa sa voiture et ses passagers sur la plate-forme devant le portail et se dirigea vers la maison. « Coiffe-toi, Vassia », dit sa femme dans son dos. Au fait, elle a raison. Il faut absolument que je me coiffe. La garde le reconnut tout de suite. La petite porte, près du grand portail, s'ouvrit et il pénétra dans les lieux. Il aperçut aussitôt la lumière qui brillait dans l'immense cabinet de son père. Pas seulement la lampe de bureau, mais tous les lustres. Il en était ainsi lorsque le Bureau Politique restreint se réunissait : Béria,

Molotov, Kaganovitch, Malenkov, Khrouchtchev, Vorochilov, Mikoïan. Alors là, je tombe bien : je vais moucharder Béria pendant que le binoclard est ici ! Vlassik et Poskriobychev accoururent dès le perron. « Que se passe-t-il, Vassili Iossifovitch ? — Je dois voir mon père immédiatement, dit-il d'un ton sans réplique. — Mais nous avons réunion du Bureau Politique, Vassili Iossifovitch ! » Il repoussa le bedon nourri de saumon fumé et de caviar de l'autre. « Ça ne fait rien, j'en ai pour un instant ! » En traversant l'enfilade des pièces, il aperçut dans une glace le reflet d'une série de chaises occupées par la gent des fonctionnaires qui attendaient d'être éventuellement appelés, et parmi elle, Dékhanozov, Koboulov et Ignatiev, la clique à Béria, ceux de Dynamo. Poskriobychev courut en avant et se plaça sur le seuil du bureau. « Mais on ne peut pas les déranger, Vassili Iossifovitch ! » Le fils du Maître se rembrunit et articula du ton de son père : « Cessez de faire l'imbécile, camarade Poskriobychev ! » Le garde fidèle chancela avec horreur sous une bouffée pestilentielle d'alcool.

Cependant, dans le cabinet, l'on examinait l'assez grave question de la transplantation massive des juifs dans une république autonome d'Extrême-Orient ayant Birobidjan pour capitale. On débattait en particulier du problème du transport. On avait posé plus précisément à Lazare Moïsséievitch Kaganovitch, en tant que responsable des Voies et Communications — ce n'est pas pour rien qu'en son temps, les gens l'avaient baptisé le « Commissaire de Fer » —, la question de savoir si l'on aurait rassemblé en temps utile suffisamment de matériel roulant, il s'agissait quand même du transfert quasi simultané de deux millions d'âmes. Lazare Moïsséievitch assura le Bureau Politique qu'à la date voulue l'on disposerait d'un nombre suffisant de wagons et de locomotives. « Et après ? fit Staline en plissant les paupières. Qu'est-ce que ce pays offre comme perspectives de développement, à ton avis, Lazare ? » Il suçotait sa pipe, ces maudits médecins insistaient quand même pour qu'il cesse de fumer. La lourde face de Kaganovitch fut agitée d'un léger tressaillement, comme s'il était non pas à la datcha de son vieil ami, mais dans un wagon lancé à pleine vitesse. « Je crois que les couches laborieuses du peuple juif s'emploieront de leur mieux pour faire de leur république autonome une florissante contrée soviétique. » Staline grogna : « Et s'ils te choisissaient pour leur président ? »

Tous les dirigeants pouffèrent, y compris Molotov qui aurait mieux fait de se taire : ils avaient tous présentes à l'esprit les combines que sa petite juive de Pauline avait essayé de monter avec Golda Meir et les membres à présent démasqués du Comité antifasciste, comment, sous la férule du *Joint*, elle avait prôné la création d'un nouvel État d'Israël en Crimée. Kaganovitch bondit en avant comme si son wagon s'était brusquement arrêté. « Tu ne comprends plus la plaisanterie, Lazare ? » lui reprocha Staline. Puis, se tournant vers Béria : « Comment nos amis du monde capitaliste accueilleront-ils cette décision, à votre avis, Lavrenti Pavlovitch ? » Le Vice-Président du Conseil et curateur des organes de la Sécurité était apparemment préparé à cette question, il répondit vaillamment et vite : « Je suis convaincu, camarade Staline, que les véritables amis de l'Union soviétique accueilleront l'action du gouvernement soviétique comme il se doit. À la lumière de la prochaine divulgation des menées du groupe néfaste des comploteurs, cette action sera accueillie comme une mesure de défense des couches laborieuses du peuple juif contre la très légitime colère du peuple soviétique. De la sorte, cette action constituera une confirmation de plus de l'inébranlable position internationaliste de notre Parti. » Bien, pensa Staline, il raisonne très bien, le Mingrélien. « Bien, et quelles mesures prendrez-vous pour assurer la campagne explicative de la nature réelle de cette action internationaliste ? » Là encore, Béria était prêt : « Nous mettons au point toute une série de mesures, camarade Staline. On envisage de commencer par une lettre collective des personnalités les plus éminentes de nationalité juive qui approuveraient... »

À ce moment, les genoux littéralement fléchis, Poskriobychev entra. Tout son corps disait la vénération qu'il éprouvait pour chacune des personnes présentes. Il alla jusqu'au Patron et lui murmura quelque chose à l'oreille. Tendu à la limite de ses possibilités pourtant pas minces, Béria ne put saisir que : « ... extrêmement urgent... pour quelques minutes... » Il sentit un besoin presque insurmontable de sortir et de voir qui osait interrompre cette réunion historique, il sut cependant la museler et bien lui en prit, car le Maître se leva et quitta la pièce avec Poskriobychev. Il ne s'est même pas excusé, se dit Béria, il n'a même pas eu un coup d'œil pour les hommes les plus importants de l'État. Quel sans-gêne ! Ce que ce Karthlien peut être mal élevé !

... Staline pénétra dans la salle à manger et aperçut Vassili debout devant une fenêtre. On lui signalait de plus en plus fréquemment les beuveries démesurées de son fils — cela venait incontestablement de Béria ou, tout au moins, il en était informé. Il paraîtrait que Vassili déraisonnait, se battait, se baladait dans une tenue scandaleuse. En ce moment, il constatait avec plaisir que ces bruits étaient vraisemblablement exagérés. Vassili était sobre et sévère, boutonné jusqu'au dernier bouton, les cheveux lissés ; dans l'ensemble un gars pas mal du tout. Il aimait son fils — pas l'autre, celui-ci, c'est-à-dire celui qui n'était pas le bon, mais l'autre, justement celui-ci — et regrettait souvent que la conception marxiste du monde l'empêchât de lui transmettre le pouvoir par voie de succession.

— Alors, qu'est-ce qui ne va pas ? demanda-t-il assez gentiment.

Ces temps derniers, sous la pression de ces maudits médecins parmi lesquels, par bonheur, il y avait de moins en moins de juifs, il avait cessé de fumer et se promenait davantage.

Et il était devenu moins irritable, il discernait plus nettement les perspectives historiques.

— Père, je sais ce que l'on te dit de moi, dit Vassili, et cependant, aujourd'hui, c'est moi qui viens t'avertir d'une situation malsaine et grave...

... Dix minutes plus tard, Staline rentrait dans son cabinet. Durant son absence, les dirigeants n'avaient pas échangé une parole : pétrifiés, ils attendaient de savoir de qui la malfaisance allait se révéler. Il reprit sa place, fouilla une minute dans ses papiers... les petits cœurs des dirigeants pantelaient dans le silence comme une bande d'oiseaux captifs... puis il repoussa brusquement ses dossiers et planta un regard effrayant dans la figure couverte de sueur de Lavrenti et lui dit en géorgien d'un ton féroce : « *Tchoukhtchiana protchi*[1], qu'est-ce que tu fabriques, crapule? Nous travaillons à des décisions historiques dont dépend le bonheur de l'humanité, et toi, *dzykh-nera*, tu ne peux pas verrouiller ton *khlê*, ton sale robinet, *gamokhléboulo*! Allez, ôte tes lunettes, inutile de me fasciner avec tes carreaux! Relâche immédiatement cette fille et laisse tous les Gradov en paix, *dzykhnériani tchetlakhi*!» De toute l'assistance, seul Mikoïan comprenait un peu de quoi il retournait. Il s'entre-regarda avec Khrouchtchev, puis ferma les yeux pour dire: je t'expliquerai plus tard. Nous aurions tous dû apprendre le géorgien, songea Nikita. Ah, la paresse des Russes...

Ils repartirent à tombeau ouvert par la même axiale, les panoramas de Moscou se découvraient à chaque virage à une allure démente. Vassia, fier de lui, était tout sourires: son entretien avec son père damait le pion à tous les vols d'essai de la terre. La nageuse murmurait tendrement dans l'oreille du Djougachvili: «Comme tu es brave, comme tu apprécies l'amitié!» Il éclata de rire: «Qu'est-ce que l'amitié a à voir? Qui pourrais-je mettre sur les rangs du cross d'automne, si ce n'est Boris Gradov?»

Le lendemain des événements que nous venons de relater, on découvrit le général Nougzar Serguéiévitch Lamadzé dans son cabinet de la place Dzerjinski. Il gisait, le crâne troué, sur son bureau. Tout le côté droit du grand tapis vert

1. Géorgien: succession de termes plus obscènes les uns que les autres dont on a déjà vu la plupart.

était inondé de son sang, au milieu duquel il n'y avait qu'un gobelet avec des crayons parfaitement taillés. Sur le côté gauche, intact, du drap vert retenu par un presse-papiers de marbre, un billet portait ces quatre mots : « Je n'en peux plus. » Le pistolet d'où l'on supposait qu'était parti le coup fatal était posé dans la main du mort avec un soin étrange, ce qui pouvait conduire à penser qu'il avait été placé *post factum*. Cela dit, il n'y eut pas d'enquête. De tels cas, s'ils n'étaient pas typiques, n'étaient cependant pas rares, place Dzerjinski.

Cinquième entracte

LES JOURNAUX

CHRONIQUE OLYMPIQUE

Le Time. *18 février 1952 :*

... La semaine dernière, le président du Comité Olympique Avery Brandedge est tombé d'accord avec les représentants des autres pays — il serait plus juste de dire qu'ils se sont mis d'accord avec lui — que les sportifs soviétiques pouvaient être admis aux jeux d'Helsinki. « Cela ne fera pas de mal à leurs gars de sortir de derrière le rideau de fer, a-t-il dit. Parfois, dans ces circonstances, ils ne retournent pas chez eux. »

Le Time. *28 juillet 1952 :*

*... Le président de Finlande, Juho Paasikivi, a déclaré ouverts les XV*es *Jeux Olympiques de notre ère. La flamme olympique a été allumée par le célèbre athlète finlandais Paavo Nourmi. C'est la première fois, depuis les Jeux de Stockholm en 1912, que les Russes participent aux épreuves...*

... Émile Zatopek, capitaine dans l'armée tchécoslovaque et deux fois champion aux Jeux Olympiques, court sa distance le visage crispé et les mains cramponnées au ventre comme s'il voulait contenir une nausée de pommes aigres.

... Les yachts, l'un russe, l'autre américain, sont amarrés au yacht-club de Nilandsak. Hier, les deux équipages se sont rencontrés sur le quai. Les Russes ont regardé les Américains avec des yeux ronds et réciproquement. Ils se sont séparés dans un silence total.

... Les officiels russes ont dédaigné le village olympique. Ils ont hébergé leurs sportifs, ainsi que ceux des pays satellites, à douze miles de leurs rivaux occidentaux, non loin de leur base navale de Porkkala.

Life*:*

... À l'étonnement général, les sportifs russes font preuve de cordialité et de gaieté; ils rient, font les fous, s'expliquant avec les mains... Un nageur a ainsi commenté cette attitude inattendue: «Nous sommes ici en mission de paix.»

Le Sport Soviétique*:*

... XVes Jeux Olympiques. Triomphe des gymnastes soviétiques. V. Tchoukarine, champion absolu de l'Olympiade, a déclaré: «La victoire de nos athlètes montre de la façon la plus convaincante la supériorité de l'école soviétique. Le style soviétique, net et sévère, avec ses éléments méticu-

leusement mis au point, a prouvé qu'il était le plus progressif.»

... Le chef de la délégation soviétique, N. Romanov, a parlé du sport soviétique en tant que phénomène de masse et de son but principal, renforcer la santé des travailleurs, ainsi que des soins exceptionnels que lui apportent le Parti et le gouvernement.

Trois drapeaux rouges du pays des Soviets se lèvent en même temps en l'honneur d'une victoire qui fait date, celle de trois sportives soviétiques. Nina Romachkova, Elizaveta Bagrianina et Nina Doumbadzé ont remporté la palme du lancement de disque. Leur victoire remplit les cœurs des Soviétiques de joie et de fierté.

Life*:*

... Au regard de la machine de muscles soviétique, les efforts effectués par les nazis pour préparer leurs sportifs sous Hitler ne sont que douces gouttes de pluie comparées au grondement de la Volga.

... Pareille à un tank, Tamara Tychkévitch lance le poids. Avec la discobole Nina Doumbadzé, ces femmes surpuissantes constituent le principal espoir olympique de l'Union soviétique.

... Rencontre des sportifs au foyer soviétique. La fraternisation s'est déroulée avec une relative élégance sous l'œil vigilant des représentants officiels et sous les portraits de Staline...

... Un fonctionnaire soviétique a dit à un Américain qui venait d'échanger son insigne contre celui de son adversaire russe: «Si tu te promènes avec cet insigne dans Broadway, tu auras droit à la chaise électrique.»

Le New York Times*:*

... Les Russes sont subitement devenus amicaux. Leur foyer ouvre ses portes aux visiteurs. C'est un changement officiel de politique, il faut croire.

... Le nageur Clifford Goes dit: «Nous y sommes allés hier. Je croyais me faire enguirlander, mais au lieu de ça, tout a été vraiment formidable, des gars comme ça!»

... Les Russes ont joué un sale tour au major Sammy Lee, plongeur américain. Ils lui ont fait cadeau d'un insigne figurant la colombe de la paix de Picasso et l'ont aussitôt photographié avec. Ce petit insigne de trois kopek est aujourd'hui devenu un symbole communiste à l'égal de la faucille et du marteau. Lorsque, Coréen d'origine, Sammy Lee a compris ce qui se passait, il a dit au journaliste soviétique: «Eh, mon vieux, qu'est-ce que tu fais? Moi aussi, je suis militaire.»

La Pravda*:*

... Victoire éclatante des sportifs soviétiques. *La maîtrise des sportifs soviétiques, leurs qualités morales et leur force de volonté, leur discipline, leurs rapports amicaux avec leurs adversaires suscitent l'admiration du monde entier.*

Le Sport Soviétique*:*

... *Avec ses hautes performances, la sélection soviétique vise la première place au classement général. De l'avis des journalistes occidentaux, l'équipe américaine ne peut plus rattraper la soviétique.*

Le New York Times*:*

... *L'esprit olympique a remporté une victoire, si petite soit-elle, en montrant que la guerre froide peut céder le pas aux bonnes dispositions, à condition que Mr. Staline et les autres magots à l'esprit borné de Moscou laissent parler la nature humaine.*

... *Les Russes ont donné un dîner aux Américains à leur foyer. Les préparatifs avaient été soignés: chefs de cuisine importés pour la circonstance, serveurs en costume, énorme quantité de nourritures succulentes. Aux murs de la grande salle à manger, les portraits de Staline et des membres du Bureau Politique (...) Un robuste cognac et de la vodka à pleins verres (...)* «Gee, *s'est exclamé Stevens, le nageur, je n'ai jamais rien goûté de pareil! Un truc puissant! — Et le bifteck? dit, impressionné, Fields, le coureur. Le bœuf! — Dommage que nous ne puissions même pas les inviter dans notre cafétéria*», *a soupiré Simmons, le rameur.*

Le Sport Soviétique*:*

... *S. Patterson (USA), un Noir, a obtenu la médaille d'or des poids moyens (...) N. Lee (USA), un Noir, est vainqueur des poids mi-lourds (...) Ch. Sanders (USA), un Noir, est champion olympique des poids lourds.*

... Le chef de la délégation soviétique N. Romanov a souligné de nombreux faits d'arbitrage partial, surtout lors des derniers jours des épreuves. Les juges ont attribué des victoires imméritées à certains sportifs américains.

... Aucun mensonge de la presse bourgeoise vendue n'a permis aux idéologues des fauteurs de guerre de cacher la vérité sur les hommes soviétiques, sur l'humeur pacifique du peuple soviétique, sur le désir de tous les honnêtes sportifs du monde de se battre résolument pour la paix dans le monde entier.

Le New York Times*:*

... Le principal événement des XVes *Jeux Olympiques d'Helsinki qui viennent de prendre fin est la participation d'une colossale sélection soviétique (...) Bien que coupés du monde du sport contemporain, les Russes ont réussi à se classer deuxièmes du classement général, à peine derrière la sélection américaine.*

La Pravda*:*

... La retentissante victoire de l'équipe soviétique est légitime. C'est le résultat naturel de l'énorme attention et du souci que prend le Parti de l'éducation physique du peuple soviétique. La victoire olympique est une victoire de plus à mettre au compte du régime soviétique.

Sixième entracte

LA NUIT DES ROSSIGNOLS

Au milieu de la nuit, le crapaud était, à force de «plouf!», arrivé de la rue Katchalov aux Étangs de Tsaritsyne. Il se déplaçait surtout la nuit pour éviter d'être écrasé par le flot des véhicules. Tout ce que l'on voudra, mais son instinct de conservation était hors du commun. Parfois, il lui venait des images de souvenirs qui n'existaient pas: neige très pure autour de colonnes Empire jaunes, allée déblayée par un concierge spécialisé, mouvements de culture physique indispensables à qui veut entretenir le tonus du grassouillet père d'une cité assiégée et même en train de crever. La nuit, Moscou lui apparaissait comme la surface fumante de quelque chose de poreux. Au matin, il s'installait derrière un tonneau d'incendie, sous les semelles d'une paire de godillots oubliés par Dieu sait qui, ou dans un tas de ferraille, et ouvrait son orifice buccal. Aussitôt, la gent fort dense des moustiques moscovites déférait à l'invite. Nourrie durant la nuit d'une petite part de la population, la gent diptère devenait à son tour nourriture crapaudière. Un jour, il découvrit le panorama de grandes réalisations: sommets croissants de diagrammes, gros volants, roues de diamètres divers, gradins de bâtiments aux flèches étincelantes, figures de bois ou de métal — tout cela non comestible, non vivant, au sens de non protéique, mais qui émouvait son autre nature, sa nature passée. Parmi les éléments du panorama, ici et là se voyaient des visages de la taille d'une maison dont le crâne atteignait le sommet des flèches. Le crapaud se sentit l'envie de leur adresser un grand et justifié reproche : pourquoi m'avez-vous contraint à ces choses, en mauvais camarades ? Je ne cherchais pourtant rien d'autre que la pureté idéologique. Vous aussi, un jour, peut-être, vous cheminerez à force de « plouf ! », ou vous zonzonnerez dans Moscou sous la forme soit d'un crapaud, soit d'un moustique, vous comprendrez peut-être quelque chose des vérités marécageuses et reptiliennes. J'aurais pu rester avec vos faces, se disait le crapaud, seulement, j'ai eu envie de rossignols. On comprendra aisément cette envie si l'on examine les documents du Parti d'après-guerre.

Ainsi poursuivait-il sa route, attiré de bout en bout de l'immense cité, à travers les émanations des boulangeries, des cantines, des morgues, des équarrissoirs, des garages et des teintureries, par l'odeur putride des Étangs de Tsaritsyne.

Une nuit, dans des décombres d'un autre âge, le crapaud rencontra un rat-ratapoil. Cela faisait déjà une cinquantaine d'années que ce dernier dormait là, se nourrissant légèrement de moisissures, autrement dit de pénicilline presque pure, s'en allant parfois, au sein de son sommeil, voguer très loin dans les espaces blêmes qui surplombent le septentrion d'une mer allemande où jadis, en confirmation du modèle matérialiste du monde, furent dispersées des cendres qui, chose curieuse, avaient avec le débonnaire rat-ratapoil un rapport très étroit. Dérangé par un bulldozer de nuit, le rat-ratapoil était sorti de son antre somnolent et avait, d'un coup, appréhendé trois plans de temporalité: une lointaine constellation, une pas si lointaine branche de lilas blanc lourde de fleurs et, sortant de tout ce blanc, la tête d'un petit oiseau, puis, tout près, le crapaud, créature brunâtre et tachetée aux yeux transparents et pleins de reproche. Quelle étrange forme de vie protéique, fulgura-t-il dans l'esprit du rat-ratapoil pour la première fois en cinquante et un ans, je n'avais jamais pensé que des choses aussi différentes pouvaient se conjuguer en une si magique combinaison. Sait-on pourquoi, même la constellation lui était à ce moment apparue comme l'incarnation d'une molécule protéique. Puis le bulldozer s'était tu et alors était monté, retentissant, insistant, plein de la certitude de son droit à l'expression, le chant du rossignol. Là, le crapaud avait compris qu'il avait atteint son but et que les décombres se trouvaient au bord d'une grande étendue liquide, fangeuse, aux marges envahies de laîche, à la surface couverte de lentilles d'eau, un peu polluée par la ville, mais toujours ravissante. Il prit congé du rat-ratapoil, en d'autres termes, il lui envoya l'haleine de ses flancs et de sa poitrine qui se soulevaient et retombaient, sait-on jamais? nous nous retrouverons peut-être au milieu de cette fantasmagorie, il descendit à force de «plouf!» par les éclats de brique bicentenaires et se laissa tomber dans la première petite anse qu'il rencontra et qui reflétait une très significative combinaison d'étoiles, s'empiffra spontanément de lentilles d'eau mêlées de larves des ci-dessus moustiques et se disposa à écouter.

Aucune préparation n'était à vrai dire nécessaire. Le chant sonore, résolu, filigrané, coulait en flot ininterrompu, nonobstant les déplacements du crapaud. Mais il semblait à ce dernier que c'était justement à lui que ce chant s'adressait, que lui, le crapaud, il avait enfin atteint le but ultime de son existence. Car ce n'était pas reproche à ses camarades du Bureau Politique tout de même, mais repentir devant les rossignols. Ils s'étourdissent de leurs roulades, songeait-il pour l'heure, et lui, il entend sa propre voix à Tsarskoïè-Sélo, débordant de passion éternelle et de soif de chants, de sa parodie de trilles, mais ensemble, quelle harmonie ! Pardonnez-moi, rossignols, toutes mes offenses volontaires et involontaires. J'étais pour une part presque sincère lorsque je me demandais pourquoi ils ne chantent pas en même temps que tout le monde. Il n'était pas facile de comprendre d'emblée que les autres ne chantaient pas, mais pleuraient. Donc, je me suis planté, moi qui me prenais pour un... qui-quoi ? ben, voyons... un membre... assez cultivé. Jadis, rejetant les pans de mon habit, étonnant les autres membres par l'image fugace de mes rondeurs, je m'asseyais devant une chose noire aux dents blanches, et dans le volètement de mes dix extrémités, j'en tirais certains *Tableaux d'une exposition*. Afin de pouvoir juger les rossignols, j'ai admis que j'étais le premier au sein de la vermine et la vermine m'a payé mon dû : une pleine coupe de poison. En principe, il n'y a pas à protester : s'ils ne m'avaient pas payé ce dû, je serais toujours Secrétaire persécutant les rossignols, tandis que là, je demeure accroupi dans cette eau sombre et appétissante, à côté du reflet vacillant d'une étoile, je contemple une rangée de lilas qui oscillent le long d'un mur en ruine, les voilà réanimés, comprenez-vous, camarades, les *Tableaux d'une exposition*, j'écoute les trilles des rossignols, de tout mon corps d'animal à sang-froid mais dépourvu de lâcheté, je leur demande pardon pour une chose passée, bombée, éjaculatoire, toujours renflée sous ma culotte.

Or, en s'adressant dans la nuit des rossignols des Étangs de Tsaritsyne à ces deux-là qui s'étaient trouvés, six ans plus tôt, sous la botte du Parti, le crapaud se trompait. Premièrement, ces deux-là se trouvaient encore sous leur forme première persécutés et chantaient non plus du gosier, mais de leurs grinçantes plumes pouchkiniennes. Deuxièmement, notre crapaud n'avait aucun rapport avec celui qui chantait au-dessus du reflet du ciel et des ruines du château ou, si l'on admet qu'il n'y a rien dans la création qui n'ait quelque rapport avec tout le reste, celui du crapaud était un rapport très, très-très lointain, presque cosmique, presque extragalactique. Au fait, celui qui chantait cette nuit-là par le gosier du rossignol, précisément le maître de céans, le poète Antioche Kantémir[1], regardait le crapaud à travers le lilas et songeait: « Écoute-moi, crapaud! Écoute! »

1. Antioche Kantémir (1708-1744). Poète satirique. Outre son œuvre personnelle, a traduit en les russifiant Boileau, Montesquieu, Fontenelle et autres.

CHAPITRE DOUZE

Un feu de techniciens

La chambre de Kirill et Tsilia possédait trois fenêtres, ce dont ils étaient très fiers. Trois fenêtres en bonne et due forme, aux cadres solides, plus un superbe vasistas. L'une de ces sources de lumière donnait sur une rue soviétique en bonne et due forme, la rue des Soviets, avec sa cabine de transformateur, l'autre, celle du pignon, donnait sur une colline dont le sommet plat et uni fermait le pan occidental du ciel du Magadan un peu comme un rideau de fer, et enfin la troisième embrassait l'immense perspective au sud, le vaste espace du ciel, une pente douce portant par-ci, par-là l'écorce de quelques toits derrière lesquels, sans la voir, l'on devinait la mer, en d'autres termes, la baie de Nagaïevo. On a parfois le sentiment d'être dans le Midi, chez vous, presque en Italie, disait en souriant l'ingénieur Devecchio qui avait passé dix ans à la Kolyma « au titre du Komintern ». « Elle est belle, l'Italie ! ironisait la Parisienne Tatiana Ivanovna Plotnikova, employée à la blanchisserie municipale, ex-professeur de langues à la Sorbonne. Parfois, quand le vent rugit à ces trois fenêtres, on jurerait que toutes les sorcières de la Kolyma sont venues s'y déchaîner. Trois grandes fenêtres vitrées, c'est trop pour nous autres, de la Kolyma. »

Lorsqu'il découpait ses puissantes épaules sur fond de fenêtre marine gradovienne, l'infirmier Stasis était aux anges. « Chaque fenêtre est une icône, disait-il. Vous n'avez pas d'icône, mais vous avez trois fenêtres, donc vous avez trois icônes. » Sa peine de camp accomplie, il s'était fait aide-médecin à Séimtchan et ne venait plus à Magadan qu'en visite ; chaque fois, il apportait une sensation d'équilibre, de sagesse, de bon sens, comme si Séimtchan n'était pas une terre de camps, de chacals, mais une sorte de Suisse.

— Quelles sottises ! rétorquait d'ordinaire Tsilia. Une prise de lumière n'a aucun rapport avec vos icônes.

D'ordinaire, elle faisait semblant de ne pas participer à la conversation des anciens ZEK, restait dans son « cabinet », derrière le store près du lit conjugal, préparait ses conférences, se plongeait dans ses sources premières, mais, incapable de se contenir, servait ses propres répliques, lesquelles, à son avis, remettaient aussitôt les choses en place.

Ce jour-là, par une belle soirée de janvier comme il en survient même dans le sabbat de ces infernales sorcières, donc, par une belle soirée de janvier 1953, toute une assemblée était réunie chez Kirill Borissovitch Gradov, technicien chargé de l'entretien des chaudières de l'hôpital municipal : le mécanicien auto Luigi Carlovitch Devecchio, la blanchisseuse Tatiana Ivanovna Plotnikova, l'infirmier Stasis Algerdassovitch dont personne n'arrivait à prononcer correctement le nom de famille, et pourtant, il était des plus simples : Grundsis-Kauskas. Un autre visiteur était passé les voir : le gardien de l'usine de

Réparations automobiles, Stépane Stépanovitch Kalistratov qui, à ses heures de loisir, déambulait dans les rues de Magadan avec l'allure d'un membre de l'aristocratique club londonien de Bloomsbury. La conversation roulait sur le sujet parfaitement confortable de l'incinération. Librement étalé sur ce qu'ils appelaient un divan, entendez une couchette branlante agrémentée de coussins, Kalistratov soutenait allégrement que l'incinération était, à son avis, le meilleur moyen d'expédier notre chair périssable dans le tourbillon des éléments. « Dès ma jeunesse, j'ai été attiré par l'aspect poétique de l'incinération. — Il avalait une gorgée de thé, se servait à pleine cuiller d'airelles confites : ses expériences d'ordre pharmacologique n'avaient en rien atténué son goût pour les sucreries. — Je n'oublierai jamais l'impression que m'a faite l'incinération de Percy Bysshe Shelley. Il s'est noyé, Luigi Carlovitch, dans votre Italie bienheureuse, et plus précisément en vue de Lerici, donc, à proprement parler, dans des eaux lyriques, n'est-ce pas ? Ramené de ce lyrisme, son corps fut confié aux flammes de ce même rivage, en présence d'un groupe d'amis, dont Byron. Comme c'est beau : toutes les alouettes du monde, comme l'écrivit Anna, faisaient craquer le ciel, autour, c'étaient la mer et les collines d'Italie, lord George une torche à la main, presque toutes les composantes charnelles qui montent aux cieux, et une poignée de cendres argentées à la place de la pourriture ignoble, de la métamorphose en un amas d'ossements… Non, non, camarades, rien ne vaut l'incinération… »

Kirill objectait pensivement : « Tu as peut-être raison en tant que poète, Stépane, on ne discute pas avec un poète, mais du point de vue de la religion chrétienne, je ne suis pas certain que l'on puisse l'admettre. Les corps sont voués à ressusciter non pas au sens figuré, mais au sens propre. Est-ce exact, Stasis ? — En vérité, souriait l'infirmier. — Écoute, Kirill ! s'exclamait alors Stépane, crois-tu vraiment qu'un tas d'ossements soit indispensable au miracle de la résurrection ? » Là, forcément, tout le monde se mettait à parler à la fois. Tatiana Ivanovna réussit à se faire entendre en affirmant que, du temps où elle était à Paris, elle avait lu la *Philosophie de la cause commune* de Fiodorov[1] et que, si l'on devait parler scientifiquement de la « résurrection des aïeux », leurs restes ne seraient peut-être pas inutiles. « Cette résurrection scientifique, si toutefois elle est possible, ne peut être rien d'autre qu'un grand et divin miracle, dit Kirill. De ce point de vue, Stépane a peut-être raison d'affirmer que la présence de restes dans un tombeau ne saurait guère accélérer le phénomène résurrectionnel et que la dispersion des cendres dans l'univers, ou encore d'éléments primitifs de l'essence humaine inconnue de nous, enfin... vous comprenez ce que je veux dire... » Là, Stasis fit tinter sa cuiller contre sa tasse. « Moi, j'ai quand même une conception littérale des postulats de la foi, et vous, Luigi Carlovitch ? » L'Italien ou, comme il rectifiait souvent, le Vénitien, frappa dans ses mains et les frotta avec vigueur, à croire qu'il n'avait jamais été interné dans un camp. « Eh — minou des poux et baise-moi la raie — toutes les manifestations de l'utopie me bottent. » Le camarade Devecchio s'était enrichi,

1. Nicolaï Fiodorov (1828-1903), philosophe utopiste qui voyait la « cause commune » du dépassement de la mort dans la pratique d'une fraternité qui donnerait à l'humain une force telle qu'elle pourrait migrer dans les constellations lointaines.

à la Kolyma, d'un bon millier d'interjections prolétariennes. Là, Tsilia bondit de derrière son rideau, son *Anti-Dühring* dans la main gauche et brandissant ses lunettes de la droite d'un air menaçant. « De quoi parlez-vous, malheureux ? Incinération ! Résurrection ! Qu'est-ce que c'est que ces sornettes ? Non, ce n'est pas pour rien... »

Elle n'eut pas le temps d'achever qu'une terrible explosion faillit arracher de terre leur asile tout entier, soit une maison de seize appartements. Aussitôt le ciel, côté mer, s'éclaira d'une lueur cuivrée, aveuglante. Avant qu'ils aient eu le temps de s'entrevoir ou d'entrevoir les débris de vaisselle, un deuxième coup détonna encore plus terrible, selon toute vraisemblance encore plus inattendu, car lorsqu'un premier coup a fracassé le ciel candide, le deuxième paraît encore plus inattendu, sidérant. Le troisième, on l'attend déjà.

« À genoux ! » s'écria l'infirmier Stasis en s'abattant lui-même au milieu des tessons de faïence et en levant le visage et les mains vers la lueur folle de la fenêtre. Et tous les participants du paisible colloque tombèrent à genoux dans l'attente d'une troisième déflagration, définitive peut-être, apocalyptique. Même la chère Tsilia, avec son *Anti-Dühring*.

Pourtant, il n'y en eut pas de troisième. Quelques minutes plus tard, au-dessus du proche horizon, celui de la baie de Nagaïevo, on vit s'élever des nuages gigantesques, d'abord blancs, bouillonnants, en forme de champignon, puis d'un rouge ardent. La maison retentit des cris de ses habitants, des voitures passèrent à fond de train, roulant vers le port. « Serait-ce la guerre ? proféra Kirill. Une bombe atomique ? » Confus, ils se relevèrent. La guerre atomique leur apparaissait comme un événement certes effroyable, mais tout à fait normal, presque banal, comparé à ce qui venait si soudainement de les illuminer.

— Ça ne tient pas debout, ils n'iront pas dépenser une bombe atomique pour un port merdique comme Nagaïevo, dit Stépane.

Kirill brancha la radio. *La Voix de l'Amérique* diffusait un programme de jazz. On ne tarda pas à apprendre que c'étaient seulement les chaudières d'un grand cargo qui avaient sauté. Et en même temps qu'elles, deux navires amarrés à proximité et de nombreuses installations du rivage. Partout des incendies flamboyaient, il y avait une masse de tués et de blessés, mais ce n'était pas encore le Jugement dernier, et de loin, en ce sens qu'on n'en était ni près ni loin. Le Sauveur n'a-t-il pas dit : « ... de même que l'éclair surgi à l'Orient peut être vu jusqu'en Occident, de même en sera-t-il de la venue du Fils de l'Homme... Personne n'en connaît le jour ni l'heure, ni les anges du ciel, seul mon Père... » Kirill l'avait lu dans l'Évangile clandestin apporté par l'infirmier Stasis.

Une heure avant les explosions, à l'autre extrémité de la colonie de Magadan, à la Quarantaine, régnait un ennui à en crever. Foma le Rostovitain, *alias* Zaproudniov, *alias* Chapovalov, Guéorgui Mikhaïlovitch, *alias* une autre cinquantaine de noms sans omettre son nom d'origine, son nom héréditaire, Mitia Sapounov, se tenait, tel le Démon de Vroubel, sur les caisses de l'outillage et contemplait le camp, autrement dit les vagues de pierre de la Kolyma prolongées à l'infini. Cela faisait longtemps qu'une telle chose ne lui était pas arrivée : être enfermé à l'intérieur du camp sans le moindre espoir d'autorisation de sortie dans le proche avenir. Il n'aurait pas dû rentrer à la Quarantaine le mois dernier, en revenant de Soussouman.

Il aurait peut-être mieux fait de faire un tour sur le Continent et peut-être même de se tirer pour de bon. Si, même à la Quarantaine, les «purs» s'étaient laissé réduire en troupeau aux ordres des «putes», il n'y avait plus qu'à tirer l'échelle: tout s'écroulait. De l'humeur la plus sombre, le Rostovitain contemplait un éboulis tout proche et le «dur», autrement dit le soleil, suspendu dans la brume, très bas sur la colline, tel l'œil d'un maton.

Il se trouvait que, depuis plus d'un mois, les autorités avaient entrepris une campagne d'«assainissement» de la Quarantaine. Le plus drôle, c'est que l'initiative en revenait non à quelqu'un de la Sécurité Militaire, mais à un branleur de toubib, le capitaine des Services de Santé Sterliadiev. D'abord, ce connard qui n'avait pas trois poils à sa moustache avait, aux réunions du Parti, appelé à la lutte contre la corruption. Les services de renseignement du camp rapportaient à l'Entretien du Territoire qu'aux réunions de cellule, le capitaine criait comme une femmelette hystérique, comme quoi tout le monde était vendu ou terrorisé, comme quoi le vrai patron de la Direction générale des camps était Ivan Et Demi, comme quoi on n'avait pas le droit de déshonorer ainsi les nobles buts des Services de Redressement par le Travail d'URSS. Le petit sergent Jouriev, tremblant en digne faux derche qu'il était, avait assuré au Rostovitain que Sterliadiev perdait complètement les pédales. Une vraie peau de vache, ce capitaine. C'est tout juste s'il n'avait pas donné le nom des «vendus» et des

« terrorisés ». Le fin mot du truc, c'est que sa bergère l'avait plaqué. Et pour un ancien ZEK, un chanteur d'opérette qui l'avait mise en cloque d'un mahousse polichinelle. Alors, c'est comme ça, n'est-ce pas, que le capitaine se soulage de ses désagréments intimes sur tout le personnel. Il exige des inspections, il rédige des rapports. Le Rostovitain comprit d'emblée que l'affaire était grave. Un jour, il attendit Sterliadiev dans le passage derrière l'infirmerie. L'autre se montra, silhouette de phoque posée sur deux jambes grêles qui n'avaient pas l'air d'être à lui, le Rostovitain l'interpella : « Capitaine Sterliadiev ! » Le médecin sursauta, ses petites bottes glissèrent sur la glace fortement compissée, il porta une main à son étui-revolver, battit l'air de l'autre afin de conserver son équilibre. « Qui est là ? Qui m'appelle ? Qu'est-ce qu'il y a ? » Le Rostovitain qui ne manquait pas d'humour fit, dans le noir, d'une voix grave : « Tout va bien, capitaine. Contrôle des facultés auditives. » Dans son désarroi, Sterliadiev ne comprit pas d'où venait la voix. Sur quoi, le Rostovitain lui demanda de tout près : « Alors, Sterliadiev, tu en veux plus que les copains ? Tu ne peux pas te tenir peinard. Tu préfères te faire trouer la peau ? » Sur quoi, il s'évapora, se perdit dans la nature, se confondit avec ces centaines d'individus qui gardaient une rapière bien aiguisée dans leur culotte.

L'avertissement ne servit à rien. Un beau jour, la commission arriva bel et bien. On déblaya du premier coup dans les baraques près du tiers des effectifs, puis on mit la sourdine pour cause de « banquet » où les officiers se cassèrent la trogne et se dégueulèrent dessus en circuit fermé. Ils mirent trois jours à dessoûler, puis le tri recommença, à un rythme moins enragé, mais tenace, persévérant. Les meilleurs des « purs » furent envoyés en convoi aux mines, mais le pire, c'est que l'Entretien du Territoire fut dissous en moins d'une heure. Les piliers du groupe réussirent à en réchapper, en particulier Foma le Rostovitain à se cramponner à son poste de magasinier, mais il était clair que l'organisation vivait ses derniers jours : il fallait s'attendre à une rafle générale avec dénonciation de toute l'organisation clandestine. Le nouveau chef, le major Glazourine, imitant les autres ordures bolchevik, se baladait dans le camp, sanglé de son baudrier et accompagné de trois mitrailleurs. Souvent, jambonnait avec lui celui qui « en voulait » le plus, le capitaine des Services de Santé Sterliadiev, lequel présentait certains symptômes de goitre : teint foncé, trémulation, exophtalmie. Après le départ de sa femme, le capitaine s'était mis à boire à mort, se nourrissant avec les doigts d'une soupe aux choux vieille d'une semaine. Il avait abandonné toutes ses lectures tant médicales que romanesques. Auparavant, il passait pour un connaisseur de la littérature actuelle, à présent, à peine arrivé chez lui, il balançait *Novy Mir* et ses autres revues dans un coin de la pièce où elles s'accumulaient dans les configurations les plus grotesques. Approcher la Maison de la Culture au foyer de laquelle, jadis, si gentiment, en vêtements élégants, il se promenait avec Evdokia, il n'aurait su en être question, car c'est justement dans cet antre du péché que sa chère et tendre avait connu son chanteur d'opérette trotskiste qui bêlait l'air de Stanley Mattews des *Onze Inconnus* : « Au matin, tout le monde le proclame, l'écran aussi ! La radio, les journaux, c'est la célébrité, ma foi ! »

Il ne restait plus au capitaine Sterliadiev qu'un

amusement : la masturbation. Tout le mur à la gauche de son lit l'attestait ; parfois, dans ses fantaisies, il atteignait jusqu'au plafond. Lorsqu'il se mettait à boire, dès le premier verre, il écrivait à Staline : « Bien-aimé Iossif Vissarionovitch, Sous votre génial commandement, le peuple soviétique a, durant la Grande Guerre Patriotique, donné une bonne leçon à ce valet de l'impérialisme mondial, Adolf (parfois cela donnait : Albert) Hitler. Cependant, l'Allemagne ne nous a pas seulement donné Hitler. Elle nous a aussi donné Karl Marx, Lénine, Wilhelm Pick. Elle s'est aussi constitué une bonne et féconde expérience en matière de purification de l'humanité. En ma qualité de collaborateur du MVD d'URSS et de représentant de la plus humaine des professions, je considère qu'il nous appartient de faire notre profit des aspects les plus positifs de l'expérience allemande dans la répartition des effectifs des détenus de la Direction d'Extrême-Orient des Camps de Redressement par le Travail du Dalstroï. Sinon, bien-aimé camarade Staline, nous serons, dans un proche avenir, confrontés avec l'implacable loi de la dialectique selon laquelle la quantité devient qualité... »

En expédiant ces lettres, il savait de ferme conviction qu'un jour il recevrait une réponse. Et d'ailleurs, il ne se trompait pas. N'eût été la révolte, il n'aurait pas tardé à être arrêté en tant qu'auteur d'adresses provocatrices au Maître. En attendant, il déambulait dans le camp, accompagnait le major Glazourine, riboulait de ses boules de loto couleur de gland de chêne ; sur son ordre, des baraques entières étaient livrées au « traitement sanitaire », c'est-à-dire que l'on étripait tout ce qu'elles contenaient et que l'on brûlait les paillasses dans lesquelles les amateurs d'escrime du camp dissimulaient des fleurets de leur fabrication parfaitement aiguisés. Les ZEK observaient en silence l'incompréhensible activité des gâfes. Tous se demandaient : Pourquoi Ivan Et Demi ne dit rien ?

Voilà quels événements avaient précédé l'actuelle phase de ce roman, phase à laquelle il ne nous reste rien d'autre à faire que présenter le chef de l'autrefois puissant Entretien du Territoire dans la pose du Démon de Vroubel, à un endroit discret de l'outillage. Il ne fallait pas retourner à la Quarantaine, songeait-il donc avec un bâillement mélancolique, rien ne me retient ici. En se disant cela, en cette heure crépusculaire, il avait en vue, c'est probable, avant toute chose, l'absence de Marina des Cinq-Coins. Sa gonzesse avait été expédiée sous escorte à Taly, la maternité du camp, où elle avait mis bas un enfant de lui, lequel enfant (pas moyen de savoir si c'était un garçon, une fille, ou une merveille de la taïga) se trouvait à l'heure actuelle à la crèche du camp où sa mère s'était démerdée pour se faire embaucher comme femme de service. Le Rostovitain n'avait pas trouvé le moyen de la rejoindre lors de sa dernière balade et c'était bien dommage : à présent, ce ne serait pas demain la veille. Une bonne gonzesse, cette Marina Schmidt. Tu te la fais, et tu te sens redevenir un homme. Il lui avait appris à l'appeler « Mit'-Mit' », elle ne l'avait plus jamais appelé autrement, comme si elle avait compris que ce n'était pas un simple gazouillis de baise, mais son vrai nom. Hélas, comme disaient nos aïeux, les uns sont partis et les autres sont loin, et le plus moche, c'est qu'il n'y a plus moyen de faire venir une autre gonzesse du quartier des femmes : sur les indications des mouchards, le major Glazounov a bloqué toutes les issues, certaines même comblées au ciment. Les mouchards, il faudrait s'expliquer avec, Ivan Et Demi ne peut pas laisser courir, ça fait plus de quinze jours que ça dure, et c'est là que ça virerait à la boucherie finale, laquelle, dans les conditions actuelles, tournerait au dernier combat du *Varègue*[1].

La dernière fois qu'ils avaient réglé leur compte à des mouches, au grand camp de Séimtchan, Mitia et son groupe avaient été jugés par le tribunal interne; il avait écopé de vingt-cinq ans... sous le nom de Savitch, Andréi Platonovitch, un Savitch qui reposait en paix depuis longtemps dans la merzlota. Et même si tous, juges, prévenus, gradaille, savaient parfaitement qu'elle ne comptait guère pour ce beau garçon assez terrible, cette nouvelle condamnation à vingt-cinq ans à un nom d'emprunt qui ne trompait personne, Mitia lui-même, lors du prononcé du jugement, avait senti que son destin d'angoisse venait, en douce, de lui broyer la main. Combien en avait-il récolté de ces vingt-cinq ans, sous toute sorte de noms? Pas moins que pour cinq cents ans. N'était-ce pas trop pour un seul chrétien? N'était-ce pas trop d'horreur pour un seul petit gars: la mort des Sapounov dans les flammes, la famine, puis, après la maison de repos des Gradov, encore tous ces machins du XXe siècle — les Junkers, les tanks, les lance-flammes, la captivité, la clique à Vlassov, les partisans, tant de fois crever et ressusciter, le peloton d'exécution et tous ceux qu'il avait butés, et le petit Foma Zaproudniov avec ses onze ciga-

1. Croiseur légendaire qui s'illustra durant la guerre russo-japonaise en résistant aux ultimatums de l'adversaire, puis, après un dur combat, en se sabordant (1904).

rettes, et après ça, des crimes, des crimes à plus soif, et...

Salut des camps lointains, des camps de tes amis
Je t'embrasse bien fort pour eux, ton Valéri...

et bien que je sois devenu ici un « roi de la merde et du vent », n'est-ce pas trop, quand même ! Il aura bientôt trente-deux ans, c'est donc qu'il ne se débarrassera jamais de sa peau de chef. Va-t-il crever dedans en remerciant la destinée du captivant voyage ? Et s'il tentait de le faire à la Mitchourine[1], si au lieu d'attendre les grâces de la nature, il s'en emparait ? S'il se tirait de la Quarantaine, emmenait Marina et son cher bâtard, et gagnait le Continent sous l'apparence d'une heureuse famille parvenue au terme de son contrat ?... Pratiquement, c'est facile : du fric et des fafs, il en a dans plusieurs planques et à la Kolyma et sur le Continent, il en a plus qu'il n'en faut. Là-bas, sur ce Continent illimité, à la population dense, avec d'excellents papiers du MVD, une carte du Parti et des certificats, nous trouverions du travail dans les services administratifs. Si ici j'ai tenu toute la Direction des camps dans ma main, les barboteurs de là-bas, je saurai bien m'en débarbouiller. Le principal, c'est de se secouer, de reprendre du poil de la bête, de retrouver confiance en sa force exceptionnelle. On s'installera à Moscou et on ira chez grand-père et grand-mère au Bois d'Argent prendre le thé et écouter du Chopin. Marina, je lui ferai perdre l'habitude de dire des ordures et de fau-

1. Ivan Mitchourine (1855-1935), agronome ayant établi un processus de culture des hybrides particulier, par modification profonde du milieu.

cher les objets précieux. Il s'imagina une soirée au Bois d'Argent, le piano, grand-père faisant les cent pas dans son cabinet, un bouquin sous le nez, et lui-même, adolescent, introduisant dans la maison une jeune fille adulte en robe du soir, l'irrésistible fric-fraqueuse des Cinq-Coins. Une fois établis à Moscou, nous envoyons une lettre à Magadan, rue des Soviets. Bonjour, chers parents adoptifs Tsilia Naoumovna et Kirill Borissovitch, Vous croyiez peut-être que les loups m'avaient mangé depuis belle lurette, néanmoins, je suis en bonne santé, et je vous en souhaite autant de même que ma famille de toute mon âme...

Je ne vous ai jamais oubliés, chers idiots. Je n'ai jamais cessé de vous aimer, mes deux chers idiots... Ça, bien sûr, je ne l'écrirai pas, là, je buterai. Et puis, en général, il vaut mieux ne pas aller habiter à Moscou, mais au Nord-Caucase. Il y a plus de truands, on y aime la grosse galette, et la montagne est tout près : au cas où on serait dégauchi, on peut filer avec son flingue et disparaître un bon moment.

Grand-mère Mary ne joue peut-être plus du piano, elle a plus de soixante-dix ans, et grand-père Boris ne se balade peut-être plus avec son bouquin, ne lit peut-être plus en marchant, peut-être qu'en général il a déménagé chez les saints où on ne vous demande pas de papiers... Car cela fait douze ans que j'ai quitté la maison, pensa Mitia, et sur cette pensée, il dégringola instantanément des étincelants horizons de sa vie nouvelle dans son infranchissable cloaque actuel. Si je pars sans avoir fait ce au nom de quoi tout mon populo a rappliqué du Kazakhstan, je suis un homme mort. Alors, Ivan Et Demi, il sera foutu. Ces chacals ne m'épargneront pas une minute, ils me retrouveront partout, ils me sortiront les tripes et s'en feront des nœuds autour des poings. Tu rêvais, truand! Tu n'as pas d'autre issue que celle du sang et de l'ignominie.

À ce moment, tout près, quelqu'un soupira. « Ah, Mitia — Mitia ! » — Une voix étouffée, à peine audible, puis un gros soupir. Celui qui était assis à côté de lui sur une caisse était Vova Jeliabov, *alias* Gochka Kroutkine, connu dans le camp — c'est quand même curieux ! — sous son vieux surnom de l'armée : « Le Morpiot ». Mitia lui sauta au cou. « Comment m'as-tu trouvé, charogne ? » Gochka tourna et retourna le cou, jouissant de la caresse. « Par hasard, par hasard, mon petit Mitia, mon chéri ! C'est seulement que je traînais, que j'avais le noir et tout d'un coup, en plein cafard, je t'ai découvert. C'est que nos âmes sont sœurs. » Il fourra sa pogne au fond des multiples couches de ses hardes et en extirpa un gros flacon d'alcool rectifié garanti. « Remontons-nous le moral, l'ami, comme dans le temps, à Dabendorff, hein ? Tu te rappelles comme on allait au cinoche ? » Avec un petit rire, il fit de sa main libre le geste de se masturber, évocateur de bien des choses. « Où as-tu dégoté ce trésor ? » s'étonna Mitia, en proie au soupçon. « On nous a emmenés faire les peintres en ville aujourd'hui, répondit l'autre rayonnant. Alors, tu me connais... — Il décocha un clin d'œil à son frère d'armes, comme s'il voulait lui rappeler quelque chose, peut-être tout ce qu'ils avaient dégusté ensemble. — Alors, vas-y, bois ! — Non, bois le premier ! — Ah ! ah ! aie pas peur, Mitia, elle est pas empoisonnée ! » Il avala une grande lampée et frémit de la tête aux pieds : « Du vrai feu ! Superbe ! »

Mitia suivit son exemple. Vraiment, c'était superbe, du feu, ah ! leur jeunesse sous forme liquide. Tout en se rendant compte de ce que cette alacrité avait de faux, il se requinquait à chaque gorgée, il « récupérait le moral » et débordait de chaleur, même envers cette mouche, cette lope, à côté de lui « Ah, Morpiot, ma Morpionnette ! » C'était tout de même le seul être parmi tous ceux qu'il y avait là qui m'avait connu jeune et pur. En réponse, Gochka se jeta sur ses lèvres, lui cloqua un patin passionné. Les ténèbres s'épaississaient dans l'ombre de la colline. Soudain, il arqua, puissamment, irrésistiblement.

Gochka Kroutkine vous pelote le braquemart pas plus mal que Marina Schmidt, tout à fait des manières de dame. Non, mais t'es pas barjo ? Mitia, Mitia, mon petit bonhomme chéri, tu sais bien que je t'ai pas balancé, et pourtant j'aurais pu, non ? Le soleil las faisait ses adieux à la mer. Le ciel, putain ! à croire qu'on s'était tiré en Italie. Si tu m'avais balancé, espère un peu, on t'aurait réduit en chair à pâté. Ah, Mitia, Mitia, mon petit couillon chéri, ah, là, là ! quel gourdiflot tu fais ! Lâche-moi l'asperge, le Morpiot, tu vas t'étouffer. Ah, mon petit Mitia, mon chérot, mais cela fait douze ans que je t'aime, on va sur le treizième ! Le dialogue tourna au monologue : sale faux derche, charogne puante, qu'est-ce que tu sais de l'amour, à part les suçons, à part te laver les dents, maudite saloperie ? Le feu coule gorgée à gorgée, s'infiltre partout jusque dans les vaisseaux capillaires, comme un courant dans son corps, cabine de haute tension sommée d'un crâne, et en bas, un serpent t'enfonce son aiguillon selon le principe des vases communicants, un tourbillon de feu et de sucre, à des moments pareils, il ne devinera pas qu'il est de nouveau trahi, qu'il est politiquement découvert et passible des mines d'uranium, que l'affaire se développe, que bientôt son pantalon tombe, la pièce se poursuit, bon, ça va, mon petit gars, ça va, bon, décalotte, je suis pas naze, moi, que bientôt il deviendra un politique, peut-être même qu'on l'expédiera à l'uranium, là, il a au moins la chance de lui dire adieu gentiment, ah, petit cul folâtre, mais d'où vient-il que la tienne est si tendre, le Morpiot, c'est pour mieux te baiser, Rostov-papa, oh! oh! oh! elle est comme d'habitude, de toi...

C'est à ce moment que, l'une derrière l'autre, les deux explosions ébranlèrent la voûte céleste gagnée par le soir et la terre plongée dans la nuit. Gochka et Mitia se dégagèrent en sursaut, pleinement convaincus que c'était la punition de leur péché des «vases communicants». Le tonnerre céleste se réverbéra encore quelques instants sur les collines. Au-dessus de l'horizon, au-dessus des portes de la Kolyma par lesquelles cette terre avait pompé depuis tant d'années l'engrais humain, montèrent des colonnes aux coiffes tourbillonnantes que suivirent de grosses bouffées de fumée noire et surgirent des lueurs d'incendie.

Tout en remontant sa culotte, Gochka rampait vers son passage secret. De temps à autre, il se tournait vers Mitia et riait silencieusement. Des sirènes hurlèrent en plusieurs endroits à la fois. Des coups de feu montèrent du mirador, au-dessus du grand portail. Martèlement des semelles. Cris paniques. Mitia cavala jusqu'à sa cache, envoya promener les briques, en sortit son bon compagnon, son Kalachnikov. Gochka braillait: «C'est vous, oui, oui? Dis, Mitia, c'est vous qui avez goupillé ce truc? C'est une mutinerie? L'anarchie est mère de l'ordre, oui? Parle!» Mitia introduisit un chargeur dans son arme et en répartit trois autres dans ses poches et son giron. Il ne raisonnait guère. Une seule chose était claire : ça avait commencé et maintenant il n'y avait plus qu'à y aller. Pleins gaz ! Déjà Gochka enfilait ses fesses pécheresses dans son ingénieux passage. Son mufle tour à tour s'étalait comme une crêpe ou se ratatinait comme un champignon mariné. « Réponds donc, Sapounov, c'est les vôtres, les "purs" qui balancent les bombes ? Alors, quoi, on va jouer à la muette ? Mais réponds, salaud de fasciste ! » Mitia pointa son FM. « Tu es en train de te trahir, mouchard ! C'est un pruneau que tu veux ? » À la dernière minute, il renonça à presser la détente, il laissa à son ami au cul de sucre une chance de s'échapper. Cette minute offerte, il la repoussa, le petit salaud, au contraire, il ressortit en marche arrière de son trou en scandant des mots tabous, des surnoms qu'il n'avait jamais entendus autrement qu'en compagnie du Rostovitain : « Va, dis-le, c'est qui qu'a fait le truc, au port ? L'Âne, le Condensé, le Stakhanoviste, l'À-Poil, la Framboise, le Saumon, le Sud-Crimée ? Tu vois, je les connais tous tes loups, alors vas-y, mets-toi à table, Ivan Et D... » C'est un pruneau que tu cherches, faux derche ? Tiens, en voilà trois ! Une brève rafale fit voler en éclats la face frémissante de Kroutkine. Pleure, à présent, pleure-le ton Morpiot, pleure ta folle jeunesse ! Je n'ai pas le temps de pleurer, tout tombe en pièces et en morceaux.

Il quitta en hâte la cour de l'outillage. Des ZEK couraient en foule sans savoir où. « Halte ! C'est les ordres d'Ivan Et Demi ! » Plus personne ne l'écoutait. Où couraient-ils ? Il courait avec les autres. Il passa devant la fenêtre de l'infirmerie où Sud-Crimée et le Mulet charcutaient le capitaine Sterliadiev. Tout autour, la foule brandissait des piques improvisées, faites de barreaux de lit limés en pointe. Ils renversaient les miradors, arrachaient leur revolver aux gardes, et surtout, ils forçaient les serrures pour s'emparer des stocks d'alcool. Tout le trèpe de la Kolyma, les dégénérés de la glaciation éternelle, était déjà ivre, ne serait-ce que de ce grand chambard, des explosions, des incendies, du hurlement des sirènes, du crépitement des coups de feu, et tous ne voulaient qu'une chose : ne pas perdre ce kief, le raviver à coup d'alcool, suriner, poinçonner, flinguer, foncer. Le plan si soigneusement élaboré d'Ivan Et Demi — anéantir simultanément toutes les « putes », désarmer la garde et emporter d'assaut toutes les positions clés de Magadan — tout ça était dans les choux. Pour l'heure le promoteur de ce plan lui-même, imprégné de l'alcool qu'il avait ingurgité et du sucre qu'il n'avait pas évacué, ne comprenait pas où l'emportait cette foule où se mêlaient les « purs », les « putes », les travailleurs libres, les SD (socialement dangereux), les SC (socialement criminels), les planqués, et le bétail humain de la force, tous se ruaient sur le portail, sur les miradors, sur les mitrailleuses.

Voyez donc, même l'étreinte de fer du MVD s'émiette d'un coup sous le choc des masses populaires. Déjà le portail craque. S'ouvre tout grand. La masse des ZEK déferle. Des projecteurs sont branchés sur l'un des deux miradors de l'entrée, une mitrailleuse part en rafale. « Eh, le Rostovitain ! crie quelqu'un dans la foule, où est ta pétoire à tirer dans les coins ? » Sans plus réfléchir, Mitia bondit et arrose projecteurs et mitrailleuses. La cohue reprend le chemin de la sortie. Déjà l'on s'empare des camions et des pick-up, on y balance les corps des gardiens. La horde dévale vers la ville saisie par la panique. Ça siffle, ça hurle, ça rugit. Tes visiteurs arrivent dans tes crèches bien tièdes, charmante petite ville. Sur la lancée, on a oublié le chef, le major Glazourine, d'autant plus qu'on l'avait proprement assommé d'un coup de brique sur le crâne. On a aussi oublié de couper les câbles téléphoniques de son bureau. Fidèle à son devoir de tchékiste, le major assommé a appelé le général Tsaregradski au Dalstroï. Ce dernier, lui aussi passablement assommé, non d'un coup de brique, mais par le charivari du port, a eu le temps de dépêcher *in extremis* une compagnie de tirailleurs qui a *in extremis* pris position en travers de la chaussée de la Kolyma, tout contre l'entrée de la ville. C'est ainsi qu'une nuit le train-train de la capitale kolymienne a été rompu pour revenir, une fois la fureur calmée, à la coutumière torpeur de la conversion de la force humaine en travail mécanique.

Cette nuit-là, sous les fenêtres des Gradov, on emmena depuis le port des blessés et des brûlés par camions entiers. Des coups de feu et parfois quelque chose qui ressemblait à des salves, comme un bruit de toile forte que l'on déchire, montaient de l'autre bout de la ville, de la banlieue nord. Tsilia et Kirill sortaient les éclats de vitre des châssis de leurs fenêtres, essayaient de boucher les vides avec du contreplaqué, des planchettes, des coussins. Même si les événements chauffaient, un froid de glace figeait toute la plaine littorale, promettant pour le moins une semaine de gelées continues. Leur voisine, Xavéria Olympievna, une dame imposante, la caissière de la Maison de la Culture, venait les voir toutes les cinq minutes. Les deux femmes se concertaient sur le meilleur moyen de se défendre du froid, sur le choix du représentant de la gérance à qui il valait mieux s'adresser le premier. Tsilia prenait grand plaisir à bavarder avec Xavéria Olympievna. Cela lui donnait l'impression d'une vie parfaitement normale dans une ville parfaitement normale. Parfois, elle tentait, à mots couverts, de deviner comment une « dame » si classique, si moscovite, avait pu se retrouver à la Kolyma : elle avait peut-être quand même des parents dans les camps ou, au contraire, parmi les gardes ? Xavéria Olympievna n'avait même pas l'air de comprendre de quoi il s'agissait. Elle ne s'intéressait qu'aux opérettes, aux achats, aux intrigues du personnel de la Maison de la Culture, au calendrier des congés. Ce n'est que plus tard, devant une bouteille de crème de cacao surchoix du Continent, que Tsilia découvrit que la dame était arrivée à Magadan tout comme elle-même pour rejoindre un mari ex-détenu. Il est vrai qu'elle s'était trouvée devant une situation assez insolite, mais aussi parfaitement normale si l'on veut, ni politique ni antisoviétique, une bonne situation bien ancrée au sein des choses de la vie : son mari n'avait rien trouvé de mieux que de quitter son camp lointain nanti d'une nouvelle épouse, une Yakoute, et de deux enfants. La voilà, ma situation insolite, ma chère. *C'est la vie**, ma chère. Oui, précisément, c'est comme ça qu'elle est, *la vie**, un truc insolite, violent, et peu importe où il se produit, à l'Arbat ou dans la taïga sous le couvert des miradors. *La vie**.

À la fin, tout s'était tassé, bouché, scellé. Les terribles explosions aux fulminations apocalyptiques avaient reculé devant la contrée des souvenirs tout frais, pour repartir ensuite encore plus loin. On ne tarda pas à découvrir que l'on pouvait très vite s'habituer à la pétarade des coups de feu à la périphérie de la « zone d'exil à vie ». Kirill alluma la radio et se trouva aussitôt immergé dans les informations de *La Voix de l'Amérique* : « ... événement bizarre à Berlin. Ce matin est arrivé dans le secteur américain, au volant d'une voiture militaire soviétique, un officier d'artillerie soviétique, le colonel Voïnov. Il a demandé l'asile politique aux autorités américaines. L'administration soviétique a produit une déclaration affirmant que le colonel Voïnov avait été enlevé par les Services secrets occidentaux et a exigé sa restitution immédiate. Accalmie momentanée sur le théâtre des opérations de Corée. Les soi-disant "Volontaires populaires de Chine" concentrent de nouvelles unités blindées dans le secteur de Panmunjom. L'aviation des Nations Unies poursuit ses incursions contre les objectifs à l'arrière de l'ennemi... » De la chambre de Xavéria Olympievna, un disque égrena :

À l'automne j'ai dit à Adèle
Sans rancune, enfant, adieu, ma belle...

Foma le Rostovitain possédait trois planques en ville. Il parvint à se traîner jusqu'à l'une d'elles, s'accrochant à des palissades défoncées et aux étais des baraques croulantes, pleurant, riant, bavant, morveux, perdant son sang et sa lymphe par une blessure reçue à l'épigastre. Là, dans le règne de l'intestin, au voisinage des puissants versants du foie, s'était logée cette enculée-superenculée-connerie-archiconnerie de sale bestiole de parasite, en l'espèce un hérisson métallique. Tant qu'il dormait, on pouvait avancer — une minute ou deux —, dès qu'il se réveillait, cette vacherie de morpion de mes deux, il passait et repassait comme un tank dans mon vulnérable royaume intérieur, déchiquetait mes anses intestinales, les brûlait d'une flamme fasciste, en d'autres termes, bolchevik. Alors quoi ? Il n'y a pas de partisans là-dedans, pour y foutre une mine et en finir avec ce foutoir à la con ?

La porte de la taule était condamnée par des planches et par-dessus le marché chargée d'un cadenas qui pesait des tonnes, frère jumeau de la saloperie qu'il avait dans le ventre. Essaie donc de franchir cette ferraille, essaie de faire passer tes tripes à travers ces tenailles d'acier ! La rue tourna, devint cul-de-sac, un cul-de-sac qui accueillit Mitia — traînant la jambe, perdant d'épais caillots de sang, trimbalant derrière lui la fierté des forces armées soviétiques, une mitraillette Kalachnikov par une rangée régulière de piques acérées dont chacune était destinée à déchirer totalement et définitivement le cul de tout perturbateur. Mitia se traîna le long des grilles. Sa chapka avait depuis longtemps déserté sa tête. Sa belle chapka de cuir, il avait tenté d'en colmater son ventre si malencontreusement ratatiné. Cependant, sa caboche couverte de glaçons de sueur était devenue une sorte d'ananas-confit-nom-d'une-couille-suffit ! Mais après, au pied du muret, de la rangée de piques, sous une congère, il découvrit une sape par laquelle il roula de l'autre côté, dans un monde paradisiaque de mélèzes frusqués de luxueuses pelisses de neige. Devenir l'une de ces pelisses et trouver la paix. Parler doucement à travers ses branches avec l'innocente, la froidissante balle-trou-deballe au-dedans de lui. Et il avança sous les mélèzes dans les tas de neige, maculant les tas de neige de sa présence à la con. On dirait que je retrouve mon enfance, j'entends déjà le piano, ma chère mère-grand. Tout d'un coup, il aperçut un homme armé d'un fusil. Il défourailla aussitôt et le culbuta. Ce n'était pas un homme armé d'un fusil, mais un petit pionnier tenant un cor. Où je vais ? Non loin du pionnier, il y avait d'autres personnages : une pionnière faisant le salut des pionniers, une jeune fille à l'aviron, un discobole[1]. Un peu plus loin, le dos à l'assistance, le bras tendu comme un treuil vers la ville, se dressait sur son piédestal le con principal[2]. C'est à celui-là qu'il faudrait expédier deux rafales dans le cul pour qu'il apprenne ce que c'est que de tenir debout, une dragée dans les boyaux.

— Eh, le Rostovitain, appela quelqu'un avec un sourire joyeux et tapageur. Regardez, les gars, Foma n'est pas mort ! — Le Stakhanoviste, Framboise et le Saumon, l'élite des trombines de l'Entretien du Territoire, sérieusement poivrés, se tenaient à l'abri d'une rotonde, alimentaient un petit feu sur une plaque de tôle, sortaient d'une caisse des pots dans le genre de celui que Mitia avait récemment sifflé avec son foutu pinailleur.
— Un feu de techniciens ! rigolaient ces couillons.
— Si on se la coule douce au Parc Gorki ! Une caisse entière de blanche et du saumon plein la lampe ! Amène-toi sous notre tente, Foma, on va leur offrir une « Défense de Sébastopol ». Eh, viens voir ce qu'on a foutu sur la tronche à leur pute principale !

1. Tous ces personnages sont des statues en plâtre répétées à des milliers d'exemplaires dans toutes les villes d'URSS.
2. Lénine, également mille fois reproduit.

Eh, oui ! sur le crâne de la statue, lui bouchant ses perspectives historiques, il y avait un seau à ordures. Un vague sourire aux lèvres, Mitia passa en boitillant devant ses compagnons. — Où voyez-vous Foma ? Foma était un gars bien vivant, il allait la cigarette à la main et sifflant un petit air, moi, je suis un cadavre quasi composté... — Il repoussa poliment le verre qu'on lui offrait, s'en fut par les congères jusqu'à la grande allée déblayée du Parc de la Culture, puis se planta face à la statue, son seau d'immondices sur la tête. Soit dit en passant, le seau conférait à la statue quelque chose d'encore plus inébranlable — « Tiens, le grasseyeur, prends ça pour tout ce que tu as fait ! » gronda-t-il et, oubliant le hérisson de fer qui lui ramonait l'intestin, il se mit à tirer sur la statue. À ce moment, il lui sembla qu'il se détachait du sol, qu'un chaud courant l'emportait de la terre et le maintenait dans un merveilleux état de flottement. Les balles de qualité supérieure trempées aux usines de Toula perforaient la merde albatéresque. La Framboise et le Saumon rigolaient de ce chouette cirque. Le Stakhanoviste roupillait adossé à une colonne. Mitia, ayant vidé son chargeur, s'abattit du haut de son exultation droit dans tous les points de sa douleur. Pauvre cul de pauvre cul, qu'est-ce que tu fous là, pauvre cul à la con ? Abandonnant son arme dans la neige, à l'endroit même où il l'avait souillée, il se traîna vers la sortie où, dans l'arc-en-ciel glacial de ses réverbères, s'étendait la paisible rue des Soviets avec ses maisons couleur chair et son transformateur. Alors, c'est là que je vais : vers le transfo. Alors, c'est ça, mon but, les fameuses fenêtres.

Il parvint à la cabine, voulut s'adosser face à elles, mais ses pieds glissèrent sur le verglas et il s'étala de tout son long sans avoir la force de se relever. Et il demeura allongé sous son réverbère, désormais jeune et beau, presque comme le petit Foma Zaproudniov, mais un peu suintant, et aussi un peu glacé, un peu congelé. Il eut encore la force d'appeler : « Tsilia ! Kirill ! », mais qui l'aurait entendu ? Les fenêtres étaient colmatées par des coussins... Tout de même, c'est près d'eux que je largue les amarres, eut-il encore le temps de penser, tout de même, à côté de ma famille... Il n'entendit pas la porte claquer, il ne vit pas deux silhouettes sombres courir dehors, et ce n'est qu'au tout dernier instant qu'il eut conscience de voir les deux chers visages se pencher sur lui. « On dirait qu'ils m'ont tout de même reconnu » — cela frémit comme frémissaient les feuillages de Tambov, après quoi un chaud courant sembla sortir de son corps tout en le soulevant, et il monta, plus haut, toujours plus haut, abandonnant derrière lui les contours du rivage de la Kolyma prisonnière des glaces.

CHAPITRE TREIZE

Meeting à l'Institut de Médecine de Moscou

Quelle merveille, vraiment, que ces nouveaux disques microsillon : vingt-cinq minutes de la quarantième symphonie de Mozart sur une seule face ! La bienheureuse heure mozartienne régnait dans le grenier de la rue Krivo-Arbatskaïa. Assis près d'une toile, Sandro manipulait son pinceau avec un brio proche de celui d'un chef d'orchestre. À des instants pareils, il oubliait qu'il était presque aveugle et reproduisait nettement — bien qu'un peu diluées sur les bords — de nouvelles et très vives incarnations de la fleur de Nina. « Eh bien, au moins il ne me voit pas vieillir, disait Nina à Iolka à de pareils instants où, étendues toutes deux dans la loggia, elles fumaient leur cigarette. Ou disons qu'il ne le voit presque pas. » S'étendre, la cigarette à la main, sur le vaste divan recouvert d'un tapis de Tiflis, était devenu l'occupation favorite des deux femmes qui, après les malheurs de l'an dernier, étaient devenues des amies. Elles pouvaient bavarder des heures, tournées l'une vers l'autre, séparées par un cendrier, le téléphone, deux tasses de café, et souvent d'excellents mille-feuilles du *Praga*. Si Nina recevait un coup de fil, Iolka prenait un livre et lisait, captant du bout de l'oreille les intonations sarcastiques de sa mère. Celles-ci se faisaient immédiatement jour dès que le correspondant était l'un de ses « frères écrivains ». Quel que soit le sujet de leur conversation, sa voix semblait, malgré elle, transmettre une idée capitale : « Nous ne sommes rien d'autre que d'intégrales merdes, cher collègue. »

Cela faisait déjà six mois que l'on avait ramené Iolka de Nikolina Gora dans une voiture noire, et ce n'est qu'aujourd'hui, en cette grise après-midi de janvier balayée par le vent, tandis que des tourbillons de neige volaient par les toits jusqu'aux fenêtres de l'atelier, qu'elle parla de Béria.

— Si tu crois qu'il m'a malmenée, tu te trompes grandement, dit-elle tout d'un coup à sa mère. Il a passé son temps à me faire des déclarations d'amour, tu sais. Il branchait sa radio américaine et me récitait des vers, souvent du Stépane Chtchipalov, sur fond de musique classique...

— Un supplice plus terrible que bien d'autres, s'interposa Nina.

— Il me prenait la main, la baisait, remontait jusqu'au coude, poursuivit Iolka, et récitait :

> *Sachez chérir l'amour, et l'âge venant*
> *Le chérir doublement...*

Parfois, c'était du géorgien, et c'était même joli. Quand il avait bu, il se lançait dans des confidences brumeuses : « Tu es mon dernier amour, Eléna. Je vais bientôt mourir. On va me tuer, j'ai tant d'ennemis. J'ai eu des milliers de femmes, mais je n'ai aimé personne avant toi. » Et le reste à l'avenant, tu imagines ? — Sa voix frémit et elle se couvrit la bouche et les yeux de la main.

— Mon petit bout de chou, murmura Nina en

lui caressant les cheveux. Raconte-moi tout. Cela te soulagera.

— Tu sais, tout le temps que je suis restée dans cette datcha, je me suis sentie dans un état bizarre, poursuivit l'ancienne prisonnière quand elle se fut calmée. Une sorte d'apathie, de ralentissement. Ça m'était égal de perdre au tennis, je commençais à lire des pièces et je les abandonnais, je passais des journées entières à errer dans le jardin dans un état de semi-abrutissement sous la surveillance de très aimables salauds... Ils auraient pu s'en dispenser, pas une fois il ne m'est venu à l'esprit de me sauver. Et lui, je ne lui en voulais pas du tout. C'est dégoûtant, mais je me suis mise à attendre ses visites. Il me disait : « Eléna, pardonne-moi de t'avoir enlevée. Regarde-moi et juges-en toi-même : est-ce que je pourrais faire la cour à des jeunes filles comme un homme normal ? » À ces moments-là, ma foi, je riais : il était drôle, chauve, rond, binoclard, un personnage comique de film étranger.

— Mon Dieu, murmura Nina, ils ont dû mélanger à ta nourriture quelque chose qui neutralisait ta volonté.

Iolka soupira, se mordit les lèvres, fit mine de porter encore une fois sa main en écran devant son visage.

— Sûrement, sûrement, bredouilla-t-elle. Ah, maman, pourquoi n'y ai-je jamais pensé moi-même ?

Nina se reprit à caresser son unique « bout de chou » aux longues jambes, lui lissa les cheveux, lui chatouilla la nuque, lui embrassa même le lobe de l'oreille, ce lambeau de notre corps si tendre et qui, ainsi qu'on le sait, ne vieillit jamais.

— Écoute, petit hérisson, dit-elle, parlons de

la chose la plus intime. Si je comprends bien, avant cela, tu étais pure, n'est-ce pas ? Dis-moi, il... enfin... enfin, il a couché avec toi, je veux dire, passe-moi l'expression, il t'a baisée ?

À peine la question posée, Nina demeura pétrifiée : malgré tout, elle se refusait à croire que le premier homme de son « bout de chou », son « hérisson », était un monstre. Iolka fourra le nez contre sa poitrine et éclata en sanglots. Elle survenait enfin, cette chose vers quoi les deux femmes s'étaient si prudemment avancées ces derniers mois lors de leurs séances de café-cigarettes dans la loggia. Elles avaient compris que sans cette conversation, elles ne surmonteraient pas la mise à distance qui était née quelques années plus tôt, alors que Iolka atteignait tout juste l'« âge d'aimer ».

— Petite mère, je ne comprends rien à ces choses-là, bafouilla-t-elle. Je ne sais toujours pas au juste comment on est fait... Il y a beaucoup de choses dont je ne me souviens pas, tout simplement pas du tout... Le premier jour, je me suis réveillée toute nue, le linge déchiré, et ça me brûlait... là... et après, à la datcha, il s'amusait avec moi en quelque sorte comme avec un petit chat, il me caressait, me mettait la main au corsage, à la petite culotte, puis il s'en allait terriblement triste, presque tragique. Une fois, il était soûl, il s'est jeté sur moi, m'a muselée de ses battoirs, trempée de salive... ça sentait insupportablement l'ail, un vrai cauchemar... il m'a écarté les jambes, y a fourré les mains, et encore autre chose peut-être, mais ce jour-là, j'avais, enfin... enfin... bref, enfin...

— Tu veux dire tes règles, ma petite fille, dit Nina.

Mon Dieu, si elle savait comment j'étais à son

âge, comment nous étions toutes, sales gamines, avec nos sottises à la Kollontaï, notre anthroposophie et notre « verre d'eau ». Pourquoi ne lui en ai-je jamais parlé ? Pourquoi, sans chercher midi à quatorze heures, ne lui ai-je pas fait de croquis d'anatomie : voici le pénis, voici le vagin, le clitoris, l'hymen ? Tout est si simple et si... comment ?... je n'y comprends fichtre rien moi-même... Que devons-nous faire de tout ça ?...

— Oui, mes règles, enchaîna Iolka. En somme, des coulures, des taches, tout était gluant quand ce crapaud a expulsé de son corps, cette... j'ai été prise de nausée, ça a été un affreux mélange, ces odeurs à vomir, et il insistait, braillait des ordures en géorgien... je me souviens seulement de : *tchoukhtchiani tchoukhtchiani*... Voilà comment ça s'est passé, petite mère, et le lendemain, on m'a ramenée à la maison... Ce qui fait que je n'ai rien compris et ne comprendrai jamais, parce qu'il n'y aura plus jamais d'homme dans ma vie.

— Tu es folle, petite sotte ! s'exclama Nina.

— Ne me parle plus jamais de ça, dit Iolka en retrouvant son assurance, c'est décidé une fois pour toutes. Tu sais, ce jour-là, j'avais quitté le court en compagnie d'un garçon. Il m'a fantastiquement plu, j'en suis peut-être même tombée amoureuse. C'est lui que j'attendais près du métro quand on m'a entraînée dans la voiture. Tu sais, j'ai ressenti un tel bonheur à l'attendre, on aurait dit que la vie, alentour, ne frémissait que pour lui et pour moi, je percevais tout avec une telle force : le soleil, les ombres, le vent, le feuillage, les pierres des maisons... En un mot, je comprends aujourd'hui que cela ne m'arrivera plus jamais parce que je suis *tchoukhtchiani*, ce qui, comme tu le sais, signifie en géorgien : souillée.

Soudain, en dessous, il y eut un grand bruit et Sandro cria d'une voix terrible: «Écoutez! Un communiqué de l'Agence TASS!» Il monta le son et la voix dramatique du speaker envahit l'atelier:

«Il y a quelque temps, les organes de la Sécurité de l'État détectaient un groupe de médecins terroristes dont l'action consistait à abréger les jours des hommes d'État soviétiques en recourant à des méthodes de soins nocifs. Parmi les membres de ce groupe terroriste, on trouve: le professeur Vovsi, le professeur généraliste Vinogradov, le professeur généraliste M.B. Kogan, le professeur généraliste Egorov, le professeur généraliste Feldman, le professeur oto-rhino-laryngologiste Etinger, le professeur généraliste Grinstein, le médecin neurologue...»

«... Les criminels ont avoué qu'ils avaient profité de la maladie du camarade Jdanov pour, posant un diagnostic erroné, dissimuler qu'il souffrait d'un infarctus du myocarde, et lui prescrire un régime contre-indiqué dans cette gravissime affection, conduisant par là même le camarade Jdanov à l'issue fatale.»

«... Les criminels ont de même abrégé les jours du camarade Chtcherbakov...»

«... Les médecins criminels s'étaient en premier lieu employés à saper la santé des cadres supérieurs de l'Armée... et à miner les défenses du pays... à mettre hors de combat le maréchal Vassilevski, le maréchal Govorov, le maréchal Koniev, le général d'armée Chtémenko, l'amiral Levtchenko... leur arrestation a brisé leur plan scélérat...»

«... Les médecins assassins, monstres du genre humain qui ont piétiné l'étendard sacré de la science (...) étaient des agents à la solde de l'étranger. La plupart des membres de ce groupe terroriste (Vovsi, Kogan, Feldman, Grinstein, Etinger et autres) étaient liés à l'organisation bourgeoise nationaliste juive *Joint*, fondée par l'espionnage américain (...) Après son arrestation, Vovsi a déclaré à l'enquête qu'il avait reçu des USA — de l'organisation *Joint* — la directive d'"exterminer les cadres dirigeants d'URSS", ceci, par l'intermédiaire d'un médecin de Moscou, Chimelkovitch, et du nationaliste bourgeois juif notoire Michoels. »

« L'enquête sera terminée dans les jours qui viennent. »

Un silence tomba. Iolka et Nina étaient penchées par-dessus la balustrade de la loggia. Sandro était planté au milieu de l'atelier dans sa blouse maculée de peinture.

— C'est tout ? demanda Nina.

— Je crois, répondit Sandro.

— C'est curieux, ce long silence, dit-elle.

Il haussa les épaules :

— Qu'est-ce que tu dis, Nina ? C'est un silence normal.

— Non, trop long, insista-t-elle.

Il battit l'air de la main, on aurait dit un pingouin à l'aile d'aigle.

— Allons donc !

Enfin, l'on entendit la voix familière et sirupeuse d'une speakerine : « Nous venons de vous transmettre un communiqué de l'Agence TASS. Nous poursuivons le concert des auditeurs, *La Chanson indoue* de l'opéra *Sadko* de Rimski-Korsakov. »

— Coupe ça ! s'écria Iolka.

— Du calme, du calme, les enfants, enjoignit Nina. Ramassez vos affaires. Nous allons au Bois d'Argent.

Trois jours après le communiqué de l'Agence TASS, une réunion conjointe des enseignants et des étudiants fut fixée dans la grande salle du Premier Institut de Médecine. La tempête de neige se déchaînait en travers de la chaussée de Khorochévo. La visibilité était à deux doigts de l'invisibilité. Les deux Boris Gradov, III et IV, voguaient dans la Horch allemande à travers le rideau de neige vers le nouveau tournant de leur destin. Lequel destin, d'ailleurs, proposait certaines variantes. Par exemple, ils auraient pu s'abstenir de voguer vers son tournant. Arrêter la voiture au milieu de la chaussée ; braquer avec précaution le volant qui grinçait déjà malgré tous les graissages, enclencher en avant, en arrière, le levier de vitesses qui grinçait également, et faire demi-tour ; dîner en famille d'un bon borchtch et de côtelettes Pojarski en buvant une lampée de vodka ; le soir, quand la tempête serait calmée, se rendre à la gare de Koursk et filer en direction du Midi pour y prendre un repos bien mérité. Au nom du destin, cette variante-là fut proposée au grand-père par son petit-fils. En ce même nom, le grand-père rembarra son petit-fils : « Arrête de dire n'importe quoi ! Avance ! — C'est ridicule, grand-père ! Quel besoin as-tu de ce meeting de merde ? » Boris épiait avec inquiétude le noble profil de Boris Nikitovitch. « Tu ne vois pas ce qui se passe sur la route ? » Le destin se rangeait nettement à ses arguments : un accident s'était produit sur la chaussée verglacée — une voiture avait dérapé dans le fossé, des camions bouchonnaient, une grue tournait, à chaque instant de nouveaux amas de neige venaient recouvrir le tout. « Tu vois, grand-père, disait Boris IV, faisons demi-tour avant qu'il soit trop tard. » Cette fois, irrité, Boris Nikitovitch III rabroua vertement son petit-fils. Bientôt, une file de camions et de camionnettes se trouva formée derrière eux, rendant toute manœuvre impossible.

Ils avaient été bloqués plus de quarante minutes, ils arrivèrent en retard. Boris Nikitovitch alla tout de suite occuper sa place au præsidium. Faute d'autre siège, Boris s'assit sur une marche. Il surprenait les regards perplexes que les étudiants posaient sur lui, et parmi eux, celui, inquiet et amoureux, de la responsable komsomol Eléonora Doudkina. Pour quelle raison le champion était-il venu à la réunion réprobatoire des « assassins en blouse blanche » ? S'efforçant d'ignorer ces regards, il scrutait les traits pâlis de son grand-père assis au deuxième rang de ses pairs. Grand-mère a raison, se disait-il, il est dans un état pas ordinaire. Une crise de noir qui pourrait lui coûter la vie. Hier, Maïka, qui était devenue une habituée du Bois d'Argent, avait vu grand-père ouvrir son journal, y découvrir sa signature en bas de la lettre des académiciens stigmatisant la clique des agents et conspirateurs du *Joint* juif. Son journal à la main, il était immédiatement passé dans son cabinet et y avait appelé Mary. Ils étaient restés très longtemps derrière la porte fermée. Maïka avait trouvé le temps de faire une promenade avec Petit-Nikita et Archi-Med, que la conversation des vieux époux durait toujours, parfois sur un ton renforcé, mais toujours indistincte. Puis elle avait, un bon moment, aidé tante Agacha à ranger le linge et à préparer le repas, mais les époux restaient toujours enfermés. Le téléphone avait beaucoup sonné, on avait entendu, assourdie, la voix officielle de Boris

Nikitovitch. Tante Agacha, furieuse, abandonnait ses torchons, tapait de son petit poing sur la table : « Mais pourquoi il répond ? Pourquoi il répond ? » La porte s'ouvrit enfin et grand-mère Mary dit d'une voix forte : « Alors ça, c'est la dernière chose à faire ! » Boris Nikitovitch sortit à son tour, chose assez surprenante, nullement troublé et même animé. Il demanda à Maïka où, à son avis, pouvait bien se trouver son petit-fils. Elle répondit que, selon toute probabilité, le sportif légendaire se trouvait dans sa résidence de la rue Gorki en train de préparer ses examens en compagnie d'Eléonora Doudkina et d'autres étudiantes qui en pinçaient pour lui. Boris Nikitovitch éclata de rire. « Est-ce bien à vous d'être jalouse de quelconques étudiantes ? » — entendez par là qu'en vrai gentleman, il lui avait fait un très beau compliment. Et là-dessus, Boris Grad, voilà que tu arrives dans ta guimbarde fasciste et que nous dînons tous ensemble, et que c'est tellement formidable, même si Agacha et Mary ont les doigts qui tremblent, ce que, naturellement, tu ne remarques pas. Et après, permets-moi de te le rappeler, tu m'as longtemps besognée, ici, dans la chambre de ta mère, espèce de cornichon, tu m'as complètement épuisée avec ton machin-chose ; je crois que je suis tombée enceinte. Il ne manquait plus que ça ! se dit Boris, sur quoi il besogna encore un peu sa bien-aimée, dans le style matutinal, à titre de gymnastique.

Au petit déjeuner, l'on discuta des diverses formules selon lesquelles Boris Nikitovitch couperait à la réunion conjointe. Mais le vieil homme, s'étant essuyé la bouche avec sa serviette d'un geste décidé, déclara qu'il comptait bien y aller « ne serait-ce que pour voir ça de ses propres yeux ». Là-dessus, Mary et Agacha quittèrent précipitamment la table, chacune dans une direction différente, tandis que Boris IV courait en même temps après l'une et l'autre, à savoir qu'il envoya d'abord une tape affectueuse sur l'épaule de la dame de la cuisine, puis bondit du côté du piano, sans soupçonner qu'il rééditait les gestes de son propre père quelques mois avant sa naissance. « Il est dans un état pas ordinaire, répétait Mary à travers son mouchoir humide. Cette crise de noir pourrait lui coûter la vie. Ne leur suffit-il donc pas de cette signature qu'ils ont fait figurer sans même lui demander son avis ? Et ce meeting, à présent ! Mais qui survivrait à une pareille honte ? »

Boris, qui avançait à travers les bourrasques de neige — entendez qu'il braquait constamment dans le sens du dérapage et ne freinait qu'au moteur —, remarqua qu'à mesure qu'ils approchaient de l'Institut le sang se retirait du visage de son grand-père qui se pétrifiait, prenait des allures de bas-relief. Mais qu'est-ce qui le pousse à aller à ce meeting ? Il serait parti dans le Midi, il aurait loué une chambre à Sotchi, il se serait promené sur le bord de mer... c'est peut-être naïf de ma part, mais là, je lui voyais une certaine chance. Parce qu'à l'heure actuelle, ce n'est pas avec des discours que l'on sauve la mise. Leur clique a tout l'air de vouloir s'exciter comme en 1937. Sacha Chérémétiev a raison, il faudra s'armer pour la lutte finale, on n'y coupera pas. Mais qui s'armera ? Les quinze personnes du Cercle Dostoïevski ?

Apparemment, l'on n'attendait plus le professeur Gradov au præsidium, lequel s'illumina de tous ses sourires. Les piliers non juifs de la science médicale encore indemnes s'entre-regardèrent. Le président voulut se repousser pour le faire asseoir à son côté, mais Boris Nikitovitch s'effaça modestement au deuxième rang. Cependant, à la tribune, l'agrégé Oudaltsov, titulaire de la chaire d'anatomie topographique et de chirurgie appliquée, membre du Bureau du Parti, achevait son discours : « … et ceux qui ont souillé notre noble profession, nous leur disons : Honte éternelle ! » Ces derniers mots s'envolèrent vers le lustre presque comme un chant d'église, en quête d'une imposante réverbération aussi bien parmi le cristal que dans les cœurs de l'assistance. Oudaltsov allait quitter la tribune au milieu des applaudissements quand une petite étudiante de troisième année, Mika Bajanova — Boris la reconnut —, se leva du milieu du troisième rang :

— Pardon, camarade Oudaltsov, que devons-nous faire de nos manuels ? proféra-t-elle d'une voix tout à fait enfantine.

— Quels manuels ? fit l'agrégé, décontenancé.

— Quand même, c'est que ces médecins criminels sont de grands savants et de grands pédagogues. Nous utilisons leurs manuels. Que devons-nous en faire, à présent ?

Oudaltsov s'agrippa de la main gauche à la tribune et tâtonna curieusement de la droite sur la table. Dans la salle, un imprudent ricana. Brusquement, Oudaltsov saisit ce après quoi il tâtonnait et qu'il avait sans doute inconsciemment remarqué : une longue baguette selon toute vraisemblance demeurée là après quelque séance précédente où elle avait probablement servi à sa destination première : suivre des figures illustrant un exposé.

— Leurs livres ! hurla l'agrégé d'une voix effrayante, la voix de Vii[1], sur quoi il illustra le

1. Personnage effrayant d'un conte de Gogol.

besoin qu'il avait eu de la baguette : il l'abattit en hardi soldat de Boudionny en travers de la tribune. — Leurs livres puants, nous les brûlerons et disperserons leurs cendres au gré du vent ! — Autre coup de baguette sur la tribune, encore un autre ; à l'étonnement de tous la baguette ne se rompait pas, résistait envers et contre tout. — Le moindre rappel de ces noms honteux, tous vos noms de kogans, nous les expulserons de l'histoire de la médecine soviétique ! Et que les os de ces assassins pourrissent au plus vite dans la terre de Russie, afin que leur trace s'efface à jamais !

Mika, terrifiée, était secouée de sanglots. L'agrégé était secoué de convulsions : manifestement, une crise d'hystérie. Deux membres du comité affrontèrent non sans précaution les battements justiciers de la baguette et avec grand-compassion et chaleureuse camaraderie, firent descendre l'orateur du podium. « Eh bien, quelle décharge d'émotions ! » dit Boris Grad dans la salle silencieuse, désorientée. C'est alors que le président donna la parole à son grand-père, professeur émérite et membre actif de l'Académie de Médecine. En donnant la parole à Gradov aussitôt après Oudaltsov, le président, le très honorable professeur Smirnov, entendait souligner le sérieux de la réunion. C'était façon de dire que non seulement de jeunes agrégés dont on pourrait penser que c'était moins une noble colère qu'un arrivisme maladif qui les poussait jusqu'à l'hystérie, mais aussi les illustres représentants de la vieille école, déjà couronnés de tous les titres et récompenses possibles et imaginables, participent à la patriotique entreprise de ce jour : mais non, chers collègues, la médecine soviétique n'est pas décapitée, pas du tout, pas du tout, et comme c'est aimable à Boris Nikitovitch d'avoir trouvé moyen, malgré sa santé déficiente... Ainsi que cela se produit souvent en pareil cas, le professeur Smirnov se trompait lui-même en mettant l'hystérie d'Oudaltsov au compte de son « arrivisme maladif ». En réalité, il comprenait assurément que ce n'était pas du tout l'arrivisme qui était en cause, mais une peur monstrueuse qui paralysait toute activité nerveuse, une peur qui annihilait toute l'assemblée, elle encore qui avait conduit le vieux Gradov jusqu'ici et le poussait à monter à la tribune, elle enfin qui lui imprimait à lui, le président, ce sourire tellement faux, cette extension maximale du coin des lèvres.

Boris Nikitovitch monta donc à la tribune, arrangea sa cravate, tapota le micro de l'index de la main droite. Tout le monde fut frappé de voir que cet homme de soixante-dix-sept ans était tout ce que l'on voudra sauf sénile. Au contraire : il était concentré, sévère, les traits du visage, la silhouette, le geste extraordinairement nets, une lueur vivante dans les yeux, les joues un peu roses, ce qui mettait en valeur ses beaux cheveux blancs.

— Camarades, dit-il d'une voix égale, calme — à travers les harmoniques de laquelle l'on croyait entendre « messieurs » au lieu de « camarades » —, nous sommes tous bouleversés par ce qui arrive. Nous voyons clairement ce que signifie la disparition des plus grands spécialistes de notre médecine. Qui pourrait croire à l'absurde fable de l'activité terroriste des professeurs Vovsi, Vinogradov, Kogan, Egorov, Feldman, Etinger, Grinstein, et de nombreux autres que cite le communiqué de l'Agence TASS ? J'ai travaillé presque toute ma vie côte à côte avec la plupart de ces hommes, j'en considère beaucoup comme mes amis et je n'ai nulle intention de renier cette amitié au nom d'accusations ineptes et honteuses — oui, oui, camarades, je le souligne : honteuses ! — ni à la haute estime où je tiens leur irréprochable activité professionnelle. Toutes les personnes citées ont, sans exception, servi avec le plus grand dévouement sur les fronts de la Grande Guerre Patriotique : ce que vaut à elle seule l'organisation, par Miron Sémionovitch Vovsi, des consultations médicales de l'armée d'active, les premières de l'histoire ! Ils sont tous titulaires de grades et de décorations militaires. Et voilà qu'aujourd'hui, on les voue aux gémonies ! Je suis tout à fait persuadé que nos collègues sont victimes d'un jeu politique des plus troubles. Les gens qui ont sanctionné cette mesure, qui ont soustrait à leurs occupations ces sommités médicales, n'ont certainement pas songé au sort de la médecine soviétique ni même à leur propre santé. J'ajouterai que je suis atterré par le caractère ouvertement antisémite de la campagne de presse liée à cette affaire. À mes yeux, il ne fait aucun doute que quelqu'un opère une manœuvre de provocation envers notre peuple, notre Parti et notre intelligentsia fidèle au communisme scientifique. Vieux médecin russe, fils de médecin, petit-fils de médecin et arrière-petit-fils de médecin major de l'armée de Souvorov, je proteste contre l'outrage fait à mes collègues.

La salle fut à ce point obnubilée par ce discours qu'elle le laissa aller jusqu'au bout et même quitter la tribune dans le silence le plus complet. Il en était déjà descendu et marquait le pas, ne sachant ce qu'il devait faire : regagner sa place ou se diriger vers la sortie, quand retentit un hurlement panique qui semblait vouloir rattraper son retard : « Honte au professeur Gradov ! » La digue était rompue. Le rugissement démoniaque fit trembler les portraits des dignitaires. « Honte ! Honte ! À bas les sionistes, les cosmopolites, les assassins ! À bas les complices de la réaction ! » Puis tout se fondit en une clameur continue à travers laquelle, à un moment, perça un sonore appel komsomol : « À bas Gradov, larbin des juifs ! » La base estudiantine bondit sur ses pieds en brandissant le poing : *No pasarán !* Les assistants et les agrégés mettaient de même toute la gomme, par de brusques mouvements de la main, les professeurs répudiaient le renégat. Tout en courant vers le bas, Boris remarqua que même Mika Bajanova, qui avait posé sa malheureuse question sur les manuels, balayait l'air de sa menotte avec indignation. Hélas, même l'amoureuse Eléonora Doudkina faisait corps avec la troupe. Il s'élança sur l'estrade, serra son grand-père dans ses bras, le prit par le coude et l'entraîna vers la sortie. Un instant plus tard, ils se retrouvaient dans un couloir vide et s'éloignaient de la salle toujours hurlante.

— Tu es héroïque, grand-père, dit Boris IV.

— Laisse ça, dit Boris III, je n'ai fait qu'obéir à ma...

— Ça va, ça va, le coupa Boris IV, on a compris, assez de rhétorique.

Une forte émotion coupa le souffle à Boris III, le bonheur peut-être. « C'est fait ! » s'exclama-t-il presque en repartant d'un pas net, jeune, comme jouant de la canne sur laquelle, tout à l'heure, il s'appuyait lourdement.

— Très juste, dit Boris IV. — Il s'efforçait de ne pas tomber dans le sentiment, de ne pas serrer son cher grand-père contre sa poitrine, de ne pas éclater en sanglots. — Maintenant que la chose est faite, il faut songer à mettre les bouts. Je te propose de filer séance tenante dans le Midi. Nous partons ensemble en Géorgie, ou à Sotchi, ou en Crimée... — Il se rappela l'existence des femmes de la maison, et se reprit : — Ou plutôt, tu pars seul, et je viendrai te rejoindre après les examens. Maïka nous servira d'intermédiaire.

— Arrête, Babotchka, dit Boris IV d'un ton léger. Crois-tu vraiment qu'on peut leur échapper ?

— On le peut et on le doit. Tu ne vas pas rester là à les attendre, tout de même !

Une fois sortis, ils constatèrent que, tandis que les passions se déchaînaient au-dedans, la tempête s'était calmée au-dehors. Les nuages couleur de plomb qui s'amassaient dans la lointaine perspective des toits de Moscou semblaient promettre une possibilité de fuite. Les concierges déblayaient gaillardement la neige à l'aide de larges pelles en bois.

— Alors, prendre la fuite ? Pourquoi ne pas essayer ? fit Boris III avec un petit rire. Tu me conduiras à la gare demain.

— Aujourd'hui, immédiatement. Crois-en mon instinct d'éclaireur, répliqua Boris IV.

— Allons, allons — Boris III tapota l'épaule de son petit-fils de sa moufle en fourrure qui datait de 1913 —, n'exagérons pas. Le mandat d'arrêt de gens comme moi passe par les instances supérieures. Cela prend du temps. Deux jours au moins. Ils ne se pressent pas, parce que personne ne la prend jamais, la fuite. Personne ne leur a jamais... jamais, personne...

Toute son euphorie disparut d'un coup, se volatilisa, il pesa de tout son poids sur sa canne. Il lui sembla que les concierges faisaient seulement semblant de se retrouver pour la pause-cigarette, mais qu'en réalité ils l'observaient. Des visages se montraient parfois aux fenêtres de la clinique voisine : des espions ? Deux colonels descendirent d'un trolleybus : des colonels de quoi ? Un groupe de bambins du jardin d'enfants passa par le chemin tout frais, chacun se tenant à la ceinture du précédent : pas un ne sourit au grand-père que leur monitrice dévisagea avec une évidente hostilité.

— Personne ne leur a jamais échappé...

— Personne ne s'est jamais attaqué à eux comme toi, dit doucement Boris IV. Et si cela se trouve, plus jamais personne ne le fera... — Et avec un rire forcé : — De sorte que nous devons créer un précédent.

Boris Nikitovitch le regarda avec une tendresse qui était presque celle d'un adieu. Il faut faire en sorte que l'on m'arrête en son absence, sinon ce garnement va résister, faire usage de son arme — il en a une, ce n'est pas un secret — et ils le tueront.

— Faisons comme ça, proposa-t-il : je vais à mon secrétariat et je trie mes papiers. Je devrai en emporter pas mal. Toi, tu rentres chez toi et tu attends mon coup de fil. Pendant ce temps, renseigne-toi sur les horaires des trains. Ce soir, nous nous retrouvons au Bois d'Argent et nous prenons nos décisions.

Ils partirent chacun de son côté. Deux silhouettes bien différentes : IV dans son blouson de cuir et bonnet de loup, III dans son long pardessus noir à col-châle en astrakan et calot assorti, de la forme si chère au corps enseignant. Aussitôt, l'un des concierges s'en fut en se dandinant jusqu'à la cabine téléphonique : il faisait son rapport.

En arrivant rue Gorki, Boris pensait encore à son grand-père. Il était rien gonflé! Tout le monde croyait qu'il allait à cette saloperie de meeting par faiblesse, or, c'était au contraire par grandeur, si l'on confère son vrai sens à ce mot. Je ne suis pas sûr que j'en aurais été capable. Quand je me cramponnais à mon toit, au-dessus de chez Béria, c'était pour des raisons strictement personnelles, quelque chose comme une vendetta caucasienne. Ce qu'a fait grand-père, c'est un colossal acte public. Dans quarante ans, en évoquant notre époque, l'on dira: le seul qui ait élevé la voix contre le mensonge fut le professeur Gradov. Nous sommes beaux, avec nos tapotements protecteurs sur l'épaule, nous, la jeune génération de merde. Nous croyons qu'à soixante-dix-sept ans, on ne pense plus qu'à ses caleçons chauds, or, on est encore la proie de passions bouillonnantes. C'était de toute évidence le cas de grand-père quand il a décidé d'en foutre plein la gueule à ces sales porcs. Je crois qu'il avait quelque chose sur la conscience, quelque chose de très ancien, d'avant ma naissance, quelque chose de vague, une compromission, une faiblesse... Il a peut-être rêvé toute sa vie de se racheter, et voilà: son rêve s'est réalisé, il se retire comme un chevalier. Ils ne lui pardonneront pas d'avoir été *grand*. Ils n'en pardonnent pas le centième à personne, ils ne pardonnent même pas leur innocence aux innocents. Grand-père est perdu, malgré mes inventions de fuite dans le Midi. On peut toujours compter sur un miracle, mais la probabilité est de (n-1). Ce grand-père, c'est l'homme que j'aime le plus au monde. Il m'est peut-être plus un père qu'un grand-père. Mon père a toujours été loin de moi, jusqu'au jour où il a atteint à une distance définitive, tandis que grand-père était tout près. Au fait, c'est lui et non mon père qui m'a appris à nager. Je m'en souviens parfaitement. Dans une petite boucle de la Moskova. J'ai cinq ans, d'un seul coup, je me mets à nager et grand-père est dans l'eau jusqu'à la ceinture, joyeux, des gouttes d'eau dégoulinent le long de son bouc comme d'un tuyau de descente... Que faire? Malédiction! c'est une loi de la nature: les robustes petits-fils doivent aider leurs grands-pères déclinants, et moi, dans cette maudite société, je ne peux rien faire pour mon vieux.

À ce moment, une pensée perfide lui vint à l'esprit: il vaudrait mieux qu'ils l'arrêtent en mon absence. Si je suis là, je ne tiendrai sûrement pas le coup, je descendrai tous ces salauds et ce sera la perte de tous les miens, des femmes, de moi-même. Non sans effort, il chassa cette idée ignoble. Finalement, moi aussi, je dois les affronter. Sacha Chérémétiev a raison: courir à moto et enlever des trophées est peut-être amoral.

La vie se traîne avec monotonie et pendant ce temps, les événements s'accumulent, se rapprochent pour, tout à coup, vous dégringoler dessus comme une pelletée de neige tombant d'un toit. En ouvrant la porte de son appartement, Boris ne s'étonna pas particulièrement de voir Véra Gorda sortir de son bureau et venir au-devant de lui. Elle avait une clé, mais cela faisait un an qu'elle n'était pas passée. Il était arrivé quelque chose, c'était clair, eh bien quoi, je vous en prie, engouffrez-vous!

— Tout le Cercle Dostoïevski est arrêté, dit Véra. — Elle posait la main sur le chambranle. Moulée dans sa robe, lèvres éclatantes, yeux lumineux. On aurait cru une séquence de film étranger.

— Sacha aussi ? demanda-t-il.

Elle fit la moue.

— Qu'est-ce que tu croyais ? Nicolaï, Sacha, tous... Ah, Boris ! — Elle éclata en sanglots et, martelant le sol de ses talons, alla se jeter sur sa poitrine. — Boris, Boris, je n'en peux plus, je meurs, je meurs à chaque instant, Boris...

Il l'installa sur le divan et s'assit à côté en prenant garde de réserver une distance, si petite soit-elle : il sentait monter une vague de désir parfaitement déplacée.

— Alors, raconte-moi tout ce que tu sais.

De l'avis de Véra, tout était de la faute de ce juif roumain, Ilya Werner. Lors d'une promenade rue Gorki, non loin du monument à Iouri Dolgorouki, il avait fait la connaissance d'une jeune maman d'aspect fort séduisant. Alors, comme l'on s'en doute, cela avait commencé par des compliments au bébé, puis était passé aux compliments à la maman. Ensuite, il avait fait de petites visites à la belle. Elle vivait seule — n'est-ce pas bizarre ? — dans un incroyablement joli appartement, non loin du lieu de leur première rencontre. En un mot, ça avait été, comme tu le comprends, le début d'un amour fou. Werner se propulse d'un air radieux, toutes les héroïnes de Dostoïevski présentes à l'esprit : Pauline, Grouchenka, Nastassia Filippovna. Puis un beau jour, dans l'entrée de son immeuble, il est accueilli par deux gueules de raie, bref, des barbouses, ils te le secouent de première et l'avertissent ; si tu tiens à la vie, ne fous plus jamais les pieds ici ! Renseignements pris, la mignonne était entretenue par un membre du gouvernement. Tu imagines ?

C'était Nicolaï le Mahousse qui avait raconté, le premier, cette histoire à Véra. Mais ils n'avaient pas tardé à perdre toute envie de rire. L'un après l'autre, ceux du Dostoïevski s'étaient aperçus qu'ils étaient filés. C'était du domaine des choses possibles. Ilya n'avait pas cessé ses visites et on le comprend : en plein délire amoureux, on oublie la raison, n'est-il pas vrai ? Il est probable que les « organes » s'étaient rencardés sur le bonhomme et avaient fini par aboutir au Cercle.

En trois jours, tout le monde avait été coffré. Chérémétiev, l'un des premiers. Ça avait été terrible, ils s'étaient tiré dessus, je crois. Véra et Nicolaï avaient couru à travers la ville comme des animaux traqués, ils avaient songé à fuir, mais où ? Ce matin, ils étaient venus le chercher, lui aussi. Maintenant c'est la fin, ma vie est finie ! Alors, bien sûr, c'est chez toi que j'ai couru, mon petit Boris, et chez qui d'autre ? tu es mon ami le plus proche, le plus cher... et tu n'es pas rentré de la journée... j'ai tourné en rond, j'étais désespérée... j'ai vidé une demi-bouteille de cognac, excuse-moi... oui, je sais que maintenant, tu es avec cette petite, bon, je ne vous souhaite rien d'autre que d'être heureux... à propos, je l'ai vue, elle est plutôt mignonne... Boris, je ne sais plus ce que *moi* je dois faire, que faire, tout s'écroule, tout tombe en miettes, ils vont peut-être me renvoyer de l'orchestre comme épouse d'un ennemi du peuple...

Derechef, elle se laissa aller contre sa poitrine, lui mit les bras autour du cou, pleura sur son épaule. Il avait peur de bouger, l'esprit plein de doute, et envahi de cette vague de désir déplacée qui allait croissant. Il réussit enfin à se libérer avec suffisamment de délicatesse.

— Et toi, Véra, ils ne t'ont pas convoquée ? demanda-t-il sans imaginer la violence de la réaction qu'il provoquait.

Gorda serra son visage entre ses mains et émit un son sauvage, voisin du cri perçant des cavaliers mongols. Tout son corps se convulsa. Boris courut chercher le cognac. Elle en avala une bonne rasade puis dit presque calmement :

— Quelle horreur, mon rimmel a coulé, s'est tout étalé ! Ne me regarde pas. Je sais ce que tu as pensé. Ce n'est pas vrai, Boris, je n'ai pas mouchardé ! Évidemment qu'ils m'ont convoquée, ne t'ai-je pas dit honnêtement, au début de notre bref amour, qu'ils m'avaient dans le collimateur. Alors, tu penses bien que cette fois aussi, ils m'ont fait venir, ce salaud de Néfédov, ce morveux, il a gueulé après moi comme si j'étais une servante d'auberge, et Constantin Avérianovitch, cette brute, jouait les sévérités contenues, voyez-vous ça ! Mais ils savaient déjà tout, ils connaissaient tout le monde, ils m'ont balancé de ces informations dont je n'avais pas la moindre idée. Par exemple, as-tu jamais entendu dire que le Cercle Dostoïevski projetait un attentat terroriste ?

— Assez, Véra ! grimaça Boris. — Il pensait à Sacha. S'ils ne le fusillent pas, comment s'en sortira-t-il dans les camps, avec sa prothèse ?

Et une fois de plus, Véra se cramponna à lui, se serra contre lui de la poitrine, du genou, pas exprès peut-être, peut-être comme à « son meilleur ami », mais c'était presque insupportable. Elle chuchota :

— Bien sûr qu'ils m'ont interrogée sur toi. Approche ton oreille. Tu sais, j'ai toujours peur que tu aies des micros. Ils m'ont évidemment demandé si tu fréquentais le Cercle. J'ai répondu qu'à mon avis tu ne pouvais pas les blairer et que vous aviez même failli vous battre quand tu me faisais la cour. Nos relations n'ont pas de secret pour eux. Voyons, Boris, voyons, dis-moi — elle se mit à pleurnicher comme une fillette — voyons, tu ne crois pas que je suis une moucharde ? Voyons, dis-le-moi tout net, je t'en supplie ! Tu ne le crois pas, non ? Crois-moi, je n'ai jamais dénoncé, jamais personne ! Ils m'ont peut-être tiré quelque chose, je suis bête, mais jamais, personne... Et peut-être le contraire... en ai-je protégé... tu me crois ? Allons, dis, tu me crois ? Se peut-il que je ne te plaise plus ? Allons, prends-moi, mon chéri...

Le divan n'offrait pas assez de place, ils se couchèrent sur le tapis, une chance encore que Maïka Strépétova y ait récemment passé l'aspirateur. En apercevant le sourire qui errait sur les lèvres de Gorda, sous lui, Boris songea : C'est peut-être son unique moyen de se libérer. D'« eux », de tout le monde en général, même de ses baiseurs, et de tout. Ses seuls instants de liberté.

— Merci, mon chéri, murmura-t-elle quand elle eut retrouvé son souffle. Maintenant, je vois que tu me crois.

— Depuis quand la baise est-elle devenue le symbole de la confiance ? marmonna-t-il sombrement. — Il voulut ajouter autre chose, quelque chose de très dur : « Peut-être que c'est justement en qualité de moucharde que je viens de te sauter », mais il s'abstint d'articuler cette vacherie, non seulement cruelle mais fausse, et au contraire, embrassa la joue, puis l'oreille de son ancienne maîtresse. — Je te crois sans cela.

Ça y était, elle était vexée, elle se leva brusquement, se dirigea vers la table, avala une goulée de cognac, alluma une cigarette et dit d'un ton provocant :

— Et moi, sans ça, je ne crois personne.

— C'est bon — il se leva à son tour — en

attendant, ma chérie, dépêche-toi de remettre de l'ordre dans ta toilette. Car en écho à tes excellentes nouvelles, je dois te raconter les miennes. Les événements ont l'air de se précipiter comme à un moto-cross sur glace...

En réponse à ses « excellentes nouvelles » à lui, elle s'exclama : « Oh, mon Dieu ! Comment cela finira-t-il ? » Avec une nuance de fatigue et même d'indifférence. Là, il se dit que si Maïka s'était exclamée ainsi, cela n'aurait eu qu'un seul sens, celui qu'exprimait cette exclamation, alors qu'avec Véra, il y en avait, comme toujours, encore plusieurs autres dont, vraisemblablement, elle n'avait même pas conscience elle-même. Peut-être que lorsque Maïka aura son âge, elle aussi, elle en aura accumulé bien d'autres. Il était cinq heures et demie, la nuit était tombée, seuls brillaient encore les éclairages du Nouvel An que l'on avait laissés au Télégraphe. Ils pouvaient bien briller jusqu'à la consommation des siècles, ils n'avaient rien de festif, rien qu'une pompe de propagande. Boris appela son grand-père à la clinique. Sonnerie, silence. Il vient peut-être ici ? Ou bien... déjà ? Non, c'est impossible ! Véra était assise sur le divan, la cigarette au bec. Elle jouait les dignités offensées, détournait la tête.

— Dis-moi, est-ce que l'on t'a officiellement informée de l'accusation portée contre Nicolaï, demanda-t-il.

— Officiellement ? ricana-t-elle. Non, officiellement, on ne m'a pas informée. — Le mot « officiellement » frémissait en filigrane de toutes les offenses.

— Il faut que je voie la mère de Sacha aujourd'hui même. Sans faute, articula-t-il.

— Sans faute ? reprit-elle. — Cette fois « sans

faute», pareil à un diamant artificiel, émit les courts rayons d'une inexplicable ironie.

Et toi, il faut que tu t'en ailles sans faute et tout de suite, songea Boris. C'est tout juste s'il ne se sentait pas pris dans un piège. Grand-père n'appelle toujours pas. Il n'est pas exclu que Maïka se pointe ici sans avoir téléphoné, comme à son habitude. Il lui suffira de voir Véra pour comprendre en une fraction de seconde ce qui vient de se passer sur le tapis. En outre, il faut faire quelque chose, chercher grand-père, aller voir la mère de Sacha, arriver une fois de plus à joindre Vasska, Chérémétiev n'était-il pas entraîneur au Club des Forces Aériennes ?... Je déraille ! Quel rapport avec les Forces Aériennes et tout le reste ? N'est-il pas clair que c'est 1937 qui recommence ? Que bientôt, nous nous retrouverons tous dans les camps ?

Il embrassa Véra sur la joue, lui envoya une tape sur l'épaule en bon copain et lui dit sur un ton faussement amical : « Restons en contact, Véra. En attendant, je vais te mettre dans un taxi. » Véra avait un manteau de renard superbe qui lui donnait un air quasi majestueux, on aurait dit l'épouse d'un lauréat du prix Staline. L'immense thermomètre aux tortillons slaves de la rue Gorki marquait moins dix-huit degrés. Luisaient aussi : le globe qui tournait en permanence au-dessus de l'entrée du Télégraphe, les diagrammes de réalisations diverses, les enseignes de *Fromages* et de *Vins de Russie*, et le portrait de Staline répandait ses rayons. Voilà qui il faudrait supprimer, se dit en toute lucidité Boris Gradov, officier en disponibilité de la Direction du Renseignement d'URSS. Ça fait longtemps qu'il requiert son pruneau dans le chignon.

Ils se tenaient au bord du trottoir, essayant

d'attraper un taxi, quand Maïka émergea de la foule. Sa petite veste de fourrure ouverte (une vieille mais jolie petite veste que lui avait récemment offerte tante Nina), des mèches abondantes échappées de son fichu de tête, abandonnant à bâbord comme à tribord des hommes pantois, la fillette traçait en toute hâte son sillage vers l'entrée de l'immeuble. « Maïka ! » cria Boris. Elle freina brusquement, aperçut Boris et Véra et se dirigea lentement vers eux, les yeux dilatés, les lèvres entrouvertes et comme balbutiantes.

— Maïka, Maïka, qu'as-tu ? bredouilla Boris. Je te présente Véra, une vieille amie. Il lui arrive un grand malheur, son mari est arrêté.

— Nous, c'est grand-père qui est arrêté ! clama-t-elle si fort que tout Moscou dut en retentir, puis elle se jeta à son cou, en larmes.

CHAPITRE QUATORZE

Douleur et insensibilisation

Pourquoi, à ce meeting, ai-je prononcé ces misérables paroles sur mon appartenance soviétique, sur « notre » intelligentsia soviétique, fidèle à l'idéal du communisme scientifique ? Tout était clair, pourtant je savais à quoi je m'exposais, j'avais pensé à tout, j'avais signé moi-même mon mandat d'amener, ma condamnation à mort, et surtout ma sanction de torture. Il n'y a rien de plus effrayant que cela, que la torture. Ce n'est pas par les exécutions qu'ils terrorisent tout le monde, c'est par la torture. Toute la population sait, ou se doute, ou soupçonne, ou ne sait pas, ne se doute pas, ne soupçonne pas, mais comprend que là-bas, derrière ces portes, cela fait mal, très mal, insupportablement mal et encore plus mal. Il n'y a pas d'insensibilisation. Il n'y en a plus, bien que l'on ne puisse s'empêcher de penser à elle. Mes menteuses paroles à la soviétique n'étaient rien d'autre qu'une tentative d'insensibilisation. Mes petits pères, s'il vous plaît, je suis quand même des vôtres, s'il vous plaît, ne me faites pas mal, alors pas trop mal, alors un tout petit peu moins mal, même très mal, mais pas aussi insupporta-a-ablement mal : car je suis un Soviétique, je suis fidèle à l'idéal du communisme scientifique ! Au lieu de cela, il aurait fallu dire : « Je méprise votre pouvoir de bandits ! Je renie votre communisme scientifique ! » Naïve manœuvre au pays où l'on repousse l'idée d'abolir la souffrance en tant que telle. Il est dit dans la Bible : « Celui qui endure jusqu'au bout sera sauvé. » Chose étrange, c'est là l'antithèse de la torture. La douleur est un tourment, mais d'autre part, c'est un signal. Quand nous anesthésions un malade sur la table d'opération, nous déconnectons son système de signalisation : nous n'en avons pas besoin, tout est clair sans cela. Nous supprimons la souffrance. Si nous ne le faisons pas, il ne reste que l'endurance, le passage à d'autres signaux, à la parole sacrée : « Celui qui endure jusqu'au bout sera sauvé. » Endurer jusqu'au bout et dépasser les bornes de la douleur. C'est-à-dire les bornes de la vie, est-ce bien cela ? Franchir les bornes de la douleur n'est pas obligatoirement mourir, est-ce bien cela ? Ils passent leur temps à brandir devant moi le spectre de la douleur, moi, qui, à soixante-dix-huit ans, ai toute ma vie lutté contre la douleur. « Ou tu fais ta déposition, vieille couille, suce-balloche à youpins, ou nous allons passer à d'autres méthodes ! » Leurs gueules de cauchemar, leurs gueules goyesques ! Seul Néfédov, dans cette foule — et c'est cela le plus odieux, qu'au lieu d'un enquêteur, il entre toute une foule de ces fausses couches — seul ce jeune capitaine a conservé dans le visage quelque chose d'humain, encore que c'est tout simplement qu'on lui a dit : « Et toi, Néfédov, tu feindras quelque chose dans le genre de — putain de ta mère ! — de la pitié pour ce sous-verge des youtres. Nous le mettrons d'abord en condition, puis grâce à ta pitié, nous l'obligerons à s'allonger comme une vieille connasse. »

C'est ça, leur vocabulaire. Je ne crois pas qu'ils ne parlent comme ça qu'avec leurs prisonniers ; entre eux aussi. Alors, pourquoi ne se mettent-ils pas à leur chirurgie ? Ils attendent peut-être les ordres d'en haut ? C'est que Samkov a laissé échapper : « Le cam. Staline suit l'enquête en personne ! » J'ai du mal à croire qu'ils se servent de ce nom pour me faire peur, que ce n'est qu'un procédé. Pour la plupart des gens de notre pays, Staline est l'incarnation du pouvoir et non le caïd d'un gang, il est la dernière instance, le dernier espoir. Tout le monde tremble devant lui comme devant le détenteur du sceptre suprême, le maître des montagnes et des océans et des troupeaux humains, mais en aucun cas comme devant un homme qui a le pouvoir de faire torturer. On ne se servirait pas de son nom comme d'un épouvantail. Cependant, je n'exclus pas qu'il entre personnellement dans tous les détails de mes interrogatoires, d'autant plus que cela fait des années que mon nom lui rappelle quelque chose, qu'il n'a évidemment pas oublié notre bienheureuse première rencontre, mais aussi la dernière, si déplaisante. Toutes ces attaques hystériques contre les médecins, c'est sûrement lui qui les a élaborées et mises en œuvre. Son artériosclérose a, c'est évident, favorisé l'apparition d'une paranoïa. Le bruit a couru que Bekhtérev en avait décelé les prodromes dès 1927, ce qui lui a coûté la vie. Il est tout à fait possible que ce soit Staline lui-même qui m'ait fait passer les menottes. Alors ça, c'est trop ! Ne serais-je pas en train de sombrer dans la paranoïa moi-même ? C'est ridicule, n'est-ce pas : un prisonnier de soixante-dix-huit ans, isolé dans sa cellule, entravé par des menottes sophistiquées qui lui entrent dans la chair, a peur de sombrer dans la paranoïa. Ces menottes, jamais je n'aurais cru qu'elles existent pour de bon. Le plus affreux, c'est qu'avec elles il n'y a pas moyen de se gratter, tu es privé de ce bien-être de pouvoir t'effleurer du bout de tes propres doigts. Et quel immense bien-être dans ces éphémères automédications ! Ne pas pouvoir toucher son corps rappelle le plus terrible des cauchemars : se réveiller dans son cercueil. Les menottes ont été mises au point par un grand spécialiste : la torture, elle aussi, est une science. Qu'on le veuille ou non, vos mains s'agitent, tentent comme des insensées de se libérer, de gratter. À chaque tentative, la crémaillère se resserre, vos poignets enflent, deviennent des coussins violacés, des monstres des abysses. Ne pas sombrer dans le désespoir. Dans l'hystérie, oui : c'est aussi une forme d'insensibilisation. En attendant, répète que tu peux endurer jusqu'au bout, répète, répète, et à la fin, tu oublieras tes mains. Voilà, j'ai oublié mes mains. Je n'en ai plus. Je n'ai plus que deux grenouilles des profondeurs qui se sont laissé prendre au piège. Ou des tortues sorties de leur carapace pour se rafraîchir, et justement là, tombées dans une chausse-trappe. En tout cas, je n'ai aucun rapport avec ces grenouilles et ces tortues. J'avais des mains, autrefois, c'est vrai. Elles faisaient des choses pas mal du tout, elles opéraient, elles opéraient pas mal du tout, elles réalisaient de belles anastomoses, elles « sentaient » le malade, elles maniaient aussi la plume pas mal du tout, enfin, l'une d'elles la maniait avec quelque chose comme presque de l'art sur la nature de la douleur et de l'insensibilisation, pendant que l'autre pianotait sur le bureau, comme marquant un rythme inconnu, elles avaient aussi, en leur temps, pas mal du tout caressé ma femme, ses épaules, ses seins, ses hanches, elles ont aussi commis quelques péchés ces mains, la droite surtout, mais à présent cela n'a plus d'importance ; le principal, c'est qu'elles m'ont laissé de riches souvenirs. Elles n'existent plus. Et si elles n'existent plus, c'est que les dents d'acier d'une crémaillère ne peuvent plus rien contre elles. Le soldat qui revient manchot de la guerre ne peut pas se gratter le nez non plus. Qu'as-tu de mieux que ce soldat ? Apprends à te gratter le nez contre ton épaule, contre ton genou, contre le mur, le dos de ton lit... Depuis combien de jours ai-je oublié mes mains ? Sept, dix ? Ce jour-là, Samkov avait gueulé : « Qu'est-ce que tu as fait chez Rappoport, Gradov ? À l'Institut scientifique d'État pour le contrôle pharmaceutique Tarassévitch ? Tu vois, vieille pute, nous savons tout ! Avoue, pédé pourri, tu t'es entendu avec ce youpin sur la façon de falsifier les résultats de l'autopsie ? » Là, quelqu'un lui avait téléphoné et il était sorti, non sans lever le bras sur lui au passage dans un geste effroyable, comme s'il allait le tuer. Certes, l'autre, celui-ci, enfin celui qui prêtait l'oreille à ces cris, on aurait pu le tuer d'un coup, mais l'autre, celui-là, enfin, je veux dire moi-même, n'avait même pas cillé devant ce poing brandi. Il n'était resté que Néfédov, le petit officier pâle qui rédigeait son procès-verbal presque sans relever la tête. Seul à seul avec le prévenu, il l'avait relevée et dit doucement : « Il vaut mieux avouer, Boris Nikitovitch. À quoi bon vous obstiner ? Voyez-vous, tout le monde avoue. À quoi bon toutes ces souffrances ? Tenez, je vais noter que vous avez comploté avec Rappoport ou, mieux encore, que Rappoport vous a entraîné dans son complot, et on vous transférera aussitôt au régime général. » Alors, l'autre, c'est-à-dire moi, qui se tenait là comme le spectre de l'intelligentsia russe, qu'on empêchait de dormir depuis vingt-sept ans et demi, en ce sens qu'il avait dû, ce me semble, se passer plus d'une semaine ou je ne sais combien, depuis l'instant où, dans son bureau de la chaire de Chirurgie clinique, avaient fait irruption trois gros lards en manteau de drap bleu marine à col d'astrakan, d'épais manteaux ouatinés, hideux, ils avaient eu de la chance, ces trois misérables, de ne pas être tombés sur Boris, sur mon gamin, alors celui-là, qui était moi, qui avait tellement sommeil qu'il n'avait même pas eu peur du poing épouvantable, celui-là, chassant la trouille qui le paralysait, avait dit à l'autre acteur de ce médiocre drame à deux personnages : « Écrivez, capitaine. J'ai rencontré l'éminent savant Iakov Lvovitch Rappoport à l'Institut Tarassévitch afin d'examiner le problème de l'assistance par voie médicamenteuse dans la lutte contre les rejets d'organes après leur transplantation. C'est tout ce que je peux déclarer en réponse aux accusations sans fondement et aberrantes de l'enquêteur principal, le colonel Samkov. — Quelles accusations ? avait repris Néfédov. — Sans fondement. — Sans fondement, et puis ? Apaisantes ? Vous avez dit “apaisantes” ? — Non, j'ai dit aberrantes. Sauvages, si vous préférez. »... Alors, immédiatement, Samkov était rentré et avait intimé à Néfédov l'ordre de remettre les menottes « à cette vieille connasse ». Néfédov avait encore pâli. Il était allé appeler le sergent. « Mets-les toi-même, avait rugi Samkov. — Mais je..., avait voulu dire Néfédov. — Apprends ! avait gueulé Samkov encore plus fort. Sinon, qu'est-ce que j'ai à branler de toi, ici ? » Le prévenu n'avait pas entendu une telle accumulation d'ordures même dans les tranchées de la Seconde Guerre mondiale, c'est-à-dire de la Seconde Guerre patriotique[1]. 1885. Nous sommes dans le train avec papa, maman et ma petite sœur Dounia, Dieu ait leur âme, en route pour Evpatoria. Un voyage magique. Le gamin sort le nez par la fenêtre et se retrouve tout couvert de suie. « Quand tu arriveras, tu seras un nègre », dit papa en riant. Dans l'environnement de la Russie, les gros mots ne sont guère répandus. Les séquences fleuries qui l'envahiront datent de 1953, de la prison de Lefortovo. « Quel clown ! » rit maman à son tour. « Professeur mon cul, nous allons te faire une face de clown ! » promet Samkov en approchant sa figure mafflue à petite cicatrice en croix à l'angle de la mâchoire, assez habile incision d'un furoncle. « Tu en oublieras ta dignité d'intellectuel, charogne, parasite du peuple travailleur ! » La figure se rapproche encore. Il veut peut-être me planter les dents dans ce qui me reste de chair ? « Tu as peut-être oublié ton copain Poulkovo ? Je vais te le rappeler. Cela fait dix ans que ton copain travaille pour le compte des bandits de l'atome américains. Réponds : on vous a recrutés tous les deux en même temps ? » Mon Dieu, quel bonheur ! pour la première fois en tant d'années, quand ce serait par la bouche de ce demeuré, il reçoit des nouvelles de Lio ! Donc, il est encore vivant, donc, il a pu élever son petit Sacha, donc, il est en Amérique ! Où est Mary ? Pourquoi est-ce que je pense si peu à elle ? C'est ma mère qui me revient tout le temps à l'esprit, y compris en mon bas âge : sa grosse poitrine, centre du monde, le sein que je veux téter, dans ce temps-là, j'avais encore des mains et je saisissais toutes ces richesses à pleines poignées. Mais où est Mary ? Pourquoi ne

1. La première guerre nommée « patriotique » fut la campagne de Russie de Napoléon Ier.

m'apparaît-elle jamais ? Nous étions pourtant les deux moitiés d'un même tout. Elle écartait les jambes et m'admettait en elle, puis finalement prenait des proportions, s'emplissait de la suite de ma lignée, puis ré-écartait les jambes et me présentait Nikita, Kirill, Nina et puis ce mort-né qui n'a pas eu de nom. Merveilleuse, fabuleuse pulsatilité de la femme ! L'homme est banal, la femme est une fleur pulsatile. Rappelle-toi Mary, même si cela ne vient pas, rappelle-toi ! De même que tu t'es forcé à oublier tes mains, à présent, rappelle-toi ta femme. Quand l'as-tu vue pour la première fois, et où ? Mais bien sûr, en 1897, au balcon de la grande salle du Conservatoire. Elle était en retard pour un concert Mozart. On jouait déjà la *Petite Musique de nuit* quand il a vu enfiler la travée, et se retourner sur l'étudiant de vingt-deux ans qu'il était alors, une créature gracile, jeune, non russe, qu'on aurait craint de blesser ne fût-ce que d'un regard. *La Princesse de rêve*. Plus tard, elle l'avait assuré qu'elle l'avait remarqué la première, bien avant cela, qu'un jour, elle l'avait suivi dans la rue pleinement convaincue qu'il était un jeune poète de la nouvelle tendance symboliste et à cent lieues de supposer qu'il était étudiant en médecine. Donc, tu t'es rappelé Mary dans sa jeunesse : la voilà qui se faufile dans la foule bavarde du Conservatoire, qu'elle t'interroge des yeux, des gens passent portant des brassées de pelisses, allons, approche ! vous vous rejoignez, tu n'avais déjà plus de mains, mais rien qui ressemblât aux grenouilles soufflées et pétrifiées de l'époque plus tardive.

Le cliquetis des serrures fit une entrée fracassante dans l'année 1897 et Boris Nikitovitch se secoua de l'état semi-comateux où il se trouvait. Il réalisa qu'il avait enfreint le règlement de la façon la plus insolente : il avait osé s'allonger sur son lit en plein jour. Le gardien allait hurler et le menacer du cachot. Celui qui entra n'était pas le plus infect de la bande. Boris Nikitovitch l'avait baptisé Ionytch pour le distinguer des autres. Il ne hurla même pas, fit semblant de n'avoir rien remarqué. Il posa sur la table une écuelle de rata et une écuelle de gruau. Le rata au poisson dégageait une odeur à la fois nauséeuse et tentante, le gruau embaumait la perfection de l'orge perlée. La première semaine de sa vie carcérale, sans doute par suite d'une anorexie psychique évoluant vers la dégénérescence cérébrale, Boris Nikitovitch avait été dégoûté par la nourriture. Ses écuelles restaient intactes et l'on en avait conclu, à la prison, qu'il faisait la grève de la faim. Mais ici, toute forme de protestation était vouée à la répression immédiate. Un gros colonel portant insignes du Service de Santé s'introduisit dans la cellule — pourquoi donc la majorité des hommes du MGB tout autour étaient-ils gros, fessus, ventrus, de véritables porcs ? — et le menaça de l'alimenter de force. Alors, Boris Nikitovitch se prit à vider ses écuelles dans la tinette, jusqu'au moment où il réalisa que les signes de dégénérescence disparaissaient et qu'il recommençait à s'intéresser aux aliments. « Donne voir que je t'ôte ça », Ionytch fit jouer la serrure et, non sans mal, sortit les poignets du prisonnier des bracelets de dressage. Durant les dix minutes affectées au repas, l'on pouvait jouir de la présence de ses mains. Boris Nikitovitch s'efforça de saisir sa cuiller, hélas, cela lui fut impossible : ses doigts gonflés comme des saucisses ne faisaient même pas mine de se plier. Il faudra, comme la dernière fois, boire le jus à l'écuelle et seulement après, râteler les morceaux à pleine main. « Frotte-toi d'abord les poignets », lui dit Ionytch comme à un enfant sans discernement, en lui glissant : « Prends ton temps. » Cette manifestation inattendue d'humanité produisit sur Boris Nikitovitch un effet quasi renversant. Il éclata en sanglots, fut pris de tremblement, tandis que Ionytch se détournait, soit dans un accès d'humanisme accru, soit gêné par celui dont il venait de faire preuve. Au total, il avait pu rester vingt minutes démenotté. On ne saurait dire que ses doigts avaient pu maîtriser sa cuiller, mais il avait quand même réussi à la tenir tant bien que mal, à ne plus ressembler à une bête. En réinstallant son outil pédagogique, Ionytch le ferma au dernier cran, vraisemblablement à l'encontre du règlement, il donna aux poignets une possibilité minime de se mouvoir impunément. En quittant la cellule, Ionytch cligna de son épaisse paupière et plaça les deux mains contre son oreille comme pour dire : tu peux dormir. En posant la tête sur son oreiller, Boris Nikitovitch se dit que, ma foi, en soixante-dix-huit ans, il n'avait jamais fait de sieste aussi béate. Pendant ce somme, il ne se sentit strictement pas voguer dans le temps, non, rien que se diluer, totalement. Le nirvana. Il ignorait combien cela dura, mais il fut réveillé par les cris forcenés d'un autre gardien qu'il appelait en pensée Tchapaï.

« Qu'est-ce qui te prend, putain-de-ta-mère-à-quatre-pattes, de t'installer avec tout le confort moderne, fi' de pute, et ça ronfle, encore ! Je vais immédiatement faire mon rapport pour infraction à la discipline ! Tu te retrouveras au mitard, traînée, tu resteras au placard jusqu'à tant que tu te liquéfies comme une merde ! » Boris Nikitovitch bondit. Soudain, le cauchemar de tant de jours et de nuits passés dans sa geôle, et peut-être même le cauchemar de toute éternité de la prison de Lefortovo, l'étouffa plus encore que le « placard », en même temps qu'il le transperçait de l'intérieur, c'est-à-dire du tréfonds du cauchemar, c'est-à-dire de son propre moi. « Tuez-moi ! » glapit-il en levant au ciel ses mains entravées et en passant la tête entre ces mains inexistantes ou, en tout cas, étrangères, comme s'il cherchait à franchir un étroit tunnel. « Tuez-moi, tuez-moi, bourreaux, démons ! » Tchapaï en fit un écart en arrière. L'explosion du traître à la Patrie d'ordinaire taciturne, plongé en lui-même, l'avait pris au dépourvu. « Qu'est-ce qui te prend de battre le dingue, Gradov ? débita-t-il dans le parler hâtif des malfrats. Allez, ça va, va te faire foutre, vas-y, vas-y, refais ton plein de soupe, je te remmènerai à l'interrogatoire après. Non, mais quelle idée de battre le dingue ! »

Les bras de Boris Nikitovitch retombèrent. À présent, il grelottait. Une forte décharge d'adrénaline, se dit-il. La réaction provoquée par l'irruption de Tchapaï à travers la bulle de mon bienheureux somme.

Au bureau des enquêteurs, on resta, selon l'usage établi, un certain temps sans lui prêter attention. Néfédov était plongé dans ses dossiers, vérifiait quelque chose dans un épais annuaire : l'incarnation même de l'activité juridique. Samkov, étalé sur une fesse, le combiné à l'oreille, répliquait par monosyllabes à son correspondant : son ventre tendu dans sa tunique remuait comme un blaireau pelotonné sur lui-même. Il raccrocha enfin, hocha sa tête rude, grommela : « Ah, les enfoirés ! » et seulement alors se tourna vers le prévenu.

— Alors, Boris Nikitovitch... — Très satisfait,

il vit que le « professeur de merde » redressait la tête devant cette apostrophe inattendue. — Alors, professeur, notre enquête passe à une autre phase. Vous restez seul à seul avec le capitaine Néfédov, moi je vous quitte.

Il fixa sa victime avec curiosité et, à ce qu'il sembla à Boris Nikitovitch, non sans effort, se demandant quelle serait sa réaction. Boris Nikitovitch se força à sourire :

— Eh quoi, notre amour fut sans joie, nos adieux sans regret.

— Et réciproquement ! brailla Samkov en se levant et ramassant sur le bureau des dossiers qui s'obstinaient à s'éparpiller. — Furieux après ces dossiers rebelles, il scruta le « sous-verge des youpins », cette fois d'un regard noir, haineux. — Des questions ?

— Une seule, articula Boris Nikitovitch. J'ai tout le temps attendu d'être confronté avec Rioumine. Pourquoi ne l'avons-nous pas vu ?

Il ne pouvait rien dire de plus violent entre ces murs. Néfédov, tendu comme un arc, serra les lèvres à croire qu'il avait un œuf bouillant dans la bouche. Samkov laissa tomber les chemises qu'il venait enfin de rassembler, s'appuya des poings au bureau, bomba le torse en direction du prisonnier.

— Ah, espèce de pu... Comment oses-tu ?... Comment osez-vous nous provoquer pareillement ? Vous oubliez où vous êtes ? Nous pourrions vous le rappeler ! — Il oublia ses dossiers et se dirigea vers la sortie en dépêchant au passage vers Boris Nikitovitch une bouffée de chypre et de sueur. Vulgaire sudatoire bolchevik, pensa le vieil homme dans son dos.

Son supérieur parti, Néfédov demeura une bonne minute les yeux sur la porte que l'autre avait claquée, sans changer d'expression, la bouche refermée sur son œuf ou sa pomme de terre bouillante. Puis toute sa figure retrouva une activité intense : la patate était avalée.

— Commençons par les menottes, Boris Nikitovitch, dit-il. Vous n'en avez plus besoin, n'est-ce pas ? À quoi vous servent-elles ? dit-il avec un plaisant reproche. — Il s'approcha et, adroitement, gaillardement, habilement, déverrouilla les maudits bracelets. D'un air presque espiègle, les tenant à deux doigts comme un poisson pas frais, il les rapporta vers la table et les abandonna dans un tiroir. — Et voilà ! Terminé ! Je n'en ai aucun besoin ni vous non plus, Boris Nikitovitch, n'est-ce pas ?

— Moi, elles m'ont été utiles, dit Gradov. — Sans un regard pour Néfédov, il se frictionna chacune de ses mains mortes tour à tour à l'aide de l'autre. Il éprouvait un sentiment étrange : on lui avait arraché une partie de sa personnalité, certes indigne, mais néanmoins intégrante.

— Que voulez-vous dire, professeur ? demanda l'enquêteur, avec intérêt et délicatesse. — Depuis que l'enquête était entièrement passée entre ses mains, il était devenu l'incarnation du tact, de l'intérêt, de la correction, et même d'une certaine sympathie. La plus rudimentaire des méthodes, se dit Boris Nikitovitch. D'abord le bâton-Samkov, puis la carotte-Néfédov.

— Vous ne le comprendriez pas, citoyen enquêteur, vous n'avez pas vécu ces bracelets aux bras.

Je crois que je vais trop loin, se dit Gradov. Celui-là va se mettre à gueuler à son tour. Mais rien d'autre qu'une expression d'horreur furtive ne passa sur la face blême du capitaine.

— C'est bon, Boris Nikitovitch, oublions tout cela. Revenons sérieusement à notre... à notre exploration. D'abord, je tiens à vous informer que certains points en sont supprimés. Par exemple, celui de la conspiration Rappoport. — Néfédov guetta attentivement la réaction de Boris Nikitovitch à cette nouvelle : ce fut un haussement d'épaules. — On annule également vos confrontations avec Vovsi et Vinogradov.

— Ils sont en vie ? demanda Gradov.

— Oui, oui, et pourquoi pas ? se hâta de répliquer l'autre. On supprime les confrontations, c'est tout.

Il attend sans doute que je demande pourquoi, pensa Boris Nikitovitch, et là, il me dira que ce sont des choses qui me dépassent. Cependant, Néfédov soupirait d'amertume au-dessus de ses papiers et se grattait même le haut du crâne.

— Mais, parallèlement, de nouvelles questions apparaissent. Par exemple : quel a été le véritable motif de votre intervention au meeting du Premier Institut de Médecine ? Un appel de la dernière chance à vos compagnons d'idées ? Aviez-vous des compagnons d'idées dans la salle, professeur ?

— Bien sûr, répondit Gradov. Je suis certain que tout le monde pensait comme moi, mais disait le contraire.

— Là, vous allez trop loin, fit l'autre avec une moue. Ils seraient tous aussi hypocrites, selon vous ? Je ne suis pas d'accord. Mais dites-moi ce qui vous a poussé à agir ainsi ? Défier le gouvernement, ce n'est pas rien !

— J'ai voulu tirer un trait, dit Gradov tout à fait paisiblement, comme s'il ne prêtait même pas attention à la présence de l'autre.

— Tirer un trait ? reprit Néfédov. Sous quoi ?

— Vous ne le comprendriez pas, dit Gradov.

Néfédov en fut indiciblement mortifié.

— Pourquoi donc, professeur ? Pourquoi voyez-vous en moi *a priori* un être primaire ? Je vous signale que j'ai fait mes études à la Faculté de Droit de Moscou, par correspondance. Que j'ai lu tous les classiques. Interrogez-moi sur Pouchkine, Tolstoï, je vous répondrai sur-le-champ. Je lis même Dostoïevski, bien qu'on le classe parmi les réactionnaires, mais moi, je le lis et j'estime que c'est utile, parce que cela nous permet de mieux pénétrer la psychologie du criminel.

— La psychologie de qui ?

— La psychologie du criminel, professeur. Nous autres, enquêteurs, juristes, nous avons besoin de comprendre les criminels.

— Et Dostoïevski vous aide, citoyen enquêteur ? — À présent, c'était Gradov qui dévisageait Néfédov, ce que remarquant, ce dernier rosit et se renfrogna visiblement.

— Ah bien, bien, je vois ce que vous voulez dire, professeur. Cette fois je le vois, n'en doutez pas.

— Voilà qui est parfait, dit Gradov.

— Qu'est-ce qui est parfait ? s'étonna Néfédov, toujours du même air d'offense.

— Que vous compreniez tout. Cependant, en parlant de tirer un trait, je ne songeais nullement aux choses de votre compétence, citoyen enquêteur, mais ça serait trop long, citoyen enquêteur, et cela n'a aucun rapport avec l'enquête, sous quelque angle que ce soit.

— Vous m'appelez tout le temps « citoyen enquêteur », vous vous en tenez aux formalités. Pourquoi ne pas passer à Nicolaï Sémionovitch, hein ? Ou même Nicolaï tout court, hein ? Car dans le fond, nous ne sommes pas des étrangers. — Disant cela, Néfédov élimina vite fait son expression d'offense et enfila à sa place un air malin, un sourire moqueur et bon enfant.

— Qu'est-ce que cela veut dire ? fit Gradov, surpris.

C'est alors que Néfédov l'enquêteur lui fit à lui, le prévenu, un aveu étonnant.

C'est qu'il n'était ni plus ni moins que le fils d'une proche connaissance de la famille Gradov, de Sémione Nikiforovitch Stroïlo. Mais oui, justement, l'authentique nom de famille de Stroïlo était Néfédov, et Stroïlo était, pour ainsi dire, son nom de guerre, en ce sens que Stroïlo, le Bâtisseur, signifiait l'édification du Socialisme. Papa avait le feu sacré, c'était un communiste pur et dur, vous vous en souvenez naturellement. Nicolaï Sémionovitch avait, pour l'heure, vingt-neuf ans, il était le premier-né de Sémione Nikiforovitch et de son épouse Klavdia Vassilievna, autrement dit, à l'époque où papa et tante Nina entretenaient des rapports romantiquement révolutionnaires, Nicolaï avait déjà deux ans. Il va de soi que tante Nina ignorait l'existence des Néfédov vu l'énorme distance de leur niveau culturel. En d'autres termes, aux yeux de tante Nina, papa était comme un jeune célibataire, même si à ce moment, une petite sœur, Palmira, était déjà née. Après, papa était revenu à sa famille, mais il repensait souvent à tante Nina, et c'était un profond tourment. En somme dès son enfance, non seulement Nicolaï connaissait la famille des Gradov, mais il avait été impliqué dans certaines relations avec elle. Ils étaient même allés au Bois d'Argent et s'étaient promenés, papa et lui, autour de votre maison, Boris Nikitovitch. Pourquoi sursautez-vous ? Tout cela était si humain, si romantique, les souffrances d'un grand homme fier. Nicolaï n'avait jamais blâmé son père. À grand navire grande erre. Tenez, professeur, vous vous étonnez que je nomme votre fille «tante Nina», et comment l'appellerais-je si l'on m'a tant parlé d'elle dans ma petite enfance et mon adolescence? Même si l'on en a dit toute sorte de choses, elle était presque devenue une parente. J'ai toujours suivi avec attention ses succès poétiques, et *Nuages dans le bleu* est devenu, on peut bien le dire, la chanson de ma jeunesse. Tout le monde le chantait, à l'École, il y en avait même qui inventaient des versions égrillardes: enfin, la jeunesse...

Au cours des années trente, Sémione Nikiforovitch Stroïlo avait, cela va de soi, quitté les Néfédov, car la hiérarchie du Commissariat connaissait une progression rapide et même vertigineuse, peut-on dire. Oui, la hiérarchie du Commissariat. Cependant, il n'avait jamais abandonné le soin de sa famille, en particulier de Nicolaï qu'au plus fort de la guerre il avait emmené par la main à l'École de la Sécurité, ce pour quoi on ne saurait ne pas éprouver un sentiment de grande gratitude à son endroit. Telle avait été la volonté du destin, Boris Nikitovitch, je veux dire: les circonstances historiques extérieures, que Nicolaï Néfédov n'avait jamais nourri envers son père d'autres sentiments que positifs. Sentiments qui s'étaient forcément hypertrophiés avec la mort héroïque de celui-ci tout à la fin de la guerre. Les circonstances de cette mort n'avaient jamais été publiquement élucidées, mais dans les milieux du Renseignement, l'on savait que le général Stroïlo, personnage le plus proche du maréchal Gradov, mais oui, justement, avait partagé le sort du commandant du Front de Réserve dans ces mêmes, excusez-moi, jusqu'à présent, je ne résiste pas à l'émotion, circonstances. Alors, vous devez humainement comprendre, Boris Nikitovitch, que cela m'a rapproché d'une façon encore plus chaleureuse, dirais-je, de votre famille...

— Rapproché comment? D'une façon plus chaleureuse, avez-vous dit? demanda Gradov.

Il dévisageait la face pâle et plate du jeune enquêteur et croyait vraiment y retrouver les traits de Sémione Stroïlo qu'il n'avait vus et détaillés qu'une seule fois dans sa vie, à l'automne 1925, il me semble, mais oui, à l'anniversaire de Mary, pendant cette représentation idiote des *Blouses bleues*.

— Je veux dire d'une façon sinon idéaliste, du moins, d'une certaine façon spirituelle, bafouilla Néfédov.

— En somme, vous êtes devenu un peu notre parent, citoyen enquêteur, n'est-ce pas, dit Gradov.

— Laissez là le venin, professeur! Laissez là le venin! supplia l'enquêteur avec une souffrance quasi shakespearienne, comme s'il avait depuis longtemps supputé les chances de voir filtrer ce venin et si ses pires craintes se trouvaient justifiées.

Il est curieux, le fiston du preux prolétarien, se dit Boris Nikitovitch. Il a de quoi surpasser son paternel. Cependant, ses mains revenaient à la vie. La situation devenait de plus en plus ambiguë. Néfédov sembla s'aviser que ce n'était pas à lui de se livrer aux confidences, mais le contraire et demanda:

— Donc, Gradov, vous ne niez pas que vous aviez des compagnons d'idées dans la salle?

Puis, sans attendre la réponse, il consulta sa montre et dit que Boris Nikitovitch allait faire un petit voyage. Et s'ils me relâchaient? fulgura-t-il dans son esprit. Si Staline m'avait fait libérer? Il fit un effort pour ne pas trahir cet espoir insensé, mais apparemment quelque chose passa sur ses traits : Néfédov eut un léger sourire. Ils peuvent avec autant de chances, ou plutôt avec beaucoup plus de chances, avec mille fois plus de chances, m'expédier dans une cave et me bousiller. Eh quoi, je suis prêt, comme mon neveu Valentin l'a fait, à ce qu'on dit, en 1919 à Kharkov, à déchirer ma chemise et à m'écrier, bravant la mort en face : « À bas les démons rouges ! » mais je ne le ferai pas, parce que je n'ai plus vingt et un ans comme Valentin, mais soixante-dix-huit, que je ne peux plus, comme lui, leur jeter mon avenir à la face, mais seulement tomber sous leurs balles en silence.

Une heure plus tard, on l'amenait en « corbeau noir » droit devant l'entrée d'un long couloir absolument anonyme ; mais, à des indices obscurs, il lui sembla que la garde était celle de la Loubianka et non celle de Lefortovo. Son expérience des prisons s'arrêtait là : après son arrestation, on l'avait d'abord conduit à la Loubianka, puis à Lefortovo.

— Où suis-je ? demanda-t-il au sergent qui l'accompagnait au « box », c'est-à-dire à un placard d'attente solitaire.

— Dans un endroit convenable, dit en rigolant le sergent tout bouffi et blafard de vie souterraine.

La cellule où il se retrouva après lui rappela aussi celle, la première, qu'il avait eue à la Loubianka. Tout y était un petit peu mieux qu'à Lefortovo, prison réservée aux enquêtes du MVD : un lavabo, un morceau de savon, une couverture... Un endroit convenable, se disait Boris Nikitovitch en posant sur la table ses mains qui revenaient à la vie. Je me trouve dans un endroit convenable en plein centre de la convenable ville de Moscou où j'ai vécu tout cela, où tout est passé comme l'éclair, comme dans ce film sur Strauss qui commence par sa naissance et finit par sa mort, et où ça se case en deux heures, dans ce convenable pays d'où je n'ai pas jugé possible de m'arracher à un moment si convenable de l'histoire.

« Où est le cadavre s'assemblent les aigles. » Pleurons la Patrie quand elle paraît le plus invincible. Quelqu'un, à l'Ouest, a dit que le patriotisme était le refuge des canailles, mais ceux auxquels il pensait n'étaient pas de véritables patriotes, ils ne prenaient pas ce mot au pied de la lettre, ils ne glorifiaient en lui que la force. Lorsque nous disons le « pays de nos pères », rares, et de loin, sont ceux qui pensent vraiment à leurs pères, en d'autres termes, à leurs morts. Nous autres, en Russie, oubliant nos pères, nous avons fait de la Patrie un Moloch, nous nous sommes fermés à l'éternité, à Dieu, séduits par de faux Christs et de faux prophètes qui nous proposent tous les jours, toutes les heures, leurs contrefaçons au lieu des réalités. En quoi réside le sens de la monstrueuse imitation qui est échue à la Russie ? On aura beau chercher, on ne trouvera pas d'autre réponse : le sens de l'imitation est dans l'imitation même. Tout a été substitué, vous ne retrouverez pas les originaux. Le positif est devenu négatif. Le cosmos nous considère avec une sombre ironie. Et tout de même : « Celui qui endure jusqu'au bout sera sauvé. » À quoi d'autre peut nous mener notre surabondant darwinisme ?

Quelques jours plus tard, un matin, le dentier du bas de Boris Nikitovitch se cassa et tomba en miettes dans sa cuvette. C'était ce qu'il avait craint lorsque Samkov lui avait brandi les poings à la figure. S'il me cogne la mâchoire, il démolira cet appareil dentaire qui donne depuis longtemps des signes de fatigue. Alors, d'un coup, je deviendrai sénile. On ne me fusillera même pas. On se contentera de me jeter au dépotoir où je finirai de pourrir. Et voilà que son bridge le lâchait alors que menaces du poing et torture des menottes avaient pris fin. Il était tombé en miettes sans raison, voilà, c'est tout. Des miettes malodorantes, gluantes, jaunies. Jette-les dans la tinette qu'elles circulent par les tripes nauséabondes de la Loubianka, c'est là leur place. Presque aussitôt, un ulcère dystrophique apparut à son palais. Si l'on ajoutait à cela un état de dyspepsie permanent, de violentes démangeaisons sur tout le corps, une éruption croûteuse, on pouvait dire que ça se dégradait assez vite. Il ne pouvait presque plus parler assez distinctement pour communiquer. Dans le fond, il n'en était plus besoin. Les interrogatoires avaient presque cessé. Il voyait Néfédov pas plus de deux fois par semaine et encore, selon toute apparence, pour la forme. Durant ces entrevues — brèves, pas plus de quinze minutes — le « presque parent » ne lui posait à vrai dire aucune question, se bornait à manipuler ses papiers, levant de temps à autre sur lui un regard étrangement inquiet, comme interrogateur : une variante stalinienne de l'Homme du souterrain. Quelques jours plus tôt encore, Boris Nikitovitch pensait avec une certaine répugnance aux liens de l'enquêteur avec sa famille. À présent, cela lui était égal. Que me demandes-tu des yeux, bonhomme ? Je ne possède pas la réponse, bonhomme.

Un jour, dans le bureau de Néfédov, le prisonnier découvrit deux inconnus : larges poitrines capitonnées, brochettes de décorations. Les trois officiers se levèrent avec solennité et celui du grade le plus élevé lui lut le document que voici :

« ... Vu l'article 5 du code de procédure pénale de la République Fédérative de Russie, l'enquête relative à Gradov, Boris Nikitovitch, est close. Gradov, Boris Nikitovitch est élargi et totalement réhabilité. Le chef du MVD d'URSS — A. Kouznetsov. »

Lecture faite, les trois se dirigèrent vers lui la main tendue. Il serra fermement chacune d'elles. On lui remit son attestation comme une bonne distinction d'État.

— Où devrai-je aller ? questionna Boris Nikitovitch.

— Dans une ville d'eaux, allez dans une ville d'eaux, professeur, ondoyèrent les poitrines capitonnées. L'injustice est réparée, c'est le moment d'aller à Matsesta, ville d'eaux !

— Mais maintenant, où dois-je aller ? requestionna Boris Nikitovitch.

— Maintenant, c'est le capitaine Néfédov qui va s'occuper de vous, professeur, tandis que nous, au nom de la Direction du ministère et au nom du Gouvernement de l'État Soviétique, nous vous exprimons nos vœux les meilleurs conjointement avec le rétablissement de votre santé si précieuse à la Patrie.

Ils crient comme si j'étais sourd, et pourtant mon ouïe résiste parfaitement à la dégradation, songea Gradov.

Les officiers supérieurs quittèrent le bureau et Néfédov, rayonnant de toute sa pâleur, s'occupa de restituer au professeur les pièces saisies au Bois d'Argent lors de la perquisition : passeport, diplômes de professorat, diplôme d'académicien, diplôme militaire... Puis arriva la valetaille sergentesque avec ses objets personnels, en particulier sa somptueuse pelisse de 1913 du magasin anglais du Pont-aux-Maréchaux, laquelle, au bout de quarante ans d'existence, ne donnait aucun signe de détérioration. Le dernier à accourir, à bout de souffle et sur la pointe des pieds, fut un gardien dodu muni d'un assez lourd paquet. Boris Nikitovitch y découvrit une sorte de caverne d'Aladin : ses décorations étincelantes d'or, d'argent et d'émail précieux.

— Et maintenant, où devrai-je aller ? demanda-t-il, ce paquet à la main.

— Nous allons descendre dans la salle où vous attendent certains de vos parents, déclara Néfédov fort excité. Nous aurions pu évidemment vous raccompagner à votre datcha nous-mêmes, avec tout le confort, mais ils ont manifesté le très vif désir d'être là, en particulier votre petit-fils, Boris Nikitovitch, auquel je conseillerais plus de modération envers les « organes ».

Le capitaine Néfédov ouvrait la marche. Derrière lui déambulait le professeur Gradov et, en queue, les gardiens chargés de ses affaires personnelles, on aurait dit des porteurs africains. À un tournant du couloir, Boris Nikitovitch glissa son paquet de décorations dans une poubelle.

À cet endroit, cher lecteur, l'auteur, qui — vous ne le nierez pas — s'est tenu si longtemps dans l'ombre selon les lois de la polyphonie épique, se permettra une petite liberté. Ce qu'il y a, c'est que par suite du cours encore mal exploré de la situation romanesque, l'idée lui est venue de raconter la brève histoire de ce paquet de hautes distinctions. Il se trouva qu'après la libération de B.N. Gradov, le paquet fut découvert dans sa poubelle par le nettoyeur de nuit de l'état-major des organes de la Sécurité, l'adjudant-chef D.I. Grajdanski. Très éloigné de toute intégrité idéologique, l'adjudant-chef Grajdanski conclut que sa vieillesse était désormais assurée : comme beaucoup d'autres citoyens soviétiques, il était convaincu que les grandes décorations d'URSS étaient coulées dans les alliages les plus précieux. L'adjudant-chef Grajdanski, qui ne brillait pas par l'imagination, ne sut pas découvrir le processus de la métamorphose de ces bijoux en devises courantes, c'est pourquoi il mourut pauvre. Mais l'idée avait survécu à son initiateur. En 1991, le petit-neveu de Grajdanski, Micha-Galocha, célèbre businessman de l'Arbat, vendit la collection complète à un touriste américain pour la somme de trois cents dollars et se déclara extrêmement satisfait de la transaction.

Boris Nikitovitch descendit lentement, mais d'une démarche parfaitement assurée jusqu'à la dernière marche de la salle d'attente. Droit derrière lui, se dressait un grand portrait de Staline voilé de crêpe. Il ne l'avait pas remarqué en passant devant et, à présent, il était à cent lieues de penser à ce que sa descente pouvait paraître symbolique. Il avait complètement oublié qu'il était attendu par certains de ses parents et se demandait comment il préviendrait Mary et Agacha. Si je me contente d'entrer comme ça, tout simplement dans la maison, elles ne le supporteront pas, elles mourront de surprise. Il oubliait l'existence du téléphone et des voitures et pensait qu'arrivé en bas de l'escalier, il entrerait tout droit dans sa maison. Il descendait toujours, cependant que le capitaine Néfédov se laissait distancer. À chaque marche, le professeur Gradov s'éloignait de lui, finalement, le capitaine se figea au milieu de la volée de marches, la main sur la rampe, suivant des yeux le vieil homme en contrebas.

— Grand-père ! retentit dans tout l'espace une voix forte et jeune.

Et là enfin, Boris Nikitovitch aperçut les siens qui accouraient : son petit-fils Boris et ses trois fillettes : Nina, Iolka et Maïka.

Le capitaine Néfédov crut éclater en sanglots, gagné par une marmelade de sentiments où prédominait tout de même celui de la frustration.

Septième entracte

LES JOURNAUX

Le Time*:*

... Joseph Staline a été finalement éliminé comme le veut le sort commun des hommes.

Henry Hazlitt:

... La mort de Joseph Staline ouvre d'immenses possibilités uniquement comparables à celles qui se firent jour après la mort du khan mongol Ogdaï en 1241...

... L'héritier de Staline est le gras et flasque Georges Malenkov, cinquante et un ans (...) cosaque de l'Oural d'origine... (taille 5 pieds 7 pouces, poids deux cent cinquante livres) marié à une comédienne, deux enfants...

... Après lui: Lavrenti Béria, cinquante-trois ans, géorgien comme Staline lui-même (...) chef de la police secrète et du projet de la bombe atomique rouge (...) calme, méthodique, amateur d'art et de musique; il peut être conciliant ou impitoyable (...) Marié, deux enfants, vit dans une

datcha de banlieue, se déplace en Packard blindée qui ressemble à un corbillard. Vieil ami de Malenkov. N'est jamais allé à l'étranger...

... La vitrine d'un restaurant russe de Manhattan expose un portrait de Staline portant l'inscription: «Staline est mort! Aujourd'hui, borchtch gratuit!»

La Pravda. *Début mars 1953:*

Antanas Vanclova:

... le nom de Staline est paix!
Le nom de Staline est vie et combat
Son nom lumineux est des peuples la loi.
... Ô ma Lituanie à moi!
Du nom de Staline à ta fleur va l'éclat
Dans la lutte et la sueur tu as trouvé ta joie.

A. Sourkov:

L'attente est solennelle, austère, patiente (...) le portail de la Maison des Syndicats s'ouvre tout grand et le fleuve vivant s'écoule régulièrement et en silence (...) les adieux d'un grand peuple avec un grand homme...

C. Simonov

Et le Comité Central de Staline
À qui vous avez remis le soin de nos vies
Pour les siècles des siècles avec votre doctrine
Nous conduira vers la victoire du Parti!

A. Tvardovski :

En cette heure de peine profonde
Je ne saurais trouver les mots qu'il faut
Pour exprimer au bord de cette tombe
Le chagrin de mon peuple et ses sanglots.
La perte de nos peuples unis,
Voilà ce que nous déplorons pour l'heure.
Mais j'ai confiance en la sagesse du Parti
Elle est notre soutien, elle est notre grandeur.

Le Time*:*

Quelques opinions sur Staline :

L'homme d'affaires Donald Nelson, spécialiste du prêt-bail : « Un gars normal, en général, tout à fait amical. »

Léonid Sérébriakov : « L'homme le plus vindicatif de la terre. S'il vit assez longtemps, il s'attaquera à chacun de nous. »

L'ambassadeur Joseph Lewis : « Ses yeux noirs étaient plus que gentils et tendres. Tous les enfants auraient voulu être bercés sur ses genoux. »

Le biographe Boris Souvarine : « ... Une personnalité odieuse rusé, perfide, grossier, cruel, inébranlable. »

L'amiral William Leehy. « Nous croyions tous que c'était un chef de bande parvenu au sommet du pouvoir. Cette opinion était erronée. Nous avons tout de suite compris que nous avions affaire à un esprit de grande valeur. »

Winston Churchill : « Staline m'a laissé l'impression d'une profonde et froide sagesse et de l'absence de toute illusion »

Roosevelt: «... En somme, très impressionnant, dirais-je.»

Trotski: «... La médiocrité la plus éminente du Parti.»

La mère de Staline: «... Soso a toujours été un bon petit garçon.»

La Pravda*:*

A. Fadéiev:

Vie et victoire à la cause de Staline!

Ce que titrent les journaux soviétiques:

Bien-aimé, immortel!
Notre esprit est vaillant, inébranlables nos certitudes
Le créateur de l'ordre kolkhozien
Chef de guerre de génie
Il vivra des siècles!
La Chine et la Russie resserreront leurs liens.
Staline est le libérateur des peuples

Le Parti
        bien aimé maintient
            l'oriflamme
Staline est mort
        Staline
            reste en nos âmes
Staline est la vie
        et la vie
            est éternité

M. Cholokhov :

Adieu, Père !

A. Sofronov :

Nous sommes là debout et que coulent nos larmes
Aujourd'hui comme hier ayant pour nous la force
Fils du Parti, soldats de la Révolution en armes,
Des enfants de Staline la grandiose cohorte.

D'autres titres :

Le souci qu'avait Staline des femmes soviétiques
Le coryphée de la science
Le grand adieu
Le serment des travailleurs de Kirghizie
Le chagrin du peuple letton

M. Issakovski :

... Il est mort, la Terre est orpheline
Et le peuple a perdu son père et son ami...
Nous faisons le serment solennel du Parti...

Le Time*:*

... L'empire stalinien occupait un quart des terres émergées, comptait un tiers de la population mondiale...

Herbert Morrisson, travailliste britannique : « Ce fut un grand homme, mais un homme mauvais. »

Nehru, Premier ministre de l'Inde: «... Un homme d'une stature gigantesque et d'un courage inébranlable (...) J'espère sincèrement que son influence sur la cause de la paix ne s'arrêtera pas avec sa mort...»

Les GI's des tranchées coréennes: «Joe est claqué! Hourra! Hourra! Ça fait un ventre-rouge de moins!»

... Le peintre communiste de bonne volonté a apporté une belle contribution à la cause du Parti avec ses colombes (...) Il y a quinze jours, le Parti lui a commandé un portrait de Staline. Bientôt, ce portrait a paru sur trois colonnes dans le numéro spécial des Lettres françaises. *Là-dessus le* Daily Mail *de Londres a décoché ses quolibets: «Voyez ces grands yeux fondants, ces mèches de cheveux comme serrées dans un filet, ce sourire secret et coquet à la Mona Lisa: mais c'est tout simplement un portrait de femme à moustache!» Deux jours plus tard, le Secrétariat Général exprimait son insatisfaction formelle de ce portrait. Le camarade Aragon, membre du CC et autrefois poète, s'est vu décerner un blâme pour sa publication. Picasso a dit: «J'ai exprimé ce que je sentais. Il est évident que cela a déplu. Tant pis...»*

Quelques titres de la mi-mars:

Un génie vivificateur
L'immortalité
Staline, notre étendard
Notre grande amitié avec la Chine
Le serment des travailleurs de l'Inde

La cause de Staline est en de bonnes mains
Le deuil du simple peuple d'Amérique
Une unité d'acier
Staline sur la croissance de la propriété kolkhozienne jusqu'au niveau de la propriété nationale en tant que condition de passage au communisme
Un génie universel

M. Loukonine :

... Tout comme à lui
à notre cher Parti
nous sommes fidèles
Ô Comité Central
à toi va notre foi
comme jadis à lui.

O. Bergholz :

... Et saigne notre cœur,
Notre ami ! Bien-aimé !
Et la Patrie en pleurs
Sur ton corps est penchée.

V. Inber :

Nous avons juré devant le Mausolée
Aux minutes de deuil, à l'heure des adieux,
Nous avons juré de savoir transformer
Les forces du chagrin en travail valeureux.

D'autres titres :

Staline nous a enseigné la vigilance
Le sage ami des arts
L'initiateur d'une civilisation nouvelle
Le Parti communiste est le chef du peuple soviétique

Ce dernier titre devait mettre un terme aux épanchements de deuil poétiques, de même qu'à la fin de mars, les textes en prose se trouvèrent changés :

Kiev grandit et s'embellit
Les champs de coton de l'Ouzbékistan
Améliorer l'enseignement idéologique
Utiliser pleinement nos réserves de production
Les problèmes urgents des cultures irriguées
De quelques questions touchant la croissance des terres non tchernoziomiennes

ÉPILOGUE

Par une chaude et étincelante journée du début de juin, Boris Nikitovitch III Gradov était assis dans son jardin et jouissait de la vie. Une éclatante manifestation de la nature, il n'y a pas à dire ! Comme elles sont belles, ces métamorphoses annuelles en Russie ! Si désespérément prisonnière des neiges, il y a si peu de temps, la terre vous offre un merveilleux kaléidoscope de couleurs, le ciel vous étonne par sa profondeur et son azur, la brise qui court parmi les sapins vous apporte les senteurs de la forêt tiédie, les mêle aux parfums du jardin. On pourrait sans peine qualifier cette fête de digression lyrique si elle n'advenait au moment de l'épilogue.

Ce que l'on avait fait en premier lieu à Boris Nikitovitch après sa libération, c'était un dentier du bas. Et maintenant, à tout propos, il affichait selon l'expression de son petit-fils Boris IV un « sourire hollywoodien ». Il avait touché beaucoup d'argent pour la réédition de ses manuels et de son ouvrage capital *De la douleur et de l'insensibilisation*. Sa famille agrandie l'entourait avec des soupirs de bonheur en lui donnant les noms de « héros » et de « titan de l'actualité » ; ce dernier, vous le comprenez, était le fruit de l'affectueuse ironie de Boris. En ce qui concerne sa « micro-descendance » (ce dernier terme était le produit du héros et titan lui-même) — Petit-Nikita et Archi-Med — elle l'assiégeait littéralement, puis lui donnait l'assaut en parties de cramponnade et de lèche-museau. Bref, en ces jours de mai et de juin si éclatants, la vie souriait au vieux médecin, elle lui proposait même quelque chose qui était inaccessible aux autres : un nuage moiré, orange foncé, qui à la fois mobile et indécis venait de s'arrêter à une trentaine de pas de son fauteuil, près d'une touffe de lilas, et flottait comme s'il eût soupçonné derrière lui l'agitation d'acteurs troublés par quelque péripétie.

Boris Nikitovitch, ayant mis de côté *Guerre et Paix* ouvert sur la scène de la chasse, suivait avec intérêt les mouvements de ce nuage-écran qui semblait animé ou tout au moins avide de l'être. Il semblait prêt à se rapprocher, presque dégagé de la touffe de lilas, mais ensuite, plein de confusion, de timidité extrême, il battait en retraite.

Cependant, toute la famille se déplaçait ou s'occupait dans le jardin. Mary taillait ses roses et soignait ses tulipes. Agacha, sur la terrasse, composait une grandiose salade Primavera. Nina, sous la tonnelle, sa machine portative devant elle, tapait quelque chose d'« incontournable » à en juger par la façon dont elle serrait sa cigarette au coin d'une bouche sarcastique, mais encore rouge. Son mari Sandro, en lunettes de soleil, planté sur ses deux jambes, se tenait à l'écart. Ses narines frémissaient à l'unisson de ses doigts frémissants. L'acuité accrue de son odorat et de son toucher compensaient en quelque sorte sa vue affaiblie. Petit-Nikita et Archi-Med couraient sans arrêt — quelle énergie — par les allées du jardin, tour à tour avec un ballon, avec un cerceau, ou simplement avec eux-mêmes. Boris IV occupait presque la même position que son grand-père, mais plus horizontale, installé dans une chaise longue avec un Dostoïevski, *Le Joueur*. Deux ravissantes joueuses, justement, Iolka et Maïka, disputaient une partie de ping-pong. Le nuage-écran orange foncé s'était mélancoliquement éloigné et se préparait à retraverser la palissade et à se retirer entre les sapins. Il ne manquait que ceux qui étaient au loin, Kirill et Tsilia et, bien sûr, une majorité de l'humanité : papa, maman, ses sœurs, le bébé mort-né, le maréchal Nikita, Galaktion, Mitia... Alors, Mitia est donc là-bas ? Mais bien sûr, ondula le nuage-écran qui était à présent à mi-chemin du lilas et du fauteuil et attendait là, toujours hésitant : eh bien, fais-moi signe !

Mais au lieu de signifier l'invite, il tourna les yeux vers Maïka, tourbillon bleuet-paille qui s'abattait sur sa balle, Maïka qui était récemment — un cadeau pour Boris Nikitovitch — passée du nom de Strépétova à celui de Gradova. À ce moment, il eut la certitude absolue que la semence germait déjà en elle. Et où était notre nuage ? Il était reparti dans les sapins et semblait s'y être perdu, comme pour laisser entendre qu'il n'était rien d'autre qu'un miroitement d'ombres et de lumières. Tout alentour n'était que jeu réciproque comme dans un orchestre symphonique bien réglé. La nature enracinée, celle qui était fixée dans le sol, offrait harmonieusement ses troncs, ses rameaux, ses feuillages à d'autres particules de nature momentanément détachées du sol, telles qu'écureuils, étourneaux et libellules. Boris Nikitovitch aperçut dans l'herbe, non loin de sa sandale, un grand scarabée cornu d'un noir brillant, superbe. Avec son armure parfaite et ses petites pattes écailleuses mais implacablement fermes, il ouvrait ses mandibules dont il faisait des antennes. Oh ! oh ! mon cher, songea Boris Nikitovitch, si l'on t'agrandissait à une échelle suffisante, tu deviendrais un véritable Jagannath. Alors, le nuage-écran se rapprocha rapidement, traversa la touffe de lilas, entoura Boris Nikitovitch et se volatilisa aussitôt avec lui, comme s'il refusait d'assister au tumulte qui s'élèverait lorsque l'on découvrirait son corps inanimé.

Entre-temps, sous l'apparence du scarabée cornu superbe, son armure brillante repliée sur le dos, Staline s'en était allé rampant dans l'herbe étincelante. Il ne se rappelait rien de rien et ne comprenait rien à rien.

19 avril 1992
Moscou - Washington -
La Guadeloupe-Washington.

TABLE DU TOME I

II. GUERRE ET PRISON

TABLE DU TOME II

III. PRISON ET PAIX

DU MÊME AUTEUR

Aux Éditions Gallimard

RECHERCHE D'UN GENRE.
L'OISEAU D'ACIER.
L'ÎLE DE CRIMÉE.
UNE BRÛLURE.
PAYSAGE DE PAPIERS.
UN PETIT SOURIRE, S'IL VOUS PLAÎT.
À LA RECHERCHE DE « MELANCHOLY BABY ».
UNE SAGA MOSCOVITE.

Aux Éditions Denoël

LE JAUNE DE L'ŒUF.

Aux Éditions Julliard

BILLET POUR LES ÉTOILES.

Aux Éditeurs Français Réunis

CONFRÈRES.
LES ORANGES DU MAROC.
SURPLUS EN STOCK-FUTAILLE.
L'AMOUR DE L'ÉLECTRICITÉ.

Aux Éditions Stock

NOTRE FERRAILLE EN OR.

Aux Éditions Actes Sud

LE HÉRON (théâtre).

COLLECTION FOLIO

Dernières parutions

3711. Jonathan Coe — *Les Nains de la Mort.*
3712. Annie Ernaux — *Se perdre.*
3713. Marie Ferranti — *La fuite aux Agriates.*
3714. Norman Mailer — *Le Combat du siècle.*
3715. Michel Mohrt — *Tombeau de La Rouërie.*
3716. Pierre Pelot — *Avant la fin du ciel.*
3718. Zoé Valdès — *Le pied de mon père.*
3719. Jules Verne — *Le beau Danube jaune.*
3720. Pierre Moinot — *Le matin vient et aussi la nuit.*
3721. Emmanuel Moses — *Valse noire.*
3722. Maupassant — *Les Sœurs Rondoli* et autres nouvelles.
3723. Martin Amis — *Money, money.*
3724. Gérard de Cortanze — *Une chambre à Turin.*
3725. Catherine Cusset — *La haine de la famille.*
3726. Pierre Drachline — *Une enfance à perpétuité.*
3727. Jean-Paul Kauffmann — *La Lutte avec l'Ange.*
3728. Ian McEwan — *Amsterdam.*
3729. Patrick Poivre d'Arvor — *L'Irrésolu.*
3730. Jorge Semprun — *Le mort qu'il faut.*
3731. Gilbert Sinoué — *Des jours et des nuits.*
3732. Olivier Todd — *André Malraux. Une vie.*
3733. Christophe de Ponfilly — *Massoud l'Afghan.*
3734. Thomas Gunzig — *Mort d'un parfait bilingue.*
3735. Émile Zola — *Paris.*
3736. Félicien Marceau — *Capri petite île.*
3737. Jérôme Garcin — *C'était tous les jours tempête.*
3738. Pascale Kramer — *Les Vivants.*
3739. Jacques Lacarrière — *Au cœur des mythologies.*
3740. Camille Laurens — *Dans ces bras-là.*
3741. Camille Laurens — *Index.*
3742. Hugo Marsan — *Place du Bonheur.*
3743. Joseph Conrad — *Jeunesse.*
3744. Nathalie Rheims — *Lettre d'une amoureuse morte.*

3745. Bernard Schlink *Amours en fuite.*
3746. Lao She *La cage entrebâillée.*
3747. Philippe Sollers *La Divine Comédie.*
3748. François Nourissier *Le musée de l'Homme.*
3749. Norman Spinrad *Les miroirs de l'esprit.*
3750. Collodi *Les Aventures de Pinocchio.*
3751. Joanne Harris *Vin de bohème.*
3752. Kenzaburô Ôé *Gibier d'élevage.*
3753. Rudyard Kipling *La marque de la Bête.*
3754. Michel Déon *Une affiche bleue et blanche.*
3755. Hervé Guibert *La chair fraîche.*
3756. Philippe Sollers *Liberté du XVIIIème.*
3757. Guillaume Apollinaire *Les Exploits d'un jeune don Juan.*
3758. William Faulkner *Une rose pour Emily* et autres nouvelles.
3759. Romain Gary *Une page d'histoire.*
3760. Mario Vargas Llosa *Les chiots.*
3761. Philippe Delerm *Le Portique.*
3762. Anita Desai *Le jeûne et le festin.*
3763. Gilles Leroy *Soleil noir.*
3764. Antonia Logue *Double cœur.*
3765. Yukio Mishima *La musique.*
3766. Patrick Modiano *La Petite Bijou.*
3767. Pascal Quignard *La leçon de musique.*
3768. Jean-Marie Rouart *Une jeunesse à l'ombre de la lumière.*
3769. Jean Rouaud *La désincarnation.*
3770. Anne Wiazemsky *Aux quatre coins du monde.*
3771. Lajos Zilahy *Le siècle écarlate. Les Dukay.*
3772. Patrick McGrath *Spider.*
3773. Henry James *Le Banc de la désolation.*
3774. Katherine Mansfield *La Garden-Party* et autres nouvelles.
3775. Denis Diderot *Supplément au Voyage de Bougainville.*
3776. Pierre Hebey *Les passions modérées.*
3777. Ian McEwan *L'Innocent.*
3778. Thomas Sanchez *Le Jour des Abeilles.*
3779. Federico Zeri *J'avoue m'être trompé. Fragments d'une autobiographie.*

3780.	François Nourissier	*Bratislava.*
3781.	François Nourissier	*Roman volé.*
3782.	Simone de Saint-Exupéry	*Cinq enfants dans un parc.*
3783.	Richard Wright	*Une faim d'égalité.*
3784.	Philippe Claudel	*J'abandonne.*
3785.	Collectif	*« Leurs yeux se rencontrèrent... ». Les plus belles premières rencontres de la littérature.*
3786.	Serge Brussolo	*« Trajets et itinéraires de l'oubli ».*
3787.	James M. Cain	*Faux en écritures.*
3788.	Albert Camus	*Jonas ou l'artiste au travail* suivi de *La pierre qui pousse.*
3789.	Witold Gombrovicz	*Le festin chez la comtesse Fritouille* et autres nouvelles.
3790.	Ernest Hemingway	*L'étrange contrée.*
3791.	E. T. A Hoffmann	*Le Vase d'or.*
3792.	J. M. G. Le Clezio	*Peuple du ciel* suivi de *Les Bergers.*
3793.	Michel de Montaigne	*De la vanité.*
3794	Luigi Pirandello	*Première nuit et autres nouvelles.*
3795.	Laure Adler	*À ce soir.*
3796.	Martin Amis	*Réussir.*
3797.	Martin Amis	*Poupées crevées.*
3798.	Pierre Autin-Grenier	*Je ne suis pas un héros.*
3799.	Marie Darrieussecq	*Bref séjour chez les vivants.*
3800.	Benoît Duteurtre	*Tout doit disparaître.*
3801.	Carl Friedman	*Mon père couleur de nuit.*
3802.	Witold Gombrowicz	*Souvenirs de Pologne.*
3803.	Michel Mohrt	*Les Nomades.*
3804.	Louis Nucéra	*Les Contes du Lapin Agile.*
3805.	Shan Sa	*La joueuse de go.*
3806.	Philippe Sollers	*Éloge de l'infini.*
3807.	Paule Constant	*Un monde à l'usage des Demoiselles.*
3808.	Honoré de Balzac	*Un début dans la vie.*
3809.	Christian Bobin	*Ressusciter.*
3810.	Christian Bobin	*La lumière du monde.*
3811.	Pierre Bordage	*L'Évangile du Serpent.*

3812. Raphaël Confiant	*Brin d'amour.*
3813. Guy Goffette	*Un été autour du cou.*
3814. Mary Gordon	*La petite mort.*
3815. Angela Huth	*Folle passion.*
3816. Régis Jauffret	*Promenade.*
3817. Jean d'Ormesson	*Voyez comme on danse.*
3818. Marina Picasso	*Grand-père.*
3819. Alix de Saint-André	*Papa est au Panthéon.*
3820. Urs Widmer	*L'homme que ma mère a aimé.*
3821. George Eliot	*Le Moulin sur la Floss.*
3822. Jérôme Garcin	*Perspectives cavalières.*
3823. Frédéric Beigbeder	*Dernier inventaire avant liquidation.*
3824. Hector Bianciotti	*Une passion en toutes Lettres.*
3825. Maxim Biller	*24 heures dans la vie de Mordechaï Wind.*
3826. Philippe Delerm	*La cinquième saison.*
3827. Hervé Guibert	*Le mausolée des amants.*
3828. Jhumpa Lahiri	*L'interprète des maladies.*
3829. Albert Memmi	*Portrait d'un Juif.*
3830. Arto Paasilinna	*La douce empoisonneuse.*
3831. Pierre Pelot	*Ceux qui parlent au bord de la pierre (Sous le vent du monde, V).*
3832. W.G Sebald	*Les émigrants.*
3833. W.G Sebald	*Les Anneaux de Saturne.*
3834. Junichirô Tanizaki	*La clef.*
3835 Cardinal de Retz	*Mémoires.*
3836 Driss Chraïbi	*Le Monde à côté.*
3837 Maryse Condé	*La Belle Créole.*
3838 Michel del Castillo	*Les étoiles froides.*
3839 Aïssa Lached-Boukachache	*Plaidoyer pour les justes.*
3840 Orhan Pamuk	*Mon nom est Rouge.*
3841 Edwy Plenel	*Secrets de jeunesse.*
3842 W. G. Sebald	*Vertiges.*
3843 Lucienne Sinzelle	*Mon Malagar.*
3844 Zadie Smith	*Sourires de loup.*
3845 Philippe Sollers	*Mystérieux Mozart.*
3846 Julie Wolkenstein	*Colloque sentimental.*
3847 Anton Tchékhov	*La Steppe. Salle 6. L'Évêque.*

3848	Alessandro Baricco	*Châteaux de la colère.*
3849	Pietro Citati	*Portraits de femmes.*
3850	Collectif	*Les Nouveaux Puritains.*
3851	Maurice G. Dantec	*Laboratoire de catastrophe générale.*
3852	Bo Fowler	*Scepticisme & Cie.*
3853	Ernest Hemingway	*Le jardin d'Éden.*
3854	Philippe Labro	*Je connais gens de toutes sortes.*
3855	Jean-Marie Laclavetine	*Le pouvoir des fleurs.*
3856	Adrian C. Louis	*Indiens de tout poil et autres créatures.*
3857	Henri Pourrat	*Le Trésor des contes.*
3858	Lao She	*L'enfant du Nouvel An.*
3859	Montesquieu	*Lettres Persanes.*
3860	André Beucler	*Gueule d'Amour.*
3861	Pierre Bordage	*L'Évangile du Serpent.*
3862	Edgar Allan Poe	*Aventure sans pareille d'un certain Hans Pfaal.*
3863	Georges Simenon	*L'énigme de la* Marie-Galante.
3864	Collectif	*Il pleut des étoiles...*
3865	Martin Amis	*L'état de L'Angleterre.*
3866	Larry Brown	*92 jours.*
3867	Shûsaku Endô	*Le dernier souper.*
3868	Cesare Pavese	*Terre d'exil.*
3869	Bernhard Schlink	*La circoncision.*
3870	Voltaire	*Traité sur la Tolérance.*
3871	Isaac B. Singer	*La destruction de Kreshev.*
3872	L'Arioste	*Roland furieux I.*
3873	L'Arioste	*Roland furieux II.*
3874	Tonino Benacquista	*Quelqu'un d'autre.*
3875	Joseph Connolly	*Drôle de bazar.*
3876	William Faulkner	*Le docteur Martino.*
3877	Luc Lang	*Les Indiens.*
3878	Ian McEwan	*Un bonheur de rencontre.*
3879	Pier Paolo Pasolini	*Actes impurs.*
3880	Patrice Robin	*Les muscles.*
3881	José Miguel Roig	*Souviens-toi, Schopenhauer.*
3882	José Sarney	*Saraminda.*
3883	Gilbert Sinoué	*À mon fils à l'aube du troisième millénaire.*

3884	Hitonari Tsuji	*La lumière du détroit.*
3885	Maupassant	*Le Père Milon.*
3886	Alexandre Jardin	*Mademoiselle Liberté.*
3887	Daniel Prévost	*Coco belles-nattes.*
3888	François Bott	*Radiguet. L'enfant avec une canne.*
3889	Voltaire	*Candide ou l'Optimisme.*
3890	Robert L. Stevenson	*L'Étrange Cas du docteur Jekyll et de M. Hyde.*
3891	Daniel Boulanger	*Talbard.*
3892	Carlos Fuentes	*Les années avec Laura Díaz.*
3894	André Dhôtel	*Idylles.*
3895	André Dhôtel	*L'azur.*
3896	Ponfilly	*Scoops.*
3897	Tchinguiz Aïtmatov	*Djamilia.*
3898	Julian Barnes	*Dix ans après.*
3899	Michel Braudeau	*L'interprétation des singes.*
3900	Catherine Cusset	*À vous.*
3901	Benoît Duteurtre	*Le voyage en France.*
3902	Annie Ernaux	*L'occupation.*
3903	Romain Gary	*Pour Sgnanarelle.*
3904	Jack Kerouac	*Vraie blonde, et autres.*
3905	Richard Millet	*La voix d'alto.*
3906	Jean-Christophe Rufin	*Rouge Brésil.*
3907	Lian Hearn	*Le silence du rossignol.*
3908	Kaplan	*Intelligence.*
3909	Ahmed Abodehman	*La ceinture.*
3910	Jules Barbey d'Aurevilly	*Les diaboliques.*
3911	George Sand	*Lélia.*
3912	Amélie de Bourbon Parme	*Le sacre de Louis XVII.*
3913	Erri de Luca	*Montedidio.*
3914	Chloé Delaume	*Le cri du sablier.*
3915	Chloé Delaume	*Les mouflettes d'Atropos.*
3916	Michel Déon	*Taisez-vous... J'entends venir un ange.*
3917	Pierre Guyotat	*Vivre.*
3918	Paula Jacques	*Gilda Stambouli souffre et se plaint.*
3919	Jacques Rivière	*Une amitié d'autrefois.*
3920	Patrick McGrath	*Martha Peake.*

3921	Ludmila Oulitskaia	*Un si bel amour.*
3922	J.-B. Pontalis	*En marge des jours.*
3923	Denis Tillinac	*En désespoir de causes.*
3924	Jerome Charyn	*Rue du Petit-Ange.*
3925	Stendhal	*La Chartreuse de Parme.*
3926	Raymond Chandler	*Un mordu.*
3927	Collectif	*Des mots à la bouche.*
3928	Carlos Fuentes	*Apollon et les putains.*
3929	Henry Miller	*Plongée dans la vie nocturne.*
3930	Vladimir Nabokov	*La Vénitienne* précédé d'*Un coup d'aile.*
3931	Ryûnosuke Akutagawa	*Rashômon* et autres contes.
3932	Jean-Paul Sartre	*L'enfance d'un chef.*
3933	Sénèque	*De la constance du sage.*
3934	Robert Louis Stevenson	*Le club du suicide.*
3935	Edith Wharton	*Les lettres.*
3936	Joe Haldeman	*Les deux morts de John Speidel.*
3937	Roger Martin du Gard	*Les Thibault I.*
3938	Roger Martin du Gard	*Les Thibault II.*
3939	François Armanet	*La bande du drugstore.*
3940	Roger Martin du Gard	*Les Thibault III.*
3941	Pierre Assouline	*Le fleuve Combelle.*
3942	Patrick Chamoiseau	*Biblique des derniers gestes.*
3943	Tracy Chevalier	*Le récital des anges.*
3944	Jeanne Cressanges	*Les ailes d'Isis.*
3945	Alain Finkielkraut	*L'imparfait du présent.*
3946	Alona Kimhi	*Suzanne la pleureuse.*
3947	Dominique Rolin	*Le futur immédiat.*
3948	Philip Roth	*J'ai épousé un communiste.*
3949	Juan Rulfo	*Llano en flammes.*
3950	Martin Winckler	*Légendes.*
3951	Fédor Dostoievski	*Humiliés et offensés.*
3952	Alexandre Dumas	*Le Capitaine Pamphile.*
3953	André Dhôtel	*La tribu Bécaille.*
3954	André Dhôtel	*L'honorable Monsieur Jacques.*
3955	Diane de Margerie	*Dans la spirale.*
3956	Serge Doubrovski	*Le livre brisé.*
3957	La Bible	*Genèse.*
3958	La Bible	*Exode.*
3959	La Bible	*Lévitique-Nombres.*
3960	La Bible	*Samuel.*

Impression Bussière Camedan Imprimeries
à Saint-Amand (Cher),
le 2 mars 2004.
Dépôt légal : mars 2004.
1er dépôt légal dans la collection : mai 1997.
Numéro d'imprimeur : 040894/1.
ISBN 2-07-040275-4./Imprimé en France.

129909